Hermann-Hesse-Jahrbuch

—

Band 14

Hermann-Hesse-Jahrbuch
Band 14

Herausgegeben von
Michael Limberg
im Auftrag der
Internationalen Hermann-Hesse-Gesellschaft

Königshausen & Neumann

Das Hermann-Hesse-Jahrbuch, Band 14,
wird mit freundlicher Unterstützung der
Sparkasse Pforzheim Calw herausgegeben.

Sparkasse
Pforzheim Calw

Bibliografische Information der Deutschen Nationalbibliothek

Die Deutsche Nationalbibliothek verzeichnet diese Publikation in der Deutschen Nationalbibliografie; detaillierte bibliografische Daten sind im Internet über http://dnb.d-nb.de abrufbar.

Gedruckt auf säurefreiem, alterungsbeständigem Papier
Umschlag: skh-softics / coverart

Printed in Germany
ISBN 978-3-8260-7588-9
www.koenigshausen-neumann.de
www.ebook.de
www.buchhandel.de
www.buchkatalog.de

HERMANN-HESSE-JAHRBUCH

Band 14

Inhaltsverzeichnis

Vorwort 5

I Narziß und Goldmund

Volker Michels, Narziß und Goldmund. *Ein „Lob der Sünde"?* 11

Alexander Honold, *Liebesleben und Todeswanderung. Hybrides Erzählen in* Narziß und Goldmund 25

Béatrice Poulain, *Leuchtspur mit Todeskern: die Kunstheimat der Idylle in Hermann Hesses Erzählung* Narziß und Goldmund 49

Helga Esselborn-Krumbiegel, *Resonanz und Bild in Hermann Hesses Erzählung* Narziß und Goldmund 77

Sabine Gruber, *Bildung als familiäre Bürde – Goldmund und sein Vater* 91

Karl-Josef Kuschel, *Hermann Hesses Erzählung* Narziß und Goldmund *(1930) und ihre Verfilmung 2020* 103

Helga Esselborn-Krumbiegel, Narziß und Goldmund *revisited. Maren Bohm: Hermann Hesses wundersame Geschichte* 121

Andreas Solbach, *Die Entwicklung der Literaturauffassung beim jungen Hermann Hesse (1892–1902)* 129

Gerd Depenbrock, *Literatur und Politik in der Wilhelminischen Ära. Hermann Hesse als Mitherausgeber der Zeitschrift* März 153

Katerina Grohmann, *Stockhausen und Hesse: Unbekannte Parallelen* 191

Michael Dürr, BTS *und* Demian – *Hermann Hesse in der Popmusik* 205

Joachim Schnürle, *Prägende Kinderjahre von Marie Hesse als Einfluss auf Hermann Hesse* 221

Peter Fahr, *„Der Mensch ist ja keine feste und dauernde Gestaltung." Hermann Hesse und mein Eigensinn* 235

II Hermann Hesse-Preis der IHHG

Karl-Josef Kuschel, *Begrüßung* 261

Regina Bucher, *Laudatio auf Bärbel Reetz* 265

Bärbel Reetz, *Dankesrede* 273

III Besprechungen

„Das Unerträgliche muß zu Wort kommen" *Die Briefe 1947–1950.* Hrsg. v. Volker Michels. Berlin: Suhrkamp 2021 (Mathias Iven) 283

Uzulis, André, *Hermann Hesse. Biografie.* Berlin: Steffen Verlag 2021 (Mathias Iven) 292

Neale Cunningham, *Hermann Hesse and Japan. A Study in Reciprocal Transcultural Reception.* Transnational Cultures Series, Band 6. Oxford: Peter Lang 2021 (Osman Durrani) 296

IV Mitteilungen

Isabel Götz, *Mitteilungen aus der Gesellschaft* 305

Die Autoren dieses Bandes 307

Vorwort

Im Mittelpunkt dieses Jahrbuchs steht Hesses Erzählung *Narziß und Goldmund* von 1930. Zu Hesses Lebzeiten hatte dieses Werk einen außerordentlichen Erfolg. Bereits nach einem halben Jahr hatte das Buch das 40. Tausend erreicht. Nach dem problematischen *Steppenwolf*, der viele Leser schockiert hatte, empfanden sie *Narziß und Goldmund* als das wohl „schönste Dokument der endlich errungenen, leidgeborenen Harmonie“[1].

Hesse war dieser Hype allerdings verdächtig, in seinen Augen war das Buch um nichts besser als der *Steppenwolf*, aber, so sagte er spöttisch, „beim Goldmund kann der gute deutsche Leser Pfeife rauchen und ans Mittelalter denken, und das Leben so schön und so wehmütig finden“[2].

Nach den Ausführungen von Volker Michels zur Entstehungsgeschichte der Erzählung, befassen sich die nächsten Aufsätze mit Einzeluntersuchungen.

Alexander Honold beschäftigt sich in seinem Beitrag mit der Bedeutung der Pest für den Roman und die unstete Lebensweise Goldmunds; vor dem Hintergrund der Corona-Pandemie ein durchaus aktuelles Thema.

Béatrice Poulain fragt sich, ob *Narziß und Goldmund* der Goetheschen Idylle zuzurechnen ist und wie es um Hesses Poetik der Heiterkeit steht.

Die Bedeutung der Bilder (Kastanienbaum, leibliche Mutter und Urmutter) und ihre Funktion im Text beschäftigt Helga Esselborn-Krumbiegel.

In Sabine Grubers Abhandlung zu Goldmund und seinem Vater geht es um transgenerationelle Übertragungen, d.h. es geht um psychologische Konzepte, die davon ausgehen, dass Traumatisierungen oder Schuldverstrickungen, über die geschwiegen wird, unterbewusst an folgende Generationen weitergegeben werden können.

Nach *Siddhartha* (1972) und *Steppenwolf* (1974) kam im März 2020 die Verfilmung von *Narziß und Goldmund* durch den Oscar-Preisträger Stefan Ruzowitzky in die deutschen Kinos, wenn auch der Lockdown dem Sehvergnügen nach drei Tagen ein Ende setzte. Viele Kritiker haben an der Verfilmung kein gutes Haar gelassen. Um Pauschalverurteilungen zu verhindern, hat sich Karl-Josef Kuschel intensiv mit der Problematik von Literaturverfilmungen und der Ästhetik der Filmkunst beschäftigt, um zu einem möglichst objektiven Urteil zu gelangen.

---

[1] Lüthi, Hans Jürg, *Hermann Hesse. Natur und Geist*, Kohlhammer, Stuttgart 1970, S. 91.

[2] „Ich bin ein Mensch des Werdens und der Wandlungen“ Hermann Hesse. Die Briefe, Band 4, 1924–1932, hrsg. v. Volker Michels, Suhrkamp, Berlin 2016, S. 424.

Helga Esselborn-Krumbiegel befasst sich mit einem „philosophischen Roman“, nämlich *Hermann Hesses wundersame Geschichte*, einer Fortschreibung von *Narziß und Goldmund* von Maren Bohm.

Es ist bekannt, dass Hesse schon als Jugendlicher ein begeisterter Leser war, dem die gewaltige Bibliothek seines Großvaters Hermann Gundert zur Verfügung stand. Als er schließlich in Tübingen eine Buchhändlerlehre absolvierte, konnte er seinen Eltern etwas provozierend mitteilen, „daß [s]ein Privatstudium der Ästhetik und Literatur im Einklang mit [s]einem Berufe“[3] stünde, also alles andere als sein Privatvergnügen sei. Wie sich die Literaturauffassung beim jungen Hermann Hesse entwickelt hat, untersucht Andreas Solbach.

Von 1907 bis 1912 war Hermann Hesse Mitherausgeber der Monatsschrift *März*, die in München erschien. Das brachte es mit sich, dass er gelegentlich zu Redaktionskonferenzen in die bayerische Hauptstadt fahren musste. Er tat das nicht ungern, konnte er doch für einige Tage der Gaienhofener Einsamkeit entfliehen und „wieder einmal ein Stück flottes Leben um [s]ich brausen [...] hören“[4]. Mit Hesses Rolle beim *März* befasst sich Gerd Depenbrock.

Zwei der Beiträge kommen aus dem Bereich der Musik, aber sie könnten gegensätzlicher kaum sein: der Aufsatz von Katerina Grohmann befasst sich mit Karlheinz Stockhausen, dem Pionier der elektronischen Musik. Grohmann erkennt aufschlussreiche Parallelen zwischen einzelnen Werken Hesses und Opern von Stockhausen. Der Erzählung *Demian* kommt dabei eine besondere Rolle zu.

Im zweiten musikalischen Beitrag geht es um *BTS*, die erfolgreichste Musikgruppe der südkoreanischen Musikgeschichte. In ihren Liedtexten und den dazu gehörigen Videos nehmen sie immer wieder Bezug zu Werken Hesses und hier besonders zu *Demian*.

Als Hesses Großvater Hermann Gundert im November mit seiner Frau Julie und den vier Kindern zur Erholung nach Deutschland reiste, war geplant, die Kinder zur weiteren Erziehung bei ihren Großeltern in Stuttgart zu lassen. Aber die vierjährige Marie, die spätere Mutter Hesses, die den ungewohnten Spinat an die Wand warf und sich mit der nur ein Jahr älteren Tochter des Großvaters ständig zankte, wollte niemand haben. Es fand sich dann in Basel „ein frommer, reicher Herr [...], der gerne einige

---

[3] *Kindheit und Jugend vor Neunzehnhundert. Hermann Hesse in Briefen und Lebenszeugnissen. Zweiter Band 1895–1900.* Hrsg. von Ninon Hesse, fortgesetzt und erweitert von Gerhard Kirchhoff. Suhrkamp 1978. S. 53.

[4] Hermann Hesse, Brief von 1911 an Mathilde Schwarzenbach. In: *„Aus dem Traurigen etwas Schönes machen.“ Hermann Hesse, Die Briefe Band 2, 1905–1915*. Hrsg. von Volker Michels. Suhrkamp, Berlin 2013, S. 597.

Missionstöchterlein aufnehmen"[5] wollte. Wer war dieser Dr. Ostertag, über den außer dem Namen bisher wenig bekannt war? Dieser Frage ist Joachim Schnürle nachgegangen.

Der Schriftsteller Peter Fahr macht den Versuch, sich Hesse „auf sehr persönliche Weise" anzunähern und das, was ihn mit dem Dichter verbindet, aufzuzeigen.

2021 wurde in Calw zum dritten Mal der Hesse-Preis der Internationalen Hermann Hesse Gesellschaft verliehen. Nach Adolf Muschg und Eugen Drewermann war dieses Mal die Schriftstellerin Bärbel Reetz die Preisträgerin. Abgedruckt sind die Begrüßung des Präsidenten der IHHG, Prof. Karl-Josef Kuschel, die Laudatio von Regina Bucher und die Danksagung von Bärbel Reetz.

Die drei Besprechungen befassen sich mit dem siebten Hesse-Briefband, der 2021 erschienenen Hesse-Biographie von André Uzulis sowie der Studie von Neale Cunningham zu Hesse und Japan.

Wie immer beschließen die *Mitteilungen aus der Gesellschaft* das Jahrbuch.

---

[5] *Marie Hesse. Ein Lebensbild in Briefen und Tagebüchern* von Adele Gundert. Insel, Frankfurt a.M. 1977, S. 14.

I Narziß und Goldmund

Volker Michels

Narziß und Goldmund
Ein „Lob der Sünde"?

Nach einer Periode heftiger privater und zeitgeschichtlicher Turbulenzen, die für Hermann Hesse nur durch die Niederschrift des *Steppenwolf*-Romans zu ertragen waren, kam er wieder in ein ruhigeres Fahrwasser, dem wir die Erzählung *Narziß und Goldmund* verdanken. Ausgleichenden Anteil daran hatte eine damals 32jährige Kunsthistorikerin, die seit ihrem 15. Lebensjahr erstaunlich problemfühlige Briefe mit dem Dichter gewechselt und seitdem nicht aufgehört hatte, von einem Leben mit ihm zu träumen. Bis es dazu kam, mussten 16 für sie und den Dichter schwierige Jahre vergehen. Denn zwei problematische Ehen hatten die Bindungsscheu des nunmehr fast 50jährigen Autors erheblich vergrößert.

Aus der ersten, mit der neun Jahre älteren Basler Photographin Maria Bernoulli, waren drei Söhne hervorgegangen. Die zweite Ehe mit der 20 Jahre jüngeren Sängerin Ruth Wenger war auf deren Betreiben bereits nach drei Jahren geschieden worden. Was Hesse in diesen Beziehungen entbehrte und in der dritten Ehe endlich fand: ein genuines Interesse für Literatur und ein wahlverwandtes Verständnis für seine Dichtungen, verbunden mit der Gabe, sich erstaunlich gut auszudrücken, das verdankte er von nun an und für den mehr als drei Jahrzehnte währenden Rest seines Lebens der Kunsthistorikerin Ninon Dolbin. Sie war die Tochter eines in Czernowitz, der Hauptstadt des österreichischen Kronlandes Bukowina, tätigen Rechtsanwaltes. Auch Ninon war bereits verheiratet mit dem Wiener Ingenieur und als Karikaturist bekannt gewordenen Benedikt Fred Dolbin, einem Erotomanen, dessen Seitensprünge ihr immer wieder zu schaffen gemacht hatten. Hermann Hesse, mit dem sie bereits als Gymnasiastin seit 1910 korrespondierte, hatte sie im Januar 1921 erstmals in Montagnola besucht und dann erneut im März 1926 in seinem Zürcher Winterquartier, während der Arbeit am *Steppenwolf*. Ab diesem Treffen datiert in ihrem Austausch das vertrauliche Du.

Nicht, dass diese neue Beziehung einen Einfluss auf die inhaltliche Konzeption des nächsten Romans gehabt hätte, aber Hesses voreheliches Verhältnis zu dieser Frau hat doch erheblich dazu beigetragen, der im *Steppenwolf* vorherrschenden Vivisektion des eigenen Selbst und seiner Verzweiflung über die politische Entwicklung in Deutschland und der in ein neues Blutbad mündenden Zwischenkriegszeit insoweit entgegenzusteuern, dass er in der Lage war, nun ein scheinbar ganz zeitenthobenes Szenario zu entwerfen. Auf einer neuen Stufe der Entwicklung konnte er damit wieder anknüpfen an die vordem in *Unterm Rad* und *Demian* dargestellte lebensbestimmende Problematik der Selbstfindung. War die Hauptgestalt in *Unterm Rad* noch der Fremdbestimmung durch seine Vorgesetzten erlegen und konnte Sinclair, dank seinem alter ego Demian, diesem Schicksal entrinnen, sind Narziß und Goldmund so stark in sich gefestigte Persönlichkeiten, dass sie an ihren Differenzen wachsen. Wieder, wie bereits in *Unterm Rad, Gertrud, Demian, Klein und Wagner* und *Siddhartha*, generiert Hesse die Spannung auch dieser Erzählung aus dem Kraftfeld zweier polar entgegengesetzter Naturelle. Dem sesshaften Intellektuellen, Systematiker und Zölibatär Narziß mit seiner selbstverleugnenden Unterdrückung körperlicher Bedürfnisse setzt er den unbehausten Nomaden, Sinnenmensch, Träumer und Künstler Goldmund entgegen.

Neben dem definitiven Titel seiner Erzählung hatte sich Hesse noch weitere, stärker das Inhaltliche betonende Titelvarianten notiert, u.a.: „Narziß oder Der Weg zur Mutter", „Goldmunds Weg zur Mutter" sowie „Das Lob der Sünde". Dieses Lob bezieht sich auf das, was Hesse als Harry Haller zuvor im *Steppenwolf* erreicht hatte: auf die Überwindung der althergebrachten, anerzogenen Vorbehalte gegen das Erotische. Denn

> diese Widerstände gegen das Anerkennen der körperlichen Liebe sind es, die die meisten Neurosen schaffen und aus denen meist auch eine allgemeine, edel aussehende, aber übel wirkende Verlogenheit im übrigen Leben entsteht[1],

antwortete der Dichter im Februar 1931 auf einen Brief seiner unverheirateten Schwester Marulla.

Auffallend in der fast zweijährigen Entstehungszeit der Erzählung ist, dass sie in Hesses Briefen fast immer nur „Goldmund" genannt wird, meist im Ton einer deutlichen Identifikation, während von Goldmunds Freund und Antipoden, dem introvertierten Intellektuellen Narziß, viel seltener die Rede ist. Mit dessen Naturell und Problemen hatte sich der Dichter ja zur Genüge im gerade vollendeten *Steppenwolf* auseinandergesetzt. Als ein Goldmund war Harry Haller aus dieser Katharsis hervorgegangen: weltoffen und sinnenfroh, ein Landstreicher wie sein Vorläufer Knulp (1907/1915), aber einer, der das Erotische schließlich als Künstler zu beseelen und produktiv zu machen verstand. Dass im Verhältnis zu ihm die Vita des Narziß weniger detailliert und anschaulich dargestellt wird, hat die Bremer Schriftstellerin Maren Bohm dazu verlockt einen 405

---

[1] *Hermann Hesse. „Narziß und Goldmund". Eine Dokumentation zur Entstehungs- und Wirkungsgeschichte.* Hrsg. v. Volker Michels. Suhrkamp, Berlin 2015, S. 117. – Im Weiteren zitiert als *MatNG* mit Seitenzahl.

Seiten umfassenden „Philosophischen Roman“ über den Werdegang des Narziß zu verfassen, der 2020 unter dem Titel *Hermann Hesses wundersame Geschichte* im Verlag Karl Alber, Freiburg/München erschienen ist. War *Der Steppenwolf* ein in die aktuelle Zeitgeschichte der zwanziger Jahre hineinversetzter Narziß, so liegt diesmal der Akzent auf dem Abenteurer Goldmund in diesem einzigen von Hesses Romanen, der in der Vergangenheit spielt (sieht man von der zeitlosen Buddha-Legende *Siddhartha* ab). „Das Ganze ist ein wundervoll farbiges Bild aus deutschem Mittelalter“, schrieb Ernst Robert Curtius,

> in dem Romantik und Realistik verschmolzen sind. Fruchtig, duftend, rund in sich selbst ruhend, ohne Lehrhaftigkeit und Problematik; buntes Gewebe ewiger Lebensmächte, getränkt mit zauberischen Essenzen, die uns an Arnim, Tieck, Novalis gemahnen – aber durch geheime Blutsverwandtschaft, nicht durch literarische Anleihen oder altmeisterliche Patina (MatNG, S. 10).

Und wirklich könnte das Ambiente einer entlegenen Mittelalterlichkeit mit seinen totentanzähnlichen Szenen, den Schauplätzen von Abteien, Schlössern, ummauerten Städten, mit patrizischen Kaufherren, Vaganten und Zigeunerinnen als ein fernes Historiengemälde erscheinen, wenn es uns nicht „die krassen sozialen Gegensätze des Mittelalters als heutige, uns angehende fühlen“ ließe (*Vossische Zeitung*, Berlin). Hinzu kommt die kritische Schilderung von Judenpogromen, die zu streichen sich Hesse weigerte, weshalb das Buch ab 1941 im nationalsozialistischen Deutschland nicht mehr erscheinen durfte.

Für den Verfasser selbst war der Roman u. a. das Ergebnis einer „Auseinandersetzung mit zweitausend Jahren Christentum und tausend Jahren Deutschtum“ (*Eine Arbeitsnacht*, 1928, MatNG, S. 84). Im christlichen Mittelalter spielten ja bereits Hesses 1903/04 entstandenen Monographien über Franz von Assisi und Giovanni Boccaccio sowie der 1907 von ihm aus dem Mönchslatein verdeutschte *Dialogus miraculorum* des Caesarius von Heisterbach, den Hesse übersetzt und 1925 unter dem Titel *Geschichten aus dem Mittelalter* herausgegeben hatte. Dass *Narziß und Goldmund* nicht ohne Bezug zu den Problemen der Gegenwart konzipiert wurde, geht auch aus einem 1930 geschriebenen Brief an Mia Engel hervor, worin Hesse das Buch als ein Kontrastprogramm zur nationalsozialistischen Verfälschung der deutschen Vergangenheit und zum zeitgeschichtlichen Klima vor Hitlers Machtergreifung kennzeichnet:

> Jetzt kommen die gleichen Leute, die dem Steppenwolf eine des Dichters unwürdige Aktualität vorgeworfen haben und sprechen beim Goldmund von ‚Flucht in die Vergangenheit‘. Ich aber habe in diesem Buch der Idee von Deutschland und deutschem Wesen, die ich seit Kindheit in mir hatte, einmal Ausdruck gegeben und ihr

> meine Liebe gestanden – gerade weil ich alles, was heute spezifisch ‚deutsch' ist, so sehr hasse (MatNG, S. 107).

Einer der Schauplätze der Handlung, wo Goldmund sein abenteuerliches Leben beginnt und wo es endet, ist wieder das aus der Biographie des Verfassers und seinen frühen Erzählungen wohlbekannte Kloster Maulbronn (Mariabronn im Roman), ein aus dem 12. Jahrhundert stammendes, 1534 säkularisiertes Zisterzienserstift im württembergischen Kraichgau, wo er (wie vor ihm u.a. Johannes Kepler und Friedrich Hölderlin) im Alter von 14 Jahren das evangelisch-theologische Seminar besucht hatte, dort aber schon nach einem halben Jahr ausgerissen war. Ein anderer der lokalisierbaren Schauplätze ist die alte mainfränkische Bischofsstadt Würzburg, die Hesse im März 1928 kennengelernt und von der er gesagt hatte:

> Wenn ich ein zukünftiger Dichter und gerade mit der Wahl meines Geburtsortes beschäftigt wäre, dann würde ich Würzburg sehr mit in Erwägung ziehen (SW4, S. 607).

Seit dem 14. Jahrhundert war diese im Zweiten Weltkrieg völlig zerstörte Stadt der Winzer und Fischer am schiffbaren Main Sitz einer Bildhauerschule, die hundert Jahre später, dank der Plastiken Tilman Riemenschneiders, auch kulturell europäischen Rang erreichte. Riemenschneider, der seit seinem 23. Lebensjahr bis zu seinem Tod 1531 in Würzburg lebte, war denn auch eines der Vorbilder für Goldmunds Lehrmeister Niklaus. Eine seiner Madonnenskulpturen ist es gewesen, die in Goldmund die Sehnsucht weckte, es ihm gleichzutun und Bildhauer zu werden. Doch glückte ihm das erst, nachdem er das Leben in all seinen Höhen und Tiefen erfahren und auch die verheerende, von Hesse in unvergesslichen Episoden geschilderte Pestzeit überstanden hatte. Die 1924 von Johannes Nohl veröffentlichte Dokumentation *Der schwarze Tod. Eine Chronik der Pest 1348–1720*, die Hesse besaß, mag dabei Pate gestanden haben.

Über das Hauptmotiv der Erzählung äußert sich der Verfasser in einem während der Entstehungszeit von *Narziß und Goldmund* geschriebenen Brief vom 27.12.1928 an seinen Sohn Bruno:

> Der Mensch besteht nach der alten, bildhaften und schönen Vorstellung aus Körper, Seele und Geist. Meistens sind zwei dieser Elemente miteinander verbündet und das dritte wird vernachlässigt. So hat die Verbindung von Geist und Seele im Christentum den Körper verleumdet und vernachlässigt. Unsere Zeit dagegen übertreibt sowohl die Körperkultur wie die des Verstandes, beides auf Kosten der Seele. Die Kunst ist recht eigentlich das Reich der Seele, sie besteht aus beseelter verfeinerter Sinnlichkeit, und strebt doch weit über das Sinnliche hinaus (MatNG, S. 89).

Über das Triebleben hinaus strebt auch Goldmunds Freund, der gelehrte Novize Narziß und spätere Abt Johannes. Im Gegensatz zu Goldmund, der von der Vorgeschichte seiner Einschulung ins Kloster nur etwas ahnt, weiß Narziß, dass Goldmunds Vater seinen Sohn einzig deshalb zum Geistlichen bestimmt hat, um nicht mehr an seine treulose Frau erinnert zu werden, eine Tänzerin, die sich schon bald nach der Geburt des Knaben davongemacht hatte und deren Verfehlungen ihr Sohn nun durch ein enthaltsames Leben hinter Klostermauern sühnen soll. Schon früh erkennt Narziß, dass sein Lieblingsschüler dazu kaum taugt, zumal es ihm nicht entgeht, dass in Goldmund das Erbe seiner Mutter vorherrscht, so nachhaltig es auch aus seinem Bewusstsein getilgt worden ist.

Obwohl Goldmund aus Liebe zu seinem jungen Lehrer bestrebt ist, es ihm gleichzutun und auch ein spirituelles Leben führen zu wollen, respektiert Narziß – auf die Gefahr hin, die Zuneigung und das Vertrauen seines Zöglings zu verlieren – behutsam dessen ganz andere Veranlagung. Denn Goldmunds Erregung nach der von seinen Kameraden angestifteten Mutprobe eines heimlichen nächtlichen Ausflugs „ins Dorf“ und seinem Erlebnis mit dem seine Sinnlichkeit weckenden Mädchen war offensichtlich.

Die Konfrontation mit dieser Erbschaft und der früh aus seinem Gesichtskreis verschwundenen Mutter bringt den 17jährigen dermaßen aus dem Gleichgewicht, dass er darüber vorübergehend das Bewusstsein verliert und aus der Krise deutlich verändert hervorgeht. Seitdem versucht er nicht mehr, dem zwar bewunderten asketischen Vorbild des Narziß nachzueifern, sondern seinen dionysischen Anlagen zu folgen, wie vordem seine Mutter. Um dem nicht im Wege zu stehen, hält Narziß seinen Schützling nicht im Kloster fest und toleriert Goldmunds nach weiteren sinnlichen Erlebnissen entflammten Drang nach einem dem seinen diametral entgegengesetzten Leben. Denn, so sagt er, erst wenn

> ein Mensch mit den ihm von der Natur gegebenen Gaben sich zu verwirklichen sucht, tut er das Höchste und einzig Sinnvolle, was er tun kann.[2]

Er gibt den Freund frei im Vertrauen auf seinen guten Kern und in der Gewissheit, dass auch Goldmund früher oder später den Weg finden wird, sein entzündbares Naturell in einen überpersönlichen Dienst zu stellen. Und er täuscht sich nicht. Auf ganz andere Weise als Narziß erreicht schließlich auch Goldmund dieses Ziel, und Narziß darf es noch erleben, wie es seinem Freund gelingt, als Bildhauer die Summe seiner Erfahrungen in Figuren darzustellen, die „Sinnbilder wurden für unzählige Menschen,

---

[2] Hermann Hesse: *Sämtliche Werke*. Hrsg. v. Volker Michels. Suhrkamp, Frankfurt/M.: 2001–2007. Band 4, S. 502. – Im Weiteren zitiert als SW mit Bandangabe und Seitenzahl.

heutige und kommende Generationen, die darin Trost, Bestätigung und Stärkung" finden sollten.

In einem kurzen Vorwort, das die Erzählung ursprünglich bekommen sollte, heißt es:

> Wenn zwei Menschengestalten, zwei Urprinzipien, zwei ewige Gegenwelten einander verkörpert begegnen, dann ist ihr Schicksal unentrinnbar. Sie müssen einander anziehen, müssen einer vom andern bezaubert werden, müssen einander erobern, einander erkennen, einander zum Höchsten steigern oder vernichten. So geschieht es jedesmal, wenn Männliches und Weibliches, wenn Gewissen und Unschuld, wenn Geist und Natur einander in reinen Verkörperungen kennenlernen und in die Augen sehen. Und so geschah es auch mit Narziß und Goldmund: dies ist es, was ihre Geschichte seltsam und bedeutsam macht (MatNG, S. 43).

Nachdem es dem Autor im Verlauf der Niederschrift gelang, diese Vorgaben auf eine Weise zu beleben, dass sie sichtbar wurden, ist dieses Motto überflüssig geworden.

Die Polarität der beiden Charaktere zeigt sich auch in der Anlage des Buches, von dessen 20 Kapiteln zehn im Kloster spielen und zehn das Weltleben Goldmunds schildern. Dabei werden, wie im altchinesischen Symbol des Yin und Yang, alle Kontraste, die wir zu trennen geneigt sind: hell und dunkel, Freiheit und Gebundenheit, männlich und weiblich, Geist und Leben, bewusst und unbewusst, Sinnenlust und Askese, extrovertiert und introvertiert, Vita activa und Vita contemplativa als gleichrangige, einander bedingende und ergänzende Konstellationen durchgespielt. Somit schildert der Roman nicht nur die Geschichte unterschiedlicher Charaktere, sondern zeigt zugleich den Antagonismus allen Lebens. Nicht durch Anpassung und Kompromiss kommt es zum Ausgleich der Gegensätze, sondern durch deren gegenseitige Durchdringung. Dabei bleibt jeder der Pole selbständig wie im taoistischen Bildzeichen Yin und Yang. Sie gehen nicht ineinander auf, sondern werden kleiner, falls das andere mehr Platz beansprucht, und umgekehrt. Sie sind voneinander abhängig, befruchten und vervollständigen sich und ergeben nur gemeinsam ein Ganzes. Allein nicht überlebensfähig, benötigen sie das Andere, dessen Keim sie in sich tragen. Unter den heutigen Autoren hat das keiner so deutlich formuliert wie Martin Walser mit der Maxime: „Nichts ist wahr, ohne sein Gegenteil."

Wie einst Goethes Faust die beiden Seelen in seiner Brust beklagte, muss auch Goldmund feststellen:

> Es schien alles Dasein auf der Zweiheit, auf den Gegensätzen zu beruhen, man war entweder Frau oder Mann, entweder Landfahrer oder Spießbürger [...] nirgends war Einatmen und Ausatmen,

> Mannsein und Weibsein, Freiheit und Ordnung, Trieb und Geist gleichzeitig zu erleben, immer mußte man das eine mit dem Verlust des anderen bezahlen (SW4, S. 475).

Doch weil das „Leben erst durch Spaltung und Widerspruch reich und blühend" wird (SW4, S. 430) und weil „von jeder Wahrheit auch das Gegenteil wahr" sein muß (SW14, S. 369), also jeder Pol erst durch seinen Gegenpol fruchtbar wird, gipfelt dieser Hymnus auf die Freundschaft in der keineswegs selbstverständlichen Erkenntnis: dass wir das, was uns von den Mitmenschen unterscheidet, nicht als Bedrohung, sondern als unser Gegenstück und unsere Ergänzung wahrnehmen sollten. Das ist mehr als das auch schon anspruchsvolle christliche sich selbst im Anderen sehen: „Liebe deinen Nächsten wie dich selbst." Denn es motiviert uns, unsere Grenzen und den Mitmenschen als eine willkommene Bereicherung wahrzunehmen. Dass der ‚kürzeste Weg zum Heiligen, der des Wüstlings' sein und „dass man ohne alle Wissenschaft sehr klug sein kann" (SW4, S. 295, 303), dass demnach auch die Kunst ein Weg zur Erkenntnis ist, auf dem man ebenso tiefe und meist eindringlichere Antworten auf die Fragen des Lebens finden kann als bei den Philosophen, das wird Narziß am Beispiel Goldmunds erleben.

In seinem Drang, sich die entbehrte Mutter vorstellen zu können, lernt sein Freund Frauen unterschiedlichster Naturelle und Typen kennen. Jede zeigt ihm einen anderen Aspekt des Weiblichen. Attraktiv und entzündbar wie er ist, fällt es ihm leicht, sie zu gewinnen. Jeder Verlockung offenstehend, ist er selber anziehend wie der Virtuose der Liebes- und Verführungskunst Giacomo Casanova (1725–1798). Dessen schmiegsame, auf Wechsel bedachte und doch anhängliche Zärtlich- und Ritterlichkeit gegen die Frauen hatte Hesse schon 1925 in einer Empfehlung der damals noch tabuisierten Memoiren des Venezianers gerühmt. „Ihm blieben", betont er im Hinblick auf seine eigene pietistisch-verklemmte Erziehung, „die lähmenden Schuljahre erspart, die wir heute für unerlässlich halten, um die Jugend zahm zu kriegen." Bereits 1906 hatte Hesse dem galanten Schürzenjäger unter dem Titel *Casanovas Bekehrung* eine amüsante Novelle gewidmet, die lange Zeit unbekannt geblieben ist, da er sie in keines seiner Bücher aufgenommen hat. In der Sympathie mit Casanovas Hingabe an alle Frauen seiner Wahl erscheint der Venezianer dort wie ein vorweggenommener Goldmund und entspricht auch Hesses eigener, damals noch weitgehend unausgelebter Beziehung zum anderen Geschlecht, wie er sie in seiner ausführlichen Entgegnung vom April 1931 auf die Goldmund betreffenden Vorbehalte des Philosophen Christoph Schrempf eingestanden hat:

> Ich habe wie Goldmund zur Frau ein naiv sinnliches Verhältnis und würde wahllos lieben wie Goldmund, wenn nicht eine eingeborene

> Achtung vor der Seele des Mitmenschen (also der Frau) und eine ebenso anerzogene Scheu vor dem bedenkenlosen Sichhingeben an die Sinne mich zügeln würde (MatNG, S. 121).

Wohlüberlegt wie die Konstruktion des Buches sind auch die Namen, die der Autor für seine Protagonisten gewählt hat. Der selbstgenügsame Narziß wählt sich als Abt den Namen Johannes, der demjenigen von Hesses Vater, einem missionierenden Theologen entspricht. Doch weist Narziß auch Züge von Hesses intellektuellem Freund Hugo Ball auf, einem zum Katholizismus konvertierten Schriftsteller und seinem ersten Biographen. Goldmund dagegen ist eine Eindeutschung des griechischen Namens Chrysóstomos und verweist auf Johannes Chrysóstomos von Antiochia (354–407), einen Patriarchen der Ostkirche und Anwalt der Armen, von dem der Ausspruch überliefert ist: „Reich ist nicht, wer viel hat, sondern wer wenig braucht. – Arm ist nicht, wer wenig hat, sondern wer viel begehrt."

Das eigentliche Thema der Erzählung aber ist die Entwicklung Goldmunds zum Künstler. Nur auf diesem Weg glückt es ihm, die Gegensätze zu versöhnen und sein sinnenfrohes Leben fruchtbar zu machen. Indem er dem Vorübergehenden das Beständige, den Erfahrungen seines abenteuerlichen und gefährlichen Landfahrerlebens das Gleichnis seiner Bildwerke abgewinnt, in welchen die Sinnlichkeit beseelt und die Reize der Welt um neue Gestaltungen bereichert werden, verwirklicht er nachhaltiger als der intellektuelle Narziß dessen Ideale. Die Liebe lässt ihn Hunger, Durst, Heimatlosigkeit, Demütigungen, Gefahren und Gefangenschaft ertragen und mündet schließlich in Skulpturen, von denen er sagen kann:

> Daß diese Figur gut geworden ist, dazu war meine ganze Jugend nötig, [...] meine Verliebtheit, mein Werben um viele Frauen. Das ist der Brunnen, aus dem ich geschöpft habe (SW4, 516f.).

So wird der Künstler zum Mittler zwischen Geist und Leben, sofern es ihm glückt, das mütterliche und väterliche Erbe zu verbinden. Denn alle echten Kunstwerke,

> hatten dies gefährliche, lächelnde Doppelgesicht, dies Mann-Weibliche, dies Beieinander von Triebhaftem und reiner Geistigkeit (SW4, S. 411).

In seiner Antwort an Christoph Schrempf erklärt der Autor es so: das sinnliche Vergnügen sei für Goldmund kein seelisches Besitzergreifen mit dem Ziel einer Verbindung, in der die Partner

> sich zu wertvolleren Persönlichkeiten steigern, sondern er erreicht die Sublimierung der Liebe erst in der Kunst, erst auf einem Umweg, erst durch einen Ersatz. Dazu muss ich mich bekennen. Ich

> möchte um des Lebens allein willen nicht leben, ich möchte um der Frau allein willen nicht lieben, ich bedarf des Umweges über die Kunst. ich bedarf des einsamen und versponnenen Vergnügens des Künstlers, um mit dem Leben zufrieden zu sein, ja um es ertragen zu können. Daß dies eine gebrechliche, keineswegs ideale, keineswegs vorbildliche Lebens- und Menschenart bedeutet, ist mir wohl bewusst. Aber es ist meine Art, aus der heraus ich einzig das Leben zu deuten versuchen kann (MatNG, S. 122).

Nur in der Kunst war den Reizen und dem ewigen Totentanz des Vergänglichen etwas Dauer abzugewinnen, wobei das eine immer mit dem Verlust des anderen bezahlt werden musste. Nur so konnten unerfüllte Wünsche befriedigt werden, wie Goldmunds Madonnenfigur zeigt, in welcher die Züge der einzigen Frau dominieren, die sich ihm verweigert hat. Somit endet die Erzählung in einer Apotheose des Künstlertums, weil es Goldmund gelingt, das Abbild zum Sinnbild zu verwandeln.

Auffallend in diesem Roman ist auch die angstfreie, entdämonisierte Sicht des Todes. Das Sterben wird nicht als Untergang, Vernichtung oder Strafgericht, sondern als Abenteuer, als Gnade, als Verwandlung und Rückkehr zu unserer Herkunft dargestellt. „Ich kann mich“, resümiert Goldmund,

> von dem Gedanken nicht trennen, daß statt des Todes mit der Sense meine Mutter es sein wird, die mich wieder zu sich nimmt […] Sie war das Leben, die Liebe, die Wollust, der Trieb, jetzt ist sie der Tod (SW4, S. 528, 609).

Dass dem Rationalisten Narziß diese Zuversicht abgeht, mag Hesse zu der Titelvariante „Narziß oder Der Weg zur Mutter“ bewogen haben.

Ein erster Entwurf der Erzählung verlagert den Schauplatz der Geschichte nicht nach Mariabronn, sondern in ein Kloster an der Küste des Mittelmeers. Ob und auf welche Weise Hesse diesen Faden in der 1927 entstandenen und bald darauf vernichteten Frühfassung der Geschichte weitergeführt hätte, lässt sich aus den überlieferten Unterlagen nicht mehr feststellen.

Die Idee zur Thematik von *Narziß und Goldmund* reicht weit, bis in Hesses 30. Lebensjahr, zurück. Das beweist sein Romanfragment *Berthold*, dessen Typoskript er im September 1943 beim Räumen einer Schublade wiederentdeckte und es zwei Jahre später im Zürcher Verlag Fretz & Wasmuth veröffentlichen ließ. Dort sind ebenso wie *Das Glasperlenspiel* einige der im Dritten Reich unerwünschten Bücher Hesses nur für den Schweizer Markt erschienen. Die Handlung des *Berthold*-Fragments nimmt Motive des zwei Jahrzehnte später wieder aufgegriffenen Stoffes vorweg. Wie Goldmund erinnert sich auch Berthold kaum noch an seine früh verstorbene Mutter und wird von seinem Vater in eine Klosterschule geschickt. Das Kloster läßt sich der Beschreibung zufolge als die nahe bei Calw gelegene ehemalige Benediktinerabtei Hirsau identifizieren. Von seinem verehrten Lehrer, einem Pater Paul, der im „blassen Lande der Buchstaben zuhause“ (SW7, S. 96) ist und Merkmale des späteren Narziß aufweist, wird Berthold im Alter von 15 Jahren zum Theologiestudium nach Köln empfohlen, wo er zwei Jahre darauf erste erotische Erlebnisse mit einer „schwarzen Barbara“ teilt. Wie Goldmund ist auch Berthold ein für den Priesterberuf bestimmter Sinnenmensch, introvertiert zwar, zugleich aber wach, gescheit, kritisch, dabei körperlich kräftig und bei Provokationen bis zur Gewalttätigkeit reizbar wie Goldmund. Das zeigt sich schon in seiner Kindheit, wo er bei einer Schlägerei seinen Herausforderer fast umbringt und am Ende seiner Studienzeit am Kölner Priesterseminar seinen Freund, den ehrgeizigen und weltmännischen Johannes, erwürgt, als dieser sein Vertrauen missbraucht und die von Berthold geliebte Kaufmannstochter Agnes für sich selbst zu gewinnen versucht. Die dialektische Spannung zwischen den Positionen von Johannes, der auch bei Frauen vor allem auf Vergnügen und Renommieren bedacht ist und der Bertholds ernsthafteres, auf Langfristigkeit angelegtes Ideal der Liebe lächerlich macht, ist konfliktreich und ergiebig, zumal ausgerechnet der Idealist darüber zum Mörder wird. Anders als Goldmund, der als Bildhauer seine Erlebnisse in Kunst zu übertragen vermag, flieht Berthold vor den Konsequenzen seiner Affekthandlung und verliert sich als Söldner in den Wirren des Dreißgjährigen Krieges. Dass Hesse 1908 an dieser Stelle das Manuskript abbrechen musste, begründet er 1944 in einer Fußnote zum Vorabdruck der Erzählung in der *Neuen Schweizer Rundschau* damit, dass es ihm damals

> nicht gelang, eine halb historische, halb imaginäre Zeit spürbar zu machen, wie ich es zwanzig Jahre später in Narziß und Goldmund wieder versucht habe (SW7, S. 498).

Zu Lebzeiten des Autors war *Narziß und Goldmund* das erfolgreichste seiner Bücher. Die nach dem vernichteten ersten, schon 1927 konzipierten Entwurf entstandene handschriftliche Erstfassung, geschrieben in Montagnola, Baden, Zürich und St. Moritz, war am 21.1.1929 vollendet. Sie befindet sich heute im Deutschen Literaturarchiv, Marbach, wie auch die aus der Sammlung H.C. Bodmer stammende maschinenschriftliche Druckvorlage. An diesem Typoskript arbeitete Hesse von Ende Januar bis März 1929 in Zürich. Die Reinschrift ging am 9.4.1929 an den Berliner Verlag, der den Roman vom Oktober 1929 bis April 1930 in sieben Fortsetzungsfolgen mit dem später gestrichenen Untertitel „Geschichte einer Freundschaft“ in S. Fischers Zeitschrift *Die neue Rundschau* vorabdruckte. Die mit einem zauberhaften Schutzumschlag von Hans Meid ausgestattete Buchausgabe, dem „wohl zugkräftigsten des Verlages seit Jahr und Tag" (Peter de Mendelssohn), erschien im April 1930 in einer Erstauflage von 20 Tsd. Exemplaren und hatte bis zum Jahresende bereits das 40. Tsd. erreicht. Bis das Buch wegen eines darin angeprangerten Pogroms zu Beginn der Euthanasie 1941 im nationalsozialistischen Deutschland verboten wurde, war es in 69 Tsd. Exemplaren verbreitet und hat noch zu Hesses Lebzeiten eine Auflage von etwa 300 Tsd. erreicht. Die deutsche Gesamtauflage bis heute beträgt inzwischen 3 Millionen. Übersetzt ist der Roman mittlerweile in mehr als 30 Sprachen.

Die zeitgenössische Literaturkritik reagierte überwiegend positiv auf das Buch. Unter den mehr als 20 Besprechungen, die der Roman damals gefunden hat, gab es nur eine einzige kritische in der Zeitschrift *Die deutsche Rundschau*, die bemängelte, dass Hesses Darstellungsweise zu weich und lyrisch sei, „um solche Energien bändigen zu können" (H.W. Keim).

Dieser erstmals fast einhellige Beifall der Presse war dem Autor nicht geheuer, wie aus einem seiner Briefe vom November 1930 hervorgeht. „Übrigens las ich gestern", schrieb Hesse an Karl Isenberg,

> die erste wirklich ablehnende Kritik über Goldmund, was mir beinah ein Trost war, denn die Einmütigkeit und dumm schablonierte Gleichartigkeit, mit der die Presse den Goldmund bisher lobte, schmeckte mir ein wenig danach, als sei man froh, den Hesse jetzt als einen alten, ungefährlich gewordenen Mann noch einmal vor dem Nekrolog rühmen zu können (MatNG, S. 114f.).

Über die Aufnahme, die der Roman beim Publikum fand, war er durch zahlreiche Leserzuschriften informiert:

> Meine Leser und namentlich Leserinnen schreiben mir täglich Briefe, wie schön der Goldmund sei und wie gut, dass ich mich vom Steppenwolf zu dieser ‚Harmonie' durchgerungen habe. Es ist zum Speien. Für die Leute ist der Dichter da, um ihnen ‚Harmonie' vorzutäuschen. Sobald er an den Tod, an die Tragik, an den Krieg, an alles Wirkliche erinnert, ist er ein lästiger Querulant. Vom Künstlerischen verstehen sie ohnehin nichts, sonst sähen sie, daß rein künstlerisch der Steppenwolf ebenso geglückt ist wie der Narziß und dabei bei einem weit schwereren Thema. Ich habe große Lust gekriegt, wieder etwas zu schreiben, worüber diese harmonischen Tanten schimpfen können. (20.11.1930 an Otto Hartmann, MatNG, S. 115)

In der Tat lobte jeder zweite dieser Briefe das Buch auf Kosten des *Steppenwolf*, so dass Hesse in einem Schreiben vom Juli 1930 bemerkte:

> Keiner dieser Leser würde einer Mutter in seiner Bekanntschaft sagen, er gratuliere ihr zu einem Kind wie der Anna, während ja aller-

> dings der Emil und die Marie arge Missgeburten sind (MatNG, S. 110).

Bei anderen Zuschriften hatte sich der Autor gegen den Vorwurf der Pornographie zu erwehren:

> Der Steppenwolf handle von nichts als Dirnen und der Goldmund zeige, daß ich nie eine echte Frau und echte Liebe gekannt habe, sondern eben bloß Dirnen und Sinneslust. Zuweilen wird das auch noch als ‚jüdisch' bezeichnet, und daraus sieht man, wie es gemeint ist: hitlerisch, Gott segne dieses Heldenmüttervolk! (13.6.1932 an Olga Diener, MatNG, S. 129)

Früh schon entdeckten die Psychotherapeuten das Buch für ihre Zwecke. Im November 1930 hatte Thomas Mann in der Berliner Zeitschrift *Das Tage-Buch* bei *Narziß und Goldmund* „die Mischung aus deutsch-romantischen und modern-psychologischen, ja psychoanalytischen Elementen"[3] hervorgehoben. Und im April 1931 wies H. David-Schwarz in der *Psychologischen Rundschau*, Basel auf die Parallelen zur Arzt-Patient-Beziehung zwischen Demian und Sinclair hin:

> Die Analyse ist hier [in *Narziß und Goldmund*] eine vollständige, d.h., sie schließt mit einer Synthese ab, die mit meisterhafter Konsequenz und erstaunlichem Können durchgeführt ist [...] Klarer als ein Lehrbuch und weiser als mancher Arzt erhellt Hesse den Zwiespalt zwischen bewusster und unbewusster Welt [...] Der letzte, bekannteste Roman dieser Art war Spittelers ‚Imago' [...] Ihr literarischer Wert mag andernorts untersucht werden, hier sei nur festgestellt, dass er den Psychologen unentbehrlich ist [...] Goldmunds Seele krankt an *unseren* Konflikten, er kämpft gegen die Einseitigkeit *heutiger Kultur*. Was kümmert es uns, dass Hesses Handlung im Mittelalter spielt?[4]

Aber auch ein bedenkenswert kritischer Exkurs des Rezensenten über den literarischen Wert sei hier nicht verschwiegen, da er auf etwas zielt, was paradoxerweise der Breitenwirkung des Buches keineswegs abträglich war. Er bedauert, dass Hesse gerade dem zum Opfer gefallen sei, wovor Sigmund Freud immer gewarnt habe: Ein Dichter solle sich hüten, seinen Helden alle Geheimnisse seiner Motivierung laut und restlos aussprechen zu lassen:

---

[3] Zitiert nach Siegfried Unseld: *Hermann Hesse. Werk und Wirkungsgeschichte*. Insel, Frankfurt a.M. 1987, S. 161.

[4] H. David-Schwarz: Hesses „Narziss und Goldmund" in zwei verschiedenen Auffassungen. In: Psychologische Rundschau, Basel, Jg. 3, 1931, S. 7–13; hier: S. 9, 12, 13, 10.

> In ‚Narziß und Goldmund‘ wird entschieden zu viel gesagt [...] Die Illusion bleibt dabei unbetätigt, desto stärker aber regt sich die Kritik. Es ist, wie wenn man ins Theater geht, um ein Schauspiel zu sehen, stattdessen aber hinter die Bühne gerät und den ganzen Apparat, der zur Produktion nötig ist, miterlebt (Ebd., S. 9).

Dass die Phantasie des Lesers dabei zu kurz komme, mag stimmen. Dafür aber gewinnt das Buch an Eindeutigkeit und beugt willkürlichen Lesarten und Interpretationen vor, die oft genug den Kern der Aussage verfehlen.

Der Kontrast zu dem, was die damalige Gegenwartsliteratur bestimmte, machte für den Schriftstellerkollegen Max Herrmann-Neiße den Reiz des Buches aus. In der Berliner Zeitung *Die literarische Welt* stellte er fest:

> Bei dem Betrieb, den gegenwärtig die Romanliteratur mit Stilexperiment, stofflicher Sensation, Salto mortale, dadaistischer Exzentrik, Lexikonmanier und Schlüsselbluff treibt, ist so ein in jeder Beziehung reines, ehrliches, unauffälliges Kunst- und Lebenswerk ein besonderes Glück.[5]

Und wohl mit einem Seitenblick auf Alfred Döblins kurz zuvor publizierten Roman *Berlin Alexanderplatz* fügte er hinzu:

> Diese Erzählung wetteifert nicht mit Reportage, kümmert sich nicht um Aktualität, kitzelt nicht mit politischer Tendenz, verrücktem Getue oder Pikanterie, sondern ist – im besten Sinne des Wortes – Poesie, unzeitgemäße Poesie! [...] Vom ersten Satz an hat alles Farbe, Duft, Blut, eigene Figur und Bewegung [...] und es ist mir von Herzen sympathisch, daß der Mode, der kollektivistischen Phrase, der Nivellierung und des linken Irrtums vom Vorzug der Mittelmäßigkeit zum Trotz, hier Wert gelegt wird auf die Ausnahme, das Eigene und Besondere, den Einzelnen und Einmaligen. In ‚Narziß und Goldmund‘ bekommen die beiden Grundformen des schopferischen Menschen Gestalt: der Denker und der Träumer, der Herbe und der Blühende, der Klare und der Kindliche, beide verwandt, obwohl in allem ihr Gegenspiel, beide vereinsamt, beide von Hesse gleich gerecht in ihren Vorzügen und Schwächen erkannt, gleich exakt wiedergegeben [...] kein Zeit- sondern ein Lebensbuch (Ebd., S. 336f.).

Vortrag gehalten im Rahmen der 21. Silser Hesse-Tage 2021.

[5] Hsia, Adrian (Hrsg.): *Hermann Hesse im Spiegel der zeitgenössischen Kritik.* Bern/München: Francke 1975, S. 335f.

Alexander Honold

Liebesleben und Todeswanderung. Hybrides Erzählen in *Narziß und Goldmund*

Den Studierenden des
Basler Hesse-Seminars
vom Frühjahrssemester 2021

I Ein Postskriptum zur Schülerbiographik

„War es notwendig, daß dem Camenzind, dem Knulp, dem Veraguth, dem Klingsor und dem Steppenwolf nun nochmals eine Figur folgte, eine neue Inkarnation", so fragte sich Hermann Hesse während der Abfassung der Erzählung *Narziß und Goldmund* in einer Arbeitsnotiz vom Dezember 1928 (12, 125).[1] Es scheint durchaus keine kokette, rhetorische Selbstbescheidung zu sein, wenn der Autor, den Abschluss des nächsten großen Prosamanuskriptes vor Augen, eine solche Selbstbefragung lanciert. Denn die Geschichte von *Narziß und Goldmund*[2] war nicht nur umfangreicher als alle vorausgegangenen Erzählwerke, die Hesse geschrieben hatte, der Text bedeutet für seinen Autor, der mit dem umstrittenen, aber populären *Steppenwolf* wenige Jahre zuvor die ominöse biographische Wegmarke des fatalen fünfzigsten Geburtstages mit Bravour gemeistert hatte, dann doch nochmals so etwas wie einen ultimativen Meilenstein, ein von Melancholie durchtränktes letztes Werk. Wenn „jedem Anfang [...] ein Zauber" innewohnt, dann gilt dieses bekannte Diktum der *Stufen* vielleicht mehr noch für das Ende einer jeweiligen Lebensphase und Schaffensperiode, für den Abschluss von etwas.

Noch einmal also spannt der Autor seine Kräfte an, um mit der Erzählung *Narziß und Goldmund* gegen Ende der zwanziger Jahre ein umfangreiches, weit ausschwingendes Erzählwerk zu verfassen, das mit seinem Klosterschulambiente die Reihe der früher geschilderten Jugendkrisen auf einem geschichtlich zurückverlagerten Schauplatz fortzusetzen scheint.

---

[1] Hermann Hesse: *Eine Arbeitsnacht.* In: Ders.: *Sämtliche Werke,* hrsg. von Volker Michels. 2. Aufl., Suhrkamp, Frankfurt a.M. 2001–2007, Bd. 12, S. 123–127; im Haupttext mit Angabe von Band- und Seitenzahl nachgewiesen.

[2] Hermann Hesse: *Narziß und Goldmund.* In: Ders.: *Sämtliche Werke,* hrsg. von Volker Michels. 2. Aufl., Suhrkamp, Frankfurt a.M. 2001–2007, Bd. 4; im Haupttext mit Angabe von Band- und Seitenzahl nachgewiesen.

Narziß und Goldmund steht am Ende dieser Reihe erzählerisch durchdeklinierter Bildungsgeschichten und Künstlerkarrieren,[3] auf die anderthalb Jahrzehnte später mit dem *Glasperlenspiel* nochmals ein weiterer großer Wurf, ein veritables *opus magnum* folgen würde.

Dass es in all den Schüler- und Künstlergeschichten jeweils auch um Autobiographisches geht, dass Hesse bei der Entwicklung seiner Charaktere immer wieder auf den großen Fundus eigener Konfliktmuster und Beziehungskonstellationen zurückgreifen kann, auf Phasen verzweifelter Niedergedrücktheit und auf solche, die von narzisstischen Grandiositäts-Phantasmen durchbebt waren, all dies ist von ihm selbst durchaus freimütig zugestanden und auch von zahlreichen Textkommentaren wiederholt nachgezeichnet und belegt worden.[4]

Auf diese sowohl spiegelbildliche wie auch reinigende Funktion seiner imaginären Hauptfiguren nimmt Hesse Bezug, als er, noch mitten in der Arbeit der Niederschrift des *Narziß und Goldmund*-Werkmanuskriptes begriffen, in dem Selbstzeugnis einer von Unruhe durchzogenen *Arbeitsnacht* auf diesen ihm bis dahin gar nicht so explizit bewussten Grundzug seines bisherigen Schaffens zu sprechen kommt und dafür eine prägnante, von späteren Werkkommentaren oftmals herangezogene Begrifflichkeit findet. Fast alle der bis dahin entstandenen Prosadichtungen, so stellt der Verfasser in dieser Notiz vom 2. Dezember 1928 fest, seien „Seelenbiographien",

> in allen handelt es sich nicht um Geschichten, Verwicklungen und Spannungen, sondern sie sind im Grunde Monologe, in denen eine einzige Person, eben jene mythische Figur, in ihren Beziehungen zur Welt und zum eigenen Ich betrachtet wird (12, 124).

Hier ist nun nicht nur das zurecht häufig herangezogene Erzählkonzept der „Seelenbiographie" von Belang, sondern auch die ihm abgewonnene Explikation, dass es sich bei den entsprechenden Literaturwerken, und

---

[3] Walter Hinck: *Künstlertum – Berufung, nicht Beruf: ein Bildungsroman im historischen Gewand. Hermann Hesse, „Narziß und Goldmund" (1930).* In: Ders.: *Romanchronik des 20. Jahrhunderts.* Dumont, Köln 2006, S. 65–73.

[4] Vgl. Volker Michels (Hrsg.): *Hermann Hesses Narziß und Goldmund. Eine Dokumentation zur Entstehungs- und Wirkungsgeschichte.* Suhrkamp, Frankfurt a.M. 2015; Jürgen Below: *Narziß und Goldmund. Erzählung (1930).* In: Ders.: *Hermann Hesse-Handbuch. Quellentexte zu Leben, Werk und Wirkung.* Peter Lang, Frankfurt a.M. 2012, S. 140–145. Zu den (auto-)biographischen Hintergründen und zum entstehungsgeschichtlichen Kontext des Werks ferner Frederick A. Lubich: *Hermann Hesse's Narziss und Goldmund. Medieval Imagineries of (Post)-Modern Realities.* In: Ingo Cornils (Hrsg.): A *Companion to the Works of Hermann Hesse.* Camden House, Rochester, N. Y. 2009, S. 187–214. Ralf R. Nicolai: *Hesses Narziß und Goldmund: Kommentar und Deutung.* Königshausen und Neumann, Würzburg 1997.

zwar ihrer jeweils recht unterschiedlichen Binnendramaturgie und Konfiguration ungeachtet, allesamt letztlich um *monologische* Sprachdokumente handelt, um Soliloquien eines Autors, der Figuren und Zuhörer vornehmlich dafür braucht, um sich anhand ihres Dazwischentretens mit sich selbst in Verbindung zu setzen. Wenn diese Selbsteinschätzung Hesses, als Erzähler „im Grunde Monologe“ geschrieben zu haben, auch für die umfangreiche Geschichte von *Narziß und Goldmund* Geltung haben sollte (und ich bin mittlerweile überzeugt davon, dass dem so ist), so kann dieser Grundsatz für die Analyse und Interpretation des Textes nicht ohne Folgen bleiben.

Narziß und Goldmund ragt aus der Reihe der bis dahin vorgelegten größeren Erzählwerke – Adoleszenz-Geschichten zumeist, wie wir gesehen haben – in mehrfacher Hinsicht heraus. Dies allein schon dadurch, dass der Verfasser diese Geschichte in ihrem gesellschaftlichen Zeitbezug weit weg ins historische Mittelalter verlegte, in jene Epoche, als das später säkularisierte Kloster Maulbronn noch mit ungetrübter Selbstverständlichkeit seinen ursprünglichen klerikalen Zwecken gedient hatte.[5] Weil aber die Epoche des Hoch- und Spätmittelalters nicht nur für *aventiure* und romanhaftes Erzählen prägend geworden war,[6] sondern auch pointierte novellistische Geschichten zu erzählen und zu sammeln beliebte, deren Einzelbeiträge wiederholt zu ganzen Zyklen gebündelt wurden, lässt sich die mittelalterliche Rahmensituation der *Narziß und Goldmund*-Geschichte durchaus mit heterogenen literarischen Einflüssen in Verbindung bringen, zu denen sowohl das Erzählschema der ritterlichen Episoden-Fahrt wie auch der Reigen dramatisch zugespitzter Novellenstoffe gehören. In Aufbau, Handlungsführung und Diktion scheint dieses Prosawerk etwa die Mitte zwischen einem intrinsisch durchgeformten, linearen Romanverlauf und einer episodisch gereihten Sequenz von Einzelgeschichten zu halten.[7]

Zu den Irritationen im Auftritt des neuen Werkes kann indes auch bereits der Titel selbst gezählt werden. Hesse gab sich oft zögerlich und un-

---

[5] Bastian Schlüter: *Das neue Mittelalter und die Ethik der Geschichte. Hermann Hesses „Narziß und Goldmund“ und „Das Glasperlenspiel“*. In: Ders.: *Explodierende Altertümlichkeit. Imaginationen vom Mittelalter zwischen den Weltkriegen.* Wallstein, Göttingen 2011, S. 93–104.

[6] Mireille Schnyder: *Âventiure? Waz ist daz? Zum Begriff des Abenteuers in der deutschen Literatur des Mittelalters.* In: *Euphorion* 96 (2002), S. 257–272.

[7] Sikander Singh: *Hermann Hesse.* Reclam, Stuttgart 2006, S. 199f.; Julia Moritz: *Narkissos und Chrysostomos, oder „dahin, wo es weniger weh tut“. Metamorphosen des Mythos in Hermann Hesses Roman „Narziß und Goldmund“*. In: Bogdan Mirtschev, Maja Razboynikova-Frateva, Hans-Gerd Winter (Hrsg.): *Mythos und Krise in der deutschsprachigen Literatur des 19. und 20. Jahrhunderts.* Thelem, Dresden 2004, S. 217–236.

entschlossen bei seinen Titelfindungen, in diesem Falle existiert eine lange Liste von erwogenen Aspiranten, die neben der einfachen Namensnennung der Hauptfiguren auch programmatische Formulierungen wie den „Weg zur Mutter" oder das „Lob der Sünde" in Erwägung zieht;[8] allerdings wäre mit derlei Überschriften der Geschichte von vornherein eine ziemlich starke Thesenlast aufgebürdet worden. Den stattdessen gewählten Titel mit der Nennung des zentralen Figurenpaars hatte Hesse für den Vorabdruck noch mit dem erläuternden Untertitel „Geschichte einer Freundschaft" versehen.[9] Das trifft und trifft nicht, möchte man sagen. Von Beginn an sind Narziß, der begabte junge Geistliche, und Goldmund, sein ihm verehrungsvoll zugetaner Lieblingsschüler, in der Klosterwelt von Mariabronn die allerbesten Freunde; der scharfsinnige Denker und der plastisch begabte Künstler ergänzen einander in idealer und „archetypischer" Komplementarität,[10] sie empfinden füreinander eine Liebe, deren Fortsetzung und Verwirklichung unweigerlich die Sittengesetze und Moralvorstellungen ihrer Zeit sprengen müsste, doch lässt es die Handlungsführung soweit gar nicht kommen.

Denn die Freundschaft und gemeinsame Zeit der beiden männlichen Protagonisten nimmt selbst bei großzügiger Kalkulation nur etwas weniger als die Hälfte des erzählten Geschehens und des Textumfangs nach Kapiteln ein; nur die ersten fünf Kapitel und die letzten drei des insgesamt zwanzig Kapitel umfassenden Handlungsganges spielen zur Gänze im Kloster und können als gemeinsam verbrachte Zeit der beiden Freunde verbucht werden. In der gesamten Erzählstrecke dazwischen, die sich über annähernd zwei Jahrzehnte an Lebenszeit spannt und von der ausschliesslich Erlebnisse Goldmunds mitgeteilt werden, insbesondere eine kaum noch zu überblickende Zahl an sexuellen Abenteuern mit permanent wechselnden Geliebten weiblichen Geschlechts, tritt die Parallelfigur des Narziß trotz gelegentlicher Erwähnungen so weit in den Hintergrund, dass von einer aktiven Mitwirkung am Handlungsgefüge kaum mehr die Rede sein kann. Erst als sich der jugendliche Sinnlichkeits-Furor des ungestümen Liebeskünstlers Goldmund an allerhand Eifersuchtsdramen, später an den gewalttätigen Pestunruhen und immer mehr auch durch wirtschaftliches Elend wundgestoßen und schließlich verausgabt hat, und ihn das Kerkerverließ in höchste Todesbangigkeit versetzt, verschafft das überraschende Eingreifen des inzwischen zum Abt von Mariabronn beförderten Jugendfreundes dem zum Tode verurteilten Draufgänger eine wundersame Rettung aus größter Not. Die Wiederaufnahme des verlore-

[8] Michels: *Hesses Narziß und Goldmund*, S. 9, 41; vgl. Pfeifer, Martin: *Hesse-Kommentar zu sämtlichen Werken*. Suhrkamp, Frankfurt a.M. 1990, S. 243.

[9] Michels: *Hesses Narziß und Goldmund*, S. 11.

[10] Lubich: *Hermann Hesse's Narziss und Goldmund*, S. 187.

nen Sohnes ins Kloster ist freilich nicht als Buße eines reuigen Sünders angelegt; sie stellt kompositorisch eher eine Art Coda zu dem vorangegangenen Abenteurer- und Wanderleben dar, in dem sich die Triebspannung Goldmunds nach und nach abbaut und er auf sein unvermeidliches Sterben zulebt, während sein Freund Narziß nahezu alterslos, aber auch erlebensarm, ihm die letzte Begleitung entbietet.

Warum und inwiefern also stehen hier überhaupt „Narziß und Goldmund" als eine Beziehungskonstellation auf dem Programm? Müsste nicht das Ungleichgewicht beider Figuren, und auch die damit verbundene Schieflage des Handlungsaufbaus, vielmehr als ein Indiz dafür verstanden werden, dass sich Hermann Hesse bei der Entfaltung eines explizit homoerotischen Liebesverhältnisses hier selbst zensurierend ins Wort gefallen, in die Parade gefahren ist? Und dies zum wiederholten Male schon, wenn man sich vor Augen hält, wie einst schon die jugendlichen Badeabenteuer Peter Camenzinds mit dem Freunde Richard durch den Unfalltod des letzteren bestraft wurden; oder wie brüsk auch die Schulfreundschaft Giebenraths zu Hermann Heilner ins Weibliche umgelenkt wird; wie ferner die enge, spannungsreiche Freundschaft von Demian und Sinclair durch das Dazwischentreten einer verführerischen Mutter nachstabilisiert wird. Ins Spektrum solcher angedeuteten, aber nicht ausgeführten sexuellen Übergänge gehört überdies auch die zwischen männlicher und weiblicher Anmutung oszillierende Steppenwolf-Geliebte Hermine, von der ihr Liebhaber intuitiv erkennt, dass sie eigentlich Hermann heißen müsste. Kommt Hesse folglich über einen bestimmten Punkt, über einen gewissen Intimitätsgrad nicht hinaus, wenn es um Zärtlichkeiten und Liebesakte zwischen jungen Männern geht? Wir verbleiben bezüglich dieses Problemfeldes vorerst mit dem Zwischenfazit, dass sich die Strukturanlage des Handlungsgeschehens von *Narziß und Goldmund* bei der Erzählung von Goldmunds weltlichem Lebenslauf sowohl als novellistische Sequenz von amourösen Vereinigungen lesen lässt, und zugleich auch als poetische Makrozäsur, als langjährige Unterbrechung jener eigentlich romanhaften Fügung, die in der angelegten männlichen Paarbeziehung besteht oder bestehen würde.

In diesem Zusammenhang ist wohl auch die Situierung des Werkes im Mittelalter nochmals zu bedenken. Hatte es vielleicht schon zu Hesses Tagträumen und Geistesablenkungen als damaliger Internatsschüler des Maulbronner Seminars gehört, sich probeweise einmal jenes eigentümliche, der Örtlichkeit in vielen Details noch eingeschriebene Klosterambiente auszumalen? Sich also auf dem Wege der Zeitreise ein noch intaktes und vom Mönchsleben erfülltes Zisterzienserkloster vorzustellen, statt lediglich mit dessen verzerrter und verringerter Schwundstufe Vorlieb nehmen zu müssen, die architektonisch und pädagogisch den Erfordernissen eines modernen Schul- und Wohngebäudes zumindest halbwegs angepasst worden war. Reizvoll schien er ja durchaus, ein solcher gedanklicher Rückgriff weit hinter die Schwelle jenes Säkularisierungsvorgangs von 1535 zurück, der die landesweite Aufhebung der katholischen Klöster und (etwa zwanzig Jahre später, im Falle Maulbronns 1556) ihre Umwandlung in Seminarschulen bewirkt hatte, einen Akt, dessen kulturstiftende Folgen im Selbstverständnis Württembergs und seiner theologischen Nachwuchspflege über viele Jahrhunderte hin so glorreich gehegt und gepflegt worden waren, vor allem, wenn man an so berühmte wie sperrige Stiftszöglinge wie Johannes Kepler, Friedrich Hölderlin oder Georg Friedrich Wilhelm Hegel denkt.

Dem Schüler Hesse dürfte die Tragweite jener epochalen Zäsur damals noch nicht bewusst gewesen sein; gleichwohl könnte die Idee, sich gedanklich in die vormalige Klosteratmosphäre zurückzuversetzen, einen der frühesten Schreibimpulse gebildet haben, der auf das Jahrzehnte später verwirklichte Werkprojekt *Narziß und Goldmund* vorauswies. Nicht nur, dass sich ein imaginationsstarker, ebenso begeisterungsfähiger wie rebellischer Zögling, als den wir uns Hermann Hesse vorzustellen haben, in den disziplinierenden Zwängen einer Ausbildungsanstalt unbehaglich und deplatziert fühlen musste; auch der gesamte Schulbetrieb seinerseits konnte in Maulbronn als verschobener, leicht verfremdeter Abklatsch eines ehemaligen mönchischen Klosterlebens betrachtet werden, als unpassendes Spiel in Kulissen, die noch von ziemlich anders gearteten Wertordnungen und Handlungsmustern kündeten.

II Bürde der Herkunft

Tatsächlich hebt der Erzähltext an mit einer ausgreifenden, detailreich ausgeführten Beschreibung einer derartigen Situation der kulturellen Deplatziertheit. Entboten wird zum Auftakt des Werks eine kunstvolle, spannungsreiche Ekphrasis, die den weiträumigen, fast urbanen Vorplatz und die beeindruckende Portalfassade der dem Vorbild Maulbronns nachgeformten Klosteranlage von Mariabronn mit leuchtender Gestaltungsintensität im Vorstellungsvermögen der Leserschaft erstehen lässt.

> Vor dem von Doppelsäulchen getragenen Rundbogen des Klostereinganges von Mariabronn, dicht am Wege, stand ein Kastanienbaum, ein vereinzelter Sohn des Südens, von einem Rompilger vor Zeiten mitgebracht, eine Edelkastanie mit starkem Stamm; zärtlich hing ihre runde Krone über den Weg, atmete breitbrüstig im Winde, ließ im Frühling, wenn alles ringsum schon grün war und selbst die Klosternußbäume schon ihr rötliches Junglaub trugen, noch lange auf ihre Blätter warten (4, 271).

Wie oft ist diese Introduktion gelesen, ist aber vielleicht ihr sonderbarer Tonus *über*lesen worden, der ganz auf der Vergegenwärtigung dieses isoliert und freistehend aufragenden Exemplars einer südländischen Edelkastanie liegt.

Die Kastanie ist mediterrane Lebensbedingungen gewohnt; in nördlichen Gefilden offenbart sie ihren Migrationshintergrund, indem sie später zu blühen beginnt als die restlichen Gewächse des Klosterhofes, weil ihren genetisch verwöhnten Temperaturfühlern die für das Ausschlagen der Triebe günstigen Witterungsbedingungen frühestens Ende Mai oder sogar erst Mitte Juni, „um die Zeit der kürzesten Nächte“ (4, 271), erreicht scheinen. Ihre „fremdartigen Blüten“, die „so mahnend und beklemmend herbkräftig rochen“ (ebd.), stellen nicht nur wegen ihres außergewöhnlichen Dufts und ihrer rhythmischen Verschiebung im Vegetationsgang ein herausragendes Ereignis dar, sondern auch, weil sie die Kundigen auf jene späten, erst im Oktober fälligen „Früchte“ vorausweisen, „um welche die Klosterbuben sich balgten“, während ein „aus dem Welschland“ stammender Subprior sie als wohlschmeckende Herbstspeise in seinem Kaminfeuer briet.

Die Edelkastanie spielt vor allem deshalb in der Eingangspassage des Textes eine solch exponierte Rolle, weil sie vor dem Ambiente der Klosterfassade einen staunenswerten, kommentarbedürftigen Fremdkörper bildet. Die Kastanie ist ein von südlicher Ferne zugereister pflanzlicher Zögling, dessen klimatische Fremdheit wiederum in kultureller Hinsicht als eine passende und triftige Positionsbestimmung für das in der Folge beschriebene Menschenschicksal aufgefasst werden kann.[11]

Denn als „vereinzelter Sohn des Südens“ wird dieser Baum sprachlich solcherart in Façon gebracht, dass sein bildhaftes Beispiel leichterdings auf die Existenz eines Klosterschülers übertragbar ist, sofern auch bei diesem die Eigenschaft hervorgekehrt wird, Sohn eines Vaters und einer Mutter zu sein. Grundsätzlich trifft dieser Umstand der genealogischen Abkommenschaft auf alle Figuren des Erzähltextes zu, doch wird sie nur in einem einzigen Falle auch thematisch relevant.

> Es war ein Jüngling, der, schon vorlängst von seinem Vater angemeldet, an einem Frühlingstage eintraf, um in der Klosterschule zu studieren. Beim Kastanienbaum banden sie ihre Pferde an, der Jüngling und sein Vater (4, 277).

Mit diesen Worten wird ein Neuzugang in Mariabronn vermeldet, die Ankunft des Knaben Goldmund. Sichtlich ist der Autor bemüht, den

[11] Zum Kastanienbaum als strukturbildendes Motiv für den Erzählzusammenhang vgl. auch Lewis W. Tusken: *Thematic unity in Hermann Hesse's "Narziss und Goldmund": The tree symbol as interpretive key*. In: Modern Fiction Studies (29) 1983, S. 245–251.

neuen Protagonisten mit dessen Vater gemeinsam auftreten zu lassen und dieses Motiv darüber hinaus buchstäblich zu jenem des Kastanienbaums ‚rückzubinden'.

Unter all den Patres und Fratres klösterlicher Ordensgemeinschaften, die ihre homosoziale Verbindung zwar namentlich an den biologischen Verwandtschaftsbeziehungen eines Familienverbands ausgerichtet, diese dabei aber konsequent ins nur mehr Metaphorische verwandelt haben, stellt die Einführung Goldmunds tatsächlich den ersten und einzigen Fall innerhalb dieses Textes dar, in dem die biologische Abkunft als Kriterium zur Charakterisierung einer Figur herangezogen wird. Und zwar überdies in gleich doppelt negativer Weise, weil die Vorgeschichte des Jünglings von zwei massiven Problemen überschattet ist. Der Vater Goldmunds, der mit dem Sohne zusammen nach Mariabronn gereist ist, scheint es eilig zu haben, seinen Sprössling dort möglichst umstandslos und auf Nimmerwiedersehen abzuliefern. Da ist von väterlicher Seite offenbar keine Herzlichkeit, keinerlei Wärme oder Liebe im Spiel; eine „Bürde der Herkunft" (4, 282) hatte ihr Verhältnis getrübt, von welcher Goldmunds Vater dem Abt beim Eintrittsgespräch nur „einige Andeutungen" machte, aus welchen allerdings auf ein sündhaftes, unstetes Vorleben von Goldmunds Mutter zu schließen war.

Im Anfangsschwung der ersten Schultage dauert es nicht lange, bis der strahlende junge Geistliche Narziß in dem einzelgängerischen Klosterzögling Goldmund einen Gleichgesinnten, einen Freund und Gefährten erkennt, und kaum mehr Zeit vergeht, bis Narziß als profunder Menschenkenner auch das um Goldmunds Schicksal liegende Familiengeheimnis weitgehend zu lüften vermag. Es ist die verstorbene und vom Vater mit strafender Missachtung belegte Mutter des Zöglings, an deren Figur sich eine unausgeleuchtete Sphäre des Vorlebens knüpft.

> Die Mutter war etwas, wovon man nicht sprechen durfte, man schämte sich ihrer. Eine Tänzerin war sie gewesen, ein schönes wildes Weib von vornehmer, aber unguter und heidnischer Herkunft; Goldmunds Vater hatte sie, so erzählte er, aus Armut und Schande aufgelesen [...]. Sie aber, nach einigen Jahren der Zahmheit und des geordneten Lebens, hatte sich ihrer alten Künste und Übungen wieder erinnert, hatte Ärgernis erregt und Männer verführt, war Tage und Wochen von zu Hause weggeblieben, war in den Ruf einer Hexe gekommen und schließlich, nachdem ihr Mann sie mehrfach wieder eingeholt und zu sich genommen hatte, für immer verschwunden (4, 314f.).

In der väterlichen Ablehnung des Sohnes, so ahnt der aufmerksame Freund ziemlich rasch, zeigt sich die Kränkung des Ehemannes durch eine treulose, unbezähmbare Frau, vielleicht sogar die Vergeltung eines folgenreichen Ehebruches.

Die Bestimmung des Sohnes für das Klosterleben von Seiten der väterlichen Autorität ist vor dem Hintergrund der angedeuteten Familienverhältnisse unschwer als eine Maßnahme der Reue, der Selbstbestrafung und Wiedergutmachung durchschaubar. Für die Lebensbahn Goldmunds sind die Weichen längst gestellt, noch ehe dieser überhaupt mit seiner Ausbildung beginnen und seine eigene Persönlichkeitsentwicklung vorantreiben konnte. Denn auf dem Jungen, so geben die Andeutungen zu erkennen, lastet eine ungeheuerliche moralische Verfehlung; er wurde in Sünde gezeugt, von einer allzu leichtlebigen, fremdländisch temperamentvollen Mutter, deren Lebenslust beim rechtmäßigen Ehegemahl augenscheinlich nicht auf ihre Kosten gekommen war.

Der Zögling vermeidet es auffallend, sich mit der Gestalt seiner Mutter überhaupt auseinanderzusetzen – solange, bis ihn sein Freund Narziß vehement und klar auf diese zentrale Leerstelle seines Lebens hinweist. Er, Goldmund, müsse sich seiner mütterlichen Anlagen vergewissern, in ihnen liege seine Zukunft, so bringt ihm Narziß hellsichtig bei.[12] Die Umsetzung dieses Ratschlages wird Goldmunds Klosterkarriere schlagartig beenden und führt ihn auf die Bahn einer langen und vielfältigen Serie von Liebesabenteuern, deren episodischer Reigen die gesamte Mittelpartie des Textes, die Kapitel sechs bis sechzehn, in dichter diegetischer Folge ausfüllt.

In dieser weltlichen Schule des Lebens wird sich der schöne junge Mann mehr denn je als der Sohn seiner Mutter erweisen, denn auch Goldmund führt ein unstetes, liebeshungriges Wanderleben, in dem die Hingabe ans flüchtige sinnliche Glück bis ins Extrem einer drohenden Selbstzerstörung führt. Damit gibt der Erzählgang allerdings auch zu verstehen, dass Goldmunds Schulzeit und Ausbildungsjahre trotz des großartigen Vorbilds, das ihm die Nähe seines Freundes Narziß bedeutet, nicht gegen die auf dem Jüngling lastende Bestimmungskraft seiner Herkunft ankommen können. Der unbändige Freiheitsdrang des mütterlichen Blutes ist stärker als die Bindekräfte der Freundschaft und wird sich später sogar gegen die Anerkennung seiner Künstlererfolge durchsetzen, als Goldmund zur schmerzvollen Enttäuschung seines Würzburger Meisters

[12] Die Funktion der abwesenden Mutter im Text wurde wiederholt im Kontext von Psychoanalyse und Matriarchats-Diskursen verortet; vgl. Peter Huber: *Goldmunds Weg zu den Müttern. Hermann Hesses Erzählung „Narziß und Goldmund" vor dem Hintergrund der Mutterrezeption im frühen 20. Jahrhundert.* In: *Hermann Hesse-Jahrbuch* (9) 2017, S. 85–120; Daniela Padularosa: *La ricerca della madre in „Narciso e Boccodoro"*. In: Daniela Padularosa, Mauro Ponzi (Hrsg.): *L'unità dietro la molteplicità. Hermann Hesse – un autore per un mondo en crisi?* Lithos, Rom 2015, S. 71–93.

die Bildhauerwerkstatt ausgerechnet nach Vollendung seiner großen Johannes-Skulptur wieder verlässt. Dieses ins Unstete, ins Offene drängende Wandererleben Goldmunds ist bei genauerem Blick schon in der Eingangsbeschreibung des fremdländischen Kastanienbaumes vorweggenommen, welcher ebenfalls nur durch ein außergewöhnliches Abenteuer in die Gefilde Mariabronns hatte gelangen können, nur um dort sodann eine vielbestaunte Fremdlingsexistenz zu führen.

> Fremd und zärtlich ließ der schöne Baum seine Krone überm Eingang zum Kloster wehen, ein zartgesinnter und leicht fröstelnder Gast aus einer anderen Zone, verwandt in geheimer Verwandtschaft mit den schlanken sandsteinernen Doppelsäulchen des Portals und dem steinernen Schmuckwerk der Fensterbogen, Gesimse und Pfeiler, geliebt von den Welschen und Lateinern, von den Einheimischen als Fremdling begafft (4, 271).

Auch die Klosterwelt selbst, das Prinzip der räumlichen Klausur und geistlichen Sammlung, entstammt der lateinisch-mediterranen Sphäre und ist erst durch längere Vorgänge eines Kulturtransfers bis nach Mitteleuropa gelangt. Nicht nur auf diese „geheime Verwandtschaft" deutet die elegante Erscheinung des südländischen Gewächses hin, sondern gibt vorausgreifend zu erkennen, dass sich auch auf Goldmunds Lebensweg die Vorgeschichte eines mütterlich-südländischen Temperaments nochmals Bahn brechen wird. Denn anders als jene Edelkastanie, die nur an Ort und Stelle die ihr dargebrachten, zwiespältigen Emotionen entgegennehmen kann, hat Goldmund immerhin die Möglichkeit, aus der ihm zugedachten stationären Existenz als Klosterzögling auszubrechen; und deshalb bestimmt von nun an der Widerstreit zwischen loyaler Ortsbindung und ihrer eigensinnigen Preisgabe seinen weiteren Weg.

III Viertelkreise und Rahmenstruktur

Das Handlungsgeschehen der *Narziß und Goldmund*-Erzählung folgt einem bemerkenswert stringent durchkonstruierten narrativen Muster, in dem sich eine numerische Ordnung von Viertelkreisen und eine dramaturgische Triade miteinander verbinden. Wie in seinen früheren längeren Prosatexten auch schon, zeigt sich Hesse in der Kapiteleinteilung des Werkes als Anhänger klarer Symmetriebildungen und ziemlich gleichmäßig ausbalancierter Kapitelumfänge. Von den zwanzig Einzelkapiteln gehören die ersten sechs und die letzten vier der Handlungssphäre des Klosters Mariabronn an, was insgesamt recht genau der Hälfte des absolvierten Erzählvorganges entspricht. Ausgangslage und Zielpunkt des Handlungsgeschehens sind folglich stationär ausgerichtet und durch die Raumsituation des Klosters vorgegeben, die insofern einen strukturellen Rahmen für die dazwischenliegende Periode von Goldmunds unstetem Wanderleben mit seinen Liebesabenteuern und Künstlerwerken schafft. Gegen bzw. über dieses triadische Schema, das dem pädagogischen Grundnarrativ von gegebenem Ausgangszustand, durchlaufenen Krisenprozessen und schließlich erfolgender Rückkehr nachgebildet ist, setzt die numerische Kapitelordnung eine in vier Viertel aufgeteilte Kreisordnung ein, die ungefähr zu jedem fünften Kapitel respektive an den Übergangsstellen zwischen den vier Quadranten die Goldmund-Figur jeweils an einem herausgehobenen Abschnitt ihres Bildungsweges zeigt. Es ist hilfreich, sich zur Vergegenwärtigung des Handlungsverlaufs diese markanten Positionen und die mit ihnen verbundenen Zäsuren im Werdegang des Protagonisten in schematischer Synopse zu verdeutlichen.

Auf die Eröffnungspartie mit Goldmunds Eintritt ins Klosterleben folgen im weiteren Verlauf des ersten Quadranten die intensiven jugendlichen Freundschaftsjahre zwischen Narziß und Goldmund, in welchen der erste zu einem verantwortungsvollen Lehrer und Geistlichen heranreift, während der zweite im Sog dieses pädagogischen Mentors sich vorwiegend in seinen Gefühlsanlagen und Sinnesgaben auszubilden beginnt. Das fünfte Buch endet nach der von Narziß forciert eingeführten Mutterfrage mit einem temporären nervlichen Zusammenbruch Goldmunds, der gerade dadurch die Triftigkeit des vom Freunde gewählten Therapieansatzes bestätigt. Damit ist auf der Makroebene des Textes eine Zäsur erster Ordnung verbunden, ein Dreh- und Wendepunkt, der den Jüngling Goldmund aus der Klosterlaufbahn definitiv herauskatapultiert und ihn für viele Jahre, mehrere Jahrzehnte sogar, auf eine unabsehbare Wanderschaft schickt. Mit dem sexuellen Initiationserlebnis, das der entlaufene Klosterzögling durch eine junge Frau aus dem sogenannten fahrenden Volk erfährt, ist der Auftakt zu einer langen und eindrucksvollen Reihe von Liebesabenteuern gesetzt, die den zweiten und dritten Quadranten des Textes weitgehend ausfüllen und die Handlung entlang einer mehr oder minder linearen Sequenz von episodischen Einzelgeschehnissen ausrichten.

Goldmund durchläuft auf seiner ausgedehnten, ziellosen Wanderschaft eine veritable Schule der Sinnlichkeit, vor allem in den sexuellen Liebeskünsten, die er bei flüchtigen Intimitäten mit unterschiedlichsten Frauen in allen erdenklichen Spielarten kennenlernt. Da sind Bäuerinnen und Mägde, Frauen aus dem fahrenden Volk; aber auch Töchter aus gutem Hause glühen angesichts der schönen Gestalt Goldmunds sogleich vor Sehnsucht nach ihm. Er aber vergleicht nicht, wertet nichts, sieht in jeder Frau, indem er sie begehrt, die ihr eigene Schönheit. Darin äußert sich ein genuin ästhetisches Verhältnis zur Welt, das die Menschen und ihre Verhältnisse nicht nach moralischen Kriterien des Guten oder Richtigen und auch nicht nach wirtschaftlichen Aspekten der Nützlichkeit beurteilt, sondern sie so nimmt, wie sie in Erscheinung treten.

Zweimalig innerhalb dieses großen Mittelteils kommt es zu längeren und komplexer ausgestalteten Figurationen, zunächst auf einer Ritterburg und später im Dunstkreis des Pestausbruches. Die erste dieser Szenen spielt, als sich der Held bei seiner Wanderschaft für einige Zeit auf die Burg eines alten Ritters begibt, der ihn zur Redaktion seiner Reiseerinnerungen engagierte. Hier hofft der Vertreter des feudalen Hierarchieprinzips, für einmal vom klassischen Bildungsstand der Klöster zu profitieren, während Goldmund das erlangte Gastrecht seinerseits dafür nutzen möchte, mindestens eine der beiden attraktiven Töchter des Hausherrn zu verführen, und schliesslich sogar beide junge Frauen je zur Seite neben sich im Bett liegen hat. Diese im achten Buch erzählte, frivole Dreiecksgeschichte zeigt en détail, wie erfolgreich Goldmund bis dahin seine Schule des Begehrens durchlaufen hat, vermag er es in dieser Konstellation doch meisterhaft, durch galante Zärtlichkeiten gegenüber einer Besucherin die emotionalen Zuwendungen seiner eigentlich anvisierten Herzensdamen auf sich zu lenken.

> Niemals hatte Lydia ihn so sprechen hören, er war aufgeblüht, Lust schwang in der Luft, seine Augen blitzten, in seiner Stimme sang Glück, flehte Liebe. Die drei Frauen fühlten es, jede anders, die kleine Julie mit heftiger Gegenwehr und Ablehnung, die Frau des Ritters mit strahlender Genugtuung (104).

In einer solchen vor Erotik knisternden Atmosphäre begibt sich der jugendliche Liebhaber zwischen den zwei Töchtern des Hauses auf einen polyamourösen Drahtseilakt, der nur mit dem schmerzhaften Absturz enden kann und gerade deshalb einen beispiellosen Höhepunkt des erzählerischen Spannungsbogens innerhalb des zweiten Quadranten bildet.

Wird der Uhrzeiger des Textkreises von hier aus genau um fünf Kapitel weitergerückt, ins dreizehnte Kapitel also, befindet sich Goldmund wiederum in der Situation einer ménage à trois. Nun allerdings ist die Konstellation nicht mehr durch die Erzählmuster ritterlicher *aventiure* und höfischer Liebe inspiriert, sondern durch den geschichtlichen Hintergrund der in Mitteleuropa umgehenden Pestseuche, jenes sogenannten „Schwarzen Todes“, der um 1350 aus Südeuropa kommend sich auch nördlich der Alpen immer weiter auszubreiten begann. Städte und Burgen, Gehöfte und Klöster, ganze Landstriche werden vom Todeszug der Pest erfasst und dahingerafft. Goldmund tut sich mit einem vom Wege abgekommene Rompilger zusammen und trifft in den vom „Todeschweigen“ (4, 439) erfüllten Straßenzügen der einstmals so strahlenden Stadt am Fluss auf eine junge Dienstmagd, die er überredet, mit ihm zu ziehen.

Mit der schönen Lene und dem ängstlichen Robert gründet Goldmund für eine Weile eine Art Hausstand zu dritt:

> wir wollen jetzt eine Weile in Ruhe und Gesundheit leben und der Pestilenz aus dem Wege gehen. Wir suchen uns einen hübschen Ort mit einer leeren Hütte, oder bauen selber eine, da will ich mit Lene Hausherr und Hausfrau sein,

so erklärt er seinem Gefährten Robert, „und du bist unser Freund und lebst mit uns“ (4, 441). Eine Art Robinsonade der drei Übriggebliebenen im Meer des Massensterbens bahnt sich an, für einige Zeit können Goldmund, seine junge Freundin und der Gefährte in einer notdürftig hergerichteten Hütte dem schlimmen Gang der Zeitläufte trotzen: Ihr Idyll ist ebenso fragil wie das zuvor skizzierte galante Liebesabenteuer, denn Liebe und Freundschaft werden ringsum bedroht sowohl von der näher rückenden Infektionskrankheit selbst wie von den gewalttätigen Horden, die als bewaffnete Patrouillen oder Plünderer die Gegend durchstreifen.

Sowohl die frivole Dreiecks-Konfiguration des achten Kapitels wie auch der pseudo-romantische Hausstand unter den Vorzeichen des Pestausbruchs, von dem das dreizehnten Kapitel mit beklemmenden Bildern erzählt, erweisen sich naturgemäß als instabil. Sie sind episodische Inseln eines kurzen, stationären Glückszustandes innerhalb der langen Reihe von flüchtigen Liebschaften und rastlosen Wanderperioden, die dem Protagonisten seine von Mutterseite auferlegte rastlose Natur unentwegt abverlangt. Und weiterhin ist es der wechselnde Rhythmus von Verweilen und Weiterziehen, von Arbeit und Abenteuer, dem Goldmunds unstete Lebensbahn folgt. Sehr zum Verdruss des Bildhauermeisters schlägt er dessen Angebot aus, als künstlerischer Partner in die Werkstatt einzuheiraten und sie bald ganz zu übernehmen, um stattdessen wieder die Freiheit der Wanderschaft zu suchen. Wie seinerzeit der Abschied von Mariabronn markiert die abrupte Trennung von Meister Niklaus und den in der Stadt gewonnenen Freundschaften einen Aufbruch ins Unbekannte, nur dass diesmal dem Reisenden seine Abenteuerlust nochmals schlechter entgolten wird, als es bei der vorigen Wandererphase der Fall war. Denn in diesem dritten Viertel der Erzählung gerät der Held in die Wirren des Pestgeschehens, er wird Zeuge massenhaften Leidens und Sterbens und muss auch selbst ständig mit der Gefahr einer Ansteckung rechnen.

Doch bewährt sich vor dem Eindruck des maßlosen Leidens und Sterbens eine Einsicht in den tieferen Zusammenhang zwischen menschlicher Endlichkeit und künstlerischem Gestaltungsvermögen, auf die Goldmund während seiner Bildhauerzeit gestoßen war.

> Vielleicht, dachte er, ist die Wurzel aller Kunst und vielleicht auch alles Geistes die Furcht vor dem Tode. [...] Wenn wir [...] als

> Künstler Bilder schaffen oder als Denker Gesetze suchen und Gedanken formulieren, so tun wir es, um doch irgend etwas aus dem großen Totentanz zu retten, etwas hinzustellen, was längere Dauer hat als wir selbst (4, 399).

Immer wieder jedoch gewinnt der Tod bei diesem Kräftemessen die Oberhand, setzt sich mit der Brüchigkeit und Hinfälligkeit des Lebens das Gestaltlose durch gegen sämtliche Bemühungen, ein die Zeit überdauerndes Werk zu hinterlassen.

In tiefster Not kann nur noch eine Art *deus ex machina*-Volte des Erzählens Abhilfe schaffen. Kein anderer als der Jugendfreund Narziß ist es, dem Goldmund seine Rettung zu verdanken hat; und so steht der vierte und letzte Erzählquadrant denn auch weitgehend wieder im Zeichen der so lange entbehrten Jugendfreundschaft und der für Jahrzehnte aus dem Blick geratenen Klosterwelt. In seinen Wanderjahren draußen hatte sich Goldmund immer wieder schonungslos den Gefahren und Genüssen gleichermaßen ausgesetzt, und dabei den Schwung und die Unbefangenheit seines jugendlichen Aufbruchs eingebüßt. Das Wiedersehen mit Narziß und die Rückkehr nach Mariabronn verschaffen dem Leidgeprüften Linderung, doch bricht selbst diese sentimentale Heimkehr Goldmunds Freiheitsdrang nicht; lieber schindet er sich auf einer allerletzten Ausfahrt halb zu Tode, als in den monotonen Tagesläufen des Klosters tatenlos seinem nahenden Ende entgegenzudämmern.

IV Goldmunds Liebesleben und Todeswanderung

Die Geschichte von *Narziß und Goldmund* unterliegt, wie gerade die oberflächliche Gleichförmigkeit der ausgezirkelten Kapiteleinteilung zu erkennen erlaubt, einer massiven Unproportioniertheit, die sowohl zwischen den disparaten Handlungswelten der Erzählung im Ganzen besteht wie auch innerhalb der Binnenhandlung selbst wiederum zwischen den schauervollen und den frivolen Erlebnissen. Episodische Reihung und entwicklungslogische Konsequenz stehen einander im Erzählgang als konkurrierende Prinzipien gegenüber; die Jugendfreundschaft des Klosterlebens wiederum wetteifert mit Goldmunds Abenteuern der Wanderjahre erzähltechnisch um die effektvollere Ausarbeitung und rezeptionsästhetisch um die stärkere Anteilnahme.

Während der handlungsbetonte Mittelteil im Erzählvorgang und bei der Lektüre naturgemäß die größere Beachtung findet, kommt das interpretierende Denken, das nach haltbaren Aussagen sucht, eher in den Rahmenpartien auf seine Kosten. Dazu trägt ein Erhebliches bei, dass auch die Namen der beiden männlichen Hauptfiguren *sprechend* sind, weil sie nach antiken Mustern gearbeitet wurden.[13] Hier waltet Bedeutsamkeit, ohne Frage; doch leitet sie uns nicht womöglich auch fehl? Dass der angehende Geistliche einer Schwäche der Eitelkeit unterliegt (dem Narzissmus im psychologischen Sinne), mag noch angehen und wird von ihm auf dem weiteren Werdegang demutsvoll aufgefangen. Gemäß der antiken Mythe aber würde sein Hauptproblem darin bestehen, im schönen Gegenüber das eigene Spiegelbild nicht zu erkennen.[14] Auch der Name Goldmund weckt, indem er an den patristischen Rhetor Johannes Chrysostomus erinnert, irritierende Konnotationen; denn als begabter Sprachgestalter oder geistliches Vorbild will der junge Mann, den es ins wilde Leben hinauszieht, ja gerade nicht verstanden werden. Haben die beiden Freunde ihre charakterisierenden Figurennamen womöglich über Kreuz zugeteilt bekommen, die vorrangigen Gaben und Aufgaben des jeweils anderen betreffend? Zu denken gibt auch, dass die von Goldmund auf seiner Wanderschaft kontaktierten Frauen längst nicht über derart illustre Figurennamen verfügen, heißen sie doch etwa Lise, Lene oder Liesbeth, Kathrin oder Marie, Franziska oder Agnes; lediglich die Fräulein Julie und Lydia auf der Ritterburg stechen durch etwas gediegenere Eigennamen hervor. Unverkennbar haben Hesses männliche Schöpfungsexemplare in *Narziß und Goldmund* das prächtigere Gefieder abbekommen. Ihre Identitäten sind typologisch lesbar, was für die dargestellten Frauenfiguren, sieht man von der Mutter-Imago Goldmunds ab, eben nicht der Fall ist. Alle Frauen-Erlebnisse sind im Erzählgang nur von temporärer Relevanz, während die beiden männlichen Protagonisten so lange andauern wie der Text selbst.

Wie schon manche früheren Erzählwerke Hesses auch (etwa der *Camenzind* oder der *Steppenwolf*) scheint die Konstruktion in ihrer Disparität aus Rahmenordnung und Episodenverlauf eine Art Zielkonflikt zweier Strukturvorgaben auszufechten. Da ist einerseits der Erzählgestus einer von zufallsbedingten Impulsen getriebenen Wanderschaft, bei wel-

[13] Zur Namenssemantik der Hauptfiguren Russell Neuswanger: *Names as Glass Beads in Hesse's „Narziss und Goldmund"*. In: *Monatshefte* Jg. 67 (1975), S. 48–58.

[14] Einige Beiträge betonen die Verbindung zur Narziß-Mythe, indem sie die gelingende Adressierung des Gegenübers als deren werkinterne Reprise herausstellen: Walter Erhart: *Narzissmus und Goldmund*. In: Cornelia Blasberg (Hg.): *Hermann Hesse 1877–1962– 2002*. Attempto, Tübingen 2003, S. 103–120, S. 107; Eva Knöferl: *Mythisches Erzählen bei Hermann Hesse und Thomas Mann. Literarische und philosophische Analysen zu Mythos und Rationalität*. De Gruyter, Berlin/Boston 2019, S. 266. Ferner Katharina Kaminski-Knorr: *Zur Problematik der psychoanalytischen Symbol- und Mythentheorie. Eine Auseinandersetzung mit dem Narziß-Mythos*. Verlag für Tiefenpsychologie, Berlin 1990. Niclas Johannsson: *Beyond Narcissism. The multi-layered Narcissus reference in Hermann Hesse's „Narziß und Goldmund"*. In: *German Life and Letters* 73 (2020), S. 270–296.

cher ein Reigen voneinander unabhängiger Einzelepisoden in schier beliebiger Abfolge nacheinander aufgeblättert wird. Und da ist andererseits die semantisch-typologische Einbettung der Geschehnisse in eine Art von symbolischer Figurenaufstellung, bei der das Kloster an die Stelle des (unzulänglichen) Familienverbandes tritt. Das ‚Erkenne dich selbst', Grundformel aller pädagogischer Lernkurven, verweist den einen Charakter auf eine *stationäre* Bemühung zur *Selbstvervollkommnung*, den anderen auf eine *ambulatorische* Form der *Selbsthingabe*.

Handeln und Denken, das Durchlaufen und das Aufbewahren einer Lebensgeschichte, sind dabei auf zwei Figuren und auf zwei Texthälften verteilt, die beide soweit auseinandergezogen wurden, dass sie das Gefüge nur wechselseitig zu stützen vermögen. Die Erzählung verhandelt ihr kulturelles Basis-Dilemma als *Formproblem*, allerdings als ein solches, für das sich implizit längst schon eine Lösung gefunden hat. Wie sich in der Biographie Goldmunds Liebesleben und Todeswanderung ineinander verschlingen, ist an zwei charakteristischen Passagen aus dem dritten Quadranten des Werkes in prägnanter Vergleichsbildung abzulesen.

Die erste davon spielt nach dem überstürzten Aufbruch Goldmunds aus der Bildhauerwerkstatt des Meisters Niklaus und lässt sich als ein unverzagtes *Lob des Vagabundentums* lesen.

> In den ersten Zeiten seiner neuen Wanderschaft, im ersten gierigen Taumel der wiedergewonnenen Freiheit, mußte Goldmund erst wieder lernen, das heimatlose und zeitlose Leben der Fahrenden zu leben. Keinem Menschen gehorsam, abhängig nur von Wetter und Jahreszeit, kein Ziel vor sich, kein Dach über sich, nichts besitzend und allen Zufällen offen, führen die Heimatlosen ihr kindliches und tapferes, ihr ärmliches und starkes Leben (4, 429).

Solche Bemerkungen sind von eigentümlicher Zeitlosigkeit; sie könnten tatsächlich für die hier unterstellte hochmittelalterliche Handlungssituation gelten, mindestens ebenso sehr jedoch entstammen sie Hesses eigenen Wanderschafts-Erlebnissen selbst, jenen weitausgreifenden, robusten Fußreisen zwischen Süddeutschland und Oberitalien, die von ihm wiederholt und emphatisch als eine der glücklichsten Zeiten seines Lebens gepriesen wurden, als Inbegriff einer freudigen Weltzugewandtheit schlechthin.

Begrenzt wird das Wanderleben in diesem Falle allerdings recht bald schon durch das Dazwischentreten einer äußerlichen Gewalt, indem die Figuren auf drastische Weise an den Umstand der menschlichen Sterblichkeit erinnert werden. Es ist die umlaufende Pestseuche, die in der Region eine veritable Spur des Todes zu ziehen beginnt, so dass die Ortsansässigen sich militant gegen alle Fremden abzuschließen versuchen, aus Angst vor der Einschleppung und weiteren Verbreitung der tödlichen Infektionskrankheit. Kurz nach jenen beunruhigenden Vorzeichen trifft Goldmund erstmals auf ein Gehöft, dessen Bewohner allesamt von der Seuche dahingerafft wurden und, mitten aus dem Leben gerissen, als starre Leichen in Küche und Kammer liegen. Die schrecklichen Eindrücke werden zunächst gleichsam naiv und unbewertet wiedergegeben, so dass sich die Lesenden – wie Goldmund auch – erst nach und nach eine Vorstellung vom Ausmaß der Katastrophe machen können. Bei der Annäherung irritiert die Stille und Verlassenheit des Bauernhofes, sodann dringt nach dem Eintreten ein schlimmer Geruch in die Nase, und erst allmählich wird dem Besucher klar, warum sich die am Herdplatz Sitzenden oder in den Betten Kauernden nicht mehr rühren. Wie in dem von Vulkanasche bedeckten antiken Pompeji hat auch hier der Tod das alltägliche Leben in einer Art Schockstarre festgefroren, die im Falle der ausführlich in ihren Posituren geschilderten Kinderleichen besonders schmerzlich und ergreifend anzusehen ist.[15] Goldmund verweilt sehr lange bei den Verstorbenen, besieht sich die erhalten gebliebenen Spuren ihrer Todeskämpfe genau, doch ohne in Panik oder Abwehr zu verfallen. „Ich habe dort drinnen nichts gesehen als das, was mir und dir und allen bevorsteht" (4, 437), antwortet er auf die entsetzten Vorhaltungen seines Gefährten.

Die Pestepisode in *Narziß und Goldmund*[16] wirkt prima vista als ein massiv verstörender Fremdkörper in diesem ansonsten so daseinszugewandten, sinnenfrohen episodischen Reigen. Für einige Wochen immerhin können sich Goldmund, sein Begleiter Robert und das in den Gassen einer darniederliegenden Peststadt aufgegriffene Mädchen Lene aus der Todeszone heraushalten, indem sie weitab vom Getriebe der Menschen eine Hütte in Besitz nehmen und auf landwirtschaftliche Selbstversorgung setzen.

Doch kann Goldmund nicht verhindern, dass Lene vergewaltigt und schwer misshandelt wird und schließlich an der Pest verstirbt, so dass der Protagonist bald wieder auf sich allein gestellt ist und erneut mit geschärften Sinnen die allgemeine Todeslandschaft durchstreift.

> Nie hatte er eine Wanderung so trostlos angetreten. [/] Und dennoch war das, was ihn nun erwartete, noch schlimmer, als er gedacht hatte. Bei den ersten Höfen und Dörfern begann es und dauerte an und wurde ärger, je weiter er kam. Die ganze Gegend, das ganze weite Land stand unter einer Wolke von Tod, unter einem Schleier von Grauen, Angst und Seelenverfinsterung, und das

[15] Ein Knabe mit seinen „festgeballten Kinderfäusten verkündete viel: ratloses Leid, hilfloses Sichwehren gegen unerhörte Schmerzen" (4, 435).

[16] Zur Pestepisode in *Narziß und Goldmund* vgl. Sabine Gruber: *„Wunderliche und grausige Dinge bekam der Wanderer überall zu hören und zu sehen". Die Pestszenen in Narziß und Goldmund.* In: *Hermann Hesse-Jahrbuch* Bd. 13 (2021), S. 65–80.

> Schlimmste waren nicht die ausgestorbenen Häuser, die an der Kette verhungerten und verwesenden Hofhunde, die unbegraben liegenden Toten, die bettelnden Kinder, die Massengräber vor den Städten. Das Schlimmste waren die Lebenden, die unter der Last von Schrecken und Todesangst ihre Augen und ihre Seele verloren zu haben schienen (4, 451).

Die Schilderung des Pestgeschehens[17] wirkt in vielen Details erstaunlich aktuell und keineswegs in vormoderne Fremdheit getaucht; so gehen die Bewohner richtigerweise davon aus, dass das Grundproblem dieser Krankheit in der extrem hohen Ansteckungsgefahr besteht und es deshalb darauf ankommt, sich vor räumlicher Nähe und körperlichem Kontakt mit Infizierten zu schützen. Dieser Auffassung liegt aus medizinischer Sicht das sogenannte *Kontagions*-Modell zugrunde, das die Ausbreitung infektiöser Krankheiten durch eben diese Faktoren der Nachbarschaft und des physischen Kontaktvorganges erklärt,[18] anstatt, wie es in antiker und mittelalterlicher Heilkunde eigentlich Standard war, die Ausdünstungen von Gewässern oder den sündigen Lebenswandel erkrankter Menschen für das Leiden verantwortlich zu machen. Der verzweifelte Aufschrei von Goldmunds Begleiter Robert: „komm mir nicht näher, du bist sicher vergiftet“ (4, 436) erscheint unter diesen Auspizien keineswegs so überzogen oder hysterisch, wie es im Erzählgang zunächst wirken mag; ebenso stellt seine Manie, „Kopf und Hände lang in den Rauch ihrer Lagerfeuer“ (4, 438) zu halten, im Rahmen damaliger medizinischer Möglichkeiten eine durchaus sinnvolle Präventivmaßnahme dar.[19]

Auch in Hesses Pest-Episode scheiden sich die Geister, was den Grad der Besorgnis und die Entschiedenheit infektiologischer Gegenmaßnahmen betrifft.

> Goldmund schalt ihn oft, oft spottete er ihn aus. Er teilte seine Furcht nicht, und auch nicht seinen Ekel; er ging gespannt und düster durch das Todesland, furchtbar angezogen vom Anblick des großen Sterbens, die Seele voll vom großen Herbst, das Herz schwer vom Lied der mähenden Sense (4, 438).

---

[17] Über die kulturelle Bedeutung der Pest und ihre geographische Ausbreitung von Italien her informiert Volker Reinhardt: *Die Macht der Seuche. Wie die Große Pest die Welt veränderte 1347–1353.* C.H. Beck, München 2021.

[18] Vgl. hierzu aus medizingeschichtlicher Sicht Thomas Rütten, Martina King (Hg.): *Contagionism and Contagious Diseases. Medicine and Literature 1880–1933.* De Gruyter, Berlin, Boston 2013; Stefan Winkle: *Kulturgeschichte der Seuchen.* Düsseldorf, Artemis und Winkler, Zürich 1997, S. IX–XXXVII. Zur Bedeutung des Infektions-Paradigmas für die moderne Literatur vgl. Alexander Honold: *Poetik der Infektion. Zur Stilistik der Ansteckung bei Thomas Mann.* Vorwerk 8, Berlin 2021.

[19] Winkle: *Kulturgeschichte der Seuchen*, S. 431f.

Mochte die Ansteckungsangst des Gefährten in manchen Punkten übertrieben sein, so waltete in den ergriffenen Maßnahmen durchaus gewisse Vernunft. Hingegen stellt die fatalistische Haltung Goldmunds keine in pragmatischer Hinsicht akzeptable Alternative dar, und doch kann gerade sie gleichwohl auf die Sympathie des Erzählers rechnen. Zu übermächtig erscheint das allgemeine Sterben, zu bedrückend in seinen Ausmaßen, die sich etwa im Anblick eines Lastwagen-Konvois mit abtransportierten Leichenbergen zeigen – auch dies aus heutiger Sicht ein Bild von beklemmender Gegenwärtigkeit.[20]

Je stärker sich die erzählerische Ausgestaltung der Pestepisode indes nicht allein mit der Bedrohung selbst beschäftigt, sondern den Blick auf die gesellschaftlichen Reaktionsmuster gegenüber der Ansteckungsgefahr zu lenken beginnt, desto unmittelbarer springt der Aktualitätsbezug dieses ganzen schrecklichen Intermezzos ins Auge. Dies gilt zunächst schon für die aggressive Bereitschaft zur Abgrenzung gegenüber allen Ortsfremden und von außen Kommenden; sobald nur am Rande ein unbekanntes Gesicht auftaucht, kann sich ein Häufchen harmloser Bauern ohne weiteres in einen prügelnden Mob verwandeln. Noch verheerender aber erweist sich die angestrengte Suche nach einem Sündenbock, auf den das Seuchengeschehen und seine unbegriffenen Wirkungszusammenhänge abgewälzt werden könnten.

> [...] [J]eder behauptete die Verruchten zu kennen, die an der Seuche schuld und ihre böswilligen Urheber seien. Teuflische Menschen, hieß es, sorgten schadenfroh für die Verbreitung des Sterbens, indem sie aus den Pestleichen das Seuchengift holten und an die Mauern und Türklinken strichen, Brunnen und Vieh damit vergifteten. Wer in den Verdacht dieser Greuel kam, war verloren [...]. Außerdem gaben die Reichen den Armen die Schuld und umgekehrt, oder es sollten die Juden sein, oder die Welschen, oder die Ärzte (4, 452).

Damit ist die Erzählung bei einem Thema angelangt, das am Ende der 1920er Jahre als Motiv von geradezu bedrückender Hellsichtigkeit aus diesem Text herausragt.

> In einer Stadt sah Goldmund mit grimmigem Herzen zu, wie die ganze Judengasse brannte, Haus an Haus, rundum stand das johlende Volk, und die schreienden Flüchtlinge wurden mit Waffengewalt ins Feuer zurückgejagt (4, 452).

---

[20] „[...] hinter ihm kamen drei Lastwagen gefahren, zwei mit Pferden bespannt und einer mit einem paar Ochsen, und die Wagen waren bis oben angefüllt mit Leichen" (4, 438).

Für antisemitische Pogrome und für das Verbrennen jüdischer Wohnstätten, gelegentlich auch mitsamt ihren Bewohnern, hat es während der großen europäischen Pestepidemie um 1350 historiographisch verbürgte Beispiele gegeben.[21] Dass Hesses Protagonist gerade von diesen Gewaltexzessen in tiefster Weise erschüttert wird, ist noch einige Etappen später daran abzulesen, dass Goldmund nach dem Wiedersehen mit dem inzwischen zum Abt beförderten Klosterfreund Narziß diesen mit auffallender Beharrlichkeit nach seinem Wissen über solche Judenverbrennungen befragt. Wäre der Geistliche womöglich sogar selbst imstande gewesen, sich an Hetze und Mordbrennerei zu beteiligen?[22] Für Goldmund, der sich vor der Pestzeit doch als ein ziemlicher Bruder Leichtfuß erwiesen hatte, besitzt diese Frage offenbar eine existentielle Bedeutung. Woher aber rührt in den Jahren der Niederschrift, 1928 und 1929, diese Dringlichkeit, der Leserschaft die Gefahren antisemitischer Pogrome vor Augen zu stellen?[23]

V Novellistik des Ausnahmezustands

Der Autor hatte auch ohne eine hellseherische Begabung Anlass genug, sich im Jahrzehnt nach dem Weltkrieg spezifischer und engagierter mit Extremformen von gesellschaftlicher Ausgrenzung und der Verfolgung kultureller Minderheiten zu beschäftigen. Die revanchistischen Kräfte in Deutschland, das Aufkommen nationalistischer und rassistischer Strömungen waren vom distanzierten Beobachterposten in der Schweiz vermutlich deutlicher zu erkennen als innerhalb Deutschlands selbst. Noch immer war die ideologische Verblendung der sogenannten „Ideen von 1914“ virulent, auf die Hesse wiederholt und mit einigem Wagemut seinen eigenen, kosmopolitischen Standpunkt repliziert hatte, auch wenn ihm dies Teile seiner reichsdeutschen Anhängerschaft übelnahmen.[24] Und wenn schon in halbwegs prosperierenden Friedensjahren die weltanschauliche und kulturelle Toleranz nicht sehr ausgeprägt war, wie würden sich die gesellschaftlichen Verhältnisse dann erst unter dem Druck massiver

---

[21] Vgl. Winkle: *Kulturgeschichte der Seuchen*, S. 451f.

[22] „Aber sage: wärest du imstande, Juden zu verbrennen? […] Ich meine: kannst du dir denken, daß du in irgendeinem Fall den Befehl zum Umbringen von Juden geben würdest oder doch deine Einwilligung dazu?“ (12, 491f.)

[23] Lubich: *Hermann Hesse's Narziss und Goldmund.*, S. 204f., sieht in dem von Hesse forciert angesprochenen Thema der Judenverbrennungen eine prognostische Vorwegnahme des Holocaust.

[24] Alexander Honold: *Einsatz der Dichtung. Literatur im Zeichen des Ersten Weltkriegs*. Vorwerk 8, Berlin 2015, S. 242f.

wirtschaftlicher Krisensymptome entwickeln, wie sie Ende der zwanziger Jahre zu verzeichnen waren?

Schon im *Steppenwolf* hatte der Autor den Akzent darauf gelegt, die Spielregeln bürgerlicher Normalität aus der dezidierten Perspektive eines bekennenden *outsiders* zu beleuchten. Und nun, in *Narziß und Goldmund*, gewinnt die zunächst überraschende Wahl des mittelalterlichen Handlungshintergrundes, so scheint es, überhaupt erst mit dem sozialen Problemdruck der über mehrere Kapitel hin ausgedehnten Pestepisode ihre eigentliche Brisanz. Denn was sich dabei in entlarvender Weise herausarbeiten lässt, ist nicht nur die beispiellose Vernichtungskraft der Seuche selbst, die eine demographische Zäsur sondergleichen zur Folge hat; als noch bedeutender erweisen sich langfristig die sozialen Folgeerscheinungen eines unter dem Druck der Epidemie wie enthemmt auftrumpfenden Existenzkampfes, bei dem kulturelle oder ethnische Minderheiten stigmatisiert, in ihren Wohn- und Berufsrechten unterdrückt und oftmals mit dem Tode bedroht werden.

Wenn Goldmund unbeirrt und hartnäckig auf diese entfesselten Aggressionen blickt, so tut er dies keineswegs aus einer pazifistischen Haltung heraus. Dass er sich seiner eigenen Haut gegebenenfalls auch mit Einsatz brutaler Gewalt zu erwehren weiß, wird in etlichen Episoden mit drastischer Deutlichkeit beschrieben. Doch treten in dem Protagonisten zumindest in manchen Situationen auch Züge von Empathie hervor; dann etwa, als er sich auf dem Fischmarkt eingehend mit den Todeszuckungen der Fische beschäftigt und an ihrem wie sinnlos und grausam verlängerten Todeskampf großen Anteil nimmt. Nach jahrelangem Leben auf Wanderschaft ist Goldmund beileibe kein Zärtling; doch können ihn ebenso wenig etwelche überkommenen Gewohnheiten oder Mehrheitsmeinungen davon abhalten, seinen energischen Widerspruch kundzutun, wenn ihm eine elende Schinderei wehrloser Kreaturen vor Augen kommt.

Es darf an dieser Stelle nochmals daran erinnert werden, dass auch Goldmunds eigene Herkunftsgeschichte mit Erfahrungen von kultureller Abwehr und sozialer Ausgrenzung verbunden ist. Von Mutterseite gärt in ihm unbändiges, fremdländisches Temperament, das in einem ausschweifenden Wander- und Liebesleben zum Ausdruck kommt. Vergleichbar mit dem seltsamen Kastanienbaum vor dem Klosterportal, der als „einsamer Sohn des Südens“ von ganz anders gearteten klimatischen Verhältnissen Zeugnis gibt, steht auch Goldmund meistens ein wenig isoliert in seiner Welt, als ein Zögling von exotischer Pracht, der in deutschen Landen nicht ganz dazugehört. Dass Goldmund bei seiner Wanderschaft insbesondere dann aufmerkt, wenn während der Pestseuche jüdische Mitbewohner oder Menschen aus dem „Welschland“ attackiert werden, hat auch mit seinen eigenen unterschwelligen Erfahrungen kultureller Marginalisierung zu tun. Und die von Narziß ins Spiel gebrachten Hinweise auf Goldmunds verdrängte Mutterwelt[25] lassen sich nicht nur als Imaginationen eines archetypischen Matriarchatszustandes verstehen, sie legen auch die Spuren der auf die Mutter bezogenen Diskriminierungspraktiken frei. Diese Mutter galt ihrem Ehemann, Goldmunds gesetzlichem Vater, als Verworfene; sie wurde dementsprechend aus der Familienordnung eliminiert, mit traumatischen Folgen für den Sohn.

Erzählerisch sind somit die verdeckte Vorgeschichte des ersten Rahmenteils und die episodische Überfülle des zweiten und dritten Handlungsviertels als komplementäre Ungleichgewichte gegenrhythmisch aufeinander bezogen. Die in den Kinderjahren gerissene Lücke der verbannten Mutter wird durch Goldmunds exaltiertes jugendliches Liebesleben gewissermaßen mit panerotischer Fülle kompensiert, auch wenn dabei der ursprüngliche Verlust selbstredend niemals ausgeglichen werden kann. Unterstellt man also eine auch literarisch konstruktive Verbindung des Mutter-Motivs zu den späteren Liebesabenteuern, dann zeigt sich, wie eng innerhalb dieses Erzählgeflechts genealogische Erblasten und poetologische Formfragen aufeinander bezogen sind. Die Hinwendung des Protagonisten zu einem promisken Wanderleben entspricht auch einem Plädoyer für die formsprengende Erzählweise eines novellistischen Reigens, dem statt einer zwingenden pädagogischen Lernkurve vielmehr das Prinzip des ebenso abwechslungsreichen wie unverbindlichen Divertimentos entspricht.

Womöglich hat dem Autor bei diesen novellistischen Anleihen und folglich auch beim Persönlichkeitsprofil und Werdegang seiner Hauptfigur ein ganz bestimmtes literarisches Vorbild und biographisches Muster vorgeschwebt, nämlich dasjenige des frühen italienischen Meisters Giovanni Boccaccio, dem Hesse bereits in seinen literarischen Anfangsjahren ein 1904 erschienenes monographisches Büchlein gewidmet hatte. Dort geht Hesse ausführlich auf die asymmetrische Familiensituation des späteren Dichters ein und schildert detailreich, wie der unehelich geborene Knabe Giovanni zunächst unter schwierigen Verhältnissen bei der alleingelassenen Mutter aufwuchs, dann aber, als diese „unglückliche Dame“ von „Schmerz und Sorge entkräftet“ (1, 598)frühzeitig verstarb, von seinem Vater zur weiteren Erziehung erst in eine Kaufmannsausbildung gegeben, sodann aber an die Theologenfakultät zu Neapel geschickt worden war. Diese bevormundende, kaltherzige Abschiebung indes – ein Schicksal,

[25] Narziß erscheint hier „als Seelendeuter, als Psychoanalytiker Goldmunds“ (Yvonne Wolf: *Risikoleben und Textsicherheit in Hermann Hesses Narziß und Goldmund*. In: Andreas Solbach (Hg.): *Hermann Hesse und die literarische Moderne. Kulturwissenschaftliche Facetten einer literarischen Konstante im 20. Jahrhundert. Aufsätze.* Suhrkamp, Frankfurt a.M. 2004, S. 285–304, hier S. 293.)

in dem sich auch Hesse selbst wiederzufinden vermag – habe der eigensinnige Jüngling mit einem betont freizügigen amourösen Lebenswandel quittiert.

> Daß er [Boccaccio, A.H.] auf dem Gebiet der gelehrten Studien (das Latein ausgenommen) etwas Erhebliches geleistet [...] hätte, wird nirgends berichtet. Stattdessen legte er damals den Grund zu seiner tiefen Kenntnis der menschlichen Leidenschaften, da er von hervorragenden Beispielen der Verschwendung und Habgier, des Aberglaubens, der Wollust, der Gefräßigkeit, Mordgier, Verschlagenheit und Eitelkeit rings umgeben war. Am gründlichsten jedoch unterzog er sich dem Studium der Liebe, deren Leiden und Freuden er bis zur Neige an sich selber erfuhr[26] (1, 600).

Als ein zu den weltlichen Genüssen entlaufener Theologiestudent legt Boccaccio, dieser Beobachtung zufolge, schon den Grundstein der nachmaligen Novellensammlung mit ihren so unterhaltsamen wie frivolen Glanzstücken. Und implizit zumindest ist in dieser von Hesse schadenfroh vermerkten Abkehr Boccaccios von der Geistlichkeit auch schon das spätere Setting der dualen Handlungsoptionen von *Narziß und Goldmund* mit angelegt. Goldmund peilt, statt der kanonischen Gelehrsamkeit, den Erfahrungsraum eines weltlichen Abenteuerlebens an, dessen einzelne Stationen von dreisten Eroberungen und Eifersuchtskonflikten, von freudigen Aufbrüchen und wehmütigen Abschieden in ruheloser Abfolge ausgefüllt sind – ganz so wie der lebenspralle Novellenkreis des *Dekameron*. Boccaccios elegante Formvorgabe der lockeren episodischen Reihung wird im Falle Goldmunds gewissermaßen zum selbsterkorenen Lebensprinzip, und auch dafür könnte nach Hesses biographischer Skizze der italienische Dichter den entscheidenden Impuls gegeben haben.

Wenn, wie im Zuge dieser Überlegungen als Arbeitshypothese formuliert, die basalen Handlungskonflikte in der *Narziß und Goldmund*-Erzählung vom Text selbst auch und gerade als literarische Formfragen durchgespielt werden, dann sind die untergründigen Spurenhinweise auf das Wirken Boccaccios darin alles andere als bloß schmückendes intertextuelles Beiwerk. Denn kein anderer als Boccaccio leitete die unbeschwerte Betriebsamkeit des novellistischen Reigens so drastisch und klar aus dem Kontext einer allgemeinen gesellschaftlichen Bedrohungslage ab; aus einem Krisenbefund, der im unbändigen Wüten der Pestseuche seinen greifbarsten Ausdruck fand. Bekanntlich bildet in jenem Grundlagenwerk abendländischer Erzählkunst die schrecklichste Todeslandschaft nur des

---

[26] Hermann Hesse: *Boccaccio.* In: Ders.: *Sämtliche Werke,* hrsg. von Volker Michels. Suhrkamp, Frankfurt a.M. 2001–2007, Bd. 1; S. 593–622; im Haupttext mit Angabe von Band- und Seitenzahl nachgewiesen.

Schönen und Geschmeidigen Anfang. Weil die Pest zu Florenz in allen Gesellschaftsschichten gleichermaßen Angst und Schrecken verbreitet, folgt eine Schar junger Adliger dem Impuls, das Elend und seine Gefahren für Gemüt und Gesundheit durch gemeinsamen Rückzug auf ein großzügiges Landgut hinter sich zu lassen. Demzufolge sind harter sozialer Realismus und galante Unterhaltungskunst bei Boccaccio im kontrastiven Zusammenspiel von Rahmensituation und Binnenerzählungen literarisch eng miteinander verflochten, auch wenn es den Akteuren selbst durchaus gelingt, sich während ihres erzählerischen Wettstreits ziemlich weit von den Fährnissen ihres Alltags zu entfernen. In rezeptionsästhetischer Hinsicht indes müssen beide Gestaltungselemente gemeinsam betrachtet werden, der novellistische Reigen selbst und die ihm als historischer Rahmen umgürtende Pestsituation. In Hesses Erzählgefüge jedoch verhält es sich nahezu umgekehrt; hier wird das um sich greifende Seuchengeschehen seinerseits eingebettet in den narrativen Rahmen einer fortgesetzten Reihe von Liebesabenteuern. Dass den Gesichtern des Todes ähnlich verzerrte Züge innewohnen wie den Momenten höchsten Liebesglücks, hat Goldmund auf seinen Wegen zu wiederholten Malen erkennen können. Für ihn gilt es, alle Extreme des Lebens gleichermaßen und vorbehaltlos auszukosten bis zum Punkte ihrer Erschöpfung, ohne Rast und Ziel. Der Autor aber hat diese Hauptfigur nicht von ungefähr als insgeheimes Alter Ego jenes italienischen Meisters angelegt, dessen episodenreiche Erzählkraft sich in den literarischen Gefilden nördlich der Alpen so faszinierend ausnimmt wie die Früchte eines aus der Fremde herbei gelangten Kastanienbaumes. Als ein Schwarzwaldgewächs unter lauter Kastanienbäumen befand sich Hesse im Tessin seinerseits ebenfalls in einer hybriden kulturellen Position, gleichsam spiegelbildlich zu jener des Mariabronner Kastanienbaums. In Boccaccio aber sieht er eine fruchtbare Fremdbegegnung von anhaltender, dauerhafter Provokation: „geliebt von den Welschen und Lateinern, von den Einheimischen als Fremdling begafft" (4, 271).

Vortrag gehalten im Rahmen der 21. Silser Hesse-Tage 2021.

Béatrice Poulain

Leuchtspur mit Todeskern: die Kunstheimat der Idylle in Hermann Hesses Erzählung *Narziß und Goldmund*

Mit seiner Erzählung *Narziß und Goldmund* scheint Hermann Hesse den Kritikern, die ihm Weltflucht und Rückzug in den Elfenbeinturm vorwerfen, eine ideale Zielscheibe hinzuhalten. Er ruft geradezu die Rezeption hervor, welche ihn 1958 als deutschen Idylliker „im Gemüsebeet", als „Gartenzwerg" unter den Nobelpreisträgern stigmatisieren und somit aus der akademischen Forschung jahrzehntelang verbannen wird.[1]

Die „entsetzliche", „skandalöse" „Harmlosigkeit", deren Alfred Kerr Hermann Hesse 1957 empört bezichtigt[2], ist zwar nicht etymologisch aber thematisch mit der „Harmonie" zu verbinden, die Hesses Leser von Anbeginn und sehr zum Bedauern des Autors bei *Narziß und Goldmund* rühmen. Schon 1930 liegt letztere laut Hesse der einmütig positiven Kritik zugrunde, die ihn „als einen alten, ungefährlich gewordenen Mann noch einmal vor dem Nekrolog" rühmen wolle, wobei ihm andernorts bereits eine „Flucht in die Vergangenheit" vorgeworfen wurde. Der von ihm beklagte Mode- und Missverständniserfolg beruhe laut Hesse darauf, dass der Goldmund-Leser eine ihm fremde Künstlerproblematik und -tragik vollends übersieht und bloß die „Harmonie" des Werks „genießt":

> Beim Goldmund kann der gute deutsche Leser Pfeife rauchen und an das Mittelalter denken, und das Leben so schön und wehmütig finden, und braucht nicht an sich und sein Leben, seine Geschäfte, seine Kriege, seine „Kultur" und dergleichen zu denken.[3]

Wütend stellt Hesse auch 1932 fest, dass seine Erzählung keinerlei politische Infragestellung beim deutschen Leser erzeugt:

---

[1] Vgl. Volker Michels, *Nachwort.* In: *Im Garten*, hrsg. v. Volker Michels, Insel/ Suhrkamp, Frankfurt a.M. 1992, S. 213.

[2] Hermann Hesse: *Bericht aus Normalien*, hrsg. v. Volker Michels, Suhrkamp, Frankfurt a.M. 1986, S. 179 (Aus Willy Haas, *Die literarische Welt*, Paul List Verlag, 1957)

[3] Hermann Hesse, Brief an Erwin Ackerknecht, November 1930. In: *Hermann Hesse ‚Narziß und Goldmund' Eine Dokumentation zur Entstehungs- und Wirkungsgeschichte*, hrsg. v. Volker Michels, Suhrkamp, Frankfurt a.M. 2015, S. 115. Im Folgenden zitiert als *DNG* mit Seitenzahl.

> Der Deutsche liest ihn, findet ihn hübsch und sabotiert weiter seinen eigenen Staat, tappt weiter in politische Abenteuer und Sentimentalitäten hinein, lebt weiter sein altes, verlogenes, unanständiges, verbotenes Leben.[4]

Die politische Dimension, die der Schrifsteller seinem Werk offenkundig beimisst, wird von den meisten Lesern nicht wahrgenommen. Wenn Hesse auch den Vorwurf einer „Flucht in die Vergangenheit" damit zurückweist, dass er im Goldmund „der Idee von Deutschland und deutschem Wesen [...] einmal Ausdruck gegeben und ihr seine Liebe gestanden hat – gerade weil er alles, was heute spezifisch „deutsch" ist, so sehr hasst[5], so bleibt doch fraglich, weshalb er dieser Vergangenheit mittelalterliche Züge verleiht, kurz bevor Fackelzüge den nationalsozialistischen Terror einleiten. Im Kontext einer die Rückkehr zur Natur und die Volksseele feiernden völkischen Heimatliteratur erscheint auch ein romantischer Heimatroman im Geiste Eichendorffs fragwürdig. Paradox scheint ebenfalls, dass die geschilderte Welt von Narziß und Goldmund deutlich idyllische Züge aufweist, welche die Bezeichnungen „harmlos", „harmonisch" und „hübsch" nicht nur rechtfertigen, sondern geradezu programmatisch herausfordern. Dabei verwahrt sich Hesse während dieser Jahre unablässig gegen die bürgerliche Leserforderung, der Dichter sei da, um „‚Harmonie' vorzutäuschen"[6] oder um „heitere Miene und holde Worte der Lebensbejahung" zu bieten[7]. 1930 erklärt Hesse sogar, „‚Idyllik' sei kein tragfähiges Kennwort", denn es drücke bloß die Geringschätzung des „Großstadtmenschen" gegenüber den „Lebensinhalten der ländlichen Menschen" [8] aus. Im Februar 1935 äußert sich Hesse in einem Brief an Stefan Zweig wiederum abschätzig über „hübsche idyllische Dinge", und hält ihnen die „ehrwürdige Konvention intellektueller Redlichkeit" entgegen[9], wobei seine zeitgleichen Dichtungen dem zu widersprechen scheinen. In Hesses immer dezidierterem Widerstand gegen den Nationalsozialismus stehen seit *Narziß und Goldmund* fast alle seine Schriften im Zeichen der Idylle. H.H., der Erzähler der *Morgenlandfahrt* zeichnet sich 1932 durch seine anfängliche Naivität und träumerische Jugend aus, während Leo, so Hesse an Heinrich Wiegand, „den harmlosen Diener" verkörpert, doch „nur für

---

[4] *DNG* 130, Brief an P.A. Riebe

[5] *DNG* 107, Brief vom Mai 1930 an Mia Engel.

[6] *DNG* 115, Brief vom 20.11.1930 an Otto Hartmann

[7] *„Ich bin ein Mensch des Werdens und der Wandlungen" Hermann Hesse. Die Briefe, Band 4, 1924–1932*, hrsg. v. Volker Michels, Suhrkamp, Berlin 2016, Brief an Heinrich Wiegand, April 1927, S. 213. Im Folgenden zitiert als Briefe 4.

[8] Briefe 4, S. 443, Brief an Wilhelm Kunze, Dezember 1930.

[9] *„In den Niederungen des Aktuellen" Hermann Hesse. Die Briefe, Band 5, 1933–1939*, hrsg. v. Volker Michels, Suhrkamp, Berlin 2018, S. 268, Brief an Stefan Zweig, Februar 1935. Im Folgenden zitiert als Briefe 5.

die Ahnungslosen"[10]. Auch sei die ganze *Morgenlandfahrt* nur „scheinbar harmlos und freundlich" schreibt weiter Hesse an Alfred Kubin.[11] Im Juli 1935 greift Hesse dann in *Stunden im Garten* unverfroren auf die klassische und „gefährliche" Gattung der Idylle in Hexametern zurück, und letzten Endes birgt im *Glasperlenspiel* nicht nur das weltferne Kastalien die Bambusgartenidylle in seinem Schoß, sondern die Hauptfigur Josef Knecht greift in dem Moment zum typisch idyllischen Attribut der Blockflöte, als sie diesen idyllischen Orten den Rücken kehrt und sich politisch motiviert in die geschichtliche Wirklichkeit der Außenwelt begibt.

Kurz und gut, die Bezüge der Idylle als Gattung zur politischen Wirklichkeit erscheinen durchaus problematisch, die angegebenen Missverständnisse mit Hesseschen Widersprüchen oder Fangnetzen verknüpft. Aus einer gewissen Verwirrung hilft trotz aller Ironie die Lektüre von Thomas Manns Rede zu Hermann Hesses siebzigsten Geburtstag. 1947, ein Jahr nach der Nobelpreisverleihung an Hesse, zählt nämlich Thomas Mann Hermann Hesse gerade als Dichter des *Narziß und Goldmund* zu den „Idyllikern", wobei Hesse in seinem insgesamt „im Heimatlich-Deutsch-Romantischem wurzelnde Lebenswerk" „das Trauliche auf eine neue, geistige, ja revolutionäre Stufe hebe"[12]. Dies klingt politisch, ist es aber weder in einem herkömmlichen noch sozialen Sinne, wie Thomas Mann sofort ergänzt, sondern in einem „seelischen, dichterischen". Für einen so genauen und feinfühligen Hesse-Leser wie Thomas Mann, den nach eigenen Aussagen *Der Steppenwolf* „wieder gelehrt hat, was Lesen heißt" und der somit Hesses sich hier erstmals aussprechende Poetik der Heiterkeit erkannt hat, für solch einen Leser ist also die revolutionäre Stufe als eine ästhetische zu bewerten. Ihr verdankt das einerseits seelisch „verträumte" und andererseits „hochintellektuelle" Werk Hesses zugleich „voller Heimlichkeit" zu sein und besonders „zukunftssichtige" und „zukunftsempfindliche" Züge aufzuweisen. Der Übergang von „heimatlich" zu „heimlich" spiegelt exakt die ästhetische Stufe, die Hesse laut Thomas Mann in seinem „Deutschtum" von der politischen Ebene herkommend überschreitet. Politisch war denn auch bislang die Rede Thomas Manns, eine regelrechte Verteidigung Hesses gegen den ihm vorgeworfenen „Verrat" an das Deutschtum: Nur „Unbildung" könne verkennen, dass es „auf echte treue Art" geschieht, wenn Hesse „die Idee von der Erscheinung trennt", „dem Volk seines Ursprungs die Wahrheit sagt" und dabei allein ein „Deutschtum des alten, frohen freien und geistigen Sinnes" dichterisch zum Ausdruck bringt. Nichts könnte besser als diese zugleich Geist, Idee

[10] Briefe 4, S., 574, April 1932.

[11] Briefe 4, S., 575, April 1932.

[12] Thomas Mann: *Hermann Hesse zum siebzigsten Geburtstag*. In: *Gesammelte Werke, Reden und Aufsätze 2*, Fischer, Frankfurt a.M. 1990, S. 515–520.

und Wahrheit hervorhebende Äußerung die Erzählung *Narziß und Goldmund* bezeichnen, zu der Thomas Mann dann direkt im Anschluss übergeht.

Im Folgenden soll also erörtert werden, inwiefern *Narziß und Goldmund* tatsächlich der Idylle, nämlich hinter dem Eichendorffschen Gewande der urdeutschen Goetheschen Idylle, zuzurechnen ist, und inwiefern sie mit ihrem Todeskern durchaus Politisches aussagt.

In einem zweiten Teil wird der ästhetische Übergang von „heimatlich" zu „heimlich", nämlich zum „Geheimnis" der Kunst untersucht, wie sie Hesses Poetik der Heiterkeit definiert: Die Idylle erscheint hier als Ort der Kunst schlechthin, in welchem allein sich deren Sublimierungsprozess vollziehen kann, der dem Menschen in Sprache und Kultur seine einzig echte Heimat als Ursprung seiner selbst und seiner Individuation erfahren lässt.

I

In der Erzählung *Narziß und Goldmund* entwickelt sich Hermann Hesse tatsächlich zum Idylliker, wenn hier von der Idylle als Idee und nicht als Gattung die Rede ist. Die Gattung der Idylle findet ihren historischen Ursprung bei Theokrit und Vergil, und wie alle späteren Idyllendichter hat auch Hesse sich an ihnen bewusst orientiert: Das bezeugt die zweimalige Erwähnung Vergils durch Goldmund, am Ende des 7. Kapitels und im 12. Kapitel. Hesses Erzählung greift hier jedoch keineswegs auf die ursprüngliche Form von autonomen Gedichten in Hexametern zurück, sondern bindet idyllische Momente in die Großform des Romans ein. Er konstituiert somit laut Renate Böschenstein eine partielle oder relativierte Idylle[13].

Diese Momente lassen sich leicht identifizieren, da sie sich zum einen als Ruhepausen in Goldmunds Wanderung und zum anderen durch die klassischen Attribute des *locus amoenus* als idyllisch kennzeichnen. Das Statische sowie das von Fels oder Mauer Abgeschirmte, Eingegrenzte, Geborgene bestimmen den Raum der Idylle. In *Narziß und Goldmund* wechseln sich folgende Idyllenstationen ab: Das Kloster Mariabronn, der Heuhaufen der ersten Liebesnacht, das erste Bauernhaus, sowie alle weiteren Bauernhöfe und Dörfer, die Goldmund aufnehmen, dann die Ritterburg mit der geliebten Lydia und ihrer Schwester, gefolgt vom ungenannt bleibenden Würzburg, das von Stadtmauern umgeben eine Innenidylle birgt – die Bildhauerwerkstatt von Meister Niklaus mit ihrem anliegenden Brunnen, zwei weitere Topoi der Idylle – schließlich auch die Holzhütte im Wald. Diese Idylle bietet Goldmund, Lene und Robert Schutz vor der

[13] Renate Böschenstein-Schäfer: *Idylle*, Metzler, Stuttgart, 2. Auflage 1977, S. 13.

Pest sowie Nahrung: Endlich wird hier Goldmund auch zum Hirten einer Ziege, bevor es für ihn über Würzburg und die Ritterburg zurück in die Anfangsidylle des Klosters Mariabronn geht, dessen Name eine weitere Variation des Brunnenmotivs bildet.

Goldmunds Wanderschaft zeichnet somit rein räumlich eine Grundfigur der Idylle nach: die Kreisform. Dieser Kreis geht mit einer zyklischen Zeitvorstellung einher, die dem Leser schon auf der ersten Seite programmatisch begegnet. Die Beschreibung des Kastanienbaums im Klostereingang ermöglicht es Hesse in einem ersten langen Satz alle Generationen, von den „Klosterbuben" zum älteren „Subprior Gregor", und alle Jahreszeiten wie eine Selbstüberwindung der Zeit einzufassen.

Wie im Kanon werden in den darauffolgenden Sätzen die angestimmten Motive variiert und ins Zeitlose zyklisch vertieft, sei es bei der Beschreibung der Lebensläufe mehrerer Generationen von Klosterschülern, sei es bei der Schilderung der vielfältigen Tätigkeiten der Patres, die „zuzeiten" als Dämonenkenner, „zuzeiten" wegen ihrer „Musik", „zuzeiten" für ihre „Hechtsuppen" bekannt waren.[14]

Auch eine für die Idylle typische Parallelisierung zwischen menschlicher Entwicklung und Kreislauf der Natur scheint beim Lebenslauf von Goldmund durch, wenn sein zweiter Aufenthalt in Würzburg im Zeichen des Herbstes liegt, und nicht mehr, wie beim ersten, im Zeichen des Frühlings: Nach dem Höhepunkt seiner Mannes- und Liebhabererfahrung leitet die Rückkehr ins Kloster die Alterungsphase ein.

Das idyllische Motiv der *Ekphrasis*, d.h. der Beschreibung von Kunstwerken, fällt in Hesses Künstlerroman besonders üppig aus, sei es über die Beschreibung Mariabronns, der Würzburger Madonna, Goldmunds Johannesfigur, der Wandtafel mit dem Totentanz, Goldmunds Vorleserempore oder auch seiner Madonna. Auch die Muße und die kontemplative Zeit der Betrachtung wirken als konstituierende Merkmale der Idylle mit.

Schließlich muss hervorgehoben werden, dass wie schon bei Vergil die Landschaft eine poetische und keine rein geographische ist: So wie Vergil das Arkadien der Eklogen (70–19 v.Chr.) nicht im rauen Bergland des Peloponnes beheimatet, sondern ihm Züge seiner oberitalienischen Heimat verleiht, werden auch bei Hesse die Landschaftserfahrungen seiner Kindheit im alemannischen Raum heraufbeschworen. Der von Vergil neu eingeführte „Seelenton der Idylle" wird auch von Hesse für die Beschrei-

[14] Hermann Hesse: *Narziß und Goldmund*. In: Hermann Hesse: *Sämtliche Werke*, hrsg. v. Volker Michels, Suhrkamp, Frankfurt a.M. 2001–20007, Band 4, S. 272. Im Folgenden zitiert als SW mit Bandangabe und Seitenzahl.

bung einer Welt zwischen erinnerter Realität und erlebtem Traum, für die Schilderung seiner „Seelenlandschaften" angenommen[15].

Von einem Goldenen Zeitalter kann jedoch nicht die Rede sein, noch weniger von einem elysischen. In *Narziß und Goldmund* geht Hesse keinerlei utopischer Projektion nach. Rückwärtsgewandt ist seine Dichtung insofern, als sie laut dem allwissenden Erzähler zu Beginn des 13. Pestkapitels in der Perspektive Goldmunds „vor Anfang aller Weltgeschichte" spielt. Sie entspricht jedoch keinem idealen Arkadien, das von Vergil Sehnsucht erweckend der Wirrsal der politischen und gesellschaftlichen Welt entgegengestellt wird. Hierin unterscheidet sich Hesse maßgeblich von Eichendorff, auch wenn viele Goldmund-Themen an *Ahnung und Gegenwart* oder *Aus dem Leben eines Taugenichts* anklingen, obenan die idyllische Prägung der Hauptfigur: Goldmund wird anfangs immer wieder als einfältiges, harmloses Kind der Natur und auch der Idylle von den eigentlichen Idyllenfiguren wahrgenommen, so dass sie ihn arglos bei sich aufnehmen. Auch die Jäger-Motivik, die das ganze Buch durchzieht wie bei Goldmunds Wahl einer „hübschen Tracht, halb Page, halb Jäger" (SW4, S. 345) in der Ritterburg variieren Eichendorffsche Töne.

Grundlegend verschieden ist bei Hesse jedoch die Perspektive des dem Tod und dem Grauen ausgesetzten aber auch offenen Landfahrers, der niemals vergisst, dass die Welt immer wieder „voll von Tod" (SW4, S. 463) ist, und für den kein endgültiger und enttäuschter Rückzug auf ein Schloss oder in ein Kloster möglich ist.

In seiner Beschreibung des „heimatlosen und zeitlosen Lebens der Fahrenden" am Anfang des 13. Kapitels gibt der allwissende Erzähler hierüber deutlich Auskunft:

> Keinem Menschen gehorsam, abhängig nur von Wetter und Jahreszeit, kein Ziel vor sich, kein Dach über sich, nichts besitzend und allen Zufällen offen, führen die Heimatlosen ihr kindliches und tapferes, ihr ärmliches und starkes Leben. Sie sind die Söhne Adams, des aus dem Paradies Vertriebenen, und sind die Brüder der Tiere, der unschuldigen. [...] Ein Vagabund kann zart oder roh sein, kunstfertig oder tölpisch, tapfer oder ängstlich, immer aber ist er im Herzen ein Kind, immer lebt er am ersten Tage, vor Anfang aller Weltgeschichte [...] immer ist er der Gegenspieler und Todfeind des Besitzenden und Seßhaften, der ihn haßt, verachtet und fürchtet, denn er will nicht an all das erinnert werden: nicht an die Flüchtigkeit alles Seins, an das beständige Hinwelken alles Lebens, an den unerbittlichen eisigen Tod, der rund um uns das Weltall erfüllt. (SW4, S. 429f.)

[15] Vgl. Florence Dupont: *Le vert paradis des campagnes ancestrales*. In: Virgile, *Bucoliques. Géorgiques.*, Gallimard, Paris, 1997.

Als „Erwachter" (SW4, S. 320) ist der Landfahrer Goldmund ein aus jedem „Paradies Vertriebener" (SW4, S. 429), ob aus dem Wunschbild des Goldenen Zeitalters oder aus der Idylle Mariabronns, an der er anfangs wie an einer Heimat gehangen hat. Nun ist er „ohne Heimat" (SW4, S. 325), ihm bleibt nicht verborgen, dass es keinen Schutzwall vor dem Grauen, vor dem Tod gibt. Wie es Hermann Hesse noch in seinem Spätprosastück *Aufzeichnung bei einer Kur in Baden* (1955) schreibt, bedeutet jedes Erwachen „Begegnung mit der Wahrheit selbst", das heißt zugleich „mit dem lebendigen Geiste" und mit dem Tode. (SW12, S. 177) Das Erwachen als „Angeblicktwerden" von der „Wahrheit" ist nämlich „Berührung mit der Wirklichkeit" selbst, ist „Berührung mit dem Tode", steht bereits 1936 in *Erinnerung an Hans*. (SW12, S. 339) Bei seinem ursprünglichen Erwachen ist Goldmund somit „tief erbleicht", seine Stimme ist „erloschen", er ist „tödlich getroffen", „Todesangst schnürt ihm Kehle und Magen" bevor er vor „Schmerz" in den Scheintod der „Ohnmacht" fällt (SW4, S. 306f.). Doch dieser Tod ist ein „fruchtbarer", indem durch ihn Goldmund zu sich selbst erwacht, und im „Rosenduft" der wiedergefundenen Mutter die Wanderschaft antritt, die ihn von Frau zu Frau zu seinem Künstlertum führt. Die Selbsterkenntnis geht mit der Erkenntnis des Klosters als „Scheinheimat" (SW4, S. 336) einher und macht aus Goldmund einen auf ewig „Heimatlosen" in den Augen der „Sesshaften".

„Auf ewig", denn dieser Prozess wiederholt sich von nun an bei jeder Begegnung Goldmunds mit der Idylle. Jede Idylle birgt den Tod in sich. Jede Idylle wird somit als Scheinheimat erkannt, Goldmund erfährt sich selbst als wesenhaft heimatlos.

Das erste Bauernhaus mit dem glücklich spielenden Kind vor der Tür und der alten Frau am Feuer wird so von Goldmund am Anfang seiner Wanderschaft als eine ihn kurz aufnehmende „Heimat" (SW4, S. 348) erlebt. Im 13. Pestkapitel taucht es jedoch als von Tod erfüllte „Menschenheimat auf": die „Heimstatt" ist verödet", „offen und leer", die alte Frau sitzt nun tot „mitten in einem Spinnennetze" (SW4, S. 433, 434), das Kind liegt als Leiche auf der Schwelle, und im Gesicht seiner Schwester steht noch „hilfloses Todesgrauen" (SW4, S. 435). Als ebenso todesträchtig hatte Goldmund die „heitere" Idyllenstadt vom Meister Niklaus erkannt, als er, der „Heimatlose" und „Zigeuner" sich nicht vom Meister „zähmen" (SW4, S. 426) und zur Heirat und Niederlassung überreden ließ: Im Gegensatz zu den „Sesshaften" bleibt ihm, dem Heimatlosen, die Allgegenwart des Leidens und Todes mitten auf dem lebhaften Fischmarkt nicht verborgen. Die „zum Tod erschreckten Augen", das Sterben selbst, mit „dem leisen letzten Zittern über die sterbende Haut", die „toten und erloschenen" Fische (SW4, S. 416) künden den Tod an, der auch Würzburg verwüsten wird. Bei seiner Rückkehr nach der Pestwanderung findet Goldmund die Werkstatt leer, der Meister ist gestorben, die stolze Jungfer Lisbeth hat die Krankheit ihrer einstigen Schönheit beraubt.

Die Holzhütte im Wald wird zum Todeslager der jungen Lene, bei der Goldmund das Sterben ebenfalls als ein letztes Erzittern und Erlöschen beobachtet. Auch die Ritterburg wurde nicht erspart: Nicht nur der alte Ritter, der Goldmund beim Abschied schon als „Gespenst“ erschien, ist gestorben, auch die schöne Lydia wurde von der Pest erfasst.

Selbst die Natur, die in der ersten Waldwanderung durch die als Heimat vielfältiger Tiere und als Nahrungsspenderin für Goldmund paradiesartige Züge aufwies, wird als Schneeöde im Winter zum *locus terribilis*, in dem Goldmund den Tod gleich zweimal durchlebt, beim Erstechen vom Vaganten Viktor und beim Umherirren, bis er am Rande des Wahnsinns und des Erschöpfungstodes zusammenbricht.

Der Tod lauert jedoch nicht nur in jeder Idylle, sondern er ist ihr konstitutiv. Die Grabinschrift, „Et in Arcadia ego“, die Goethe auch als Motto seiner *Italienischen Reise* vorangestellt hat, ist wohl nicht wie meist angenommen als persönliches Reisezeugnis zu lesen, sondern als Mahnung an die Anwesenheit des Todes selbst in Arkadien[16]. Der Tod ist zwar von Anfang an Teil der Idylle, auch bei Vergil, doch hier ist diese Präsenz radikal aufzufassen, als eine die Idylle konstituierende. Erst aus dem Tod, aus Vergänglichkeit und geschichtlichem Werden, erwächst die Idylle als solche heraus. Erst im betrachtenden Blick des todeskundigen Wanderers entsteht sie und vergeht sie als heiteres, todesdurchzogenes Bild, als Erscheinung.

Hierin tritt Hermann Hesse maßgebend die Nachfolge Goethes an.

Die dialektische Beziehung zwischen Heimatlosem und Idylle variiert nämlich die von Goethe gattungserneuernd eingeführte Konstellation von Wanderer und Idylle. Die Erkenntnis der Goetheschen Konstellation verdanken wir Gerhard Kaiser in seinem gleichnamigen Werk von 1977, *Wandrer und Idylle*[17]. Sie ermöglicht es, auch die von Hesse vollzogene Erneuerung besser zu verstehen, und ihre geschichtspolitische Tragweite genauer zu erfassen.

Das antike Grundmotiv der Begegnung des Vertriebenen mit dem sesshaften Landmann, der ihm Zuflucht gewährt (Vergil, 1. Ekloge), wurde von Goethe in *Hermann und Dorothea* als grundlegende und Kultur erneuernde Erfahrung eingeführt, doch erst Hesse verleiht dem Wanderer die künstlerische Dimension, die die Idylle nicht nur zum Ort der Kunst, sondern zu ihrem Entstehungsort macht.

---

[16] Vgl. Herbert von Einem: *Anmerkungen zum Motto*. In: Goethe, *Werke*, Hamburger Ausgabe, Band 11, hrsg. v. Erich Trunz, Beck, München 1989, 12. Auflage, S. 582f. Im Folgenden zitiert als *HA* mit Bandangabe und Seitenzahl.

[17] Gerhard Kaiser: *Wandrer und Idylle*, Vandenhoeck, Göttingen, 1977.

Wie der „Wanderer" in Goethes Gedicht, wie der „Stadtflüchtling" Werther stellt auch Goldmund als der von außen Kommende jedes Mal die Idylle anschauend her. Mit den Worten Gerhard Kaisers: „Die Konstellation von Wanderer und Idylle führt das subjektive Bewusstsein als konstitutives Moment in die Idylle ein".[18] Schon der Wanderer bleibt bei Goethe Betrachter und ordnet sich der Idylle nicht ein. Ebenso bleiben Werther, dann Faust, aber auch Hesses Goldmund aus jeder Idylle letzten Endes ausgeschlossen: Goldmunds Nichtzugehörigkeit zur Idylle, seine Unfähigkeit sich in ihr einzubürgern, werden wie bereits erwähnt in der Würzburger Episode ersichtlich. Zu einem Halbbruder Werthers und Fausts wird er jedoch schon auf der Ritterburgidylle, wo seine Nichtzugehörigkeit in Form seiner verbotenen Liebe zu Lydia und seines noch sträflicheren begierigen Verlangens der jüngeren Schwester Julie zerstörende Wirkungen hat.

Wo der Wanderer Werther sich, und der Wanderer Faust die Idylle vernichtet, entkommt der Wanderer Goldmund nur knapp und ohne eigens einzugreifen beiden Vernichtungen. Lydias frühmorgendliche Beichte veranlasst den Ritter, Goldmund umgehend aus der Burg zu verweisen. In der darauffolgenden Todes- und Schneeepisode irrt Goldmund bewusstlos umher, bis ihn die Fügung wie aus einem verhängnisvollen Strudel ins Ausgangsdorf zurückwirft. Goldmund lebt weiter, und somit ist ihm durch Hesse beschieden, den Goetheschen Weg des Wanderers weiterzugehen und anders zu gestalten.

Laut Gerhard Kaiser stellt sich am Ausgang des gleichnamigen Gedichts dem Wanderer Goethes folgende Frage: „Eintretend erschafft der Wanderer die Idylle, was aber hat er in ihr zu schaffen?" Obwohl der erste Wanderer erkannt hat, dass „die Idylle als über sich hinaus auf Kunst weisend" zu begreifen ist, geht er nach kurzer Rast weiter, „und es wird nicht erörtert, ob sein Wunsch später in eine analoge Idylle einzuwandern, eine Realisierungschance hat und welche"[19]. Die Wege Werthers und Fausts I und II führen vor, wie zerstörerisch es sich in Goethes Augen auswirkt, wenn derartige Versuche vom Wanderer unternommen werden.

Mit der Goldmundfigur antwortet Hesse auf eine ihm eigene Art auf Goethes Frage. Höchstens mit dem Wanderer des *Sturmlieds* kann eine ferne Verwandtschaft festgestellt werden, wenn dieser am Schluss zwar Theokrit abstreitet, vom göttlichen Schöpfungsfunken erreicht werden zu können, und sich dennoch eine Hütte hoch auf dem Berg herbeisehnt.

Wie bei Goethe wird auch bei Hesse keinerlei Verschmelzung der Sphären angestrebt noch geduldet. Die gegenseitige Befruchtung erfolgt

---

[18] Gerhard Kaiser, ebd. S. 37.

[19] Gerhard Kaiser, *Wandrer und Idylle*, op. cit., S. 42f.

nur durch eine strenge Unterscheidung, wie sie zwischen den zwei Titelfiguren Narziß und Goldmund dank Narziß gewahrt und vorgelebt wird. Darin liegt das Kernanliegen von Goldmunds Erwachen: Er erkennt wie falsch sein Fusionswunsch mit Narziß, wie irrig sein Traum einer Einbürgerung in die Klosteridylle waren. Dennoch hat Goldmund durchaus als fremder Gast auf kurze Zeit etwas „in der Idylle zu schaffen", nämlich Kunst. Mit Hesse ist die Idylle nicht nur wie bei Goethe der klassische Ort der Kunst, sondern sie wird ihm zum Ursprungsort, zur Quelle der Kunst. Der Wunsch Künstler zu werden, der in Goldmund durch die Kunstbetrachtung der Madonna in dem idyllischen Raum eines Klosters wach wurde, (ver)führt den „ziellosen" „Heimatlosen" doch dazu ein zeitweiliges idyllisches „Ziel" zu haben (SW4, S. 381): Würzburg, genauer gesagt die Bildhauerwerkstatt von Meister Niklaus. Ebenso kehrt Goldmund zum Schluss in das Kloster Mariabronn zurück, als zu der einzig möglichen Werkstatt, die sich ihm nach dem Tod vom Meister und dem Zerschlagen seines zweiten Ziels und Idyllenwunsches als Möglichkeit anbietet.

Dass er dabei die zerstörerischen Eigenschaften, die ihm als Fremdkörper in der Idyllenwelt zu eigen sind, nicht ablegen kann, erweist sich nicht als verhängnisvoll, sondern als fruchtbar. Die Idyllenfigur Narziß wächst nämlich dank Goldmund und der durch ihn erfahrenen Liebe über sich hinaus, in dem Moment, als Goldmund erst auf Wanderschaft und dann im Tode verschwindet. Die Sehnsucht, die Narziß nach dem erneuten Fortgang des Freundes erlebt, zeugt von einem Ungenügen, von einem inneren Riss, der zweifelnde Fragen aufkommen lässt und den partiellen Schwund der Heimatgewissheit im idyllischen Kreis des Klosters herbeiführt.

> Er war durch Goldmund aber nicht nur reicher geworden. Er war durch ihn auch ärmer geworden, ärmer und schwächer [...]. Die Welt, in der er lebte und Heimat hatte, seine Welt, sein Klosterleben, sein Amt, seine Gelehrsamkeit, sein schön gegliedertes Gedankengebäude waren ihm durch den Freund oft stark erschüttert und zweifelhaft geworden. (SW4, S. 519)

> ... es war vielleicht nicht bloß kindlicher und menschlicher, ein Goldmundleben zu führen, es war am Ende wohl auch mutiger und größer, sich dem grausamen Strom und Wirrwarr zu überlassen, Sünden zu begehen und ihre bitteren Folgen auf sich zu nehmen, statt abseits der Welt mit gewaschenen Händen ein sauberes Leben zu führen, sich einen schönen Gedankengarten voll Harmonie anzulegen und zwischen seinen behüteten Beeten sündelos zu wandeln. (SW4, S. 519)

Gerade in dieser Anzweiflung der Klosteridylle als gerechtfertigte und sinnvolle Heimat verwandelt sich jedoch die Idyllenfigur Narziß, indem sie Künstlerzüge annimmt: Narziß erwächst zum Erzähler. Nun übernimmt er bis zum Schluss die Erzählung und errettet somit die letzten „Bruchstücke“ von Goldmunds Leben fast als Legende vor dem Vergessen. Betrachtet man Narziß als eine Vorbildung zur Figur Josef Knechts im *Glasperlenspiel*, so führt diese Verwandlung zum Erzähler als Verdichtung der Figur auf lange Sicht hin auch zur Rettung Kastaliens, das heißt im Kern Mariabronns, der eingangs angezweifelten Heimat und Idylle.

In der durch ihn erfolgenden Vernichtungen rettet der Wanderer Goldmund eigentlich alle Idyllenfiguren der Erzählung. Durch ihn werden oftmals geliebte Idyllenfiguren (Lydia, Lene, auch Narziß) zugleich zerstört und im Kunstwerk verewigt. Alle entreißt er dem Vergessen. Durch seinen wachen Blick wird, wie schon bei Goethes Wanderer, Tod zu Leben, der Wanderer gedeiht hier jedoch ohne willentliches Eingreifen, sondern nur im Lieben als Erleiden und im passiv-aktiv künstlerischen Gestalten zur Retterfigur der Idylle.

In Goethes *Faust II* hingegen reißt der Untergang der idyllischen Insel von Philemon und Baucis zugleich auch den machtlosen Wanderer mit ins Verderben, den das Paar einst gerettet hatte. Dieses tragische Ende der Idylle kommt dem Hauptwanderer Faust zu Schulden, der mit den dunklen Mächten paktiert hat und schwarze Magie betreibt. Die Wanderung Fausts zum eingreifenden Täter erweist sich gerade hierin als verhängnisvoller Irrweg; Faust vernichtet dort das Rettende, „die bewahrenden Kräfte der bewahrten Idylle“[20], wo er eine neue Idylle herstellen will, wo er dem Meer „eine neue Schöpfung“, ein „paradiesisch Land“ mit freiem Volk auf freiem Grunde abzugewinnen versucht[21]:

> Grün das Gefilde, fruchtbar; Mensch und Herde
> Sogleich behaglich auf der neuesten Erde.

Dieser Versuch läuft jedoch „auf Selbsttäuschung, Gewalt, Verbrechen und Tod“ hinaus. Um seine „durchrationalisierte Landschaft, die Park und Arbeitsrevier“ in einem ist, um seine totale Idylle im Glauben an einen unendlichen technischen Fortschritt mithilfe teuflischer Mächte und geknechteter Arbeitermassen zu verwirklichen, lässt Faust die geschichtlich gewachsene, die als Dauer im Wechsel überdauernde Idylle von Philemon und Baucis zerstören, und führt seinen eigenen Untergang herbei. In den Tod münden „alle Sozialutopien und diktatorischen Systeme“, die ver-

---

[20] Gerhard Kaiser: *Wandrer und Idylle*, op. cit., S. 39.
[21] Goethe: *Faust, der Tragödie zweiter Teil*, HA 3, S. 348.

meintliche zukünftige Freiheit durch wirkliche „gegenwärtige Verknechtung“ erkaufen wollen.[22]

Auch in *Narziß und Goldmund* ist die Todesmahnung der Idylle als Widerstand gegen verhängnisvolle Selbsttäuschungen wie Fortschrittsglauben oder deutschvölkischem Denken zu verstehen. Wie schon in der „scheinbar geschichtslos verharrenden Welt“ von *Hermann und Dorothea*, sind auch der Idyllengattung entsprechend in der vermeintlich zeitlosen Welt von *Narziß und Goldmund* „Lineamente der Weltgeschichte eingeschrieben“[23].

Das heißt, einzig ein um so glühenderes Lineament steht hier am Anfang vom 13. Pestkapitel, wenn der an den Traktatverfasser des *Steppenwolfes* erinnernde allwissende Erzähler erklärt, für die heimatlosen Fahrenden gebe es „keine Zeit, keine Geschichte, kein Streben und nicht jenen seltsamen Götzen der Entwicklung und des Fortschritts, an den die Hausbesitzer so verzweifelt glauben“ (SW4, S. 429f.).

Ganz offensichtlich misst Hesse der nach diesen Zeilen einsetzenden Pestepisode eine starke mahnende Funktion bei, die sich an den zeitgenössischen Leser richtet. Vor Leid, Schmerz, Chaos und Tod schützt den Sesshaften keine Mauer, kein Besitz. Neben dem *Memento Mori* gilt es aber auch einen Aberglauben, eine verhängnisvolle „Fiktion“ im Nietzscheschen Sinne zu ruinieren. In den 1920er und 1930er Jahren der Weimarer Republik wird Hesse nicht müde, den aus dem 19. Jahrhundert stammenden Fortschrittsglauben[24] und den „geistlosen“ „Mode-Optimismus“ anzuprangern, der, „übertrieben problemlos, imitiert amerikanisch, ein als feistes Baby verkleideter Schauspieler, übertrieben dumm, unglaubhaft glücklich und strahlend („smiling“)“[25] als „verlogen“ zu betrachten sei und einer „europäisch-amerikanischen Modereligion vom souveränen modernen Menschen“ gleichkomme[26].

---

[22] Gerhard Kaiser: *Wandrer und Idylle*, op. cit., S. 78.

[23] Vgl. Gerhard Kaiser, *Französische Revolution und deutsche Hexameter – Goethes ‚Hermann und Dorothea‘ nach 200 Jahren.* Ein Vortrag in: *Poetica*, Vol. 30, No. 1/2 (1998), p. 81–97,URL https://www.jstor.org/stable/43028157, Accessed: 05-08-2019 13:36 UTC.

[24] Vgl. Hermann Hesse: Briefe 4, S. 346, Brief an Emil Egli, Oktober 1929: „Aber die Meinung, es gebe in der Menschheit einen ‚Fortschritt‘, ist eben überhaupt ein Irrtum. Wenn es einen Fortschritt gäbe, so müßte Bundesrat Scheurer weiser sein als Lao Tse.“

Vgl. auch späterhin Hermann Hesse: Brief an Emil Schibli, 1944: „Nein, ‚weiter‘ als der Regenmacher sind wir heute nicht. Daß das Spätere das Bessere, Vollkommenere sei, daß die Weltgeschichte ein dauernder ‚Fortschritt‘ sei, das sich einzureden war wohl die größte Dummheit des sonst so klugen 19. Jahrhunderts.“ (SW15, S. 586)

[25] Hermann Hesse: *Hochsommertag im Süden* (1928), Berliner Tageblatt. In: *Materialien zu Hermann Hesses ‚Der Steppenwolf‘*, hrsg. v. Volker Michels, Suhrkamp, Frankfurt a.M. 1972, S. 132.

[26] Hermann Hesse: Briefe 4, S. 524–525, Brief an Max Jordan, 1932.

Diese Religion ist insofern verhängnisvoll, als sie mit einer nationalistischen Geschichtsfälschung, nämlich einem „Weglügen aller Kriegsschuld" einhergeht, welche eine „Luft von politischer Dummheit, Verlogenheit und Unreife" erzeugt, „die zur Entstehung eines künftigen Krieges sehr viel beitragen wird"[27]. Auch im kurzen Essay von Dezember 1928, das eine *Arbeitsnacht* am Goldmund schildert, wird „der heftige, wilde, amokläuferische Haß einer neuen Zeit gegen alles und jedes, was ihr voranging"[28], also deren Geschichtslosigkeit von Hesse beklagt, denn Geschichtslosigkeit bedeutet laut Jacob Burckhardt (*Weltgeschichtliche Betrachtungen*), dem von Hesse hochgeschätzten Baseler Historiker, Barbarei[29].

Wie schon Harry Haller im *Steppenwolf* feststellt, hält der fortschrittsgläubige und kriegsvergessliche deutsche Bildungsbürger nämlich zugleich auch „Juden und Kommunisten für hassenswert" (SW4, 80). Schon 1922 hatte Hesse in seiner Rezension von Wilhelm Michels Schrift *Verrat am Deutschtum* die „pathologische Judenfresserei der Hakenkreuzbarden" sprich der jungdeutschen Nationalisten auf schärfste verurteilt (SW18, S. 346). In *Narziß und Goldmund* erweist er sich durchaus als „zukunftssichtig" und zukunftsempfindlich" (Thomas Mann), wenn er anhand der Scheiterhaufenszene mit der jungen Jüdin Rebekka die Barbarei mittelalterlicher Pogrome und Goldmunds Mitleid und Unverständnis vor Augen führt: Trotz antisemitischer Bekundungen völkischer Deutschnationalen waren nämlich die meisten linken Intellektuellen wie die deutschen Juden selbst mindestens bis zur Machtergreifung Hitlers „der Überzeugung, dass der Antisemitismus historisch gesehen ein allmählich absterbendes Überbleibsel aus finsterer Vergangenheit sei"[30]. „Der organisierte Judenhass schien etwas Anachronistisches", die Weimarer Republik ein solider schützender Rechtsstaat, in welchem nach Krawallen, Friedhofsschändungen oder dem Rathenau-Mord „alle Zeitungen von der seriösen Rechten bis zur Linken mehrfach regelrechte Empörungswellen gegen den Antisemitismus" aufwiesen. In dieser Hinsicht stellt sich auch bei Hesse die Frage einer allegorischen Deutung der Pest als zukunftssichtige Vorwegnahme der braunen Pest, wie sie von Camus ab 1941 in seinem gleichnamigen Roman konzipiert wurde. In Deutschland verbuchte bekanntlich die NSDAP erst 1930 ihren ersten historischen Wahlerfolg. Doch schon im Juli 1926 war im Freistaat Bayern das „Gesetz zur Bekämpfung von

---

[27] Hermann Hesse: Briefe 4, S. 531, Brief an Arno Steglich, etwa 1932.

[28] *DNG* 84.

[29] Jacob Burckhardt: *Über das Studium der Geschichte*, hrsg. v. P. Ganz, Beck, München, 1982, S. 229, Fußnote 20: „Ihre [der Barbaren, B.P.] Barbarei ist ihre Geschichtslosigkeit und vice versa."

[30] Ulrich Herbert: *Geschichte Deutschlands im 20. Jahrhundert*, Beck, München, 2014, S. 279.

Zigeunern, Landfahrern und Arbeitsscheuen" verabschiedet worden, in dem zum ersten Mal die Rassenkunde herangeholt wurde. 1927 und 1929 wurde das „Zigeunerunwesen" auch in Preußen und Hessen bekämpft, und die eingesammelten Fingerabdrücke dienten dann den Nationalsozialisten bei ihrer Verfolgung dieser „artfremden" Bevölkerungsgruppe. Auch hier kann von Zufall nicht die Rede sein, wenn Hesses Gespür die Liebesinitiation Goldmunds durch die Zigeunerin Lise vollziehen lässt, was ihn dann selbst in einen heimatlosen „Zigeuner" verwandelt und zum rettenden Künstlerwanderer werden lässt.

Doch dieser Retter weist keinerlei siegreiche oder heldische Züge auf. Dem stark antisemitischen Heimatstil rechter Literaten wie Adolf Bartels und Hans Friedrich Blunck mit ihren traditionellen deutschen Wertbegriffen der virilen Bindung, Gliederung, Treue, Ehre und Pflicht setzt Hesse das Bildnis eines heimatlosen Frauenliebhabers, eines „Leidenden, Fragenden" entgegen. Mit Hesses Worten in seinem Rundbrief von 1953, *Engadiner Erlebnisse*:

> [Der Goldmund] erschien nicht lang vor der letzten Krieger- und Heldenepoche Deutschlands und war in hohem Grade unheldisch, unkriegerisch, weichlich und, wie man mir sagte, zur zuchtlosen Lebenslust verführend, es war erotisch und schamlos, deutsche und schweizerische Studenten waren dafür, daß es verbrannt und verboten werden müsse...[31]

Jegliche Führerfigur war Hesse „geradezu verhasst". Seine Antwort auf den offenen Brief von Max Jordan 1932 bezeugt es mit deutlichen Worten: wohl solle der Dichter „etwas wie Vorbild sein, aber nicht, indem er Überlegenheit, Gesundheit, Unangefochtenheit zeigt" und vortäuscht, sondern indem er als „Ahnender", als „Leidender" „unter der Not unserer Zeit" „gewillt [ist], sie wie eine Hölle zu durchschreiten" und mitten „im Chaos auszuharren". (Briefe 4, S. 525–527) Diese Selbstbeschreibung Hesses trifft auch haargenau auf den Künstler Goldmund zu, unter anderem bei seiner Pestwanderung:

> Er hatte keine Furcht [...] Aber eine ungeheure Neugierde trieb ihn und hielt ihn wach; er war unermüdlich, dem Schnitter zuzusehen, das Lied der Vergänglichkeit zu hören, nirgends wich er aus, überall ergriff ihn dieselbe stille Leidenschaft, dabei zu sein und mit wachen Augen den Gang durch die Hölle zu tun. (SW4, S. 452f.)

Auch indem er Goethes Nachfolge antritt, hält Hesse dem germanische Sagen feiernden, die welsche sprich „undeutsche" Zivilisation verleumdenden Deutschtum der Völkisch-Nationalen das Gegenbild seiner „Idee

---

[31] *DNG* 148, Aus dem Rundbrief *Engadiner Erlebnisse*, 1953.

von Deutschland" entgegen. Das Wort „Idee" ist hier philosophisch zu verstehen, als „echte Idee im Sinne Platos", als „eine legitime Form des Geistes, eine typische Möglichkeit des Menschenlebens", wie es Hesse später von Kastalien an Cuno Amiet schreibt (1943)[32]. Als deutsches Vorzimmer Kastaliens ist auch hier die Welt von *Narziß und Goldmund* als „geistiger Raum", als „Raum des Geistes und der Seele" zu verstehen, und diese „Zuflucht" soll einen „Atemraum" für jeden gewähren, der bei der „schlechten", politisch verlogenen Luft zu ersticken droht.[33] Wie Hesse 1927 an Hilde Jung-Neugeboren schreibt:

> Ich weiß nicht, ob es noch viele Länder gibt, in denen der Haß eines ganzen Volkes gegen alles Geistige so einmütig und beinahe organisiert ist wie in Deutschland.[34]

In diesem Kontext bedeutet es schon an sich Widerstand, eine „Idee von Deutschland" zu veranschaulichen. Hinzu kommt, dass Hesse seine Idee nun gegen die waltenden Vorstellungen nicht nur romantisch, sondern auch klassisch goethesch ausgestaltet. Wie schon Goethe in *Hermann und Dorothea* erneuert Hesse in *Narziß und Goldmund* das kulturelle Deutschlandbild, indem er hierin die Antike wesenhaft mit einbindet. Diese Verschwisterung bedeutet ihm ein Mittel, das Deutschtum geistig zu verwurzeln, das Zusammenspiel von Deutschem und Antikem, von Seele und Geist als Dialog zwischen den zwei Protagonisten unmittelbar vernehmbar zu machen. Dieses Zusammenspiel war in einem ersten Anfangsfragment, das an der arkadisch-italienischen Mittelmeerküste spielte, nicht so augenscheinlich, was vielleicht erklärt warum es von Hesse verworfen wurde.

Wenngleich Goldmund versteckt im Griechischen wurzelt, wird im programmatischen Titel mit dem Namen *Narziß* aus Ovids *Verwandlungen* im erwähnten zeitgenössischen Kontext bei der Einbindung der Antike das römische Erbe hervorgehoben. Auch ist, wie schon unterstrichen, Vergil als Lineament präsent. Schon auf der ersten Seite bilden der „fremde und zärtliche" Kastanienbaum, „ein vereinzelter Sohn aus dem Süden, von einem Rompilger vor Zeiten mitgebracht" sowie die idyllisch an die Antike erinnernden „Doppelsäulchen" des Portals ein harmonisches Ganzes mit dem Kloster Mariabronn, denn sie sind „verwandt in geheimer Verwandtschaft" (SW4, S. 271). Auch wird sogleich die welsche Herkunft vom Kastanien bratenden, sich also einer idyllischen Tätigkeit widmenden Subprior Gregor hervorgehoben. Den „Lateinern" des Klosters werden die

[32] *Materialien zu Hermann Hesses ‚Das Glasperlenspiel'*, op. cit., S. 233.

[33] Vgl. ebd. S. 295–296, Brief, Januar 1955, an Rudolf Pannwitz.

[34] Vgl. *Materialien zu Hermann Hesses ‚Der Steppenwolf'*, hrsg. v. Volker Michels, Suhrkamp, Frankfurt a.M. 1972, S. 122.

„Einheimischen" zugesellt. Auf dichtungstheoretischer Ebene spielen auch die griechischen Kenntnisse von Narziß eine wichtige Rolle, insbesondere mit der direkten Erwähnung der platonischen Ideen im berühmten Gespräch über Abbild und Sinnbild zwischen Narziß und Goldmund.

Die Mischung zwischen historischen, mythischen und fiktiven Namen dient überdies seit Vergil als hervorragendes Mittel dazu, die Geschicke der nationalen Geistesgeschichte zu lenken. Bei Vergil standen Jupiter neben Pan, die Nymphen neben Pales. Nicht umsonst sind Vergils *Bucolica* und *Georgica* zu der Zeit von Octavius/Augustus entstanden, der als erster Römischer Kaiser die Pax Romana einführte. Nun sollten die Römer ihre soldatischen Lebensführung und Tugenden ablegen und zu Landwirten stilisiert werden: Die Agrartätigkeit – auf Französisch *culture* – wurde nämlich wie schon bei den Griechen als grundlegend kulturelle Tätigkeit, als Fundament der Zivilisation angesehen. Das kulturpolitische Ziel hieß nun, Roms intellektuelle Reife kundzugeben und Rom zur neuen Hüterin einer klassischen Kultur emporzuheben, welche griechische und lateinische Züge synkretistisch vereint.[35]

Dementsprechend ist *Narziß und Goldmund* als geistiger Widerstand Hesses zu betrachten. Die Nachfolge Goethes bestätigt sich von Jahr zu Jahr in vielen seiner Schriften: *Eine Bibliothek der Weltliteratur* (1929) öffnet auf goethesche Weise[36] den geistigen Raum Hesses „Idee von Deutschland" über die deutschen Grenzen weit hinaus. Ebenso *Ein Stückchen Theologie* (1932): Mit dem „Wiederfinden derselben Deutung des Menschendaseins bei Indern, Chinesen und Christen" zeigt sich laut Hesse, „daß mit dem Menschen etwas gemeint sei, daß Menschennot und Menschensuchen zu allen Zeiten auf der ganzen Erde eine Einheit sei"[37]. 1932 erscheinen sowohl *Dank an Goethe* als auch *Die Morgenlandfahrt* in Resonanz mit dem *West-Östlichen Diwan*, und in den folgenden Jahren verkörpert Kastalien dann geradezu Weltkultur im Dialog auf deutschsprachigem Boden, in einem vergrößerten Mariabronn: Idyllische Landschaft

---

[35] Vgl. Florence Dupont. In: Virgile, *Bucoliques. Géorgiques.*, op. cit., S. 7–48.

[36] Vgl. Goethe: *Über Kunst und Altertum*, 1827. Literatur wird aus einem übernationalen, kosmopolitischen Geist heraus geschaffen.

[37] SW12, 153f. Vgl. auch *Magie des Buches* (1930), SW14, S. 451f.: „Das Geheimnisvolle und Große nun bei diesen Lese-Erfahrungen ist dies: je differenzierter [...] wir zu lesen verstehen, desto mehr sehen wir jeden Gedanken und jede Dichtung in ihrer Einmaligkeit [...] – und zugleich glauben wir dennoch immer deutlicher zu sehen, wie alle diese hunderttausend Stimmen der Völker nach demselben Ziele streben, unter anderem Namen dieselben Götter anrufen, dieselben Wünsche träumen, dieselben Leiden leiden. Aus dem tausendfältigen Gespinste unzähliger Sprachen und Bücher aus mehreren Jahrtausenden blickt in erleuchteten Augenblicken den Leser eine wunderlich erhabene und überwirkliche Chimäre an: das Angesicht des Menschen, aus tausend widersprechenden Zügen zur Einheit gezaubert."

und Ton bleiben im „Atemraum“, in der „Zuflucht“ der „pädagogischen Provinz“ unverändert bestehen. Vor diesem Hintergrund ist es alles andere als erstaunlich, wenn Hesse 1938 vor Ferdinand Lion seine Absage an der Mitarbeit bei der Züricher Zeitschrift *Mass und Wert* wie folgt rechtfertigt:

> Was das heimliche Deutschland, das der Sprache, Dichtung, Kultur betrifft, so habe ich mich stets dazu gerechnet und tue es weiter, auch wenn Sie diese Zugehörigkeit davon abhängig machen wollen, wie weit ich für Ihre Unternehmung als Mitarbeiter in Betracht komme. [...] Alles, was ich in Jahrzehnten getan habe, war ein Mitarbeiten am heimlichen Deutschland, und mit den Jahren wurde aus dem unbewußten Mitarbeiten mehr und mehr ein bewußtes. (Briefe 5, S. 518)

II

Die „geheime“ Verwandtschaft zwischen Narziß und Goldmund, Kastanienbaum und Kloster ist mit dem „heimlichen“ Deutschland eng verschwistert. Fast könnte von einer „Heirat“ die Rede sein. Die drei Wörter entspringen derselben Herkunft, der indogermanischen Wurzel **kei*: „liegen“, in der auch Beischlaf und Liebe mitklingen. Indem Hermann Hesse in *Narziß und Goldmund* die etymologische Wanderung von „Heimat“ zu „heimlich“ und zum „Geheimnis“ von Welt und Kunst unternimmt, vollzieht er einen Wandel, der von der geschichtspolitischen Ebene auf die ästhetisch-poetologische Stufe führt und verankert somit die deutsche Kultur im Geist.

Dessen Wanderschaft durch die deutsche Seelenlandschaft führt den heimatlosen Goldmund, und nur ihn, zur eigentlichen „Menschenheimat“, zum Geheimnis der Kunst: einer auftauchenden und verlöschenden Leuchtspur, einer „goldenen Spur“, die in dieser Erzählung häufig das Gesicht der Urmutter annimmt. Dies ist nicht verwunderlich, wenn man bedenkt, dass „Geheimnis“ das deutsche Lutherwort für „Mysterium“ ist und dass in den griechischen Mysterienkulten Dionysos und die Magna Mater, die Große Mutter und Erzeugerin des Lebens, häufig Seite an Seite verehrt wurden. Somit befinden wir uns *in medias res*, im Kern der Poetik der Heiterkeit, die, von Nietzschesch-Dionysischem Ursprung, Hesses Katharsis im *Steppenwolf* begründete, nachdem sie im *Kurgast* angekündigt und bevor sie im *Glasperlenspiel* ausgeführt wurde. Nicht umsonst empfand der aufmerksame Hesse-Leser Thomas Mann den *Kurgast* und die Einleitung vom *Glasperlenspiel* „als wär’s ein Stück von [ihm]“[38].

[38] Thomas Mann: *Hermann Hesse zum siebzigsten Geburtstag*, op. cit., S. 515–520.

Hesses Poetik der Heiterkeit wird sich in diesem Rahmen nur in Ansätzen darstellen lassen können. In *Narziß und Goldmund* treten ein paar wesentliche Punkte zum Vorschein. So wird im 12. Kapitel, als Goldmund nach der Vollendung der Johannesfigur von Ekel und Trübsinn befallen wird, deutlich, wie er sich gegen die gesicherte Scheinheimat für das „Geheimnis der Kunst" als „Ruf der Mutter" entscheidet. Auf dem Fischmarkt wird er erst, wie schon erwähnt, von Mitleid für die sterbenden Fische und ihren Verzweiflungskampf und von Ekel gegenüber den „vergnügten Fressern" befallen: Ekel und hoffnungslose Melancholie beim „Anblick des Sinnlosen und Furchtbaren", das „Starren in den Abgrund", die „Betrachtung des Leides, des Todes" (SW4, S. 416f.), charakterisieren mit den Worten Hesses die Folgen der tragischen Erkenntnis bei Nietzsche in der *Geburt der Tragödie*. Sie entsprechen dem „Grauen" gegenüber der Sinnlosigkeit einer sich allen Begriffen und allen Begreifenwollens verwehrenden Wirklichkeit, gegenüber dem „Unbelehrbaren ganz da unten" auch im eigenen Selbst[39], gegenüber der unfassbaren, der sich im Nichts auflösenden Sprache vor dem Undarstellbaren. Im Grauen wird Wahrheit des Chaos und des Todes erfahren, zugleich aber auch Ursprung, fruchtbares Erwachen zum Leben, Selbstbegegnung – Heimgang. Insofern kann sich nur der wahrhafte Weg über das Grauen für den Künstler als „lebensträchtig" erweisen, so dass laut Hesse „gewisse Menschen ohne Grauen und ohne Todesnähe nicht leben wollen"[40].

Ebenso erklärt Ilse Aichinger 1971 in den Tagebucheintragungen von *Kleist, Moos, Fasane*[41]:

> Jeden Tag mit Grauen und unabgeschwächter Angst beginnen, kein schlechter Rat.

In *Narziß und Goldmund* wird bei jeder Todesbegegnung von diesem Vorgang bildhaft gezeugt. Bei seinem „Erwachen" in Mariabronn hatte Goldmund in seiner Todesangst das Gefühl, die „drei Tiermäuler" der Höllenhunde (SW4, S. 307) würden ihn fressen, doch als er dann später das Kloster für immer verlässt und den Acheron überquert, geschieht es im marienhaften „Duft von Rosen" (SW4, S. 308), im Zeichen der Taufe und Wiedergeburt, ohne Todesangst, im Vertrauen auf seinen Weg zu Lise hin. Nach dem Anstarren eines leeren Schneckenhauses, das poetologisch als Bruchstück und allegorisches Zeichen fungiert und eine trübsinnige Fragenflut hinsichtlich des Lebensrätsels auslöst, ist Goldmund nämlich

---

[39] Friedrich Nietzsche: *Jenseits von Gut und Böse*, § 231, hrsg. v. G. Colli und M. Montinari, Kritische Studienausgabe, de Gruyter, Berlin 1988, S. 170. Im Folgenden zitiert als *KSA* mit Bandangabe und Seitenzahl.

[40] Hermann Hesse: *Briefe* 4, S. 256, Brief an Enno Kind, Ende 1927.

[41] Ilse Aichinger: *Kleist, Moos, Fasane*, Fischer, Frankfurt a.M. 2004, S. 79.

traumartig die Zigeunerin Lise erschienen. Wie aus dem Nichts taucht sie auf und verschwindet ebenso: Als Erscheinung und leuchtendes Zeichen initiiert sie auf ästhetischer Ebene die Selbstdeutung Goldmunds zum liebenden Heimatlosen, zum schweifenden Zeichen, das dem Mutterruf folgt und sich selbst dabei ein Rätsel bleibt. Auch dem späteren Goldmund blüht aus dem „Starren in den Abgrund" „manchmal eine Freude auf". An dem Fischmarkttag hat er „plötzlich ein Gesicht": es ist nur ein „zuckendes Aufblitzen". Das „geheimnisvolle Muttergesicht" mit ihrem „unheimlichen Todeslächeln", das Leben und Tod zugleich umfasst und bejaht, erscheint ihm als schon erlöschender „Blitz". Dieser Anblick ist ihm „Traum, Ahnung, Lockung, goldenes Aufblinken heiligen Geheimnisses". Er schürt in seinem Herzen eine „Woge von Sehnsucht", das nie zu stillende Verlangen diesem „Ruf der Mutter" zu folgen, „ihr sein Schicksal anheimzustellen", dieses „Bild zu gestalten", er lässt ihn seinen echten, heimatlosen und doch heimführenden Künstlerweg wieder aufnehmen (SW4, S. 418f.).

Dieses goldene Aufblinken, das im *Glasperlenspiel* apollinischere, kristallenere Züge annehmen wird, kommt Hesse als „goldene Spur" einer „Ahnung der Welt als Einheit und Harmonie"[42] gleich, die er in seiner späten Prosaschrift *Glück* (1949) als „Atmen in vollkommener Gegenwart, Mitsingen im Chor der Sphären, Mittanzen im Reigen der Welt, Mitlachen im ewigen Lachen Gottes" charakterisiert. In dieser seelisch-ästhetischen Glückserfahrung tritt der Deutende in Resonanz mit der „Harmonie der Sphären", mit einer „ewigen Gegenwart", deren „Vorstellung" sich „von der ‚goldenen Spur' (im Goldmund) und dem Lachen der Unsterblichen (im Steppenwolf)" um das „so tiefe, so ursprüngliche und so welthaltige Wort ‚Glück' herum kristallisiert hat". Dieser Glückserfahrung entspringt „alles, was durch Liebende an Liebe, durch Künstler an Trost und Heiterkeit in unsre Welt getragen worden ist, und oft nach Jahrhunderten so hell strahlt wie am ersten Tage" (Ebd., S. 257).

Jene „Heiterkeit" der Kunst wird Hesse in den 30er Jahren immer wieder, und ganz besonders im *Glasperlenspiel* als wesentliches Merkmal der Kunst und deren Inbegriffs, der „klassischen Musik" oder auch des ‚Glasperlenspiels', hervorheben und preisen. So in der Einleitung zum *Glasperlenspiel*:

> Immer ist die menschliche Haltung, deren Ausdruck die klassische Musik ist, dieselbe, immer beruht sie auf derselben Art von Lebenserkenntnis und strebt nach derselben Art von Überlegenheit über den Zufall. Die Gebärde der klassischen Musik bedeutet: Wissen um die Tragik des Menschentums, Bejahen des Menschenge-

[42] Hermann Hesse: *Glück*. SW14, S. 252, 257, 256.

> schicks, Tapferkeit, Heiterkeit! [...] es ist immer ein Trotzdem, ein Todesmut, ein Rittertum, und ein Klang von übermenschlichem Lachen darin, von unsterblicher Heiterkeit. (SW5, S. 38)

Diese menschliche Haltung findet sich auch, so Hesse 1933 an Thomas Mann, beim Erzählen, bei jedem „Geschichtsschreiben" wieder, das im Grunde als unmöglich erkannt wird, und „trotzdem", und „dennoch" unternommen wird: „Das Unmögliche zu unternehmen, obwohl man darum weiß, das Tragische aktiv auf sich zu nehmen" (Briefe 5, S. 147), darin besteht der humoristische Grundgestus der Poetik der Heiterkeit, der wie Konfuzius, „weiß, daß es nicht geht, und es doch tut"[43].

Die Heiterkeit der Kunst nährt eine Freude am Schönen, die ganz im Sinne einer Nietzscheschen „Stimulanz zum Leben"[44] keinen ästhetischen egozentrischen Genuss bedeutet, sondern eine Stütze. Sie hilft dem Menschen, „mitten in den Drangsalen und Gefährdungen" „seiner Fragwürdigkeiten Herr" zu werden", und den „Anfälligkeiten, Krankheiten, Gefahren, denen alles Menschliche ausgesetzt ist" (*Glück*, SW14, S. 252f.) standzuhalten, auch denen, die seiner vom Geist geleiteten Individuation entspringen. Durch die Heiterkeit der Kunst erfährt der Leser und Zuhörer, wie der „Dienst an dem Geist, an der Wahrheit"[45], der zugleich Individuation und Schmerz bedeutet, mit „Heiterkeit" verbunden sein kann, sie zeugt und von ihr zeugt, gerade dort wo der Geist sich geschichtsschreibend seiner das Individuum und die Gattung Mensch betreffenden Aufgabe stellt und damit auch das einzige legitime Glück erfährt.

Mit Burckhardts Worten, die Hesse im *Glasperlenspiel* seine Figur Pater Jakobus zitieren lässt:

> Es können Zeiten des Schreckens und tiefsten Elends kommen. Wenn aber beim Elend noch ein Glück sein soll, so kann es nur ein geistiges sein, rückwärts gewandt zur Rettung der Bildung früherer Zeit, vorwärts gewandt zur heitern und unverdrossenen Vertretung des Geistes in einer Zeit, die sonst gänzlich dem Stoff anheimfallen könnte. (SW5, 334)

---

[43] Hermann Hesse: *Lieblingslektüre* (1945). In: SW14, 467: „Diese chinesischen Meister und Weisen [...] hatten eine Art, sich auszudrücken, über die man nur immer wieder staunen und sich freuen kann. Kung Fu Tse wird gelegentlich so charakterisiert: ‚Ist das nicht der, der weiß, daß es nicht geht, und es dennoch tut?' Das ist von einer Gelassenheit, einem Humor und einer Schlichtheit, für die ich in keiner Literatur ein ähnliches Beispiel weiß."

[44] Friedrich Nietzsche: *KSA* Bd. 6 *Götzendämmerung*, „Streifzüge eines Unzeitgemäßen" §24, S. 127. Vgl. auch *KSA* Bd. 1 *Die Geburt der Tragödie* §7, S. 56–57.

[45] Friedrich Nietzsche: z.B. *KSA* Bd. 6 *Der Antichrist*, S. 230 ; Hermann Hesse: z.B. *Das Glasperlenspiel*, op. cit., S. 710

Das gesamte *Glasperlenspiel* ist in dieser Perspektive zu verstehen und kommt auf seine Weise, über das Glasperlenspiel an sich sowie über die Lebensläufe, der Burckhardtschen Verpflichtung nach, ganze vergangene Geisteshorizonte zu rekonstruieren[46], um den Menschen im Kontext des Dritten Reiches vor „Geschichtslosigkeit" und „Barbarei"[47] zu retten.

Schon in *Narziß und Goldmund* betreibt Hesse gezielt eine „weiße Magie"[48] (SW4, S. 272), welche der schwarzen Magie der Hass getränkten, fortschrittsgläubigen und dem Individuum feindlichen Ideologien und Totalitarismen entgegenwirken soll, indem der in der Modernität erstickenden Seele bei ihrer schmerzlichen Menschwerdung keine Vernunftsprache, keine unwiderlegbaren Gedankengänge hingehalten, sondern vom Menschen geschaffene wahrhaftige Bilderwelten zur Betrachtung dargelegt werden. Mit diesen Bilderwelten kann er in der Betrachtung in Resonanz treten, so dass er die Welt als „Harmonie und Einheit" zu erfahren

---

[46] Jacob Burckhardt: *Über das Studium der Geschichte*, hrsg. v. P. Ganz, Beck, München, 1982, S. 229: „Größe unserer Verpflichtung gegen die Vergangenheit als geistiges Continuum, welche mit zu unserm höchsten Besitz gehört. Alles was im Entferntesten zu dieser Kunde dienen kann, muss mit aller Anstrengung und Aufwand gesammelt werden, bis wir zur Reconstruction ganzer vergangener Geisteshorizonte gelangen."

[47] Jacob Burckhardt, ebd. S. 14 und S. 229.

[48] Die Thematik der Magie oder des Künstlers als Zauberers klingt in der gesamten Erzählung immer wieder jedoch nur in leichten Tönen an. Sie fügt sich allerdings in einen größeren politisch-poetologischen Zusammenhang ein. Die Katharsis des *Steppenwolfs*, die Hermann Hesse den Weg zum „Magischen Theater" und zu seiner lichten Poetik der Heiterkeit finden lässt, fällt nämlich mit der Abkehr von einer Nietzscheschen Sprachskepsis und dem Einsetzen eines von nun an unverrückbaren Glaubens an die „Magie des Wortes" einher, an die Hesse noch 1925, wie der *Kurzgefaßte Lebenslauf* erkennen lässt, „in unserer mißbrauchten und sterbenden Sprache nicht mehr recht glauben konnte" (SW12, S. 59). *Narziß und Goldmund* könnte durchaus als dichterische Ausführung einer der Kammern des „Magischen Theaters" ausgelegt werden, zum Beispiel als künstlerische Abwandlung der Kammer „Alle Mädchen sind dein!", und insofern als heitere, lichte Magie-Übung, deren Bezug zur „Geschichte des Menschengeistes" dem Nietzscheschen Ansatz „einer kraftvollen Revolte [des] Lebensgefühls" klar entgegenzustellen ist (Vgl. *Magie des Buches* (1930), SW14, S. 443). Gegen die „primitive Magie" der nationalsozialistischen Geschichtsfälschung (vgl. *Tagebuch vom Juli/August 1933* (SW11. S. 676), deren Vorboten Hesse bereits im *Steppenwolf* angeprangert hatte, setzt der Autor die Waffe der heiteren Geschichtsschreibung, nämlich der Kunst als „weißer Magie" ein und erschafft auch in diesem Sinne späterhin *Das Glasperlenspiel* und sein kastalisches Utopien (Vgl. *Nicht abgesandter Brief an eine Sängerin*, SW14, 240): „Das selige Utopien, wo nur weiße und keine schwarze Magie getrieben, wo kein Bluff noch Blender gespielt wird, suche ich nicht in irgendeiner Zukunft, sondern ich muß es mir allein schaffen, in jenem winzigen Ausschnitt der Welt, der mir gehört und von mir beeinflußbar ist.")

Für die gesamte Beweisführung, siehe Béatrice Poulain-Golkar, „Poétique de l'allégresse. Initiation à la *Heiterkeit* dans l'œuvre en prose d'Hermann Hesse", Université Paris-Sorbonne, Januar 2012, Online auf www.e-sorbonne.fr, S. 466–476 und S. 625–634.

und diese Harmonie als eine vom Menschen für den Menschen erdichtete zu lesen lernt.

So heißt es in *Schreiben und Schriften* 1961:

> Die Diener des sanften Gesetzes machen sich die Erscheinungswelt dadurch verwandt und lieb, daß sie sie als Schrift, als Kundgebung des Geistes betrachten, einerlei, ob sie sich diesen Weltgeist als nach ihrem Bild geschaffen denken oder umgekehrt. (SW14, S. 504)

Kunst und Natur werden im Blick des lesenden und schreibenden Geistes vereint. Diese Einheit wird im Text *Glück* als „Freude am Schönen" gekennzeichnet. Das Schöne ist also zugleich das Heimatliche, Ursprüngliche in einem sprachlichen Sinne, eine Selbstspiegelung des menschlichen Geistes, in der er sich selbst erkennt, passiv und aktiv zugleich und auch als Einheit erfährt. Die Freude am Schönen kommt einem mitschreibenden Lesen, einer Betrachtung gleich, die „beglückend" sein und allein im Medium der Sprache zu einem Glückserleben führen kann, das sich letzten Endes als die Erfahrung der Einheit des Geistes erweist, wie sie Jacob Burckhardt auch über alle historischen Zeiträume und Kulturen hinweg in den *Weltgeschichtlichen Betrachtungen* erkennt.

Nur in der Sprache und im kulturgeschichtlichen Sprachraum ist Menschwerdung möglich: „Ohne Wort, ohne Schrift und Bücher [...] gibt es nicht den Begriff der Menschheit" schreibt Hesse 1930 in *Magie des Buches*. (SW14, S. 443)

Dieser durchaus wirkliche wenn auch nicht fassbare Raum der Kultur als zugleich objektivierter und lebendiger Menschengeist, als Gespräch, ist der einzige Raum, in dem Ruf und Antwort den menschlichen Individuationsprozess, die Menschwerdung über die Verzweiflung hinweg fördern können. Im Ausruf fällt er mit dem erdichteten Raum der Idylle zusammen, in dem die vom Menschen hervorgebrachten, vom Menschen dem Menschen dargebrachte Allgegenwart von Vertrauen und Güte das Entspringen und die Fortdauer von „Sprache" erst ermöglichen.

Eine kleine Szene in unserer Erzählung gewinnt hier ihre volle Bedeutung: Als Goldmund nach der Schneeöde-Episode aus seiner Erschöpfung wieder zu sich kommt, vermisst er das letzte Geschenk Lydias, das ihm übrigbleibt, den goldenen Dukaten, um dessentwillen er auch den Landstreicher Viktor umgebracht hat. Als er die Bauernfrau, die sich seiner erbarmt hat und ihn gesund gepflegt hat, über diesen Verlust ins Vertrauen zieht, gibt sie ihm eine unvergessliche Antwort:

> „So, hast du es gemerkt?" fragte sie, mit einem merkwürdig liebevollen und zugleich listig schlauen Lächeln, das [Goldmund] so entzückte, dass er trotz seiner Schwäche die Arme um sie legte.

Sie lässt ihn dann sinnlich und neckisch das Goldstück überall suchen, das sie in ihren Rock eingenäht hatte:

> ... ihren Liebesdienst und jenes schlaugütige Lachen in ihrem Bauerngesicht vergaß er nie. (SW4, S. 387)

Wenn im goldenen Dukaten nun eine Verkörperung der goldenen Spur als Liebesgabe zu erkennen ist, die nach dem Umherirren in der Leere plötzlich wieder auftaucht, wird ersichtlich, dass Goldmund nur dank der Liebe, der Güte und Barmherzigkeit am Leben bleiben und zum Künstler werden konnte.

Nur in einem der Idylle verwandten Raum des Vertrauens kann Kunst entstehen, findet echte Sprache ihren Ursprung. Nur in diesem ursprünglichen, abgeschirmten Schallraum wird das mütterliche „Weltvertrauen" weiter genährt, dass in dem Menschen keinen „Gegenmenschen", sondern einen „Mitmenschen" erblickt (Jean Améry)[49]. An diese echte Sprache mahnt die Kunst. Sprache, das heißt hier mit den von Hesse zitierten Worten Martin Bubers „erfüllte Sprache, Sprache des echten Gesprächs, in der Menschen einander verstehen und sich miteinander verständigen"[50].

Um diesen Sprach- und Kulturglauben geht es Hesse, wenn er 1934 an Friedrich Michael schreibt, dass seine Aufgabe heute, in einer Zeit, der „große Kriege" bevorstehen, darin besteht, „den Blick ins Chaos zu ertragen, dem Chaos den Geist entgegenzustellen und den Glauben an den Geist, als Creator wie als Logos, den Späteren weiterzugeben" (Briefe 5, S. 188).

Denselben Glauben bekennt er 1955 in seinem offenen *Brief an einen Friedensfreund, der als deutscher Soldat Stalingrad erlebt hat*:

---

[49] Vgl. Imre Kertesz: *Dossier K.*, Rowohlt, Hamburg, 2008, S. 16. Kertesz spricht von der Hauptfigur seines *Roman eines Schicksallosen*, einem vierzehnjährigen Kind: „In ihm ist eine [...] eine unverdorbene Naivität, die es vor dem Gefühl totaler Hoffnungslosigkeit, totalen Ausgeliefertseins schützt. Einen Erwachsenen kann man in dieser Beziehung viel rascher zerbrechen. [...] Unter den unzähligen Büchern mit gleichem Sujet finden sich doch nur ganz wenige, die wirklich imstande sind, das unvergleichliche Erlebnis der Nazi-Todeslager authentisch zu beschreiben. Aber auch unter diesen Ausnahmeautoren sagen vielleicht die Essays von Jean Améry am meisten darüber. Es gibt ein phantastisch genaues Wort, das er dabei verwendet: Weltvertrauen. Nun, er beschreibt, wie schwer es ist, ohne dieses Vertrauen zu leben. Wer es einmal verloren hat, ist zu ewiger Einsamkeit unter den Menschen verurteilt. Ein solcher Mensch kann in dem anderen nie mehr den Mitmenschen, sondern immer nur den Gegenmenschen sehen. Améry wurde dieses Vertrauen von der Gestapo ausgeprügelt, als sie ihn in Belgien in einer zum Gefängnis umfunktionierten Festung folterte. Er hat Auschwitz vergebens überlebt, Jahrzehnte später vollstreckte er das Urteil an sich selbst und beging Selbstmord."

[50] Hermann Hesse, *Rundbrief aus Sils Maria*, SW12, S. 654.

> Ich glaube also nicht, daß diese blutige Weltgeschichte ihren „Sinn" im Plan eines überlegenen göttlichen Regenten habe. Aber dennoch habe ich einen Glauben, ein zum Instinkt gewordenes Wissen oder Ahnen um einen Sinn des Lebens. Ich kann aus der Weltgeschichte nicht schließen, daß der Mensch gut, edel, friedliebend und selbstlos sei, aber daß unter den ihm gegebenen Möglichkeiten auch diese edle und schöne Möglichkeit vorhanden sei [...] und wenn dieser Glaube einer Bestätigung bedürfte, so fände er in der Weltgeschichte neben den Eroberern, Diktatoren, Kriegshelden und Bombenherstellern auch die Erscheinungen Buddha, Sokrates, Jesus, die heiligen Schriften der Inder, Juden, Chinesen und alle die wunderbaren Werke friedlichen Menschengeistes in der Welt der Kunst. [...] ein paar Takte Musik von Monteverdi, Bach, Beethoven, ein Stückchen Leinwand von Rogier, von Guardi oder Renoir bemalt genügen, um dem ganzen Macht- und Kriegstheater der brutalen Weltgeschichte zu widersprechen und eine andere, beseelte, in sich beglückte Welt darzutun. [...]
>
> Denkerisch sind diese Widersprüche nicht zu lösen. Das Böse ist in der Welt; es ist in uns, es scheint mit dem Leben untrennbar verbunden. Dennoch spricht die heitere und schöne Seite der Natur, spricht die heitere und schöne Seite der Menschheitsgeschichte unübertönbar zu uns, beglückt und tröstet uns, mahnt und rührt uns, und weht Hoffnung in unser Dasein, das oft so hoffnungslos scheint. (SW15, S. 778f.)

Auf diesem Glauben an den Menschengeist, der sich als Sprache und Kultur objektiviert und jede individuelle Menschwerdung geschichtlich initiiert und begleitet, gründet Hesses Poetik der Heiterkeit, die eine Bejahung jener „unlösbaren Widersprüche" dichterisch ermöglicht. Denn erst diese Widersprüche erlauben es ihm als Künstler seiner Aufgabe nachzugehen. Wie mit der Figur von Narziß, aber auch von Meister Niklaus und Goldmund selber in unserer Erzählung ersichtlich wird[51], entstehen gerade aus diesen Widersprüchen die „Hochspannungen", die sich in einem Sublimierungsprozess „schöpferisch erfüllen"[52]. Dieser Sublimierungsprozess bildet den idyllischen Todeskern der Poetik der Heiterkeit[53]. Subli-

---

[51] Einen inneren Widerspruch oder „Zwiespalt" beobachtet Goldmund erst beim Meister Niklaus, dann bei sich selbst, in seinem eigenen Oszillieren zwischen „Grübler" (SW4, S. 432) und „Zauberer" (SW4, S. 432, 471), bevor er ihn in seiner Eigenschaft als zerstörend rettende Wandererfigur in Form von „Zweifel" und „Sehnsucht" an Narziß weitergibt (SW4, S. 521,

[52] Hermann Hesse : Briefe 4, S. 279, Brief an Theodor Schnittkin, Juni 1928.

[53] Vgl. Hermann Hesses Idylle *Stunden im Garten* und die entsprechende Analyse im Artikel *Die Idylle als Spiel mit dem Feuer: zwischen Farben und Spuren, Hermann Hesses Poetik der Heiterkeit* (B. Poulain). Internationales Kolloquium Mulhouse v. 15. bis 17.5.2019: *Landschaftsproblematik und Gartenkunst. Hermann Hesse als Schriftsteller*

mierung bedeutet nämlich keine abstrahierende Idealisierung im Schillerschen Sinne, sondern ein sich vom Nietzscheschen Idealisieren absetzendes „Verwirklichen", insofern als eine Doppelmelodie, eine immer innigere Verschwisterung von Tod und Leben auch mit Worten erzielt werden kann, so dass sich im künstlerischen Geschehen erlebtes Leid in Kunst verwandelt. Diese große Frage und Suche im *Kurgast* nach einer ‚Zweistimmigkeit der Lebensmelodie' (SW11, S. 125f.) wird ab dem *Steppenwolf* von Hesse gegen Nietzsches Sprachskepsis positiv beantwortet, in Form seiner Poetik der Heiterkeit.

Thematisch wechseln sich „Trost" und „Mahnung", die zwei Hauptfunktionen der Kunst in Hesses Poetik, anhand einer ineinander übergehenden Lebens- und Todesmotivik ab. Sprachlich schlägt sich die Sublimierung in der Art nieder, wie Hesse seine Bilder im Wort formt. Indem durch Aushöhlung der deskriptiven Beschreibung dem Leser viel Resonanzraum überlassen wird[54], wird ihm ein Mitschwingen zwischen Symbol und Allegorie ermöglicht, das dem Glückserlebnis der echten Sprache, des Gesprächs gleichkommt[55]. Somit erfährt der Leser die Leere des anfangs aufblitzenden doch immerfort zur Allegorie, zur Rune, erstarrenden Sinnbildes, welche von Nietzsche schmerzlich verspürt wurde[56], somit erfährt er die Undeutbarkeit auch des als unfassbare Leuchtspur aus dem Abgrund auftauchenden Zeichens als Geheimnis, als Glücksverheißung. Er erfährt das Lesen als beschwörendes und deutendes Schreiben und kann nun mit gestärktem Glauben ins Wasser der Sprache springen, sich den mütterlichen Fluten anvertrauen, in denen der Mensch in der Selbstbegegnung des Geistes zu sich und seiner geschichtlichen Menschwerdung, zu seinem Schicksal erwacht.[57]

---

und Maler, coll. Helvetica, Presses universitaires de Strasbourg. (Tagungsband in Vorbereitung)

[54] Vgl. Helga Esselborn-Krumbiegels anschauliche Analyse in diesem Band.

[55] Vgl. Hermann Hesse: *Glück*, op. cit., S. 257: „Atmen in vollkommener Gegenwart, Mitsingen im Chor der Sphären, Mittanzen im Reigen der Welt, Mitlachen im ewigen Lachen Gottes, das ist unsere Teilhabe am Glück. [...] alles, was durch Liebende an Liebe, durch Künstler an Trost und Heiterkeit in unsre Welt getragen worden ist und oft nach Jahrhunderten so hell strahlt wie am ersten Tage, das kommt von dort."

[56] Vgl. Friedrich Nietzsche: *KSA 5, Jenseits von Gut und Böse* 9. Kapitel, § 296, S. 239: „Ach, was seid ihr doch, ihr meine geschriebenen und gemalten Gedanken! Es ist nicht lange her, da wart ihr noch so bunt, jung und boshaft, voller Stacheln und geheimer Würzen, dass ihr mich niesen und lachen machtet – und jetzt? [...] Niemand erräth mir daraus, wie ihr in eurem Morgen aussahet, ihr plötzlichen Funken und Wunder meiner Einsamkeit, ihr meine alten geliebten – – schlimmen Gedanken!"

[57] Vgl. Hermann Hesse: *Der Steppenwolf*, SW4, S. 18: „Die meisten Menschen wollen nicht eher schwimmen, als bis sie es können." (Hesse zitiert Novalis, *Das Allgemeine Brouillon*, Fragment 603).

Auch wird anhand der den Tod bejahenden Sublimierung in der Leuchtspur oder später in der Glasperle eine Verewigung des Sinnbildes als Zeichen angestrebt, das wie der Kulturkreislauf von Ruf und Antwort einer steten Erneuerung von der Allegorie zum Symbol, von der „Rune zum Ruf", das heißt eines immer wiederholten Lesens bedarf, wie Hesse ihn in seinem Gedichtfragment *Rückblick* formuliert[58]:

> Nun ihr Freunde, euch wenigen [...]
> Schreib' ich, dankbar für Unaussprechliches,
> Diesen herbstlichen Gruß. [...]
> Und ihr findet in meinem bedächtig Geschriebnen
> Das lebendige Wort, das liebende,
> Wisset die Rune zum Ruf
> Fern in Nah, und Gedichte
> Rückzuverwandeln in Herzschlag. [...]

Im *Glasperlenspiel* veranschaulicht der Tod Josef Knechts diesen Prozess, der die eigene Vergänglichkeit, den eigenen Tod des Sinnbildes in dessen Zentrum rückt und bejaht. Die Figur Josef Knechts wird im *Glasperlenspiel* mehrfach als Symbol bezeichnet, doch die stärkste „Verführung" übt Knecht durch seinen Tod auf Tito aus, den beim Starren in das „wunderlich leer, fremd und böse" blickende Wasser (SW5, 394) ein „heiliger Schauer" überkommt. Lebenssehnsucht erwacht: Hier, vor dem Abgrund, im Angesicht der entschwundenen Gesichtskonturen des Meisters, die es nun seine Aufgabe wird, sein Leben lang nachzuzeichnen, tritt Tito die Nachfolge Knechts im Dienst an den Geist an.

Ebenso strahlt Goldmunds Bild der Urmutter als nicht vollbrachte Skulptur die stärkste Mahnung aus. Im Scheitern selbst, in Goldmunds Sterben und „Erlöschen", wird es zur Leuchtspur in den allerletzten Zeilen der Erzählung, im fast unhörbaren und unverständlichen Todesvermächtnis Goldmunds an Narziß. Diese Leuchtspur bestimmt von nun an Narziß, eine innere Wanderung anzutreten, seinen geistigen Weg im Zeichen der Sehnsucht und der Liebe weiterzugehen, das heißt das Unmögliche zu unternehmen und geschichtsschreibend zu zeugen, zu erzählen:

> Bestürzt hörte Narziß den Worten zu, er mußte sich tief über seines Freundes Gesicht hinabbücken, um sie noch verstehen zu können. Manche hörte er nur undeutlich, manche hörte er wohl, doch blieb ihr Sinn ihm verborgen.
> Und nun schlug der Kranke nochmals die Augen auf und blickte lang in seines Freundes Gesicht. Mit den Augen nahm er Abschied von ihm. Und mit einer Bewegung, als versuche er den Kopf zu

[58] Hermann Hesse: *Rückblick – Ein Fragment aus der Zeit um 1937*. In: *Materialien zu Hermann Hesses ‚Das Glasperlenspiel'*, *op. cit.*, S. 383.

schütteln, flüsterte er: „Aber wie willst denn du einmal sterben, Narziß, wenn du doch keine Mutter hast? Ohne Mutter kann man nicht lieben. Ohne Mutter kann man nicht sterben."
Was er später noch murmelte, war nicht mehr verständlich. Die beiden letzten Tage saß Narziß an seinem Bett, Tag und Nacht, und sah zu, wie er erlosch. Goldmunds letzte Worte brannten in seinem Herzen wie Feuer. (SW4, S. 531)

Vortrag gehalten im Rahmen der 21. Silser Hesse-Tage 2021.

Helga Esselborn-Krumbiegel

Resonanz und Bild in Hermann Hesses Erzählung *Narziß und Goldmund*

Auf den ersten Blick begegnen uns in *Narziß und Goldmund* bekannte Themen, die wir aus früheren Werken des Dichters kennen. Die Persönlichkeitsspaltung des Individuums in zwei einander diametral entgegengesetzte Protagonisten kennen wir aus *Demian*, aus *Siddhartha*, aus dem *Steppenwolf*. Diese Romane, die auf unterschiedliche Weise Hesses Begegnung mit der Psychoanalyse spiegeln, suggerieren Identität durch Selbstsuche und Selbstverwirklichung.

Auch in *Narziß und Goldmund* geht es offensichtlich um Selbstsuche und Identität. So fordert etwa Narziß den Schüler Goldmund auf, ganz er selber zu werden (304), so wie auch Narziß seine Daseinsform rein und ungetrübt zu verwirklichen sucht.[1]

Was also ist das Neue in diesem Roman? Diese Frage stellte sich auch der Autor Hesse in seiner Aufzeichnung *Eine Arbeitsnacht* (1928):

> War es notwendig, daß dem Camenzind, dem Knulp, dem Veraguth, dem Klingsor und dem Steppenwolf nun nochmals eine Figur folgte, eine neue Inkarnation, eine etwas anders gemischte und anders differenzierte Verkörperung meines eigenen Wesens im Wort?[2]

Die Antwort: Neu ist das Scheitern des Künstlers und damit das Scheitern einer Utopie der Kunst.

Bilder sind für den Künstler Goldmund – zweifelsohne die zentrale Figur des Romans – Kristallisationspunkte, in denen sich Erfahrungen verdichten. Deshalb werden diese prägenden Erfahrungen in Goldmunds Leben im Roman auch in Bildern vergegenwärtigt.

Die Offenheit der Bilder in Hesses Erzählungen und Romanen ist in meinen Augen übrigens einer der Gründe, weshalb der Autor einer Verfilmung seiner Werke kritisch gegenüberstand. Allein der Text soll im Leser die je eigene Vorstellung wecken, denn es ist bei Hesse immer auch

[1] Hermann Hesse: *Narziß und Goldmund.* In: Hermann Hesse: *Sämtliche Werke*, hrsg. v. Volker Michels, Suhrkamp, Frankfurt a.M. 2001–2007, Band 4, S. 304, im Folgenden zitiert mit Seitenangaben in einfachen Klammern.

[2] Hermann Hesse: *Eine Arbeitsnacht* (1928). In: Volker Michels (Hrsg.): *Hermann Hesse „Narziß und Goldmund". Eine Dokumentation zur Entstehungs- und Wirkungsgeschichte.* Suhrkamp, Frankfurt a.M. 2015, S. 79–85, hier: S. 83.

der Leser, der an dem Text mitwirkt. Wie Goldmund auf die Bilder der äußeren Wirklichkeit reagiert, so reagiert der Leser auf die mit Worten evozierten Bilder. Ist der Text aber durch filmische Bilder optisch festgelegt, wird er leicht auch in seiner Interpretation eindimensional. Der eigenen Resonanz aber wird bei Hesse immer viel Raum gelassen, was nicht zuletzt zu seiner zeitübergreifenden Aktualität beiträgt.

Einige dieser Bilder wollen wir gemeinsam betrachten und ihrer Funktion im Text nachspüren.

Bild 1. Der Kastanienbaum

Der Roman beginnt mit dem Bild des alten fremdartigen Kastanienbaumes am Eingang zum Kloster Mariabronn. Erleben Sie, wenn Sie dem Text zuhören, wie in Ihrer Vorstellung der Baum emporwächst und Sie durch die Jahreszeiten geleitet:

> Vor dem von Doppelsäulchen getragenen Rundbogen des Klostereinganges von Mariabronn, dicht am Wege, stand ein Kastanienbaum, ein vereinzelter Sohn des Südens [...] eine Edelkastanie [...] zärtlich hing ihre runde Krone über dem Weg, atmete breitbrüstig im Winde, ließ im Frühling [...] noch lange auf ihre Blätter warten, trieb dann [...] aus den Blattbüscheln die matten, weißgrünen Strahlen ihrer fremdartigen Blüten empor [...], ließ im Oktober [...] aus der gilbenden Krone im Herbstwind die stachligen Früchte fallen [...]. Fremd und zärtlich ließ der schöne Baum seine Krone überm Eingang zum Kloster wehen, ein zartgesinnter und leicht fröstelnder Gast aus einer anderen Zone (271).

Erstaunlich, dass ein Roman über Künstlerschaft und geistiges Leben mit der Beschreibung eines Baumes beginnt. Auffällig auch, dass der Kastanienbaum das Erste ist, das der junge Goldmund wahrnimmt, als ihn sein Vater ins Kloster bringt, wo er als Mönch leben soll. „Fremd und zärtlich" weht die Baumkrone über dem Kloster und schlägt den Novizen sogleich in ihren Bann. Bevor er das Kloster überhaupt betritt, weckt der fremde Baum eine Resonanz in ihm, die ihn den Baum zum Freund wählen lässt.

Der Baum hat seinen Ort im Klosterhof, gleichsam am Übergang von der Welt draußen zum Kloster drinnen, er begrüßt den, der von außen kommt, und ist doch als ein Stück Natur nicht Teil des Klosterlebens, sondern eben ein „zartgesinnter und leicht fröstelnder Gast aus einer anderen Zone". Auch Goldmund wird im Kloster ein Fremder bleiben, gewillt, als Mönch zu leben und doch innerlich nicht zum Mönch bestimmt, hat er doch, wie Narziß hellsichtig erkennt „alle Zeichen eines starken, in den Sinnen und der Seele reich begabten Menschen" (298).

Bäume sind für Hermann Hesse, das erfahren wir in den Prosastücken *Wanderung*, „wie Einsame", „in ihren Wipfeln rauscht die Welt, ihre Wurzeln ruhen im Unendlichen", sie sind Boten aus beiden Sphären, der irdischen wie der jenseitigen.[3] Als Lebensbaum, dessen Wurzeln tief hinab in die Erde und dessen Krone weit in den Himmel ragt, erscheint er von jeher als Mittler zwischen Himmel und Erde. Auch Goldmund wird als Künstler das Leben in seiner Fülle erfahren und doch stets das Jenseits, den Tod, gleichzeitig vor Augen haben.

Hesse lässt den Baum seine eigene Bestimmung aussprechen und damit zugleich schon das Ziel des Künstlers, zu dem Goldmund einmal werden wird, formulieren: „Mein Amt ist, im ausgeprägten Einmaligen das Ewige zu gestalten und zu zeigen" (ebd., S. 21.)

Dass der Baum in seinem Werden, Erblühen und Absterben auch in der Sprache der Mythen als Lebensbaum den Weg des Menschen repräsentiert, deutet hier bereits auf Goldmunds Lebensreise hin, auf seinen Erneuerungs- und Wandlungsprozess, dessen Zeugen wir werden. Als Goldmund nach langer Wanderschaft ins Kloster zurückkehrt, ist es der Kastanienbaum, den er als ersten begrüßt:

> Nun ritten sie durchs Tor von Mariabronn und stiegen unter dem welschen Kastanienbaum von den Pferden. Zärtlich berührte Goldmund den Stamm und bückte sich nach einer der zersprungenen stachligen Fruchtschalen, die braun und verwelkt am Boden lagen (498f.).

Auch in der Bibel ist der Baum vielfach präsent, vor allem als Lebensbaum: in der Genesis (Genesis 2,9 als Baum des Lebens und Baum der Erkenntnis), in den Psalmen (1,3 der Lust zum Gesetz des Herrn hat, der ist wie ein Baum gepflanzt an den Wasserbächen), im Buch Hiob (14,7 Baum der Hoffnung), bei Matthäus (7,17 guter Baum, der Früchte bringt), um nur einige zu nennen.[4] Angeblich tauchen rund 30 Bäume in der Bibel auf. Hesse, der natürlich mit diesem Bildfundus vertraut war, nennt Bäume sogar „Heiligtümer", denen man lauschen müsse. Der Kastanienbaum „vor dem von Doppelsäulchen getragenen Rundbogen des Klostereinganges von Mariabronn, dicht am Wege" steht „in geheimer Verwandtschaft mit den schlanken sandsteinernen Doppelsäulchen des Portals und dem steinernen Schmuckwerk der Fensterbogen, Gesimse und Pfeiler" (271). Ganz offensichtlich hat Hesse hier das Zisterzienserkloster Maulbronn nachgebildet, das er selber für kurze Zeit besuchte.

---

[3] Hermann Hesse: *Wanderung*. In: Hermann Hesse: *Sämtliche Werke*, hrsg. v. Volker Michels, Suhrkamp, Frankfurt a.M. 2001–2007, Band 11, S. 20.

[4] Manfred Böhm: *In den Himmel wachsen. Bäume der Bibel. Symbole für das Leben.* Patmos Verlag, Ostfildern 2019.

Versuchen Sie für einen Augenblick diese Säulchen, den Rundbogen aus Sandstein und die verzierten Fensterbögen in Ihr inneres Bild des Klosterhofes aufzunehmen, und Sie sehen den jungen Goldmund, der unter diesem Baum beim Eintritt in eine neue Lebensphase bereits beides vor Augen hat: das Kloster als heiligen Ort, der ihn aufnehmen und bilden soll, und den Baum als Symbol des Lebens, das ihn ruft und dem er folgen wird.

Darüber hinaus aber begegnet Goldmund, ihm selbst noch lange unbewusst, im Kastanienbaum nicht nur das Fremde, sondern auch bereits das Bild der Mutter, das er verloren und verdrängt hat. Der Baum in seiner Erdverbundenheit und seinem jahreszeitlichen Wechsel ist nämlich von jeher nicht nur Lebens- sondern auch Muttersymbol, wie etwa Erich Neumann, ein Schüler C.G. Jungs, in seiner Schrift *Die große Mutter* ausführlich belegt hat.[5] Und dieser ganz besondere Baum aus der Ferne, „ein vereinzelter Sohn des Südens“, erinnert in seiner Fremdheit zugleich an Goldmunds Mutter, „ein schönes wildes Weib“, „heidnischer Herkunft“ (314), deren Bild der Vater, nachdem sie ihn verlassen, verteufelt und verdüstert hat. Erst nach seinem Erweckungserlebnis erblickt Goldmund das Bild der Mutter: „wie ein Föhnwind ging ihr Bild durch ihn hin [...] wie eine Wolke [...] von Zärtlichkeit“ (314). Die naturhafte Anmutung ruft hier assoziativ das Bild des sich zärtlich im Winde wiegenden Kastanienbaumes auf und verbindet so schon hier das Naturbild mit der Mutter.

Natur und Landschaft, das zeigt auch ein Vergleich mit anderen Prosatexten Hesses, ist nie realistisches Abbild, sondern stets inszenierte Kulisse mit allegorischen Implikationen. Diese Tendenz zeigt übrigens auch ein Blick auf Hesses eigene Malerei: Seine Aquarelle der 20er Jahre, also der Entstehungszeit von *Narziß und Goldmund*, zeugen in Linienführung und Farbintensität unmissverständlich vom antinaturalistischen Gestaltungswillen des Malers Hesse.

Dabei wird die Natur von vornherein in ein Verhältnis zum Menschen gesetzt, indem der Mensch in seiner Resonanz die Natur interpretiert. Wenn Sie sich etwa an *Peter Camenzind* erinnern, einen frühen Roman Hesses, so erscheint schon hier die ebenfalls den Roman eröffnende ausführliche Naturbeschreibung – hier ist es die Bergwelt des Vierwaldstätter Sees – als Resonanz der Zentralfigur ebenso wie als Vorwegnahme ihres Schicksals. Der Einzelne geht nicht in der Natur auf wie in der Romantik, sondern reagiert vielmehr auf sie und sieht sein Schicksal in ihr präfiguriert.

Auch in Goldmund weckt die Natur, hier der Kastanienbaum, eine Resonanz, die, ihm selbst noch unbewusst, das Bild der Mutter ahnen lässt. Im Bild des Kastanienbaums deutet sich so bereits sein Lebensweg als

[5] Erich Neumann: *Die große Mutter. Eine Phänomenologie der weiblichen Gestaltungen des Unbewussten.* Walter-Verlag Olten u.a. 1985, S. 230, 235f.

Künstler, der die Wirklichkeit aufnimmt und umformt, an, sein Konflikt zwischen Kloster und Lebenslust, zwischen Diesseits und Jenseits und seine Begegnung mit der Mutter.

Bild 2. Angstvision und Erlösungstraum

Verlassen wir also das Eingangsbild des Kastanienbaums und folgen Goldmund zu seiner nächsten entscheidenden Erfahrung, die sich wiederum in einem Bild konzentriert: der Begegnung mit den Kräften des eigenen Unbewussten, die ihn zur bewussten Erinnerung an die Mutter führt.

Nachdem Narziß ihm wie ein Therapeut seine verborgenen Konflikte bewusst gemacht hat, bricht Goldmund in einer dramatischen „Begegnung" im Kreuzgang des Klosters zusammen. Vorausgegangen war eine erste scheue erotische Erfahrung, der flüchtige Kuss eines jungen Mädchens, bei dem aber Goldmund, der ja vom Vater zum Mönchsleben bestimmt ist, spürt, „daß hier sein Feind und Dämon stehe, daß das Weib seine Gefahr sei" (292). Narziß, der Goldmunds Ringen versteht, führt ihn Schritt für Schritt an die Wurzeln seiner Zerrissenheit zwischen „Geist und Natur, Bewusstsein und Traumwelt", zurück in seine Kindheit: „Du hast deine Kindheit vergessen, aus den Tiefen deiner Seele wirbt sie um dich" (305). Narziß merkt nicht, wie seine Rede Goldmund trifft, aber er erkennt, dass Goldmunds Widerstand gegen seine erwachende Sinnlichkeit seinen Ursprung in der Verleugnung der Mutter hat. Goldmund aber kann dieser Konfrontation noch nicht standhalten. Er flieht in den Kreuzgang und steht so wie bei seinem Eintritt ins Kloster unter dem Kastanienbaum wieder zwischen draußen und drinnen.

Und nun lassen Sie diese Szene vor Ihren Augen entstehen:

> Goldmund stand unter einem der runden, schweren Steinbogen, die aus den Gängen ins Kreuzgärtchen führten, von den Säulen des Bogens blickten je drei Tierköpfe, steinerne Köpfe von Hunden oder Wölfen, glotzend auf ihn herab. Schauerlich wühlte in ihm die Wunde, ohne Weg zum Licht, ohne Weg zur Vernunft. Todesangst schnürte ihm Kehle und Magen. Mechanisch aufblickend sah er über sich einen der Säulenknäufe mit den drei Tierköpfen, und alsbald war ihm, als säßen, glotzten, bellten die drei wilden Köpfe innen in seinen Eingeweiden. „Gleich muss ich sterben", empfand er ergrausend. Und gleich darauf, zitternd vor Angst, empfand er: „Jetzt verliere ich den Verstand, jetzt fressen mich die Tiermäuler".
>
> Zuckend sank er am Fuß der Säule nieder, der Schmerz war zu groß, er hatte die äußerste Grenze erreicht. Eine Ohnmacht umhüllte ihn; er entschwand, mit einsinkendem Gesicht, in ein ersehntes Nichtmehrsein (307).

Nach mittelalterlicher Auffassung hat erst der Sündenfall wilde unbezähmbare Tiere hervorgebracht, die aber nicht als reale Tiere, sondern im Kontext christlicher Ikonographie als allegorische oder symbolische Verkörperungen dargestellt werden.[6] Auch Laster werden schon in der romanischen Kunst durch solche Fratzen verkörpert. Goldmunds Grauen vor den glotzenden Tierköpfen, denen er sich hilflos ausgeliefert fühlt, spiegelt seine Resonanz auf die Artefakte, denen er *vor* seinem „Sündenfall" noch mit Zuneigung begegnet war: Er spürte

> eine Liebe und eine geheime holde Beziehung zu den Säulen und Kapitälen der Fenster und Türen [...]. Es schien ihm ein wertvolles, inniges Geheimnis: daß es außer der Natur, ihren Pflanzen und Tieren noch diese zweite stumme, von Menschen gemachte Natur gab, diese Menschen, Tiere und Pflanzen aus Stein und Holz (300).

Gelegentlich versucht er sogar, sie nachzuzeichnen. Jetzt aber wirken diese Kunstwerke unmittelbar auf seine kranke Seele, die in der Ohnmacht einen symbolischen Tod stirbt.

Seine symbolische Auferstehung verbindet sich dann auch untrennbar mit dem erlittenen Zusammenbruch. Wieder zu sich gekommen horcht er in sich hinein: „Wüste Bilderknäuel wälzten sich herauf, er sah Hundeköpfe, drei Hundeköpfe, und er roch den Duft von Rosen" (312). Der Angstvision folgt der Erlösungstraum.

Und jetzt versuchen Sie, vor dem Bild der drei Hundeköpfe mit ihren aufgerissenen Mäulern das Gegenbild aufzurufen, das Traumbild:

> Er sah, er war sehend geworden. Er sah Sie. Er sah die Große, Strahlende, mit dem voll blühenden Munde, mit den leuchtenden Haaren. Er sah seine Mutter [...] aus königlichen, hellblauen Augen blickte die Verlorene ihn wieder an, die unsäglich Geliebte (313).

Das Sehen kommt hier einer Vision gleich: „Er sah, er war sehend geworden. Er sah Sie. Er sah die Große, Strahlende" (ebd.). Hat ihm der Anblick der steinernen Tierköpfe die Besinnung geraubt, so rettet ihn der Anblick der Mutter ins Leben hinein. Bild steht gegen Bild. Aus dieser Wandlung geht Goldmund als ein anderer hervor. Er wird das Kloster verlassen, sich zu seinen Leidenschaften bekennen und den Weg des Künstlers gehen, dessen „Formträume und Verwandlungszauber" (421) die Welt umgestalten.

Bevor er aber das Kloster verlässt, sammelt er noch einmal die vertrauten Bilder, die jetzt ihren Schrecken verloren haben, in seiner Erinnerung:

---

[6] Jessica Ullrich: *Tiere und Bildende Kunst.* In: Roland Borgards (Hrsg.): *Tiere – Kulturwissenschaftliches Handbuch*, J.B. Metzler, Heidelberg 2015, S. 195–215.

> lange stand er vor [...] dem Brunnen im Kreuzgang, vor der Säule mit den drei Tierköpfen, lehnte sich im Hof an die Linden, an den Kastanienbaum. Dies alles würde ihm einmal eine Erinnerung sein, ein kleines Bilderbuch in seinem Herzen (326).

Lange noch bleibt trotz der Überwindung des Grauens in seinem Innern der Zwiespalt von erfüllter und bedrohlicher Sinnlichkeit:

> zuweilen erschienen diese Träume, in denen Mutter, Madonna und Geliebte eins waren, ihm nachher wie entsetzliche Verbrechen und Gotteslästerungen, wie niemals zu sühnende Todsünden; zu andern Malen fand er in ihnen alle Erlösung, alle Harmonie (318).

Erst als gestaltender Künstler wird er versuchen, diesen Widerspruch aufzulösen.

Bild 3. Das Bild der Mutter

Bevor wir Goldmunds Bild der Mutter ins Auge fassen, schauen wir kurz auf sein Selbstverständnis als Künstler. Vertraut ist ihm, wie wir wissen, auch vor seinem Durchbruch als Künstler bereits das *Sehen* als zentrale Kategorie der Erfahrung. Narziß, der immer wieder zum Exegeten des Freundes wird, bringt die Gegensätzlichkeit der beiden Freunde pointiert zum Ausdruck: „für dich bestand die Welt aus Bildern, für mich aus Begriffen" (502). Weil das Sehen für Goldmund wichtiger ist als die Begriffe, gilt auch das Reden, gelten die Worte wenig: „Ich glaube", sagte er einmal,

> daß ein Blumenblatt oder ein kleiner Wurm auf dem Wege mehr sagt und enthält als alle Bücher der ganzen Bibliothek. Mit Buchstaben und mit Worten kann man nichts sagen (319).

Wie die Kunst keine Worte braucht, so braucht für Goldmund auch die Liebe keine Worte und die Frauen, die ihn beglücken, sprechen wenig oder fast gar nicht: „Worte waren in der Liebe entbehrlich" (359) und Missverständnisse kommen „vom Sprechen" (359): „Wir sprechen so viel. Liebende tun das nicht" (361). Dagegen nimmt das Sehen breiten Raum ein. Um Lydia, die spröde Ritterstochter zu verführen, „malt" Goldmund ihr Bild mit Worten:

> Hast du [...] einmal deine Stirn gesehen, Lydia? Und dann die Schultern [...] und hast du gesehen, wie alles einander gleicht und sich aufeinander reimt [...] Hast du es gesehen? (362).

Dass der Gegensatz von Bild und Wort, Seele und Geist als Spannung zwischen dem mütterlichen und dem väterlichen Element zu verstehen ist, fühlt Goldmund schon früh:

„Er wußte [...], daß sein Weg zur Mutter führe [...]. Die väterliche Seite des Lebens, der Geist, der Wille, war nicht seine Heimat" (410). Und gleichzeitig liegt in der Kunst für ihn „die Möglichkeit einer Versöhnung seiner tiefsten Gegensätze, oder doch eines herrlichen, immer neuen Gleichnisses für den Zwiespalt seiner Natur" (411).

Wie entscheidend dabei das Sehen ist, wird besonders deutlich während Goldmunds Wanderungen durch das von der Pest verwüstete Land:

> Mit Schrecken und mit Entzücken fühlte er, wie voll von Bildern seine Seele war, wie dies lange Wandern durch das Todesland ihn mit Figuren vollgeschrieben hatte (457).

Diese Fülle versucht er in der Kunst zu bannen: „Es war die Überwindung der Vergänglichkeit. Ich sah, daß aus dem Narrenspiel und Totentanz des Menschenlebens etwas übrigblieb und überdauerte: die Kunstwerke" (494).

Zum Künstler wird er aber erst nach der Begegnung mit der Marienstatue in der Bischofsstadt des Meisters Niklaus, der sein Lehrmeister wird. Sah er die Mutter zuvor nur in Träumen, so tritt sie ihm hier im Kunstwerk gegenüber.

Und jetzt stellen Sie sich darauf ein, das Bild, das Goldmund sieht, selber vor Ihren Augen entstehen zu lassen:

> Es war eine Mutter Gottes aus Holz, die stand so zart und sanft geneigt, und wie der blaue Mantel von ihren schmalen Schultern niederfiel, und wie sie die zarte mädchenhafte Hand ausstreckte, und wie über einem schmerzlichen Mund die Augen blickten und die holde Stirn sich wölbte, das alles war so lebendig, so schön und innig und beseelt, wie er es nie gesehen zu haben meinte. [...] Ihm schien, er sehe da etwas stehen, was er in Träumen und Ahnungen oft und oft schon gesehen, wonach er oft sich gesehnt habe (391).

Vielleicht haben Sie gemerkt, dass es nur wenige wirklich bildhafte Elemente in Goldmunds Schilderung gibt, und wenn wir die Bilder, die jetzt in Ihrer Vorstellung aufgetaucht sind, vergleichen würden, würden wir einer Fülle sehr unterschiedlicher Entwürfe begegnen. Nur die Farbe Blau, hier ganz in der Tradition als Farbe der Transzendenz gesetzt, wäre allen gemeinsam, weil sie das einzige klar optische Merkmal ausmacht. Eher setzt sich das Bild der Marienfigur aus zahlreichen Resonanzen auf die Anmutungen der Statue zusammen: „zart, sanft, mädchenhaft, schmerzlich, hold, innig" sind keine optischen Merkmale, sondern Impressionen des antwortenden Gegenübers.

Diese Begegnung und Goldmunds Resonanz verändert ihn wie die frühere Vision im Klostergarten: „Verwandelt trat er aus der Kirche, durch eine ganz und gar veränderte Welt trugen ihn seine Schritte" (392). Sein Leben gewinnt ein Ziel: die Kunst. Und dabei entstehen alle Kunstwerke, die er schafft, von der Holzschnitzfigur des hl. Johannes, dem er die Züge seines Freundes Narziß verleiht, bis zur Marienstatue im Kloster Mariabronn in der Resonanz auf Bilder. Sobald er keine Bilder mehr in seiner Seele hat, versiegt sein Gestaltungswille: „Es waren keine Bilder in seiner Seele, die er hätte gestalten können" (413) heißt es nach der Vollendung seines ersten Meisterstücks. Er muss sich erneut dem Leben öffnen, um reif zu werden für die Aufgabe, die ihm immer wieder während seiner Wanderungen als Forderung und sehnsüchtiger Wunsch entgegentritt: das Bild der Mutter zu gestalten. War es zunächst das Bild der leiblichen Mutter, so verwandelt es sich mehr und mehr zum Bild der „Menschenmutter" Eva:

> Es hatten die Züge der Zigeunerin Lise, die Züge der Ritterstochter Lydia und manche andere Frauengesichter Eingang in jenes ursprüngliche Bild gefunden, und nicht nur hatten alle Gesichter von geliebten Frauen an dem Bilde weitergeschaffen, es hatte auch jede Erschütterung, jede Erfahrung und jedes Erlebnis an ihm gebildet (405).

Ahnungen dieser Figur durchziehen Goldmunds gesamtes Leben von der „Erweckung" durch Narziß bis zur letzten Todesszene. Dabei nimmt die zur Urmutter überhöhte Mutterfigur mehr und mehr die Doppelgestalt als Schöpferin und Zerstörerin an:

> Die Mutter war Eva, sie war die Quelle des Glücks und die Quelle des Todes, sie gebar ewig, tötete ewig, in ihr waren Liebe und Grausamkeit eins, und ihre Gestalt wurde ihm zum Gleichnis und heiligen Sinnbild, je länger er sie in sich trug (410).

Die „Urmutter Eva" steht im Christentum vielfach für Sinnlichkeit und Verführung; durch ihren Sündenfall kam der Tod über die Menschen und erst durch Maria, die Gegenfigur, die den Erlöser gebar, wird der Tod überwunden. Zugleich vereinen sich in der Vorstellung der „Magna Mater" bereits in den frühen Mythen schöpferische und zerstörerische Züge. Verbreitet wurde diese Vorstellung im frühen 20. Jahrhundert sowohl von Johann Jakob Bachofen in seiner bereits 1861 erschienenen, aber erst mit der Jahrhundertwende breit rezipierten Schrift *Das Mutterrecht*, die Hesse schon früh las, sowie von C.G. Jung in seinem später so genannten Werk *Symbole der Wandlung* von 1911/1912.[7] Mit der Überhöhung des Mutter-

---

[7] Vgl. hierzu: Frederick A. Lubich: *Hermann Hesses „Narziß und Goldmund" oder „Der Weg zur Mutter": Von der Anima Mundi zur Magna Mater und Madonna (Ciccone).* In: Ingo Cornils, Osman Durrani (Hrsg.): *Hermann Hesse Today/Hermann Hesse Heute.* Rodopi, Amsterdam u.a. 2005, S. 49–66; Yahya Elsaghe: *Vom neokainitischen Matriarchat der Frau Eva zur kastalischen Wiederherstellung der Androkratie. Hermann Hesse und Johann Jakob Bachofen.* In: Barbara Mahlmann-Bauer, Paul Michael Lützeler

bildes schließt Hesse so unmissverständlich an aktuelle Diskurse des frühen 20. Jahrhunderts an wie übrigens auch in der Trias: Mutter – Madonna – Geliebte, in der die Frau eine quasi-religiöse Bedeutung gewinnt. Für Goldmund, in dessen Träumen „Mutter, Madonna und Geliebte eins waren“ (318) wird der Mutterkult zu einer Art Ersatzreligion; die Muttergestalt wird ihm zum „Gleichnis und heiligen Sinnbild“ (410). Dass Kunst für Goldmund immer auch religiöse Züge annimmt, bestätigt sich später in den Ritualen des künstlerischen Schaffensprozesses.[8] Kunst wird zur quasi-religiösen Erfahrung persönlicher Erlösung, „ein triumphierender Sieg über Tod und Verzweiflung“ (459).

Dass das Mutterbild neben den religiösen und sinnlichen Zügen auch Tod und Zerstörung verkörpert, sieht Goldmund immer wieder vor sich, ohne es aber schon gestalten zu können: Die Bilder der Mutterfigur, die Goldmund *sieht*, spiegeln diese vielfältige Gegensätzlichkeit. Einerseits erscheint sie ihm wie Frau Eva im *Demian* als „mächtige Göttergestalt, funkelnde Sterne im Haar“[9], eine Erlöserfigur. Zu denken ist hier wohl an die Himmelskönigin Maria mit den 12 Sternen im Haar, wie sie die Apokalypse vorstellt: „ein Weib mit der Sonne bekleidet, und der Mond unter ihren Füßen und auf ihrem Haupt eine Krone von zwölf Sternen“.[10] Andererseits begegnet sie ihm in den Zeiten der Pest als „ein bleiches Riesengesicht mit Medusenaugen, mit einem schweren Lächeln voll Leid und Tod“ (428).

Es ist hier wohl nicht die furchterregende grausame Medusa gemeint, sondern eher der hellenistisch klassische Typ der sanften Medusa wie der Medusa Rondanini des Phidias, die Hesse vielleicht über Goethes Rezeption kannte.

Trotz dieser unterschiedlichen Visionen gelingt es ihm nicht, die Mutterfigur zu gestalten: „Mehrmals deutete er mit dünnen, ahnenden Strichen eine große Frauengestalt an, die Erdenmutter, sitzend mit den Händen im Schoß, im Gesicht unter schwermütigen Augen ein Hauch von Lächeln“ (467).

Erst kurz vor seinem Tod erscheint sie ihm in einer letzten bildmächtigen Vision.

(Hrsg.): *Aussteigen um 1900. Imaginationen in der Literatur der Moderne*. Wallstein Verlag, Göttingen 2021, S. 239–291.

[8] Vgl. Panagiota Theodorou: *Übergangsriten in Hermann Hesses Erzählen. Eine Studie zu „Siddhartha“ sowie „Narziß und Goldmund“*. Iudicium Verlag, München 2008, S. 191.

[9] Hermann Hesse: *Demian. Die Geschichte von Emil Sinclairs Jugend.* In: Hermann Hesse: *Sämtliche Werke*, hrsg. v. Volker Michels, Suhrkamp, Frankfurt a.M. 2001–2007, Band 3, S. 363.

[10] *Offenbarung des Johannes* 12,1.

Bild 4. Die Mutter als Pieta: Geburt und Tod

Goldmund ist, krank auf den Tod, ins Kloster zurückgekehrt und schildert in einem letzten Gespräch Narziß seine Vision der Mutter. Wieder ist es ein Bild, das ihm gegenübertritt. Jedoch ist seine Resonanz nicht mehr die künstlerische Gestaltung, sondern die Loslösung vom Leben, das in seinem letzten „Geheimnis" nicht gestaltet werden will und kann.

Und nun hören Sie seine Worte und lassen Sie dieses außergewöhnliche Bild vor Ihren Augen entstehen:

> Ich lag, und in meiner Brust tat es brennend weh, und ich wehrte mich und schrie, aber da hörte ich eine Stimme lachen – eine Stimme, die ich seit meiner Kindheit nicht mehr gehört hatte. Es war die Stimme meiner Mutter, eine tiefe Frauenstimme, voll von Wollust und Liebe. Und da sah ich denn, daß sie es war, daß die Mutter bei mir war und mich auf dem Schoß hatte und daß sie mir die Brust geöffnet und ihre Finger tief in der Brust zwischen meine Rippen hatte, um mir das Herz herauszulösen. Als ich das gesehen und verstanden hatte, tat es nicht mehr weh (530).

Unmittelbar nach dieser Vision wird ihm bewusst, dass alle Frauen für ihn Inkarnationen der Mutter waren und alle Erfahrungen auf sie zurückgehen:

> Sie ist überall. Sie war die Zigeunerin Lise, sie war die schöne Madonna des Meisters Niklaus, sie war auch die Angst, der Hunger, der Trieb. Jetzt ist sie der Tod, sie hat ihre Finger in meiner Brust (530).

Angeblich hat Hermann Hesse dieses Bild der tötenden und bergenden Mutter bis in die Formulierung hinein dem Archetypus C.G Jungs nachgebildet.[11] Es haben aber sicher auch ältere Mythen eine Rolle gespielt. So schreibt Bachofen: „An der Spitze allen [...] Lebens steht das weibliche Prinzip, die große Mutter [...] Aus ihm ist alles geboren, zu ihm kehrt alles wieder zurück. Der Mutterschoß, aus welchem das Kind hervorgeht, nimmt es im Tode wieder auf".[12] Und Erich Neumann berichtet von aztekischen Bräuchen der Opferung, bei denen „aus dem lebenden Körper des Geopferten das Herz herausgebrochen und der Sonne dargebracht wird".[13] Zugleich ruft das Bild der Mutter mit dem – toten – Sohn auf dem Schoß, aber auch die Gestalt der Pieta auf, Maria, die den toten Jesus

---

[11] Vgl. Reso Karalaschwili: *Tiefenpsychologisches in „Narziß und Goldmund"*. In: Reso Karalaschwili: *Hermann Hesse. Charakter und Weltbild*, Suhrkamp, Frankfurt a.M. 1993, S. 319–330, hier: S. 328.

[12] Johann Jakob Bachofen: *Das Mutterrecht*. In: *Gesammelte Werke Bd. II*, Schwabe, Basel 1948, S. 140.

[13] Erich Neumann: *Die große Mutter. Eine Phänomenologie der weiblichen Gestaltungen des Unbewussten*. Walter-Verlag Olten u.a. 1985, S. 180.

hält. Diese christliche Ikonographie verbindet sich hier mit dem viel älteren mythischen Bild der Erdenmutter, die, wie C.G. Jungs Magna Mater, als Leben Spendende und zugleich Verschlingende erscheint.

Doch weckt das Bild der Mutter, die sein Herz „herauslöst", bei Goldmund weder Angst noch Schrecken: „Sie hat mich zum Sterben verführt [...] Ich sterbe gern, sie macht es mir leicht" (531). Der Tod ist hier die Erlösung vom Leben, kein Untergang, aber auch kein Neuanfang.

Gestaltet Hesse in anderen Romanen der Zeit nach dem Ersten Weltkrieg Lebensentwürfe, die Perspektiven aufzeigen, so führt Goldmunds Weg in den Tod, vor dessen Realität auch die Kunst letztlich versagt.[14]

Endet *Demian* mit dem Blick in den Spiegel der Selbstbegegnung, so stirbt Friedrich Klein in der Novelle *Klein und Wagner* zwar im Wasser, erlebt aber versinkend seine visionäre Wiedergeburt; *Siddhartha* erreicht das Ziel der Vollendung und der *Steppenwolf* endet mit einem zukunftsoffenen Blick: „Einmal würde ich das Figurenspiel besser spielen. Einmal würde ich das Lachen lernen. Pablo wartete auf mich. Mozart wartete auf mich."[15]

Auch dem Maler Klingsor in der Erzählung *Klingsors letzter Sommer* dient die Kunst als Bollwerk gegen den Tod, weil sie Vergängliches bewahrt. Auch er entwirft kein realistisches Abbild der Natur, sondern fasst seine innere Resonanz ins Bild. Gleichzeitig weiß aber auch Klingsor um die Vergeblichkeit seines Tuns, weil die Kunst „Dauer und Unsterblichkeit" letztlich nur vortäuscht, die Angst vor dem Tod aber nicht mindert.[16] Erst als er sich leidenschaftlich seiner letzten großen Aufgabe, einem Selbstportrait, zuwendet, gelingt es ihm, die Todesangst zu überwinden. In sein Selbstbildnis fließen nicht nur alle Erfahrungen seines Lebens, sondern alle Menschheitserfahrungen und damit auch die Erfahrung des Todes mit ein. Es ist jedoch nicht das fertige Bild, das ihn vor der Todesangst rettet, sondern der schöpferische Akt selber: Während der Künstler malend alle Stadien seines Lebens noch einmal durchlebt und sich seiner Todesangst stellt, bietet er dem Tod die Stirn.

Goldmund jedoch scheitert an seiner letzten lebenslangen Aufgabe. Statt die Mutterfigur zu gestalten, ist es die Mutter, die ihn in sich hineinnimmt:

---

[14] Vgl. Peter Huber: *„Goldmunds Weg zu den Müttern". Hermann Hesses Erzählung „Narziß und Goldmund" vor dem Hintergrund der Mutterrezeption im frühen 20. Jahrhundert.* In: *Hermann-Hesse-Jahrbuch*, Bd. 9 (2017), S. 85–120, hier: S. 116.

[15] Hermann Hesse: *Der Steppenwolf.* Hermann Hesse: *Sämtliche Werke*, hrsg. v. Volker Michels, Suhrkamp, Frankfurt a.M. 2001-2007, Band 4, S. 203.

[16] Hermann Hesse: *Klingsors letzter Sommer.* In: Hermann Hesse: *Sämtliche Werke*, hrsg. v. Volker Michels, Suhrkamp, Frankfurt a.M. 2001–2007, Band 8, S. 311.

> statt daß meine Hände sie formen und gestalten, ist sie es, die mich formt und gestaltet. Sie hat ihre Hände um mein Herz und löst es los und macht mich leer, sie hat mich zum Sterben verführt, und mit mir stirbt auch mein Traum, die schöne Figur, das Bild der großen Eva-Mutter (531).

Entwirft Hermann Hesse in seinem *Klingsor* noch das Bild einer romantisch verklärten genialischen Künstlerexistenz, so trägt dieses Konzept in *Narziß und Goldmund* nicht mehr. Ist der Maler Klingsor der rauschhaft-dionysisch Schaffende, so gestaltet Goldmund seine Werke als mittelalterlicher Künstler „in einer feierlichen und geduldigen Sammlung" (176). Wird Klingsor, oszillierend zwischen romantischer Schwermut und expressionistischem Aufbegehren, zum Seismographen der Zeit nach dem ersten Weltkrieg, so steht der Künstler Goldmund nicht für Aufbruch und Neubeginn, sondern für die Rückkehr in die vorbewusste Einheit mit der Mutter. Statt zur Selbstverwirklichung des Künstlers führt die Vereinigung mit der Mutter in den Tod. Die Mutter „will nicht, daß ich ihr Geheimnis sichtbar mache. Lieber will sie, daß ich sterbe. Ich sterbe gern, sie macht es mir leicht" (531).

Dennoch hat der Tod nicht das letzte Wort. Denn Goldmunds Worte leben in seinem Gegenpol Narziß weiter, der kein Künstler ist, sondern ein Diener des Geistes, sich aber durch die Liebe zu Goldmund für Gefühle öffnet „das Herz vor Weh und Liebe brennend" (526). Im *Glasperlenspiel* wird Narziß in der Gestalt Josef Knechts „eine neue Inkarnation"[17] erleben: „So war mein Goldmund nicht nur im Klingsor, sondern auch schon im Knulp präformiert, wie Kastalien und Josef Knecht in Mariabronn und in Narziß"[18] (aus dem Rundbrief *Engadiner Erlebnisse* von 1953).

Im Gegenüber von Goldmund, dem lebenszugewandten Künstler, und seinem „Gegenpol" Narziß, dem nach geistiger Vollkommenheit Strebenden, manifestiert sich die im frühen 20. Jahrhundert in immer neuem Gewand diskutierte Opposition von Geist und Leben, wie in Thomas Manns *Tonio Kröger*. Zielt der Titel *Narziß und Goldmund* noch auf einen Ausgleich der beiden gegensätzlichen Pole, so dominiert im *Glasperlenspiel* der Geist, der sich im ästhetischen Spiel ein spirituelles Refugium schafft.

---

[17] Hermann Hesse: *Eine Arbeitsnacht* (1928). In: Volker Michels (Hrsg.): *Hermann Hesse „Narziß und Goldmund". Eine Dokumentation zur Entstehungs- und Wirkungsgeschichte.* Suhrkamp Frankfurt a.M. 2015, S. 79–85, hier: S. 83.

[18] Hermann Hesse: *Aus einem Rundbrief „Engadiner Erlebnisse", 1953.* In: Volker Michels (Hrsg.): *Hermann Hesse „Narziß und Goldmund". Eine Dokumentation zur Entstehungs- und Wirkungsgeschichte.* Suhrkamp Frankfurt a.M. 2015, S. 147–153, hier: S. 150.

Wollte Goldmund durch sein Leben und seine Kunst sich selbst verwirklichen, so verzichtet er am Ende seines Lebens auf die Selbstermächtigung des Künstlers. Stattdessen erleben wir die Rückkehr des einzelnen Lebens in einen geheimnisvollen mütterlichen Urgrund. Beide, gegenstrebige, Tendenzen lassen sich als Markierungen der Moderne im frühen 20. Jahrhundert ausmachen. Im Ringen um eine fragwürdig gewordene Identität artikuliert sich hier die Dissonanz des modernen Individuums.[19] Der Schriftsteller Alfred Wolfenstein, ein Zeitgenosse Hesses, spricht sogar von der „Zerspaltung des heutigen Ich". *Narziß und Goldmund* inszeniert so in mittelalterlichem Gewand „die existentielle Verunsicherung des Menschen in der Moderne"[20].

Lassen wir die Bilder dieser Erzählung abschließend noch einmal an uns vorüberziehen: Goldmunds Weg als Künstler führt ihn von der frühen Anmutung beim Anblick des Kastanienbaums über die Angstvision des Todes (die glotzenden Tierköpfe) und den rettenden Erlösungstraum (die strahlende Mutter mit den leuchtenden Augen) zur Erweckung durch die Marienstatue des Meisters Niklaus (die Madonna mit dem blauen Mantel) bis zur Vision der ihn im Tod erlösenden Urmutter.

In all diesen Bildern wird der Leser „zum Betrachter, die Szene zum Bild"[21]. So reagiert Goldmund einerseits immer wieder auf Bilder, die ihm in der Wirklichkeit oder in Träumen und Visionen begegnen, andererseits formt sein Blick wiederum seine Erfahrungen zu Bildern, die im Leser Resonanzen wecken.

Vortrag gehalten im Rahmen der 21. Silser Hesse-Tage 2021.

---

[19] Walter Erhart spricht von einer „Suggestion von Identität durch Selbstfindung" in Hesses Romanen als Antwort auf die moderne Erfahrung des Selbstverlustes. Walter Erhart: *Narziß und Goldmund.* In: Cornelia Blasberg (Hrsg.): *Hermann Hesse 1877–1962–2002.* Attempo Verlag, Tübingen 2003, S. 103–119, hier: 117.

[20] Sikander Singh: *Hermann Hesse.* Reclam, Stuttgart 2006, S. 198.

[21] Andreas Solbach: *Die Verführung des Stummen. Poetologie der Wortlosigkeit in „Narziß und Goldmund".* In: Andreas Solbach: *Hermann Hesse. Die poetologische Dimension seines Erzählens.* Winter, Heidelberg 2012, S. 267–297, hier: S. 288.

Sabine Gruber

Bildung als familiäre Bürde – Goldmund und sein Vater

Sechzehn Jahre war ich alt geworden, als der Pfarrer erklärte, daß ich nun vorbereitet genug sei, die höheren theologischen Studien in dem Seminar der benachbarten Stadt zu beginnen: ich hatte mich nämlich ganz für den geistlichen Stand entschieden, und dies erfüllte meine Mutter mit der innigsten Freude, da sie hiedurch die geheimnisvollen Andeutungen des Pilgers, die in gewisser Art mit der merkwürdigen, mir unbekannten Vision meines Vaters in Verbindung stehen sollten, erklärt und erfüllt sah. Durch meinen Entschluß glaubte sie erst die Seele meines Vaters entsühnt und von der Qual ewiger Verdammnis errettet. Auch die Fürstin, die ich jetzt nur im Sprachzimmer sehen konnte, billigte höchlich mein Vorhaben und wiederholte ihr Versprechen, mich bis zur Erlangung einer geistlichen Würde mit allem Nötigen zu unterstützen. Unerachtet die Stadt so nahe lag, daß man von dem Kloster aus die Türme sehen konnte, und nur irgend rüstige Fußgänger von dort her die heitre, anmutige Gegend des Klosters zu ihren Spaziergängen wählten, so wurde mir doch der Abschied von meiner guten Mutter, von der herrlichen Frau, die ich so tief im Gemüte verehrte, sowie von meinem guten Lehrer recht schwer.[1]

Und nun begab es sich, daß ein neues Gesicht im Kloster erschien, das so viele Gesichter kommen und gehen sah, und daß dies neue Gesicht nicht zu den unbemerkten und schnell wieder vergessenen gehörte. Es war ein Jüngling, der, schon vorlängst von seinem Vater angemeldet, an einem Frühlingstage eintraf, um in der Klosterschule zu studieren. Beim Kastanienbaum banden sie ihre Pferde an, der Jüngling und sein Vater, und aus dem Portal kam der Pförtner ihnen entgegen. Der Knabe blickte an dem noch winterkahlen Baum empor. „Einen solchen Baum", sagte er, „habe ich noch nie gesehen. Ein schöner, merkwürdiger Baum! Ich möchte wohl wissen, wie er heißt." Der Vater, ein ältlicher Herr, mit einem versorgten und etwas verkniffenen Gesicht, kümmerte sich nicht

[1] E.T.A. Hoffmann: *Die Elixiere des Teufels*. In: *E.T.A. Hoffmann. Poetische Werke in sechs Bänden*. Bd. 2, Aufbau-Verlag, Berlin 1963, S. 7–366, hier: S. 21.

> um die Worte des Jungen. Der Pförtner aber, dem der Knabe alsbald wohlgefiel, gab ihm Auskunft.[2]

Die beiden Zitate sind den Eingangspassagen zweier in der Vergangenheit angesiedelter Romane entnommen, die in unterschiedlichen Jahrhunderten spielen, der eine im Spätmittelalter, der andere in einer nicht klar bezeichneten Zeit, die in vielem an das 18. Jahrhundert erinnert. Gemeinsam haben beide Werke, dass sie von einem Jungen handeln, der von einem Elternteil – in einem Fall der Vater, im anderen die Mutter – zur Erziehung ins Kloster gegeben wird, eine Praxis, die im Mittelalter für jüngere und nicht erbberechtigte Kinder weithin üblich war, die aber auch noch im 18. Jahrhundert verbreitet war.

In den beiden geschilderten Fällen ist die Wahl des Klosters als Erziehungsinstitution jedoch nicht nur eine pragmatische Entscheidung, in der Hoffnung, dass die Jungen im Kloster eine gute Ausbildung erhalten werden, sondern sie verfolgt außerdem Ziele, die jenseits des Pragmatischen liegen. In E.T.A. Hoffmanns *Elixieren des Teufels* scheint der Besuch des Klosters die freie Entscheidung des Jungen zu sein, der ins Kloster gegeben wird. Sie wird jedoch von seiner Mutter in der eingangs zitierten Passage derart begeistert begrüßt, dass dies Leserinnen und Leser nachdenklich stimmen kann. In *Narziß und Goldmund* ist die Erziehung im Kloster dagegen eine Entscheidung des Vaters, gegen die sein Sohn zunächst nicht aufbegehrt, sondern stattdessen neugierig seinen neuen Aufenthaltsort in Augenschein nimmt. In beiden Fällen geht es um eine Überwindung von Schuld durch die angestrebte geistliche Laufbahn des Sohnes, und in beiden Fällen ist ein Elternteil schon lange verstorben und als Erzieher oder Erzieherin ausgefallen. Von Goldmund heißt es:

> Niemand schien es dem schönen, strahlenden Knaben anzusehen, und doch lag eine Bürde auf ihm, eine Bürde der Herkunft, eine geheime Bestimmung zu Sühne und Opfer. Auch der Abt sah es nicht, obwohl Goldmunds Vater ihm einige Andeutungen gemacht und deutlich den Wunsch geäußert hatte, sein Sohn möge für immer im Kloster bleiben. Irgendein geheimer Makel schien an der Geburt Goldmunds zu haften, irgendetwas Verschwiegenes schien Sühne zu fordern. (NG, S. 282)

Und von dem künftigen Mönch Medardus in den *Elixieren des Teufels* wird – wie oben zitiert – gesagt: Durch seinen Entschluss „glaubte seine

---

[2] Hermann Hesse: *Narziß und Goldmund. Erzählung.* In: Ders.: *Das erzählerische Werk. Sämtliche Jugendschriften, Romane, Erzählungen, Märchen und Gedichte*. Hrsg. von Volker Michels. Bd. 4: *Die Romane*. Suhrkamp, Berlin 2012, S. 269–531, hier: S. 277. Im Weiteren zitiert als NG mit Seitenzahl.

Mutter erst die Seele" seines „Vaters entsühnt und von der Qual ewiger Verdammnis errettet"[3].

Die Bildung und Erziehung im Kloster ist in den *Elixieren des Teufels* wie in *Narziß und Goldmund* ein familiärer Auftrag, der den beiden Protagonisten von anderen auferlegt wurde, ja sogar eine Bürde, die die jungen Männer belastet und zunächst daran hindert, eine ihnen angemessene Erziehung zu erhalten. Es geht bei dieser Erziehung nicht um die Vervollkommnung ihrer individuellen Begabungen, sondern darum, die Bedürfnisse ihrer Eltern zu erfüllen. Beide verlassen in der Folge ihre Klöster, gehen auf eine teils freiwillige, teils unfreiwillige Wanderschaft und eignen sich bei dieser – ähnlich dem Schelmenroman oder auch dem Road Movie gestalteten – Reise Erfahrungen und Wissen an, das sie über viele Umwege und Irrwege letztlich in ihrer Entwicklung weiterbringt.

Bildung und Erziehung zwischen väterlichem Auftrag und mütterlicher (Ver-)Lockung

An dieser Stelle sollen die *Elixiere des Teufels* zunächst außer Acht gelassen werden, um im Folgenden den Fokus ausschließlich auf *Narziß und Goldmund* zu richten, und es soll der Frage nachgegangen werden, welche Rolle Bildung und Erziehung, Lernen und Lehren in *Narziß und Goldmund* spielen und inwieweit Goldmund für sich ein neues Erziehungskonzept entdeckt, das vom Individuum ausgeht und nicht von den Erwartungen anderer.

Während Goldmund selbst sich zunächst mit den Ansprüchen seines Vaters an ihn versöhnt zu haben scheint, erkennt sein als Gegenpol angelegter neuer Freund und Lehrer Narziß, den er im Kloster kennenlernt, gleich hellsichtig, dass diese Versöhnung nicht von Dauer sein wird. „Deutlicher als ein anderer verstand er in Menschen zu lesen, und hier, wo er liebte, las er mit gesteigerter Klarheit." (NG, S. 293) heißt es über Narziß, und dieser wundert sich darüber, dass der Vater eine solche Macht über seinen Freund Goldmund hat, dass er „Goldmunds Seele mit Träumen [hatte] füllen können, die dem Kern dieser Seele so fremd waren". (NG, S. 299) Goldmund ist offensichtlich transgenerationellen Übertragungen von Wünschen und Hoffnungen, aber auch von Schuldgefühlen ausgesetzt. Das psychologische Konzept der transgenerationellen Übertragungen wurde in den letzten Jahren vermehrt in literatur- und kulturwissenschaftlichen Analysen – vor allem mit Bezug auf durch die Shoa verursachte Traumatisierungen – aufgegriffen. Es geht davon aus, dass „traumatische Erfahrungen", die „von Betroffenen nicht hinreichend ver-

---

[3] E.T.A. Hoffmann: *Die Elixiere des Teufels* (Anm. 1), S. 21.

arbeitet“ wurden, in „modifizierter Form an deren Nachkommen tradiert werden“[4]. Neben Traumata kann auch Schuld und Scham von Generation zu Generation weitergegeben werden. Eine wesentliche Rolle bei der ungewollten Weitergabe von Traumatisierungen spielt die „Unsagbarkeit“, die in literarischen Werken, die sich dem Thema widmen „narrativ inszeniert werden kann“[5]. Die Macht, die der Vater über Goldmund ausübt, erscheint Narziß denn auch wie eine rational nicht nachvollziehbare „Bezauberung“, die seinen Freund dazu gebracht hat, einen Teil seiner „Vergangenheit [nur scheinbar] zu vergessen.“ (NG, S. 301)

Tatsächlich reicht eine Begegnung mit einem jungen Dorfmädchen bei einem unerlaubten Ausflug bereits aus, um in Goldmund selbst Zweifel an seiner Bestimmung für das Kloster zu nähren. Nachdem ihn das Mädchen zum Abschied geküsst hat, spürt er, dass „sein bisheriger Lebenstraum, alles, woran er glaubte, alles wozu er sich bestimmt und berufen meinte, durch jenen Kuß im Fenster, durch den Blick jener dunklen Augen an der Wurzel gefährdet war.“ (NG, S. 291f.) und unmittelbar nach dem Kuß hört er sein Inneres sprechen: „‚Niemals mehr!‘ sagte befehlend sein Wille. ‚Morgen wieder!‘ flehte schluchzend sein Herz‘.“ (NG, S. 289)

Die vergessene Vergangenheit, das Familiengeheimnis vor dem Goldmunds Vater seinen Sohn unbedingt bewahren wollte, ist, so stellt sich schließlich durch Narziß’ Beharrlichkeit heraus, mit seiner Mutter verknüpft. „Die Mutter“ so wird es bald deutlich, „war etwas, wovon man nicht sprechen durfte, man schämte sich ihrer.“ (NG, S. 314) Narziß gelingt es jedoch im Laufe der Romanhandlung, das Bild seiner Mutter und das, was sie zum Missfallen seines Vaters an ihn vererbt hat, in Goldmund wieder wach zu rufen.

Während der Vater für eine Erziehung steht, die Goldmund einengt und von dem, was er eigentlich will, fernhält, steht die verstorbene Mutter neben vielem Anderen auch für eine Erziehung, die Goldmund vorenthalten blieb und vielleicht – so kann vermutet werden – besser zu ihm gepasst hätte. Das Schweigen seines Vaters konnte die verstorbene Mutter nicht aus Goldmunds Gedanken verbannen, sondern machte sie im Gegenteil in dessen Phantasie umso präsenter.[6] „Sie habe“, erfährt Narziß

[4] Birgit Neumann: *Trauma und Traumatheorien*. In: *Metzler-Lexikon Literatur- und Kulturtheorie. Ansätze – Personen – Grundbegriffe*. Hg. von Ansgar Nünning. 5. Aufl.: J.B. Metzler, Stuttgart und Weimar 2013, S. 764f., hier: S. 765.

[5] Birgit Neumann: *Trauma und Literatur*. In: *Metzler-Lexikon Literatur- und Kulturtheorie*. Ansätze – *Personen – Grundbegriffe*. Hg. von Ansgar Nünning. 5. Aufl. J.B. Metzler, Stuttgart und Weimar 2013, S. 763f., hier: S. 763.

[6] Dass das Verschweigen von Familiengeheimnissen genau das bewirken kann, was es verhindern soll, ist ebenfalls ein Ergebnis der Forschung an transgenerationellen Übertragungen (vgl. z.B. Thomas Fuchs: *Zur Phänomenologie des Schweigens*. In: *Phänomenologische Forschungen* (2004), S. 151–167).

dank seines ständigen Nachfragens schließlich, Goldmunds Vater „Schande gemacht und sei ihm davon gelaufen“. (NG, S. 310) Damit sich Ähnliches mit seinem Sohn nicht wiederholen könne und „zur Sühnung dessen, was die Mutter gefehlt“ (NG, S. 310), sollte Goldmund, so der unbedingte Wunsch seines Vaters, abseits des potentiell gefährlichen weltlichen Lebens im Kloster erzogen werden. Da Goldmunds Vater seine verstorbene Frau, die er „aus Armut und Schande aufgelesen“ (NG, S. 315) habe, nicht habe erziehen können, wolle er nun seinen Sohn besser erziehen, der „der Mutter an Gestalt und Gesicht sehr ähnlich war“. (NG, S. 315)

Eine ähnliche Erziehung, die Schüler von den ihnen angeborenen Eigenschaften und von vermeintlich Gefährlichem fernhalten will, beschreibt Hesse auch in *Unterm Rad*. „Der Mensch, wie ihn die Natur erschafft, ist etwas Unberechenbares, Undurchsichtiges, Gefährliches“, heißt es dort,

> er ist ein von unbekanntem Berge herbrechender Strom und ist ein Urwald ohne Weg und Ordnung. Und wie ein Urwald gelichtet werden muß, so muß die Schule den natürlichen Menschen zerbrechen, besiegen und gewaltsam einschränken [...].[7]

Eine solche, die Individualität von Kindern ignorierende, ja fürchtende Erziehung wird in Hesses Werken vor allem mit väterlichen Einflüssen verbunden. Mütterliche Erziehung ist in seinen Romanen und Erzählungen dagegen in den meisten Fällen wesentlich positiver konnotiert.[8] Im Übrigen führte Hesse manche seiner scheinbar unerlaubten und für Erzieher schwierigen Charaktereigenschaften auf seine Mutter Marie (geb. Gundert) zurück, die diese Eigenschaften gleichwohl an ihrem Sohn rügte. 1923 schrieb er in den *Biographischen Notizen*: „Von der Mutter habe ich die Leidenschaftlichkeit des Temperaments geerbt, die heftige, etwas sensationslustige Phantasie [...].“[9]

Goldmund bringt die Schuld seiner Mutter, die er nicht zu verantworten hatte, aber doch sühnen sollte, mit dem Gedanken der Erbsünde in Verbindung – was bei einem Klosterschüler nahezuliegen scheint:

---

[7] Hermann Hesse: *Unterm Rad*. In: Ders.: *Das erzählerische Werk. Sämtliche Jugendschriften, Romane, Erzählungen, Märchen und Gedichte*. Hrsg. von Volker Michels. Bd. 2: *Die Romane*. Suhrkamp, Berlin 2012, S. 135–285, hier: S. 173. Ähnlich wird von Goldmund einmal gesagt, „es schien, als sei er ganz in der mütterlichen, triebhaften Urwelt versunken“ (NG, S. 430).

[8] Vgl. Karin Tebbens auf Hesses Erzählung *Kinderseele* bezogenen Hinweis auf das negativ besetzte Vater- und das positiv besetzte Mutterbild in der Erziehung (Karin Tebben: *„Und dann war ich eben nie etwas anderes als Künstler...“: Künstlermythen im Werk Hermann Hesses*. In: *Colloquia Germanica* 32 [1999]. Nr. 1, S. 1–35, hier: S. 4).

[9] Zit. nach Tebben ebd.

> Es war das Gefühl einer Schuld, die man nicht begangen, sondern schon mit sich zur Welt gebracht hat. Vielleicht war es dies, was in der Theologie Erbsünde genannt wurde? (NG, S. 349)

Schließlich spürt Goldmund den Ruf seiner Mutter, den sein Vater nicht zum Schweigen bringen konnte, und folgt ihm, weil er irgendwann selbst erkennt, dass er die Wünsche und Gebote seines Vaters „mit seinen eigenen Wünschen verwechselt hatte“ (NG, S. 317).

Von Erziehern abhängige Figuren – Goldmunds Doppelgänger?

Mit seiner – zunächst kaum lösbaren – Abhängigkeit von einem übermächtigen Erzieher steht Goldmund im Roman scheinbar nicht allein. Auch andere Figuren erwecken den Eindruck, unter dem Bann ihrer Eltern oder zumindest ihnen übergeordneter Gewalten zu stehen. So hat Goldmund mitunter sogar von dem sehr reflektierten Narziß den Eindruck, sein asketisches Leben im Kloster sei möglicherweise nicht frei gewählt, denn es erscheint ihm merkwürdig, dass „ein so reiner und so wissender Mensch wie Narziß sich Bußübungen“ unterzieht „wie ein Verurteilter“ (NG, S. 349). Vor allem in Lisbeth, der Tochter seines Lehrmeisters Niklaus, begegnet Goldmund einem Mädchen, das ihn vermuten lässt, „ihre Sprödigkeit und Männerscheu“ sei ihr möglicherweise „nur vom Vater aufgedrungen“ und entspreche vielleicht gar nicht „ihrer eigenen Natur“ (NG, S. 404). Lisbeth, die er auf Wunsch ihres Vaters schließlich sogar heiraten soll, scheint in dieser Hinsicht also eine Art Doppelgängerin seiner selbst zu sein.

Selbst der Vagant Robert, mit dem Goldmund auf Wanderschaft geht und mit dem er die schwere Zeit der Pest durchlebt, unterscheidet sich zwar in anderer Hinsicht stark von ihm, ist im Hinblick auf das Verhältnis zu seinem Vater aber ebenfalls als eine Art Doppelgängerfigur seiner selbst angelegt, denn Goldmund erfährt über Roberts Verhalten nach dessen Tod:

> Kaum war der Alte begraben, da erklärte Robert seiner Mutter und Schwester, daß nichts ihn zurückhalten könne, sofort zur Stillung seines Dranges, und um für seine und seines Vaters Sünden zu büßen, die Pilgerfahrt nach Rom anzutreten. (NG, S. 431)

Auch Robert geht es – zumindest lesen sich seine indirekt wiedergegebenen Ausführungen so – also um die Sühne elterlicher Schuld. Allerdings gibt Robert die Verbüßung transgenerationeller Schuld zum Teil auch vor, um damit eine ebenfalls in ihm vorhandene und eher weltlich ausgerichtete Wanderlust zu bemänteln und er wirkt vielleicht doch eher wie eine ins Komische gewendete Kopie des ernsten Vaganten Goldmund.

Goldmunds Wanderschaft – Aneinanderreihung von Episoden oder Bildungsreise?

Der Ruf seiner Mutter, der nach dem Willen seines Vaters in Goldmunds Leben keine Rolle hätte spielen dürfen, wird für ihn schließlich zum entscheidenden Impuls, das Kloster zu verlassen. Um dieses Rufes willen setzt sich Goldmund den Möglichkeiten, aber auch den Gefahren eines freien Vagantenlebens ohne festes Ziel aus. An einer Stelle ist davon die Rede, dass Goldmund sich diesem neuen Leben „preisgeben“ würde:

> Die Kindlichkeit des Vagantenlebens, seine mütterliche Herkunft, seine Abkehr von Gesetz und Geist, seine Preisgegebenheit und heimliche immerwährende Todesnähe hatten längst Goldmunds Seele tief ergriffen und geprägt. (NG, S. 430)

Ausgerechnet Goldmunds Mutter, die eigentlich keinen Einfluss auf sein Leben hätte haben dürfen, wird damit zur treibenden Kraft für den weiteren Verlauf der Handlung. Die anfängliche Absicht von Goldmunds Vater, die Erinnerung seines Sohnes an seine Mutter zu löschen, wird damit durchkreuzt.

Die folgenden Episoden im Wald, in Dörfern und Städten, auf Burgen und an Fürstenhöfen, die sich, oberflächlich betrachtet, zunächst nur als eine Reihe zufälliger Erlebnisse ohne zwingenden Zusammenhang präsentieren, werden sehr wohl von einem übergeordneten Gedanken zusammengehalten, nämlich dem Bildungs- und Erziehungsgedanken. Immer wieder geht es um Lernen und Lehren, um das Kennenlernen von Neuem, um die Auswahl oder das Verwerfen von Lebenskonzepten, um Lehrer und Schüler und schließlich um die Ausbildung in der Bildenden Kunst und die Entwicklung zu einem eigenständigen, über den Lehrer hinauswachsenden Künstler.

Das Thema des Lernens wird im Roman in den unterschiedlichsten Varianten durchgespielt. Sogar Gaunerfiguren wie der Vagant Viktor, dem Goldmund während seiner Wanderung begegnet, werden noch unter dem Blickwinkel der Erziehung betrachtet. Er „würde niemals so werden wie Viktor“ sagt sich Goldmund.

> Diese Art, sich gegen das Grauen zu wehren, würde er nicht lernen können, nicht dieses schlaue diebische Sichdurchpirschen und auch nicht diese laute, dreiste Art von Narrentum, diesen wortreichen Galgenhumor des Bramarbas. (NG, S. 381)

Auch Narziß, dessen Gestalt wie häufig bei Hesses Figuren komplementär zu der Goldmunds angelegt ist, erscheint ja gleich zu Beginn des Romans als ein – allerdings noch erstaunlich junger – Lehrer.

Während seiner Reise spürt Goldmund immer wieder den Wunsch, sich „irgendwie seiner Vergangenheit“, die er zunehmend als Bürde erkennt, wie eines Ballastes „zu entledigen“ (NG, S. 391). Zeitweise gelingt ihm das auch, denn er gibt Fragenden zu erkennen, dass er „keine Eltern“ habe und „nirgends her“ (NG, S. 394) komme, seine Vergangenheit samt des damit verbundenen elterlichen Einflusses also hinter sich gelassen habe und jetzt wie ein Waisenkind sei. Das Bild seiner Mutter allerdings verblasst entgegen diesen Aussagen nicht im Laufe der Jahre, sondern es bleibt wie zu Beginn eine treibende Kraft der Handlung. Goldmund fühlt sich von ihr „gezogen“ und „gerufen“ (NG, S. 423).[10]

Dem scheinbar episodischen Charakter von Goldmunds Wanderschaft widerspricht – wie oben gesagt – die übergreifende Thematik des Lernens und der Bildung, die die Szenen zusammenhält. Geht man nur vom episodischen Charakter der Wanderschaft aus, könnte man – wie oben ebenfalls schon angesprochen – im Hinblick auf *Narziß und Goldmund* von einem Schelmenroman sprechen, „der das Leben eines vagabundierenden Außenseiters“ erzählt, der „in verschiedene soziale Sphären gelangt“[11] und in dem nicht Schicksalsfügungen, sondern Zufälle eine wichtige Rolle spielen. Schelmenromane führen ihre Protagonisten nicht zu Bildung, innerem Wachstum und einer Integration in die Gesellschaft, sondern zu einer Verweigerung dieser Integration oder zur Weltflucht. Die Annahme des bloß Episodischen scheint auch durch Goldmunds Bemerkung gestützt zu werden, dass er „kein Ziel vor sich“ habe und „allen Zufällen offen.“ (NG, S. 429) sei und durch seine „Preisgegebenheit“ (NG, S. 430) an das, was ihm unterwegs zufällig begegnen sollte.

Naheliegender wäre es jedoch, in Bezug auf *Narziß und Goldmund* von einem Bildungsroman sprechen, denn es geht um einen zu Beginn der Handlung jungen Mann, der sich mit unterschiedlichen Bereichen der Welt auseinandersetzt, die Handlung erstreckt sich über einen längeren Zeitraum, und „eine Entwicklung der Zentralfigur von ihrer Jugend bis zur Reife der Persönlichkeit“[12] ist unverkennbar. Darüber hinaus werden im Verlauf des Romans verschiedene Bildungskonzepte angesprochen, gewählt oder verworfen. Ungewöhnlich für einen Bildungsroman ist al-

---

[10] Möglicherweise handelt es sich hier zugleich um eine Anspielung an das biblische Hohelied, wo es heißt „Zieh mich dir nach, so wollen wir laufen.“ (Hld 1,4; *Die Bibel nach Martin Luthers Übersetzung. Lutherbibel. Revidiert 2017.* Deutsche Bibelgesellschaft, Stuttgart 2016).

[11] Manuel Braun: *Roman [1. Teil]*. In: *Metzler Lexikon Literatur*. Hg. von Dieter Burdorf, Christoph Fasbender und Burkhard Moenninghoff. 3. Aufl. J.B. Metzler, Stuttgart und Weimar 2017, S. 658–660, hier: S. 660.

[12] Benedikt Jeßing: *Bildungsroman*. In: *Metzler Goethe Lexikon*. Hg. von Benedikt Jeßing, Bernd Lutz und Inge Wild. J.B. Metzler, Stuttgart und Weimar 1999, S. 53.

lerdings, dass *Narziß und Goldmund* nicht in neuen Kontexten endet, in die sich der junge Protagonist nun integriert hat, sondern dort wo er begonnen hat, im Kloster Mariabronn. Auch von einem Landstreicher- oder Künstlerroman könnte man in Bezug auf *Narziß und Goldmund* sprechen.[13]

Goldmund als angehender Künstler

Während seiner Wanderschaft lernt Goldmund unterschiedliche Formen des Lernens kennen. Nachdem er das vor allem intellektuelle Lernen im Kloster aufgegeben hat, hat es zunächst den Anschein, als würde er ausschließlich aus den Zufällen, Freuden und Widrigkeiten des Lebens lernen, bis zu dem Punkt, an dem er Meister Niklaus begegnet und bei ihm das Schnitzen und die Bildhauerei erlernen will. Diese für Goldmunds Leben so wichtige Begegnung steht strukturell an einer herausgehobenen Position des Romans, nämlich ungefähr in der Mitte.[14]

Als Goldmund in einer Kirche eine von Meister Niklaus geschnitzte Mutter Gottes sieht, spürt er erstmals seine künstlerische Berufung[15] (NG, S. 391), die sein Freund Narziß vermutlich bereits viel früher erkannt hatte. Das reguläre Lehrverhältnis, das Goldmund zunächst – in plötzlicher Abkehr von seinem Vagantentum – anstrebt, lehnt Meister Niklaus jedoch ab und bietet ihm stattdessen an, ihm einiges beizubringen, jedoch „ohne Verpflichtung und Vertrag“, sodass er „zu jeder Stunde wieder gehen“ (NG, S. 400) könne. Anscheinend traut Niklaus dem Vaganten Goldmund nicht zu, sich in ein bürgerliches Leben wie seines zu integrieren. Als sich die Situation plötzlich verändert und Niklaus Goldmund doch eine reguläre Anstellung, die spätere Übernahme seiner Werkstatt und die Heirat seiner Tochter anbietet, ihm ein Bleiben in der Stadt und ein Sesshaftwerden ermöglichen will, was die Wanderung Goldmunds zum Stillstand bringen würde, spürt dieser wieder den Ruf seiner Mutter, lehnt ab und verlässt seinen enttäuschten Meister und die Stadt.

Offensichtlich will Goldmund Kunst nicht als bürgerliches Handwerk betreiben, sondern „fühlt sich zu Höherem berufen“[16]. Er sucht nicht ein einträgliches Handwerk, sondern etwas, das darüber hinaus geht, die eigentliche künstlerische Inspiration. Die Ausbildung, die er bei Meister Niklaus erfahren hat, reicht ihm dafür letztlich nicht aus. Goldmund will

[13] Denis Herold: *Biographien der Seele: Lebensentwürfe in Hermann Hesses Romanen „Der Steppenwolf“ und „Narziss und Goldmund“*. Tectum-Verlag Marburg 2008, S. 40.

[14] Vgl. hierzu Denis Herold: *Biographien der Seele* (Anm. 13), S. 53.

[15] Vgl. ebd.

[16] Tebben: *Künstlermythen* (Anm. 8), S. 29.

in seiner Kunst Reflexion und Empfindung verbinden und damit das, was seine Kontrastfigur Narziß und das, was er selbst repräsentiert. Nicht durch seine Wanderung, sondern durch seine Entwicklung zum Künstler gelingt es Goldmund endlich, sich der Bürde, die ihm sein Vater zu Beginn des Romans auferlegt hatte, zu entledigen und Väterliches und Mütterliches miteinander zu vereinen. Schon bevor Goldmund seinen Meister verlässt, stellt er fest, dass die Kunst für ihn „die Vereinigung von väterlicher und mütterlicher Welt" ist,

> von Geist und Blut; sie konnte im Sinnlichsten beginnen und ins Abstrakteste führen, oder konnte in einer reinen Ideenwelt ihren Anfang nehmen und im blutigsten Fleische enden. Alle jene Kunstwerke, die wahrhaft erhaben und nicht nur gute Gauklerstückchen, sondern vom ewigen Geheimnis erfüllt waren, zum Beispiel jene Mutter Gottes des Meisters, alle jene echten und unzweifelhaften Künstlerwerke hatten dies gefährliche lächelnde Doppelgesicht, dies Mann-Weibliche [...]. (NG, S. 411)

Goldmund als Lehrer

Erst nachdem Goldmund die Erziehungsvorstellungen seines Vaters, die nicht zu ihm passten, überwunden hat, in verschiedenen Kontexten Erfahrungen gesammelt hat, eine künstlerische Ausbildung erhalten und sich von seinem Meister emanzipiert hat, kann er selbst zum Lehrer werden. Einen Schüler, Erich, hat Goldmund deshalb erstmals gegen Ende des Romans als er sein bestes Kunstwerk für das Refektorium der Mönche im Kloster Mariabronn erschafft. (NG, S. 511) Aber nicht nur das, auch Narziß schlüpft gegenüber Goldmund in eine Schülerrolle, obwohl er inzwischen Abt geworden ist, wenn er sagt:

> Ich lerne viel von dir, Goldmund. Ich beginne zu verstehen, was Kunst ist. Früher schien mir, sie sei mit dem Denken und der Wissenschaft verglichen, nicht ganz ernst zu nehmen. (NG, S. 512)

Damit kehrt sich das Schüler-Lehrer-Verhältnis vom Beginn des Romans um. Der Bildungsweg von Goldmund ist wie der von Narziß oder auch anderer Helden Hesses nicht auf andere übertragbar, sondern nur die Art wie er sich von fremden Erwartungen befreit und einen selbstbestimmten Bildungsbegriff gefunden hat. Es geht um „die volle und naturgemäße Entwicklung der eigenen Natur und Persönlichkeit"[17] und nicht um die Imitation fremder Entwicklungen. Hesse hat auch in seiner Korrespondenz

---

[17] Gottlob C. Cast: *Hermann Hesse als Erzieher*. In: Monatshefte 1951, Nr. 4/5, S. 207–220, hier: S. 210.

immer betont, dass er den vielen, die bei ihm Rat suchten, keine Patentrezepte gegen ihre Probleme anbieten könne, sondern, dass jeder und jede seine und ihre eigene Lösung finden müsse.

Auch die beiden – wie auch andere Personen in Hesses Werk – komplementär zueinander angelegten Figuren Narziß und Goldmund müssen ihre angeborenen Naturanlagen entfalten, und es hat für sie keinen Sinn, den jeweils anderen zu imitieren. Narziß macht deutlich, dass er versuche „das Wesen der Welt durch die Logik zu erkennen und darzustellen" (NG, S. 502) und dass sein Werkzeug der Verstand sei, während Goldmund die Welt mithilfe des Gefühls erkenne und seine Werkzeuge „Pinsel oder Meißel" (NG, S. 502) seien. Ob allerdings Narziß trotz seines Aufstiegs in der Klosterhierarchie sein Lebens- und Bildungsziel bereits erreicht hat, ist fraglich, denn er bleibt nach dem Tod seines Freundes Goldmund ratlos zurück und kann dessen letzte Worte „Aber wie willst du denn einmal sterben, Narziß, wenn Du doch keine Mutter hast? Ohne Mutter kann man nicht lieben. Ohne Mutter kann man nicht sterben." (NG, S. 531) nicht vergessen.

Goldmund hat es dagegen vermocht, das ihm durch seinen Vater aufgezwungene Lebensziel abzuschütteln und durch sein eigenes Lebensziel – ein Künstler zu werden – zu ersetzen. Dieses Ziel erreicht er: Er wird vom Lehrling eines Mannes, der Kunst als ein bürgerliches Handwerk betreibt, zu einem eigenständigen, keinen bürgerlichen Zwängen unterworfenen Künstler und von einem Schüler, dem von anderen Erziehungsziele aufgezwungen wurden, zu einem Lehrer, der – so kann vermutet werden – niemandem etwas für ihn Unpassendes aufzwingt. Eines aber gelingt ihm nie: Die Gestalt seiner Mutter zu schaffen.

Schluss

Zum Schluss soll noch einmal ein Blick auf die *Elixiere des Teufels* geworfen werden. Ähnlich wie in *Narziß und Goldmund* geht der Protagonist der *Elixiere des Teufels*, der Mönch Medardus, zwar in die weite Welt hinaus, findet sich am Ende des Romans aber doch in seinem Heimatkloster wieder.

Der scheinbar ähnliche Schluss beider Werke verliert seine Ähnlichkeit, wenn man ihn genauer betrachtet. Anders als in *Narziß und Goldmund*, wo der Protagonist am Ende die ihm angemessene Bildung erhalten hat und das in ihm Angelegte verwirklichen konnte, stirbt der Protagonist der *Elixiere des Teufels* zwar auch dort, wo die Erzählung ihren Ausgang genommen hat, aber sein Tod wird von dem Bibliothekar Pater Spiridion, der seine Geschichte zu Ende erzählt, vor allem verbunden mit dem Auslöschen einer seit Jahrhunderten auf seiner Familie lastenden Schuld und seinem frommen Sterben und nicht mit einem gelungenen Bildungsgang.

> So habe ich den Blättern, die des Bruders Medardi Leben enthalten sollen, die ich aber nicht gelesen, die Umstände seines Todes sehr genau und nicht ohne Mühe ad majorem dei gloriam hinzugefügt. Friede und Ruhe dem entschlafenen Bruder Medardus, der Herr des Himmels lasse ihn dereinst fröhlich auferstehen und nehme ihn auf in den Chor heiliger Männer, da er sehr fromm gestorben.[18]

Ist *Narziß und Goldmund* nun ein Bildungsroman, der einen gelungenen und für Leserinnen und Leser empfehlenswerten Bildungsgang beschreibt, oder ein Schelmenroman, der seinen Helden durch die Welt und allerlei Zufälle stolpern lässt, ohne, dass dies große Folgen hätte und ihn am Ende aus der Welt fliehen lässt? Obwohl das Werk Elemente von beidem hat, dürfte die Antwort auf die Frage eindeutig sein und auch, welches Bildungskonzept der Roman seinen Leserinnen und Lesern empfehlen will.

Vortrag gehalten im Rahmen der Hermann-Hesse-Tage Gaienhofen 2021

[18] E.T.A. Hoffmann: *Die Elixiere des Teufels* (Anm. 1), hier: S. 366.

Karl-Josef Kuschel

Hermann Hesses Erzählung *Narziß und Goldmund* (1930) und ihre Verfilmung 2020

Im März letzten Jahres kommt ein Film in die Kinos, der sich als freie Adaption von Hermann Hesses 1930 erstmals erschienener „Erzählung" *Narziß und Goldmund* versteht. Regie und Drehbuch: Stefan Ruzowitzky, ein Oscar-Preisträger mit seinem Holocaust-Drama *Die Fälscher* von 2007. Es ist die auf historischen Fakten beruhende Geschichte von der größten Geldfälscheraktion im Dritten Reich, bei der Häftlinge mit entsprechenden Fachkenntnissen in einem Konzentrationslager von SS-Schergen zusammengezogen worden waren, damit sie unter dem Terror der SS in großem Stil ausländische Banknoten fälschen, Pfund- und Dollarnoten vor allem.

Der Hesse-Film hat eine Länge von gut 120 Minuten. In dieser Zeitspanne muss die Handlung abgewickelt sein. Das hat seine eigenen Tücken und Zwänge, wie wir sehen werden. Die männlichen Hauptfiguren werden gespielt von Sabin Tambrea (Narziß) und Jannis Niewöhner (Goldmund), die weiblichen von Henriette Confurius (Lene) und Roxane Duran (Lisbeth). In den Nebenrollen außerdem so bekannte Schauspieler/Innen wie Uwe Ochsenknecht (Meister Niklaus), Jessica Schwarz (die Jüdin Rebekka) und André M. Hennicke (der Mönch Lothar. Als Drehorte dienten unter anderem die Burg Hardegg im Bezirk Hollabrunn in Niederösterreich und verschiedene Burgen im Tschechischen sowie der Dom der Heiligen Barbara in Kutná Hora, ebenfalls in Tschechien. Dieser gilt wegen seiner Raumdimensionen als einer der ungewöhnlichsten gotischen Kirchenbauten Mitteleuropas und steht nicht zufällig auf der Weltkulturerbe-Liste der UNESCO. Im Film begegnet uns der Raum dieser Kirche, als Goldmund hier die Beichte ablegt, die Kamera über die gewaltigen gotischen Fenster schwenkt, Goldmund eine ihn ergreifende große Holz-Figur der Mutter Maria mit ihrem Kind auf dem Arm entdeckt und sich dann zu dem Schöpfer dieser Marienfigur, Meister Niklaus, auf den Weg macht.

I. Die Problematik von Literaturverfilmungen

Mit Literaturverfilmungen ist es bekanntlich eine prekäre Sache. Man ist von vorneherein in der Zange der Kritik und zwar von beiden Seiten: von den Anwälten der Autonomie des Films und von denen der Unantastbarkeit der Literatur. Den einen ist ein literaturbasierter Film zu wenig Film und zu viel Literatur; der Film habe seine Eigengesetzlichkeit aufgegeben und sei ein Gefangener der Literatur. Den anderen ist der Film ein blasser Abklatsch der Vorlage, eine barbarische Reduktion meist auf das Handlungsgerüst ohne Tiefe und Bedeutungsvielfalt des geschriebenen Wortes und damit ein Verrat an der Komplexität des literarischen Kunstwerks. Leicht also, eine Literaturverfilmung grundsätzlich zu verwerfen oder bestenfalls in einigen Teilszenen gelten zu lassen, weil sie wenigstens dazu beiträgt, beim Publikum das Interesse am literarischen Werk wach zu halten oder zu entzünden.

So ist denn auch die Verfilmung von Hesses Erzählung *Narziß und Goldmund* von Kritikern verworfen worden, zumal der Autor zwar selber die Gattungsbezeichnung „Erzählung" gewählt, der Umfang des Erzählten aber Romandimensionen angenommen hat und damit schon von der Länge der Handlung her eine Herausforderung für jede Verfilmung darstellt, die Form- und Marktgesetzen unterworfen ist. In der kommentierten Ausgabe der Suhrkamp BasisBibliothek sind es gut 350 Seiten, in der Ausgabe *Sämtlicher Werk* von Volker Michels immerhin noch gut 260. In der Tageszeitung *Die Welt* vom 11.3.2020 konnte man denn auch lesen: Der Regisseur Stefan Ruzowitzky habe zwar „ein halbes Dutzend" Jahre an „Hesses Klosterlegende vom asketischen Abt Narziss und seinem hedonistischen Gegen-Ich und Geliebten Goldmund" gearbeitet und „sich sehr bemüht, sich zumindest um die Barbarei-Vorwurfsfalle herumzufilmen"[1].

Aber, fährt der Kritiker wörtlich fort:

> Ruzowitzky und sein Co-Autor Robert Gold haben aus Hesses tiefenpsychologisch mehrlagiger Geschichte einen blutigen, blühenden, schmutzigen Mittelalterbilderbogen gebaut, in dessen Zentrum weniger die spirituelle, geistliche Auseinandersetzung zweier Daseinsentwürfe steht, als der ziemlich intensive körperliche Belastungstest des abtrünnigen Klosterschülers Goldmund. Ein Mann, den die Frauen lieben und deren Männer zusammenschlagen. Der durch die ganze Höllenwelt seiner im wahrsten Wortsinn verpesteten Gegenwart geschickt wird, bis er zusammenbricht (Ebd.).

Kurz: „Narziß und Goldmund" sei ein Filmprojekt von einer „grauenvollen Oberammergauhaftigkeit", die einen als Kritiker „ganz fassungslos" mache. (Ebd.) Und ein anderer Kritiker meint, diese Zusammenfassung des Films gefunden zu haben:

---

[1] Elmar Krekeler: *Die Pest, die Frau, der Abt und sein Liebhaber*, in: *Die Welt* vom 11.3.2020.

> Wie in der Vorlage kreist die Geschichte maßgeblich um die Abenteuer dieses schelmischen Don Juan, der sich durch die Betten liebreizender Töchter schläft. Die Verpflanzung des Stoffs in ein vage definiertes Mittelalter hat vor allem den Sinn, martialische Strafen zu bebildern, die Goldmund nach seinen erotischen Eskapaden jeweils erwarten und ihn sukzessive zum einäugigen Krüppel werden lassen. Dabei entblößt die Verfilmung auch Schwächen der Vorlage – etwa Hesses dünkelhafte Geringschätzung des kleingeistigen Lebens. So flüchtet Goldmund, nachdem er als Musterschüler eines Bildhauers die Kunst des Figurenschnitzens bis zur Meisterschaft erlernte – und daraufhin dessen Tochter samt seiner finanziell gesicherten Existenz auf dem Silbertablett serviert bekommt –, wie der Teufel das Weihwasser. Eine junge Frau, die daraufhin von ihm schwanger wird, rafft die Pest dahin. Das Mittelalter eben.[2]

Zu solchen Karikaturen und Pauschalverurteilungen kommt man freilich dann, wenn man sich keine Mühe macht, in den Aufbau der Szenen, in die Konstruktion der Film-Handlung und in die Abfolge der Sequenzen hineinzugehen, sie Stück für Stück zu rekonstruieren und so dem Film eine eigenständige Bildsprache zuzugestehen. Ein Film muss im Vergleich zur literarischen Vorlage anders sein. Und diese Andersheit will zunächst verstanden sein, bevor man urteilt oder gar verurteilt.

II. Zur Ästhetik der Filmkunst

Zur Ästhetik der Filmkunst gilt grundsätzlich, dass der Film mehr Ausdrucksmittel besitzt als jedes andere Kunstwerk, mehr als die Sprachkunst, mehr als die Bild- oder Tonkunst. Das erklärt seine unerhörte Erfolgsgeschichte im Verlauf des 20. Jahrhunderts sowohl bei Spitzenregisseuren wie beim Massenpublikum. Um nur wenige Stichworte zur Ästhetik der Filmkunst in Erinnerung zu rufen: Der Film kann Bilder nicht nur sehend machen, sondern sie auch bewegen, also Visualität und Mobilität miteinander verbinden. Er ist auf Tempo angewiesen, auf eine rasche Folge von Sequenzen, auf enge Zeittaktung. Die Zuschauer/Innen sollen gebannt bleiben. Vor- und Rückblenden sind sein virtuoses Stilmittel und damit die teilweise Aufhebung der Zeitlichkeit des Davor und Danach in eine suggestive Gleichzeitigkeit, eingebaut meist zur Veranschaulichung von Bewusst- oder Unterbewusstseins-Strömen oder von Träumen der Protagonisten. Zugleich kann der Film eine optische Handlung durch Töne der unterschiedlichsten Art anreichern: durch Worthaftigkeit (Dialoge in den Szenen und Kommentare von außen), durch Geräusche

[2] Manfred Riepe: *Kritik zu Narziss und Goldmund*. Epd (Evangelischer Pressedienst) v. 21.2.2020. https://www.epd-film.de/filmkritiken/narziss-und-goldmund.

(Stimmen, Laute usw.) oder durch mitkomponiertes Schweigen und inszenierte Stille. Und nicht zuletzt kann der Film die Tonkunst integrieren: Musikalität entweder *in* den Szenen (Lieder, Chöre, Instrumente der handelnden Figuren) oder *über* den Szenen (aus dem Off, meist als Bedeutungsaufladung oder Spannungsaufbau der Szenen). Filmmusik ist nicht zufällig eine eigene Kompositionsgattung geworden. Der Film verfügt also als Kunstwerk über eine einzigartige Verbindung von Bildern in Bewegung, von Sprache, von Tönen und von Musik und ist so in der Lage, seine Rezipienten in der ganzen Spannweite ihrer Sinne und Sinnlichkeit anzusprechen.

Mit Pauschalurteilen wird man keinem Kunstwerk gerecht. Auch nicht dem Film mit Hesses *Narziß und Goldmund* als Vorlage. Man muss sich schon die Mühe machen, ins Innere der Szenen eindringen und ihre kompositorischen Gesetze zu entschlüsseln. Da aber der Regisseur nicht irgendeinen Stoff gewählt hat, sondern den aus Hesses Erzählung, muss er sich in seiner Qualität auch daran messen lassen. Sach-Kriterium der Kritik kann aber nur sein: Trägt der Film mit seinen ihm *eigenen* Ausdrucksmitteln, mit seiner *ihm eigenen* autonomen Sprache dazu bei, Kerngedanken des literarischen Kunstwerks auf seine Weise wiederzugeben? Oder benutzt dieser Film die Vorlage nur als Absprungbrett, um etwa unter Ausnutzung auf dem heutigen Markt erfolgreicher Mittelalter-Verfilmungen wie Umberto Ecos *Name der Rose* (1980, Film: 1986) und Dan Browns *The Da Vinci Code* (2003) oder des Namens eines weltberühmten Autors wie Hermann Hesse eine eigene Botschaft an das Publikum zu bringen, die mit der literarischen Text nur noch wenig zu tun hat? Gehen wir also an eine szenische Analyse.

III. Szenische Analyse: die Niklaus-Szene

Ich wähle exemplarisch die Szene mit Goldmunds Antritt bei dem Holzschnitzer-Meister Niklaus. Sie beginnt im Film bei 48 Minuten (DVD), also nach gut der Hälfte des Films. Zuvor haben wir zwei Zeitsprünge gesehen: 7 Jahre nach der Kindheit im Kloster in die Zeit der Pubertät der Protagonisten und noch einmal in die Zeit 15 Jahre später, als die Trennung erfolgt war, Goldmund ein abenteuerliches Weltleben geführt hatte und Narziß Abt seines Klosters geworden war. Der Film nutzt diesen zweiten Zeitsprung, um von jetzt an in Rückblenden Goldmund von seinem Leben erzählen zu lassen. Woraus folgt: Durch die Technik der Zeitsprünge, die dem Film durch die Schnitt-Technik möglich ist, wird die filmische Handlung mit Tempo, harten Kontrasten und dramatischen Szenen zusätzlich aufgeladen.

1. Die Filmhandlung bis zur Niklaus-Szene

Was erzählt der Film bis zur Niklaus-Szene? Zunächst die Konzentration auf Narziß als Junge im Kloster, dessen Strenge und Ernsthaftigkeit gegen sich selbst seinem Abt bereits Sorgen zu machen beginnt. Dann die Ankunft des Knaben Goldmund, der von seinem Vater im Kloster abgeliefert wird, um die Schande seiner Mutter als angeblicher Hure wieder gutzumachen. Die Präsenz von Goldmund verändert auch die Situation des isolierten, introvertierten Narziß, und beide beginnen Zuneigung zueinander zu entwickeln. In der Pubertät allerdings erwacht bei Goldmund das sexuelle Verlangen, das Narziß in der Strenge des Klosters in sich niederzuhalten versucht. Zugleich erwacht durch Zeichnungen das künstlerische Talent in Goldmund. Als es dann zu einem sexuell motivierten Ausflug von Klosterschülern einschließlich Goldmunds außerhalb des Klosters kommt (die Onanie-Szene), Narziß erotische Zeichnungen Goldmunds entdeckt und ihm außerdem Gerüchte von einer homoerotischen Beziehung der beiden zugetragen werden, kommt es zum Bruch. Narziß muss Goldmund wegschicken und dieser verlässt das Kloster. Während aber Goldmund die Lüste und Laster des freien Lebens kennenlernt (der Film schwelgt jetzt in sexuellen Szenen), gibt Narziß, die Sehnsucht nach seinem Freund in sich unterdrückend, sich der Selbstquälerei durch Geißlung hin, um nach harter Selbstzucht zum Abt seines Klosters aufzusteigen. Parallel dazu präsentiert der Film mit wechselnden Überblendungen die Goldmund-Handlung. Durch ein blaues Amulett bei einer Zigeunerin wird Goldmund an seine Mutter erinnert.

Dann der Zeitsprung über 15 Jahre. Während man ein Fest zur Einsetzung von Abt Narziß feiert, führt man in Fesseln den vollständig nackten Goldmund herein. Er war im Bett einer Fürstin erwischt worden. Deren Ehemann lässt ihn in aller Öffentlichkeit zusammenschlagen und ins Gefängnis werfen. Aus dem befreit ihn Abt Narziß, bringt ihn ins Kloster zurück, lässt ihn pflegen und lässt sich seine bisherige Lebensgeschichte erzählen. Dazu gehört, dass Goldmund zunächst bei einem Feudalherren auf dessen Burg als Schreiber angestellt worden war, um eine Chronik von dessen Erlebnissen auf einem Kreuzzug zu verfassen und als Lehrer seine beiden noch jungen Töchter zu unterrichten. Doch Goldmund hatte sich einmal mehr auf ein nicht nur erotisches, sondern auch sexuelles Abenteuer mit beiden Töchtern eingelassen und war mit Schimpf und Schande wie ein Hund davon gejagt worden – nackt mitten in die Kälte des Winters. Darauf erzählt Goldmund von seiner Ausbildung beim Holzschnitzer Niklaus und Abt Narziß bietet ihm an, die Figur der Heiligen Katharina zusammen mit einem kleinen Altar zu schnitzen.

2. Die Struktur der Niklaus-Szene

Die Handlung im Film ist jetzt bei 48 Minuten. Und jetzt gehen wir ins Detail. Der Film-Goldmund erzählt, dass er in einer Kirche eine aus Holz modellierte große Figur Marias, der Mutter Jesu, gesehen habe, eine Madonna mit dem Kind auf dem Arm. Er habe den Namen des Künstlers erfragt, sei in dessen Stadt geeilt und habe hier den Meister, Niklaus heißt er, angetroffen. Dann wörtlich:

> Ich habe Eure Maria in der Kathedrale gesehen. Ich muss lernen, wie man einem Stück Holz eine Seele gibt. Ich suche meine Mutter, sie steckt in meinem Kopf, aber ich erinnere mich nur an ein Gefühl. Wenn ich das als Bildnis schaffen könnte, dann käme die äußere Form von selbst.

Der Meister lässt ihn eine Zeichnung anfertigen.

Dann schwenkt der Film über auf die Tochter des Meisters. Sie heißt Lisbeth, wie wir später erfahren. Und damit ist ein erstes Signal gesetzt, das uns Zuschauer vorbereiten soll auf die Spannungen um das Weibliche, die noch kommen werden.

Der Meister erkennt – gegen die Verachtung durch seine Gesellen – dass Goldmund jemand ist, der mit seinen inneren Dämonen kämpft und gewährt ihm vier Wochen Probezeit in seiner Werkstatt.

Wieder durch Kameraschwenk der Blick der Tochter.

Dann aber kommt gleich in der nächsten Einstellung eine lächelnde junge schöne Frau ins Bild (Lene erfahren wir später) und sofort ist uns Zuschauern klar, dass es künftig in Goldmunds Geschichte um die Spannung zwischen diesen beiden Frauen geht, ohne dass das ausgesprochen wird.

Dann sieht man Goldmund an der Arbeit in der Werkstatt und es kommt zur zweiten Begegnung mit der schönen jungen Frau.

Der Meister bestärkt ihn in seiner Auffassung, dass man als Künstler das Bild im Kopf haben muss, bevor es in einem Kunstwerk nach außen tritt.

Nach zwei Jahren bittet Goldmund den Meister um einen Holzblock und es kommt zu einen ersten kurzen Austausch über zwei Formen von Kunst: Es gibt die gefällige Kunst, die sich massenhaft herstellen und gut verkaufen lässt und die echte, die tiefe Kunst. Davon habe auch er, Niklaus, nur zwei oder drei geschaffen. Goldmund arbeitet an dem Block und bringt die Figur des Apostels Johannes hervor, des Lieblingsjüngers Jesus. Sie ist nach dem Bild seines Freundes Narziß gestaltet, der sich als Abt nicht zufällig den Namen dieses „Lieblingsjüngers“ Jesu zugelegt hat.

Zwei Begegnungen mit der schönen jungen Frau folgen. Sie versteht sein Kunstwerk zu interpretieren und erstmals küssen sie sich leidenschaftlich.

Wir sind bei Minute 56. Das heißt: Alles Bisherige ist filmisch in 8 Minuten erzählt. Die Szene war ja aus der Rückschau eingeblendet worden und wird jetzt für zwei Minuten unterbrochen, in denen vom weiteren Aufenthalt Goldmunds unter dem Schutz des Abtes Narziß erzählt wird, von allem von den Spannungen, ja Konflikten Goldmunds mit konservativen Mönchen im Kloster.

Dann bei Minute 58 die Fortsetzung. Der Meister betrachtet Goldmunds Johannes-Figur und erkennt in dessen Gesicht auch eine tiefe Trauer um einen verlorenen Freund, ein Leiden an der ersehnten, aber nicht lebbaren Freundschaft. Damit hat Goldmund endgültig die Anerkennung des Meisters erlangt und jetzt versucht auch Lisbeth, die Tochter des Meisters, ihn an sich zu binden: durch Aussendung erotischer Reize (sie wird leicht bekleidet beim Baden gezeigt) und eine Einladung in ihr Haus zu einem Abendessen mit ihrem Vater. Dieser bietet ihm eine gesicherte Existenz als Meister an und die Tochter sich als Ehefrau. Das lehnt Goldmund ab, was den Zorn von Tochter und Vater erregt, und Goldmund wird damit buchstäblich ein weitere Mal wie ein Hund aus dem Haus gejagt. Ihm aber folgt Lene, die schöne junge Frau.

3. Tempo unter dem Diktat der Erzählung

Für die ganze Szene hat der Film 13 Minuten gebraucht. Und drei Motive der Goldmund-Handlung sind hier durchaus erkennbar: Erstens Goldmunds Suche nach der Mutter und damit nach seinem Ursprung. Zweitens die Funktion der Kunst als äußere Objektivierung innerer seelischer Bilder. Drittens die bleibende Unbehaustheit des Künstlers Goldmund, sein ungestillter Aufbruchsdrang, seine Unfähigkeit und Unwilligkeit, sich bürgerlich anzupassen etwa durch eine konventionelle Ehe, durch einen festen Beruf und durch Gelderwerb. Die 13 Minuten-Niklaus-Szene ist filmisch also eine Variation zum Thema Leben als Kette von immer neuen Aufbrüchen in die Welt des Ungesicherten, um wahrhaft ein Künstler zu werden. Mehr kann sich der Film auch nicht gestatten, denn in den verbleibenden 20 bis 30 Minuten muss noch viel an hochdramatischer Handlung aus der literarischen Vorlage aufgenommen werden. Mit gesteigertem Tempo laufen die Szenen jetzt vor uns ab: Hochzeit mit Lene in bukolischer Landschaft mit Blumenkranz im Haar und Grashalmring am Finger, Schwangerschaft Lenes, Ausbruch der Pest, Vergewaltigung Lenes durch einen Pestkranken, Ermordung des Vergewaltigers durch Goldmund, Tod von Frau und ungeborenem Kind, dann die Konfrontation mit einem Pogrom an Juden, die man zu Sündenböcken des Pesttodes gemacht hat, die Ermordung des eigenen Vaters und das Schlussinferno, als der fanatische Mönch Lothar im Kloster den als gotteslästerlich empfundenen Altar Goldmunds in Flammen aufgehen lässt.

Was folgt daraus zur Charakterisierung des Films? Je länger er dauert, umso mehr scheint er unter den Druck seines eigenen Tempos und der durch die Erzählung vorgegebenen Handlung zu geraten. Er will ganz offensichtlich die Handlung des literarischen Prätextes einfangen, die ihm freilich ständig voraus ist. Indem der Filmemacher aber auf die Dichtung zurückschaut, wird er zu deren Gefangenem. Er will die wichtigsten Szenen in den Film hineinholen und muss jetzt unter dem Diktat der filmisch verlangten Zeittaktung immer rastloser Szene auf Szene reihen und mit immer schärferen, härteren Schnitten arbeiten.

Die szenischen Kontraste werden denn auch im letzten Teil des Films immer aufdringlicher. Kaum hat der Film zum Beispiel die bukolische Zweisamkeit von Lene und Goldmund, ihre Hochzeit in schöner Landschaft, ihre unschuldige Liebe, ihre Hüttenexistenz in urwüchsiger Natur – harter Schnitt: Goldmund entdeckt die Pesttoten. Aber der Film bleibt keine zwei Minuten bei diesem wahrhaft grauenhaften Ereignis – neuer Schnitt: Die brutale Vergewaltigung Lenes, bei der Goldmund den Pestkranken erschlägt und ertränkt. Neuer Schnitt: Goldmunds Trauer um die verlorene geliebte Frau, rührend, ja ergreifend anzusehen, aber auch hier bleibt der Film keine zwei Minuten bei dieser Szene, dann wechselt er in neuen harten Schnitten zwischen einer Gaukler- und der Pogromszene.

Die Jüdin Rebekka kommt ins Bild, in verkohlten Ruinen sitzend, schwarz gekleidet, in Trauer, erschüttert über den Massentod und das Ausmaß an Zerstörung. An der Grenze zum Wahnsinn. Welch ein Thema: der mörderische Judenhass von Christen vom Mittelalter an. Aber selbst eine so großartige Schauspielerin wie Jessica Schwarz als trauende Rebekka kann den Film nicht zur Ruhe bringen. Auch hier bleibt der Film weniger als zwei Minuten diesem wahrhaft großen Motiv, dann hetzt er weiter, getrieben von seinem eigenen Tempo, Sklave der Selbstbindung an einen gewaltigen literarischen Stoff. Alles kann jetzt nur abfotografiert, nichts vertiefend gedeutet werden, schon gar nicht die möglichen Wirkungen auf Goldmund, für den Pest und Pogrom offensichtlich zwei der vielen Katastrophen zu sein scheinen, die in sein Leben einbrechen. Rascher Wechsel der Szenen also bis zum Schluss: zwischen Glück und Tod, zwischen Gauklerspaß und Mordlust, zwischen Sexszenen und Gewaltexzessen hin- und her taumelnd.

IV. Die Erzählweise der Dichtung

Dieses gehetzte Tempo kennt die Erzählung nicht. Braucht sie nicht. Denn im Unterschied zum Film ist der literarische Text nicht durch einen ständigen Wechsel von Vor- und Rückblenden aufgeladen, sondern linear erzählt. In seinen 20 Kapiteln werden uns die einzelnen Lebensphasen der

Protagonisten chronologisch hintereinander präsentiert und so in den einzelnen Episoden ruhig narrativ entfaltet. Dabei fehlt es in Hesses Erzählung durchaus nicht an Szenen von Sexualität und Gewalt.

1. Zur Funktion der Sexualitäts-Szenen

Wer also meint, die entsprechenden Szenen im Film seien vor allem dem Zeitgeist geschuldet; ein Film für ein heutiges Massenpublikum, gewohnt an Sex und Gewalt, müsse sie nun einmal bieten, kennt die Erzählung nicht. Sie waren, wie wir aus autobiographischen Zeugnissen wissen, vom Dichter gezielt gegen die Tabuisierung des Erotisch-Sexuellen im Anschluss an Freud und C.G. Jung eingesetzt worden, die er in seinem Ursprungsmilieu erlebt hatte. Im Übrigen hatte der drei Jahre zuvor veröffentlichte Hesse-Roman *Der Steppenwolf* sexuell auch schon einiges zu bieten. Die öffentliche Enttabuisierung der Sexualität ist spätestens seit *Klingsors letzter Sommer* (1920) ein Thema bei Hesse.

Zwar hat die Erzählung keine drastische Onanie-Szene der Klosterschüler nötig, sondern braucht nur den „scheue[n] Kuß“[3] eines Mädchens, um die Sinnlichkeit des pubertierenden Klosterschülers zu erwecken, aber nach Verlassen des Klosters lässt auch der Dichter seinen Goldmund das ganze Spektrum erotisch-sexueller Erfahrungen mit dem weiblichen Geschlecht durchleben. Zweimal schläft er mit der Zigeunerin Lise, einmal mit den Frau eines Bauern, dann steigen gleich zwei junge Frauen in sein Bett, Lydia und Julie, die Töchter des Ritters, der ihn als Schreiber und als Lehrer seiner blutjungen Töchter engagiert hatte. Die Vertreibung aus dessen Haus aber hält ihn nicht davon ab, im nächsten Dorf mit einer weiteren Frau zu schlafen, damit „sein Trieb wieder Stillung fand“ (377). Und nachdem er sich einer Ehe mit Meister Niklaus’ Tochter Lisbeth verweigert hatte, vereinigt er sich mit Lene, die aber der Pest zum Opfer fällt. Und noch am Ende der Erzählung wird er abermals Opfer seiner erotischen Verführungskunst, indem er mit Agnes, der Frau eines Grafen schläft, dabei aber erwischt und in den Kerker geworfen wird, aus dem ihn dann der mittlerweile zum Abt aufgestiegene Narziß befreit.

2. Zur Funktion der Gewalt-Szenen

Dasselbe gilt für das Motiv der Gewalt. Der Film liefert hier ein Vielfaches an Anschauung. Das beginnt mit der Prügelgewalt, vollzogen an den Knaben im Kloster, setzt sich fort mit der Gewalt der Selbstzüchtigung des im Kloster verbliebenen Narziß, überträgt sich auf Goldmund, der

[3] Hermann Hesse: *Narziß und Goldmund*. In: Hermann Hesse: *Sämtliche Werke*, hrsg. v. Volker Michels, Suhrkamp, Frankfurt a.M. 2001-2007, Band 4, S. 288, im Folgenden zitiert mit Seitenangaben in einfachen Klammern.

wie ein geprügelter Hund vom enttäuschten Ritter halbnackt in den eisigen Schnee getrieben wird; der später die Vergewaltigung seiner Frau erleben muss und Zeuge eines Pogroms an Juden wird. Das entspricht durchaus dem Handlungsfaden der Erzählung, in der sogar von zwei Morden Goldmunds berichtet wird: dem Mord an einem gewissen Viktor im 9. Kapitel, einem Vaganten, auf den Goldmund unterwegs getroffen war, der mit ihm wandert und ihn am Ende zu bestehlen und zu erwürgen versucht, was Goldmund in Notwehr zu verhindern weiß. Und dem Mord an dem Vergewaltiger im 14. Kapitel, der sich an seiner Frau vergangen und ihr den Pesttod gebracht hatte. Auch in Sachen Gewalt gegen sich selbst und gegen Andere lässt der Dichter seinen Helden Goldmund alles an Abgründen durchleben. Er muss die ganze Wirklichkeit in ihrer Ambivalenz von Schönheit und Schrecken kennenlernen, um sie im Kunstwerk „vergeistigt" darstellen zu können. Das Freudsche Theorem von der Kunst als Ausdruck der Sublimierung der gespaltenen Wirklichkeit ist hier literarisch umgesetzt.

3. Die Pest- und Progrom-Szenen

Entsprechend sind in der Erzählung all die Sex- und Gewaltszenen eingebettet sowohl in eine in ruhigem Tempo erzählte Handlung als auch in einen reflektierten Theorieansatz. Im Gegensatz zum Film. Für die Pestszene zum Beispiel hat der Film keine zwei Minuten übrig, der Dichter im Ganzen 10–12 Seiten. Der Schwarze Tod rückt einem so dicht auf die Haut wie es dann auch die Rebecca-Szene in diesem Zusammenhang tut. Hesse nimmt sich dafür 5 dichte Seiten, während der Film sie ebenfalls nach knapp zwei Minuten preisgibt. Dabei hat Hesse dieser jungen Jüdin, deren Vater zusammen mit 14 anderen Juden „auf Befehl der Obrigkeit zu Asche verbrannt" (454) worden war, nicht zufällig den Namen einer der Erzmütter Israels verliehen. Sie ist in der Thora die Frau des Abraham-Sohnes Isaak. Hesse lässt also seinen Goldmund in Gestalt dieser Frau dem ganzen Volk Israel begegnen. Man spürt bei der Lektüre förmlich, dass der Dichter sich schwertut, sich aus dieser geschichtlich ungeheuer beladenen Szene zu verabschieden. Wie anders soll ich diese Sätze verstehen, nachdem diese Rebecca Goldmund stellvertretend für alle Christen ihren Hass und ihre Verachtung entgegen geschleudert hatte: „Ach, ihr seid Säue":

> Während sie sprach, sah Goldmund in ihren Augen, hinter dem Haß etwas glühen, was ihn rührte und beschämte und ihm tief zu Herzen ging. Er sah in ihren Augen den Tod, aber nicht das Sterbenmüssen, sondern das Sterbenwollen, das Sterbendürfen, die stille Gefolgschaft und Hingabe an den Ruf der Erdenmutter [...] Mit gezogener Mütze grüßte er sie tief wie eine Fürstin und ging davon, schweren Herzens; er mußte sie untergehen lassen. Lange

> blieb er betrübt und mochte mit niemanden sprechen. So wenig sie einander glichen, so erinnerte dies stolze arme Judenkind ihn doch auf irgendeine Art an Lydia, die Tochter des Ritters. Es brachte Leiden, solche Frauen zu lieben. Aber eine Weile schien es ihm so, als habe er niemals eine andere geliebt als diese beiden, die arme ängstliche Lydia und die scheue, bittere Jüdin (456).

Darf man – ich frage – eine solche Szene, wenn man sie schon verfilmt, nach ganzen zwei Minuten fallen lassen und zur nächsten übergehen, ohne das Thema auch in seinen Wirkungen auf den Protagonisten zu vertiefen? In seiner Erzählung lässt Hesse seinen Goldmund nicht zufällig gleich nach seiner Befreiung durch den Abt noch auf dem gemeinsamen Ritt zurück zum Kloster auf diese Frage zurück, so wichtig ist sie ihm, nachzulesen im 17. Kapitel: „Habt ihr auch einmal Juden verbrannt?" (491). Um dann die Frage nach dem Umgang von Christen mit Juden zu einer „metaphysischen" Grundsatzfrage zu machen: „Was ist das für eine Welt, in der wir da leben müssen? Ist es nicht eine Hölle? Ist es nicht empörend und scheußlich?" (492). Spätestens bei der Pogrom-Szene sollte man als Filmemacher gemerkt haben, welchen Preis an plakativer Verkürzung man bezahlt, wenn man sich filmisch an den Stoff von Hesses *Narziß und Goldmund* gewagt hat.

V. Der Dichtung immanente Diskurse

Zugleich sorgen in der Erzählung tiefenpsychologische und kunsttheoretische Reflexionen dafür, der äußeren Handlungsweise des Protagonisten die nötige gedankliche Tiefe zu geben. Ich ziehe noch einmal die Niklaus-Szene zum Vergleich heran, für die sich der Dichter drei Kapitel nimmt: 10–12. Während der Film in dieser Szene durch kurze Einblendungen auf das bevorstehende Spannungsverhältnis von Lisbeth und Lene verweist, hatte Hesse diese beiden Frauenepisoden getrennt, weil es ihm hier um etwas viel Grundsätzlicheres geht. Lene tritt erst nach der Vertreibung Goldmunds aus dem Haus des Meisters in Erscheinung und Lisbeth wird nicht wie im Film reduziert auf eine spießige, ehebegierige Frau, sondern als ein eigenes weibliches Gegenüber, deren Geheimnis Goldmund zur künstlerischen Gestalt herausfordert, bezeichnenderweise zu einer Maria Magdalena-Figur. Denn er möchte die so behütete, keusche junge Frau, dieses „ruhige, schöne und unbewegte Gesicht, sei es in Wollust oder in Schmerzen, einmal sich verzerren und aufblättern und sein Geheimnis preisgeben sehen" (405). Entsprechend kommt es gerade in diesen Niklaus-Kapiteln (Kap. 11 vor allem) zu zwei entscheidenden Einsichten, die von Erzähler sorgfältig entfaltet werden. Zu einer tiefenpsychologischen und einer kunsttheoretischen.

1. Tiefenpsychologische Reflexionen

Zu der tiefenpsychologischen gehört, dass sich das gesuchte Bild der eigenen Mutter im Verlauf der Wanderungen, d.h. im Prozess der Lebenserfahrungen gewandelt hat: als Suche nach dem „Bild einer Eva, einer Menschenmutter" (405). Das erklärt jetzt auf der seelischen Ebene den schier unstillbaren Drang Goldmunds nach Vereinigung mit dem Weiblichen. Wörtlich:

> Aber dieses innere Bild, einst nur Erinnerungsbild seiner eigenen Mutter und seiner Liebe zu ihr, war in beständigem Wandel und Wachstum begriffen. Es hatten die Züge der Zigeunerin Lise, die Züge der Ritterstochter Lydia und manche andere Frauengesichter Eingang in jenes ursprüngliche Bild gefunden, und nicht nur hatten alle Gesichter von geliebten Frauen an dem Bilde weitergeschaffen, es hatte auch jede Erschütterung, jede Erfahrung und jedes Erlebnis an ihm gebildet und ihm Züge mitgegeben. Denn diese Gestalt, wenn es ihm später einst gelänge, sie sichtbar zu machen, sollte ja nicht eine bestimmte Frau darstellen, sondern das Leben selbst als Urmutter (405).

2. Kunsttheoretische Reflexionen

Auf der kunsttheoretischen Diskursebene kommt es schon im Kapitel 10, nachdem Goldmund die große Holzfigur der Mutter Gottes gesehen hat, eine solche Figur aus sich heraus künstlerisch schaffen will und damit auf das Geheimnis aller Kunst stößt:

> Vielleicht, dachte er, ist die Wurzel aller Kunst und vielleicht auch alles Geistes die Furcht vor dem Tode. Wir fürchten ihn, wir schauern vor der Vergänglichkeit, mit Trauer sehen wir immer wieder die Blumen welken und die Blätter fallen und spüren im eigenen Herzen die Gewißheit, daß auch wir vergänglich sind und bald verwelken. Wenn wir nun als Künstler Bilder schaffen oder als Denker Gesetze suchen und Gedanken formulieren, so tun wir es, um doch irgend etwas aus dem großen Totentanz zu retten, etwas hinzustellen, was längere Dauer hat als wir selbst (399).

Im nächsten Kapitel 11 kommt es dann zu der wichtigen Unterscheidung zwischen Kunst als bloße „Spielerei", bei der der Künstler „hübsche Dinge in die Welt stellen kann, aus Lust am eigenen Können, aus Ehrgeiz, aus Tändelei" (407) und echter Kunst. Kunst und Künstlerschaft sind „wertlos, wenn sie nicht brannten, wie Sonne und Gewalt hatten wie Stürme" (Ebd.). Und wenig später:

> Mit irgendeinem geheimen Sinn ahnte Goldmund auch das Geheimnis seiner Künstlerschaft, seiner innigen Liebe zur Kunst, seines zeitweiligen wilden Hasses gegen sie. Ohne Gedanken, gefühl-

> haft ahnte er in vielen Geheimnissen: die Kunst war eine Vereinigung von väterlicher und mütterlicher Welt, von Geist und Blut; sie konnte im Sinnlichsten beginnen und ins Abstrakteste führen, oder konnte in einer reinen Ideenwelt ihren Anfang nehmen und im blutigsten Fleische enden. Alle jene Kunstwerke, die wahrhaft erhaben und nicht nur gute Gauklerstückchen, sondern vom ewigen Geheimnis erfüllt waren, zum Beispiel jene Mutter Gottes des Meisters, all jene echten und unzweifelhaften Künstlerwerke hatten dies gefährliche, lächelnde Doppelgesicht, dies Mann-Weibliche, dies Beieinander von Triebhaftem und reiner Geistigkeit. Am meisten aber würde die Eva-Mutter dies Doppelgesicht einst zeigen, wenn es ihm gelänge, sie zu gestalten (410f.).

Daraus folgt: Die Sexualitäts- und Gewaltszenen sind in der Erzählung in vertiefende Diskurse eingebettet, im Film stehen sie vielfach in ihrer kruden Faktiziät dar, ohne als Tiefenerfahrung gedeutet zu werden: d.h. als Erfahrung der immer mitgegebenen Ambivalenz der Wirklichkeit. Dieses unaufhebbare Zugleich von Trieb und Tod, von Lust und Laster, von Liebe und Hass, von Schönheit und Schrecken. Das ist die in den Kategorien der Erzählung die Goldmund-Seite der Wirklichkeit, dessen Gegenpol die Narziß-Seite ist.

VI. Zwei Gewalt-Szenen zum Vergleich

Ein entscheidender Unterschied zwischen Erzählung und Film lässt sich an zwei Gewalt-Szenen am klarsten veranschaulichen. Beide hat der Film zur Erzählung hinzu erfunden. Nicht zu seinem Besten, meine ich.

1. Der Vatermord

Die eine Szene betrifft den Tod von Goldmunds Vater. Am Ende des Films sehen wir Narziß seinen Freund einmal mehr auffordern, sich seiner Vergangenheit zu stellen und „nach Hause" zu gehen. Aber überraschenderweise nicht „zur Mutter", um etwa über ihren Tod zu trauern, sondern plötzlich zu seinem Vater. Dem Rat folgt der Film-Goldmund denn auch. Er findet seinen Vater sterbend und konfrontiert ihn mit seinem Verhalten gegenüber seiner Ehefrau und Goldmunds Mutter. Diese sei vor seinen Schlägen davon gerannt. Er sei ein „verdammter Schläger", heißt es im Film, der seine Frau umgebracht habe. Und als sein Vater dies nach wie vor kalt und schneidend mit dem Ungehorsam der Frau rechtfertigt, lässt der Film Goldmund den eigenen Vater erschlagen. Dieses ödipale Motiv aber ist im Film nicht nur nicht vermittelt, es gerät auf einmal auch in Widerspruch zur Mutter-Suche. Im letzten Satz, den der Film dem in den Armen von Narziß sterbenden Goldmund in den Mund legt, klingt sie ja noch einmal an: „Ohne Mutter kann man nicht lieben. Ohne Mutter kann man nicht sterben“ (531). Aber der Vatermord verschiebt auf einmal die bisherige Sinnachse, ohne dass dies – jedenfalls mir – plausibel begründet wäre.

2. Das Schlussinferno

Zugleich haben die Filmemacher der Versuchung offensichtlich nicht widerstehen können, sich mit einem spektakulären Feuer-Inferno zu verabschieden. Der fanatischer Mönch Lothar (den es in der Erzählung nicht gibt) hatte schon lange gegen die Anwesenheit des Künstlers Goldmund und dessen Kunst Stimmung gemacht, hatte die Mitbrüder aufgehetzt, hatte den Verdacht gestreut, der Altar Goldmunds trage blasphemische Züge, weil die Heiligenfiguren alle sehr irdische Gesichter zeigen. Entsprechend lässt er am Ende Goldmunds Altar in Flammen aufgehen.

Das Flammenmeer liefert dem Film zwar spektakuläre Bilder, ist aber ein allzu leicht durchschaubarer, auf Wirkung berechneter Schau-Effekt. Den hat die Erzählung nicht nötig, wie sie überhaupt durch ihre lineare Narrativität billige Effekte nicht nötig hat. Die Erzählung kennt keinen innerklösterlichen Konflikt um die Anwesenheit von Goldmund am Ende seines Lebens. Entsprechend auch keinen Hass der Mönche gegen den Freund des Abtes und keinen destruktiven monastischen Fanatismus. Goldmund arbeitet der Erzählung zufolge nach seiner „Heimholung“ ins Kloster zwei Jahre an einer großen Holzarbeit über die Schöpfung und über die Verkündigung. Unter seinen Händen entstehen Figuren des Paradieses und der Evangelisten. Nach einer erneuten Trennung im 19. Kapitel kommt es im 20. und letzten Kapitel zur einer nochmaligen Rückkehr des alten und kranken Goldmund, der eine Marienfigur mit Lydia-Zügen geschafft hat und zu einer letzten Aussprache mit Narziß. Ein spektakuläres Feuerinferno als Abschiedsszene kann die Erzählung nicht gebrauchen, denn sie ist an einer überraschenden dialektischen Pointe des Ganzen interessiert. Und diese hat einmal mehr mit dem Verhältnis von Kunst und Leben zu tun

Diese Thematik ebenfalls noch einzubeziehen ist auch der Film bemüht, allzu bemüht. Vor dem Inferno und der letzten sexuellen Szene hatte der Film Clips von rasanten Bildern aus Goldmunds Leben abgespult. Aus dem Off erklingt seine Stimme:

> All die Jahre habe ich versucht, die Welt zu begreifen. Das Leben. Alles wollte ich ausprobieren und an eigenem Leib erfahren, Schmerz, Todesangst, Rausch, Ekstase, immer extremer, an allen Ecken der Welt war ich, hab viel Gutes und viel Schlechtes erlebt, Tod und Grauen gesehen, aber auch Liebe und große Schönheit.

Dann eine Überblendung zu einem großen kirchenartigen Raum mit hier aufgestellten Bildern eines „unbekannten Meister", wie es heißt, vor denen Goldmund wie gebannt steht. Wir erkennen sie als die grotesk verzerrten, teils unheimlichen, teils Schrecken erregenden kleinformatigen Bilder des Hieronymus Bosch: „Und ich sah", lässt der Film Goldmund fortfahren und plötzlich ein Wort aus dem 10. Kapitel der Erzählung aufnehmen

> daß aus dem Narrenspiel und Totentanz des Menschenlebens etwas übrig blieb und überdauerte: die Kunstwerke, die Überwindung der Vergänglichkeit (494).

Das aber verbleibt ganz im Rahmen der persönlichen Sinnsuche des Film-Goldmund nach seiner künstlerischen Bestimmung. Im Film bleibt sie eng, individualistisch. Die Erzählung aber hatte sich am Ende zu einer allgemeinen, alles integrierenden und dialektischen Lösungsperspektive geöffnet. Die eine nimmt die tiefenpsychologischen Erkenntnisse von Kapitel 11 noch einmal auf. Der Drang, den Mutter-Ursprung des eigenen Lebens zu finden, hatte sich in allen Begegnungen mit dem Weiblichen in Goldmunds Lebensgeschichte manifestiert:

> Sie war die Zigeunerin Lise, sie war die schöne Madonna des Meisters Niklaus, sie war das Leben, die Liebe, die Wollust, sie war auch die Angst, der Hunger, der Trieb. Jetzt ist sie der Tod, sie hat ihre Finger in meiner Brust (530).

Doch dem Goldmund der Erzählung gelingt es nicht, die Figur der Urmutter zu gestalten. Auf seinem Totenbett bekennt er seinem Freund gegenüber: Bis vor kurzem sei es ihm noch „unerträglich" gewesen zu denken, dass er sterben könnte, ohne ihre Figur gemacht zu haben. Sein Leben wäre ihm „unnütz" erschienen. Jetzt aber:

> Und nun sieh, wie wunderlich es mir mit ihr gegangen ist. statt daß meine Hände sie formen und gestalten, ist sie es, die mich formt. Sie hat ihre Hände um mein Herz und löst es los und macht mich leer, sie hat mich zum Sterben verführt, und mit mir stirbt auch mein Traum, die schöne Figur, das Bild der großen Eva-Mutter. Noch sehe ich es, und wenn ich Kraft in den Händen hätte, könnte ich es gestalten. Aber sie will das nicht, sie will nicht, daß ich ihr Geheimnis sichtbar mache. Lieber will sie, daß ich sterbe. Ich sterbe gern, sie macht es mir leicht (531).

Was folgt aus meiner bisherigen szenischen Analyse? Der stärkste Gegensatz zwischen Erzählung und Film sind nicht die einzelnen Szenen, die in der Filmsprache anders sein *müssen* als in der Erzählung. Der stärkste Gegensatz hat mit der gewollten Dramaturgie und dem gewählten Tempo zu tun, und das entsteht durch Selbstbindung an die literarische Vorlage. Unter dieser Vorgabe muss der Film nach den Gesetzen seiner Zeittaktur hasten, ist er zu scharfen Schnitten gezwungen, muss er bebildern ohne Tiefe, muss vorwärts drängen, um alles an relevanter Handlung noch einzubeziehen. Die Dichter hatte sich Zeit zur Entfaltung genommen. Die Filmemacher glauben, sie sich nicht gestatten zu können. Ich kann deshalb den beinahe resignativen Seufzer des Literatur- und Medienwissenschaftlers Volker Wehdeking verstehen, der im Hesse-Jahrbuch 2021 in einer klugen Rezension im Blick vor allem auf die kalkuliert inszenierten „Schauwerte" des Films, d.h. die berechneten plumpen Effekte, schrieb:

> Vielleicht ist es bei der gegenwärtigen Film-Zuschauerdisposition zuviel verlangt, ohne Gewalt und bunt-pralle Einstellungen solche Botschaft des neuromantischen Hermann Hesse in einen Film zu transformieren, auch wenn es sein handlungsdichtester Roman war, der jungen Leser/Innen den Zugang zur Selbstfindung erleichtern wollte.[4]

VII. Die Stärke des Films: Ästhetik wortloser Augen-Blicke

Doch ich frage zum Schluss noch einmal: Was sind für mich die stärksten Eindrücke, die der Film erzeugt hat? Was sind die Szenen, in denen der Film seine unverwechselbar eigenen Sprache sprechen darf, die kein anderes Kunstwerk in dieser Prägnanz und Sinnlichkeit auszudrücken vermag, gerade weil im Film bewegte Bilder, Sprache und Musik eine Einheit bilden können? Es sind einzelne Szenen, bei denen der Film die Worte ganz beiseite lässt, völlig der Kraft und Originalität seiner Bilder vertraut und so Grundaussagen der Erzählung auf *eigene, unverwechselbare* Weise einholt. Nach meiner Wahrnehmung gründet die Qualität des Filmes auf einer Ästhetik der Augen-Blicke, d.h. der oft wortlosen Blicke zwischen den Protagonisten. Dazu gehört noch in der Klosterzeit der beiden Pubertierenden eine Rauferei-Szene nach einem Wettlauf zum Kloster, bei der sich der junge Goldmund spontan über seinen Freund legt und ihre lachenden Gesichter sich sehr nahe kommen. Plötzlich aber wird der Vorgang abgebrochen, weil die körperliche Nähe zu dicht, zu gefährlich zu werden droht. Plötzlich wird Narziß' Gesicht todernst, weil er spürt, in welche Gefahr ihn die körperliche Intimität mit dem Freund bringt. Es sind Bilder ohne Worte, bei denen die Gesichter alles ausdrücken und die das Geheimnis der Freundschaft, ihr Glück und ihre Grenzen, ihre Triebhaftigkeit und ihre Tabus, für einen Moment aufleuchten lassen.

[4] Volker Wehdeking: *Die Filmadaption von Hermann Hesses „Narziß und Goldmund" (1930) durch Stefan Ruzowitzky (D/A 2020)*, in: *Hermann Hesse Jahrbuch 13* (2021), S. 241–246, Zitat S. 245.

Dazu gehört auch die Entdeckung der Marienstatue, die Figur der Mutter Maria mit dem Jesuskind auf dem Arm. Ein Vorgang wortloser Epiphanie: die Kamera fährt unter Einsatz von Musik von unten an die Ur-Mutter-Figur heran, deren Antlitz gerade von einem Sonnenstrahl beleuchtet wird und lässt den verzauberten Goldmund stumm und derart betroffen zurück, dass er buchstäblich aus der Kirche rennt. Er hat jetzt ein Ziel.

Dazu gehört auch die wortlose Verzweiflung von Narziß über die Trennung von seinem Freund, allein in seiner Klosterkirche vor dem Bildnis des Pantokrator, der in seiner Herrlichkeit unerbittlich starr bleibt. Der Film zeigt dann seinen Gang durch den dunklen Kreuzgang, bei dem die Kamera Narziß folgt, bevor sie ihn kniend in der Kirche bei der Gelübde-Prüfung mit dem Abt und anschließend in einer Selbstgeißelung zeigt. Nur Bilder, aber mehr braucht es nicht, um ahnen zu lassen, was diese Figur, allein in seiner Zelle, verlassen von seinem Freund, für innere Kämpfe austragen muss.

Entsprechend gehört zu einem der anrührendsten Augen-Blicke für mich im Film der Konflikt mit dem fanatischen Mitbruder Lothar, der von Anfang an gegen die neue Anwesenheit Goldmunds im Kloster gehetzt hatte und Narziß als Abt jetzt beleidigend herausfordert mit dem Verdacht auf homoerotische Gefühle zwischen den beiden Freunden: „Man wird euch aus dem Amt jagen. Oder mehr“, droht er ihm an. Narziß ist erschüttert („Was fällt dir ein“, brüllt er seinem Mitbruder hinterher) und man spürt ohne ein Wort, dass eine tiefe seelische Wunde berührt ist. Entsprechend geht Narziß dann, nachdem Lothar den Raum verlassen hat, an ein offenes Fenster, weil er Hammerschläge vernimmt.

Er blickt aus dem Fenster, sieht unten im Hof Goldmund zur Hälfte entblößt ein Eisen behauen, blickt einen Moment noch genauer auf den vollendet schönen, muskulösen Körper des Freundes, dreht dann seinen Kopf vom Fenster weg ins Zimmer zurück und sein Gesicht spiegelt für einige Momente, was jetzt, nachdem Lothar die Wunde wieder aufgerissen hatte, in diesem Menschen vorgeht. Man ahnt ohne ein einziges Wort die ihn stumm quälende Mischung aus Sehnsucht, Verzicht und Trauer, die sein Gesicht zu einer Maske erstarren lässt. Und diese Kunst eines geheimnisvollen Maskengesichts beherrscht der rumänisch-stämmige Schauspieler Sabin Tambrea besonders meisterlich. Durch ein Minimum an Gesichtsbewegung kann der Film ein Grundmotiv der Erzählung zeigen: Wie viel von diesem Goldmund steckt auch in ihm, Narziß/Abt Johannes, und wie viel hatte er in sich abtöten müssen, um, herausgefordert durch seinen Gegenpol, ein Klosterleben überhaupt führen zu können. Es sind solche buchstäblichen Augen-Blicke – denken wir auch an die Blicke der Frauen auf den schönen Goldmund, die nichts sagen, aber alles verlangen –, die ganz dem Film gehören und die weiterer Worte nicht bedürfen. In solchen Momente sind Erzählung und Film „auf Augenhöhe“.

Die szenische Analyse hat gezeigt, wie unsinnig es ist, diesen Film als angeblichen Ausdruck „grauenvoller Oberammergauhaftigkeit“ pauschal zu verwerfen oder sich über ein „vages Mittelalter“ lustig zu machen. Im Gegenteil. Die Analyse hat Schwächen und Stärken in einer differenzierten Betrachtung freigelegt. Die Stärken habe ich mit einer Ästhetik der Augen-Blicke zu bestimmen versucht, die der Grundbotschaft der Erzählung durchaus gerecht wird. Die Schwächen ergeben sich nach meiner Beobachtung aus der gewollten Selbstbindung an die literarische Vorlage und deren komplexer Handlungsstruktur, die einzuholen den Film zu einem hektischen Tempo, harten Schnitten, künstlich aufgeladener Dramaturgie und einigen billigen Effekten verleitet. Das ist der Preis, den man bezahlt, wenn man Hesses *Narziß und Goldmund* als Sujet eines heutigen Films gewählt hat. Doch analysieren und urteilen Sie selbst.

Vortrag gehalten im Rahmen der 21. Silser Hesse-Tage 2021.

Helga Esselborn-Krumbiegel

Narziß und Goldmund revisited. Maren Bohm: *Hermann Hesses wundersame Geschichte*

Fortschreibungen berühmter Romane begegnen in der Literaturgeschichte immer wieder: Jane Austens *Pride and Prejudice* (*Stolz und Vorurteil*) aus dem Jahre 1813 wurde 1993 gleich in zwei Versionen fortgesetzt und 2011 und 2013 nochmals weitererzählt. Ebenso erfuhr Lew Tolstois *Krieg und Frieden* von 1868/69 eine späte Fortsetzung und auch Bestseller wie Margaret Mitchells *Gone With the Wind* (*Vom Winde verweht*) oder Daphne du Mauriers *Rebecca* (1938) leben in Nachfolgeromanen weiter.[1] In jedem einzelnen Fall knüpfen die Fortschreibungen an Romane an, die eine große Verbreitung fanden und hohe Verkaufszahlen erzielten. So verwundert es nicht, dass Hermann Hesses Erzählung *Narziß und Goldmund* im Jahr 2020 im Abstand von neunzig Jahren in Maren Bohms Roman *Hermann Hesses wundersame Geschichte* eine Fortsetzung findet.[2]

Angeregt von dem Ungleichgewicht zwischen den Freunden Narziß und Goldmund, das Leser und Kritiker immer wieder zu Spekulationen antrieb, konzentriert sich Bohms Roman auf die Figur des Narziß. Obwohl Hesses Erzählung im Titel beide Figuren führt, nimmt die Geschichte dieser Freundschaft überwiegend Goldmund in den Blick, während Narziß nur zu Beginn und im letzten Drittel des Geschehens eine Rolle spielt. Dabei finden sich durchaus verstreute Hinweise auf die ge-

[1] Fortsetzung von *Pride and Prejudice*: Emma Tennant: *Pemberley, A Sequel to "Pride and Prejudice"*. Hodder & Stoughton, London 1993 und Julia Barrett: *Presumption: An Entertainment: A Sequel to "Pride and Prejudice"*. University of Chicago Press, 1993; Shannon Winslow: *The Darcys of Pemberley. The Continuing Story of Jane Austen's "Pride and Prejudice"*. Heather Ridge Arts, London 2011 sowie *Return to Longbourn. The Next Chapter in the Continuing Story of Jane Austen's "Pride and Prejudice"*. Heather Ridge Arts, London 2013; Fortsetzung von *Krieg und Frieden*: Vasily Staroi: *Pierre and Natasha. The Sequel to L.N. Tolstoy's Novel "War and Peace"*. Vagrius Publishers, Moskau 1996; Fortsetzung von *Vom Winde verweht*: Alexandra Ripley: *Scarlett. The Sequel to Margaret Mitchell's "Gone with the Wind"*. Warner Books, New York 1991 und Donald McCaig: *Rhett Butler's People*. St. Martin's Press, New York 2007; Fortsetzung von *Rebecca*: Susan Hill: *Mrs. De Winter: The Sequel to Daphne du Maurier's "Rebecca"*. Sinclair Stevenson, New York 1993.

[2] Maren Bohm: *Hermann Hesses wundersame Geschichte. Philosophischer Roman*. Verlag Karl Alber, Freiburg, München 2020, im Folgenden zitiert mit Seitenangaben in einfachen Klammern.

heimnisvolle Herkunft des Mönchs Narziß ebenso wie Andeutungen verborgener Seelenregungen und Erfahrungen. Hieran knüpft die Fortschreibung an, indem sie ein Manuskript mit dem Titel *Narziß ohne Goldmund* fingiert, das Hesse in politisch brisanten Zeiten aus Vorsicht nicht publizierte, sondern an geheimem Ort versteckte.

In die Rahmenhandlung, die ungefähr ein Drittel des gesamten Textumfangs beträgt, ist das fingierte Manuskript eingebettet, so dass sich ein Spannungsbogen vom einführenden Kapitel über die Narzißerzählung hin zu den drei Kapiteln der Erzählgegenwart entfaltet.

Die Rahmenhandlung: Teil 1

Situiert ist die Rahmenhandlung in Hamburg, Berlin und Bad Eilsen in der von Studentenprotesten, politischen Verwerfungen, den Aktivitäten der RAF und gesellschaftlichen Unruhen geprägten Zeit nach 1968, genauer: in den Jahren 1972 bis 1973. Zeitgeschichtliche Momentaufnahmen wie die Fahrt im Interzonenzug, der Radikalenerlass, Willy Brand und die Bonner Republik geben dem Hintergrundsgeschehen plastische Konturen.

Der erste Teil der Rahmenhandlung trägt den Titel „Hamburger Hauptbahnhof – Berlin 1972“. Der durch einen unglücklichen Zufall vom Berufsverbot betroffene angehende Lehrer Bernd aus Hamburg und die gewitzte unternehmungslustige Berliner Journalistin Karla beschließen, Hesses Roman *Narziß und Goldmund* fortzuschreiben und dem Suhrkamp Verlag zu verkaufen. Dabei bedienen sie sich ganz unterschiedlicher Gedanken und Konzepte aus verschiedenen Texten Hesses, um eine Kontinuität zwischen Hesses sonstigen Werken und dem geplanten Narziß-Roman zu gewährleisten: „Das bedeutet für uns, wir suchen Motive, Situationen, Gedanken, Gefühle aus anderen Büchern, die für die Szenen unseres Buches geeignet erscheinen“ (68). Schwierig zu lösen ist für die angehenden Schreiber zunächst die Datierungsfrage: Wann könnte Hesse glaubwürdig seinen Roman fortgesetzt haben: direkt nach Abschluss des Manuskripts von *Narziß und Goldmund*, während der Arbeit am darauf folgenden *Glasperlenspiel* oder erst viel später? Beide, Bernd und Karla legen in ihren Überlegungen ein gründliches Detailwissen über Datierungen, Hesses Arbeitsweise und die Eigenheiten der einzelnen Texte an den Tag. Wegen der engen Verbindung des *Glasperlenspiels* mit *Narziß und Goldmund* entscheiden sie sich für einen Entstehungszeitraum kurz vor oder kurz nach der Niederschrift des *Glasperlenspiels*. Da Hesse selber in der zweiten Fassung des *Glasperlenspiels* ganze Passagen der ersten Fassung zitiert, beschließen sie, ihrerseits Motive und Formulierungen aus anderen Werken Hesses als Material zu nutzen. Als Leitmotiv ihrer Romanfortsetzung wählen sie Narziß' Versuchungen und seine Kämpfe um ein rechtes Leben, von denen er selber wiederholt andeutend spricht. In Hesses Worten „Narziß ist ebenso wenig der reine Geistmensch, wie Goldmund der reine Sinnenmensch" sehen sie bereits die Grundidee ihres Narzißromans vorgebildet.

Das Manuskript: *Narziß ohne Goldmund*

Die Erzählung setzt ein nach Goldmunds Weggang aus dem Kloster und den Vorwürfen, denen sich Narziß, der Goldmunds Freiheitsdrang gefördert und unterstützt hat, stellen muss. Ein Rückblick in Narziß' Erinnerung fasst – für Leser, die *Narziß und Goldmund* nicht präsent haben oder gar nicht kennen – die Handlung, die zu Goldmunds Ausbruch führte, zusammen. Zur Strafe für sein eigenmächtiges Handeln wird er nun von Abt Daniel beauftragt, Goldmunds Vater von der Flucht seines Sohnes zu unterrichten und zugleich auf seiner Reise im befreundeten Kloster Petrusfels alte theologische Bücher aufzuspüren und abzuschreiben.

Auf dieser Reise wird Narziß sich seiner jugendlichen Kraft bewusst, erlebt er die Schönheit der Natur, die eigene Sinnlichkeit und den Gegensatz von Geist und Trieb. Zurückgekehrt ins Kloster wird er zum Vorsteher der Schreibstube, bevor er nach entsprechender Vorbereitungszeit zum Priester geweiht wird. Doch immer wieder muss er sich fragen, ob der Verzicht auf die Verwirklichung all seiner ihm von Gott gegebenen Gaben und die freiwillige Selbstbeschränkung gerechtfertigt ist. In diesen Selbstreflexionen entfaltet der Text all jene Implikationen, die in Hesses Erzählung zwar nur angedeutet, aber durchaus schon thematisiert sind: Narziß' schöne geheimnisumwitterte Gestalt, seine Einsamkeit, seine außergewöhnlichen Gaben, sein Konflikt zwischen Leben und Geist. Diese Leerstellen werden hier ausgefüllt und mit Handlung einerseits und philosophischen Reflexionen andererseits aufgefüllt.

Aber der Roman spinnt nicht nur Andeutungen der Erzählung *Narziß und Goldmund* fort, sondern greift auch explizite Themen auf und entwickelt aus ihnen eine eigenständige konfliktträchtige Handlung. So macht sich etwa Narziß in seiner Zeit als Vorsteher wiederholt Feinde unter Brüdern und Vorgesetzten, indem er die geschmähten, verfolgten und hingerichteten Juden verteidigt und die Mönche zur Nächstenliebe aufruft. Als die Pest ausbricht, pflegt Narziß aufopfernd die Pestkranken, die oft von weither zum Kloster Mariabronn kommen. Er selber bleibt von Ansteckung verschont und wird mitten in der Pestzeit zum Abt gewählt. Als Gast des herrschsüchtigen geldgierigen Bischofs Ulrich muss er anlässlich seiner Abtweihe hilflos die Hinrichtung von Juden mit ansehen, denen vorgeworfen wird, die Pest ins Land geschleppt zu haben. Unter den Hingerichteten ist auch der Vater Rebeccas, jener Jüdin, die Goldmund treffen, aber nicht für sich gewinnen wird. Auch Graf Heinrich und seine Geliebte Agnes, die später Goldmund zum Verhängnis werden wird, wohnen der Hinrichtung mit Vergnügen bei.

Wie hier in der Hinrichtungsszene knüpft der Roman fast unmerklich immer wieder an Episoden aus *Narziß und Goldmund* an, indem Figuren des Romans auftreten, Goldmunds Erlebnisse durch andere Figuren berichtet und Details, die in Hesses Roman nur angedeutet sind, entfaltet werden. Im Unterschied zu den Fortsetzungen anderer Texte der Weltliteratur, die ohne Autorfiktion arbeiten, bleibt hier immer eine enge Verbindung zum Originaltext gewahrt, denn nur so kann der Fiktion Genüge getan werden, es handele sich um eine von Hesse selbst verfasste Fortsetzung.

Geplagt von Schuldgefühlen und zugleich angerührt von der Schönheit der stolzen Rebecca verstrickt sich Narziß immer mehr in Liebe zu der unnahbaren „Judenprinzessin“. Als sie ihn im Kloster aufsucht, beide in gegenseitiger Hochachtung über ihren Glauben sprechen und er ihr nach einem Schlangenbiss das Leben rettet, wird ihre gegenseitige Liebe offenbar, bevor sie nach Polen ausreist, wo sie als Jüdin sicherer zu leben hofft.

Mit dieser Liebesgeschichte entfernt sich der Roman allerdings deutlich und sinnentstellend von Hesses Erzählung, denn Narziß bekennt sich gegenüber Goldmund unmissverständlich zur Knabenliebe: „Mir scheint die Sonne, dir scheinen Mond und Sterne, deine Träume sind von Mädchen, meine von Knaben ...“.[3] Selbstverständlich erwartet kein Leser, dass diese ‚Fortsetzung‘ sich in Einzelheiten an den Vorgängertext halten müsse, jedoch entzieht eine solche Umdeutung, wie sie die Liebesgeschichte vollzieht, dem fingierten Manuskript ein Stück Glaubwürdigkeit.

Die folgende Wiederbegegnung der beiden Freunde in der Burg des Grafen Heinrich nach Goldmunds Ergreifung und Verurteilung und ihre Rückkehr nach Mariabronn bis zu Goldmunds Tod sind die einzigen Passagen, die sowohl in *Narziß und Goldmund* als auch in der Fortsetzung geschildert werden. In Maren Bohms Roman werden zunächst Narziß' Verhandlungen mit dem Grafen und sein Eintreten für Goldmund berichtet und anschließend die Kerkerszene in teilweise wörtlichen Übereinstimmungen mit Hesses Text heraufbeschworen. Die wörtlichen Übernahmen sind dabei wie meist in Bohms Text detailliert in einem eigenen Anhang nachgewiesen. Auch die philosophischen Gespräche der Freunde über die Kunst und das Wirken des Geistes haben im Folgetext ihren Platz. Goldmunds künstlerisches Schaffen, sein erneuter Aufbruch

[3] Hermann Hesse: *Narziß und Goldmund*. In: Hermann Hesse: *Sämtliche Werke*, hrsg. v. Volker Michels, Suhrkamp, Frankfurt a.M. 2001–20007, Band 4, S. 306.

sowie Rückkehr und Tod sind ausführlich dargestellt und halten sich auch sprachlich nah an das Original.

Im Unterschied zu Hesses Erzählung aber wird Narziß' Weg über Goldmunds Tod hinaus weitergesponnen und die Erzählung somit durch vollkommen neue eigenständige Elemente erweitert. Die Geschichte erhält damit einen spannungsvollen Abschluss und eine zukunftsgerichtete Perspektive und rückt abschließend noch einmal Narziß und sein Wirken in den Mittelpunkt. Auf einer Reise in die Bischofsstadt nämlich verfeindet sich Narziß unwiderruflich mit dem lasterhaften Bischof Ulrich und wird wenig später in der Klosterkapelle ermordet. Eine Legende erzählt von einer heilsamen Quelle, die genau am Ort des Mordes entsprungen sei und deren Wasser bis heute Wunder wirke.

Blickt man auf die gesamte ‚Fortsetzung' der Erzählung *Narziß und Goldmund*, so finden sich vier verschiedene Strategien der Erweiterung:

- Motive, Themen und Episoden der Erzählung werden ausgebaut,
- Andeutungen und Details werden entfaltet und selbstständig weiterentwickelt,
- Geschehnisse werden frei erfunden hinzugefügt,
- Zitate werden aufgenommen und in neue Kontexte gestellt.

Durchgehend finden sich dabei Bezüge zu anderen Werken Hesses, die umgedeutet und angepasst werden. So wird etwa das Motiv des Selbstmords im Wasser variiert durch eine Episode, in der Narziß einen verzweifelten Klosterbruder rettet. Der Schlangenbiss, an dem Kamala in Hesses Roman *Siddhartha* stirbt, wird hier zur Bedrohung für die Jüdin Rebecca. Andeutungen über Narziß' politische Aufgaben werden zu eigenständigen spannungsvollen Episoden ausgebaut. Frei erfunden sind Ereignisse wie der Mord an Narziß oder die gesamte Liebesgeschichte zwischen ihm und der Jüdin Rebecca.

Zitate werden in veränderte Kontexte gestellt: So heißt es von Rebecca: „Er liebte sie, weil sie eine Art Spiegel für ihn war. Weil in ihr etwas war, was ihm Antwort gab und ihn verstand" (234). Fast wortgleich, nur in der Ich-Form aus der Perspektive Hermines gesprochen finden sich diese Worte im Steppenwolf. In ähnlicher Weise wird wörtlich aus *Demian* zitiert: „Nur das Denken, das wir leben, hat einen Sinn" (241). Durch diese wörtlichen oder nur leicht veränderten Zitate entsteht einerseits eine Art originaler Hesse-Sound, andererseits reizen diese Anspielungen den erfahrenen Hesse-Leser dazu, diese Zitate wiederzuerkennen und so verschiedene Kontexte zu verknüpfen. Versucht man, die zahlreichen Zitate, die den Roman durchwirken, wie ein Netz auszuspannen, so lässt sich ein Muster entdecken, das die wechselseitigen Bezüge der Romane Hesses sichtbar macht – eine lohnende und reizvolle Aufgabe für den begeisterungsfähigen Hesse-Leser.

Rahmenhandlung: Teil 2

Der zweite Teil der Rahmenhandlung umfasst drei Kapitel: „Berlin – Bad Eilsen, Frühjahr 1973“, „Hamburg, Sommer 1973“ und „Der Beginn einer Reise“. Anknüpfend an die fiktive Widmung „Dem Freund, der Blinde sehend macht. Bad Eilsen, 2. September 1936“ wird die Entstehung des Manuskripts nach Bad Eilsen verlegt, wo Hesse nachweislich seinen Verleger Peter Suhrkamp zum ersten Mal im August 1936 im Fürstenhof traf. Hätte er bei dieser Gelegenheit das Narziß-Manuskript bei sich gehabt, so wäre ihm im Gespräch mit Suhrkamp klar geworden, dass die projüdischen Tendenzen seiner Erzählung eine Veröffentlichung auf lange Zeit unmöglich machen würden. In Bad Eilsen besuchte der Dichter wegen seines Augenleidens wiederholt die Augenklinik des renommierten Arztes Geheimrat Maximilian Graf Wiser, dem die Widmung des Narziß-Romans gilt. Da Hesse in der Villa Wiser, die 1945 von englischen Truppen konfisziert wurde, zu Gast war, könnte er sein Narziß-Manuskript dort deponiert haben. Im Zuge der Plünderungen könnte dann das Manuskript mit anderen Beutestücken nach England gelangt sein. Dort, so gibt Bernd vor, habe er es zufällig auf einem Flohmarkt entdeckt.

Bernd und Karlas Begegnung mit Siegfried Unseld in Hamburg gibt Gelegenheit, die Verlagsgeschichte und Unselds Verhältnis zu seinem Autor Hesse zu thematisieren. Nach hinreichender Prüfung hält Unseld das Manuskript aufgrund verschiedener Indizien für echt und macht im Gespräch auf diejenigen Merkmale aufmerksam, die die Schreiber so absichtsvoll wie geschickt platziert haben: Themen, Motive, Satzbau, Wortprägungen, Episoden, die alle auf Hesse als Urheber verweisen. Dass Unseld das Manuskript am Ende doch zurückweist, liegt nicht an eventuellen Zweifel an der Echtheit, sondern an internen Verlagsquerelen.

Da das zeitliche Umfeld dieser Fortschreibung des Romans *Narziß und Goldmund* so detailliert und kenntnisreich entworfen wird, verlangt der Authentizitätsanspruch, den das fiktive Manuskript erhebt, besondere Glaubwürdigkeit auch in Einzelheiten. Einerseits wird die Nähe zu Hesses Werken durch gründliche Kenntnis seines Lebens und seiner Texte, die immer wieder herangezogen werden, beglaubigt, andererseits wird der historische Kontext stets mit nachprüfbaren Ereignissen und Details konsolidiert. Deshalb ist natürlich zu fragen, wie glaubwürdig es ist, dass Siegfried Unseld ein gefälschtes Manuskript nicht erkannt hätte. Kenner der Szene werden dies für schlichtweg unmöglich halten, wenn man sich aber vor Augen hält, wie oft und grundlegend sich renommierte Experten schon über Fälschungen im Bereich der bildenden Kunst getäuscht haben, lässt sich auch der Irrtum eines ausgewiesenen Kenners nicht kategorisch ausschließen. Äußerst unglaubwürdig ist dagegen die Annahme, Unseld könne auf ein als echt erkanntes Hesse-Manuskript verzichten, nur weil seine Lektoren ihrerseits für die Publikation stimmen. Offensichtlich werden hier Spätfolgen des Autorenstreits von 1968 vorausgesetzt, als sich einige Schriftsteller nach Protesten vom Verlag zurückzogen und einen eigenen Verlag, den Verlag der Autoren, gründeten.

Überblickt man den gesamten Roman *Hermann Hesses wundersame Geschichte*, stellt sich abschließend die Frage, was eine solche Fortschreibung beabsichtigt und gegebenenfalls bewirkt. War es einerseits die Faszination der Narzißfigur, die, wie die Autorin selber berichtet, den Ausschlag für diese Fortschreibung gab, so war es andererseits wie wahrscheinlich bei allen Autoren, die einen Bestseller weiterschreiben, der große Name, von dessen Glanz ein wenig auf den aktuellen Roman abstrahlt. Fortschreibungen viel verkaufter Romane bedienen stets einerseits die Neugier des Lesers, indem sie wichtige Leerstellen im Text füllen: So beschreiben etwa zwei Fortschreibungen von Emily Brontës Roman *Wuthering Heights* (*Sturmhöhe*) die Erlebnisse während dreier Jahre nach dem plötzlichen Verschwinden der Hauptfigur Heathcliff bis zu ihrer Rückkehr nach Wuthering Heights.[4] Auffallend in der Rezeptionsgeschichte solcher Fortschreibungen ist das offenbare Bedürfnis der Leser, sich ausführlicher mit einer Figur zu beschäftigen, für die sie sich interessiert und gegebenenfalls begeistert haben. So wurden etliche solcher Fortschreibungen in verschiedene Sprachen übersetzt, im Falle von *Scarlett* sogar als amerikanische Mini-Fernsehserie verfilmt und auch in Deutschland erfolgreich ausgestrahlt.

Andererseits spielen diese Fortschreibungen mit dem vorgefundenen Material, dessen sie sich mehr oder weniger frei bedienen. Dabei kann es mitunter sogar zu einer Verschmelzung verschiedener Texte zu einem neuen kommen wie etwa in Lin Haire Sargeants Roman *The Story of Heathcliff's Journey back to Wuthering Heights* von 1992, der Figuren, Geschehnisse und Themen aus Charlotte Brontës *Jane Eyre* (1847) und Emily Brontës *Wuthering Heights* (1847) aufgreift und zu einem eigenständigen Roman verbindet.

Offenbleiben muss die Frage, wie eine solche Fortschreibung auf den Originaltext zurückwirkt, indem sie Weichen für die Interpretation stellt. Zweifelsohne werden dem Leser, wie bei einer Literaturverfilmung auch, Bilder im Kopf bleiben, die forthin die Lektüre des Originaltextes begleiten. So wird er etwa bei der Wiederbegegnung mit Hesses Narziß nicht umhin können, sich die eindrucksvolle Szene in Maren Bohms Roman zu vergegenwärtigen, als der mit außerordentlichen seherischen Kräften Begabte am nächtlichen See den selbstmordgefährdeten Novizen Bertram

[4] Jeffrey Caine: *Heathcliff. A Novel.* W.H. Allen, London 1977; Lin Haire Sargeant: *The Story of Heathcliff's Journey back to Wuthering Heights.* Hollow Earth Publishing, London 1992.

rettet. Da diese und ähnliche Episoden das Bild des Narziß jedoch nur ergänzen, ohne ihm aber eine grundsätzlich andere Färbung zu geben, kann sich der Leser ohne Bedenken auf dieses Spiel der Neuentdeckung und des Wiedererkennens einlassen.

Der Reiz für den Leser, und das gilt in hohem Maße auch für Maren Bohms Fortschreibung, ist nämlich vor allem in den Anleihen bei verschiedenen anderen Werken, den Zitaten und Anspielungen zu suchen. Es ist ein Vergnügen, in Bohms spannendem, gewissenhaft recherchiertem und anregendem Roman die Bezüge zu anderen Werken Hermann Hesses zu entdecken und ihrer jeweiligen Funktion nachzuspüren. Dass dabei auch Narziß' philosophischen Überlegungen hinreichend Aufmerksamkeit zuteil wird, verstärkt noch das Engagement des Lesers, der niemals bevormundet wird, sondern genügend Raum gewinnt, um eine eigene Haltung einzunehmen.

Andreas Solbach

Die Entwicklung der Literaturauffassung beim jungen Hermann Hesse (1892–1902)

Hermann Hesses Auffassung von Literatur ist von Anfang an in produktiver, wie auch in rezeptiver Hinsicht mit seiner persönlichen Lebenssituation eng verbunden; der Knabe erfährt die Lieder, Märchen, Legenden, biblischen Geschichten und Erzählungen aus der Mission noch ganz unreflektiert als Unterhaltung und Zeichen elterlicher Zuwendung, aber auch schon als Anreiz zu eigener Produktivität. Sie reizen seine Phantasie zur Nachahmung, und da mit dem Beginn der schulischen Erziehung auch Gattungsmuster und Hinweise zur handwerklichen Ausführung erlernt werden, erweisen sich die gelungenen Beispiele früher Gelegenheitsdichtung zu feststehenden Kalenderanlässen oder Themen der kindlichen religiösen oder säkularen Bildung als Gegenstand der familiären Bewunderung, Anerkennung und Zuwendung. Da Hesse bereits in seinen frühen Lebensjahren den Eltern durch seine „Großartigkeit" (Selbstherrlichkeit) und unberechenbare Spontaneität und oft gewaltsame Emotionalität ihre erzieherischen Grenzen bewusst macht, erhalten Texte eine besondere Bedeutung, denn sie können dem Kind, die durch seinen Eigensinn gefährdete Anerkennung und Zuwendung der Eltern und des alles dominierenden Großvaters wieder erwerben.

Wie fast alle Autoren und Autorinnen seiner Zeit durchläuft Hesse die doppelte literarische Sozialisation von Schul- und Privatlektüre[1]. Der verhaltensauffällige Knabe wird allerdings schon in frühen Jahren durch die pietistische Umwelt geformt, denn er wird nur mit religiös unbedenklichem Lesestoff versorgt, vor allem aber lebt er quasi inmitten einer mehrgenerationalen Verlegerfamilie, die Zeitschriften, Traktate und Bücher mit teilweise massenhaften Auflagen nicht nur vertreibt, sondern auch selbst schreibt. Sein Großvater Hermann Gundert als bedeutender indologischer

[1] Für die Frühzeit des Dichters ist die zweibändige Sammlung von Briefen, Tagebüchern und anderen Dokumenten von Hesses Familie und Freunden, die Ninon Hesse und Gerhard Kirchhoff zusammengetragen haben, unverzichtbar: *Kindheit und Jugend vor Neunzehnhundert. Hermann Hesse in Briefen und Lebenszeugnissen.* 2 Bde. Hg. v. Ninon Hesse u. Gerhard Kirchhoff. Frankfurt 1984 (mit der Sigle KuJ u. Bandangabe zitiert). Hesses Schriften werden nach folgender Ausgabe mit der Sigle SW u. Bandangabe zitiert: Hermann Hesse: *Sämtliche Werke.* 20 Bde. Hg. v. Volker Michels. Frankfurt 2001–2005.

Linguist und Missionar, Vater und Mutter als Missionare und religiöse SchriftstellerInnen und Herausgeber und Verfasser von missionarischen Zeitschriften, so dass es nicht wundern kann, dass schon der junge Hesse Geschichten erfindet und sich mit 13 Jahren ‚Dichter' als Lebensziel setzt.

Mit den Briefen aus der Göppinger Knabenpresse zur Vorbereitung auf das Landexamen und aus der Maulbronner Zeit (1891–1892) fallen jedoch erstmals Autorennamen, die eine intensivere Lektüre belegen: Homer, Arrian, Xenophon, Ovid und Livius im Original, Goethe, Schiller (*Wallenstein*, Gedichte), Körner, Klopstock, Voß, Wieland, Kant und Dickens (in Übersetzung), wobei die Beschäftigung mit Homer und Schiller über das im Schulpensum Geforderte (bspw. *Wallenstein* ins Lateinische zu übersetzen) hinausgeht. Insgesamt zeigen seine eigenen überlieferten Gedichte die Früchte des altsprachlichen formalen und inhaltlichen Drills, besonders erwähnenswerte Lektüren treten dann aber erst mit dem schulischen Scheitern in Maulbronn und den schwierigen Stationen seiner Krisenbewältigung in Bad Boll, Stetten, Cannstatt und Basel in den Vordergrund: Hesse versucht zwar noch eine Weile die Fassade des nur vorübergehend Erkrankten aufrecht zu erhalten, indem er sich hin und wieder mit Homer und Livius beschäftigt, tatsächlich betreibt er offen und verdeckt eine ausgreifende Lektüre, die sich um skeptische und religionsferne Texte bemüht; die damals sich ungehemmt durchsetzende „Lesewut" (KuJ 1: 238) lässt sich nur an wenigen einflussreichen Beispielen festmachen: In diese Zeit (1893) fällt die erste ausschweifende Heine-Lektüre, die sich noch lange Zeit als *medicina mentis* in Fragen der unerwiderten Liebe bewähren wird, vor allem aber beeindruckt ihn Turgenjews *Rauch* (1867), dessen spätnihilistische Vergeblichkeitsatmosphäre einen passenden gesellschaftlichen Hintergrund für Hesses eigene Seelenschmerzen abgibt. Er liest aber auch Belletristisches wie Scheffels *Ekkehard* (1855) oder den schwäbischen Lyriker Justinus Kerner, der ihm als ein Beispiel ‚echter' und authentischer Dichtung gilt; aus einer beiläufigen Bemerkung in einem Brief von Rümelin über Hesses „Goethebegeisterung" (KuJ 1: 424) lässt sich eine wohl schon länger anhaltende Goethe-Lektüre ableiten; im Alter bekennt er, dass Goethe für ihn der wohl wichtigste Autor seines Lebens war.[2]

1894 deutet sich die entscheidende Wende zum Besseren in Hesses Leben an, die sich dann mit Macht ein Jahr später durchsetzt, das wichtigste Ereignis seiner frühen Lesekarriere ist jedoch der untätige Aufenthalt in Calw von November 1893 bis Juni 1894, den er dazu nutzt, aus der großen Bibliothek des jüngst verstorbenen Großvaters „die ganze deutsche Dichtung und Philosophie des achtzehnten Jahrhunderts"[3] zu studieren.

---

[2] *Dank an Goethe* in SW 14: 452–459.

[3] *Kurzgefaßter Lebenslauf* in SW 12: 49.

Von dieser Zeit an betreibt er neben seinen Ausbildungen ein unsystematisches, aber sehr umfassendes Studium der Weltliteratur, die er in der großväterlichen Bibliothek, deren Bedeutung für seine Lesesozialisation kaum überschätzt werden kann, findet oder sich irgendwie beschaffen kann. Auf dieser Grundlage erhebt sich schließlich der Bau seiner eindrucksvollen literarhistorischen Kenntnisse und seiner späteren poetologischen Überzeugungen.

Die erste Frucht dieser Bemühungen findet sich in den kritischen Überblicksbriefen an T. Rümelin[4] und seinen ehemaligen Cannstatter Lehrer Ernst Kapff[5], wie auch gelegentlich an seinen älteren Halbbruder Karl Isenberg (KuJ 2: 189–192), die die Vertrautheit mit der gesamten deutschen Literatur des 19. Jhs. zeigen, vor allem aber eine Abrechnung mit den ‚realistischen' und ‚naturalistischen' Tendenzen präsentieren. Später treten immer ambivalent bleibende Briefe an die Eltern dazu[6], die zeigen, dass Hesse alle seine Gesprächspartner zum Zweck der Erarbeitung einer eigenen Literaturauffassung im Sinne eines ‚dialogischen Monologs' oder eines verdeckten Selbstgesprächs instrumentalisiert. Da er seine Adressaten im Ablauf der Argumentation wechselt, lässt sich seine eigene Entwicklung recht genau an der Thematik der einzelnen Briefwechsel in der Folge Rümelin – Kapff – Isenberg – Eltern ablesen.

Am 7. Februar 1895 erläutert er Rümelin seine Mischung aus Verehrung und Kritik, die er Heine gegenüber empfindet, der für viele seiner lyrischen und realen Empfindungen das Muster bildet. Hesse sieht Heine als den Vollstrecker der Romantik, der ihr dennoch unauflösbar verbunden bleibt, und zeichnet damit ein Wunschbild seiner selbst:

> [L]ese ich seine Lieder, so umstrickt mich wunderbar ein buntes Zaubernetz mit geheimem Bann [...]. Ich lese und verliere mich in diese lockenden Verse, staunend seh ich eine geniale, mächtige Individualität offen vor mir ihr freies Wesen treiben, spielen und weinen, lachen und elend sein (KuJ 1: 429f.).

---

[4] Die Briefe an den Schulfreund aus der Maulbronner Zeit beginnen, als Hesse sich in Calw von den gescheiterten Versuchen der Eltern, ihn in eine bürgerliche Karriere zu vermitteln, ausruht und er in der Bibliothek des Großvaters ein extensives autodidaktisches Lektüreprogramm absolviert; die Kontaktaufnahme Hesses darf als ein erstes starkes Anzeichen einer Überwindung der Krise gewertet werden. KuJ 1: 429–432, 436–439, 442–446, 450–452, 457–463, 470–476, 480–485, 495, 497–501. Hesses Briefe an den Jugendfreund hören nach August 1895 auf (Rümelins Studienbeginn in Tübingen, wo auch Hesse bald leben wird; er wird erst etwa zehn Jahre später wieder aufgenommen).

[5] KuJ 1: 464–469, 487–493, 505f. KuJ 2: 9–16, 32f., 65–70 u. 96–98.

[6] Die Briefe an die Eltern ändern ab Okt. 1895 mit Hesses Umzug nach Tübingen ihren Ton und Inhalt: KuJ 2: 20–31, 38, 52–57, 62–65, 71f., 74–76, 78–85, 102–109, 115–117, 132–134, 138–140, 156–158, 172–175, 202–210.

Indem er das in seiner Lebenskrise erwachte Selbstmitleid mit Heines Weltschmerzhaltung assoziiert und sich so als Gleichartiger empfinden darf, legitimiert er seinen Anspruch auf einen Lebensentwurf als Schriftsteller. Am 19. März 1895 gibt er Rümelin dann ein satirisches Bild der deutschen Gegenwartsliteratur, die ein geschmackloses Publikum[7] mit grellen naturalistischen Sittengemälden beliefere und mit wertlosen historischen Romanen (Ebers, Dahn) und der detaillierten Beschreibung von Selbstmorden, Duellen, erotischen Affären, Ehebrüchen, Irren, Prostituierten, Verbrechern und wirtschaftlichen Bankrotten großen Erfolg habe: „Wahrhaftig, wer heute mit poetischem Gemüt zur Welt kommt, ist beklagenswert!" (KuJ 1: 442). Zunächst wird Heine von dem Verdammungsurteil, das Freytag, Dahn, Ebers, Bleibtreu, Hauptmann, Sudermann trifft, noch ausgenommen, nicht aber Turgenjew, der mit Zola und Ibsen zu den Quellen des Übels gezählt wird, während er zu den Unsterblichen Goethe, Klopstock, Lessing, Schiller und Kerner zählt. Der 17-Jährige versucht in seinen Briefen an Rümelin, eine Übersicht über die deutschsprachige Literatur zu gewinnen, um sich seiner eigenen Position auf dem Weg zur ersehnten poetischen Existenz zu vergewissern, und er erkennt, dass eine argumentativ belastbare Literaturauffassung nicht ohne einen kritischen literaturhistorischen Maßstab bestehen kann. Um seinen eigenen Fortschritt erkennen zu können, entwirft er ein Bild zweier gegensätzlicher literarischer Zeittendenzen:

> Es ist unglaublich schwer, sich für eine der beiden herrschenden Richtungen zu entscheiden, die moralisch bessere, die konservative und christliche, geht großenteils auf veralteten Pfaden und ist zwitterhaft, die andere behandelt unmoralische, auch unästhetische Stoffe, vielfach in origineller, ja manchmal großartiger Weise.[8]

Die erkennbare Neigung zur Partei der Modernen wird aber durch eine strategische Parteinahme für die ‚Klassiker' konterkariert: „Ja, Gottlob!, ich bin bekehrt zum Glauben an das Schöne, an Göthe, Schiller, an die Antike, ich habe aufgehört, Ibsen und Turgenjew zu verehren. Nur von Heines bezaubernden Weisen werde ich wohl nie ganz loskommen"[9]. In dieser ersten

---

[7] „Ich glaube, wenn ich das Publikum noch mehr studiert habe, werde ich gewiß nie einen guten Roman schreiben" (KuJ 1: 443).

[8] KuJ 1: 450. Hesse konzentriert sich im Folgenden auf das Drama, das am Weitesten entwickelt sei; unter den Modernen scheint ihm Hauptmann bereits Ibsen zu verdrängen.

[9] KuJ 1: 450. Seine Dichotomisierung der literarischen Tendenzen erinnert an traditionelle Strukturoppositionen, wie sie aus der Attizismus/Asianismus-Debatte oder der ‚Querelle des anciens et des modernes' bekannt sind. Mit der Kenntnis von Nietzsche erweitert sich dann das Spektrum um Dionysisch/Apollinisch. Anfang des 20. Jahrhunderts wird er mit den kunstgeschichtlichen Grundbegriffen von Heinrich Wölfflin und den darauf aufbauenden Ansätzen des Literaturhistorikers Fritz Strich bekannt,

kritischen Orientierungsphase stützt sich Hesse aber nicht nur auf eigene Lektüre, sondern auch auf die Literaturgeschichten von Johannes Scherr und Hermann Hettner und für die antike Literatur Jakob A. Mähly, später wird noch Rudolf von Gottschall für das 19. Jahrhundert dazutreten.[10] Die damals wichtigste europäische Literaturgeschichte, Georg Brandes' *Hauptströmungen der Literatur des neunzehnten Jahrhunderts* (seit 1872 in mehreren Auflagen verbreitet), die auch den Brüdern Mann zeitweise unentbehrlich war, findet in der Frühzeit keine Erwähnung[11].

Hesse hat sich in dieser Zeit in spektakulärer Weise ‚bekehrt', allerdings nicht durch Gottes Gnade zum rechten Glauben, sondern durch eigenen Entschluss zur Rückkehr zur klassischen Ästhetik – eine nicht ganz überraschende Entscheidung, denn sie ist geeignet, mehrere seiner drängenden Probleme gleichzeitig zu lösen. Das Bekenntnis zur klassischen Ästhetik ist nicht nur ein Bekenntnis, das die Eltern in der Hoffnung auf eine spätere religiöse Wende würden unterstützen können, sondern es ist auch die Abkehr von einer zwar tief empfundenen, aber doch augenblicklichen adoleszenten Verzweiflung durch Verwerfung der sie bestärkenden Literatur und schließlich noch der Ausgangspunkt für ein als wichtig erachtetes Programm auf dem Weg zur autodidaktischen Weiterbildung als Voraussetzung der eigenen Schreibfähigkeit. Hesse erkennt, dass seine poetischen Versuche in erkennbarer Abhängigkeit von Vorbildern (Heine, Geibel, Romantiker) stehen und dass er sich davon lösen muss. Die Briefe an Rümelin dienen ihm vor diesem Hintergrund immer wieder dazu, Vorlieben (Heine), Abneigungen (Dahn, Ebers) und ambivalente Gefühle (Ibsen, Turgenjew) zu prüfen. Immer wieder wird Heine als Ausgangspunkt und Maßstab genannt, obgleich er nicht zu der Gruppe der ‚Unsterblichen' zählt, weil Hesse in seiner eigenen lyrischen Produktion direkt von Heine profitieren kann, aber auch, weil Heine gegenüber der Romantik eine Position einnimmt, die Hesses Ambivalenz widerspiegelt:

> Im Prinzip sind mir die Romantiker zuwider, doch liebe ich Einzelne, vor allem Uhland und Eichendorff. [...] Überhaupt kann es einem nicht lange wohl sein im engen Gärtchen der Romantiker, in diesem aus dem Moder beschworenen Tand, in diesem Weihrauchqualm. [...] Ihre schwüle Dämmerwelt hatte nicht festen Boden

die er in seine Auffassung des Verhältnisses von Klassik und Romantik integriert; vgl. „Geist der Romantik" (1926) in SW 14: 388–394. Hesse kannte Wölfflin bereits bei seinem Basler Aufenthalt 1899; Wölfflin hatte 1893 die Nachfolge Burckhardts an der Universität Basel angetreten.

[10] Siehe dazu KuJ 1: 453 und KuJ 2: 64, 66.

[11] Brandes wird erstmals 1907 in einem Aufsatz für den *März* (März 1907) durchaus kritisch erwähnt; die Stelle zeugt aber von längerer Kenntnis des dänischen Kritikers und Unterstützers der Naturalisten.

> genug, deshalb wird außer Uhland kein Romantiker in seiner Eigenart lange fortleben.[12]

Die Wertung der Romantik ist erkennbar angelesen und derivativ, sie gründet zudem in der Annahme, dass seine adoleszente Lebenskrise durch haltlose ‚romantische' Ideale hervorgerufen wurde und nur durch die konsequente Bekämpfung derartiger Illusionen überwunden werden kann. Für die simultane Überwindung und sentimentale Wertschätzung dieser Ideale steht Heine ein; gleichzeitig muss aber auch die Verführung, sich dieser Ideale durch nihilistisch-zynischen Materialismus zu entledigen entgegengearbeitet werden, denn von der naturalistischen Moderne führt trotz ihrer faszinierenden Originalität kein erkennbarer Weg in eine erfolgreiche Zukunft. So schreibt er am 11. Juni an Rümelin:

> Unsre jetzige literarische Periode ist nicht glänzend, aber höchst interessant. [...] Das Neue unsrer Zeit ist ein Negatives. [...] Diese lockende, sophistisch-pessimistische Anschauung genügt aber nicht, unser Leben und unsre Literatur aus dem augenblicklichen, großen Katzenjammer zu befreien (KuJ 1: 481).

Hesse projiziert hier wohl unbewusst seine persönliche Problematik auf die gesamtkulturelle Situation, womit zumindest unterschwellig die Erkenntnis verbunden ist, dass seine Leiden trotz ihrer schmerzlichen Intensität nichts weniger als originell sind[13], und wenn er die Rezeption der russischen Literatur als Krankheitsphänomen der neuen deutschen Literatur betrachtet, spricht er zu guten Teilen über sich selbst. „Diese slawische Richtung in unsrer Literatur [...] ist [...] tiefer eingreifend, weltbedeutender, wichtiger, als die ganze romantische Schule. [...] Eine neue Kunst will werden und die Meinungen teilen sich streng. Ich stehe zur alten Partei gegen die neue."[14]

Seit zwei Monaten, seit Mai 1895, unterhält Hesse jedoch auch eine Korrespondenz mit seinen ehemaligen Lehrer Ernst Kapff, die er nun dazu nutzt, die im Briefwechsel mit Rümelin erarbeiteten Positionen an ‚höherer' Stelle zur Diskussion zu stellen. Er entwirft eine nicht unrealistische Selbstbeschreibung seiner psychischen und künstlerischen Situation[15], die aller-

---

[12] Brief an Rümelin vom 29. Mai 1895, KuJ 1: 472.

[13] „Es ist eine alte Geschichte,/ Doch bleibt sie immer neu;/ Und wem sie just passieret,/ Dem bricht das Herz entzwei." (Heinrich Heine: *Buch der Lieder*: XXXIX. In: Heinrich Heine: *Sämtliche Schriften*. Hg. v. Klaus Briegleb. Bd. 1, S. 91).

[14] KuJ 1: 483. Mit diesen Betrachtungen endet die poetologische Bedeutung des Briefwechsels mit Rümelin; in seinem Brief vom 1. Juli 1895 überschüttet er den Schulfreund noch einmal mit angelesenem Wissen über den englischen Roman des 18. Jahrhunderts aus Hettners komparatistischer Literaturgeschichte, ohne jedoch etwas Neues zu sagen.

[15] Kapff war als sein Lehrer am Cannstatter Gymnasium zweifellos mit Hesses Krisengeschichte und seinem damaligen exzentrischen Lebenszuschnitt vertraut.

dings andere Akzente als die Korrespondenz mit Rümelin setzt; so konstatiert er gegenüber Kapp: „Welche Dichter mich am meisten beeinflußen? Ich weiß nicht – früher waren es Heine und die Realisten, besonders auch die Russen, jetzt bin ich Goethe und den Romantikern näher gekommen [...]"[16], während er Rümelin gegenüber noch Heine und die slawische Literatur rühmt[17]. Es scheint ihm hier wichtiger zu sein, seine konservative Wende zu betonen:

> [...] ebendarum habe ich allmählich den Pfad der Naturalisten verlassen und eine Schwenkung nach rechts gemacht, was ich noch nie bereut. [...] bei meinen etwas einseitig religiös gesinnten Verwandten zum Schweigen über das mir Wichtige verdammt, bin ich innerlich etwas haltlos, wenigstens einsam, und jeder Brief ist mir eine Wohltat. [...] Jetzt erst habe ich allmählich wieder Ruhe und Heiterkeit gefunden, bin geistig gesund geworden – von jener bösen Zeit voll Zorn und Haß und Selbstmordgedanken will ich nimmer sprechen (KuJ 1: 466–468).

In dem folgenden Brief vom 15. Juni 1895 an Kapff berichtet er über seine Lektüre, statt dem Briefempfänger Lektüre lehrerhaft vorzuschlagen, und auch hier finden sich veränderte Akzente, denn Hesse wird genauer in seinen Bemerkungen und nennt zahlreiche Titel: Goethe (*Faust I, Dichtung und Wahrheit, Reineke Fuchs, Iphigenie, Tasso, Lehrjahre*), Geibel, Scheffel (*Ekkehard*), die Brüder Grimm, Volksbücher, Defoe (*Robinson*), Cervantes (*Don Quijote*), Swift, Shakespeare, Grabbe (*Napoleon, Scherz, Satire, Don Juan und Faust*), Heyse, Raabe, Dumas (*Kameliendame*), Zola (*Totschläger*), Ibsen (*Kronprätendenten, Nora, Solness, Peer Gynt*), Gogol, Turgenjew, Korolenko (*Sibirische Novellen*). Seine Bemerkungen zur russischen Literatur zeigen aber auch, dass er durchaus noch unter ihrem gedanklichen Einfluss steht[18], den er aber zurückdrängen will:

---

[16] Brief an Kapff Mitte Mai 1895 in KuJ 1: 465. Doch zur gleichen Zeit schreibt er an Rümelin: „Es lohnt sich nicht, von der romantischen Schule [weiter] zu handeln. Im Prinzip ist sie jetzt erloschen [...]. Die Romantik ist schon ein überwundener Standpunkt [...]" (KuJ 1: 473f.).

[17] Gleichzeitig (29. Mai 1895) schreibt er: „Ist er [Heine] doch für die Literaturgeschichte wichtiger als fast alle Dichter seit Goethe zusammen" (KuJ 1: 470).

[18] „Diese Russen haben im Grunde ein reiches Gemüt, sie lieben es zu träumen, und sich Ideale zu bilden, aber sie haben wenig Selbstachtung und glauben meist bald nimmer an die eigenen Ideale. Daher so oft ein Mitleid erregender, halb elegischer, halb ironischer Ton [...]" (KuJ 1: 490); offenbar passt diese Charakteristik auch auf Hesse selbst.

> Wann wird die Zeit kommen, die langersehnte Zeit der Taten der Dichter?! [...] Wir sind zwar Träumer, Idealisten, aber keine Russen, keine Neschdanoffs, die ans eigene Ideal, an die Zukunft, an sich selber, nicht glauben.[19]

Auch Kapff gegenüber erwähnt er sein dichotomisches Modell der deutschsprachigen Gegenwartsliteratur:

> Außer der alten Schule, die von Weimar aus dirigiert wird, sehe ich vor allem zwei Strömungen. Die Eine, größere, ist französisch-russisch, auch in Skandinavien obenan. Sie scheint vom nihilistischen Pessimismus beherrscht, ihr Kult ist eine phantastische Mischung fremder Elemente, worunter allerlei buddhistischer Spuk. Diese Strömung, die manche gute Genrebilder, Zeitschilderungen etc hervorbringt, die ich aber nicht kurzweg naturalistisch nennen möchte, wird wohl am besten bezeichnet durch die Namen Ibsen, Lie, Dostojewski, Zola, Vrchlicky; Turgenjew steht höher. Wir Deutsche haben in dieser Richtung wenig Originelles, etwa Sudermann. Die zweite „Schule" umfaßt die aus dem Epigonenfluch emporringenden titanischen Geister, deren krampfhaftes Pathos oft recht unerquicklich ist. Der Erste dieser Richtung ist Richard Wagner – nicht nur in der Musik. Zu dieser Strömung gehört auch Nietzsche, der „Übermensch", der neue Prophet. Im Ganzen scheint mir unsre Ästhetik, wenigstens was Belletristik betrifft, an Farbenblindheit zu leiden. Umrisse, Formen, aber keine Beleuchtung, kein Kolorit.[20]

In seinem nächsten Brief an Kapff vom 18. Juli findet sich dann schließlich ein bemerkenswertes Zugeständnis, nachdem er von seiner Lektüre von Sternes *Tristram Shandy* berichtet, den er mit Dickens vergleicht. Es falle ihm schwer, einige Autoren wie etwa Jean Paul, der später zu seinen

[19] KuJ 1: 490. Bemerkenswert ist, dass Tolstoj und v.a. Gontscharow zu diesem Zeitpunkt keine Rolle für ihn spielen, eben so wenig wie Chechov. Er nimmt bevorzugt die nihilistischen Tendenzen wahr, von denen er sich befreien will.

[20] KuJ 1: 491. Hesse benennt mit seiner zweiten Schule anscheinend die seit den 1880er Jahren sich auch in Deutschland und Österreich bemerkbar machende Strömung der europäischen Dekadenz, die für Thomas und vor allem Heinrich Mann so wichtig war. Hesse kennt sich zu diesem Zeitpunkt allerdings in der französischen Literatur nicht genügend aus, um die Zusammenhänge zu erkennen; die hier entscheidende Lektüre von Hermann Bahrs *Zur Kritik der Moderne* (1890) findet erst im April 1897 statt und scheint keine Konsequenzen gezeitigt zu haben. Bahrs wichtigere Veröffentlichungen *Die Überwindung des Naturalismus* (1891) und *Studien zur Kritik der Moderne* (1894) scheint er nicht wahrgenommen zu haben, wie auch in der Frühzeit weder Baudelaire und Huysmans noch Stendhal oder Flaubert erwähnt werden, von Wilde oder Bourget nicht zu reden – allerdings sollte daran erinnert werden, dass Hesse damals gerade 18 Jahre alt ist und auch bei genauerer Kenntnisnahme der Dekadenzliteratur nur wenig für seine Entwicklung Nützliches daraus hätte schöpfen können.

Hausgöttern zählen wird, zu lesen, mehr noch, manchmal renommiere er einfach mit ungelesenen Klassikern:

> Von Rabelais spreche ich mit aller Anerkennung, ebenso von Milton, ohne eine Zeile von ihm gelesen zu haben. [...] Ach, und wie liebe ich Boccaccio, und den herrlichen Petrarca, und gar Tasso, den Edlen, die ich alle nie gelesen (KuJ 1: 505f.).

Im Oktober 1895 erinnert er sich der „süßen Schauer der Verehrung edler Kunst [...] wie reich war ich doch damals in meiner ahnenden Unwissenheit, wie süß beklommen schlug mein Herz dem antik Schönen entgegen" (KuJ 2: 13), ein Gefühl, das er nur mit wenigen teilen kann. Sein poetisch-idealisches Empfinden und seine frühen schriftstellerischen Versuche werden überwiegend spöttisch oder herablassend kommentiert, und so vereinsamt er in seiner Isolation: „Ich war eben als Knabe schon, und als Knabe am meisten, anders als alle Kameraden, auch viel einsam, und mußte manchmal darunter leiden" (KuJ 2: 14). Es mangelt dem Maulbronner Schüler an der unverzichtbaren Anerkennung[21], und als ein spontaner Fehlentschluss eine sich schnell radikalisierende Krise auslöst, die scheinbar nicht mehr aufzuhalten war, verfällt er in eine selbstzerstörerische Verzweiflung:

> Und später, als ich meine knabenhaften Götterträume verlacht und vergessen hatte, in Cannstatt, als ich, innerlich haltlos und zerrissen den Nebelbildern Heines und der Naturalisten nachjagte und die ganze klassische Kunst für Kot achtete, – da war es einmal, daß das Sehnen meiner Knabenjahre, die klassische, antike Schönheit, mich plötzlich aus den weiten, weißen Augen so voll Schmerz und Vorwurf anschaute, daß mir, dem Nihilisten, die Tränen nahe waren. [...] Aber eben das, was mich von andern unterschied und trennte, was mich einsam und oft elend machte, das hob mich auch immer wieder zum Glauben und Hoffen empor – der dunkle Drang, das Sehnen und Suchen nach dem Begriff dessen, was wahrhaft schön ist. Und am Ende komme ich darauf zurück, daß die Philosophie, die Ästhetik die beste ist, welche das Schöne und Wahre zugleich, das eine im andern, sucht und findet (KuJ 2: 14).

Ist Rümelin der passive Empfänger von autodidaktischer literaturgeschichtlicher Orientierung und wohlmeinenden Lesetipps, so soll Kapff seine literaturtheoretische Bekehrung zum Klassisch-Schönen und zum ästhetischen Idealismus gutheißen:

---

[21] Ich benutze den Begriff und seinen Bedeutungshorizont hier im Sinne von Charles Taylor und Axel Honneth.

> Dies Verschwimmen und Verschwinden der scharf gegrenzten künstlerischen Form ist es vor allem, was mich fast mit Leidenschaft der „modernen“ Kunst und Dichtung opponieren heißt. Es ist so leicht, fesselnde Stoffe in willkürlicher Form oder Formlosigkeit fesselnd darzustellen, Form und Maß macht erst den Künstler, und *Künstler* in erster Linie soll meines Erachtens der Dichter sein (KuJ 2: 33).

Bei Kapff kann er auch seine Klage über die „Rückenmarkstarre unsrer Literatur“, die er auf die Romantik zurückführt, mit Hoffnung auf Zustimmung anbringen:

> Die Sehnsucht nach einem gesunden Dasein, nach einer schlichten Kultur, nach wahrem Leben [...] schläft bei mir nimmer. [...] Das lebendigste Herz wird in diesem hastigen, gereizten, übersättigten Leben vor der Zeit alt und weltmüde. [...] Dies grelle Blühen unserer Literatur [...] ist so ganz das Zeichen einer sich selbst ungenügenden Zeit, eines unwahren, gesteigerten Schattenlebens, unsere ganze Zivilisation ist morphiumsüchtig: Und ich möchte leben, nicht wie ein hastiger Schatten, wie ein Schwindsüchtiger, nein, warm und wahr und blühend. [...] Mein tägliches Gebet ist, daß ich meine eig'ne, innere Welt mir wahren, daß ich nicht verkümmern, daß das süße Gift, das ich Tausende schlürfen sehe, nicht auch mich verzehren möge (KuJ 2: 67).

Die Romantik gilt ihm zu dieser Zeit noch als Teil dieses Giftes, das er vermeiden möchte, und so heißt es zwei Monate später an Kapff: „[I]m übrigen will ich alles sein, nur kein Romantiker“ (KuJ 2: 96).

In der Zwischenzeit hat er seine Korrespondenz mit den Eltern inhaltlich wieder aufleben lassen und ihnen von seinem neuen Wohnort Tübingen genaue Beschreibungen zugesendet. Bevor er aber Johannes und Marie Hesse mit einem wiederum veränderten literaturprogrammatischen Plan konfrontiert, fasst er noch einmal seine bisherige Positionsbestimmung in einem Brief vom 10. Dezember 1895 an den Halbbruder Karl Isenberg zusammen:

> Ich denke an große Dinge nicht zu viel, meine genialische Periode ist verraucht, und ich beginne, mich zum Philister zu entwickeln [...]. Es freut mich zu finden, daß meine Kenntnis der Literatur, auch der modernen, weit nicht so lückenhaft ist, als ich fürchtete, und daß mein Systemchen beim Studium derselben nicht verfehlt war. [...] Ich bemerke, daß ich in literarischen Dingen reaktionär gesinnt bin; ohne festes Prinzip, ohne radikal zu sein, dürfte man schwerlich die neue und neuste Literatur mit Erfolg studieren können. [...] Es ist für mich, den ästhetisch Blickenden, schmerzlich, in unsrer Zeit selbst Talent und Genie mit dem kranken zuckenden Nerv zur Welt kommen zu sehen, der vor allem in der Dichtung sich selbst vernich-

> ten muß. [...] Mich faßt oft ein Grauen vor diesen „psychologischen" Dramen und Romanen mit ihrer kranken Lust am Schmutzwühlen und Sezieren. [...] Ich vermag in diesen düster-roten Lichtern nicht Boten eines kommenden Morgens zu erkennen, sondern nur den Fackelschein der fessellosen Orgien einer künstlerisch tief gesunkenen Zeit (KuJ 2: 43f.).

Hesse stilisiert die Situation der zeitgenössischen Literatur zu einem Bild dramatischen Verfalls, weil er glaubt, dadurch einen Weg gefunden zu haben, der es ihm erlaubt, mit den künstlerischen Mitteln einer klassischen Ästhetik des schönen Ideals, seine eigenen Dämonen bannen zu können. Dabei übersteigert er die Ausweglosigkeit der literaturhistorischen Situation, um dadurch eben den Ort zu markieren, den er für seinen eigenen Beitrag ausgewählt hat: er will Teil der Lösung des Problems sein. Der Bilanzbrief an den Bruder zeigt Hesse so an einem kritischen Punkt in seiner persönlichen und künstlerischen Entwicklung, denn er hat sich zunächst einmal ein künstlerisches Fundament geschaffen, um sich aus der Ausweglosigkeit der ‚nihilistischen' Verzweiflung nach der gescheiterten Verliebtheit in „Elise" (Juni 1892) zu befreien. Die sieben Jahre Ältere ist für ihn nach dem vorläufigen Zusammenbruch seiner Schulkarriere die Verkörperung seines Kunst-Ideals. Elise muss ihm als naiv-schöne Lichtgestalt erscheinen, weil sie nicht nur durch ihre Nähe und Freundlichkeit die ersehnte Anerkennung zu spenden scheint, sondern weil sie offenbar auch wie Goethes Bild von Werthers Lotte in ihrer Erscheinung und Gestalt die Ideale Hesses darstellt. Die Unmöglichkeit einer Verbindung, die von ihr entschieden wird, trifft ihn deshalb doppelt hart, und er findet keinen Weg, sie zu einer unerreichbaren petrarkistischen Idealgestalt überirdischer Schönheit und Reinheit im Sinne einer Laura oder Beatrice zu stilisieren[22]. Das Gefühl der verweigerten Anerkennung wird von ihm sogleich in künstlerisch-literarische Überzeugungen übersetzt und lange Zeit (von Juni 1892 bis etwa Juni 1894[23]) durch wiederkehrende Suizidszenarien, die einerseits den unmittelbaren Druck mindern und andererseits eine weltanschauliche Verbindung mit ‚nihilistischen' Anschauungen herstellen sollen, am Leben erhalten. Mit der Erkenntnis der Ausweglosigkeit seiner radikalen Ablehnungshaltung beginnt er dann nach Lösungsmöglichkeiten künstlerischer Art zu suchen, die ihn gleichzeitig von

[22] Wir wissen nur wenig über diese verhängnisvolle adoleszente Verliebtheit, die Hesse selbst immer im Unklaren gelassen hat; die konkretesten Hinweise verdanken wir den kurzen Bemerkungen des Großvaters Hermann Gundert in KuJ 1: 230.

[23] Die Wende beginnt in der beschäftigungslosen Ruhephase in Calw (November1893 bis Mai 1894), angestoßen durch die extensive Lektüre in der Bibliothek des kurz zuvor verstorbenen Großvaters, und setzt sich unter dem Einfluss der Mechanikerlehre bei Perrot fort.

der naturalistischen Fixierung (‚Nihilismus') und von dem eigentlichen Auslöser der Krise, der sentimentalen Identitätsvorstellungen im Kontext seiner Ästhetik des Ideal-Schönen (von ihm mit ‚Romantik' assoziiert) befreit. Die Rückkehr zu konservativen ästhetischen Inhalten fällt ihm nicht schwer, sie vollzieht sich mit Hilfe seiner Goethe-Lektüre, während die Ablösung von der Romantik schwieriger ist, denn Hesses Identifikation des Problemursprungs ‚romantische Verliebtheit' mit der ‚romantischen Schule' ist ein abstraktes Konstrukt und eine psychische Übertragung, die sich von angelesenen Urteilen über die Romantik nährt und nur deshalb lange aufrecht erhalten bleibt, weil ihm in Heines Werk ein mächtiges Dispositiv zur identifikatorischen Problembewältigung in die Hand gerät. Erst 1898, sechs Jahre nach der ‚Elisen'-Krise, wird sich die fatale Übertragung von sentimentaler Verliebtheit auf die Ästhetik der romantischen Bewegung lösen, und ein jahrelanges beglückendes Studium der Romantik einsetzen.

Davon ist er im Dezember 1895 noch weit entfernt; der nächste Schritt auf seinem langen Entwicklungsweg muss die Wiederherstellung eines pragmatischen Einverständnisses mit den Eltern sein, wofür sein Umzug nach Tübingen und der neuerliche Versuch einer Lehre eine günstige Voraussetzung ist. Hesse weiß, dass er seine Eltern nicht zu seinen Überzeugungen und Zielen bekehren kann, umgekehrt muss er versuchen, darüber Einverständnis zu erzielen, dass er sich nicht zu den missionarischen Überzeugungen der Eltern bekehren wird, obgleich er weiß, dass diese Ziele letztlich unerreichbar sind. Es geht also zunächst um einen Prozess der Annäherung bei gleichzeitiger Distanzierung mit dem vorläufigen Ziel der friedlichen Koexistenz, die, so die utopische Hoffnung, in der Zukunft, wenn nicht zur Affirmation, so doch zur Anerkennung führen könnte. Vor diesem Hintergrund sind die zahlreichen Briefe an die Eltern von 1896–1899 zu verstehen, denn hier scheint eine andere Person zu sprechen, als in den Briefen an Rümelin, Kapp und Isenberg, doch der Eindruck täuscht. Schon direkt nach dem Umzug nach Tübingen beginnt er in seinen Briefen an die Eltern, seine künstlerisch-weltanschauliche Position deutlich zu machen:

> Ich spiele gern einen Choral und lese gern, besonders Sonntag morgens, ein Kapitel der Bibel, [...] aber es kostet mich viel Überwindung in die Kirche zu gehen. Der Gottesdienst macht mir immer den etwas peinlichen Eindruck des Erzwungenen, Berechneten, dem ich ein stilles, einfaches Nachdenken weit vorziehe [...]. Soweit wenigstens haben sich meine Ansichten geändert, daß ich die Bibel wieder verehre und liebe und lese, daß ich staunend und ehrfurchtsvoll diese großen, schlichten Worte anschaue wie ein altes, unwandelbares Urgebirg, und mir daneben unsäglich winzig und ärmlich vorkomme (KuJ 2: 27f.).

Die Kernaussage Hesses konzentriert sich auf sein respektvolles Verhältnis zu religiösen Gefühlen und Schriften, das er trotz aller Kritik bewahrt hat, als Modell für ein künftiges Miteinander. Er ist bereit, Respekt und Anerkennung zu zeigen, erwartet diese Haltung aber auch von seinen Eltern gegenüber seinen Anschauungen. Von zentraler Bedeutung sind an dieser Stelle zwei Momente, die die fortdauernden Auseinandersetzungen definieren und bestimmen: Hesse zieht die Diskussion sofort auf eine literarische Ebene und formuliert seinen Hauptkritikpunkt an der spezifischen Religiosität des missionarisch-pietistischen Protestantismus, den er hier am Beispiel des Gottesdienstes als erzwungen und berechnet bezeichnet. Er fühlt sich von dem Kalkulierten des Rituals peinlich berührt; es ist der Charakter der kunstvoll konstruierten Überzeugungsabsicht, der ihn stört – die Rhetorik, die die Authentizität des ursprünglichen religiösen Gefühls, aber auch der Literatur aufhebt, wie er auch sogleich an der Bibel demonstriert:

> Dieses Ewige, Ergreifende finde ich in den Evangelien wieder, […] aber schon in der Apostelgeschichte verklingt mir allmählich der unbeschreibliche, mahnende Ton, und in den Paulusbriefen finde ich nichts mehr, was mich so faßt und erschüttert; auch die wenigen schwungvollen Stellen wie das Liebeskapitel im Korintherbrief erinnern mich […] weniger ans alte Gotteswort, als vielmehr an die Rhetorik klassischer Redner, bei denen Paulus gelernt hat: Das Herzliche, Junge ist da, aber es wird weislich benutzt, nach rhetorischen Regeln gesteigert u.s.f. (KuJ 2: 28).

Damit hat er die Unaufrichtigkeit des pietistisch-christlichen Glaubens als sein Thema gegenüber den Eltern deutlich markiert und es zugleich aus dem religiösen Diskurs in den literarisch-künstlerischen übertragen. Der missionarische Gedanke, dessen Form und Inhalt die Rhetorik ist und in dessen Schatten er auch weiterhin stehen wird, ist für ihn das Zentrale des elterlichen Glaubens. Diese auf Überzeugung und Überredung abzielende Rhetorik ist aber auch das Element, das seine literarische Empfindsamkeit und den idealen Charakter des Schönen zersetzt und also bekämpft werden muss. In den folgenden Briefen entwirft Hesse für seine Eltern eine Situationsbeschreibung seines literarischen Entwicklungsgangs und Teile seiner poetologischen Programmatik, die sie bei aller Vorsicht respektieren könnten, die aber nur in Ausschnitten seiner tatsächlichen Lektüre entsprechen. Seine Beschäftigung mit der Gegenwartsliteratur erscheint demnach als berufliche Notwendigkeit (Siehe KuJ 2: 53) und Goethes Werke als die ihm angemessene Seelenmedizin, weil er dem Bedürfnis nach Sicherheit entspricht: „Goethes Schöpfungen sind marmorne Bilder, die wir nicht eines Gedankens, nicht ihrer Taten wegen lieben, sondern allein wegen ihrer sich selbst genügenden stetigen Schönheit und weil wir wissen, daß diese Bilder nicht zerrinnen können, sondern dauerhafter sind" (KuJ 2: 54). Goethes Werk vermittelt Sicherheit durch den Anspruch auf Ewigkeit, weil es nicht rhetorisch zersetzt ist. Mit offenkundiger Anspielung auf sich selbst macht er deutlich, dass ihn nicht der rhetorisch verdorbene Missionarsgedanke, sondern die ewige Ruhe Goethes vor der Katastrophe in der Lebenskrise gerettet habe:

> Ein leicht erregbarer Mensch muß von dem vagen Suchen nach Glück und Wahrheit verrückt werden, der Weltschmerz kommt auch ungerufen und ist, nach meiner Erfahrung, mit den Waffen des Lebens, der Ästhetik, kurz mit allen Waffen leichter zu bekämpfen als mit denen der Philosophie. Was ich bei Goethe fand, scheint mir überhaupt das Beste und Einzige, die Kunst nämlich, bei allem Interesse, bei aller Phantasie, aller Beweglichkeit sich doch ein Stückchen Seele, einen Raum in der Brust, still und stumm zu bewahren, damit der Grund ruhig sei, wenn auch oben Stürme gehen [...] (KuJ 2: 56).

Die erkennbaren Spitzen gegen die Überzeugungen der Eltern bleiben noch lange im Beiwerk der Briefe erhalten, die sich auch weiterhin um die Beglaubigung seiner ernsthaften, das heißt konservativen Bemühungen um eine tragfähige intellektuelle Basis seiner zukünftigen Karriere bemühen. Neben Goethe steht dabei die antike klassische Literatur im Vordergrund, doch auch hier findet er den unheilvollen Einfluss der Rhetorik:

> Ich freue mich auf Homer und Sophokles, bei Vergil mischt sich schon allerlei Neues, Gemachtes in die naive Ursprünglichkeit, ist doch schon das nimmer naiv, daß die ganze Aeneis auf einer breiten Tendenz ruht, die trotz ihres patriotischen, frommen Gehaltes nicht die epische, absichtslose Sachlichkeit und Selbstgenügsamkeit des Homer ersetzen kann (KuJ 2: 75).

Gegen Homer lässt sich nur wenig einwenden, wenngleich die Einschätzung Vergils etwas beckmesserisch ist, wie Hesses Rhetorikkritik zwar in einer langen und venerablen Tradition steht, aber von ihm als Thesaurus sprachlich-formaler Argumentationstricks weitgehend missverstanden wird. Die Kritik der Vorstellung von aufrichtig-authentischer Ursprünglichkeit bei Homer und Goethe wird wie auch die Unhintergehbarkeit der Rhetorik erst viel später in das allgemeine Bewusstsein dringen. Den Eltern gegenüber entwickelt er einen großangelegten Plan autodidaktischer Bildung, die sich von Homer und den klassischen Autoren der Antike über Dante und Shakespeare bis ins 18. Jahrhundert erstreckt (Siehe KuJ 2: 80f. u. 85) und als Vorarbeit zum Studium Goethes dienen soll. Der Eindruck, dass Hesses Goethe-Begeisterung, wie auch diejenige Heines, einen autobiographischen Bezug hat, lässt sich nicht ganz von der Hand weisen, denn die Ähnlichkeit mit Werther, der mit Homer und ‚Ossian' in der Hand die Aufrichtigkeit der Natur, Landschaft, Literatur und Liebe rauschhaft erfährt und von der Zurückweisung des Anerkennungsbegehrens so existenziell erfasst wird, ist so plastisch, dass man von einem späten „Werther-Syndrom" sprechen kann.[24]

Tatsächlich beginnt Hesse, sporadisch auch von der Lektüre der Gegenwartsliteratur zu berichten, so etwa von Sudermanns Romanen und Nietzsches Schriften. Doch wird er inmitten all der geschäftigen Lebensaktivitäten auch von depressiven Schüben heimgesucht, denen er mittlerweile jedoch souveräner als früher begegnen kann; sie provozieren sofort die briefliche Vergewisserung seiner unverhandelbaren weltanschaulichen Positionen, auch wenn sie unter peinlicher Analyse nicht immer ihre Dauerhaftigkeit erhalten können und die Annäherung an religiöse Überzeugungen verführerisch wirkt:

> Ich gestehe, mein eigenes Lebensideal, meine Poesie, mein bißchen Goethekult sogar, sind bessere und treuere Götter als jener Sonntagsgott. Sie stehen zu mir, auch wenn es trüb und trostlos aussieht, aber das ist der wunde Punkt – sie leiden mit mir und klagen mit mir, aber sie sind zu sehr meine Geschöpfe, als daß sie stark genug wären, mich hinauf zu ziehen, mich zu retten. [...] Ich suche wieder die Sterne meiner bisherigen Ideale und will wieder versuchen, durch den poetischen Pantheismus zum Geheimnis des Friedens und der Gesundheit zu dringen. Mir ist wieder, als seien meine Augen mehr dazu geeignet, in den Offenbarungen der Dichter als der Bibel zu lesen. Aber ich weiß jetzt, wenn auch mir keine Offenbarung ward, ich weiß doch, daß der Christenglaube keine Form und kein Gleichnis, sondern eine starke, lebende Kraft ist, und daß keine andere Macht eine solche heilige Gemeinschaft und Liebe zu schaffen und zu erhalten vermag (KuJ 2: 139).

Die Mutter kommentiert das Schreiben gegenüber ihrer Tochter Marulla als „merkwürdige[n] Brief" (KuJ 2: 140), und ihre Bemerkung zeigt, dass sie die rhetorische Strategie ihres Sohnes eben so wenig durchschaut, wie seine persuasorische Diskursverlagerung, denn Hesse gibt hier zu erkennen, dass er die Rhetorik der Literatur als Konstrukt erkennt, dessen er sich selbst bedient, das aber vor den letzten Dingen des Lebens versagt. Demgegenüber muss er konzedieren, dass die als rhetorisch gebrandmarkte Religion in Tat und Wahrheit eine lebendige Macht darstellt; er schließt:

> Daß alles, auch das Höchste, was Dichter geschaffen haben, Stückwerk ist, weiß ich, und es fehlt nicht an Stunden, wo mir unsre ganze Dichtung so recht klein und ärmlich erscheint; aber mit der „Welt

[24] Ironischerweise erkennt er gerade den durchgehend rhetorischen Charakter von Goethes frühem Erfolgsroman nicht; bereits in Goethes Text wird explizit von der Problematik des angeblichen Gegensatzes von Aufrichtigkeit und rhetorischem Schein gehandelt.

> der Poesie" meine ich mehr, meine ich eine Welt, zu welcher alle bestehenden Dichtungen bis zur Ilias und Hamlet und Faust, nur eben ein dürftig angelegter Vorhof sind.[25]

Hesse rettet sein Argument durch die Verlagerung der lebendigen Macht der Literatur in eine eher suspekte Dichtung der Zukunft allerdings nicht, denn dieses Konstrukt, unter Zeitgenossen sehr beliebt (etwa bei Däubler), steht in radikalem Widerspruch zu seiner bisherigen Strategie der neu-klassischen literarischen Rückbesinnung.

Im Juni 1887 resümiert Hesse dann erneut in einem Brief an seinen Bruder Karl Isenberg die erreichte Position:

> Meine „Centrale" habe ich im Glauben an das Schöne gefunden, der mit dem Glauben an die Kunst annähernd zusammenfällt. [...] Ich wünsche gewiß nicht eine Art ästhetischer Moral eingeführt zu sehen [...]. Mir ist diese meine „Centrale" aus einem interessanten Ding und einem Spielzeug infolge innerer Erfahrungen zu einer Religion geworden [...] Diese Religion ist aber reich an Trost, reich an Lebensfülle, an Geheimnissen und Offenbarungen. Ich weiß jetzt erst, was Religion ist, und seither bin ich gegen allen „Glauben" unglaublich milde geworden, denn ich selber glaube entschieden, jetzt auf einer höheren Lebensstufe zu stehen (KuJ 2: 189f.).

Die Bedeutung dieser Passage ist nicht gering, denn sie lässt einen entscheidenden Fortschritt in Hesses Entwicklung erkennen: er kann sich von seiner Anschuldigung, dass die Religion sich einer unaufrichtigen Rhetorik bediene, emanzipieren, indem er die unmittelbare Verankerung des Glaubens im Leben affirmiert. Damit öffnet er sich allerdings nicht den Weg zurück zum missionarischen Pietismus, sondern hin zu einer neuen Wertschätzung religiöser Empfindungen insgesamt im Kontext von ‚pantheistischen' Vorstellungen. Diese Verschiebung des Wertungsakzents hat sofortige Konsequenzen für seine literarisch-ästhetischen Überzeugungen:

---

[25] KuJ 2: 140. E. Goes gegenüber wird er deutlicher: „[...] das Verlangen des Künstlers, einer, auch nur einer Schöpfung den vollen Zauber alle der großen Schönheit zu geben, die er liebt und besitzt, die doch so spröde ist, und so wunderselten zum reinen, flüssigen Golde wird. [...] Das wäre mir den Preis des Lebens wert, einmal, nur einmal ein Lied zu singen, süß und schön in fremdbekanntem Wohllaut, darin mein eigenes pulsendes Leben, meine eigne Liebe, mein ganzes Glück und seliges Leid sich in brünstigen Wogen ergösse" (KuJ 2: 160). Emotional überwältigt von dem Wunsch nach Resonanz, zeigt es sich, dass es ihm um die überzeugende Selbstdarstellung geht, um Verständnis und Anerkennung. Leider wird auch deutlich, dass die emotionale Überbesetzung seiner autobiographischen Literaturprogrammatik sentimental-schwülstigen Kitsch produziert – es mag als Entschuldigung gelten, dass seine Bemerkungen anlässlich von Hauptmanns ‚deutsches Märchendrama' *Die versunkene Glocke* (1896), das ihn tief beeindruckte, entstanden sind.

> Das Schöne in der Natur und das Schöne in der Kunst (auch Dichtung) stehen mir ziemlich auf einer Stufe, obwohl ich für das letztere fast empfänglicher bin. Als Muster der Kunst und primäre Daseinsform des Schönen erscheint mir die Natur nicht, sondern ebenso wie die Kunst als Bild, als Symbol, als Versuch, das Ideal Schönheit abzubilden. Weder Kunstwerk noch Naturbild schließt je alle Gesetze und Möglichkeiten der Ästhetik in sich, die in seinem Rahmen gelten können. So scheinen mir z.B. viele Landschaften gewissermaßen als subjektive Schöpfungen, mit dem Stempel einer Künstlerpersönlichkeit gezeichnet (KuJ 2: 190).

Hesse entwirft hier das einfache Schema einer platonischen Ästhetik mit den Ideen des Schönen und Guten (Kalokagathie) als transzendentem Bezugspunkt und Natur und Kunst als scheinhaft-rhetorische Abbildungen dieser ewigen Ideen des Schön-Guten, die niemals in der Lage sein können, alle Möglichkeiten der transzendenten Ideen zu repräsentieren. Gleichzeitig steckt er aber auch in einer Phase intensiver Nietzsche-Rezeption und beginnt, seine kunsthistorischen Interessen systematischer als zuvor bei der Lektüre zu berücksichtigen. Anlässlich einer abschätzigen Bemerkung über die mangelnde Qualität religiöser Lyrik und der Gegenkritik seiner Mutter, zieht er aus seinem platonischen Schema Konsequenzen:

> Mein Haupteinwand gegen alle *religiös* fromme Poesie ist der, daß diese eben immer der höheren Tendenz untergeordnet ist, nie Selbstzweck, also überhaupt nie wahre Kunst ist. Die Kunst als Mittel ist höchstens halbe Kunst. Und wieviel tausendmal muß hier leider der Zweck die Mittel heiligen (KuJ 2: 209f.).

Das ist nun erneut der Vorwurf der interessegeleiteten Rhetorik, die die Würde der Kunst und damit die Erfahrung des Schönen und Guten verdunkelt. Da aber die transzendenten Ideen unerkennbar bleiben, können die weltlichen Realisationen ästhetischer und moralischer Gesetze immer nur Annäherungen sein, die allenfalls von zweifelhaftem Wert sind, den er für die Kunst grundsätzlich verneint, weil sie sich damit zur Tendenzkunst erniedrige:

> Denn ich bin schlechterdings seit langem des festen Glaubens, daß die Moral für Künstler durch die Ästhetik ersetzt wird (was aber auch nicht *nötig* ist) und daß die Kunst, die Dichtkunst voran, nicht dazu da ist, Gutes zu wirken im moralischen Sinn (KuJ 2: 209).

Erkennbar macht sich hier das vorangegangene Studium Nietzsches bemerkbar, den er vor allem als Stilisten schätzt, dessen Philosophie er aber nur bedingt folgen möchte; diese vorsichtige Distanzierung von Nietzsche und die später manifest werdende Ablehnung von Wagner werden sich dann nicht mehr ändern, womit sich Hesse vor allerlei unerwünschten intellektuellen Konsequenzen bewahrt, mit denen Thomas Mann sich intensiv auseinandersetzen musste.

Alle diese literaturprogrammatischen Ausführungen des gerade 20-Jährigen sind nun durch gezieltes Ignorieren[26], unzureichende Kenntnisse oder autobiographische Überlagerungen teilweise entstellt und allgemein nicht auf einem dem Gegenstand angemessenen philosophisch-ästhetischen Niveau; es soll auch nur gezeigt werde, auf welchen Wegen und zu welchen Zielen der junge Autor unterwegs ist, bevor die Dimension des eigenen kreativen Schreibens seine Überlegungen aus dem halb-akademischen Diskurs herauslöst und ihnen eine ganz neue Perspektive verleiht, denn 1897 beginnt die Phase seiner ernsthaften Bemühungen um eigene literarische Werke – seine literarische Karriere beginnt.

Abgesehen von einem selbstverfassten Märchen aus Anlass des siebten Geburtstags seiner Schwester Marulla (1887) besitzen wir Texte aus der Anfangszeit der Adoleszenzkrise 1892/93 und ab 1894 Texte aus der Zeit der Krisenbewältigungsversuche, die fast alle Adressatenbezeichnungen tragen (Eugenie Kolb, Adele Hesse, Karl Isenberg). 1896 schreibt er „Lieder vom Leben" für die Mutter und „Fünf Gedichte" für die Schwester Adele, und 1897 widmet er „Plauderabende" seiner Mutter zu ihrem 55. Geburtstag. Im Oktober 1898 (vordatiert auf 1899) erscheint seine erste Buchpublikation, der Gedichtband *Romantische Lieder*, und schon früher im gleichen Jahr übergibt er „Zum 14. Juni 1898" dem Vater zu seinem Geburtstag; 1899 veröffentlicht er dann sein zweites Buch *Eine Stunde hinter Mitternacht* bei Diederichs[27], ein Jahr später erscheinen die *Hinterlassenen Schriften und Gedichte von Hermann Lauscher*.

Die Texte bis 1898 werden von den Adressaten im Allgemeinen positiv aufgenommen, es scheint aber fraglich, ob die Eltern von allen Texten Kenntnis hatten. Aus der Zeit von 1891 an existieren zudem zahlreiche unveröffentlichte Gedichte aus dem Nachlass.[28] Mit dem ersten Gedichtband, den der Autor nicht als Ausblick auf Zukünftiges, sondern als Rückblick auf Erreichtes versteht (Siehe KuJ 2: 306), beginnt dann aber eine neue Entwicklungsphase für alle Beteiligten, denn Hesse beginnt eine

---

[26] Hesse weiß natürlich, dass religiöse Literatur in völlig anderen Kontexten mit anderen Zielen und Wertungen zu verstehen ist als belletristische – es geht ihm aber um das rhetorische Prinzip als Grundübel in seiner Wahrnehmung. Eben so weiß er um die entscheidende Funktion der Rhetorik in der antiken Dichtung, wo er sie lieber als Stillehre marginalisiert.

[27] Eine inhaltliche Analyse dieser und anderer Jugendschriften ist hier aus Umfangsgründen nicht möglich.

[28] SW 10: 401–454 bringt Gedichte aus dem Zeitraum 1891–1898 (bis zur Veröffentlichung des ersten Gedichtbands), S. 454–516 Texte aus der Zeit von 1899–1902 (bis zur Veröffentlichung des zweiten Gedichtbands). Eine genaue Analyse der Gedichte der Frühzeit, vor allem in der Form der Erstdrucke, kann hier nicht stattfinden.

Korrespondenz mit Helene Voigt, die ihm einen anerkennenden Leserbrief nach der Lektüre eines Zeitschriftendrucks eines seiner Chopin-Gedichte schreibt. Schnell stellt sich heraus, dass die Korrespondenzpartner gleiche Vorlieben teilen und dass Helene Voigt selber schreibt. Hesse lobt an ihrer ersten Buchveröffentlichung[29] „eine Art von Sorglosigkeit", eine Eigenschaft, die er auf ihren „einfachen Blick", die „Kenntnis eines Volkes" und ihr „stetiges, warmes *Heimatgefühl*" (KuJ 2: 227) zurückführt. Mehr jedoch als Voigts kreative Fähigkeiten ist er an ihr als Zuhörerin und resonante Anerkennungsinstanz interessiert, denn sie ist die erste Person, die ihm ohne jedes Vorurteil gegenübersteht – vielleicht der Grund, warum er nicht nur Beruf und Alter verschleiert, sondern auch der Auslöser für seinen gezwungen-geschwollenen und parfümierten Briefstil:

> Und ich dachte eben an Sie, d.h. an die Wenigen, die ich mir zu Hörern und Freunden wünsche, an bessere Zeiten, an Lieder, die noch nicht gesungen sind...da wurde Ihr Brief mir gebracht und grüßte mich heimatlich und tat mir wohl. – Ich bin so wenig an Freundschaft und Freundlichkeit gewöhnt! (KuJ 2: 225f.)

Offensichtlich will er seiner Briefpartnerin imponieren und schlägt dabei einen weihevoll-pontifikalen Ton an, der sich auch in seinen frühen Texten findet, dort aber kontext- und gattungsbedingt angemessener klingt als in den Briefen eines 20-Jährigen. Hesse nutzt seine Korrespondenz mit der späteren Gattin des Verlegers Eugen Diederichs weniger dazu, belehrende Lektürelisten oder eigene literaturhistorische Wertungsschemata zu präsentieren, auch will er nicht die Ernsthaftigkeit seines autodidaktischen Bildungsprogramms plausibel machen, sondern er will sich erstmals einer Außenstehenden das Porträt des Dichters als jungem Mann geben, wobei eine Reife vorgetäuscht wird, die er noch gar nicht besitzt[30]. Die vor allem in den ersten Briefen an Helene Voigt stilistisch angehobene Sprache[31] zeigt dabei seinen eigenen Gebrauch rhetorischer Dekoration zum Zweck

---

[29] Helene Voigt: *Schleswig-Holsteiner Landleute. Bilder aus dem Volksleben*. Leipzig 1898.

[30] Das ist auch ein herausragendes Merkmal aller seiner frühen dichterischen Arbeiten, die sich zwar auf eigenes Erleben stützen, aber formal stark an fremde Einflüsse erinnern.

[31] „Und doch – hier und dort und überall erblickt mein Verlangen mit immer geschärftem Auge sie, meine Herrin und Freundin, mein Leben und Lieben – die ewige Schönheit! Tagüber im wechselnden Treiben sehe ich sie oft wie ein Licht in scheuen Reflexen über ein Menschengesicht, über einen Ort, über ein Gespräch hinleuchten und dann zittern und fliehen wie ein seltenes Edelwild, wenn unser stillos brutales Leben sie verscheucht" (KuJ 2: 230). Hesse spielt hier mit traditionellen petrarkistischen Formeln, die die Briefempfängerin dazu einladen, sich selbst in der Analogie zur Schönheit angesprochen zu fühlen – ein schönes Beispiel für Hesses rhetorische Fähigkeiten, auch wenn sie eine historisch obsolete Stilhaltung evozieren.

der Überzeugung: *ecce poeta* ist sein offenkundiges Persuasionsziel, und so sind die Briefe vor allem deshalb von Interesse, weil sie zeigen, wie sich der junge Künstler einen Dichter vorstellt. Es kann nicht erstaunen, dass Hesse dabei auf eher traditionelle Formeln zurückgreift, etwa derjenigen des *poeta doctus*:

> Das Oberste und Erste bleibt doch das Wissen von der Schönheit und der Glaube an sie. Sie vermag allein nicht nur Auge und Geist, sondern die Seele zu füllen. Der Geist ist noch in den elegantesten Beschäftigungen ein Kämpfer mit eisernen Waffen, noch roh und hundertfach begrenzt. Wer gewohnt ist, mit aufmerksamer Seele die Symbole der Schönheit schweigsam zu erforschen und ohne Gesetze zu ahnen; wer je den Linien eines seltenen Kunstwerks ein fleißig andächtiges Auge und ein fein erzogenes Ohr den Tönen eines Liedes lieh, der ahnt Höhen und Überblicke, welche keine Wissenschaft besitzt. Da fließen die subtilsten Eigenheiten und Fähigkeiten des Geistes, des Leibes, der Seele zu einer beglückenden Tätigkeit ineinander, welche meines Erachtens der vollendete Zustand und Ausdruck des Lebens ist (KuJ 2: 236f.).

Der Dichter ist demnach nicht nur ein Wissender, sondern ein Sehender, dessen Ahnungen den Horizont der Wissenschaft entschieden überschreiten und der in sich die Fähigkeiten kombiniert, das Leben zu erkennen und in seinem Werk darzustellen. Der Dichter verfolgt dabei keine zielgerichtete Suche nach Motiven, Bildern und Handlungen, sondern er lässt kontemplativ die Dinge der Natur und der unmittelbaren Umwelt auf sich wirken, bis sich die poetische Inspiration konkretisiert (Siehe dazu KuJ 2: 245).

In der Zeit der ersten Korrespondenz mit Helene Voigt fallen schließlich zwei Ereignisse, die für sich genommen wenig Bedeutung haben, die aber dennoch als ein Mahnruf der Realität verstanden werden können: am 1. März 1898 teilt ihm seine Briefpartnerin mit, dass sie sich mit Eugen Diederichs verlobt habe, und am 15. Juni erhält er vom Vater einen distanzierten Dank und eine deutliche Mahnung als Antwort auf sein Manuskript als Geburtstagsgeschenk für den Vater, ein Zeichen dafür, dass die Eltern nicht geneigt sind, bei aller Anerkennung seiner Fähigkeiten, die sie als sprachliche Versatilität schätzen, aber nicht als dichterisches Genie anerkennen wollen, weil sie eine von den religiös-missionarischen Inhalten losgelöste schriftstellerische Tätigkeit ablehnen. Während Hesse seine *Romantischen Lieder* für die Veröffentlichung zusammenstellt, führt er neben der Arbeit in der Buchhandlung seinen Lektüreplan fort, der sich nun neben den ‚Klassikern' Goethe, Keller, Meyer und Storm, vor allem durch Novalis angestoßen, der Lektüre der Romantiker widmet. Für seine seit 1897 geschriebenen „Romantischen Lieder" (1898) dienen ihm aber eher Gustav Falke und Richard Dehmel als Inspiration.

Die „Romantik-Studien“, die er nun systematisch betreibt, umfassen neben der Lektüre der Werke der Romantiker auch ihre Briefe (Schlegel, Schleiermacher, Novalis, Tieck, Schelling, Fichte), aber auch Spezialliteratur wie Diltheys Schleiermacher-Biographie. Die ausgreifende und affirmative Lektüre der Romantiker ist die Verlängerung seiner Klassikverehrung, die als Religionsersatz fungiert und seine eigenen Arbeiten begleitet, die noch über Jahre hinaus in enger Wechselwirkung mit seiner Lektüre stehen. An Helene Voigt-Diederichs schreibt er am 27. August 1898:

> Diese Romantik! Alles Heimliche und Jünglinghafte des deutschen Herzens ist in ihr, alle die Überkraft neben aller Krankheit, und vor allem eine Sehnsucht nach geistiger Höhe, eine jugendlich geniale Spekulation, welche unserer Zeit durchaus fehlt. Die Religion der Kunst – das ist für mich das Wesentliche, sie ist das Ziel der Romantik in ihren naivsten wie in ihren raffiniertesten Produkten (KuJ 2: 278).

Bei dieser intensiven Auseinandersetzung steht die romantisch-idealistische Philosophie, die auch für Novalis von höchster Bedeutung ist, aber nicht im Vordergrund seiner Faszination[32], sondern ihr Ideal der *sinceritas*, der Aufrichtigkeit[33], die als Träger seines anti-rhetorischen Konzepts dient. Hesse modelliert sich dabei sein Bild der Romantik gegen deren manifeste Grundeigenschaften, die der Rhetorik entstammen, allen voran die romantische Ironie; das ist nur möglich durch gezielte Verdrängung der offenkundigen literaturhistorischen Fakten und die Konzentration auf Novalis und sein Werk als Inkarnation des Romantischen:

> Ich halte ihn für den edelsten Dichter der ganzen neueren deutschen Poesie darin, daß er nie ein Wort geschrieben hat, das bloß Wort und Zierat, Phrase, war. Davon möchte ich außer ihm keinen einzigen Dichter freisprechen. Es liegt im Wesen der Schriftstellerei, daß man leicht mehr gibt als man hat, und das hat er nie getan.[34]

> Mir ist Novalis immer zumeist ein Lehrer der Wahrhaftigkeit gewesen. Wenn mir's gelänge, einmal ganz von Herz zu Herz zu schreiben, ohne einen Rest von Phrase, ohne alles Rhetorische, und doch

[32] Hesse schreibt an die Eltern am 15.11.1898: „Zum Philosophischen scheint mir der rechte Antrieb und sonst noch was zu fehlen – ich verstehe immer nur im besten Fall die großen Züge, und wandele in der Philosophie der Romantiker so fremd und verlegen herum, wie ein über'n Zaun gekletterter Apfeldieb“ (KuJ 2: 298)

[33] Siehe dazu Veronica Buciuman: *Sinceritas: Der poetologische Begriff in Hermann Hesses Prosawerk*. Frankfurt/M. [u.a.]: Lang 2010.

[34] KuJ 2: 302. Brief an die Eltern vom 21.11.1898.

> beredt in vollen Klängen, dann hätt' ich davon den größern Teil Novalis zu danken, diesem Gewissenhaften der Rede.[35]

Die ‚Kunstreligion' und der ‚Glaube an das Schöne' bleiben in diesen Jahren wie auch später sein Rückhalt, sie verbinden sich allerdings immer stärker mit (neu-)romantischen und modernen Lektüreeinflüssen, wie etwa Maeterlinck. Hesses Lektüre ist dabei deutlich darauf ausgerichtet, eine nachhaltige Orientierung durch künstlerische Maßstäbe zu entwickeln und so eine organische Verbindung zur Kultur der Moderne zu etablieren, die seine eigenen Arbeiten befördern soll, die, ebenso wie seine Kunstrezeption, noch immer völlig von autobiographischen Interessen dominiert sind und es auch noch lange bleiben: die Texte und Lektüren des Autors sind Ausdruck seiner andauernden Lebenskrisen, die seine prekäre Künstlerexistenz und schwierige Persönlichkeit mit dem Begehren nach Resonanz versöhnen möchte.

Die weitgehend freundliche Aufnahme der *Romantischen Lieder*, die im Oktober gedruckt werden, erfüllt ihn mit neuer Hoffnung auf Anerkennung und Resonanz durch die Eltern (Siehe KuJ 2: 322f.), eine Erwartung, die bereits vier Monate später, im Juni 1899, bitter enttäuscht wird. Hesses erste Prosaveröffentlichung *Eine Stunde hinter Mitternacht* soll dem Vater zu seinem Geburtstag im Juni überreicht werden, da sich der Druck aber verzögert, gerät zunächst nur ein Vorabexemplar in die Hände von Marie Hesse, weil der Vater wieder einmal unter einem depressiven Schub leidet. Die Mutter hält das Buch zurück und macht aus ihrer leidenschaftlich-pietistischen Ablehnung einiger Stücke der Sammlung in einem Brief an Hesse keinen Hehl, der von dieser Ablehnung nach den zögerlichen Hoffnungszeichen überrascht und erschreckt wird: er muss erneut schmerzhaft erkennen, dass es sinnlos ist, auf die Anerkennung der Eltern zu rechnen – sie werden ihm zuliebe nicht das religiös-weltanschauliche System, das ihr Leben bislang erfüllt, umstürzen. Seine Antwort darauf fällt „herb"[36] aus, wird aber nicht abgeschickt; er teilt der Mutter nur mit, er werde ihren Brief niemals beantworten und deutet an, dass er die Aussichtslosigkeit seiner Bemühungen einsieht. Mitte 1899 erreicht er nach dieser demütigenden Erfahrung endlich den Punkt der Loslösung von den Eltern in literarisch-künstlerischen Dingen, seine Karriere wird in Zukunft keine Rücksicht mehr auf die möglichen Reaktionen seiner Eltern nehmen.

Mit der Intensivierung der Arbeit an eigenen Texten tritt dann die Rezeption fremder Autoren in den Hintergrund, vor allem auch, weil er beginnt, seine poetologisch-ästhetischen Überzeugungen in Rezensionen

---

[35] KuJ 2: 311. Brief an Helene Voigt-Diederichs vom 10.12.1898.

[36] Siehe den Briefwechsel KuJ 2: 357–361.

und Aufsätzen zu dokumentieren, wobei deutlich wird, dass Hesse eine publizistische Tätigkeit als alleinige Existenzgrundlage schon seit Mitte 1894 (KuJ 1: 415f.) entschlossen verfolgt; sobald sich diese Möglichkeit abzeichnet, kündigt er seine Stelle als Buchhändler in Basel und beginnt das ungebundene Poeten- und Reiseleben, das ihm von da an zum unverzichtbaren Lebenselixier wird.

Seine Romantik-Studien, die er noch eine längere Zeit weiterführt, sind allerdings auch noch aus einem anderen Grunde von Interesse, denn sie markieren eine Perspektive, die erst eine Dekade später auch von der Literaturwissenschaft aufgegriffen wird und die erst in den 1920er Jahren ihren vorläufigen Höhepunkt erreicht. Hesse kann sich 1898 tatsächlich kaum auf Sekundärliteratur über Heines kritische Abrechnung, Diltheys Schleiermacher-Biographie und Rudolf Hayms *Die romantische Schule. Ein Beitrag zur Geschichte des deutschen Geistes* (1870) hinaus stützen[37]. Die Germanistik des späten 19. und frühen 20. Jahrhundert ist weitgehend noch von positivistischem Geist erfüllt und konzentriert sich auf Editorisches und Biographisches; das Bild, das sich zum Zeitpunkt von Hesses Tod von der Romantik präsentiert, ist dagegen weit von dem entfernt, das sich der Autor um 1900 von den Schlegels, von Novalis, Hölderlin, Jean Paul und Hoffmann bildet. Deshalb ist auch der Begriff der Neuromantik zur Einordnung seines Werks nicht unproblematisch, denn einerseits lässt sich der affirmative Rückbezug auf einige zentrale Texte der Romantik nicht auf das Gesamtwerk anwenden, weil sich der Autor bei dauerhafter Hinneigung zur Romantik nicht nur später zu anderen literarischen Tendenzen affirmativ verhält, er tut dies ganz offenbar schon um 1900 und lange zuvor. Seine wenigen frühen ‚literaturtheoretischen' Äußerungen, besonders zur (Neu-)Romantik[38], zeigen dies deutlich, denn der Begriff wird von ihm an sein ganz persönliches Bild der Romantik, deren Kern und Essenz das Werk von Novalis, zum Teil auch von Wackenroder, dem jungen Tieck und Friedrich Schlegel bildet, angelehnt. Bereits Schlegel und Tieck nutzten den Begriff Romantik in ihrem eigenen Sinn:

---

[37] Selbst Ricarda Huchs einflussreiche zweibändige Romantik-Darstellung erscheint erst nach Hesses anfänglicher Begeisterung 1899 und 1902. Neben den bekannten Literaturgeschichten gab es nur die anregende Darstellung von Georg Brandes, die Hesse aber nicht nutzte oder nutzen konnte. Die zentrale Grundlagen- und Einführungsschrift ist Julius Petersens *Die Wesensbestimmung der deutschen Romantik. Eine Einführung in die moderne Literaturwissenschaft* erscheint 1926 und belegt breit, wie sehr die Diskussion der romantischen Literatur neben der blühenden Barockforschung zum Hauptexerzierfeld der neueren deutschen Literaturwissenschaft geworden ist.

[38] *Neuromantik* in SW 14: 279f.; *Romantisch. Eine Plauderei* in SW 14: 280–283 und *Romantik und Neuromantik* in SW 14: 283–290.

> Sie empfanden dabei etwa das, was ein junger Künstler unserer Tage bei dem Wort l'art nouveau empfindet, alles Herrliche, Neue, Tiefe, Eigenartige, Zukünftige. [...] Wenn im Laufe der Zeit unter dem Romantischen [...] immer mehr etwas Formales, nämlich das Archaisierende, ritterlich Kostümierte verstanden wurde, so ist das im Hinblick auf die Entwicklung der romantischen Dichtung nicht zu verwundern. [...] Die Romantiker, die den Geschmack des größeren Publikums beeinflußt haben, sind Brentano und Arnim, dann aber namentlich Fouqué, Eichendorff und E. T. A. Hoffmann. Und gerade Hoffmann, einer der tiefsten Romantiker, ist meistens schlecht und oberflächlich verstanden worden (SW 14: 283).

> Die echte Romantik dürfen wir allein bei Novalis suchen, denn die Schlegel waren beide, trotz tiefer Einsichten und sublimen Verständnisses, dichterisch impotent (SW 14: 286).

Doch mit den Jungdeutschen verschwindet auch die Romantik, nur um als romantischer Impuls selbst in den Werken der Naturalisten weiter zu leben; von Maeterlinck sagt er:

> Hier liegt das Geheimnis und die tiefere Aufgabe des neuen romantischen Geistes. Es handelt sich nicht darum, ein paar hübsche neue Gedichte zu schaffen, sondern für die Vertiefung des Lebens und Erkennens auf allen Gebieten zu wirken (SW 14: 290).

An dieser Stelle will Hesse um 1900 offenbar auch seine Arbeit und sein Werk verortet sehen.

Der autodidaktische Auftrag seines selbstgewählten Lektüreplans verliert sich schließlich mit dem wachsenden Umfang der poetischen Produktion, bleibt aber als anti-akademische Maxime lebenslang bestehen; von etwa 1900 an hat Hesse das Fundament seines literarischen und künstlerischen Privatkanons etabliert, über dessen wiederholte Lektüre hinaus er in erheblichem Umfang zeitgenössische Publikationen aus zahlreichen Gebieten nicht nur der Belletristik liest und rezensiert. Seine fast 3000 grundsätzlich wohlmeinenden Literaturkritiken sind zusammen mit kurzen Feuilleton-Betrachtungen, die im Stil der Zeit Beschreibungen von Natur, Mensch und Umwelt mit nachdenklicher Reflexion zu atmosphärisch dichten Impressionen verdichten, eine wesentliche Quelle seines Einkommens. Sie belegen den außerordentlichen Umfang von Hesses Literatur- und Kunstrezeption und bieten nicht nur einen Thesaurus der künstlerischen Einflüsse, die er wahrnimmt, sondern auch einen subjektiven Überblick über die Literaturgeschichte der ersten Hälfte des 20. Jahrhunderts. An den großen Vorlieben ändern sie nichts, sie fügen dem bekannten Kanon allerdings vieles hinzu.

Gerd Depenbrock

Literatur und Politik in der Wilhelminischen Ära Hermann Hesse als Mitherausgeber der Zeitschrift *März*

Hermann Hesse und die Literatur im *März*

Von Anfang an wird der literarische Teil der Zeitschrift *März* durch die Persönlichkeit Hermann Hesses stark bestimmt. Im Frühjahr 1906 sucht der Verleger Albert Langen in Begleitung von Ludwig Thoma, seinem Mitarbeiter Reinhold Geheeb und dem Maler Rudolf Sieck den „Poetenwinkel" am Bodensee auf, um in Gaienhofen Hermann Hesse und in Überlingen Emil Strauß zur Mitarbeit an einer neuen Zeitschrift zu bewegen. Ohne sich dem *Simplicissimus* zu entziehen, sieht sich Langen zusammen mit Thoma nach einem neuen Objekt um und plant als Pendant zum *Simplicissimus* eine weitere Zeitschrift, welche in Politik, Literatur und Kunst alles sammeln sollte, was in Süddeutschland von Gewicht war und überdies zu einer Versöhnung mit Frankreich führen konnte. Wie Ludwig Thoma in einem Brief vom 6. Mai 1906 an den Rechtsberater des Langen-Verlags und Reichstagsabgeordneten Conrad Haußmann berichtet, soll die neue Zeitschrift am 1. Oktober 1906 als Halbmonatsschrift unter dem Titel *Süddeutschland* erscheinen und von Thoma, Langen, Hesse und Kurt Aram herausgegeben werden:

> Wir haben keine kleinen Ziele und Absichten. Wir wollen in Politik, Literatur, Kunst und Wissenschaft alles sammeln, was in Süddeutschland etwas weiß und kann. Süddeutschland – nicht so, wie man es in Berlin abgrenzt, sondern die alten süddeutschen Kulturländer, also Österreich und Schweiz auch ohne Bülows Genehmigung wieder in Deutschland einbegriffen, Tendenz: nur Positives bringen, und freiheitlich sein. Politisch keiner Partei dienen, aber ungefähr die Stimmung der guten 48er halten. Keine Polemik mit dem Neuberlinertum, keine Phrasen, aber soviel Gutes bringen, daß die germanischen Wenden ihre Superklugheit hinunterfressen müssen.[1]

[1] Ludwig Thoma an Conrad Haußmann. München 6. Mai 1906. In: Ludwig Thoma: *Gesammelte Werke. Erster Band: Autobiographisches und ausgewählte Briefe.* Piper, München 1956, S. 437f.

Doch der Name *Süddeutschland* für die Zeitschrift wird in der Folgezeit als zu lokal verworfen. Kurt Aram, einer der Mitbegründer und späterer Redaktionsleiter, schildert die endgültige Namensfindung mehr oder weniger als Zufallsprodukt:

> Langen selbst schoß wie ein Irrwisch durch sämtliche Zimmer und kehrte aus jedem mit hundert Einfällen in den Bebrütungsraum zurück, ohne daß das Kind einen Namen davon bekam, der sich sehen lassen konnte. [...] Langen suchte Rat bei sämtlichen Bänden des Brockhaus, und plötzlich lallte er, an den Fingern zählend: Januar, Februar, März. Da stockte er, wir sahen uns an und sprangen erlöst von den Biedermeierstühlen. Märzrevolution, Vorfrühlingsmonat, die ersten Weiden schlagen aus, es will Frühling werden, Föhn.[2]

Die Verbindung zur 1848er Revolution hatte ja schon Ludwig Thoma gezogen. Auch Conrad Haußmann bestätigt, dass der Name *März* von Langen gefunden wurde:

> Das kapriziöse Spiel mit den Fragen, Bildern und Vorstellungen aus Natur und politischer Geschichte, das der Name auslöst, die Erwartung des Kommenden – und die Rechtfertigung des schärferen Luftzuges – waren für die Wahl des Wortes *März* entscheidend.[3]

März war der Versuch, „der Groteske des *Simplicissimus* etwas Positives an die Seite zu stellen. Der jugendliche Name sprach die Wachstumshoffnungen an, die das bürgerliche Publikum hegte." Für Aufbruch und frischen Wind steht in diesen Tagen auch der noch junge „hoffnungsvolle Lebensmeister"[4] Hermann Hesse, der versucht, am Bodensee „ein natürliches, fleißiges, der Erde nahes Leben zu führen."[5] Langen hatte bereits im Dezember 1904 erfolglos versucht, Hesse, der durch die Veröffentlichung von *Peter Camenzind* bekannt geworden war, als Autor für seinen Buchverlag zu gewinnen. Das gleichzeitige Angebot, im *Simplicissimus* kleinere literarische Arbeiten zu veröffentlichen, stößt hingegen bei Hesse auf Zustimmung. Langen hat sehr großes Interesse an Hesses Mitarbeit am *März*, sichert ihm Freiheit bei der Wahl der Themen und der zu besprechenden Bücher sowie hinsichtlich Anzahl und Umfang der Beiträge zu. Dass Hesse nicht nur eine Mitarbeit zusagt, sondern auch bereit ist, als Mitherausgeber zu zeichnen, übertrifft Langens Erwartungen. Die von Langen angestrebte süddeutsch-liberale und gleichzeitig internationale

---

[2] Zit. nach: Gerd Thumser: *Ludwig Thoma und seine Welt.* Desch, München 1966, S. 32.

[3] Conrad Haußmann: *Albert Langen.* In: *März*, 3. Jg. (1909), II, S. 252.

[4] Harry Pross: *Literatur und Politik. Geschichte und Programme der politisch-literarischen Zeitschriften im deutschen Sprachgebiet seit 1870.* Walter, Freiburg 1963, S. 69.

[5] zit. nach Hugo Ball: *Hermann Hesse. Sein Leben und sein Werk.* Suhrkamp, Berlin/Frankfurt a.M. 1963, S. 106.

Tendenz kommen Hesses eigenen Vorstellungen von einer kulturpolitischen Zeitschrift entgegen. Zugleich erweitert er seinen politischen Horizont. Hesse erhält ein monatliches Fixum von 200 RM für seine Mitarbeit in der Zeitschrift sowie ein Seitenhonorar von 30 RM für Erzählungen.[6] Bis zum Dezember 1912 zeichnet Hesse als Mitherausgeber des *März*.

Schon der Brief Ludwig Thomas an Conrad Haußmann unmittelbar nach der Besprechung mit Hermann Hesse am Bodensee hatte die programmatischen Ziele des *März* umrissen. Als das erste Heft verspätet Anfang Januar 1907 erscheint, findet sich jedoch kein Zeitschriftenprogramm in ihm. Die Absichten der neuen Zeitschrift hatte Langen hingegen schon am 19. Dezember 1906 im Buchhändler-Börsenblatt veröffentlicht. Der Umschlag zu Nr. 294 enthält die umfangreiche Ankündigung des *März*, der sich im Untertitel *Halbmonatsschrift für deutsche Kultur* nennt und von Langen als positive Ergänzung zum *Simplicissimus* angesehen wird. Als „Revue großen Stils“ soll der *März* „zu allen Geschehnissen Stellung nehmen, die von Einfluß auf unser öffentliches Leben sind“[7]. Für den von Hesse verantworteten Literaturteil heißt dies:

> Ferner verspricht der *März* gute Literatur. Besonders will er die deutsche Erzählkunst pflegen, soweit sie nicht rein artistische Wege geht, sondern eine Beziehung zum Leben des deutschen Volkes hat. Auch hoffen die Herausgeber, alte Schätze deutscher Kunst zu heben und für die Gegenwart lebendig zu machen. Der Memoiren-Literatur soll lebhaftes Interesse entgegengebracht werden. (Ebd.)

Der *März* diene keiner Partei und keiner literarischen Clique, sondern der Kultur und dem Fortschritt auf allen Gebieten.

> Wenn der *März* das Wort ‚deutsch‘ in seinem Untertitel führt, so geschieht das aus der Überzeugung heraus, daß jede neue Kultur auf nationalem Boden erwachsen muß, um der ganzen Welt zugute zu kommen, nicht aber in dem Sinne, wie das Wort ‚deutsch‘ oft verstanden wird: schwerfällig, pedantisch, akademisch. Neben dem Worte ‚deutsch‘ steht hier das Wort ‚Kultur‘. Kultur aber ist unzertrennlich von einer gewissen Grazie und Leichtigkeit des Geistes [...] Und warum sollte die deutsche Kultur anders sein? Und eben sie soll man im *März* verspüren. Daß die Keime zu ihr vorhanden sind, wird aus tausend kleinen Anzeichen klar; überall entspringen frische Quellen aus dem Boden; sie zu einem Strome zu sammeln, ist die große Aufgabe, die sich der *März* gestellt hat. Entsprechend

---

[6] Helga Abret: *Albert Langen. Ein europäischer Verleger.* Langen Müller, München 1993, S. 203.

[7] *Börsenblatt für den deutschen Buchhandel.* 73. Jg. (1906), Nr. 294 vom 19.12.1906, Umschlag.

> dieser ernsten Aufgabe will er eine ernste Zeitschrift sein, aber dabei niemals langweilig werden, er will modern sein im besten Sinne des Wortes, aktuell fesselnd und interessant. (Ebd.)

Hesse veröffentlicht neben Erzählungen – wie *Eine Liebesgeschichte* (1908), *Ladidel* (1909), *Der Weltverbesserer* (1911), *Pater Matthias* (1911) – eine Vielzahl von Buchbesprechungen, Betrachtungen und Glossen. Er möchte in seinen Rezensionen neben der Tagesliteratur vor allem auf die vor ein paar Jahren erschienenen, aber noch unbekannt gebliebenen „Schätze“ aufmerksam machen:

> Darum soll in unserer Zeitschrift zuweilen auf solche gute Bücher, speziell aus der Romanlitteratur (!), hingewiesen werden – nicht für Kenner und enge litterarische Kreise, sondern für jedermann. Dabei sollen weder poetische Delikatessen für verwöhnte Feinschmecker, noch erste Versuche von jungen Anfängern sonderlich beachtet werden. Erstere kommen ohne unsere Hilfe zu ihren Käufern, für letztere arbeitet die Tageskritik.[8]

Derartige „unbekannte Schätze“ sind für Hesse auch in den folgenden Jahren immer wieder die Werke Johann Wolfgang von Goethes, Wilhelm Raabes, Gottfried Kellers, Eduard Mörikes sowie seiner Landsleute Emil Strauß, Ludwig Finckh, Jakob Schaffner und Wilhelm Speyer. Kellers Prosa ist für Hesse „wohl seit Goethe die einzige haltbare Schöpfung auf diesem Gebiet“[9].

Hesse schlägt in seinen Besprechungen einen persönlichen Ton an, er macht sein eigenes Erleben deutlich und gibt die Eindrücke wieder, die ihm bei der Lektüre eines Buches kommen. So schreibt er einmal, um Straußens Erzählung *Prinz Widuwitt* würde er gerne ein paar hundert Bändchen moderner Novellistik geben.[10] Seine Besprechung von Franz Karl Ginzkeys *Jakobus und die Frauen* schließt er mit der Bemerkung:

> Mit diesem Dichter müßte es schön sein, einen Abendgang ins Grüne zu tun und plaudernd über die wunderliche Schönheit des Lebens zu reden.[11]

Hesse will durch seine Rezensionen allmählich eine Liste von Titel entstehen lassen, „die dem Interesse der Leser empfohlen sein sollen“ (Ebd.). Von sich selbst schreibt Hesse:

---

[8] Hermann Hesse: *Unbekannte Schätze.* In: März,1. Jg. (1907), I, S. 246; auch in: Hesse: *Sämtliche Werke.* Hrsg. v. Volker Michels. Suhrkamp, Frankfurt/M.: 2001–2007. Band 16, S. 231–238 – Im Weiteren zitiert als SW mit Bandangabe und Seitenzahl.

[9] Hermann Hesse: *Gedanken bei der Lektüre des Grünen Heinrich.* In: *März*, 1. Jg. (1907), I, S. 457; SW16, S. 238–244.

[10] Hermann Hesse: *Unbekannte Schätze.* A.a.O., S. 247.

[11] Hermann Hesse: *Neue Erzähler.* In: *März*, 2. Jg. (1908), I, S. 560; SW16, S. 287–290.

> Ich bin kein Kritiker. Wenn ich über Bücher schreibe, tue ich es nur, um sie zu empfehlen, und nur bei Sachen, die mich instinktiv verwandt anmuten.[12]

Hesse betreibt Kritik durch das Instrument der Auswahl. Er möchte „jeweils das Beste vom Neuen auswählen und charakterisieren“[13]. Viele Literaten sehen im *März* eine Plattform für ihre unveröffentlichten Werke. Diese Flut von Manuskripten will Hesse aber weder beurteilen, noch will Langen sie drucken. Im *März* von Hesse besprochene Bücher können daher in der Regel als von ihm empfohlene angesehen werden. Überschriften wie „Unbekannte Schätze“, „Billige Bücher“, „Exzentrische Erzählungen“, „Gute neue Romane“, „Wertvolle Neuausgaben“ oder „Schöne Bücher“ zeigen, dass schon die Auswahl ein Urteil ist. Und doch ist für Hesse die Erzählung eine Gattung zweiten Ranges:

> Wenn ich im *März* je und je einige Erzählungsbücher anzeige, die mir beim Lesen wertvoll schienen und Eindruck machten, so tue ich's mit dem leidigen Bewußtsein, daß fast alle diese schönen Bücher doch zu einer Gattung zweiten Ranges gehören, und mit einem Bedauern darüber, daß unser Volk trotz des vielen eitlen Kulturgeredes nicht Kultur genug hat, auch reinere Kunstformen zu schätzen und durch sein Bedürfnis danach die Dichter auf andere Wege zu weisen, soweit diese das Zeug dazu hätten. Wenn man daran denkt, daß Zeiten, auf die der ‚Gebildete‘ kraft seiner merkwürdigen evolutionistischen Geschichtsauffassung fast mitleidig herabsieht, ihre Lust an epischen Dichtungen von tausend Versen fanden so tun einem die Dichter und Leser leid. (Ebd., S. 559)

Auch mit der modernen, zeitgenössischen Literatur geht Hesse hart ins Gericht. Für ihn ist die Sprache das Kriterium in der Frage nach der Zeitlosigkeit oder der Tagesbedeutung von Literatur:

> Ein Buch ist im schlechten Sinn modern und vergänglich nicht dann, wenn darin Automobile und Tagesfragen vorkommen, sondern wenn es die Sprache seiner Zeit spricht, die übermorgen veraltet sein wird, statt der Sprache, die stets gilt und stets wächst, und an deren Baum der unterste und älteste Ast noch immer grüner ist, als die Tagessprache von vorgestern, für die man ganz gern den scheußlichen Ausdruck Jargon braucht.[14]

---

[12] Hermann Hesse an Siegfried Trebitsch, Gaienhofen 25.3.1908. In: Hermann Hesse: *„Aus dem Traurigen etwas Schönes machen“, Die Briefe 1905–1915*, hrsg. v. Volker Michels, Suhrkamp, Berlin 2013, S. 108 – Im Folgenden zitiert: Die Briefe 1905–1915.

[13] *März*, 1. Jg. 1907, I, S. 246.

[14] Hermann Hesse: *Gute neue Romane*. In: *März*, 3. Jg. (1909), II, S. 377f.; SW16, S. 378–384.

Hesses Urteil über die moderne Dichtung lautet lakonisch: „Es schreiben aber neun Zehntel unsrer Dichter Jargon." Insgesamt schreibt Hesse für den *März* 180 oft mehrere Seiten lange Bücherberichte.[15]

Neben der kritischen, bzw. empfehlenden Rezension ist die Veröffentlichung von Erzählungen und Romanen ein Hauptanliegen der Zeitschrift. Bis zur Umstellung auf das wöchentliche Erscheinen werden im *März* vier Romane abgedruckt: *Karl Asenkofer* von Karl Borromäus Heinrich (1908), *Zwölf aus der Steiermark* von Rudolf Hans Bartsch, *Unter Herbststernen* von Knut Hamsun (1908/09) und *Der Bote Gottes* von Jakob Schaffner (1910). Von den im *März* mit Erzählungen oder Novellen vertretenen Literaten seien hier nur die wichtigsten erwähnt: Neben Hesse, Hamsun und Schaffner sind dies Peter Altenberg, Hermann Bang, Rudolf G. Binding, Helene Böhlau, Hans Bötticher (das ist Joachim Ringelnatz), Max Brod, Max Dauthendey, Hans Heinrich Ehrler, Paul Ernst, Wilhelm Fischer, Anatole France, Bruno Frank, Norbert Jacques, Johannes V. Jensen, Selma Lagerlöf, Fritz Mauthner, Gustav Meyrink, Karin Michaelis, Martin Andersen Nexø, Romain Rolland, Otto Rung, Wilhelm Schäfer, René Schickele, Wilhelm Schmidt-Bonn, Wilhelm Schussen, August Strindberg, Ernst Szép, Will Vesper, Karl Vollmöller, Christian Wagner-Warmbronn. Auf viele dieser Autoren weist Hermann Hesse als einer der ersten hin. Andere inzwischen bedeutend gewordene Literaten finden keine Beachtung. Zwei Dramen von George Bernard Shaw werden im *März* veröffentlicht: *Kapitän Brassbounds Bekehrung* (1907) und *Zeitungsausschnitte* (1909). Albert Langen bezeichnet die Veröffentlichung von Dramen als eigentlich von Anfang an wegen der Einsendung von „so unglaublich viel derartigem Material" als nicht vorgesehen, da „eine sachliche Würdigung des Eingesandten einfach die Kräfte der Redaktion überstieg."

> Bei Shaw haben wir [...] eine Ausnahme gemacht, aber auch sie ist uns nicht sonderlich gut bekommen. Denn wir haben erfahren müssen, wie wenig Interesse das Publikum für Dramatisches hat, wenn es in einer Zeitschrift erscheint.[16]

Ludwig Thomas Komödie *Moral*, deren Abdruck bereits angekündigt wird, wird von Thoma wieder zurückgezogen. Auch als Rezensent kann Hesse mit der Gattung Drama wenig anfangen, lediglich drei Besprechungen finden sich im *März*.[17]

---

[15] zit. nach Helga Abret: *Albert Langen*. a.a.O., S. 202.

[16] Ernestine Koch: *Albert Langen. Ein Verleger in München*. Langen-Müller, München 1969, S. 163.

[17] Annette Kym: *Hermann Hesses Rolle als Kritiker. Eine Analyse seiner Buchbesprechungen in März, Vivos Voco und Bonniers Litterära Magasin*. Peter Lang, Bern 1984, S. 180 – Alle Buchbesprechungen Hesses im *März* sind enthalten in: Hermann Hesse: *Sämtliche Werke*, Bd. 16 und 17, a.a.O.

Überdies sollen im *März* nicht allzu häufig Werke aus dem Verlag von Albert Langen oder Bücher, die dort erscheinen, rezensiert werden.

> Der *März* ist noch jung und viel angefeindet, und es gibt genug Leute, die nur auf eine Gelegenheit warten, ihm einen Streich zu spielen.[18]

So zeigt denn auch eine Auswertung der Bücher, die Hesse im März bespricht, dass Hesse nur 22 Titel aus dem Langen Verlag rezensiert, aber beispielsweise 63 Bücher aus dem Insel Verlag, 35 Bücher aus dem Georg Müller Verlag, 28 aus dem Eugen Diederichs Verlag, 24 aus dem Fischer Verlag, in dem Hesse selbst publiziert.[19] Andererseits erhofft sich Langen durchaus, einige der von Hesse und Thoma für den März gewonnenen Autoren über die Zeitschrift für seinen Verlag zu gewinnen.

Dagegen sind in den Anfangsjahren der Zeitschrift kaum Gedichte erschienen. Hermann Hesse nennt 1910 in einer Einleitung zu Gedichten von Alfons Paquet den Grund für diese Zurückhaltung:

> Bisher hat der *März* zu der ungeheuren lyrischen Produktion unsrer Tage geschwiegen. Er wollte weder von schon anerkannten Dichtern das ungewisse Neue bringen, das der Zufall zuführte, noch die zehntausend dichtenden Gymnasiasten durch den Abdruck ihrer Verse in ihrer Selbstüberschätzung bestärken. Das kritische Besprechen neuer Gedichtbücher schien vollends entbehrlich und nutzlos.[20]

Auch eine Anfrage Kurt Arams, eigene Gedichte im *März* zu veröffentlichen, lehnt Hesse ab.

> Das mit den Gedichten geht nun leider nicht. Ich sage leider, weil ich Ihnen und dem *März* gern entgegenkäme. Aber die Verse gehören alle nimmer mir, sondern sind zwar zum großen Teil ungedruckt, doch schon an Blätter verkauft. [...] Ohnehin aber könnte ich mich nicht entschließen, im *März* eigene Lyrik zu bringen, während alle andern lyrischen Einsendungen unberücksichtigt bleiben. Es ist nun die Frage (die aber nicht eilt), ob wir künftig etwa doch Lyrik bringen sollen. Im Prinzip bin ich dagegen. Doch könnte ich mir einen Ausweg denken: Wir würden für gewöhnlich keine Verse bringen, dafür gelegentlich höchstens alle paar Monate, einen einzelnen Lyriker, der Beachtung verdient und noch wenig oder nicht bekannt ist, mit einer Auswahl von sechs, zehn oder mehr Gedichten den Lesern vorstellen. Nur auf diese Weise könnte man den Autoren dienen und Lyrik in würdiger Weise, nicht nur als das übliche dekorative Füllsel, drucken.

---

[18] Ernestine Koch, a.a.O., S. 162.

[19] Annette Kym, a.a.O., S. 250.

[20] Hermann Hesse: *Vorwort zu Alfons Paquet, Gedichte*. In: *März*, 4. Jg. (1910), II, S. 197; SW16, S. 450.

Doch im Grunde lehnt Hesse diesen Vorschlag ab, denn wenige Zeilen später heißt es in dem Brief:

> Aber auch an diesem Plan hänge ich gar nicht. Ich glaube, wir verzichten einstweilen lieber. Man könnte doch nur Wenige bringen und es wäre sehr schwer, wenn nicht unmöglich, unter der Riesenmasse von Sendungen, die dann sofort kämen, schön und wirklich gerecht zu wählen.[21]

Um aber die Lyrik nicht ganz zu unterschlagen, schlägt Hesse als Ausweg „mehrmals im Jahre, doch nicht allzu häufig, sorgfältig ausgewählte Proben aus den Gedichtbüchern noch wenig bekannter neuer Lyriker" vor.

Auch von Würdigungen einzelner Autoren aus Anlass von Jubiläen hält Hesse eigentlich wenig:

> Ich kann mich hierin nicht anders machen und werde nie ein Journalist werden. Die Tugend des Journalisten heißt: über Dinge schreiben können, die er nicht versteht und zu denen er keinerlei Gefühlsverhältnis hat. Das werde ich nie lernen, und ohnehin ist mein Sinn für literarischen Heroenkult und für Jubiläen ganz unentwickelt.[22]

Und doch macht er für Autoren, die ihm etwas bedeuten, Ausnahmen. Beim „Raabelesen" entdeckt Hesse zufällig, dass „mein Liebling" *Abu Telfan oder die Heimkehr vom Mondgebirge* im November 1867 zuerst erschien, „also 40 Jahre!" Er sei zwar

> nicht sehr für Jubiläen, doch könnte man im November vielleicht eine *März*-Notiz bringen: ein paar Worte über das liebe Buch und eine Zeile darüber, daß es in seinen 40 Jahren höchstens 5 Auflagen erreicht hat[23]

schreibt Hesse an Hans Erich Blaich und fragt um eine Besprechung an. Blaich, der im *März* unter dem Pseudonym Dr. Owlglass publiziert, überlässt Hesse die Besprechung, die im November 1907 im *März* erscheint. Dagegen schreibt Hesse Anfang 1910 an die Redaktion, zum hundertsten Geburtstag Freiligraths brauche man nicht Stellung zu nehmen.

> Er war kein großer Dichter, und ohnehin wollen wir die überhand nehmende Jubiläumsmode nicht zu viel mitmachen. Die Leser reißen sich auch nicht darum, da sie jeweils dasselbe Thema in sämtlichen Blättern der Welt wiederkauen sehen.

---

[21] Hermann Hesse an Kurt Aram, Redaktion des *März*. Gaienhofen 8.6.1908, In: *Die Briefe 1905–1915*, S. 114f.

[22] Hermann Hesse an Conrad Haußmann, Gaienhofen 11.7.1910. In: *Die Briefe 1905–1915*, S. 217f.

[23] Hermann Hesse an Hans Erich Blaich, August 1907. In: *Die Briefe 1905–1915*, S. 68.

Allenfalls könne er nur dazu raten, wenn Theodor Heuss, damals Redakteur der von Friedrich Naumann herausgegebenen liberalen Zeitschrift *Die Hilfe*, „mehr über den Demokraten und Menschen als über den Literaten Freiligrath schreiben will"[24].

Ab 1913 übernimmt Wilhelm Herzog und nach ihm Theodor Heuss auch die Verantwortung für diesen Teil der Zeitschrift. Wilhelm Herzog rühmt sich in seinen Memoiren besonders der vielen neuen Autoren, die er dem *März* zugeführt hat. So erscheint im März 1913 eine Besprechung von Heinrich Mann über die gerade erschienene Novelle seines Bruders Thomas *Der Tod in Venedig* und im darauffolgenden Heft ein Abschnitt aus Heinrich Manns Roman *Der Untertan* unter dem Titel *Der Fall Lück*. Auch erscheint ein Essay *Der Literat* von Thomas Mann, dessen Größe Albert Langen wohl verkannt haben muss, denn um die Jahrhundertwende während seiner Zeit als bayrischer Infanterist überprüfte Thomas Mann für den Langen-Verlag Manuskripte und half in Urlaubszeiten aus. Damals hatte es geheißen, er arbeite an einem Roman. Langen versäumte einen Abschluss mit Mann und damit die Verlegung der *Buddenbrooks*.[25]

Auch Heuss gelingt es, eine Reihe neuer Autoren zu gewinnen. Heuss hatte in seiner Zeit bei der *Hilfe* zahlreiche Kontakte zu Schriftstellern, Politikern und anderen Persönlichkeiten geknüpft und als Literaturkritiker unter anderem auch Arbeiten von Hermann Hesse rezensiert. In einem Brief, vermutlich im Juni 1913, also zur Zeit der Übernahme der Redaktion durch Heuss, hält Hermann Hesse es allerdings für unmöglich, dass der *März* „literarisch wieder Besonderes leisten könnte". Für größere Erzählungen habe er als Wochenschrift keinen Raum mehr und der Bedarf an guten Skizzen und Novellen kleineren Umfangs sei in Deutschland größer als die Produktion. In diesem Bereich sei der *März* nicht gegenüber anderen Zeitschriften und den Tageszeitungen konkurrenzfähig genug.

> Tatsächlich hat der *März*, der einst als Halbmonatsschrift mit Schaffner, Bartsch, Emil Strauß, Thoma und mir sichtbar und erfolgreich die süddeutsche Dichtung pflegte, seit seiner Umwandlung in eine Wochenschrift seinen literarischen Charakter verloren und wohl manchen guten Aufsatz oder Essay, aber literarisch absolut nichts mehr gebracht, was von wirklicher Bedeutung wäre. Kurz, ich glaube an eine literarische Zukunft des *März* in seiner jetzigen Form nicht. Er ist von den Politikern in eine Form gebracht worden, die es erschwert gute Literatur zu pflegen, und muß sich nun eben vor allem

[24] An die Redaktion des *März*, Gaienhofen 28.2.1910. In: *Die Briefe 1905–1915*, S. 198.

[25] Vgl. Ernestine Koch: *Albert Langen*, a.a.O., S. 147. Dagegen erschienen einige Werke Heinrich Manns bei Albert Langen.

> politisch halten und bewähren. Nur ein Zweig der Dichtung, die Lyrik, ließe sich in der jetzigen Form des März erfolgreich pflegen.[26]

In der Tat werden während der Redaktion von Heuss nun im Gegensatz zur Zeit der Herausgeberschaft von Hesse viele Gedichte veröffentlicht, so vor allem während der Kriegsjahre. Nur einige Dichter seien hier genannt: Max Barthel, Felix Braun, Otokar Březina, Gerrit Engelke, Hermann Graedener, Hermann Hesse, Isolde Kurz, Ernst Lissauer, Alfons Petzold, Eduard Reinacher, Friedrich Schnack, Wilhelm Schussen, Paul Zech, Otto Zoff. Während des Krieges muss Theodor Heuss, wie er an Isolde Kurz schreibt, „auch jede lyrische Zeile – und wenn sie nur den Frühling begrüßt – der militärischen Vorzensur vorlegen."[27]

Betrachtet man die literarische Arbeit der Zeitschrift *März* im Rückblick, so muss man feststellen, dass der *März* zwar eine große Anzahl interessanter literarischer Beiträge veröffentlicht, im Vergleich zu anderen Organen seiner Zeit aber keine bahnbrechenden und bedeutenden Leistungen auf dem Gebiet der Literatur vollbracht hat. Durch die starke Betonung des politischen Teils und infolge des revueartigen Charakters der Zeitschrift hat sich im *März* keine literarische Richtung durchsetzen können. So hat die Literatur im *März* Querschnittscharakter, sie verfolgt keine konsequente Zielsetzung. Viele der Erzählungen im *März* stehen in der Nähe der Heimatkunst, besonders die Werke von Ehrler, Schaffner, Schussen und Strauß. Daneben finden sich eine große Zahl skandinavischer und französischer Autoren, nicht zuletzt aufgrund des anfänglichen Einflusses von Albert Langen, der fünf Jahre im französischen und dänischen Exil verbrachte, und dessen auch durch verwandtschaftliche Beziehungen geprägte Vorliebe für die nordische Literatur. Wilhelm Herzog und Theodor Heuss öffnen die Zeitschrift auch expressionistischen Autoren, doch lässt sich auch hier ebenfalls keine Bevorzugung erkennen. So beklagt sich zum Beispiel René Schickele über seine Schwierigkeiten, im *März* Beiträge unterzubringen.[28] Während des Krieges versucht Theodor Heuss, vor allem junge Talente zu fördern, so zum Beispiel die Arbeiterdichter Max Barthel, Gerrit Engelke und Alfons Petzold.

---

[26] Hermann Hesse an Theodor Heuss, Redaktion des *März*, ca. Juni 2013. In: *Die Briefe 1905–1915*, S. 345f.

[27] Theodor Heuss an Isolde Kurz, Heilbronn 17. August 1916. In: *Theodor Heuss. Der Mann, das Werk, die Zeit.* Eine Ausstellung. Turmhaus, Stuttgart 1967, S. 98.

[28] René Schickele an Theodor Heuss. Fürstenberg, 28. Juli 1914. In: Ebenda, S. 86.

„Ich mußte mehrmals die Kabinettsfrage stellen." Hesses Unzufriedenheit mit der Redaktion des *März*

Der *März* ist „für mich sonst Vereinsamten mein Stücklein Sozialität und Teilnahme am Ganzen" schreibt Hesse zum Jahreswechsel 1909/1910 an Jakob Schaffner.[29] Nach wie vor ist der *März* Herzenssache für Hesse, obwohl sich eine ständige Unzufriedenheit mit der redaktionellen Arbeit auf dem von ihm verantworteten Gebiet der Literatur wie ein roter Faden durch alle Jahre der Herausgeberschaft Hermann Hesses zieht.

Drei Jahre erst ist Hesse Herausgeber und doch musste er – wie er an Otto Wolters, damals Redakteur des *März* – im Sommer 2010 schreibt, bereits „mehrmals die Kabinettsfrage stellen"[30]. Die räumliche Distanz zwischen den wichtigsten Mitarbeitern des *März* führt von Anfang an zu Schwierigkeiten. Ludwig Thoma lebt am Tegernsee, Conrad Haußmann, der politische Redakteur, in Stuttgart und Hesse am Bodensee, Albert Langen und die Redaktion befinden sich in München. Immer wieder kommt es zu Differenzen mit den Redakteuren, aber auch zwischen den Herausgebern mit ihren unterschiedlichen Aufgabenbereichen. Rudolf Borchardt meint in seiner Polemik gegen den Langen-Verlag, dass Hesse dem *März* wohl nur seinen guten Namen geliefert habe:

> [...] wo ein Schriftsteller von dem Range und der Reinheit Hermann Hesses zum Renommierdeutschen des Herrn Albert Langen herabgewürdigt wird und einer leeren Vielschreiberei verfällt, die ihn ruinieren muß.[31]

Hermann Hesse übernimmt als Mitherausgeber die Begutachtung literarischer Beiträge und veröffentlicht im *März* viele seiner eigenen Erzählungen, Aufsätze, Glossen, Buchbetrachtungen und Einzelrezensionen. Hesse durfte für den literarischen Teil breiten Raum beanspruchen, um die Zeitschrift nicht in den Verdacht politischer Einseitigkeit geraten zu lassen.

Ludwig Thoma, der die Losung ausgegeben hatte „Im *März* müssen alle achtzig Seiten gelesen werden"[32], übernimmt als Referent für Politik und Kultur im ersten Jahrgang die Verpflichtung, 16 Hauptartikel, 6 Rundschauartikel und 27 Glossen zu schreiben. Thoma zeichnet seine Artikel

---

[29] Hermann Hesse an Jakob Schaffner, Gaienhofen 30.12.1909. In: *Die Briefe 1905–1915*, S. 178f.

[30] Hermann Hesse an Otto Wolters, Redaktion des *März*, Gaienhofen 1.7.1910. *In: Die Briefe 1905–1915*, S. 212ff.

[31] Rudolf Borchardt: Renegatenstreiche. In: *Süddeutsche Monatshefte*, 5. Jg. (1908), I, S. 766.

[32] Ludwig Thoma: *Stadelheimer Tagebuch* (Eintrag vom 16. November 1906). In: Ludwig Thoma. *Gesammelte Werke*, Erster Band, a.a.O., S. 159.

mit vollem Namen oder „Der März“, mit M, Iste oder L.[33] Doch schon bald widmet er sich mehr seiner eigenen literarischen Produktion und bleibt bereits im zweiten Jahrgang erheblich unter der vereinbarten Artikelzahl.

Die politischen Beiträge werden nun von Conrad Haußmann, dem Reichstagsabgeordneten der Deutschen Volkspartei und Rechtsberater Albert Langens, geschrieben. Haußmann, seit 1889 Abgeordneter im württembergischen Landtag und von 1890 bis zu seinem Tode 1922 Mitglied des Reichstags, verpflichtet sich vom dritten Jahrgang (1909) an, mit 16 Hauptartikeln, 10 Rundschaubeiträgen und 16 Glossen den Anteil Thomas zu übernehmen. Er kennzeichnet seine Artikel mit seinem Namen, mit C.H. oder mit seinem Pseudonym (Dr.) Heinrich Hutter bzw. H.H. Haußmann, der seit der Gründung mit dem *März* aufs engste verbunden ist, schreibt neben seinen politischen Artikeln hin und wieder auch kulturelle Beiträge, so zum Beispiel über Shakespeares Wirkung auf Goethe, und veröffentlicht in Absprache mit dem zuständigen Hermann Hesse eigene oder von ihm übersetzte Gedichte. Mit dem Literaten Hesse tauscht sich der zwanzig Jahre ältere Politiker Haußmann während einer langjährigen Freundschaft hauptsächlich über kulturelle Themen aus, die Korrespondenz enthält wenig zu politischen Fragen. Hesse lernt Haußmann im Herbst 1908 in München bei einer Redaktionssitzung persönlich kennen:

> Der Mann, über den ich früher meist nur von politischen Gegnern hatte reden hören, gefiel mir sehr, ein gescheiter, herzlicher Mensch und Urschwabe.[34]

Rudolf Borchardt nennt in seiner Attacke gegen den Langen-Verlag Haußmann wegen seiner vielseitigen Interessen einen „lebhaften und liebenswürdigen Dilettanten“[35]. Frank Wedekind beschreibt gegenüber Wilhelm Herzog Haußmann als einen „sogenannten Liberalen, der mit Uhland-Bäffchen den alten 48er spielt“[36] und in Mußestunden Gedichte fabriziere. Für Herzog ist Haußmann „langweilig“ und seine Artikel sind „leer wie Wassersuppen“, während Ludwig Thoma Haußmann als die „stärkste politische Kraft Süddeutschlands“ ansieht (Ebenda, S. 410f.).

Albert Langen, ebenfalls als Herausgeber genannt, besorgt als Verleger die geschäftliche Abwicklung. Er schreibt nur zwei Beiträge für den *März*,

---

[33] Ernestine Koch: Albert Langen, a.a.O., S. 159.

[34] Hermann Hesse an die Familie in Korntal, Gaienhofen 4.11.1908. In: *Die Briefe 1905–1915*, S. 128f.

[35] Rudolf Borchardt: *Renegatenstreiche*, a.a.O., S. 766.

[36] Wilhelm Herzog: *Menschen, denen ich begegnete.* Francke, Bern/München 1959, S. 211.

in denen er sich mit der Herausgabe einer billigen „Bibliothek" seines Verlegerkollegen August Scherl auseinandersetzt.[37] Außerdem kümmert sich Langen intensiv darum, neue Mitarbeiter für den *März* zu gewinnen, die er aufgrund seines Verständigungswillens vor allem im Ausland sucht. So bittet er André Tardieu im *März* gegen einen frankreich-feindlichen. Artikel der *Münchener Neuesten Nachrichten* Stellung zu beziehen.[38] Es gelingt ihm, den französischen Sozialistenführer Jean Jaurès für einige Artikel im *März* zu gewinnen. Dagegen lehnt Frankreichs Ministerpräsident Georges Clemenceau trotz des angebotenen Honorars von 2000 Francs ab.[39] In England versucht er vergeblich die liberalen Minister Lloyd George und Winston Churchill zu einem Artikel für den *März* zu bewegen. Nur der Herausgeber der *Westminster Gazette* und führende Publizist der britischen Liberalen, John Alfred Spender, ist bereit, dem *März* zwei Beiträge zu liefern.[40]

Die technische Redaktion führt Kurt Aram (das ist Hans Fischer). Max Halbe schildert Aram als „streitbaren abenteuerlichen Theologen", als „ein merkwürdiges Gemisch von lutherischem Gottesmann und modernem Weltverbesserer, reich an Talenten und Energien, denen vielleicht nur der einigende Mittelpunkt gefehlt hat, um sie zur höchsten Entfaltung zu bringen"[41]. Aram hatte um die Jahrhundertwende eine satirische Komödie verfasst und 1906 im Langen-Verlag *Pastorengeschichten* veröffentlicht. Arams Arbeit wird Ende 1908 von dem Arzt Dr. Robert Hessen übernommen, der auch Beiträge über Sport, Medizin und Volkswirtschaft schreibt. Hessens Artikel[42] sind mit seinem Namen, mit R.H., mit Gothus, Avonianus, h, g, * * * gekennzeichnet. Ab 1910 löst Otto Wolters den bisherigen Redakteur Robert Hessen ab.

Am 30. April 1909 stirbt Albert Langen wenige Wochen vor seinem 40. Geburtstag an den Folgen einer eitrigen Mittelohrentzündung, die er sich bei einer Fahrt im offenen Wagen, um den Grafen Zeppelin mit seinem Luftschiff landen zu sehen, zugezogen hat. Jetzt zeichnen als Herausgeber Ludwig Thoma und Hermann Hesse verantwortlich und die

---

[37] Albert Langen: *August Scherl und sein neues geistiges Sparsystem*. In: *März*, 2. Jg. (1908), II, S. 199–203 und ders.; *Noch einmal die Bibliothek August Scherl*. In: *März*, 2. Jg. (1908), II, S. 450–453.

[38] André Tardieu: *Gefährliches Treiben*. In: *März*, 2. Jg. (1908), I, S. 16–27.

[39] Ernestine Koch: *Albert Langen*, a.a.O., S. 169.

[40] J.A. Spender: *Das perfide Albion*. In: *März*, 1. Jg. (1907), II, S. 270–277 und ders.: *Der Kaiser in England*. In: *März*, 1. Jg. (1907), IV, S. 290–297.

[41] Max Halbe: *Jahrhundertwende*. In: Max Halbe: *Sämtliche Werke*. Band 2. Salzburg 1945; S. 270f.

[42] Ernestine Koch: *Persönlichkeit und Werk eines Verlegers als Faktoren ihrer Zeit (demonstriert am Beispiel des Verlegers Albert Langen)*. Phil. Diss. (Masch.) München 1950, S. 102.

inneren Konflikte nehmen zu. Finanziell steckt die Zeitschrift in einer Krise, denn schon Anfang 1909 hatte es ein Defizit von 11.296,37 Mark gegeben, das aus Überschüssen des *Simplicissimus* gedeckt wird. Mit Beginn des Jahres 1911 wird der *März* in eine Wochenschrift umgewandelt, Programm und Haltung sollen jedoch – wie es heißt – davon unbeeinflusst bleiben.[43] Im gleichen Jahr erhält der Verlag die Form einer GmbH, an der sich neben Ludwig Thoma auch Conrad Haußmann, nicht aber Hermann Hesse finanziell beteiligt. Was die Umwandlung in eine Wochenschrift angeht, bleibt Hermann Hesse skeptisch:

> Für den *März* als Wochenblatt wird es Schwierigkeiten geben. Thoma sollte dann notwendig öfter seine lapidaren Artikel bringen, überhaupt müßte dann alles etwas präziser, knapper und temperamentvoller werden, sonst kann die Umänderung sich nicht rechtfertigen.[44]

Im Herbst 1912 teilt Conrad Haußmann Ludwig Thoma den Vorschlag Alfred Kerrs mit, die Zeitschriften *Pan* und *März* miteinander zu verbinden. Thoma bedenkt sich kurze Zeit und schreibt Haußmann dann ab. Er ist gegen die „Verschmelzung mit wesensfremden Zeitschriften, um Kosten zu sparen, dem Berliner Lokalbedürfnisse entgegenzukommen usw.“ *Pan* und Kerr passen ihm zu wenig zum süddeutschen Wesen und zum Charakter des *März*, dessen eigentliche Stunde jetzt gekommen sei, da sich die Zeit so ultramontan gewandelt habe und keine andere derart freiheitliche und auf internationale Verständigung bedachte Zeitschrift wie der *März* existiere.

> Und jetzt, wo eigentlich der Kampf erst angehen soll, Verschmelzung? Id est Abhängigkeit, Verlust an Individualität, Eigenart! [...] Ich bin gegen Kerr und *Pan*.[45]

Doch schon lange ist Thoma mit dem bisherigen Redakteur, Otto Wolters, unzufrieden. In einem Brief an Hesse vom 24.12.1912 charakterisiert Ludwig Thoma Wolters so: jedesmal, wenn er mit ihm rede, würden ihm die Füße einschlafen: „Wie sie den in die Welt befördert haben, muß die Hebamme gegähnt haben.“[46] Thoma selbst hat schon die beachtliche Summe von 5.000 Mark in den *März* hineinstecken müssen, und das bei

---

[43] Redaktioneller Hinweis im 4. Jg. (1910), IV, S. 544.

[44] Hermann Hesse an Conrad Haußmann, Gaienhofen 28.11.1910. In: *Die Briefe 1905–1915*, S. 242.

[45] Ludwig Thoma an Conrad Haußmann (Rottach, 26.9.1912). In: Ludwig Thoma: *Ein Leben in Briefen (1875–1921)*. Hrsg. von Anton Keller. München 1963, S. 248.

[46] Anhang zu Brief 144 Hermann Hesse an Otto Wolters,13.1.1910. In: Die Briefe 1905–1915, S. 545.

einer Auflage von 6.000 Exemplaren wöchentlich.[47] Thoma ist bereit, den *März* eingehen zu lassen, falls er nicht einen neuen geeigneteren Redakteur findet.

Im Herbst 1912 wendet sich Thoma entgegen Haußmanns Rat an den Schriftsteller und Publizisten Wilhelm Herzog mit dem Angebot, die Redaktion des *März* zu übernehmen. Herzog, am 12. Januar 1884 in Berlin geboren (gest. 18.4.1960), hatte dort Germanistik und Kunstgeschichte studiert und war durch seine Kleist-Biographie und durch die Herausgabe einer sechsbändigen Kleist-Gesamtausgabe bekannt geworden. 1909 hatte er zusammen mit Paul Cassirer die Zeitschrift *Pan* gegründet. Herzog, der in Paris an seiner Heine-Biographie arbeitet, lehnt Thomas Angebot zunächst ab und schlägt stattdessen René Schickele als Redakteur vor. Schickele, vielseitiger Publizist, der mit Otto Flake 1902/1903 die Zeitschrift *Der Stürmer / Der Merker* gegründet hatte und Chefredakteur der Straßburger *Neuen Zeitung* war, wird von Thoma als „Französling" (Ebd.) abgelehnt. Schickele, später Herausgeber der *Weißen Blätter*, hätte sicherlich für den *März* eine große Bereicherung dargestellt und ihm wahrscheinlich einen expressionistischen Zug verliehen. Auch mit dem zweiten Vorschlag Herzogs, den Journalisten Ferdinand Hardekopf als neuen Redakteur für den *März* zu gewinnen, ist Thoma nicht einverstanden. Hardekopf ist für ihn zu sehr Ästhet, „ein verzückter Absinthschlürfer" (Ebd., S. 408.). Schließlich lässt sich Herzog von Thoma doch noch überreden, die Redaktion des *März* zu übernehmen, trotz sehr drastischer Warnungen Frank Wedekinds, der infolge Streitereien aus dem *Simplicissimus* ausgeschieden war, vor dem „Mausoleum" und den „wohlgenährten Spießern" des Langen-Verlages (Ebd., S. 209). Herzog erhält ein Gehalt von 600 Mark und die vertragliche Zusicherung, völlig unabhängig den *März* leiten zu können (Ebd., S. 408f.).

Herzog besorgt dem *März* eine Reihe neuer Autoren, so u.a. Heinrich und Thomas Mann, Kurt Eisner, Gustav Landauer, Kurt Hiller, René Schickele, Ulrich Rauscher, Ferdinand Hardekopf und Ludwig Frank. Doch schon bald gerät er mit Thoma und Haußmann in Konflikt, da er die politischen Artikel Haußmanns, die ihm zu fade sind, nicht drucken will. Zudem gelingt es Herzog nicht, den *März* rentabler zu machen, denn er lässt ihn in Leipzig bei Hesse und Becker drucken, was zusätzliche Kosten verursacht. Auch ist er in den Honoraren zu großzügig[48] – gemessen an der finanziellen Kraft des *März*. Conrad Haußmann, der mit dem Industriellen Robert Bosch befreundet ist, schlägt Thoma telegrafisch vor, an Bosch einen Brief mit der Bitte um finanzielle Unterstützung zu

[47] Wilhelm Herzog: *Menschen, denen ich begegnete*, a.a.O., S. 407.
[48] Theodor Heuss: *Erinnerungen 1905–1933*. Wunderlich, Tübingen 1963, S. 189.

schreiben. Thoma schreibt den Bittbrief und zerreißt ihn wieder. Er schreibt Haußmann:

> Es geht nicht. Wie soll ich für den *März* betteln? Meiner Lebtag habe ich nie um Succurs gebeten, auch in wenig freundlichen Zeiten nicht, und nun soll ich als gestandener Mann lieblich sein vor dem ehrwürdigen Kapital? Worte finden, die stolz klingen und doch keinen anderen Sinn haben können als den einer Bitte? Papperlapapp! Ich meine, wenn nicht ein Verlag geschäftlich sich für den März interessieren mag, dann lassen wir ihn mit Ehren hinüberschlummern.
> Mit privaten Mitteln, von einer Agonie zur anderen – das ist Deiner und meiner nicht würdig.[49]

Haußmann ist jedoch nicht bereit, den *März* so ohne weiteres aufzugeben. In der württembergischen Heimat kennt er einen jungen Journalisten, 29 Jahre alt, der vor kurzem die Chefredaktion der *Neckar-Zeitung* in Heilbronn übernommen hatte und in Backnang für den württembergischen Landtag kandidierte: Dr. Theodor Heuss, der spätere erste Präsident der Bundesrepublik.

Heuss, am 31.1.1884 in Brackenheim geboren (gest. 12.2.1963), hatte bei Lujo Brentano in München Nationalökonomie studiert und 1905 über den „Weinbau und Weingärtnerstand in Heilbronn" promoviert. Von Brentanos sozialpolitischen und liberalen Vorstellungen angesprochen und von Friedrich Naumann, von dem Heuss selbst einmal sagte, „ohne den ich nicht das wäre, was ich bin"[50], beeinflusst, war Heuss noch während der Studienzeit in die Redaktion von Naumanns Zeitschrift *Die Hilfe* eingetreten, an der er bis 1912 mitarbeitete. Auf Haußmanns Bitte sagt Heuss zu, die Redaktion des *März* zum 1. Juli 1913 zu übernehmen. Er verzichtet sogar auf ein Gehalt und lässt sich nur wie die übrigen Mitarbeiter honorieren.[51] Auch der Druckvertrag mit Hesse und Becker in Leipzig kann gelöst werden und der *März* wird nun im preiswerteren Heilbronn bei der Schell'schen Buchdruckerei Viktor Kraemer gedruckt, was den entlassenen Redakteur Herzog veranlasste, die Zeitschrift als das „Märzchen von Heilbronn" zu verspotten. In der Ausgabe vom 5. Juli 1913 wird die Übernahme durch Heuss bekanntgemacht. Wilhelm Herzog, der sich „durch kapitalistische Machenschaften" (Ebd.) aus der Redaktion gedrängt fühlt, arbeitet nicht mehr weiter am *März* mit.

---

[49] Ludwig Thoma an Conrad Haußmann (Rottach 25.5.13). In: Ludwig Thoma: *Ein Leben in Briefen*, a.a.O., S. 253.

[50] Theodor Heuss: *Die großen Reden. Der Staatsmann.* Wunderlich, Tübingen 1965, S. 88 – Im *März* wird der Name von Theodor Heuss durchgehend Heuß geschrieben.

[51] Theodor Heuss: *Erinnerungen*, a.a.O.; S. 189.

Die Umstände der Übernahme der Redaktion sind für Theodor Heuss „peinlich“:

> Ein öffentliches Dementi war unmöglich, denn es hätte die finanzielle Krisensituation darstellen müssen – ich mußte es hinnehmen, ein bißchen verleumdet zu werden. Aber eine Anzahl privater Briefe an die Leute, die von mir selber geschätzt wurden, brachte die Sache wieder in Ordnung. Mein fixer Vorgänger hatte seine Beliebtheit überbewertet. Ich holte die mir literarisch wichtigen Mitarbeiter wieder zurück (Ebd., S. 189).

Während Heuss in der Lerchenstraße 31 in Heilbronn eine Dachkammer als Redaktion herrichten kann, bleibt der Verlag weiterhin in München bestehen. Thoma, der Herausgeber, schreibt etwa drei bis vier Hauptartikel pro Quartal „in der sauber klaren Handschrift einer älteren Dame“ (Ebd., S. 190), wie Heuss sich erinnert. Thoma scheint mit der Arbeit von Heuss zufrieden zu sein. Anfang 1914 versucht er Heuss zu überreden, nach München zu kommen, um dort „im Interesse des bayrischen Liberalismus und Münchens“, „stark, freimütig und gescheit“ die Chefredaktion der *Münchner Neuesten Nachrichten* zu übernehmen.[52] Heuss lehnt jedoch ab.

Zuweilen greift Thoma auch energisch in die Redaktionsführung ein. Als sein Freund Ignatius Taschner stirbt, ersucht er Heuss, „unter keinen Umständen einen Artikel [...] zu bringen, den ich nicht vorher gelesen habe. Die Möglichkeit einer Änderung oder der Ablehnung muß mir gewahrt bleiben.“[53] Thoma beauftragt selbst Alexander Heilmayer einen längeren Nachruf zu schreiben. Auch als der österreichische Schriftsteller Alexander Roda Roda seinen Landsmann Karl Kraus im *März* angreift, verlangt Thoma von Heuss die Veröffentlichung einer von ihm verfassten Entgegnung.[54] Thoma schreibt Heuss u.a.:

> Von Karl Kraus sind sehr wertvolle Schriften bei A. Langen verlegt, auch im März rühmend annonciert worden, außerdem standen wir, Langen und ich als Gründer des März in den besten Beziehungen zu Kraus.[55]

Die scheinbar sachliche Würdigung Roda Rodas sei eine auf persönlichen Motiven beruhende ziemlich perfide Anrempelung und werde den wirklichen Verdiensten von Kraus in keiner Weise gerecht.

---

[52] Ludwig Thoma an Theodor Heuss, 15.1.1914. In: Ludwig Thoma: *Ein Leben in Briefen*, a.a.O., S. 259f.

[53] Ludwig Thoma an Theodor Heuss, Rottach 30.11.13, In: ebenda, S. 254.

[54] Roda Roda: *Der Fackelkraus*. In: *März*, 8. Jg. (1914), II, S. 694f. und Ludwig Thoma: *Karl Kraus*. In: *März*, 8. Jg. (1914), II, S. 886f.

[55] Ludwig Thoma an Theodor Heuss, Rottach 21. Mai 14. In: Ludwig Thoma: *Ein Leben in Briefen*, a.a.O., S. 263.

Auch Hermann Hesse setzt auf jeden Personalwechsel die Hoffnung einer Besserung der Kooperation und zeigt sich dann doch wieder enttäuscht. Hesse fühlt sich bei Entscheidungen übergangen. Einerseits will sich Hesse alle von Langen versprochenen Gestaltungsfreiheiten erhalten, sich andererseits aber auch nicht in die Pflicht nehmen lassen. Dem Mitherausgeber Kurt Aram, der ihn um eine fortlaufende literaturkritische Serie gebeten hatte, gibt Hesse „einen kleinen Korb", die Rücksicht auf seine Augen verböten ihm, „regelmäßige Berichte zu liefern, da hierzu viel Lesen nötig wäre".

> Ich selber würde keinesfalls es übernehmen, regelmäßig über Literarisches zu berichten, das tun ja alle Blätter. Andererseits würde ich, wenn ein andrer dies Fach übernähme, völlig ausgeschaltet sein, da ich neben einem andern, der nicht ganz und gar meiner Überzeugung wäre, nicht arbeiten könnte. Was Literatur betrifft (natürlich mit Ausschluß des Theaters) schlage ich also vor, es beim alten zu lassen. Meine gelegentlichen Rezensionen etc. wirken gut, wie ich aus vielen Briefen und auch direkt von Autoren und Verlegern höre, und das kommt nur daher, daß sie ganz con amore und ohne Zwang geschrieben sind.[...] Im Übrigen stehe ich ganz auf dem alten Standpunkt, und will Ihnen und den andern Herren keineswegs in Ihre Pläne dreinreden. Nur kann ich persönlich nur dann journalistisch arbeiten, wenn ich darin ganz frei bin und nur zu schreiben brauche, was und wann es mir Freude macht. Lassen wir das zunächst in der Schwebe! Nur bitte ich, falls Sie wirklich eine Rundschau über Literatur für nötig halten, einen Referenten dafür nicht ohne mein Wissen zu suchen. Auf diesem Gebiet fühle ich mich den Lesern gegenüber durchaus für den *März* verantwortlich.[56]

Aram verlässt die Redaktion Ende 1908, das angespannte Verhältnis zu Hesse, aber auch zu Langen und Thoma dürften mit der Grund für Arams Wechsel nach Berlin gewesen sein. Auch an den Verleger Albert Langen wendet sich Hesse in seinem Frust direkt. Das letzte Heft des Jahrgangs 1908 enthält den fünften Teil von insgesamt zwölf Fortsetzungen von Knut Hamsuns Roman *Unter Herbststernen*:

> Schade, nun schließen wir den ‚*März*'jahrgang wieder mit einem halbfertigen Roman ab, was in jeder Hinsicht einen üblen Eindruck macht und worüber alle andern Redaktionen im Reich lachen. Nun, das ist ja nicht meine Sache. Wir hatten ausgemacht, daß der *März* Romane überhaupt nimmer bringen solle. Vielleicht entschließen Sie sich künftig doch, bei dieser Verabredung zu bleiben.

[56] Hermann Hesse an Kurt Aram, Redaktion des *März*. Gaienhofen 14.7.1908. In: *Die Briefe 1905–1915*, S. 118ff.

> Dann noch etwas. In Heft 33 kam eine kleine Erzählung von Köster, die ich mich nicht erinnern kann vorher gesehen zu haben. Sie ist nicht schlecht, aber entbehrlich, und der Raum wäre besser dem unglücklichen Hamsun zugut gekommen. Ich bitte, Erzählungen ohne mein Wissen nimmer abzudrucken.[57]

Hesse hat in der Entfernung zu München wenig persönliche Beziehungen zu Ludwig Thoma und Albert Langen, auch kennt er die Personalentscheidungen nur durch Briefwechsel und den neuen Redakteur Robert Hessen lediglich durch einige Beiträge, die dieser bereits für den *März* geschrieben hatte. Mit Hessen hofft Hesse besser klar zu kommen, auch wenn er dessen fachliche Qualifikation anzweifelt:

> Vom *März* höre ich nicht gar viel, doch stehe ich mit Hessen behaglicher und habe weniger Mißverständnisse mit ihm als mit Aram. Ich glaube nicht, daß er das Geringste von Literatur versteht, aber andere Sachen versteht er desto besser und ist ein klarer Mensch, während Aram mit seinem Literatentum mir wenig zusagte.[58]

Doch der redaktionelle Burgfrieden hält nicht lange. Es dauert nur ein gutes halbes Jahr, dann wendet sich Hesse in seinem Ärger darüber, dass seine Rezensionen nicht erscheinen, an Robert Hessen:

> ...wie wäre es, wenn Sie gelegentlich meine schon so lang bei Ihnen liegenden Artikel und Glossen drucken würden? Ich finde im *März* zwar immer von Zeit zu Zeit wieder belletristische Sachen gedruckt, von denen ich nichts weiß (z. B. das *Frauenzimmer* von Trentini, das ich sehr gern entbehrt hätte); meine eigenen Artikel aber bleiben liegen. Sowohl mein größerer Bücherartikel wie speziell der über Naturgenuß war eigens für die Zeit der Sommerfrische bestimmt und lag Ihnen schon im Juni vor.
>
> Daß meine Briefe an die Redaktion wenig Beachtung finden und keine Antwort bekommen, obwohl ich selbst stets pünktlichst auf alles antworte, darüber muß ich mich das nächstemal mündlich erkundigen. Aber daß meine Artikel nicht gedruckt werden und sich ansammeln, scheint mir nicht richtig zu sein. Jedenfalls wäre mir darüber ein Aufschluß lieb. Denn einstweilen glaube ich meine Artikel in erster Linie dem *März* schuldig zu sein. Sind sie dort unerwünscht, so muß ich aber doch zu anderen Blättern damit gehen.

---

[57] Hermann Hesse an Albert Langen. Gaienhofen 16.12.1908. In: *Die Briefe 1905–1915*, S. 133f.

[58] Hermann Hesse an Conrad Haußmann. Gaienhofen 08.06.1909 zitiert nach *Hermann Hesse – Conrad Haußmann. Von Poesie und Politik.* Briefwechsel 1907–1922. Hrsg. u. kommentiert v. Helga Abret. Suhrkamp, Berlin 2011, S. 84f.

> Denn ich schreibe meine Artikel nicht um der paar Mark wegen, sondern lediglich damit sie gedruckt und gelesen werden.[59]

In seinem Warnschuss an die Redaktion spielt Hesse auch darauf an, dass er nicht nur Rezensionen für den *März* schreibt. In den Jahren 1900 bis 1910 sind es insgesamt 16 deutsche, schweizerische und österreichische Blätter, für die Hesse Buchbesprechungen schreibt.[60] Da Hessen die Schuld auf seinen Vorgänger schiebt und die angemahnten Artikel veröffentlicht, ist Hesse zunächst einmal zufrieden:

> Es handelt sich also in der Hauptsache um lauter Dinge aus der früheren Redaktion, gegen die ich allerdings immer einiges auf dem Herzen hatte. Und meine Hoffnung, es würde mit dem Redaktionswechsel besser werden, war also doch richtig. Früher erhielt ich wohl häufig minderwertige Sachen zur Prüfung zugesandt, doch erschienen fortwährend literarische Beiträge die ich nie gesehen hatte. Künftig bitte ich also, womöglich mich jeweils Ihren Plan für die Veröffentlichung belletristischer Beiträge und deren etwaige Reihenfolge wissen zu lassen. Die Beteiligung am *März* und auch die Entscheidung für oder wider vorliegende Angebote war mir oft dadurch erschwert, daß ich keine Ahnung hatte, was und wieviel schon akzeptiert bei der Redaktion in München lag.[61]

Doch bereits zwei Monate später interveniert er „herzlich und wütend" diesmal bei Reinhold Geheeb, inzwischen nach Langens Tod durch dessen Testament Mitglied des Kuratoriums des Langen-Verlags:

> Heft um Heft des *März* erscheint, grade jetzt vor Weihnacht, und meinen zahlreich liegenden Bücheranzeigen wird die Ehre des Abdrucks nicht angetan! Ich protestiere gegen diese Sauerei, die auf mich persönlich gemünzt sein muß, da ich den Abdruck immer und immer wieder höflichst erbat! Die Bücherglossen müssen alle noch erscheinen, darauf bestehe ich unbedingt, da ich nicht rein vergebens arbeiten und den Hanswurst machen will. Meine andern Artikel, die seit Monaten und zum Teil seit Jahren lagern und für den *März* nicht gut genug waren, erbitte ich eingeschrieben zurück.[62]

Hesse fühlt sich durch die Eigenmächtigkeit als Herausgeber übergangen. Doch zu dieser Zeit trennt sich der Langen-Verlag bereits wieder von Robert Hessen. Auch Ludwig Thoma war von Anfang an wegen verschie-

---

[59] Hermann Hesse an Robert Hessen, Redaktion des *März*, Gaienhofen 25.8.1909. In: *Die Briefe 1905–1915*, S. 154.

[60] Vgl. Hermann Hesse: *Sämtliche Werke*, Band 17, a.a.O., S. 613.

[61] Hermann Hesse an Robert Hessen, Redaktion des *März*, Gaienhofen 24.9.1909. In: *Die Briefe 1905–1915*, S. 155.

[62] Hermann Hesse an Reinhold Geheeb, Albert Langen Verlag. November 1909. In: *Die Briefe 1905–1915*, S. 159.

dener politischer Artikel mit Hessen unzufrieden, dem er ein „versteckt konservatives pommersches Herz“[63] vorwarf, während Hessen wiederum sich an Thomas anti-preußischer Grundhaltung störte.

Mit Otto Wolters, „einem alten Freund des Dr. Geheeb“, der drei Jahrgänge redigiert, gestaltet sich die Zusammenarbeit zunächst angenehmer. Gleich zu Beginn seiner Tätigkeit begrüßt Hesse Wolters und stellt klar:

> Wie Sie schon wissen, habe ich mir in der Auswahl von Dichtungen und Erzählungen den Überblick vorbehalten, auch Aufsätze zur zeitgenössischen Literatur, mit Ausnahme des Theaters, bitte zunächst mir vorzulegen.
>
> Von Art und Umfang meiner Interessen, soweit sie den *März* angehen, werden Sie wohl bald ein Bild haben. Ich freue mich, mit Ihnen nun bald persönlich darüber zu sprechen. Ich sah bei Herrn Hessen, wie sehr Mangel an persönlichem Sichkennen alle Arbeit verumständlicht.
>
> Etwa in den letzten Januartagen denke ich zu kommen. Ich hoffe, Sie haben bis dahin soviel Überblick gewonnen, daß wir mit Erfolg darüber reden können. Ich möchte dann auch alles ansehen, was noch von akzeptierter und anderer Belletristik daliegt – mir scheint, es sind einige verkrochene und liegengebliebene Sachen dabei.[64]

Hesse lebt abgeschieden von der redaktionellen Leitung des *März* am Bodensee, kommt nur selten nach München und hat im Grunde alle entscheidenden Unterredungen nur mit dem inzwischen verstorbenen Verleger Albert Langen geführt:

> Alle diese fatalen Sachen haben ja nur die auf der örtlichen Getrenntheit beruhende unharmonische Leitung des *März* zur Ursache. Thoma ist in München oder Tegernsee, Aram in Berlin, ich am Bodensee, Haußmann in Stuttgart! [...] Wenn ich, in wenigen Wochen, nach München komme, wollen wir darüber reden und sehen, ob nicht doch irgendwie eine bessere geistige Solidarität und Harmonie der *März*leitung zustandegebracht werden kann.

Hesse ist nun wieder mehr am *März* interessiert und hofft bei seinem Besuch in München, auch den technischen Redaktionsbetrieb „einigermaßen kennen zu lernen“.

> Auch will ich die Verbindung mit Haußmann, mit dem ich mich dies Jahr sehr befreundet habe und der im Herbst auch hier bei mir

---

[63] Ludwig Thoma an Conrad Haußmann 15.06.1909. Zit. nach Katharina Osterauer: *Der März – Geschichte und Profil einer Rundschauzeitschrift.* Allitera, München 2015, S. 117.

[64] Hermann Hesse an Otto Wolters, Redaktion des *März*. Gaienhofen 13.01.1910. In: *Die Briefe 1905–1915*, S. 185.

> war, noch mehr pflegen. Unser *März* hat einen toten Punkt, der seine vielen guten Kräfte oft lähmt, und das ist, scheint mir, vor allem der Mangel an direkter Verbindung der Herausgeber untereinander.[65]

Doch im Laufe des Jahres entfremden sich Hesse und Wolters mehr und mehr. Zu Weihnachten 1910 schreibt Hesse an Conrad Haußmann:

> Ich selbst verkehre mit der Redaktion dort fast nur rein geschäftlich und habe, sehr im Gegensatz zu früher, gelernt, die „Redaktion" ganz temperamentlos als Abstraktum zu betrachten.[66]

Hesses Einfluss auf die Redaktion bleibt begrenzt, immer wieder beschwert er sich in München. Ein Beispiel dafür ist Hesses Empörung über einen kritischen Artikel über Basel, wo Hesse mehrere Jahre gelebt hatte. Bernhard Ihringer hatte die Stadt aus Hesses Sicht als provinziell verunglimpft. Hesse bittet vergeblich Korfiz Holm, wie Geheeb Treuhänder des Verlags, den Autor nicht mehr zu beschäftigen:

> Wer nimmt denn diese Sachen auf? Ich dachte, Sie alle wissen, daß ich in Basel heimisch bin und es mindestens so gut wie Herr Ihringer kenne. Warum bekomme ich so etwas nicht vorher zu lesen? [...] Bitte ohne Eile um Auskunft über Ihringer, und ob Sie mehr von ihm akzeptiert oder bestellt haben. Wenn er mehr solche Sachen bringt, ist er eine Gefahr für uns.[67]

Hesse fürchtet um die Reputation der Zeitschrift. Da dennoch weitere Artikel von Ihringer erscheinen, schreibt er erneut nach München:

> Als wir Anfang des Jahres mit dessen Basler Artikel uns blamiert hatten, bat ich mir aus, daß dieser Mitarbeiter aus dem *März* verschwinde, nun taucht er mit neuen entbehrlichen Stänkereien wieder auf. [...] Es wäre mir sehr lieb, wenn ich mich künftig auf feste Versprechungen der Münchener Redaktion auch verlassen könnte. Ich stehe in der Ferne und kann immer erst nach geschehenem Unglück mich melden. Darum bat ich gleich damals, den Herrn Ihringer nicht mehr mitarbeiten zu lassen, und es wurde mir versprochen. – Es sind in

---

[65] Hermann Hesse an Korfiz Holm, Albert Langen Verlag. Gaienhofen 14.1.1910. In: *Die Briefe 1905–1915*, S. 185f.

[66] Hermann Hesse an Conrad Haußmann, Gaienhofen 27.12.1910. Zitiert nach *Hermann Hesse – Conrad Haußmann. Von Poesie und Politik.* Briefwechsel 1907–1922, a.a.O., S. 110.

[67] Hermann Hesse an Korfiz Holm, Albert Langen Verlag. Gaienhofen 8.1.1910. In: *Die Briefe 1905–1915*, S. 184f.

> früheren Jahren des *März* mehrmals solche Fälle vorgekommen und ich mußte mehrmals die Kabinettsfrage stellen.[68]

Schon in diesem Jahr spielt Hesse aufgrund seiner Unzufriedenheit mit dem Gedanken, seine Herausgeberschaft für den *März* zu beenden. So schreibt Hesse im Oktober 2010 an Wilhelm Frick, der unter dem Pseudonym Wilhelm Schussen zu den populärsten schwäbischen Schriftstellern zählt:

> ...habe ich mir doch auch immer wieder Arbeiten aufgeladen, die ich dann oft unwillig ausfressen muß. So die literarische Rezension im *März*. Der *März* läßt mich nimmer los und behauptet mich zu brauchen, und da ich nichts andres für ihn tun kann, als die Kritik, ziehe ich diesen Karren immer wieder unwillig ein Jahr weiter. Es ist eine Sauarbeit, so im Spätherbst täglich ein halb Dutzend Bücher zu erhalten, die man alle lesen sollte, und dabei ist die Arbeit doch recht undankbar, so daß ich mich oft frage, zu was ich eigentlich immer mit Augenweh und Überarbeitung herumlaufe, da ich niemand damit viel nütze und nicht einmal etwas damit verdiene. Sobald ich einen guten jüngern Stellvertreter finde und namentlich sobald ich meiner selbst gewiß bin, daß ich die gewonnene Freiheit nicht doch gleich wieder irgendwie erwürge und verkaufe – dann werfe ich den Kram weg.[69]

Ende 1911 will Hermann Hesse tatsächlich auf die Herausgeberschaft des *März* verzichten, wie er an Conrad Haußmann auf der Rückfahrt von seiner Reise nach Indien und Ceylon schreibt:

> Eine wirkliche Herausgeberarbeit wie bisher (Manuskriptelesen, Verkehr mit Autoren, Kritik, reichliche Korrespondenz) ohne gute Honorierung zu tun, wäre mir unmöglich; ich bin ohne Vermögen, lebe von der Hand in den Mund und habe drei Buben. Ebensowenig ist es richtig, daß ich weiter als Herausgeber zeichne, ohne tatsächlich die entsprechende Arbeit zu tun. Für Dich und Thoma liegt die Sache anders, außerdem ist für Euch der *März* das Organ und der Ausdruck Eurer starken politischen Temperamente und Hoffnungen, während mir die Politik immer ein fremder Boden blieb. Leid tut es mir um den Anschluß ans praktische Leben, den ich mit dem *März* verliere – ich muß später etwas anderes der Art wieder für mich

---

[68] Hermann Hesse an Otto Wolters, Redaktion des *März*. Gaienhofen 1.7.1910. In: *Die Briefe 1905-1915*, S. 212ff.

[69] Hermann Hesse an Wilhelm Frick (Pseudonym Wilhelm Schussen). Gaienhofen 20.11.1910. In: *Die Briefe 1905–1915*, S. 233.

> suchen. Zwischen uns persönlich darf jedenfalls mein Weggang vom *März*, dessen Mitarbeiter ich ja bleibe, nichts bedeuten.[70]

Doch Hesse bleibt vorerst, auch wenn er weiterhin mit Otto Wolters äußerst unzufrieden ist. Im Juni 1912, einige Wochen vor seinem Umzug nach Bern, ist Hesse des anhaltenden Streits endgültig überdrüssig und teilt Wolters mit, der bisherige Zustand solle „noch dies Semester andauern", da seine Herausgeberschaft „ja nur noch fiktiv" sei. Vom 1. Januar 1913 will Hesse nicht mehr als Herausgeber genannt sein, auf das monatliche Fixum verzichten, aber unter den Mitarbeitern bleiben.[71] Anschließend informiert Hesse Conrad Haußmann über seinen Entschluss:

> Ich habe einstweilen angemeldet, daß meine neuerdings nur noch ganz dekorative Herausgeberschaft von 1913 an wegfällt. Wie es mir in der Schweiz gehen wird, wird sich zeigen; davon hängt dann auch die eventuelle *März*arbeit ab; das Bücheranzeigen hat wenig Reiz mehr für mich.[72]

Da Hesse immer wieder erleben musste, dass von ihm an Wolters gesandte Beiträge „über Monate" nicht veröffentlicht werden, fühlt er sich deshalb von Wolters „elend beschissen" und beklagt sich bitter gegenüber Reinhold Geheeb:

> Er hat mich elend betrogen und soll sich freuen, wenn ich ihn einmal wieder treffe! Ich überlege mir jede Zeile für den *März* für Monate voraus, verfüge genau nach dem Wert der Bücher über jedes Wort, das ich dafür in Anspruch nehme, und meine *März* Kritik wird von sämtlichen Verlegern und Interessenten ernst genommen, nur vom *März* selber nicht. [...] Da mir eine Arbeit so ins Blaue hinein (und die auch niemand zu schätzen scheint) keine Freude machen kann, muß ich auf meiner übrigens schon vor Jahresfrist erfolgten Kündigung als Herausgeber bestehen. Ich bin gern bereit, meine kritische Arbeit wie bisher noch fortzuführen, zunächst für ein halbes Jahr, wenn das gewünscht wird (bitte um ein Ja oder Nein, Haußmann antwortet nicht), aber vom Titel des *März* möchte ich nun verschwinden.[73]

Indem Wolters Hesses Rezensionen nicht veröffentlicht, glaubt Hermann Hesse, dass er „den Verlegern etc. gegenüber nun als wortbrüchig und

---

[70] Hermann Hesse an Conrad Haußmann, Dampfer „York" 29.11.1911. In: *Die Briefe 1905–1915*, S. 268ff.

[71] Hermann Hesse an Otto Wolters, Redaktion des *März*. Gaienhofen 28.06.1912. In: *Die Briefe 1905–1915*, S. 301f.

[72] Hermann Hesse an Conrad Haußmann. Ca. 03.07.1912. In: *Die Briefe 1905–195*, S. 302f.

[73] Hermann Hesse an Reinhold Geheeb, Albert Langen Verlag. Anfang Dezember 1912. In: *Die Briefe 1905–1915*, S. 318f.

unzuverlässig dastehe". Ludwig Thoma allerdings mokiert sich über die Rezensionspraxis seines ehemaligen Mitherausgebers, über die sich noch jeder Redakteur des *März* beklagt habe. Hesse habe ganze Verlagskataloge „mit väterlichem Wohlwollen abgeleiert":

> Was ihm keine Tageszeitung gewährt, verlangt er vom *März*. Dabei sieht doch jeder Blinde, warum solche Massenbesprechungen gemacht werden. Der Freiexemplare wegen. [...] Und dafür hat sich Hesse noch Honorar und Ehrengehalt geben lassen.[74]

Obwohl Conrad Haußmann sich zur Jahreswende 1912/1913 mehrmals für Hesse einsetzt und sich beschwert, „daß sie Deinen Weggang annehmen" und es „den ersten leisen Mißklang in meiner Korrespondenz mit Thoma gegeben hat"[75], ist Hesse seit Anfang 1913 nicht mehr Herausgeber und vom Titelblatt des *März* verschwunden. Aber auch mit Wolters Nachfolger Wilhelm Herzog kommt Hesse nicht klar. Nach Herzogs Vorstellungen soll der *März* ein Forum expressionistischer Autoren, die Kultur im *März* insgesamt politischer werden. Hesse hält er für den literarischen Teil des „neuen" *März* daher für ungeeignet. Hesse schreibt an Haußmann, zwar sei er vom Verlag gebeten worden,

> in alter Weise als Rezensent mitzuarbeiten. Ich sagte zu, aber der neue Redakteur hat mir nun mitgeteilt, daß er diese Mitarbeit nicht wünsche und interessantere Artikel wünsche.[76]

Conrad Haußmann weist Ludwig Thoma zwar darauf hin, dass die Zeitschrift den Verlust Hesses als Mitarbeiter nicht verkraften werde.[77] Doch da Hesse inzwischen nicht mehr als Herausgeber ist, schwindet sein Einfluss noch weiter. Von Hesse erscheinen noch drei Besprechungen, der Rest bleibt liegen.[78]

Erst Herzogs Nachfolger Theodor Heuss lädt Hesse wieder ausdrücklich zur weiteren Mitarbeit ein. Hesse antwortet, er werde gerne wieder im *März* schreiben. Zunächst wolle er aber seine „seit Monaten dort liegenden Manuskripte gedruckt sehen, vor allem die Bücherartikel, die ich längst den Verlegern schuldig bin":

---

[74] Ludwig Thoma an Conrad Haußmann, 08.02.1913. Zit. nach Katharina Osterauer, a.a.O., S. 210.

[75] Conrad Haußmann an Hermann Hesse, Stuttgart 23.01.1913. In: *Hermann Hesse – Conrad Haußmann. Von Poesie und Politik. Briefwechsel*, a.a.O., S. 164f.

[76] Hermann Hesse an Conrad Haußmann. Bern 24.01.1913. In: *Die Briefe 1905–1915*, S. 326.

[77] *Hermann Hesse – Conrad Haußmann. Von Poesie und Politik. Briefwechsel*, a.a.O., S. 28.

[78] Sigrid Bauschinger: *Hesse im März. Der Dichter als Redakteur und Rezensent.* In: *Hermann Hesse. Politische und Wirkungsgeschichtliche Aspekte.* Hrsg. v. Sigrid Bauschinger und Albert Reh. Francke, Bern 1986, S. 147.

> Es sind nur noch zwei Sammelartikel und eine kleine Glosse, welche daliegen, und diese bitte ich Sie sehr, recht bald vollends zu drucken. [...] Ich habe meine Bücherbesprechung beim *März* aufgegeben und werde zwar vielleicht ganz gelegentlich einmal ein einzelnes Buch dort anzeigen, aber keine Sammelartikel mehr schreiben. Die regelmäßige und sorgfältige Kontrolle des Büchermarktes, auf die ich im *März* jahrelang streng gehalten hatte, ist ohnehin längst aufgegeben worden.[79]

Heuss bittet Hesse regelmäßig um Beiträge und Mitarbeit. Hesse „sandte Glossen und wunderbare Lyrik mit einer nicht ganz einwandfreien Schreibmaschine auf der Rückseite abgerissener Kalenderblätter – das war so sparsam als schwäbisch“[80]. Einmal bittet Hesse Heuss, weil er „leider zu dem Angerempelten zum Teil persönliche Beziehungen habe“, eine Glosse über ein bebildertes *Taschenbuch für Bücherfreunde* des Staackmann-Verlags „streng pseudonym“ zu veröffentlichen:

> Aber der Verlag, längst einer der schamlosesten Reklamemacher und Austrompeter einer minderwertigen ‚Heimatkunst‘, hat mit diesem ‚Taschenbuch‘ wirklich das Widrigste geleistet, (…) und es gehört ihm, auch wenn Sie etwa meine Glosse verfehlt finden sollten, längst eins auf die Finger![81]

Doch in den letzten beiden Jahrgängen erteilt Hesse dem Redakteur „fast nur Körbe“, wie Heuss an Conrad Haußmann schreibt.[82] Als Anfang 1918 der *März* sein Erscheinen einstellt, zieht Theodor Heuss in seinem *März-Abschied* für den literarischen Teil Bilanz:

> In den literarischen und künstlerischen Fragen schien notwendig, jenseits der unleidlichen Koketterien der Literateneitelkeiten zu bleiben, die heute den Zeitschriftenmarkt beherrschen. Freilich, die Aufgabe, auf 20 bis 24 Seiten neben dem politischen Charakter noch einen abgeschlossenen literarischen, ästhetischen zu geben, die war nahezu unlösbar. Wir mußten uns begnügen, einzelnes aus der Fülle herauszugreifen; es ist uns eine Freude, daß wir immerhin einer Anzahl von jungen Dichtern und Schriftstellern den Weg ebnen konnten. Daß diese schönste Möglichkeit, neue Talente zu

---

[79] Hermann Hesse an Theodor Heuss, Redaktion des *März*. Ca. Juni 1913. In: *Die Briefe 1905–1915*, S. 345f.

[80] Zit. nach: *Hermann Hesse und Theodor Heuss. Über eine freundschaftliche Beziehung in wechselhaften Zeiten.* Hrsg. v. Regina Bucher. Schwabe, Basel 2019, S. 26.

[81] Hermann Hesse an Theodor Heuss, Bern 12.11.1913. In: Die Briefe 1905–1915, S. 371 – Die Glosse erschien unter dem Pseudonym Poeta militans im März vom 22.11.1913; SW17, S. 265f.

[82] Theodor Heuss an Conrad Haußmann, Januar 1917. In: Theodor Heuss: *Aufbruch im Kaiserreich, Briefe 1892–1917*, hrsg. v. Friedrich Günther, K.G. Saur, München 2009, S. 504.

> fördern, nun aufhören wird, das ist unser schmerzlichstes Bedauern – denn hier besaß man ein unmittelbares Ziel.[83]

Hermann Hesse und die Politik im *März*

Mit Sicherheit hätte Hermann Hesse nicht die Mitherausgeberschaft des *März* übernommen, wäre er mit der politischen Ausrichtung der Zeitschrift nicht einverstanden gewesen. Hesse bezeichnet sich zwar gerne als unpolitisch, andererseits habe bereits seine Mitarbeit beim *Simplicissimus* eine „gewisse Rolle gespielt, indem ich, politisch sonst vollkommen uninteressiert, durch ihn kritisch gestimmt und revolutioniert wurde“[84]. Später werden seine freundschaftlichen Beziehungen zu Conrad Haußmann entscheidend. Haußmanns „politisches Denken“ sei für ihn, den „Unpolitischen“, wichtig geworden, schreibt Hesse in seinem Nachruf nach Haußmanns Tod im Jahre 1922. Der Politiker und Parteiführer habe auf ihn als Persönlichkeit eine starke Anziehungskraft besessen:

> Er ist in unserem März damals [...] ein guter Geist gewesen, und zwei der wichtigsten Tendenzen unserer Arbeit waren es, die mich auch politisch mit Haußmann nahe zusammen brachten: Die Tendenz gegen Berlin-Potsdam, und das Bestreben nach einer geistig-politischen, freundschaftlichen Annäherung an Frankreich.[85]

Hesse selbst schreibt im *März* keine politischen Beiträge, aber wie sein Nachruf auf Haußmann zeigt, waren ihm die politischen Ziele des *März* nicht nur bewusst, sondern er unterstützte sie auch. Zwar behauptet er in seinem *Kurzgefaßten Lebenslauf* (1921/1924) er habe das politische Ziel der Zeitschrift, „welche vor allem gegen das persönliche Regiment Wilhelms des Zweiten gerichtet war“, „im Grunde“ nicht ernst genommen[86], doch ist davon in den Jahren seiner Mitarbeit nichts zu spüren.

In jeder Nummer „einen politischen Artikel großen Stils“[87] verspricht die programmatische Ankündigung der Zeitschrift *März*. Aus dieser sehr allgemein gehaltenen Formulierung kristallisieren sich in der Folgezeit einige Schwerpunkte heraus. So heißt es in einem Inserat 1908:

---

[83] Theodor Heuß: *‚März‘-Abschied*. In: *März*, 11. Jg. (1917), IV, S. 1139f.

[84] Hermann Hesse: *Erinnerungen an den ‚Simplicissimus‘*. In: *Neue Zürcher Zeitung*, 28.03.1926; SW12, S. 314ff.

[85] Hermann Hesse: *Erinnerungen an Conrad Haussmann*. In: *Neue Zürcher Zeitung*, 16.2.1922; SW12, S. 310–313.

[86] Hermann Hesse: *Kurzgefasster Lebenslauf*. In: Ders.: *Sämtliche Werke*. Hrsg. v. Volker Michels. Suhrkamp, Frankfurt a.M. 2001–2007. Band 12, S. 51.

[87] *Börsenblatt für den deutschen Buchhandel*. 73. Jg. (1906), Nr. 294 vom 19.12.1906, Umschlag.

> Der *März* ist die Revue, die in literarischer Form sagt, was Deutschland nottut, in dieser Zeit des Übergangs vom persönlichen Regiment zu gesicherten politischen Zuständen. (Ebenda, S. 159)[88]

Gegnerschaft zum persönlichen Regiment Wilhelms II., zu Verschleierungstaktik und zu jeder Art reaktionären Verhaltens, Einsatz für Weiterentwicklung, für Kultur, Gedankenfreiheit und für ein besseres Verstehen zwischen feindlichen Nationen sind die Ziele der Zeitschrift, die der Redakteur Robert Hessen in einem Brief an den Herausgeber der *Nation* in London, H.W. Massingham, nennt (Ebenda, 159).

Von Anfang an nimmt der politische Teil der Zeitschrift einen breiten Raum ein. Dabei ist es vor allem Conrad Haußmann, der den politischen Beiträgen sein Gepräge gibt. In seiner Doppelrolle als württembergischer Landtagsabgeordneter und als Reichstagsabgeordneter kann Haußmann die eher demokratische Arbeitsweise des Landtags und das obrigkeitsstaatliche System des Reichstags direkt vergleichen und bewerten. Haußmann bemüht sich vor allem um eine zeitgemäße Weiterentwicklung im Sinne eines wahren Konstitutionalismus, um eine auf Freiheit und Recht beruhende Gestaltung des Staatswesens. Neben Conrad Haußmann schreibt eine große Zahl angesehener und führender Persönlichkeiten des politischen Lebens für den *März*, darunter sind viele Reichstagsabgeordnete. Schon im ersten Erscheinungsjahr hatte Ludwig Thoma an Haußmann geschrieben:

> Die Politik müssen die Leute um Dich machen. Bei Euch ist Kraft und Schneid. [...] Langen muntert mich wohl oft auf, selber zu politisieren, d.h. politische Artikel zu schreiben, aber mir fehlt's am wichtigsten; an der Kenntnis von Personen und Dingen. Was ab 1866 geschah, überblicke ich, offen gestanden, nicht. Mein Wissen ist bloß Bodensatz aus Zeitungsartikeln, so wie es über die bayrische Grenze hinausgeht.[89]

Dass die innenpolitischen Beiträge vor allem von süddeutschen Liberalen geschrieben werden sollten, war schon vor dem Erscheinen des *März* von Thoma und Langen abgesprochen worden.

> Wir brauchen aber auch anderes. Gute politische Artikel, die belehren; braves Deutsch, ohne jede Spur von Journalismus, also Tatsachen, Zahlen, Beweise und tiefgründige Gedanken; ich dachte an

---

[88] Ernestine Koch: *Albert Langen*, a.a.O., S. 158.

[89] Ludwig Thoma an Conrad Haußmann. Ringsee 11. Juni 1907. In: Ludwig Thoma: *Ein Leben in Briefen 1875–1921.* Hrsg. v. Anton Keller. Piper, München 1963, S. 201.

> Dich (= Conrad Haußmann), Friedrich Haußmann, Payer, und wohl noch manchen Württemberger. Ihr müßt mithelfen.[90]

So schreiben im *März* der Führer der Deutschen Volkspartei und spätere Vizekanzler Friedrich Payer sowie die liberalen Politiker und Abgeordneten Georg Gothein, Ludwig Haas, Theodor Liesching, Franz von Liszt, Ernst Müller-Meiningen, Friedrich Naumann, Christian Storz und Wilhelm Struve. Auch führende Sozialdemokraten finden sich unter den Autoren des *März* so der Rechtsanwalt Wolfgang Heine (M.d.R.), der sozialpolitische Publizist Dr. Heinz Potthoff (M.d.R.), die Abgeordneten Ludwig Frank und Albert Südekum sowie der Rechtsanwalt Alwin Saenger und das einflussreiche Parteivorstandsmitglied Ignaz Auer. Aus Österreich schreiben vor allem der Schriftsteller und Publizist Hermann Bahr, die Führer der österreichischen Sozialdemokratischen Partei Victor Adler und Engelbert Pernerstorfer, der Friedrich Naumann nahestehende Publizist Richard Charmatz und der Journalist Julius Sachs. Viele Universitätsprofessoren werden Autoren des *März*, so zum Beispiel der Nationalökonom Lujo Brentano, der Historiker Otto Harnack, ein Bruder des berühmten evangelischen Theologen Adolf von Harnack, der Soziologe Ludwig Heyde, der Völkerrechtler Walther Schücking und der Anglist Levin L. Schücking. Bekannte Publizisten schreiben im *März*, so der Herausgeber der *Fackel* Karl Kraus, der unter anderem in einigen Artikeln heftige Kritik an Maximilian Harden übt, der konservativ-liberale Preußen- und Russlandfeind Karl Jentsch, der Österreicher Stefan Grossmann, der 1920 das links-gerichtete *Tagebuch* herausgibt, sowie der Korrespondent der *Frankfurter Zeitung* und spätere Pressechef von Friedrich Ebert, Ulrich Rauscher. Der liberale Politiker und langjährige Herausgeber der *Nation*, Theodor Barth, veröffentlicht nach der Aufgabe seiner eigenen Zeitschrift bis zu seinem Tode im Jahre 1909 viele Beiträge im *März*. Seine politischen Weggefährten in der Demokratischen Vereinigung, Hellmut von Gerlach und Rudolf Breitscheid, sind ebenfalls Autoren der Zeitschrift.

Schon diese Übersicht verrät den liberalen politischen Standort des *März*. Obwohl die Zeitschrift nicht die Interessen einer Partei vertreten soll – wie in der programmatischen Zeitschriftenankündigung im Buchhändlerbörsenblatt des Jahres 1906 zu lesen war –, steht sie doch von Anfang an eindeutig im linksliberalen Lager der Parteiengruppierungen des Wilhelminischen Zeitalters. In der Person Conrad Haußmanns wird diese Beziehung zur Deutschen Volkspartei und ab 1910 zur Fortschrittli-

---

[90] Ludwig Thoma an Conrad Haußmann. München 6. Mai 1906. In: Ludwig Thoma: *Gesammelte Werke*, Band 1, Autobiographisches und Ausgewählte Briefe. Piper, München 1956, S. 438.

chen Volkspartei besonders evident. Am 16. Juni 1908 bekennt sich die Zeitschrift in einem Artikel ihres Redakteurs Robert Hessen offen zum linken Flügel des Liberalismus, „der sich heute demokratisch nennt, und den der *März* vertreten möchte“[91].

Statt auf Wettrüsten setzt der *März* auf die Verständigung mit den anderen europäischen Staaten. Albert Langen bemüht sich als Verleger der neuen Zeitschrift von Anfang an um ein besseres Verständnis zwischen Deutschland und Frankreich. Conrad Haußmann, Ludwig Thoma (vor dem Krieg), Theodor Heuss und viele andere sind die deutschen, Jean Jaurès, der französische Sozialistenführer, André Tardieu, Mitarbeiter Georges Clemenceaus und späterer französischer Ministerpräsident (1929/30 und 1932), Leiter der auswärtigen Politik im *Temps* und Professor an der École des Sciences politiques, Albert Thomas und Michel Bréal die französischen Exponenten dieses Versöhnungswillen im *März*. Sie zum Beispiel sind die „hervorragenden Franzosen“, die Paul Bruck, Langens Vertreter in Paris, für den *März* besorgen soll.

Die auf Ausgleich und Verständigung zielende Intention der Zeitschrift zeigt sich auch an der Kritik jeglicher Kriegshetze und chauvinistischer Regungen. Die Position der Redaktion während der ersten Jahre beleuchtet ein Brief Thomas an Albert Langen vom September 1908.

> Wir wollen im *März* Platz haben für jeden, der den im Frieden vereinigten Staaten von Europa. das Wort redet, und wenn wir uns Wochenzeitschrift für ‚Kultur‘ heißen, dann streiten wir uns doch nicht darüber, ob die gemeinste Unkultur bei uns Propaganda machen darf.[92]

In den Tagen der Zuspitzung der internationalen Lage am Vorabend des Ersten Weltkrieges muss sich die Redaktion zur Herausgabe einer unpolitischen Ausgabe des *März* entschließen, da bis zum Erscheinungstermin am 8. August 1914 die weitere Entwicklung unmöglich vorausgesehen werden kann. Der Inhalt des Heftes könnte schon längst überholt sein.

Der bei Kriegsausbruch allseits vorhandene Glauben an die Integrität und den Friedenswillen der deutschen Regierung erfasst nun auch den *März*. Während der Krisenzeit nach der Ermordung des österreichischen Thronfolgerpaares hatte sich der *März* jeder Wertung enthalten. Dass aber der *März* das österreichische Vorgehen gebilligt hätte, daran lässt ein Brief von Haußmann, den dieser am Vorabend des Krieges aus dem Berner Oberland an Heuss gesandt hatte, keinen Zweifel:

---

[91] Gothus (d.i. Robert Hessen); *Demokratisches Programm*. In: *März*, 2. Jg. (1908), II, S. 433–438.

[92] Ludwig Thoma an Albert Langen. Rottach 14.09.1908. In: Ludwig Thoma: *Ein Leben in Briefen*, a.a.O., S. 209.

> Ihre Beurteilung der europäischen Krisis ist richtig. [...] Es lag für Österreich gerade wegen früherer Fehler ein starker Zwang vor, ernst genommen zu werden und es ist zugleich ein eigenes Intereße Deutschlands, diese Beurteilung sich durchsetzen zu lassen. Das gilt trotz der Empfindung u. Erkenntniß, daß ein Krieg u. vor allem ‚der' Krieg eine ungeheure Barbarei wäre.[93]

Die bedingungslose Unterstützung Österreichs, vor der fünf Jahre zuvor Ludwig Thoma noch eindringlich gewarnt hatte[94], würdigt nun Engelbert Pernerstorfer, vor dem Krieg scharfer Kritiker der österreichischen Balkanpolitik[95], als Nibelungentreue, die zur Bewunderung des deutschen Volkes und Heeres in Österreich führe.[96]

Eine erste Analyse der Kriegsursachen aus deutscher Sicht gibt im *März* Theodor Heuss zwei Wochen nach Ausbruch des Krieges. Für Heuss, der bereits jetzt von einem „Weltkrieg" spricht, trägt vor allem Russland die Verantwortung für den Konflikt.[97] Zu einem späteren Zeitpunkt betont Heuss nochmals die Notwendigkeit des Durchmarschs durch Belgien und schreibt, dass man nicht mit einem Kriegseintritt Englands aus diesem Anlass gerechnet habe.[98] Russland wird allgemein als der Anstifter des Krieges gesehen, England und Frankreich vorgeworfen, Russland nicht zurückgehalten, sondern unterstützt und damit deutsche Friedensbemühungen zunichte gemacht zu haben.[99] Und bei Theodor Heuss heißt es:

> Man wird die Formel annehmen können: daß Rußland die äußere, England die innere Verantwortung für die Weltkatastrophe trage.[100]

Von Anfang an nimmt es Ludwig Thoma als Herausgeber mit dem „Burgfrieden" ernst. Schon vier Tage nach Kriegsausbruch zieht er ein paar ironische Artikel zur bayerischen Geschichte, die er Heuss am 28. Juni unter dem Titel „Vor- und Nachmärzliches" übersandt und dabei die

---

93 Conrad Haußmann an Theodor Heuss. Grimmialp 30. Juli 1914. In: *Theodor Heuss. Der Mann, das Werk, die Zeit*, a.a.O., S. 86.

94 Ludwig Thoma: *Deutschland und Österreich*. In: *März*, 3. Jg. (1909), I, S. 9.

95 Engelbert Pernerstorfer: *Das Ende der Türkei – und Österreich*? In: *März*, 7. Jg. (1913), I, S. 11–14.

96 Engelbert Pernerstorfer: *Österreich nach dem Kriege*. In: *März*, 9. Jg. (1915), I, S. 221–224.

97 Theodor Heuss: *Der Weltkrieg*. In: *März*, 8. Jg. (1914), III, S. 221–225.

98 Theodor Heuss: *Der bedrohte Burgfrieden*. In: *März*, 8. Jg. (1914), IV, S. 78-81.

99 Conrad Haußmann: *Europas Krieg*. In: *März*, 8. Jg. (1914), III, S. 246-252, bes. S. 247 und Ludwig Haas: *Offener Brief an den Herrn Minister der französischen Republik Marcel Sembat*. In: *März*, 8. Jg. (1914), III, S. 292–296, bes. S. 295.

100 Theodor Heuss: *Das Parlament und der Krieg*. In: *März*, 8. Jg. (1914), IV, S. 215.

Einrichtung einer ständigen Rubrik dieses Namens angeregt hatte[101], zurück und bittet Heuss,

> die Dinger in den Papierkorb zu schmeißen. Sie haben keinen Wert mehr und ihre Veröffentlichung wäre mir peinlich, sogar noch mehr.[102]

Ungeduldig wartet Thoma darauf, dass er, wenn schon nicht als Soldat, so doch als Sanitäter eingesetzt werden kann. Seine Briefe an Conrad Haußmann aus jenen Tagen und sein *März*-Artikel vom 5. September 1914[103] zeugen von der Stimmung Thomas, dessen stark emotionales Empfinden ihn mit einem Schlage ins nationale Lager überwechseln lässt. Noch ein paar Jahre zuvor hatte er in einem Brief an Albert Langen einen *März*-Artikel zur Marokko-Krise von Robert Hessen scharf kritisiert und betont:

> An dem Tag, wo der *März* nur eine von den geheiligten Phrasen für den Krieg bringt, ist alles unwahr, was wir bei seiner Gründung sagten, und ich trete aus. Es gibt nichts, was ich mehr hasse als die Anschauung, daß von Zeit zu Zeit die Völker ihre männlichen Eigenschaften im Kriege erproben müssen.[104]

Doch jetzt hat die in Deutschland zu Kriegsbeginn allgemein verbreitete Hochstimmung auch Thoma gepackt. Mit den politischen Beiträgen im *März* wird er zusehends unzufriedener. Mit Heuss kommt es zu einem scharfen Disput wegen der Veröffentlichung eines Beitrags über den Schweizer Maler Ferdinand Hodler, der im *März* vom 31. Oktober 1914 erscheint und Hodler gegen Angriffe von Ernst Haeckel wegen seiner Unterzeichnung eines Protests gegen die Beschießung der Kathedrale von Reims in Schutz nimmt.[105]

Thoma, der gegen Hodler und seine Verehrer einen polemischen Artikel in den *Münchener Neuesten Nachrichten* schreibt, den Hermann Hesse einen „rüden Totschlag" nennt[106], tritt von der Herausgabe des *März* zurück. Thoma nennt in einem Brief Heuss seine Gründe:

> Ich möchte darum heute schon anregen, bis auf weiteres meinen Namen wegzulassen; ich würde Ihnen nie zumuten, irgendetwas

---

[101] Ludwig Thoma an Theodor Heuss. Rottach 28.06.14. In: Ludwig Thoma: *Ein Leben in Briefen*, a.a.O., S. 265.

[102] Ludwig Thoma an Theodor Heuss. Rottach 4.8.14. In: ebenda, S. 266.

[103] Ludwig Thoma: *Stimmungen*. In: *März*, 8, Jg. (1914), III, S. 296–299.

[104] Ludwig Thoma an Albert Langen. Rottach 14. Sept. 1908. In: Ludwig Thoma: *Ein Leben in Briefen*, a.a.O., S. 208.

[105] Theodor Heuß: *Was zuviel ist…* In: *März*, 8. Jg. (1914), IV, S. 93–94.

[106] Hermann Hesse an Theodor Heuss. Bern 4.1.15. In: *Theodor Heuss. Der Mann, das Werk, die Zeit.* a.a.O., S. 96.

> aus Rücksicht für mich zu unterlassen, was sie tun zu müssen glauben, Aber ich muß es ganz entschieden ablehnen, als verantwortlich – beim Publikum – zu gelten für Ansichten, die ich nicht habe. Ich weiß schon, daß ich nicht formell verantwortlich bin, aber die Meinung der Leute gilt mir darin etwas. [...] Deshalb bitte die nächste No: begründet von Albert Langen. – Ich werde darum nicht mehr u. auch nicht weniger f.d. *März* schreiben.[107]

Zwei Jahre später schreibt Thoma an Haußmann:

> Ich war Firmenschild für ein Geschäft, das ich hasse. Denn in jeder Nummer stand die verfluchte Klugscheißerei der Unfruchtbaren.[108]

Thoma zieht sich immer mehr vom *März* zurück. Conrad Haußmann bittet ihn brieflich im November 1914, doch einige Beiträge für die Zeitschrift zu schreiben. Thoma, dem der „ästhetische Ton welchen Heuß vorsetzt ein verdammt schlabbriges Getränke ist“[109] stellt an seine weitere Mitarbeit allerdings, wie er Heuss mitteilt, eine Bedingung:

> Bringt doch nicht gar so wachsweiche, superkluge und wohltemperierte Aufsätze. [...] Um aber aufs Kapitel Mitarbeit zurückzukommen, ich mag nicht neben den fadesten, farblosen Schulaufsätzen u. internationalen Gerechtigkeiten stehen.
>
> Wenn das der Grundton im *März* bleiben wird, dann prophezeie ich Euch die galoppierende Schwindsucht, und ich gönne sie einer Zeitschrift, die sich in dieser Zeit vornehmtuerisch und kühle gehaben will. Gibt es für den *März* keine Empfindung für die grossen Geschehnisse und die Männer, deren Namen wir heute zum erstenmal hören und die nun plötzlich mitten unter uns stehen, wie die Größten, deren Namen wir verehren?[110]

Ganz anders hingegen als Ludwig Thoma erlebt Hermann Hesse den Weltkrieg. Hesse wohnt bei Ausbruch des Krieges bereits seit zwei Jahren in der neutralen Schweiz. Zunächst bietet er sich als freiwilliger Soldat an, doch seine Bewerbung wird abgelehnt und er bald darauf der deutschen Botschaft in Bern für die Gefangenenfürsorge zugeteilt. Gegen die nationalistische deutsche Kriegsliteratur wendet sich Hesse in einem Artikel *O Freunde, nicht diese Töne* der *Neuen Zürcher Zeitung* vom 3. November 1914 und ruft zu einer Rückbesinnung auf abendländisch-christliche Gesittung, auf die Werte Liebe, Verständnis, Friede auf. Gegen deutsche Presseangriffe, die Hesse als „vaterlandslosen Gesell“, „Drückeberger“,

---

[107] Ludwig Thoma an Theodor Heuss, Rottach 28. Okt. 1914. In: Ludwig Thoma: *Ein Leben in Briefen,* a.a.O., S. 270.

[108] Ludwig Thoma an Conrad Haußmann, Rottach 27. Dez. 16. In: Ebenda, S. 301.

[109] Ludwig Thoma an Conrad Haußmann, Rottach 26.11.14. In: Ebenda, S. 270.

[110] Ludwig Thoma an Theodor Heuss, München 29. Nov. 14. In: Ebenda, S. 271f.

„Gesinnungslump“ beschimpfen, nimmt ihn Theodor Heuss ein Jahr später in einem Artikel der *Neckar-Zeitung* vom 1. November 1915 in Schutz. In einer Karte aus Bern bittet Hesse Heuss Anfang 1915, ihm hin und wieder im *März* Raum für eine Bücherglosse zu geben,

> damit auch außer dem Radau und Säbelklirren etwas hörbar wird. Thoma ist mir nach wie vor lieb, aber seit der Nationalisierung des *Simplicissimus* und seit seinem rüden Totschlag an Hodler ist mir Ernstnehmen doch nimmer möglich. [...] Gerade wir wären da um nicht zu dulden, daß es wird wie nach 70. [...] Für mich begehre ich nichts als je und je eine Spalte Raum, in der ich so tun kann als lebten Vernunft und Geistigkeit in alter Weise fort.[111]

Theodor Heuss selbst fühlt sich in diesen Jahren – wie er in seinen *Erinnerungen* schreibt – zwischen den beiden Propheten des Militarismus und des Pazifismus, Thoma und Hesse, „als das Weltkind in der Mitten“:

> Diese Lage war mein Schicksal geworden – ob und wie ich es publizistisch bewältigt habe, steht in den Bänden der Zeitschrift.

Thoma – so schreibt Heuss – habe am Krieg nicht unbedingt „Freude“ gehabt, „doch er nahm ihn hin, während Hesse unter ihm litt“[112]. In seiner Enttäuschung über den Sinneswandel vieler von ihm geschätzter *März*-Autoren zieht sich Hesse zunehmend vom *März* zurück.

Drei Merkmale sind für den *März* während der Zeit seines Erscheinens bestimmend: Zuversicht, Bürgerlichkeit und Süddeutschland. Die Zuversicht des *März* richtet sich die auf eine mögliche Umgestaltung und Verbesserung der gesellschaftlichen und politischen Verhältnisse. Die Kritik an der Person und den politischen Taktlosigkeiten des Kaisers sowie an seinen Vorstellungen vom persönlichen Regiment und Gottesgnadentum gehen paradoxerweise einher mit der Hoffnung auf die Monarchie als mögliche Trägerin einer Reform und als Vollstreckerin des Volkswillens, die sich einer Umwandlung in einen konstitutionellen und parlamentarischen Staat nicht nur nicht entgegenstellt, sondern diese auch tatkräftig unterstützt. Hier zeigt sich deutlich ein irrationaler Zug in den politischen Vorstellungen der Autoren des *März*, ein mangelndes Selbstvertrauen in die eigene Position als Parlamentarier (wie z.B. bei Conrad Haußmann) und tiefer Patriotismus, der Kritik als konstruktives Element für den Fortschritt im Interesse des gesamten Staates begreift, aber dennoch vor der letzten, als zu radikal empfundenen Konsequenz, nämlich der Einführung der Demokratie und Absetzung der Monarchie, zurückschreckt.

---

[111] Hermann Hesse an Theodor Heuss. Bern 4.1.1915. In: *Die Briefe 1905–1915*, S. 426.
[112] Theodor Heuss: *Erinnerungen*, a.a.O., S. 191.

Doch ist von einer „bürgerlichen" Zeitschrift, die der *März* trotz seiner Kritikfreudigkeit durch die enge Bindung an liberale Ideen und seine Absage an das Klassenkampfdenken der Sozialisten immer geblieben ist, mehr zu erwarten? Denn in der auf die Episode des Aufbegehrens gegen absolutistische Herrschaftsformen im März 1848 folgenden, erneut im Zeichen der Autorität stehenden und mit den Namen Bismarck und Wilhelm II. verbundenen Epoche blieb der liberalen Bewegung mit ihren an die 1848er Tradition anknüpfenden Forderungen nur wenig Spielraum. Er wird im *März* vor allem für eine Stärkung des Linksliberalismus als politische Kraft und Wahlmöglichkeit auch für Arbeiterkreise im Spannungsfeld zwischen Konservativen und Sozialdemokraten genutzt. Dabei sucht die Zeitschrift eine stärkere Anlehnung an die SPD, deren Radikalität allerdings abgebaut werden soll, während eine scharfe Trennungslinie zu den Konservativen und mit wechselnder Stärke auch zu den Nationalliberalen gezogen wird. Das ungeduldige Erwarten eines aktionsfähigen Parlaments führt auch hier zur Inkonsequenz.

Die süddeutsche Note zeigt sich vor allem im Kampf gegen das Preußentum und seine Auswüchse sowie in der Betonung der bayrischen und schwäbischen Kultur. Dennoch wäre es falsch, den *März* als lokales, süddeutsches, nur auf einen eng begrenzten Raum bezogenes Organ anzusprechen. Seine eindringlichen und frühzeitigen Warnungen vor Kriegshetze und chauvinistischen Kreisen, seine auf einen Ausgleich mit Frankreich und England gerichteten Artikel und die schon vor dem Kriege auftauchenden Forderungen einer europäischen Einigung angesichts des amerikanischen und japanischen Vormarsches verleihen ihm vielmehr einen internationalistischen Zug. Möglichkeiten von Konfliktminderungen (wie z.B. durch die Gewährung der republikanischen Autonomie für Elsass-Lothringen) werden im *März* diskutiert. Dem offenen Ausgleichbemühen mit Frankreich steht eine gewisse reservierte Haltung zu England gegenüber. Zwar bedauert man den Antagonismus zwischen beiden Staaten, doch spürt man deutlich, dass die Autoren des *März* sich letztlich doch nicht dem starken Einkreisungsgefühl entziehen und das Misstrauen gegenüber England völlig abbauen können. Denn gerade mit England kollidiert das auch vom *März* unbestrittene deutsche Recht auf Weltmachtgeltung immer wieder. Das Verhältnis zu Österreich-Ungarn ist im *März* gekennzeichnet durch den Wandel von der anfänglichen Warnung vor den unabsehbaren Folgen einer Nibelungentreue und der Kritik an der Wiener Balkanpolitik zur bedingungslosen Unterstützung Österreichs im Ernstfall des Konflikts von 1914.

Im Sommer 1914 gerät der *März* ebenso wie die Parteien und der weitaus größte Teil der Presse in den Sog der einhelligen nationalen Begeisterung, die unter dem Eindruck einer Bedrohung und Einkreisung von außen entsteht. Man glaubt, sich in einem Verteidigungskrieg zu befinden. Das zuvor auf dem Wege der Politik nicht erreichte Ziel einer Anerkennung Deutschlands als Weltmacht soll nun durch die bewaffnete Auseinandersetzung durchgesetzt werden, ganz im Sinne der Formel von Clausewitz, nach der der Krieg die Fortsetzung der Politik mit anderen Mitteln darstellt. Dass aber andererseits durch die ultimative Behandlung des Konflikts und durch den militärischen Aufmarsch Österreich-Ungarn und Deutschland den gegnerischen Staaten als Angreifer erscheinen und diese den deutschen Herrschaftsanspruch endgültig vernichten wollen, zeigen besonders deutlich die Artikel, die sich mit den Friedensvorstellungen beider Seiten auseinandersetzen. Man spürt immer wieder die Unüberbrückbarkeit der gegensätzlichen Positionen, die aus den einander ausschließenden Interpretationen der Kriegsschuld resultieren. Allerdings wendet sich der *März* mit aller Entschiedenheit gegen Bestrebungen, die aus den anfänglichen Erfolgen strategische, wirtschaftliche und territoriale Ansprüche herzuleiten versuchen, und setzt auf einen Verständigungsfrieden, der keine neuen Ansätze zu Revanchegedanken, Misstrauen und Rivalitäten schafft.

Die Selbstaufgabe der Kritik, die freiwillige Unterordnung unter den Gesichtspunkt der nationalen Geschlossenheit und der Verlust eines Betätigungsfeldes echter kritischer Auseinandersetzung nehmen den Kriegsjahrgängen des *März* das kämpferische Element der Vorkriegszeit. In der Extremsituation der Katastrophe des Weltkriegs zerbricht auch die Gemeinsamkeit unter den Herausgebern und Mitarbeitern, die trotz der unterschiedlichen Persönlichkeitsstruktur während der Zeit des Kampfes gegen Preußentum und Obrigkeitsstaat weitgehend gewahrt werden konnte. Sowohl Ludwig Thoma, dem es – wie Hermann Hesse schreibt – „mit seinem Patriotismus und Kriegsgeist blutiger Ernst“[113] war, als auch Hesse selbst engagieren sich in den ersten Kriegsmonaten zunächst wieder mehr für den März, für den Redakteur Heuss eine diffizile Gratwanderung. Theodor Heuss weist selbst in seinem Abschiedswort an die Leser des *März* auf diesen Tatbestand hin, der in dem Spannungsverhältnis Thoma – Heuss – Hesse seinen sichtbarsten Ausdruck fand.

> Es wäre falsch, zu verschweigen, daß der Krieg die Einheitlichkeit dieses Kreises gestört und damit seine Arbeit erschwert hat. Innere Lösungen wurden unvermeidlich, da bei verwandten Naturen und Gesinnungen die tiefe Gegensätzlichkeit in der Beurteilung der politischen Tagesfragen eine Kluft riß. Solchen Erschütterungen ist jede Publizistik ausgesetzt die sich nicht nach politischer Opportunität, sondern nach inneren Überzeugungen einrichtet.

---

[113] Hermann Hesse: *Erinnerungen an den Simplicissimus.* In: *Neue Zürcher Zeitung* 28.3.1926; SW12, S. 314ff.

> Sollen wir unseren Lesern auseinandersetzen was, unter vielerlei sachlicher und technischer Schwierigkeit, zu erreichen unser Ziel war in den viereinhalb Jahren, die wir den *März* geleitet haben? Eine politische Gesinnung zu bereiten, die von der Phraseologie einer à tout prix radikalen Publizistik ebenso frei bleibt wie von der philisterhaften Denkbequemlichkeit des landläufigen Chauvinismus: frei, verantwortungsbereit, mit geschichtlichem Sinn für das Wesen der Macht wie für das Unwesen des Maulheldentums. Sachlich denken zu lernen, im Politischen wie Wirtschaftlichen; [...][114]

In den Kriegsjahren hören die finanziellen Schwierigkeiten erst recht nicht auf. Anfang 1917 gelingt es Conrad Haußmann, „als das Wasser im Schützengraben bis an den Hals des *März* ging", die Deutsche Verlagsanstalt in Stuttgart zur Übernahme des *März* auf ihre Rechnung mit hälftigem Gewinnanteil zu bewegen.[115] Damit ist die Zeitschrift zunächst für ein weiteres halbes Jahr gerettet. Gegen Ende des Jahres entschließen sich Verlag und Redaktion zur Einstellung des *März*. Conrad Haußmann nennt in einem Artikel *An die Leser des März* die Gründe. Theodor Heuss soll zum 1. Januar 1918 in die Redaktion der Wochenschrift für Welt- und Kulturpolitik *Deutsche Politik* eintreten, die seit 1916 im Verlag Kiepenheuer, Berlin-Weimar, erscheint. Haußmann sieht in dieser Zeitschrift die „politischen und kulturellen Ziele des *März* [...] in gleicher Weise vertreten [...]" und daher „eine Voraussetzung und eine Sicherheit dafür gegeben, daß die Lücke sich sofort schließt"[116]. Haußmann und nach ihm Theodor Heuss in der letzten Nummer des *März* vom 1. Januar 1918 fordern die bisherigen Abonnenten und Leser des *März* auf, nun die *Deutsche Politik* zu beziehen.

Trotz der ständigen Finanzkrise hat sich der *März* elf Jahre behaupten können. Viele Zeitschriftengründungen der Jahrhundertwende bestanden nur ein oder zwei Jahre, andere wiederum überdauerten den Ersten oder sogar den Zweiten Weltkrieg. Ein großer Teil musste wie der *März* während der Kriegsjahre 1914–1918 eingestellt werden. Zeitschriften wie der *März* wandten sich vor allem an Gruppen Gleichgesinnter, die mit ihnen in der Grundhaltung, sei es in politischen oder kulturellen Fragen, übereinstimmen. Sie schafften sich im Laufe der Zeit ihren speziellen Leserkreis. Deshalb dürfte ihre Wirkung mehr in der Bestätigung und Untermauerung bereits vorhandener Ansichten als in der Beeinflussung und Meinungsbildung bestanden haben.

---

[114] Theodor Heuss: ‚*März*'-*Abschied*. In: *März*, 11. Jg. (1917), IV, S. 1139f.

[115] Conrad Haußmann an seinen Sohn Robert, 18. Feb. 1917. In: Conrad Haußmann: *Schlaglichter. Reichstagsbriefe und Aufzeichnungen.* Hrsg. von Ulrich Zeller. Societäts-Verlag, Frankfurt a. M. 1924, S. 83.

[116] Conrad Haußmann: *An die Leser*. In: *März*, 11. Jg. (1917), IV, S. 1119ff.

Katerina Grohmann

Stockhausen und Hesse: Unbekannte Parallelen

Dass sich im Jahre 1949 der 21-jährige Karlheinz Stockhausen an Hermann Hesse wandte, mit der Hoffnung, ein fachlich wie menschlich tiefgründiges Urteil über seine literarischen Werke zu erhalten, gehört zu den bekanntesten Tatsachen aus der Biografie des Komponisten.[1] Zwar ermutigte ihn Hesse dazu, sich eher dem musikalischen als literarischen Schaffen zu widmen, dennoch blieb Hesses Einfluss für Stockhausen von immenser Bedeutung. Für immer, will man fast sagen – auch wenn es manchmal keine direkten Verweise auf die Verbindungen zu Hesse in den Werken Stockhausens gibt, lassen sich dennoch im Rahmen einer komparativen Studie einige frappierende Parallelen feststellen. Am bekanntesten ist wohl die ideelle Verwandtschaft mit Hesses Werk, *Das Glasperlenspiel*, die auch vom Komponisten selbst hervorgehoben wurde:

> So erkannte ich als Zwanzigjähriger im Glasperlenspiel von Hermann Hesse, dass es für mich ein wesentliches Buch sei, weil es den Musiker verbindet mit dem geistigen Knecht.[2]

Nicht nur die Hauptfigur des berühmten Romans Hesses spielt eine besondere Rolle für Stockhausen, sondern durchaus auch das Glasperlenspiel selbst: Das auf dem Wechselspiel verschiedener Parameter basierende Spiel wird mit der seriellen kompositorischen Technik Stockhausens assoziiert, die streng organisierten und parametrisch geordneten Tonreihen zugrunde liegt. Sowohl die offensichtliche Ähnlichkeit der Strukturen als auch der Umstand, dass Stockhausen selbst im Brief an einen Freund darauf verwiesen hat, machen die Verbindung unzweifelhaft:

> [...] Einmal ist es die Idee des Spiels selbst, von der Du ja mit Anerkennung sprichst, von der Entgrenzung der Disziplinen; es ist zum zweiten aber vor allem das Problem der Haltung des Einzelnen zur Hierarchie.[3]

---

[1] Christoph von Blumröder: *Die Grundlegung der Musik Karlheinz Stockhausens*, Stuttgart 1993, S. 12.

[2] Karlheinz Stockhausen: *Texte zur Musik*, Köln 1989, S. 206.

[3] Karlheinz Stockhausen, in: Christoph von Blumröder: *Die Grundlegung der Musik Karlheinz Stockhausens*, Stuttgart 1993, S. 24.

Geht man aber davon aus, dass Stockhausen von mehreren Werken Hesses beeinflusst worden war, so sind mehrere thematische und symbolische Analogien zu finden, vor allem zu den scheinbar weniger bekannten Werken Hesses. Diese Überschneidungen verdienen einer näheren Betrachtung, auch wenn eine derartige Forschung eher hypothetischen Charakter aufweist: Denn selbst wenn man annimmt, dass manche Figuren und Themen vom Komponisten nicht bewusst übernommen wurden, scheinen sie dennoch eine deutliche Signifikanz für das System der Symbole im Schaffen Stockhausens zu haben.

Zwischen den Welten – Überwindung des Dualismus

Als Erstes wäre die Überwindung des dualistischen Denkens hervorzuheben, die seit Anfang der 50er Jahre ein bedeutendes Thema im Werk Stockhausens war. Dabei handelte es sich nicht um die Verwandlung polarisierter Strukturen ineinander, sondern um die Ko-Existenz miteinander, die öfters durch die Vermittlung zwischen den entgegengesetzten Positionen zu einer fließenden Skala möglich wird.

> Eins schlägt ins andere um – Gegensätze sind vermittelt. Schwarz ist ein Grad von weiß: Skala der Grauwerte.[4]

Der erste – unveröffentlichte – Roman des 21-jährigen Stockhausen *Geburt im Tod* (1949) demonstriert bereits durch seinen Titel, wie sehr ihn die dualistische Problematik und die Idee einer Vermittlung zwischen den gegengepolten Begriffen beschäftigt. So formuliert es Humayun, der Protagonist des Romans:

> [...] das Leben ist nicht zwei, nicht „ja" und „nein", nicht Geburt und Tod, nicht Sünde und Reinheit. Das Erste ist soviel das Zweite, wie das Zweite Erstes ist, und die Entscheidung ist ein Würfelspiel.[5]

Ein Würfelspiel als kinetische Verkörperung des Zufallsprinzips ist zwar noch dabei, schon wird es aber mit der Intention verbunden, den Übergang vom Ersten in das Zweite als eine gleitende Skala zu sehen. Und selbst Geburt und Tod als begriffliche Gegensätze sind im gleichnamigen Roman auf ähnliche Weise verbunden, indem der Tod des Vaters mit dem weiteren Leben des Sohnes im unmittelbaren Zusammenhang steht. Ein direkter Hinweis darauf, dass der junge Stockhausen auf diese Weise den Tod seines Vaters im Zweiten Weltkrieg verarbeitet, ist hier zwar nicht zu

---

[4] Karlheinz Stockhausen: *Originale*, in: *Texte zur Musik*, Bd. 2, S. 109.

[5] Karlheinz Stockhausen: *Geburt im Tod*, Manuskript 1949, Stockhausen-Archiv Kürten.

finden. Aber bereits im Theaterstück Stockhausens *Die Liebe der Anderen* (1950) wird der Kriegstod als Ereignis klar thematisiert. Die Hauptpersonen des Stückes sind Peter („die Erscheinung eines Toten"), seine Frau Suja, Sohn Michael und ein Lebensanwalt. Die Frau repräsentiert das Gute, den Frieden, sie ist gegen jede Beteiligung am Krieg. Ihr toter Ehemann besteht jedoch darauf, dass sein Kriegstod nicht umsonst war. Im thematischen Fokus des Stücks steht die Frage, wie man sich als Überlebender mit dem Tod eines Angehörigen abfindet, der sein Leben für den Krieg gegeben hat, und ob dieser Tod gerechtfertigt war:

> Wir haben kein Recht mehr, die Toten zu richten, wo sie einmal tot sind. Aber den Überlebenden erwächst die Pflicht daraus, mit diesen Toten einen Schlussstein und einen neuen Anfang zu setzen.[6]

Während der Auseinandersetzung zwischen Suja und Peter erscheint auf der Bühne der kleine Michael – ihr Sohn, der nicht schlafen kann. Seine Zerrissenheit zwischen den Positionen beider Elternteile, von denen jede eine eigene ‚Welt' repräsentiert, die mit der ‚Welt' des Anderen auf irgendeiner Weise dennoch vereint oder vermittelt wird, bildet das zentrale Motiv dieses Theaterstückes. Ferner wird dieses Thema wie auch die betreffende Personenkonstellation dank dem klaren biografischen Bezug im Schaffen Stockhausens noch lange präsent sein: So entsteht über zwanzig Jahre später (1971) im Rahmen des Werkes intuitiver Musik *Aus den sieben Tagen* eine weitere musiktheatralische Improvisation mit einer ähnlichen Figurensituation (Frau, Mann und Kind) – *Oben und Unten*. Diesmal ist das dialogische Geschehen zwischen den beiden polar angesetzten Protagonisten – Frau und Mann – viel abstrakter, nicht zuletzt weil *Oben und Unten* ein Theaterstück mit intuitiver Musik ist. Dennoch bleiben die dramaturgische Struktur wie auch der biografische Bezug zur Kindheit Stockhausens – wie auch im *Das Leben der Anderen* – unverkennbar, es sind zwei Welten, die durch die beiden Elternteile verkörpert werden und nicht in einer harmonischen Symbiose, sondern eher in einem ‚Nebeneinander' existieren.

> Zwei Welten liefen dort durcheinander, von zwei Polen hier kamen Tag und Nacht.[7]

Dieses Zitat stammt aber nicht aus einem der stockhausenschen Theaterwerke, sondern aus dem berühmten Roman Hesses *Demian. Die Ge-*

---

[6] Karlheinz Stockhausen: *Die Liebe der Anderen*, Manuskript des Theaterstücks 1950, Stockhausen-Archiv Kürten.

[7] Hermann Hesse: *Demian. Die Geschichte von Emil Sinclairs Jugend*. In: Ders., *Sämtliche Werke*. Hrsg. v. Volker Michels. Suhrkamp, Frankfurt/M. 2003. Band 3, S. 237 – Im Weiteren zitiert als *Demian* mit Seitenzahl.

schichte von Emil Sinclairs Jugend, wobei bereits dieser Satz ein außerordentliches Vergleichspotenzial im beschriebenen thematischen Bereich aufweist. Die Lebenssituation eines Kindes oder eines Heranwachsenden ‚zwischen den Welten' steht im Mittelpunkt mehrerer Romane oder Erzählungen Hesses, auch in *Roßhalde* (1914) und *Unterm Rad* (1906), im *Demian* wird sie aber durch den Kapiteltitel *Zwei Welten* geradezu manifestiert. Zwar werden die konträren Welten im letzteren Fall nicht ausdrücklich dem Vater und der Mutter zugeordnet, dennoch gibt es zwei polarisierte Einflusssphären, in denen sich die Hauptfiguren bewegen. Die Entwicklung des jungen Emils und damit auch die allmähliche Veränderung seiner Weltwahrnehmung wurde in *Demian* vom damals 50-jährigen Schriftsteller überzeugend beschrieben. Insbesondere steht im Fokus der Einfluss auf Emil seines Freundes Max Demian, der sich am Ende des Romans als ‚zweites Ich' Emils entpuppt. Bereits diese Wendung bringt auf den Gedanken, dass es sich hier um zwei gegengepolte Figuren handelt, die letztendlich zwei verschiedene Seiten der gleichen Persönlichkeit darstellen: Dies verweist folglich auf die oben beschriebene Überwindung des Dualismus im frühen Werk Stockhausens.

Sehr deutlich ist auch die dualistische Struktur der Welt Emils im oben erwähnten Kapitel *Zwei Welten*: Die Welt der Klarheit und des Geordneten – mit Pflichten und Vorsätzen – ist mit dem Vaterhaus verbunden, die andere – „zweite, heftige Welt" (Demian, S. 23), die „Flut von ungeheuren, lockenden, rätselhaften Dingen" (Ebd., S. 237) – mit der bunten Vielfalt des Lebens da draußen. Die bewusste Darstellung der gegenseitigen Welten als einer nichtsdestotrotz balancierten Struktur markiert den ideellen Ausgangspunkt der Geschichte:

> Es war wunderbar, daß es hier bei uns Frieden, Ordnung und Ruhe gab, Pflicht und gutes Gewissen, Verzeihung und Liebe – und wunderbar, dass es auch alles andere gab, alles das Laute und Grelle, Düstere und Gewaltsame, dem man doch mit einem Sprung zur Mutter entfliehen konnte. (Ebd., S. 238)

Zwar sind die polaren Welten im *Demian* nicht jeweils der Mutter und dem Vater zugeordnet, jedoch ist die Gedankenverbindung zum Theaterstück *Oben und Unten* Stockhausens durch die Beschreibung der Mutterfigur sehr deutlich: Bei Stockhausen wird sie als ein sensibles, ‚engelhaftes' Wesen – im Gegensatz zum dekadenten Vater – dargestellt.[8] Aber ob das Kind in diesem Werk als ein vermittelndes Glied im Sinne der im anfänglichen Abschnitt der vorliegenden Abhandlung Vermittlung zwischen den Gegensätzen begriffen werden könnte? Das Kind befindet sich im *Oben*

[8] Hierzu s. auch: Christoph von Blumröder: *Die Grundlegung der Musik Karlheinz Stockhausens*, Stuttgart 1993, S. 14.

und Unten zwischen den Kontroversen und leidet durch die kontrasthafte Gegenüberstellung der elterlichen Einflusssphären. Hier kann eine deutliche Parallele zu einem weiteren Roman Hermann Hesses gezogen werden: Im *Roßhalde* sind die ‚Mutter-' und ‚Vaterwelt' nicht nur inhaltlich, sondern auch räumlich getrennt, obwohl sich die Häuser der beiden Elternteile auf dem gleichen Grundstück befinden. Der Zwiespalt eines fragilen talentierten Jungen, der trotz aufrichtiger Liebe seiner beiden Eltern zu ihm unter ihrer Entfremdung voneinander und auch unter ihren eigensinnigen Ansprüchen an ihren Sohn leidet, bis er letztendlich schwer erkrankt und stirbt, steht im Mittelpunkt von diesem Werk. Auf diese tragische Weise werden die beiden Elternteile von der Pflicht befreit, dem Sohn zuliebe miteinander auszukommen – das einzige vermittelnde Glied fällt damit weg und die konträren Elternwelten überschneiden sich nicht mehr und existieren nur noch parallel. Eine ähnliche Situation – mit einem auf andere Weise dramatischen Ausgang – wird im ersten Akt der Oper *Donnerstag aus Licht* Stockhausens dargestellt. Der kleine Michael wächst in der Atmosphäre einer eher unharmonischen Beziehung zwischen den beiden Eltern (die erste Szene – *Kindheit*) auf. Auch hier verkörpert Michaels Mutter die sensible, gefühlswarme Welt während sein Vater als eine eher harsche Figur dargestellt wird. In dieser Szene stirbt aber nicht der Sohn Michael, sondern seine Mutter Eva: Nach dem tödlichen Verlust ihres neugeborenen Sohnes Hermannchen wird die schwer verwirrte Mutter ins Krankenhaus gebracht und später mittels der Euthanasie getötet. Diese dramatische Wendung in der Oper korrespondiert mit Ereignissen aus der Kindheit Stockhausens, auch der auf den Tod der Mutter folgende Kriegstod des Vaters fand im realen Leben des jungen Karlheinz statt. Wie der Komponist selbst, muss auch der kleine verwaiste musikalisch begabte Michael im *Donnerstag aus Licht* ein anspruchsvolles Examen ablegen, um seinen Weg als Musiker zu beginnen. Eine aus mehreren Teilen bestehende äußerst anspruchsvolle Prüfung – die an eine ähnliche in einem weiteren Roman Hermann Hesses erinnert – *Unterm Rad*, worin ein mutterloser begabter Junge, Hans, eine von seinem strengen und nicht sehr verständnisvollen Vater anvisierte Aufgabe – das Landexamen in Stuttgart als Einziger aus seiner Stadt zu bestehen – erfüllt und, nach dem Erreichen dieses Ziels, durch seine Einsamkeit, Erschöpfung und den Verlust seiner Naturverbundenheit während seiner Lehre immer deprimierter wird, worauf er infolge eines Nervenzusammenbruchs das Internat verlässt und letztendlich in einem Fluss seines Heimatorts ertrinkt. Der Erwartungsdruck, dem Hans aufgrund seiner Begabung ausgesetzt wird, geht fast von der gesamten Stadt aus, und die Hochleistungen ersetzen in seiner Realität die üblichen Freuden eines Jungen seines Alters. Leer, lieblos und ausgebrannt lässt er sein junges Leben unter dem Rad, das in diesem Werk sowohl als ein Symbol für unbekümmerte Kindheit (Spiele mit dem Wasserrad), als auch für das zermahlende Rad des Schicksals dargestellt wird. Der kleine Michael in der Szene *Examen* aus der Oper *Donnerstag aus Licht* überlebt glücklicherweise seine Jugend und besteht sein Examen. Dennoch wird die Komplexität seiner musikalischen Aufgaben in der Oper ausführlich demonstriert; die Prüfenden in dieser Szene erscheinen in den Gestalten seiner verstorbenen Eltern, was den inneren Druck Michaels auf dem Weg zur Selbstverwirklichung noch deutlicher macht.

Aus dem oben Beschriebenen folgend ist die Situation eines ‚zwischen zwei Welten schwebenden Jungen' in den Romanen Hermann Hesse so häufig, dass sich die Frage nach einer möglichen thematischen Beeinflussung Stockhausens stellt: Zweifellos sind hier einige Assoziationen mit seiner eigenen Kindheit vorhanden. Auf der hypothetischen Ebene sind die Überschneidungen in den oben genannten Werken kaum übersehbar; durch den Vergleich der konkreten Symbolsysteme und Denkweisen beider Künstler können die frappierenden Parallelen noch verdeutlicht werden.

Figurenkonstellationen im *Licht* Karlheinz Stockhausens und im *Demian* Hermann Hesses.

Donnerstag aus Licht ist das erste Werk des aus den sieben Operntagen bestehenden Makrozyklus *Licht*, in welchem die drei Protagonisten – Eva, Michael und Luzifer – agieren. Nach der Vorstellung des Komponisten sind es drei kosmische Geister, die zu jeder Zeit aktuell und gegenwärtig bleiben. Jeder Operntag ist einem besonderen Thema gewidmet: Dementsprechend ist *Montag* Evas Tag, der Tag der Geburt und Wiedergeburt; *Dienstag* stellt den Krieg zwischen Michael und Luzifer dar; *Mittwoch* hat Vermittlung, Liebe und Kollaboration zwischen den Dreien als Hauptthema; *Donnerstag* ist Michaels Tag des Weges, des Lernens; die Idee hinterm *Freitag* ist die Versuchung von Eva; *Samstag* ist der Tag von Luzifer, der Tag des Todes; im *Sonntag* vollzieht sich die Vereinigung von Eva und Michael als Voraussetzung für den Anfang des neuen Lebens im *Montag*. So agieren im gesamten *Licht* die drei Hauptfiguren, deren Präsenz – auf unterschiedliche Weise, entsprechend dem Inhalt jeweiliger Oper – zur dramaturgischen Einheit des Makrozyklus beiträgt. Der bereits im Oberen beschriebene Michael weist die Merkmale von Hermes Trismegistos, Thor oder Donar, auch von Mikael, Schutzgeist der Hebräer in der ältesten Tradition, auf. Die beiden anderen Protagonisten – Eva und Luzifer – sind bereits in der ersten Szene *Donnerstags* als Michaels Eltern präsent. Damit kommt auch die ideelle ‚Brücke' zu den früheren Theaterstücken – *Das Leben der Anderen* und *Oben und Unten* Stockhausens zum

Vorschein. Wie Michael sind auch Eva und Luzifer die Sammelgestalten: Eva ist „ein weiblicher Geist, (auch Aphrodite, Venus)“ während Luzifer ein Rebell ist – ein „gefallener Engel“.[9] Jeder Protagonist hat nicht nur seine eigene Symbolik, sondern auch eine eigene Funktion im *Licht*. In der Gesamtkonstellation stellen Michael und Luzifer die Gegensätze dar, die aber miteinander eng verbunden sind. Michael kämpft für den „Fortschritt durch Lernen und Menschsein“ und Luzifer ist davon überzeugt, dass alles „im reinen Zustand der Schwingungen“[10] verbleiben soll. Als Vermittlungsfigur zwischen den beiden polar angesetzten Protagonisten fungiert Eva, die eine konfliktbeladene Konstellation in eine schwingende, ausbalancierte triadische Struktur verwandelt.

> Ein jedes Ding strebt nach Verwirklichung, das Eine zum Zweiten, weil es das Wissen um das Zweite in sich trägt. In jedem Grund des Einen liegt das Zweisein, im Grund des Zweiten und im Schoß der Ewigkeit. In der Kraft des Geistes wird es Drei. So steht die Welt seit Anbeginn im Dreigestirn; der sie trägt und durchwebt ist Trimurti, die Dreieinigkeit.[11]

Wirft man jetzt einen Blick auf die Figurenkonstellation im Roman *Demian* Hesses, der, wie im Oberen bereits beschrieben, eine antagonistische Zwei-Welten-Situation aufweist, so ist hier auf der Personenebene eine ähnlich kontrastierende Gegenüberstellung zwischen den zwei Protagonisten auffindbar – Emil Sinclair und Max Demian. So ist Emil Sinclair – der Erzähler in der Geschichte – durch Sensibilität, Nachdenklichkeit und Selbstzweifel gekennzeichnet. Demian weist nicht nur Unangepasstheit und Mut auf – in seiner Gestalt manifestiert sich die Bereitschaft, immer nach seinem eigenen Weg zu suchen, auch wenn es ihn zum Einzelgänger macht, eine Eigenschaft, die Emil selbst anfänglich nicht leichtfällt:

> Ach, das weiß ich heute: nichts auf der Welt ist dem Menschen mehr zuwider, als den Weg zu gehen, der ihn zu sich selbst führt! (Demian, S. 269)

Als Demian Emil von den Demütigungen durch seinen Mitschüler Franz Kromer befreit, erklärt er ihm dabei auch seine Weltanschauung, die nicht ausschließt, das Böse notfalls auch mit weiterem Bösen zu bekämpfen:

> Ich möchte dir nur nochmals sagen, weil wir schon so weit sind – du solltest diesen Kerl loswerden! Wenn es gar nicht anders geht, dann schlag ihn tot! Es würde mir imponieren und gefallen, wenn du es tätest. Ich würde dir auch helfen. (Ebd., S. 265)

---

[9] Ebenda, S. 238.

[10] Ebenda, S. 66.

[11] Karlheinz Stockhausen: *Geburt im Tod*, Manuskript des Romans 1949, S. 13; Stockhausen-Archiv Kürten.

Die Folgen der Stellung eines freiheitsliebenden Menschen, der jederzeit zur Rebellion bereit ist, sind Demian durchaus bewusst, wie er das Emil mittels der Geschichte von Kain als „einem Mann mit dem Mal" erklärt: Das Zeichen der Einzigartigkeit mache den anderen Menschen Angst vor ihm, hieße es in seiner Interpretation. Auch wenn diese Art grenzüberschreitendes Selbstbewusstsein auf Emil anfangs erschreckend wirkt, ruft sie allmählich bedeutende Veränderungen in seiner Persönlichkeit hervor. Letztendlich gibt Emil am Ende der Erzählung zu verstehen, dass der verschwundene Max Demian jetzt als Teil seiner Person weiterlebt. Auf diese Weise ist nicht nur die Verbindung der beiden ungleichen Protagonisten, sondern auch die Vermittlung ihrer Gegensätzlichkeit ins Eine bei Hesse bereits angedeutet; bei Stockhausen wird dieser Prozess recht exponiert dargestellt.

Wie im Oberen bereits erwähnt, geschieht dies im *Licht* nicht zuletzt dank Eva, einer vermittelnden Figur, die in verschiedenen Emanationen – je nach Thema des Wochentags – als Mutter oder Geliebte, auch als mysteriöse Mondeva, Vogel und Frau in Einem, erscheint. Ihre dramaturgische Funktion im Zyklus ist unter anderem, die Verbindung der drei *Licht*-Protagonisten nicht linear, sondern in Form einer schwingenden dreigliedrigen Struktur zu gestalten:

> [Opernglas]: Erzengel Michael und der gefallene Engel Luzifer als Gegenpole – und Eva steht dazwischen?
>
> Stockhausen: Sie steht überhaupt nicht „dazwischen". Sie ist manchmal mehr bei dem Einen, mal beim Anderen, je nachdem, wie sie als Frau bestimmt.[12]

Und so vielschichtig scheint auch die Gestalt der Mutter Max Demians im Roman Hesses zu sein, der ‚Frau Eva': Bereits die ersten durch Emil beschriebenen Eindrücke von ihr im Hause Demians rufen Assoziationen mit *Lichts* Eva hervor:

> Ich faßte keine Entschlüsse, tat kein Gelübde – ich war an ein Ziel gekommen, an eine hohe Wegstelle, von wo aus der weitere Weg sich weit und herrlich zeigte, Ländern der Verheißung entgegenstrebend, überschattet von Baumwipfeln nahen Glücks, gekühlt von nahen Gärten jeder Lust. Mochte es mir gehen, wie es wollte, ich war selig, diese Frau in der Welt zu wissen, ihre Stimme zu trinken und ihre Nähe zu atmen. Mochte sie mir Mutter, Geliebte, Göttin werden – wenn sie nur da war! wenn nur mein Weg dem ihren nahe war! (Demian, S. 345)

[12] Ebenda, S. 238.

> Demian, was hast du für eine herrliche Mutter! Frau Eva! Der Name paßt vollkommen zu ihr, sie ist wie die Mutter aller Wesen. (Ebd., S. 347)

Selbst die ‚zwei Welten', die anfangs für Emil eine kontroverse Struktur darstellten, scheinen ab diesem Moment ihre Widersprüchlichkeit zu verlieren. Die Beschreibung Emils von der Position der neu entstandenen Dreier-Gemeinschaft – Eva, Emil und Max – zur Außenwelt kann als eine Stelle auf einer die unendlichen Gradationen umfassenden Skala begriffen werden. Damit wird die vorige dualistische Struktur der Welt im Roman aufgehoben und durch eine vermittelte Mehrdeutigkeit ersetzt, die wiederum an die serialistische, parameterbezogene Denkweise Stockhausens erinnert:

> Draußen war die „Wirklichkeit", draußen waren Straßen und Häuser, Menschen und Einrichtungen, Bibliotheken und Lehrsäle – hier drinnen aber war Liebe und Seele, hier lebte das Märchen und der Traum. Und doch lebten wir keineswegs von der Welt abgeschlossen, wir lebten in Gedanken und Gesprächen mitten in ihr, nur auf einem anderen Felde, wir waren von der Mehrzahl der Menschen nicht durch Grenzen getrennt, sondern nur durch eine andere Art des Sehens. Unsere Aufgabe war, in der Welt eine Insel darzustellen, vielleicht ein Vorbild, jedenfalls aber die Ankündigung einer anderen Möglichkeit zu leben. (Ebd., S. 348)

Auf diese Weise beeinflusst die Eva-Figur im *Demian* nicht nur die Konstellation der entgegengesetzten Protagonisten Emil und Max, sondern auch die gesamte Weltwahrnehmung des Erzählers. Außer der Figuren-Ebene sind aber auch Parallelen zwischen *Demian* und *Licht* auffindbar, die sich im Weiteren aufzeigen lassen.

Weitere Parallelen in den Symbolsystemen und einzelnen Szenen.

Eines der Schlüsselsymbole ist im Roman Demian das Bild vom Vogel, der sich aus einer Weltkugel herauskämpft. Aus der ursprünglichen Idee Emils, einen Wappenvogel zu malen (vom über seinem Haustor hängenden Wappen inspiriert) ist ein bedeutungsreiches Traumbild geworden, das er später Demian schenkte:

> Aus einem unklaren Bedürfnis begann ich gleich mit starken Farben, der Kopf des Vogels war auf meinem Blatte goldgelb. Je nach Laune machte ich daran weiter und brachte das Ding in einigen Tagen fertig.
>
> Nun war es ein Raubvogel, mit einem scharfen, kühnen Sperberkopf. Er stak mit halbem Leibe in einer dunklen Weltkugel, aus der

> er sich wie aus einem riesigen Ei herausarbeitete, auf einem blauen Himmelsgrunde. (Ebd., S. 303)

Bereits hier wird deutlich, dass das Schlüpfen aus diesem riesigen Ei eine Befreiungshandlung visualisiert. Noch deutlicher wird es nach dem kurzen und prägnanten Kommentar Demians zu diesem Bild:

> Der Vogel kämpft sich aus dem Ei. Das Ei ist die Welt. Wer geboren werden will, muß eine Welt zerstören. Der Vogel fliegt zu Gott. Der Gott heißt Abraxas. (Ebd., S. 501)

Zwei knappe Sätze – „Das Ei ist die Welt" und „Der Gott heißt Abraxas" – bilden sogleich eine ideelle Brücke zur *Licht*-Symbolik Stockhausens: Wie auch im Roman Hesses erklärt wird, ist Abraxas eine Gottheit, die außer dem Göttlichen auch noch das Teuflische einschließt (denn es gibt nicht das Erste ohne das Zweite, wenn man an dieser Stelle an das oben Zitierte aus dem Roman Stockhausens *Geburt im Tod* denkt). Und auch in der Oper *Donnerstag aus Licht* sind einige Szenen zu sehen, deren visuelle Darstellung starke Assoziationen mit der im *Demian* beschriebenen Handlung des Herausschlüpfens hervorruft. Als Erstes kommt sie im zweiten Akt *Michaels Reise um die Erde*, wo Michael als Trompeter um die Welt – auf der Bühne als eine riesige Weltkugel dargestellt, auf welcher Orchestermusiker verteilt sind – reist und sich an verschiedenen Stationen (Orten wie Japan, Bali, Deutschland, New York, India, Zentrales Afrika und Jerusalem) aufhält. Bei der siebten Station kommt es zu einer Auseinandersetzung zwischen Michael-Trompeter und einem Kontrabassisten als Emanation der Luzifer-Figur, die vor dem Hintergrund der Weltkugel stattfindet. Der musikalische Dialog wird schließlich „sehr herzlich"[13], und Michael kann seine Reise fortsetzen. Wesentlich deutlicher wird aber die frappierende Parallele zum Bild aus Demian im dritten Akt der Oper *Donnerstag*, in der Szene *Drachenkampf*. Hier treffen zwei Michael-Gestalten – Trompeter und Tänzer – auf zwei Luzifer-Gestalten – Posaunist und Tänzer. Dabei versteckt sich der Luzifer-Tänzer zuerst in einer Weltkugel, die auf die Bühne gerollt wird.

> Eine Erdkugel rollt heran. Der Michael-Tänzer öffnet sie. Ein kleiner schwarzer Teufel schnellt heraus. Er fällt gleich auf die Erde und zappelt, springt, rollt sich auf dem Boden herum wie ein ans Land geworfener Fisch.[14]

Das ‚Herausarbeiten' aus der Weltkugel geschieht hier also nicht durch einen Vogel, sondern durch eine Gestalt, die das Teuflische repräsentiert und nachfolgend in Kombination mit dem durch Michael vertretenen

[13] Karlheinz Stockhausen: *Texte zur Musik*, Bd. 5, Köln 1989, S. 438.
[14] Ebenda, S. 238.

Göttlichen ein vollendetes Bild einer Gottheit ergeben würde, die – wie Abraxas – beides einschließt. Als Visualisierungssymbol einer derartigen Widersprüchlichkeit kommt es zu einem Doppel-Duell zwischen den zwei Michaels und zwei Luzifers auf der Bühne. Szenisch wird es wie ein bitterer Kampf dargestellt, den letztendlich die Michaels diesmal für sich gewinnen können. Ferner sind im *Licht* Stockhausens auch andere Handlungsbeispiele des ‚Herausschlüpfens' zu finden, wie die Entpuppung des Operators aus der Gestalt eines Kamels – des sogenannten Luzikamels, das eindeutig zur Luzifer-Sphäre gehört – in der Szene *Michaelion* (aus der Oper *Mittwoch aus Licht*). Die sieben kleinen bunten Weltkugeln sind auch vorhanden, diesmal allerdings nicht als Umhüllung von Luzifer sondern andersrum: Sie fallen aus dem Kamel heraus und visualisieren damit diese Teilszene.

Wie aus dem oben Beschriebenen ersichtlich ist, hat die Aktion des Herausschlüpfens, Herauskommens eine symbolische Bedeutung der Überraschung und der Befreiung gleichzeitig, während das ‚Ei' an sich das Sinnbild eines Potenzials oder Ideenzünders ist. In diesem Zusammenhang wäre auch eine Ausdrucksweise Stockhausens zu erwähnen, die durch Michael von Hintzenstern bekannt geworden ist, der im Rahmen der Realisierung mehrerer Werke der Intuitiven Musik Stockhausens langzeitlich mit ihm zusammengearbeitet hat: „Du trägst ein Ei von Liszt in Dir"; – sagte Stockhausen zu Hinzenstern laut den Erinnerungen des zuletzt Erwähnten. Dabei wurde vor allem die künstlerische Beschäftigung Hintzernsterns mit der Peternell-Orgel in Denstedt von 1860 gemeint, auf der noch Franz Liszt gespielt hat. Auf das performerische Potenzial Michael von Hintzensterns übertragen bildet „das Ei" ein Symbol der Vielschichtigkeit seines Musikerprofils, das außer der Neuen Musik auch die Werke mit einem anderen historischen Bezug mit einschließt.[15]

Dennoch trägt das Symbol des Herausschlüpfens aus dem Welt-Ei eine weitere Bedeutung, die im Oberen bereits im Zusammenhang mit der Szene *Drachenkampf* angedeutet wurde – das Herauskämpfen als Zerstörung der Hülle, das zu einem Duell und im weiteren Sinne zu einem Krieg führen würde. So wird im *Demian* die Vogelbild-Metapher im Hinblick auf den Beginn des Ersten Weltkriegs neu interpretiert:

> Die Urgefühle, auch die wildesten, galten nicht dem Feinde, ihr blutiges Werk war nur Ausstrahlung des Innern, der in sich zerspaltenen Seele, welche rasen und töten, vernichten und sterben wollte, um neu geboren werden zu können. Es kämpfte sich ein Riesenvogel aus dem Ei, und das Ei war die Welt, und die Welt mußte in Trümmer gehen. (Demian, S. 363)

[15] Michael von Hintzenstern: *Über die Grenze: Karlheinz Stockhausen und das „Ensemble für intuitive Musik Weimar"/ MusikTexte Nr. 117*, Köln Mai 2008, S. 60.

Die Befreiung des Vogels, die gleichzeitig das Ei zerstört. Die Geburt im Tod, das Erste, das ins Zweite übergeht. Die Freisetzung der Energie, der unbewussten Wut, aber auch der Urängste durch die Explosion der ursprünglichen ‚Schutzkapsel' ist das, was als Nächstes mit dem Herauskämpfen aus dem Ei assoziiert wird.

> Frisius: Kann die Zerstörung nicht auch Erweiterung sein – Erweiterung um Klänge, die man auf traditionellem Wege nicht ersetzen könnte?
>
> Stockhausen: Zerstörung ist vor allen Dingen Öffnung. Jede Zerstörung – das weiß man von einer Explosion – macht Energie frei. Dabei entdeckt man erst wirkliche Kraft der Dinge. Das ist eine ganz wichtige Konzeption, die aber erst in unserem Jahrhundert allmählich bekannt wird: Dass zum Beispiel Maler und Bildhauer Bilder aus Abfall gemacht haben – aus Schrott, aus verrosteten, verdorbenen Materialien.[16]

Nicht zufällig erwähnt hier Karlheinz Stockhausen eine Explosion im Zusammenhang mit Kunstwerken, denn in einer weiteren Licht-Oper *Dienstag*, die den Krieg thematisiert, wird diese unter anderem in einer Szene namens *Invasion-Explosion* realisiert. Wie es sich aus der gesamten *Licht*-Konzeption vorstellen lässt, kämpfen hier die Michael- und Luzifer-Truppen gegeneinander. Es fallen Klangbomben, die erste Luftabwehr und Invasion findet statt, dann die zweite Luftabwehr und Invasion, worauf folgend die Verwundung von dem Michael-Trompeter stattfindet. Die Letztere sieht eine im höchsten Maße symbolhafte szenische Konzeption vor:

> Da reißt ein gellender Schrei durch das Getöse, und schlagartig schweigen die Klangkanonen. Alle Musikrieger[17] der Luzifer-Truppe weichen zur rechten Seite des Bunkers, die der Michael-Gruppe zur linken. Liegen bleibt auf dem Vorsprung ein schwer verwundeter Trompetist.[18]

Obwohl dieser Tag der Konfrontation zwischen Michael und Luzifer gewidmet ist, erscheint an dieser Stelle auch Eva, in einer der Szenen mit der ergreifendsten emotionalen Wirkung im *Licht* überhaupt, wie bereits aus der historischen Bedeutung des Titels folgt.

---

[16] Karlheinz Stockhausen: *Texte zur Musik*, Bd. 6, Köln 1989, S. 417.

[17] Originalschreibweise Stockhausens.

[18] Karlheinz Stockhausen: *Zum Inhalt einer szenischen Aufführung von Invasion-Explosion mit Abschied*, in: *Texte zur Musik*, Bd. 8, Kürten 1998, S. 224.

> Ich weiß zum Beispiel, dass im Dienstag aus Licht nach den Invasionen eine Szene Pieta stattfinden wird. Seit einigen Monaten steht auf meinem Schreibtisch das Bild einer Pieta von Michelangelo, und dahinter habe ich Fotos von Pieta-Darstellungen gestellt, die ich von Zeit zu Zeit hervorhole.
>
> Seit meiner Kindheit fasziniert mich diese Szene als Thema. So habe ich entschieden, dass im Dienstag aus Licht einer der Trompeter – es wird mein Sohn Markus sein – verwundet wird, daraufhin aus einem großen Bunker eine Frau kommt, eine Sopranistin als Erscheinung von Eva in Licht. Sie legt den Gefallenen auf ihren Schoß und singt dann ein Duett mit dem Geist des Verwundeten, der sich aus dem Körper gelöst hat, hinter ihr erscheint und auf seinem Flügelhorn spielt. [...] In diesem Duett finde ich zu einer großen Ruhe und zu einer tief lyrischen Kantabilität, die ich als Balance zur Turbulenz und zur wahnsinnigen Aggression und Energie der vorigen Invasionen komponieren möchte.[19]
>
> Da erscheint sein Körper mit Flügelhorn aufrechtstehend und erhöht hinter der Frau, auf sie herabschauend. Aus diesem zweiten Körper wächst eine dritte, ätherisch transparente Form seines Körpers mit Flügelhorn, bis sie – um ein Vielfaches größer als seine menschliche Gestalt – um ihn herum und über ihm sieht.[20]

In dieser Szene bleibt Eva in einer einzigen Gestalt, da durch ihre Funktion als Trauernde gerade die menschliche, emotionale Seite dieser vielschichtigen *Licht*-Figur hervorgehoben wird. Michael wird dagegen durch drei Gestalten dargestellt; diesmal aber nicht durch drei Musiker mit verschiedenen künstlerischen Aufgaben, sondern durch einen leblosen Körper, seinen durch den Trompeter verkörperten Geist und noch eine weitere Vergeistigung von ihm, eine riesige körperlose Gestalt (bei den Aufführungen öfters durch eine Schattenfigur visualisiert), die bereits eine Form der Vergöttlichung signifizieren könnte. Eine sehr symbolreiche und scheinbar sehr individuelle Darstellungsform, die aber bei näherer Betrachtung an eine verblüffend ähnliche Szene im *Demian* erinnert, wenn auch die Funktionen der beteiligten Figuren anders verteilt sind.

> In den Wolken war eine große Stadt zu sehen, aus der strömten Millionen von Menschen hervor, die verbreiteten sich in Schwärmen über weite Landschaften. Mitten unter sie trat eine mächtige Göttergestalt, funkelnde Sterne im Haar, groß wie ein Gebirge, mit den Zügen von Frau Eva. [...] Die Göttin kauerte sich am Boden nieder, hell schimmerte das Mal auf ihrer Stirn. Ein Traum schien Gewalt

[19] Karlheinz Stockhausen, in: *Gespräch mit Rudolf Frisius/Programmheft zu Dienstag*, Leipzig 1993.

[20] Karlheinz Stockhausen: *Texte zur Musik*, Bd. 8, Kürten 1998, S. 224.

> über sie zu haben, sie schloß die Augen, und ihr großes Antlitz verzog sich in Weh. Plötzlich schrie sie hell auf, und aus ihrer Stirn sprangen Sterne, viel tausend leuchtende Sterne, die schwangen sich in herrlichen Bogen und Halbkreisen über den schwarzen Himmel.
>
> Einer von den Sternen brauste mit hellem Klang gerade zu mir her, schien mich zu suchen. – Da krachte er brüllend in tausend Funken auseinander, er riß mich empor und warf mich wieder zu Boden, donnernd brach die Welt über mich zusammen.
>
> Man fand mich nahe bei der Pappel, mit Erde bedeckt und vielen Wunden. (Demian, S. 363f.)

Die Göttergestalt nimmt bei Hesse nicht der verwundete Emil, sondern die Frau Eva an, was in diesem Fall seine Menschlichkeit, Verletzlichkeit angesichts der Brutalität des ausgebrochenen Kriegs betont. Bemerkenswert ist, dass die metaphorische Beschreibung der Explosion als „viel tausende mit hellem Klang springende Sterne" ziemlich genau auf die Klangbomben in der Szene *Invasion-Explosion* Stockhausens treffen könnte.

Frau Eva in ihrer menschlichen Gestalt kommt am Ende der Geschichte in *Demian* nicht mehr vor, aber Max Demian selbst sieht Emil noch einmal. Demian gibt Emil einen Kuss von Frau Eva, als beide schwer verwundet nebeneinander im Lazarett liegen. Am nächsten Tag ist Demian nicht mehr da, aber jetzt empfindet Emil ihn als Teil seiner eigenen Persönlichkeit – „mein eigenes Bild, das nun ganz ihm gleicht, ihm, meinem Freund und Führer." (Demian, S. 365) Ob Emil und Demian jetzt tatsächlich ‚zu Einem' geworden sind oder ein Teil dieser vielschichtigen Gestalt starb, um nach dem Krieg wieder geboren zu werden, wie Max Ernst es einst interpretierte?

> Max Ernst starb am 1. April 1914. Er kehrte zum Leben zurück am 11. November 1918 als junger Mann, der hoffte ein Magier zu werden, um die Mythen seiner Zeit zu finden.[21]

Resümierend lassen sich im Schaffen von Hermann Hesse und Karlheinz Stockhausen einige in der Tat frappante Parallelen feststellen. Im Rahmen der vorliegenden Abhandlung war es zwar nicht möglich, auf alle Details einzugehen und alle vorhandenen Assoziationen zu betrachten; dennoch scheint es hier noch ein bedeutendes Forschungspotenzial zu geben, denn alle Ideen Hesses, die als eventuelle Impulse fürs Werk Stockhausens begriffen werden könnten, sind noch lange nicht ausgeschöpft.

---

[21] Max Ernst, in: Klaus von Beyme: *Das Zeitalter der Avantgarden, Kunst und Gesellschaft 1905–1955*, C. Beck 2005, S. 582.

Michael Dürr

BTS und *Demian* – Hermann Hesse in der Popmusik

Musik kann Menschen berühren und ein Weg sein, ihr Interesse für Literatur zu wecken. Eine der derzeit populärsten Bands der Welt hat genau das erreicht. Die südkoreanische Popgruppe BTS veröffentlichte 2016 das Album *Wings*, das sich sowohl musikalisch als auch visuell (durch mehrere Kurzfilme und Musikvideos) auf Hermann Hesses *Demian* bezieht, wodurch viele Menschen dazu angeregt wurden, sich mit dem Roman auseinanderzusetzen.

BTS ist Teil der weltweit immer populärer werdenden südkoreanischen Musikindustrie und kann daher als K-Pop-Gruppe eingeordnet werden. Aufwändig produzierte Musikvideos, die auf der Videoplattform YouTube frei zugänglich sind, spielen eine bedeutsame Rolle im K-Pop, da sie das Musikerlebnis um eine visuelle Komponente bereichern und so einen zusätzlichen Unterhaltungswert bieten. In der Regel erhält das wichtigste Lied eines Albums, der sogenannte *Title Track*, ein Musikvideo. Hierbei handelt es sich um den Song, der als das Aushängeschild eines Albums fungiert. Das Video zu dem *Title Track* von *Wings*, *Blood Sweat & Tears*, wird im Folgenden im Zentrum der Betrachtung stehen, da es besonders viel Beachtung erfuhr – in knapp 5 Jahren nach seiner Veröffentlichung erzielte es rund 800 Millionen Aufrufe auf YouTube (Stand: Ende September 2021).

Wer ist BTS?

BTS ist eine der derzeit erfolgreichsten Bands der Welt. Insbesondere in den USA haben sie in den letzten Jahren große Beachtung gefunden und viele Erfolge gefeiert. Beispielsweise kürte sie das Time Magazin 2020 zum *Entertainer of the Year*. Im gleichen Jahr wurde die Gruppe für einen Grammy nominiert. Dass sie auch in Europa große Beliebtheit genießen, zeigt sich unter anderem darin, dass sie im Rahmen einer internationalen Konzerttour 2019 zweimal in kürzester Zeit das Wembley Stadion ausverkauft haben.

Die Gruppe wurde 2013 gegründet und ist bei dem Musiklabel Big Hit Music (im Folgenden: Big Hit) unter Vertrag. BTS besteht aus sieben Mitgliedern mit den Künstlernamen RM, Jin, Suga, J-hope, Jimin, V und Jungkook. Das Akronym BTS steht für *Bangtan Sonyeondan*, was als ‚kugelsichere Pfadfinder' übersetzt werden kann. Damit soll ausgedrückt werden, dass die Gruppe die junge Generation vor Vorurteilen und Ungerechtigkeiten in Schutz nehmen will.[1] Vor diesem Hintergrund befassen sie sich in ihrer Musik mit Themen, die gerade junge Menschen beschäftigen. Viele ihrer Liedtexte handeln von der Bedeutung, sich selbst zu lieben, thematisieren eigene Erfahrungen mit Ängsten und Depressionen oder beinhalten Gesellschaftskritik. Zugleich finden sich in ihrer Musik zahlreiche Referenzen zu Kunst, Mythologie und Literatur – beispielsweise befassen sich die Alben *Map of the Soul: Persona* und *Map of the Soul: 7* mit grundlegenden Konzepten der analytischen Psychologie von Carl Gustav Jung.

Die Musik von BTS kann zwar als K-Pop klassifiziert werden, allerdings lässt sie sich vielen verschiedenen musikalischen Genres zuordnen, unter anderem Pop, Hip-Hop, Rock und R&B. BTS zeichnet zudem aus, dass sie sich in hohem Maße am Schaffensprozess ihrer Alben beteiligen, etwa beim Verfassen der Texte oder bei der Produktion ihrer Songs. Diese singen sie überwiegend auf Koreanisch. Doch die zunehmend globale Beliebtheit der Gruppe und das Ziel, möglichst viele Menschen mit ihrer Musik zu erreichen, motivierte die Band dazu, seit 2020 zunehmend auch Lieder mit ausschließlich englischen Texten zu veröffentlichen. Ihr englischsprachiger Song *Butter*, der im Mai 2021 erschien, erzielte besonders große Aufmerksamkeit: Er brach unter anderem den Weltrekord für die meisten Aufrufe eines Musikvideos in den ersten 24 Stunden nach seiner Veröffentlichung und verbrachte mehrere Wochen auf Platz 1 der US Billboard Single Charts.

Die Mitglieder von BTS treten nicht nur als Musiker in Erscheinung: Im Rahmen der UNICEF Kampagne *Love Myself* fungieren sie als Botschafter für Menschenrechte; darüber hinaus sind auch daran interessiert, ihren Fans Kunst und Literatur näher zu bringen. So haben sie beispielsweise mit mehreren Museen auf der ganzen Welt (unter anderem dem Gropius Bau in Berlin) 2020 das internationale Ausstellungsprojekt *Connect, BTS* initiiert.

Das Musikvideo und sein Kontext

Das Album *Wings* markiert einen wichtigen Punkt in der Karriere von BTS, da es der Gruppe sowohl in Südkorea als auch international viel Aufmerk-

[1] Vgl. Interview mit BTS in der südkoreanischen TV-Sendung *Culture Plaza* (2016). Einsehbar unter: https://www.bangtansubs.com/videos/2016/10/16/161016-culture-plaza-international-focusthe-second-psy (zuletzt geprüft am 18.08.2021) – Fortan zitiert als *Culture Plaza*.

samkeit und Anerkennung bescherte – etwa durch sehr gute Chartplatzierungen sowie mehrere Preise der südkoreanischen Musikindustrie.[2]

Vom 4. bis 13. September 2016 erschienen insgesamt sieben Kurzfilme[3] (mit einer Dauer von rund 2,5 bis 5,5 Minuten), die einen Vorgeschmack auf sieben Songs auf dem Album boten. Am 26. September 2016 wurde ein Musikvideo zu dem ersten Song des Albums, *Boy Meets Evil*, veröffentlicht. Sowohl dieses Musikvideo als auch die Kurzfilme enthalten als Verweise auf Hermann Hesses *Demian*, unter anderem direkte Zitate aus dem Roman zu Beginn jedes Videos. Am 10. Oktober 2016 erschien schließlich das 15 Songs umfassende Album *Wings*. Am selben Tag wurde das Musikvideo zu *Blood Sweat & Tears* veröffentlicht.[4] In den kommenden Monaten wurde dieser *Title Track* vielfach bei verschiedenen Auftritten in koreanischen Musikshows sowie am Ende des Jahres bei diversen Music Award Shows durch BTS aufgeführt.[5]

Struktur des Musikvideos

In der ersten Szene des knapp 6 Minuten langen Videos betritt die Band eine hell erleuchtete große Museumshalle, die vor allem mehrere antike Statuen enthält. Jin kann als der Protagonist des Musikvideos aufgefasst werden, da sich die wichtigsten Szenen um ihn drehen und das Video mit ihm beginnt und endet. Zu Beginn des Videos bleibt er vor dem Gemälde *Der Sturz der rebellierenden Engel* von Pieter Bruegel dem Älteren stehen und betrachtet es voller Faszination. Währenddessen erklingt der Anfang von Bachs Messe in b-Moll. Im Anschluss daran sind alle sieben Mitglieder in einem deutlich dunkleren Raum um ein Sofa herum gruppiert zu sehen. Der eigentliche Song beginnt als Suga Jimin die Augen zuhält.

Im weiteren Verlauf werden in schneller Abfolge sowohl Tanzsequenzen als auch mehrere kurze Szenen mit unterschiedlichen symbolischen Elementen gezeigt. Diese verkörpern einerseits kindliche Unschuld, wie zum Beispiel Jungkook, der in einem Raum schaukelt und einen Lolli lutscht. Andererseits werden die Verlockungen der Erwachsenenwelt ge-

---

[2] Eine Übersicht findet sich in der sechsten Ausgabe des *ARMY Magazines* (2019). Einsehbar unter: https://viewer.joomag.com/army-magazine-monthly-issues-army-magazine-issue-no6-may-2019/0555640001558709974?short& (zuletzt geprüft am 25.08.2021).

[3] Diese Kurzfilme sind einsehbar unter: https://youtube.com/playlist?list=PLO_u4fi_x2cICK7WmnNYgXGvCiNKjgO1U

[4] Das Video ist einsehbar unter: https://www.youtube.com/watch?v=hmE9f-TEutc

[5] Darüber hinaus gibt es noch ein Musikvideo für die japanische Version von *Blood Sweat & Tears*, das am 10. Mai 2017 erschienen ist. Da der Fokus dieses Beitrags auf dem Wings Album liegt, wird auf das japanische Video nicht gesondert eingegangen. Es ist einsehbar unter: https://www.youtube.com/watch?v=7OX7dIRReSA

zeigt, dargestellt beispielsweise durch das Trinken einer grünlichen Flüssigkeit, die Absinth darstellen soll oder das Erlebnis eines Rauschs, dargestellt durch einen mit grünem Rauch gefüllten Raum, in dem sich zwei BTS-Mitglieder auf einem Bett und einem Sofa entspannen. Ergänzt werden diese Verlockungen durch Szenen, die eine körperbetonte Choreographie sowie sinnliche Gesten (etwa das Entblößen einer Schulter) und verführerische Blicke der Bandmitglieder beinhalten.

Es wird gezeigt, wie Suga Jimin die Augen verbindet, was im weiteren Verlauf dazu führt, dass dieser angebunden in einem Raum umherirrt. V springt von einem Balkon in das Gemälde *Landschaft mit dem Sturz des Ikarus* von Pieter Bruegel dem Älteren. J-hope sitzt vor einer Statue, die Michelangelos römischer Pieta stark ähnelt, und schießt mit Pfeil und Bogen auf V. Das Bild eines Vogels, der einen Sperber darstellt, erscheint einen Augenblick und verbrennt anschließend. Später sitzen alle Mitglieder der Gruppe an einem Tisch und haben jeweils einen Apfel auf ihren Tellern. Danach wird Jungkook gezeigt, der sich nun ohne Schaukel schwebend in der Luft befindet – im Hintergrund befindet sich das Gemälde *Die Beweinung des Ikarus* von Herbert James Draper.

Nach ungefähr 4 Minuten hält die Musik an. Zugleich wird in den folgenden Momenten lediglich eine schwarze Silhouette vor einem rotem Hintergrund gezeigt. Diese doppelte Zäsur unterstreicht die Bedeutung des dabei auf Englisch vorgetragenen Zitats aus Hesses *Demian* (hierauf wird weiter unten ausführlich eingegangen). Die dazugehörige Szene zeigt Jin, wie er versucht, einen Luftballon, der ihm entgleitet, wieder einzufangen.

Danach sieht man wie Suga die Passacaglia in d-Moll von Dietrich Buxtehude auf einer Orgel spielt. Die Mitglieder von BTS verlassen die Museumshalle; nur Jin bleibt zurück und sieht, nachdem V ihm kurz zuvor die Augen geöffnet hat, dass der Raum verändert ist: In seiner Mitte steht nun eine große Statue mit hellem Körper und schwarzen Flügeln. V, der sich zwischendurch unter einem Schleier befand, wird nun enthüllt und sein vernarbter Rücken ist sichtbar, was auf früher vorhandene Flügel hindeutet.

Jin tritt an die Statue heran und küsst sie. Daraufhin bricht Chaos aus: Bunte Farben brechen über diverse Bildausschnitte herein, wie zum Beispiel den Brunnen an dem J-hope sich befand. Genau wie die geflügelte Statue weint auch Jimin bunte Tränen, nachdem er seine Augenbinde abnimmt. Anschließend wird die Pieta gezeigt, bei der das Gesicht Marias zerspringt. In der letzten Einstellung ist zu sehen, dass auch Jins Gesicht Risse bekommt. Dies wird ihm deutlich, als er sein Spiegelbild in einen schwarzen Spiegel betrachtet.

Im Folgenden kann nicht auf jeden einzelnen Aspekt dieses äußerst komplexen Musikvideos eingegangen werden; vielmehr sollen die wichtigsten Bezüge zu *Demian* vorgestellt werden.

Thematischer Bezug

Eine Besonderheit im K-Pop ist, dass neuerscheinende Alben in der Regel sogenannten *Concepts* folgen. Damit ist eine mehr oder weniger eng umrissene thematische Ausrichtung gemeint, die sowohl musikalisch als auch visuell erkennbar ist – unter anderem in dem Musikvideo des *Title Tracks*, den Outfits der Künstler*innen bei Live-Auftritten oder den Fotobüchern, die den Alben beiliegen. Beispielsweise hat die 2020 erschiene BTS-Single *Dynamite* ein Retro *Concept*, was unter anderem durch die Verwendung von Disco-Musikelementen und Outfits, die an die Mode der 1970er angelehnt sind, erkennbar wird.

Das dem *Wings* Album zugrundeliegende *Concept* ist laut BTS Erwachsenwerden. Es schließt an drei Alben der sogenannten *The Most Beautiful Moment in Life*-Reihe an, die sich vor allem mit Themen der Jugend befassten. In *Blood Sweat & Tears* richtet BTS den Blick auf die „dunklen" Seiten des Erwachsenwerdens, insbesondere die Auseinandersetzung mit Versuchung steht dabei im Fokus, wie folgendes Zitat von RM, dem Anführer von BTS, verdeutlicht:

> This time, we wanted to sing about the youth confronted with a temptation. We experience an inner conflict when we're confronted with a temptation, and I think we can grow up through such an experience.
>
> And when we were filming the music video of our new song ‚*Blood Sweat & Tears*', we got inspiration from the novel ‚*Demian*' […] I feel great that our fans became interested in the novel because of us.[6]

Das kreative Team von Big Hit und BTS haben sich also bewusst dafür entschieden, Hermann Hesses Roman für die Vermittlung ihres *Concepts* zu nutzen. Dies dürfte zum einen daran liegen, dass es sich hierbei um einen in Südkorea populären Roman handelt.[7] Zum anderen dürften vor allem die Inhalte *Demians* entscheidend gewesen sein.

---

[6] „Dieses Mal wollten wir über die Jugend singen, die mit Versuchung konfrontiert wird. Wir erleben einen inneren Konflikt, wenn wir mit Versuchung konfrontiert werden und ich denke, man kann an so einer Erfahrung wachsen. Als wir das Musikvideo für unseren neuen Song *Blood Sweat & Tears* gefilmt haben, haben wir uns durch den Roman *Demian* inspirieren lassen. […] Ich finde es großartig, dass unsere Fans durch uns Interesse an dem Roman gefunden haben." Kpopbehind (2016). BTS "WINGS" Press Conference: They hope to be ranked in the top 100 of Billboard chart, https://www.kpopbehind.com/2016/10/bts-wings-press-conference-they-hope-to.html (zuletzt geprüft am 15.08.2021). Übersetzung ins Deutsche: M.D.

[7] Vgl. Marshall, Colin (2017). Why Do Koreans Love Herman Hesse's Demian Above All Other Western Novels?, http://blog.lareviewofbooks.org/the-korea-blog/koreans-love-herman-hesses-demian-western-novels (zuletzt geprüft am 01.08.2021).

Hesses *Demian* handelt von der Entwicklung des Protagonisten Emil Sinclair vom Kind zu einem reflektierten Erwachsenen. Sinclair stammt aus einem behüteten und religiösen Elternhaus, ist jedoch fasziniert von der Welt außerhalb des ihm Bekannten. Diese wird von ihm sowohl als verlockend als auch als bedrohlich wahrgenommen. Er ergründet die äußere Welt und begibt sich dabei auf Abwege. Insbesondere die erste Begegnung mit dem „Bösen" in jungen Jahren, in Form der Beziehung zu dem Nachbarsjungen Franz Kromer, der ihn erpresst und quält, wird von dem Protagonisten ausführlich berichtet.

Durch die Hilfe diverser Mentor*innen, von denen Max Demian der Wichtigste ist, gelangt Sinclair zu der Erkenntnis, dass weder Askese noch Exzess ihn glücklich machen. Vielmehr wird ihm klar, dass er die Gegensätze zwischen der sogenannten hellen und dunklen Welt überwinden muss, um sich selbst zu finden. Dies beinhaltet die Lösung vom Elternhaus und das Hinterfragen von Konventionen, um die für ihn relevanten Ideale und die persönliche Balance zwischen Konformismus und Nonkonformismus zu entdecken. Versinnbildlicht wird dieser Individuationsprozess durch die Suche nach Abraxas, einem antiken Gott, der sowohl das „Göttliche" als auch das „Teuflische" in sich vereint.[8]

Die in *Demian* beschriebene Entwicklung vom Kind zum jungen Erwachsenen beinhaltet für Sinclair, neue Erfahrungen zu sammeln, Grenzen zu überschreiten und im Zuge dessen auch Versuchungen nachzugeben. Letzteres steht im Zentrum des Songs *Blood Sweat & Tears*. Er handelt vor allem von dem Verlust der jugendlichen Unschuld, von Versuchung und völliger Hingabe. Im Text des Songs heißt es beispielsweise:

> Mein Blut, Schweiß und Tränen
> Mein Körper, Geist und Seele
> Ich weiß sehr wohl, all das gehört dir
> Dies ist ein Bann, der mich strafen wird[9]

Die titelgebende Trias aus Blut, Schweiß und Tränen steht hier für alles, was eine Person zu geben hat. Das lyrische Ich ist also bereit zur vollständigen Ergebenheit, auch wenn das sein Verderben bedeutet. So heißt es des Weiteren:

---

[8] Hermann Hesse: *Demian, Die Geschichte von Emil Sinclairs Jugend*. In: Hermann Hesse: Sämtliche Werke, hrsg. v. Volker Michels, Suhrkamp, Frankfurt a.M. 2001–2007, Band 3 – Fortan zitiert als *Demian* mit Angabe der Seitenzahl.

[9] Grundlage für diesen und den folgenden Auszug aus dem Liedtext ist eine englische Übersetzung des Songs. Diese ist einsehbar unter: https://genius.com/Genius-english-translations-bts-blood-sweat-and-tears-english-translation-lyrics (zuletzt geprüft am 01.09.2021). Übersetzung ins Deutsche: M.D.

Küss mich
Es ist in Ordnung, wenn es wehtut
Fessle mich einfach so fest
Dass ich den Schmerz nicht mehr spüre
[…]
Ich kann niemanden außer dir anbeten
Und ich wusste, der Kelch war vergiftet
Aber ich trank trotzdem daraus

Diese Auszüge aus dem Songtext bringen großes Verlangen zum Ausdruck. Obwohl das lyrische Ich die Versuchung, die das Gegenüber darstellt, als verhängnisvoll erkennt, so gibt es ihr doch nach. Der primäre Fokus des Songs liegt demnach auf Liebe bzw. körperlicher Begierde. Auch wenn der Text keinen expliziten Bezug dazu enthält, so erinnert doch die Art der Ansprache an das von Wonne und Grauen geprägte Verlangen, das Sinclairs in Hinblick auf seine Traumgestalt erlebt, die sich später als Frau Eva herausstellt (vgl. *Demian*, S. 98–99).

In dem Song werden grundlegende Gefühle beschrieben, die sich unausweichlich im Zuge der Pubertät und des Erwachsenwerdens einstellen. Diese Triebe und Begierden können, wie im Falle Sinclairs, zu Verunsicherung führen und Widerstand hervorrufen. BTS will aber vermitteln, dass es sich hierbei um nichts moralisch Verwerfliches handelt. Das Verlangen wird zwar als verhängnisvoll beschrieben, allerdings wird keine Reue in dem Song ausgedrückt oder ein schlechtes Gewissen beschrieben, sondern vielmehr eine lustvolle Hingabe an die Versuchung.

Textliche Bezüge

Der deutlichste Bezug zu Hesses *Demian* erfolgt nach circa zwei Dritteln des Musikvideos. Die Musik hält an und RM zitiert folgende Stelle auf Englisch:

> He too was a tempter; he, too, was a link to the second, the evil world with which I no longer wanted to have anything to do.[10]

Im Roman bezieht sich dieses Zitat auf Max Demian, der ähnlich wie Franz Kromer von Sinclair als Verführer empfunden wird, da er ihn zur Auseinandersetzung mit der dunklen Welt verleite. Diese Einschätzung trifft der Protagonist, nachdem Demian ihm geholfen hat, seinen Peiniger loszuwerden. Im Anschluss daran ist Sinclair jedoch nicht dankbar und setzt sich deshalb auch nicht weitergehend mit seinem Mentor und dessen

[10] Im deutschen Original heißt es: „Auch er war […] ein Verführer, auch er verband mich mit der zweiten, der bösen, schlechten Welt, und von der wollte ich nun für immer nichts mehr wissen.“ (*Demian*, S. 49).

Ansichten auseinander. Vielmehr flüchtet Sinclair sich zurück in die behütete Welt des Elternhauses und sucht die Bestätigung von Autoritätsfiguren, indem er seinen Eltern die Geschehnisse rund um Kromer beichtet. Da es sich um eine Erinnerungsbeschreibung handelt, wird dies vom Protagonisten zugleich kritisch reflektiert. Seiner Meinung nach wäre es besser gewesen, Demian zu folgen, da eine Rückkehr in die Kindlichkeit nicht möglich ist (vgl. *Demian*, S 49–50).

Während das Zitat im Musikvideo gesprochen wird, wird gezeigt, wie Jin auf einem Tisch steht. Er hält einen Luftballon in der Hand, der ihm jedoch entgleitet. Er versucht ihn zu erhaschen, aber es gelingt ihm nicht. Diese Szene veranschaulicht den Versuch Sinclairs, an der kindlichen Unschuld festzuhalten, der jedoch zum Scheitern verurteilt ist.

Interessanterweise wird der oben genannte Textabschnitt im Musikvideo auf Englisch zitiert, während der Song größtenteils in Koreanisch gesungen wird. Dies zeigt, dass es sich um ein bewusstes Signal handelt, das von den Zuschauer*innen wahrgenommen werden soll. Schließlich verstehen viele Fans kein Koreanisch, dafür aber die Weltsprache Englisch. Dies erlaubt es Personen, die nicht über den Bezug zu *Demian* Bescheid wissen, sich selbst auf die Suche nach dem Ursprung des Zitats zu machen und so die literarische Quelle zu entdecken.

Symbolische Bezüge

In *Blood Sweat & Tears* finden sich zahlreiche Referenzen zu klassischen Künstler*innen, Mythen und der Bibel.[11] Im Folgenden werden jedoch nur die Symbole in dem Musikvideo analysiert, die sich direkt auf *Demian* beziehen.

Wie bereits erwähnt, handelt *Wings* vom Erwachsenwerden. Der *Title Track* beschäftigt sich insbesondere damit, Versuchungen ausgesetzt zu sein und ihnen nachzugeben als unausweichlicher Teil des Erwachsenwerdens. Neben den oben erwähnten Szenen, die Kindlichkeit und Verlockungen bzw. Exzess darstellen, werden in dem Musikvideo auf der Bildebene vor allem zwei zentrale Symbole aus *Demian* aufgegriffen: Zum einen der Dualismus von heller und dunkler Welt inklusive der notwendigen Vereinigung beider und zum anderen die Metapher des Fliegens.

Der für Sinclair faszinierende Gegensatz von heller Welt und dunkler Welt wird bereits im ersten Kapitel von *Demian* beschrieben. Erstere steht für Ordnung und Sittsamkeit und ist mit Institutionen wie dem El-

---

[11] Näheres hierzu findet sich beispielsweise auf dem Blog des *ARMY Magazines* (2019). Einsehbar unter: https://www.armymagazine.co/single-post/wings-symbolism-in-blood-sweat-tears (zuletzt geprüft am 01.09.2021).

ternhaus oder der Kirche assoziiert. Letztere steht hingegen für die Sphäre außerhalb des für Sinclair Vertrauten – und damit für Abenteuer, Geheimnisse, Lust aber auch für Gefahr. Der Protagonist nutzt hierfür die moralischen Kategorien von Gut und Böse und nimmt die Auseinandersetzung mit der dunklen Welt zu Beginn als Verführung wahr. Diese besteht unter anderem darin, traditionelles Denken oder vorherrschende Lehrmeinungen infrage zu stellen, wie etwa die Interpretation der biblischen Kainsgeschichte (vgl. *Demian*, 33–35).

Der Wettstreit zwischen heller und dunkler Welt bzw. zwischen Gut und Böse ist ein an mehreren Stellen vorkommendes Motiv in *Blood Sweat & Tears*. Direkt zu Beginn wird dies dadurch deutlich, dass Jin vor dem Gemälde *Der Sturz der rebellierenden Engel* steht und es gebannt betrachtet. Das Kunstwerk inszeniert die Vertreibung der rebellierenden Engel aus dem Himmel, infolge der Auflehnung Luzifers gegenüber Gott. Im Musikvideo wird der Gegensatz der beiden Welten noch dadurch unterstrichen, dass sich links von dem Gemälde ein Tor mit dunklem Rahmen und rechts davon ein Tor mit hellem Rahmen befindet (siehe Abbildung 1), was den Pfad der Tugend und den Pfad des Bösen symbolisiert, zwischen denen sich der Protagonist vermeintlich entscheiden muss. Während dieser Szene wird der Anfang von Bachs Messe in b-Moll gespielt. Dieser Verweis auf die Vorliebe Sinclairs für geistliche Musik im Zusammenhang der gezeigten Szene verdeutlicht zusätzlich, dass der Protagonist des Musikvideos den Protagonisten des Romans verkörpern soll.

Abbildung 1: Jin vor dem Gemälde *Der Sturz der rebellierenden Engel*[12]

Nach circa vier Minuten tritt die bereits erwähnte Zäsur ein: der Song hält an, das eingesprochene Zitat aus *Demian* ist zu hören und die Passacaglia

[12] BTS (2016), *Blood Sweat & Tears*, https://www.youtube.com/watch?v=hmE9f-TEutc (zuletzt geprüft am 30.09.2021).

erklingt. Hierbei handelt es sich um einen Verweis auf einen weiteren Mentor, den Kirchenmusiker Pistorius, der im Roman dieses Orgelstück für Sinclair spielt (vgl. *Demian*, S. 114). Das Musikstück übernimmt eine ähnliche Funktion wie Pistorius im Roman: es begleitet den Protagonisten hin zu größerer Erkenntnis. Dies wird in der folgenden Szene, dem Höhepunkt des Musikvideos deutlich: Jin befindet sich wieder in dem Museum, in dessen Mitte nun eine große, androgyne Statue mit hellem Körper und schwarzen Flügeln steht. Diese kann als Abraxas verstanden werden, der Gott, der das Gute und Böse in sich vereint und somit die Grenzen zwischen heller und dunkler Welt verwischt. V, dessen Narben am Rücken implizieren, dass er früher Flügel hatte und somit ein gefallener Engel ist, kann an dieser Stelle als Verführer bzw. Demian aufgefasst werden.[13] Er war es, der dem Protagonisten des Musikvideos Jin die Augen geöffnet und zu Abraxas geführt hat.

Jin tritt näher und küsst schließlich die Statue, was als Nachgeben an die Versuchung aufgefasst werden kann (siehe Abbildung 2). Der Kuss verkörpert hierbei die Akzeptanz von Abraxas, d.h. der Protagonist ist bereit seinen eigenen Weg zu gehen, hin zu einer individuellen Synthese aus beiden Welten.

Abbildung 2: Jin mit der geflügelten Statue[14]

Im Anschluss daran wird gezeigt, wie sich an mehreren Stellen Farben explosionsartig ausbreiten. Dadurch wird deutlich, dass die dunkle Welt Jin und die anderen Mitglieder von BTS erfasst. Unter anderem weinen so-

[13] Folgt man dieser Interpretation, dann kann die Szene in der J-hope einen Pfeil auf V schießt ebenfalls als Kampf zwischen Gut und Böse aufgefasst werden. Schließlich sitzt Ersterer vor der Pieta und verkörpert somit die helle Welt, die den Verführer abzuwehren versucht.

[14] BTS (2016), *Blood Sweat & Tears*, https://www.youtube.com/watch?v=hmE9fTEutc (zuletzt geprüft am 30.09.2021).

wohl die Abraxasstatue als auch Jimin farbige Tränen. Schließlich nimmt dieser seine Augenbinde ab und muss nicht mehr angebunden umherirren. Jimin kann nun wieder sehen und ist befreit von der vermeintlichen Gnade der Unwissenheit, aber die farbigen Tränen verdeutlichen, dass auch er verändert ist. Dies lässt sich als Reifungsprozess deuten, der ohne die Auseinandersetzung mit der dunklen Welt nicht möglich gewesen wäre.

Zudem wird gezeigt, dass das Gesicht Marias, die Teil der Pieta ist, zerspringt (siehe Abbildung 3). Kurz danach ist zu sehen, wie auch Jins Gesicht Risse bekommt. Dies erkennt er, als er am Ende des Musikvideos an einen Spiegel herantritt, der inzwischen schwarz geworden ist.[15]

Abbildung 3: Die zerberstende Pieta[16]

Diese letzte Szene korrespondiert mit dem Ende des Romans, in dem der verletzte Sinclair von Demian aufgesucht wird. Dieser gibt ihm einen Kuss von Frau Eva und verschwindet danach. Anschließend erkennt Sinclair, dass Demian ein Teil von ihm ist. Dies beschreibt er als Blick in einen schwarzen Spiegel in seinem Inneren, in dem er sich selbst als Demian gespiegelt sieht (vgl. *Demian*, S. 168). Das zerbrechende Gesicht kann dahingehend interpretiert werden, dass Jins bisherige Welt bzw. sein bisheriges Bild

[15] Darüber befindet sich folgendes deutsche Nietzsche Zitat: „Man muss noch Chaos in sich haben, um einen tanzenden Stern gebären zu können" (Nietzsche, Friedrich: *Also sprach Zarathustra*. [Bd. 1]. Chemnitz, 1883, S. 15). Dies kann einerseits als Verweis auf Sinclairs Interesse an Nietzsche gesehen werden. Andererseits erinnert dieses Zitat an die im Musikvideo aufgegriffene Kernthematik *Demians*: Die Notwendigkeit der Auseinandersetzung mit der dunklen, ungeordneten Welt, um in der Lage zu sein, sich selbst zu finden.

[16] BTS (2016), *Blood Sweat & Tears*, https://www.youtube.com/watch?v=hmE9fTEutc (zuletzt geprüft am 30.09.2021).

von sich selbst zerstört wurde und dass er nun den Punkt erreicht hat, an dem er wahrhaft geboren ist und sich selbst gefunden hat.

Ein weiteres wichtiges Symbol aus *Demian*, ist das Fliegen, das unter anderem durch den Sperber, Sinclairs Wappen- und Traumvogel, verkörpert wird und den Selbstwerdungsprozess illustriert. Die dafür verwendete Metapher ist der schlüpfende Vogel, der sich mühsam aus dem Ei kämpfen muss und dabei sein bisheriges Umfeld zerstört und sich schließlich in neue Gefilde wagt (vgl. *Demian*, S. 95).

Sinclair träumt unter anderem davon, fliegen zu können. Als er diesen Traum mit Pistorius bespricht, weist jener ihn auf die Gefahren des Fliegens hin, insbesondere die Flughöhe nicht beeinflussen zu können bzw. ins Bodenlose abstürzen zu können. Viele Menschen würden diese Gefahr scheuen und stattdessen auf dem Boden bleiben und gar keine Flugversuche unternehmen (vgl. *Demian*, S. 111). D.h. sie würden eher Traditionen und Konventionen unhinterfragt folgen, anstatt sich mühsamerweise selbst Gedanken zu machen. Da das Fliegen als Sinnbild dafür verstanden werden kann, seinen eigenen Weg zu gehen, kann die Aussage von Pistorius auch als Warnung vor zu viel Nonkonformismus verstanden werden, dem viele Menschen das andere Extrem, das Aufgehen in der Masse bzw. ein Übermaß an Konformismus entgegensetzen.

Die Gefahren des Fliegens werden in *Blood Sweat & Tears* durch Verweise auf Ikarus dargestellt. Der Sage nach flog dieser zu nah an die Sonne, wodurch seine wächsernen Flügel schmolzen. Daraufhin stürzte er ab und ertrank im Meer. Im Musikvideo wird darauf durch Szenen verwiesen, in denen V in das Gemälde *Landschaft mit dem Sturz des Ikarus* springt oder Jungkook vor dem anderen Gemälde *Die Beweinung des Ikarus* schwebt. Zusätzlich unterstreicht die Metapher des zu hoch Fliegens das übergeordnete Thema des Songs, denn Ikarus konnte aufgrund seines Hochmuts der Versuchung nicht widerstehen, der Sonne möglichst nahe zu kommen.

Bei BTS steht Fliegen zudem für das Erwachsenwerden an sich. Flügel zu erhalten bzw. haben ist ein derart zentrales Sinnbild für persönliches Wachstum[17] im Werk von BTS, dass es titelgebend für das *Wings* Album war und auch in dem letzten Song darauf (*Interlude: Wings*) thematisiert wird. In den Kurzfilmen sowie den Musikvideos zu *Boy Meets Evil* und *Blood Sweat & Tears* finden sich daher mehrere Anspielungen auf das Fliegen und auf Flügel, wie etwa die geflügelte Statue, die Abraxas verkörpert oder Szenen, in denen BTS-Mitgliedern Flügel sprießen.

---

[17] Vgl. Soompi (2016). BTS Talks Meaning Of "WINGS" And What They Hope To Achieve With Their 2nd Album, https://www.soompi.com/article/905157wpp/bts-talks-meaning-wings-goals-album (zuletzt geprüft am 25.08.2021).

Die Kurzfilme und *Boy Meets Evil*

Das Musikvideo zu *Blood Sweat & Tears* lässt sich noch besser einordnen, wenn die davor erschienenen sieben Kurzfilme und das Musikvideo zu *Boy Meets Evil* bei der Interpretation berücksichtigt werden. Diese kurzen Videos sind vor der Veröffentlichung von *Wings* auf YouTube erschienen und haben somit die Zuschauer*innen auf das Album vorbereitet. Die Kurzfilme boten zudem einen ersten musikalischen Eindruck von sieben unterschiedlichen Songs (*Begin, Lie, Stigma, First Love, Reflection, MAMA* und *Awake*), die jeweils von einem BTS-Mitglied gesungen werden. Ihnen und *Boy Meets Evil* ist gemein, dass Symbole, wie beispielsweise das Fliegen bzw. der Sperber eingeführt werden, die dann im Musikvideo zu *Blood Sweat & Tears* aufgegriffen werden.[18]

Alle acht Videos beginnen mit einem Zitat aus *Demian*, das auf Englisch vorgetragen wird. Das Zitat in *Boy Meets Evil* verweist beispielsweise auf die erstmalige Begegnung Sinclairs mit dem Bösen in Form der verhängnisvollen Beziehung zu Franz Kromer. In dem Musikvideo ist zu sehen, wie J-hope in einem kellerartigen Raum tanzt. Im Verlauf des Videos erscheinen Farben, die denen aus *Blood Sweat & Tears* ähneln, und der Boden bricht auf, was die Zerstörung einer bisherigen Welt darstellen dürfte. Am Ende wird gezeigt, wie J-hope schattenartige Flügel wachsen.[19]

Das Bild des Sperbers, das in *Blood Sweat & Tears* nur einen Augenblick zu sehen ist, spielt in den Kurzfilmen eine prominentere Rolle. In *Begin* wird Jungkook gezeigt, wie er, genau wie Sinclair, von dem Vogel träumt und schließlich das gemalte Bild des Tiers an einen Freund per Brief sendet (vgl. *Demian*, S. 92–94). Im Kurzfilm *Reflection* erhält RM dieses Bild und tätowiert sich ein Abbild davon auf den Arm. Im siebten und letzten Kurzfilm *Awake* ist der Sperber schließlich als Gemälde zu sehen. Das Muster der Tapete dahinter enthält eine klassische Darstellung von Abraxas – als Mensch mit Hahnenkopf und Schlangenfüßen (siehe Abbildung 4). Davor steht Jin, um dessen Solo-Song es sich handelt. Dies ist ein Hinweis darauf, dass er in *Blood Sweat & Tears* Sinclair verkörpern wird, der sich auf die Suche nach sich selbst begibt. Gestützt wird diese Interpretation durch folgendes für *Demian* zentrales Zitat, das eine wich-

[18] Darüber hinaus sind die Kurzfilme Bestandteil des sogenannten BU (BTS Universe) und enthalten daher Inhalte, die keinen Bezug zu *Wings* oder Hesse haben. Beim BU handelt es sich um eine umfassende fiktive multimediale Erzählung (umgesetzt unter anderem durch einen Web Comic, Musikvideos und Texte in Form von Tagebuchauszügen), die sich über mehrere Jahre erstreckt und zum jetzigen Zeitpunkt noch nicht abgeschlossen ist. Darin erhält Jin die Fähigkeit durch die Zeit zu reisen, um seine Freunde vor schlimmen Schicksalen zu bewahren und ihre Freundschaft zu retten.

[19] Das Video ist einsehbar unter: https://www.youtube.com/watch?v=iJJSh-eEdRk

tige Rolle für den Protagonisten des Romans spielt und zu Beginn von *Awake* vorgetragen wird:

> The bird fights its way out of the egg. The egg is the world. Who would be born must first destroy a world. The bird flies to god. That god's name is Abraxas.[20]

Abbildung 4: Jin vor dem Gemälde des Sperbers[21]

Darüber hinaus finden sich in den Kurzfilmen noch weitere kleinere Anspielungen auf *Demian*. Beispielsweise dreht sich der Song *Lie* darum, wie sich das lyrische Ich in einer Lüge verheddert und darunter leidet. Dies ist eine Referenz auf Sinclairs Lügengeschichte von den gestohlenen Äpfeln (vgl. *Demian*, S. 16) was in dem Kurzfilm auch dadurch deutlich wird, dass Jimin in einen Apfel beißt.

Eine andere Referenz ist die Verwendung des Namens Eva in den Kurzfilmen *Lie* bzw. *MAMA*. Hierbei handelt es sich um einen Verweis auf die für Sinclair wichtige Mentorin Frau Eva, die in den Kurzfilmen durch ein Gemälde einer Mutter mit einem Kind auf dem Arm dargestellt wird.

Fazit

Mit *Wings* bringen die Mitglieder von BTS zum Ausdruck, dass sie als Künstler und Menschen wachsen bzw. sich weiterentwickeln wollen und dass sie dies auch ihren Fans nahelegen möchten. Insbesondere durch das

[20] Im Original heißt es: „Der Vogel kämpft sich aus dem Ei. Das Ei ist die Welt. Wer geboren werden will, muss eine Welt zerstören. Der Vogel fliegt zu Gott. Der Gott heißt Abraxas" (*Demian*, S. 95).

[21] BTS (2016), *Awake*, https://www.youtube.com/watch?v=WYbrLlVelYk&t=26s (zuletzt geprüft am 30.09.2021).

Musikvideo zu *Blood Sweat & Tears* wird vermittelt, dass zum Erwachsenwerden gehört, Versuchungen nicht zu meiden und stattdessen das eigene Verlangen zu akzeptieren.

Die Relevanz der künstlerischen Auseinandersetzung von BTS mit *Demian* liegt vorrangig darin, dass dadurch die Ideen und das Werk von Hermann Hesse einem Millionenpublikum zugänglich gemacht wurden. Dies liegt an der enormen Reichweite der Gruppe: Zum Zeitpunkt des Verfassens dieses Textes hat der von BTS gemeinsam genutzte Twitter Account mehr als 39 Millionen Follower*innen und ihr offizieller YouTube Kanal *BANGTANTV* rund 58 Millionen Abonnent*innen. Bemerkenswert ist zudem, dass das Musikvideo zu *Blood Sweat & Tears* in knapp 5 Jahren rund 800 Millionen Mal auf YouTube aufgerufen wurde.

Es ist daher davon auszugehen, dass viele Menschen durch BTS mit Hesses Themen und seinen Botschaften aus *Demian* in Berührung gekommen sind. So finden sich beispielsweise auf verschiedenen Social Media-Plattformen zahlreiche Äußerungen von Fans, die das Buch aufgrund von BTS zum ersten Mal oder erneut gelesen haben. Nach der Veröffentlichung von *Wings* ist zudem der Verkauf des Buches in Südkorea in die Höhe geschnellt und hat ein regelrechtes „Demian Fieber" (*Culture Plaza*) ausgelöst.

Die Fans von BTS werden ARMY genannt.[22] Es handelt sich hierbei um eine heterogene Gruppe gut vernetzter Personen aus allen Altersgruppen und Kontinenten, die sich für die Musik von BTS begeistern und durch sie inspirieren lassen.[23] Diese Inspiration kann beispielsweise zu mehr sozialem Engagement[24] führen oder zu einer Auseinandersetzung mit Kunst und Kultur. Letzteres lässt sich an Hermann Hesses Roman gut erkennen: Auf der ganzen Welt haben Menschen in ARMY Buch Clubs *Demian* gelesen und diskutiert. Zugleich finden sich in unterschiedlichen Medien, wie etwa YouTube, Podcasts oder Blogs, Deutungsversuche von Fans, die das Musikvideo zu *Blood Sweat & Tears, Boy Meets Evil* oder die Kurzfilme der *Wings*-Ära analysieren und dabei dem Publi-

[22] Die offizielle Abkürzung steht für Adorable Representative M.C. for Youth. Assoziationen mit dem englischen Begriff für Armee sind vermutlich nicht ungewollt, weil dies die Verbundenheit der Fans mit BTS zum Ausdruck nahelegt.

[23] Einen Eindruck zur Demographie von ARMY findet sich in der nicht repräsentativen Online-Umfrage *ARMY Census*, an der sich mehr als 400.000 Personen beteiligt haben, von denen beispielsweise 49% 18 Jahre oder älter waren. Näheres unter: https://www.btsarmycensus.com

[24] Im Sommer 2020 sammelten ARMYs beispielsweise innerhalb eines Tages 1 Million Dollar für die *Black Lives Matter* Bewegung, nachdem zuvor BTS und Big Hit die gleiche Summe für diesen Zweck gespendet hatten.

kum auch *Demian* näherbringen.[25] Darüber hinaus setzen sich Fans auch künstlerisch mit *Wings* auseinander, zum Beispiel indem sie Motive aus *Blood Sweat & Tears* zeichnen oder in eigene Kurzgeschichten einbinden.

Vor diesem Hintergrund kann festgehalten werden, dass BTS einen wichtigen Beitrag zur Verbreitung des Werks von Hermann Hesse im 21. Jahrhundert geleistet hat. Durch ihre Musik konnten Personen erreicht werden, die mit Hesse möglicherweise nie in Berührung gekommen wären. Zudem stellt die Auseinandersetzung einer südkoreanischen Gruppe, die weltweit populär ist und große Beachtung findet, mit dem deutschen Autor Hesse einen wichtigen Beitrag zum interkulturellen Dialog dar. Vor diesem Hintergrund sollte die künstlerische Auseinandersetzung mit *Demian* durch BTS als wichtiger Teil der Rezeptionsgeschichte des Romans aufgefasst werden.

[25] Beispiele hierfür sind der deutschsprachige *K-Pop Pardon? Podcast* oder das englischsprachige *ARMY Magazin*.

Joachim Schnürle

Prägende Kinderjahre von Marie Hesse als Einfluss auf Hermann Hesse

> Meine Brüder erkannten mich nicht und spöttelten viel über ihr feingebildetes Schwesterlein, das so hübsche Knickse machen und so zart hochdeutsch reden konnte.[1]

> Und heute noch, wenn ich an Gundeldingen denke, wird mir's wohl und weh, weit und eng ums Herz....von Gottes Sonne freundlich beschienen, liegt es vor mir im Geist – das süße Eden meiner Kindheit![2]

Marie Hesse, die Mutter von Hermann Hesse teilte das Los mancher Missionarskinder.[3] Die Schulbildung und weitere Erziehung konnte oft nicht auf dem „Missionsfeld" stattfinden. Dafür gab es verschiedene Gründe. Der Elementarunterricht wurde zwar oft von den Eltern erteilt, die weitere schulische Laufbahn war dann aber doch nicht ausreichend möglich. Auch waren häufig mehrere Kinder in unterschiedlichen Altersstufen zu unterrichten, was insbesondere für kleine Missionsstationen schwer umsetzbar war. Die klimatischen Besonderheiten mancher Missionsgebiete waren für die eingeschränkte Leistung der Mutter oder Eltern verantwortlich, was eine eigene Erziehung und Unterrichtung erschwerte. Natürlich war es auch teilweise der Gesundheitszustand der Missionarskinder selbst, der eine weitere Erziehung und den Unterricht in der Heimat notwendig machte. Nicht selten wurden dann die Missionarskinder bei Verwandten in der Heimat untergebracht oder es wurden spezielle Einrichtungen gegründet, um die Ausbildung dort zu ermöglichen.

Was waren die Gründe für die Rückkehr von Marie Gundert, der späteren Frau Hesse, weshalb sie im Alter von 4 Jahren nach Deutschland zurückkehrte und getrennt von Eltern und Geschwistern in Basel erzogen wurde? Was waren die Prägungen, die Marie dort erlebte, die auch auf

[1] Ende 1850/ Anfang 1851, siehe Adele Gundert: *Marie Hesse – die Mutter von Hermann Hesse. Ein Lebensbild in Briefen und Tagebüchern*. Frankfurt/Main, Leipzig, 7. Auflage 1996, S. 19. – Im Weiteren zitiert als *Lebensbild*.

[2] Ebd. S. 24.

[3] Dagmar Konrad: *Zwischen den Kulturen – Missionskinder des 19. Jahrhunderts*. In: *Interkulturelle Theologie – Zeitschrift für Missionswissenschaft* 42, 2016, S. 207–221.

ihren weiteren Lebenslauf Einfluss hatten und auch ihr eigenes Erziehungsverhalten bestimmten? Diesen Fragen soll hier nachgegangen werden als Beitrag zu den entscheidenden mütterlichen Einflüssen, denen Hermann Hesse als Kind ausgesetzt war.

Mutter Gunderts Leiden unter den Verhältnissen in Indien

Marie wurde am 18. Oktober 1842 in Talasseri in Indien geboren. Sie war das 3. Kind, die erste Tochter ihrer Eltern Hermann Gundert (4.2.1814–25.4.1893) und Julie Dubois (1.10.1809–18.9.1885). Der Vater war als Missionar seit 1836 in Indien und heiratete am 23. Juli 1838 die Missionslehrerin Julie, die aus Corcelles bei Neuchâtel stammte. Hermann schätzte an ihr die unbefangene und dynamische Art, mit der sie in Indien arbeitete und dem Klima gut gewachsen schien. Er schrieb seinen Eltern über sie:

> Juliens Persönlichkeit betreffend sage ich vorläufig soviel: sie ist durchaus praktisch, hat viel Liebe zu schwarzen Kindern, eine Gesundheit und Leibeskonstitution, wie sie diesem Klima am besten zusagt: kurz, schlank und beweglich: je heißer es ist, desto besser fühlt sie sich imstande zu arbeiten…[4]

Doch änderte sich diese Leibeskonstitution durch die relativ rasch aufeinander folgenden Geburten der ersten Kinder. Nach der Geburt von Marie 1842 klingen andere Töne aus den Berichten. Die Mutter litt erheblich unter den klimatischen und sozialen Herausforderungen in Indien:

> Namentlich Frau Gundert hatte schwer zu leiden. Am 18. Okt. 1842, als gerade der Sturm um Kunji Ramen tobte, hatte sie ein Töchterlein (Marie) geboren, während nächtliche Angriffe auf das Haus und allerlei andere Schrecken drohten. Damals ist die nervöse, vorher schon völlig abgearbeitete Frau fast zusammen gebrochen. Allerlei Erholungsversuche hatten keinen dauernden Erfolg. Zugleich war sie innerlich schwer angefochten und oft vom Teufel verklagt. Im Grunde ging das, mit einigen Unterbrechungen, so fort bis Frühling 1846, wo sie durch den Aufenthalt in Europa und besonders einen Besuch bei Blumhardt in Möttlingen erquickt wurde. (Gundert, S. 196f.)

Sehr belastet war die Mutter auch durch die Krankheit des Sohnes Friedrich. Nach einem Sturz mit Kopfverletzung hatte dieser immer wieder Krankheitsphasen, die nicht recht eingeordnet werden konnten. Später kamen fieberhafte Zustände dazu. Gestorben ist der Kleine dann am 7.

---

[4] Johannes Hesse: *Aus Dr. Hermann Gundert's Leben*. Calw, Stuttgart 1894, Nachdruck 1993, S. 129. – Im Weiteren zitiert als *Gundert*.

Januar 1844. Durch diese Erfahrungen und die eigene körperliche Schwäche und wiederholte Erkrankungen, war die Mutter mehrmals dem Tode nahe. Deshalb wurde ein „Erholungsurlaub" immer dringlicher notwendig. Hermann Gundert hatte die Reise schon länger vorbereitet und dabei auch mit dem Missionskomitee der Basler Mission brieflich verhandelt, wie es für sie als Familie weitergehen könnte.

Johannes Hesse berichtet in der Biographie über Hermann Gundert von dieser Lebensphase:

> Im Jahr 1844, als Frau Gundert schon sehr leidend war, drängte sich der Gedanke an die Heimkehr stärker auf, zugleich aber nahmen auch die Bedenklichkeiten immer bestimmtere Gestalt an, namentlich im Blick auf die Kinder. (Gundert, S. 208)

Es war dem Vater immer mehr bewusst, dass die schwächliche Ehegattin die Last der Kindererziehung nicht in ausreichendem Umfang werde weiter tragen können. Seine Überlegungen und Anfragen an das Missionskomitee sind aus einem Brief überliefert, den er am 20. Dezember 1844 schrieb:

> Jetzt kommt etwas Zartes, weil es ans Sorgen über die Zukunft streift. Über ein Jahr denken wir an die Heimreise. Hier sind nun zwei Häklein. Mein Wunsch ist natürlich, die Kinder in Europa unterzubringen und dann wieder herauszugehen, wenn's der Herr erlaubt. Ein Haken ist nun: 1) wollet ihr, sowie die Regierung und das Komitee uns wieder fortlassen? 2) Ist Aussicht da, daß ihr mit dem lieben Komitee zu einem Verständnis über die Auferziehung der Kinder kommt? Ich kann mir nicht verbergen, daß die Lasten, die eine heranwachsende Familie mit sich bringt, zu den dem Komitee unangenehmsten gehören. Ja, ich darf's wohl sagen, das gab mir auch einen Trost bei, als der Herr unseren lieben Friedrich wegnahm. Dann weiß ich aber wohl, daß der Arbeiter seines Lohnes wert ist, und habe keine Scheu, die glaubige Christenheit mit meinen Kindern zu belasten, denn ich sehe es nicht als Gnadenbrot von ihr an, sondern als Gnade vom HErrn und lautere Schuldigkeit von denen, die den Heiden gepredigt wissen wollen... (Ebd.)

Hier wird die Not des Missionars deutlich, der seine Aufgabe als Dienst für den Herrn weiterführen möchte und doch durch die Krankheit seiner Frau und die Sorge um die verbliebenen Kinder gehemmt ist. Es ist ihm klar, dass die Kinder in Europa weiter erzogen werden sollten. Dazu war die finanzielle Deckung und Genehmigung durch das Missionskomitee notwendig. Eine Alternative wäre eine unentgeltliche Versorgung bei der Verwandtschaft in Stuttgart oder bei Neuchâtel. Der Brief macht aber deutlich, dass das Missionskomitee da auch einiges mitzureden hatte.

Zur Weihnachtszeit 1844 kam ein zweites Mädchen zur Welt, was die Reisepläne und auch den gesundheitlichen Zustand der Mutter wieder ins Wanken brachte:

> Am 26. Dezember 1844 wurde Frau Gundert von einem zweiten Töchterlein entbunden. Ihr Zustand war jetzt so, daß nur noch von einem Aufenthalt in Europa Heilung zu hoffen schien, andrerseits aber bedeutete dieser Familienzuwachs natürlich auch eine Erschwerung der Reise. (Gundert, S. 209)

Am 21. November 1845 war es dann endlich soweit, dass die Reise nach Deutschland begonnen wurde, Ende Januar 1846 wurde dann Europa erreicht. Über 12 Monate wurden Besuche in Stuttgart und Corcelles zur Erholung, zu Familientreffen und für Vater Gundert für über 70 Vorträge und Predigttermine genutzt. Die Kinder waren zeitweise bei der Verwandtschaft in Stuttgart, zeitweise in Corcelles mit der Mutter. Die zwei Söhne und die kleine Christiane wurden in Stuttgart bei der Verwandtschaft gelassen. Marie bei Familie Ostertag in Basel.

Die letzte Begegnung in Basel mit Marie am 23.1.1847 wird von Vater Gundert berichtet:

> Am 23. Morgens war ich in Basel, begrüßte Marie, die bereits ihr Französisch gegen Baseldeutsch ausgetauscht hatte, mich verdutzt ansah und dann rief: ‚i han meint, es sig a Ma, und 's ist a Papa gsi!'" (Gundert, S. 220)

Bei Familie Ostertag in Basel

Marie hatte somit ihre neue Bleibe in Basel gefunden bei einer Familie Ostertag. Dabei handelt es sich um Albert Ostertag (18.4.1810–17.2.1871)[5] und seine Frau Maria Magdalene von Speyr verwitwete Forcart (17.09.1808–25.06.1866). Albert war etwas älter als Vater Gundert. Er wurde am 18. April 1810 in Stuttgart geboren als Sohn von Johann Friedrich Ostertag und der Charlotte geb. Wenzler. Seine Mutter heiratete den Gymnasiallehrer Christoph Blumhardt, ein Mitglied der Stuttgarter Gemeinschaftskreise. Dieser war ein Bruder des Inspektors der Basler Mission. So wuchs Albert in die pietistischen Zirkel hinein, die ihm durch die oft beschriebene Verbindung von Württemberg nach Basel auch den weiteren Lebensweg vorgaben. Albert begann im Frühjahr 1828 sein Theologiestudium in Tübingen als Stadtstudent. Ein Stiftstipendium war ihm nicht

---

[5] N.N.: *Dr. Albert Ostertag. Ein Lebensbild. Herausgegeben auf Grund seiner Briefe und seines handschriftlichen Nachlasses*. Basel 1876. Theodor Schott: Artikel „*Ostertag, Albert*". In: *Allgemeine Deutsche Biographie*, herausgegeben von der Historischen Kommission bei der Bayerischen Akademie der Wissenschaften, Band 24, 1887, S. 520–521.

gewährt, da bereits ein Bruder dieses in Anspruch nahm. Er hielt sich zur Pia, einem pietistischen Studententreffen, aus dem dann später die Stiftsstube Luginsland entstanden ist. Er war ein Freund der Musik, schrieb auch selbst Gelegenheitsgedichte. 1832 wurde er Vikar in Thailfingen bei Herrenberg bei Johann Christian Friedrich Burk (1800–1880), dem Biographen Bengels, der seit 1830 Herausgeber des Christenboten war. Im März 1833 kam dann der Wechsel nach Ebersbach bei Kirchheim. Im Januar 1834 nahm Ostertag eine Hofmeisterstelle bei der Familie von Palm in Stuttgart an. Dabei übernahm er auch Predigtdienste als Stadtvikar.

Nach bestandener zweiter Dienst-Prüfung am 2. März 1836 schloss er eine Studienreise an. Er besuchte Zürich, Basel, Genf, Lyon, Avignon, Marseille und auch Paris. Er suchte dabei Einrichtungen der christlichen Nächstenliebe und der Inneren Mission auf. Nach einem Jahr kam er wieder in Stuttgart an, um schon im März 1837 dem Ruf seines Onkels nach Basel an das Missionsseminar zu folgen. Seine Unterrichtsfächer umfassten ein weites Spektrum:

> Kirchen- und Missionsgeschichte, Weltgeschichte, Homiletik, Predigtübungen, Unterricht in den symbolischen Büchern, allgemeine Religionslehre, Einleitung ins Alte Testament, neutestamentliche Exegese, biblische Geschichte, Katechismuslehre, Griechisch, Geographie, Geometrie und praktische Fächer wie Astronomie. Er führte die Schüler an die griechischen Klassiker heran, unterrichtete sie in Englisch und übte Deklamationen mit ihnen.[6]

Als Lehrer setzte er sich für die Mission ein, für die Ausbreitung des Reiches Gottes. Nach dem Tod des Onkels am 19. Dezember 1838 übernahm er als Interims-Inspektor die Geschäftstätigkeit der Basler Mission. Von Blumhardt war er zum Nachfolger designiert worden – doch das Komitee wählte dann nach längeren Verhandlungen mit den Württemberger Unterstützern Wilhelm Hoffmann (1806–1873) zum neuen Inspektor. Dieser trat sein Amt am 24. Mai 1839 an. Die weitere berufliche Laufbahn Ostertags bewegte sich dann im Unterricht des Missionsseminars und in verschiedenen literarischen Arbeiten.

Am 23. Juni 1840 heiratete Ostertag die Witwe Marie Forcart-Speyr (1808–1866). Auf ihrem Landsitz Gundeldingen bei Basel gründete das kinderlose Ehepaar 1846 eine Heimat für Missionskinder.

---

[6] Wilhelm Schlatter: *Geschichte der Basler Mission 1815–1915. Mit besonderer Berücksichtigung der ungedruckten Quellen. I. Band. Die Heimatgeschichte der Basler Mission.* Basel 1916, S. 121f.

Das Anwesen in Basel – Heim für Missionarskinder

Das Vordere Gundeldingen, ein kleines barockes Schlösschen, heute in der Dittingerstraße 20, ist eines der ehemals vier Gundeldinger Schlösser. Auf der Talseite des Schlösschens gilt übrigens die Anschrift Gundeldingerstraße Nummer 172, denn auf dieser Seite liegt der Haupteingang. Überlebt haben von den vier Schlössern nur das Thomas Platter Haus und das „Vordere Gundeldingen". Es handelt sich um einen Landsitz aus der Renaissancezeit. Das Schlösschen wurde als Landsitz vom Tuchmann Hieronymus Iselin (1522–1584) erbaut.

Das Anwesen erwarb 1812 Christoph Merian-Hofmann (1769–1849), der als „der reiche Merian" bekannt war. 1817 heiratete seine einzige Tochter Susanna (1798–1823) den Fabrikantensohn Carl Wilhelm Forcart (1788–1838). Die frisch Vermählten bekamen zur Hochzeit von Merian das Vordere Gundeldingen übergeben. Forcart nutzte das Gut für die Landwirtschaft. Während Forcart mit seinem Stab Bediensteter Landwirtschaft betrieb, brachte Susanna zwei Kinder zur Welt. Das ländliche Idyll verfinsterte sich aber bald. Nach dem frühen Tod der zwei Kinder verstarb auch die Ehefrau im April 1823.

Der Witwer begab sich auf Reisen nach Übersee um zu vergessen. Das Vordere Gundeldingen verpachtete er. Das Schlösschen wurde vorübergehend von der 1824 gegründeten Landwirtschaftlichen Armenschule genutzt. Forcart kehrte nach einigen Jahren zurück und heiratete 1830 erneut. Wiederum zog es ihn in das kleine Schloss, wo er fortfuhr, Landwirtschaft zu betreiben. Nach seinem Ableben 1838 wurde seine junge Witwe Maria Forcart-Speyr zur Schlossherrin. Sie heiratete im Jahr 1840 erneut, nämlich den Lehrer Ostertag am Missionsseminar.

Dort wurde dann 1846 das von Ostertags verantwortete Heim und „Bildungsanstalt" für Missionarstöchter von 6–16 Jahren etabliert. Familie Ostertag hatte sich bereit erklärt 12 Mädchen aufzunehmen. Das Komitee musste dafür keine Garantie übernehmen.[7] Dadurch war erstmals eine organisierte Versorgung und Schulbildung für Missionarskinder angeschlossen an die Basler Mission entstanden. Frühere Anfragen über einen Bedarf waren von Pfarrer Burk in Großbottwar im April 1836 an das Komitee ergangen, später von Diakonus Hahn in Bönnigheim und dem späteren Inspektor der Basler Mission, Joseph Josenhans, im Jahre 1843, als dieser noch Diakonus in Winnenden war und bei der Kinderrettungs- und Taubstummenanstalt in Winnenden angestellt war. Die jeweiligen Anfragen wurden von der Mission dankend abgelehnt, da kein Bedarf bis dahin gesehen wurde. 1843 wurde noch geantwortet, dass ein solches Unternehmen „noch nicht dringend notwendig" sei. (Ebd.)

---

[7] Schlatter, a.a.O. S. 236.

Diese Situation änderte sich dann aber zusehends, so dass das Angebot von Familie Ostertag, Mädchen von Missionaren bei sich aufzunehmen vom Missionskomitee begrüßt wurde. Am 8. Okt. 1846 wurde dann Marie Gundert in das Haus aufgenommen. „Gottes Geist regiere uns," heißt es im Tagebuch von Albert Ostertag,

> und erfülle uns mit Weisheit, Liebe und Geduld, damit wir dieses liebe Kind für den Herrn erziehen können. Möge es einst unter denen sein, die wir dem Herren darstellen können als Gewonnene und Erlöste des ewigen Gottes![8]

Erfahrungen von Marie in Gundeldingen und Korntal

Im Jahr 1853 entschloss sich die Missionsgesellschaft[9], ein eigenes Asyl für Missionskinder zu gründen. Die Überlegungen der Basler Mission wurden notwendig im Rahmen einer „Kinderverordnung" des Jahres 1853, die das Komitee der Mission unter Inspektor Joseph Josenhans[10] erlassen hatte. Josenhans, inzwischen Inspektor der Basler Mission, wurde ja bereits früher von Winnenden aus von der Frage nach der Versorgung und Ausbildung der Missionarskinder bewegt. Nach Antritt seines Inspektorates 1850 gehörte auch diese Frage auf die Agenda, die er in der Organisationsreform der Missionsgesellschaft anging. Die Verordnung sah vor, dass Kinder im schulpflichtigen Alter aus den damaligen Missionsgebieten in Afrika, China und Indien zur weiteren Ausbildung nach Europa gesandt werden sollten.

Zur weiteren Umsetzung wurde ein „Missionskinderkommitee" gegründet, das ab 1853 Jahresberichte der Arbeit erstellte. Ostertags überlegten, ob dies nicht im Verein mit ihrem Haus geschehen könnte, was vom Missionskomitee so jedoch nicht umgesetzt wurde. Im Laufe des Jahres 1854 wurden dann die verbliebenen Mädchen an anderen Orten untergebracht, so Marie Gundert ab Oktober in Korntal in einem Mädchenpensionat, der 1821 gegründeten „Töchteranstalt", die später in das Mädchenprogymnasium überging.[11]

Acht Jahre lang war so das Landgut ein Heim für Missionarskinder – Marie hat die komplette Zeit des Bestehens dieser Einrichtung dort verbracht. Der Wechsel war für Marie der Abschluss einer doch im Nachhinein unbeschwerten Kinderzeit. Natürlich war die Zeit in Gundeldingen

[8] Biographie Ostertag, S. 209.

[9] Biographie Ostertag, S. 231.

[10] Johannes Hesse: *Joseph Josenhans – Ein Lebensbild.* Calw, Stuttgart, 1895.

[11] Johannes Hesse: *Korntal einst und jetzt. – In Verbindung mit Gemeindevorsteher Daur dargestellt von Joh. Hesse.* Stuttgart 1910, S. 67–71.

nicht ungetrübt – kam doch ab 1851 eine junge Lehrerin ins Haus, die durch Marie begleitet von Stuttgart nach Gundeldingen kam. Diese brach mit ganz neuen ethischen Prämissen in die bis dahin heil empfundene Kinderwelt ein. Schon bei der Ankunft wurde die Verspätung, die dem Treffen mit einer Liebschaft der Lehrerin geschuldet war, durch eine erfundene und erlogene Geschichte erklärt. Diese Neigung, die eigenen Interessen durch „Notlügen" zu kaschieren, ist den Mädchen schnell deutlich geworden. Das Ehepaar Ostertag ließ sich aber doch über geraume Zeit blenden, was die Mädchen in erhebliche Spannungen und Gewissenskonflikte brachte. Marie berichtet:

> Oh, diese Lehrerin! Sie kam in unsre kleine, nette Anstalt wie ein rauher Frost, der zarte Knospen tötet und hoffnungsvolle Keime verwüstet. So fromm, so lieblich, so naiv, so besorgt um ihre ‚teuren Pflegebefohlenen' vor den Leuten, und ach so herzlos, so grausam, wenn bei uns allein. So etwas hatten wir noch nie gesehen, hatten nicht die leiseste Ahnung von der Tücke und Bosheit eines Menschenherzens – bis diese neue vielgepriesene und bewunderte Lehrerin kam... Ach, da war' s aus mit dem süßen Frieden der ersten, ungestörten, lieblichen Kindheit. (Lebensbild, S. 20)

Bei der Nachricht, dass sie nach Korntal wechseln solle, brach sie in Tränen aus, da sie von dort schon einiges gehört hatte. Sie selbst berichtet davon:

> Unter Schluchzen und Weinen vernahm jedes von uns, wohin es kommen werde, und ich bebte ordentlich, als es hieß: ‚Die liebe Marie findet (mit noch drei andern) im Korntaler Institut Aufnahme.' Ich hatte die Strenge jenes Instituts preisen hören. (Lebensbild, S. 22)

Die Zeit in Gundeldingen blieb für Marie eine „heile" Kinderwelt trotz der zwischenzeitlichen unschönen Veränderungen. Zum Abschluss dieser Lebensphase von Marie bleibt das Resümee:

> Der Abschied von Gundeldingen, dem schönen Gartenland meiner ersten glücklichen Kindheit, fiel mir ungeheuer schwer, und noch mehr die Trennung von meiner teuren Pflegemutter, die mich stets mit großer Geduld und Sanftmut behandelt und mit ihrem traurigen, lieben Blick in bösen Stunden viel mehr bei mir bewirkt hatte als alle Tatzen und Drohungen. Und heute noch, wenn ich an Gundelingen denke, wird mir's wohl und weh, weit und eng ums Herz, denn ich sehe es nicht an als das Kloster der späteren Zeiten, sondern ungetrübt, und von Gottes Sonne freundlich beschienen, liegt es vor mit im Geist – das süße Eden meiner Kindheit.[12]

---

[12] Adele Gundert: *Marie Hesse*, S. 22–24.

Ostertags Erziehungsgrundsätze – Impulse für Marie Hesse und deren Erziehungsstil

Die so überaus positiv konnotierte Zeit der Kindheit in Gundeldingen bei Basel überspannte eine Lebensphase der Kindheit, in der schon allein vom Gesichtspunkt der Entwicklungspsychologie entscheidende Weichen für die Charakterbildung und die ethische Bildung geprägt wird. Neben den äußerlichen „heilen" Gegebenheiten waren die Grundsätze, nach denen erzogen wurden, entscheidend für die Charakterbildung der Mädchen, die hier getrennt von ihren eigenen Familien aufgewachsen sind. Daher sind die Grundsätze, die der Hausvater Ostertag vertrat, nicht zu hoch einzuschätzen auf die Entwicklung der Glaubens- und Lebensanschauungen von Marie.

Aus einer Schrift, die Albert Ostertag unter dem Titel *Vademecum für Missionare* seinen Missionsschülern am Missionsseminar mit auf den weiteren Lebensweg gab, lassen sich verschiedene Erziehungsgrundsätze ablesen, die Ostertag mit seiner Frau in ihrem Heim für Missionarskinder umsetzten. Dabei zeigen sich interessante Einsichten in die Prägung von Maria Hesse geb. Gundert. Viele der eigenen Vorstellungen hat sie in dieser prägenden Zeit im Alter von 4 bis 12 Jahren, die sie in Basel bei den Ostertags zubrachte, gelernt.

Hier sollen nun Ausschnitte aus Ostertags *Vademecum für Missionare*[13] dargestellt werden, die direkte Erziehungsgrundsätze enthalten.

Das von Ostertag immer wieder weitergegebene *Vademecum* umfasste 20 Punkte mit Hinweisen auf persönliche Prioritäten und Grundsätze, die der werdende Missionar im Umgang mit seinen Kollegen, dem sendenden Missions-Komitees und auch mit sich selbst beachten sollte. Für unsere Fragestellung sind nicht alle Punkte wichtig. So sind manche der Punkte mit den Reisevorbereitungen und dem spezifischen Stand des „Missionars" in der Ferne verbunden. Doch sind auch allgemeine Lebensweisheiten und Regeln enthalten, die Ostertag als zwischenmenschliche Prämissen und christliche Grundtugenden wie er sie verstand, in seiner Erziehung weitergab.

Es soll hier nun eine Auswahl der Allgemeingültigen Regeln wiedergegeben werden unter dem Aspekt der Einwirkung auf Maria Hesse geb. Gundert. Diese Prägung in ihrer Gundeldinger „Kinderstube" sind auch für ihr späteres Leben und die eigenen Erziehungsgrundsätze bedeutsam. Hier werden 14 der 20 Abschnitte von Ostertags *Vademecum*, die allgemeine Tugenden und Ideen betreffen, wiedergegeben und im Folgenden der Versuch unternommen, deren Wirkung auf Marie persönlich und in ihrer eigenen Erziehung zu werten:

[13] Biographie Ostertag, S. 216–220.

- Bringet, ehe ihr die Anstalt verlasset alles, was verwirrt oder verstört ist, mit Obern und Brüdern erst völlig in's Reine.
- Beim Abgang ... in Aussprechen der Dankbarkeit, Bitte um Verzeihung für etwaige Fehltritte, Alles aus lauterem Herzen, wozu Gott dasselbe stimmen muß.
- Meidet die Zerstreuung, und sammelt auch stets wieder wozu
    - Lektüre des Neuen Testaments im Grundtext, sonst nichts,
    - Ein treues Tagebuch, von großem Werth.
- Thut alles, was ihr sollet, ohne Verschub rasch, sogleich. Sonst häuft sich alles, – und am Ende hundert Schulden.
- Verachtet die Regeln des Anstandes nicht, werdet aber keine Gecken. Erinnert euch, daß die Erziehung mit edlem Anstand und feiner Sitte nicht nur sich verträgt, sondern selbst es fordert.
- Im Aeußern richtet euch nach der edelsten Sitte des Landes, soweit sie Bezug hat auf euren Stand, und nach der Sitte der Leute, unter denen ihr seid.
- Von innen heraus aber heiliget alles durch Bescheidenheit, Mäßigkeit, Demuth, Liebe, Ernst und Klarheit, Kindeseinfalt, Klugheit und Keuschheut.
- Schreibet fleißig auch ohne Rücksicht auf Antwort!
- In Städten und Gegenden, durch die ihr kommt, versäumet nicht, mit sehenden Augen und gesunden Sinnen euch alles genau anzusehen, und scheuet eine geringe Ausgabe dabei nicht. Wenn ihr mit gesunden Seelen Alles wahrnehmet, so lernt ihr ja, und Lernen wird nie zu theuer mit Geld bezahlt. Nur bloße Lust und bloßer Seelengenuß soll nicht mit Missionsgeld bezahlt werden.
- Mittel zur Vertragsamkeit:
    - Beten miteinander und für einander;
    - Selbstvergessende demüthige Liebe, die einmal und siebenmal des Tags vergessen und verzeihen kann.
    - Verstand, der nachgibt.
    - Einsicht, daß immer beide Teile fehlen.
    - Erinnerung, daß man berufen ist, nicht mit Worten allein, sondern mit dem Wandel zu predigen.
- Studiret fleißig und unablässig fort, damit ihr beständig Vorrath habet, neu genährt und gefördert werdet in eurem inwendigen Leben. Besonders die heilige Schrift, Kirchen- und Missionsgeschichte etc.
- Ein Missionar sucht Tag und Nacht nichts Anderes, als daß er die Heiden mit dem Heiland und den Heiland mit den Heiden erfreuen möge (Zinzendorf's Leben von Berbeek S. 338)
- Studiert täglich in der heiligen Schrift und leset besonders die Briefe des Apostels Paulus: er bleibt für alle Zeiten das Vorbild aller Missionare.

- Die Stimmung eines Kindes Gottes, namentlich eines Missionars, muß allezeit heiter sein (1. Thess. 5,16), nicht mürrisch, melancholisch, launisch, verzagt etc.

In diesen Lebensregeln und Maximen die primär an Zöglinge der Missionsschule gerichtet sind, werden Hinweise zum Umgang mit Familie und Obrigkeit formuliert. So soll auf eine Bereinigung von Konflikten geachtet werden. Dies gilt genauso für eine Familie, wie für das Missionsseminar. Die Eltern Hesse haben diese Grundsätze im Umgang mit ihren Kindern geübt. Der heranwachsende Hermann hatte dazu noch wenig Einsicht. Die Bitte um Verzeihung wird im *Vademecum* als Tugend gelobt, gepaart mit der Verdeutlichung von Dankbarkeit für alle erwiesenen Hilfen und die Unterstützung die man erfahren hat.

Der Hinweis auf edlen „Anstand“ hat sich bei Marie früh bemerkbar gemacht. Haben doch bereits ihre Brüder in Stuttgart nach kurzer Zeit Marie als das feingebildete Schwesterlein mit für sie übertriebenen Verhaltensweisen wahrgenommen. Diese „aristokratische Art“, die auch von anderen Lehrern am Seminar Albert Ostertag nachgesagt wurde, hatte Auswirkung im Hause Hesse.

Die Ausführung von Aufgaben ohne Verzug hat sicherlich auch zu Konflikten im Hause Hesse geführt. Regeln solcher Art haben den Freiheitsdrang insbesondere auch von Hermann Hesse in die Schranken verwiesen und ein Korrektiv dargestellt.

Einige der Punkte betonen die Offenheit für ein lebenslanges Lernen, das Marie in ihrer eigenen schriftstellerischen Tätigkeit unter Beweis stellte und in der Hinwendung zum Beruf der Lehrerin am Gymnasium, womit sie Gepflogenheiten der Zeit überschritt. Dieses Offensein dafür, Neues zu denken und zu lernen, ist auch in dem Aufruf begründet, immer wieder neu in der Bibel zu forschen. Auch in der Missionsgeschichte und Kirchengeschichte soll studiert werden – dem Missionszögling wird dazu auch das griechische Neue Testamten angeraten. Diese pietistische Bibelfixierung ist im Hause Hesse auch befürwortet worden – hat dann aber doch auch zu den Schwierigkeiten mit Hermann geführt. Hat doch gerade dieses orthodoxe Festhalten an Normen und Aussagen der Bibel zu einem inhaltlichen Hinterfragen von Hermanns Texten und Gedichten geführt, was zumindest zeitweise zu einem Beziehungsabbruch führen musste.

Es werden Tugenden gepriesen und als Proprium eines christlichen Lebens dargestellt. So: „Von innen heraus aber heiliget alles durch Bescheidenheit, Mäßigkeit, Demuth, Liebe, Ernst und Klarheit, Kindeseinfalt, Klugheit und Keuschheit“. Diese Tugenden verweisen allen Übermut und kindliches über die Stränge schlagen in die Schranken. Das hatte der Wildfang Marie in jungen Jahren zu lernen und zu verinnerlichen, nicht weniger dann ihr Sohn, der diese Eigenschaften in erheblichem Ausmaß sein Eigen nannte. Eine Anpassung an die edelsten Sitten des Landes, ist primär dem Missionar im Ausland angeraten, aber hat auch seine Funktion in Deutschland. Nicht ein exzentrisches Auffallen wird propagiert im Gehen eigener Wege, sondern eine Anpassung an Gebräuche und Verhaltensweisen. So wird der Christ aufgerufen, sozusagen eine „graue Maus" zu sein, zumindest nicht aufzufallen wie ein „bunter Hund". Diese Lektion, die dem Temperament von Marie fern lag, hatte auch Bedeutung im Umgang mit Hermann, der so gar nicht in das Schema des unauffälligen angepassten, gut zu führenden Jungen passte. Empfohlen wird von Ostertag zu diesem Zwecke das aufmerksame Beobachten von Land und Leuten, was sich für die schriftstellerische Tätigkeit sowohl von Marie wie ihrem Sohn Hermann als fruchtbar erwiesen hat.

Die schriftliche Fixierung von Erlebtem wird von dem Missionslehrer Ostertag empfohlen. Er selbst hat Zeit seines Lebens ein Tagebuch geführt. Das überlieferte Tagebuch von Marie Hesse beweist, dass sie diesen Ratschlag als hilfreich angesehen hat. Darin hat sie sich schreibend mit ihrem Tagesablauf befasst und Rückschlüsse formuliert. Ihr Sohn Hermann hat in manchen seiner Schriften biographische Elemente verwoben, was eine dann freiere Bearbeitung von „Tagebuchstoff" dokumentiert. Schriftliches Fixieren von Erlebtem wurde so zur Grundlage mancher seiner Romane und auch biographisch begründeter Gedichte. Ostertag sieht darin eine Hilfe, um sich der Zerstreuung, der gedanklichen Abwendung von Gott zu erwehren. Dieser Aspekt mag bei Marie noch leitend gewesen sein in der Abfassung ihres Tagebuchs, das besonders auch ihr Erleben in Bezug auf ihren Glauben und ihre Gottesbeziehung darstellt. Bei Hermann ist auch hier eine freiere Bearbeitung des Stoffes in den Vordergrund getreten.

Die Hinweise auf die „Vertragsamkeit", das Suchen des Einzelnen nach einem guten Miteinander, wurden von Marie auch im Umgang mit ihren Kindern geübt, gelangten dann aber in der Erziehung von Hermann an Grenzen, die ihr aufzeigten, dass die Erziehung zu Hause nicht mehr weiter gelingen könnte. So wurden diese gut gemeinten Ratschläge für das Miteinander vielleicht auch mit Auslöser für die verschiedenen Unterbringungsversuche Hermanns, um ihn dem Glauben wieder näher zu bringen. Dies war ein Anliegen der Eltern Hesse, den Kindern den Glauben lieb zu machen und immer wieder darauf hinzuweisen. Die von Ostertag zitierte Aussage Zinzendorfs, die Heiden mit dem Heiland und den Heiland mit den Heiden zu erfreuen, wurde im Hause Hesse auf die Kindererziehung übertragen. Dass es dabei nicht nur „erfreulich" zuging, hat die Geschichte mit Hermann dann immer wieder bewiesen.

Am Wesen des einzelnen Missionars, und damit des Christen an sich, sollte eine Fröhlichkeit und Heiterkeit abzulesen sein. Diese Maximen wurden im Umgang mit Hermann so sehr auf die Probe gestellt, dass die

Erziehungsversuche der Eltern Hesse, wie auch des Seminars in Maulbronn abgebrochen wurden und er schließlich nach dem Scheitern von Christoph Blumhardt in Bad Boll nach Stetten verwiesen wurde in die Heil- und Pflegeanstalt.

Ambivalente Sicht des Einflusses der Mutter auf Hermann Hesse

In der kritischen Würdigung der prägenden Einflüsse, die Marie Hesse auf ihren Sohn ausübte, werden insbesondere was ihre Förderung seiner schriftstellerischen Tätigkeit angeht, unterschiedliche Urteile vertreten. So werden von einer Betonung ihrer Ablehnung von Hermanns frühen Dichtungen und Erzählungen auch Stimmen laut, die trotz inhaltlichem Unverständnis eine anteilnehmende Begleitung von Hermanns Schreiben bekunden. Als Vertreter der unterschiedlichen Auffassungen seien nur kurz die Namen von Matthias Hilbert und Elke Minkus[14] genannt.

Unabhängig von dieser in der späteren Jugend und Adoleszenz wirksam werdenden Auseinandersetzungen zwischen Mutter bzw. Eltern und heranwachsendem Sohn, bleibt der Einfluss insbesondere der Mutter in den ersten Lebensjahren unbestritten wirksam. Dass in der Jugend und mit dem Eintritt in das Erwachsenenalter eine Herausbildung der eigenen Identität notwendig wird, die auch in der Abgrenzung zu Ansichten der Eltern geschieht, ist ein Vorgang, den jeder Erzieher und Lehrer zur Genüge kennt. Dem ungeachtet bleiben die frühkindlichen Prägungen weiterhin wirksam. Dies erst recht, wo eine charakterliche Kongruenz besteht, wie dies in der sehr ähnlichen Struktur von Mutter Marie und Sohn Hermann Hesse in einer gemeinsamen Liebe zur Natur, „wildem" Bewegungsdrang, Drang nach Eigenständigkeit und eigenem Urteil, das die Mutter auch schon in ihrer Kindheit in Basel und Korntal zu genüge bewiesen hat. Diese Eigenschaften hat sie an ihrem Hermann ebenfalls wahrgenommen. Die Prägungen, die die Mutter in Basel erhalten hatte und die mit der pietistischen Weltsicht ihrer Eltern übereinstimmte, hat Marie Hesse an ihre Kinder weitergegeben und in Assimilation dieser und Auflehnung gegen diese zu deren Individuation beigetragen.

[14] Vgl. die Hinweise bei Matthias Hilbert: *Hermann Hesses Kindheit im frommen Elternhaus – Wenn Vorurteil auf Wirklichkeit trifft (Dargestellt an Gunnar Deckers Hesse-Biographie)*. In: *Stimmen der Zeit*, 2013(5), S. 317–326; und Elke Minkus, *Mutterspuren in Hermann Hesses Werk*. In: *Hermann Hesse und die Psychoanalyse: „Kunst als Therapie": 9. Internationales Hermann-Hesse-Kolloquium in Calw 1997: Berichte und Referate*. Calw 1997, S. 78–93.

Peter Fahr

„Der Mensch ist ja keine feste und dauernde Gestaltung" Hermann Hesse und mein Eigensinn

Meine Damen und Herren, als ich meinen ersten Lyrikband *Nächte, licht wie Tage*[1] veröffentlichte, schrieb eine Kritikerin: „Die Gedichte trakln und rilken und hessen allzu sehr."[2] Das verletzte mich damals zutiefst, heute nehme ich es als Kompliment. Ich werde mich in der nächsten Stunde Hermann Hesse auf sehr persönliche Weise annähern und hoffe, Sie verzeihen mir diese Dreistigkeit.

Der Dichter und Schriftsteller Hermann Hesse wurde zeitlebens verschmäht und verehrt. Dass einer, der schreibt und das Geschriebene öffentlich macht, unterschiedliche Reaktionen auslöst, ist ein gutes Zeichen. Dass ein literarisches Werk polarisiert, verweist auf seine individuelle und vor allem gesellschaftliche Tragweite. Hesse passt in keine Schublade, darum stört er – auch posthum. In germanistischen und feuilletonistischen Kreisen hat Hesse einen zweifelhaften Ruf, an den Universitäten erfährt sein Werk keine angemessene Aufmerksamkeit und Würdigung, geschweige denn eine seriöse wissenschaftliche Rezeption. Hesse gilt den meisten Gelehrten als Verfasser von so genannter „Erbauungsliteratur", von rührender Lebenshilfe für die pubertierende Jugend. Nur wenige Mutige befassen sich ernsthaft mit seinen herausragenden Texten. Das Gros der Germanisten und Literaturkritiker, das Hesse verniedlicht, verknulpt, verklingsort und vergartenlaubt, muss sich allerdings die Frage gefallen lassen: Was spricht dagegen, dass die Lektüre ästhetisch und inhaltlich anspruchsvoller Gedichte, Essays, Erzählungen und Romane unser Leben nicht nur verschönert und bereichert, sondern auch erleichtert? Bertolt Brecht, dem nun wirklich selten sentimentale Anwandlungen nachzuweisen sind, schrieb: „Alle Künste tragen bei zur größten aller Künste, der Lebenskunst."[3] Mir hat die Lektüre von Hesses Büchern über die vielfältigen Abenteuer der Seele in wichtigen Lebensphasen geistige Impulse vermittelt, die mir den Horizont erweiterten und Entscheide ermöglichten.

---

[1] Peter Fahr: *Nächte, licht wie Tage. Gedichte*, Benteli, Bern 1990.

[2] Marie-Louise Zimmermann: *Bilder, Zeichnungen und Gedichte klingen in einem Buch zusammen*, Bern: *Berner Zeitung* vom 6. November 1990.

[3] Bertolt Brecht: *Große kommentierte Berliner und Frankfurter Ausgabe der Werke*, Suhrkamp, Frankfurt/M. 1988, Bd. 23, S. 290.

In seiner 1930 erschienenen Erzählung *Narziß und Goldmund*, dem Thema dieser Tagung, schildert Hesse die Spannungen zwischen Logos und Eros, zwischen väterlichem und mütterlichem Prinzip – dargestellt in zwei verschiedenen Gestalten eines sich ergänzenden Freundespaars. Der gelehrte Mönch Narziß und der sinnliche Schüler Goldmund sind beide auf der Suche nach Vollkommenheit. Während für Narziß die Abgeschiedenheit des Klosters und die geistige Askese bestimmend sind, zieht es Goldmund, der seine abwesende Mutter verdrängt hat, hinaus ins Leben. Er lernt die Liebe vieler Frauen kennen, wird ungewollt zum Mörder und schließlich zum Künstler. Erst als er gealtert und krank ins Kloster zurückkehrt, gesteht ihm Narziß seine Liebe und Bewunderung. Goldmund nimmt glücklich von ihm Abschied, sterbend sagt er zu ihm: „Ohne Mutter kann man nicht lieben und ohne Mutter kann man nicht sterben."[4] Hesses Erzählung ist ein Gleichnis: der Meister lehrt im Schüler den Meister. Narziß und Goldmund bilden zusammen ein Ganzes. Geist und Leben bedingen einander, Geist und Leben sind eins.

Was mich an Hermann Hesse besonders beeindruckt, sind sein Nonkonformismus und seine Menschlichkeit, seine künstlerische Aufrichtigkeit und seine menschliche Integrität. Durch und durch Rebell, Outlaw und Widerständler, ist Hesse doch stets auf der Suche nach dem menschlich Verbindlichen und Verbindenden, Gemeinsamen und Gemeingültigen, Ganzheitlichen und Ganzen. Sein literarischer Weg mäandert zwischen dem Pol des Außenseiters, Sünders und Verbrechers und dem Gegenpol des Angepassten, Frommen und Heiligen. Er geht seinen Weg und geht die Umwege, ist zugleich Mensch und Steppenwolf, Lebemann und Asket, Krieger und Buddha. Elias Canetti hat gesagt: „Ein Dichter ist der Hüter der Verwandlungen, und der, in dem sie nicht lebendig bleiben, der stirbt vor seiner Zeit."[5] Hesse erfindet sich immer wieder neu. In jedem Augenblick seines Lebens, in jeder niedergeschriebenen Zeile ist er voll sprühender Lebendigkeit, er treibt die physische, psychische und dichterische Existenz so weit, dass er mitunter sogar zum Selbstmord neigt. Er ist wie die Raupe, er verwandelt sich und wird zu dem, was er ist: ein flügelnder Schmetterling. Und wir, seine Leser, verwandeln uns auch und werden zu dem, was wir sind.

Als Jugendlicher habe ich Hesses Bücher zu lesen begonnen und viel von ihm gelernt. Das erste Buch war *Lektüre für Minuten*[6] – Gedanken aus

---

[4] Hermann Hesse: *Narziß und Goldmund*. In: Ders.: *Sämtliche Werke*. Hrsg. v. Volker Michels. Suhrkamp, Frankfurt/M. 2001–2007. Band 4, S. 531. – Im Weiteren zitiert als SW mit Bandangabe und Seitenzahl.

[5] Elias Canetti: *Werke in zehn Bänden*. Hanser, München/Wien 2005, Bd 10, S. 329.

[6] Hermann Hesse: *Lektüre für Minuten*. Hrsg. Von Volker Michels. Suhrkamp, Frankfurt/M. 1977.

seinen Büchern und Briefen, herausgegeben von Volker Michels. Es ist voller Unterstreichungen und Anmerkungen, Hesses Gedanken- und Ideenwelt hat den jungen Mann offenbar nicht nur bestätigt, sondern auch herausgefordert. Eine dick angestrichene Stelle aus einem Brief lautet: „Gegen die Infamitäten des Lebens sind die besten Waffen: Tapferkeit, Eigensinn und Geduld. Die Tapferkeit stärkt, der Eigensinn macht Spaß und die Geduld gibt Ruhe.“[7] Ich habe den Rat beherzigt, er hat mich mein Leben lang ermutigt. Mittlerweile stehen in meiner Bibliothek rund 100 Bücher von und über Hesse. Und über meinem Nachttisch hängt ein kleines Aquarell von seiner Hand, doch davon später.

Als der „Eremit im Tessin“[8] – wie ihn ein Kritiker bezeichnete und der er gar nicht war, da er in Montagnola mit seiner dritten Frau Ninon Dolbin-Ausländer zusammenlebte – 1962 starb, war ich vier Jahre alt und lebte in Bern. Obwohl der Dichter nun nicht mehr am Leben war, sollten sich unsere Lebenswege mehrmals kreuzen: die Wohn- und Arbeitsorte würden identisch sein, nur die Zeiten unterschiedlich. Beide kommen wir aus einem strengen Elternhaus. Das von Hesse war pietistisch-evangelisch, das meine römisch-katholisch. Unsere religiöse Erziehung war unerbittlich – beide sollten wir Pfarrer werden. Er war Internatszögling im deutschen Maulbronn, ich in Internaten im schweizerischen Fribourg. Hesses religiöse Entwicklung entfernte ihn immer mehr von seiner Herkunft. Jugendliche Kämpfe mit den Eltern bewogen diese, ihn in eine Heilanstalt einzuliefern. Er emanzipierte sich und wandte sich gegen den unerbittlichen Gott seiner Ahnen, den Gott der Selbstgerechten und Scheinheiligen. Später befasste er sich mit asiatischen Religionen, mit Buddhismus, Taoismus und Zen. Seine Religiosität war wahrscheinlich nicht so esoterisch, doch ebenso umfassend wie die von Rilke. Sie nährte sich von christlichen Vorstellungen und von östlicher Mystik. Der Sinn der Existenz bestand für Hesse darin, die eigenen Veranlagungen konsequent zu verwirklichen. Im bereits zitierten Eigensinn sah er eine Tugend. Seine Romane variieren die schmerzliche Entwicklung der Individuation. In vielen seiner Geschichten erkenne ich Parallelen zu meiner eigenen.

Meine Eltern waren kopflastig religiös, fast fundamentalistisch. Sie gehörten keiner Sekte an, aber sie waren doktrinär und missionarisch. Gott kam immer vor den Menschen. Da Er immer Recht hatte, hatten auch sie immer Recht. Sie waren Moralisten mit einer uneingestandenen Doppelmoral.

---

[7] Hermann Hesse: *Ausgewählte Briefe*, Zusammengestellt von Hermann Hesse und Ninon Hesse. Suhrkamp, Frankfurt/M. 1974, suhrkamp taschenbuch 211, S. 346.

[8] Redaktioneller Text: *Dichter/Hermann Hesse. Im Gemüsegarten*, Hamburg: *Der Spiegel* Nr. 28 vom 8. Juli 1958.

Der Vater, ein dogmatischer Christ, trug meist einen Anzug, ein weißes Hemd mit Krawatte, in kälteren Jahreszeiten eine wollene Weste. Unter der Woche sahen wir Kinder ihn nur am Mittagstisch. Da saß er in seiner perfekten Kleidung – ein perfekter Mann, ein perfekter Chef, ein perfektes Vorbild. Wir hätten ihn ja nie umarmt, denn sein Hemd und die seidene, mit einer goldenen Nadel festgemachte Krawatte hätten ja zerknittert oder beschmutzt werden können. Spät abends, wenn er nach Hause kam, lagen wir bereits in unseren Betten und schliefen. In der Welt war er Präsident nationaler und internationaler Hilfsorganisationen, Buchautor, Reisender, Sprecher vor der UNO-Vollversammlung, Verhandlungspartner von Ministern und Staatsoberhäuptern, Wohltäter und Tourist. Zu Hause wäre er nur Vater gewesen.

Die Mutter wünschte sich viele Kinder. Sie gebar zwei Töchter und sechs Söhne, ermöglichte einem afrikanischen Jungen eine Ausbildung in Frankreich und unterstützte im Lauf der Jahre durch ihr Hilfswerk 7500 Kinder mit Patenschaften. Die fremden Patenkinder in der Dritten Welt waren ihr nah und vertraut, die eigenen Kinder blieben ihr fremd. Die Religiosität der Mutter konnte zuweilen in Hysterie ausarten. Sie, die im Lehrerzimmer meiner Sekundarschule den Übernamen „Hl. Theres“ erhalten hatte, überraschte mich einmal mit der Bemerkung, ich sei exakt hundert Jahre nach den Marienerscheinungen von Lourdes zur Welt gekommen. Der Vater sei an demselben Tag geboren, an dem das Mädchen Bernadette die heilende Quelle entdeckte, und sie selbst an demselben Tag, an dem Maria dem Mädchen zum letzten Mal erschien. Mein Geburtstag liege genau zwischen diesen Daten. Das sei ein Zeichen, das ich nicht übersehen dürfe, weil es mich auf einen Auftrag hinweise – die anspruchsvolle Aufgabe, den Geist von Lourdes in die Welt zu tragen …

Es ist nicht verwunderlich, dass mir im Alter von zehn Jahren Jesus im Traum erschienen ist. Er stand auf der Schwelle meines Zimmers und füllte den Türrahmen mit seiner leuchtend weißen Gestalt vollkommen aus. Sein vorwurfsvoller Blick traf mich wie ein Blitz. Ich fürchtete mich und wusste, es gab kein Entrinnen. Jesus sagte nur einen einzigen Satz: „Du bist nicht lieb genug, Peter, deine Liebe muss wachsen!“ Als ich aus dem Traum aufschreckte, fragte ich mich, ob ich nur geträumt habe oder ob mir Jesus wirklich erschienen sei. Die traumatische Vision, zwingende Blüte meiner christlichen Erziehung, verfolgte mich jahrelang. Jedes Mal, wenn ich über die Schwelle meines Zimmers trat oder im Bett lag und zur Tür sah, befiel mich eine große, namenlose Angst.

Hermann Hesse liebte seine Eltern, besonders die Mutter. Sie hatten ein enges und gespanntes Verhältnis. Als angehender Dichter konnte er weder mit ihrem Verständnis noch mit ihrer Unterstützung rechnen. Im Juni 1899 schrieb Marie Hesse an den 22-jährigen Sohn:

> Papa grüßt Dich herzlich und dankt für den Brief und das Buch, das gestern kam. [...] Ich habe es schnell durchgehastet und dann nachts nicht schlafen können. [...] Kind, ich bin deine Mutter und liebe dich, wie nicht leicht sonst jemand dich lieben kann, darum muß ich warnen und wahr reden. Mein Herz empört sich gegen solches Gift. Es gibt eine Welt der Lüge, wo das Niedre, Tierische, Unreine für schön gilt. Es gibt ein Reich der Wahrheit, der Gerechtigkeit, des Friedens, das uns die Sünde als Sünde zeigt und hassen lehrt und uns einführt zur göttlichen Freiheit. Zu Hohem, Ewigem, Herrlichem ist der Mensch berufen – will er Staub lecken?[9]

Diese Zeilen lesend, ereilt mich ein gleißend-schreckliches Déja-vu. Ich war ebenfalls 22-jährig, als mich meine Mutter anschrie: „Dieses Buch ist eine ... Schweinerei! Denk doch an die Schande, die du damit über unsere Familie bringst! Peter, ich wollte, du wärst tot!“ Ein seltsamer Ausdruck der Entrücktheit trat in ihre Augen. Und leise fügte sie hinzu: „Da du jung bist, ist mein Wunsch ein großes Unrecht. Deshalb wäre es gerechter, ich selbst stürbe. Ich lege die Entscheidung in Gottes Hand.“ Auf meine weiteren Bücher reagierte die Mutter mit gesteigerter seelischer Brutalität. Warum ich ihr dennoch die erste Fassung des Manuskripts von *Ego und Gomorrha*[10] zu lesen gab, ist mir schleierhaft. Vermutlich ersehnte ich mir nach wie vor Worte der Ermutigung, des Lobes, der Anerkennung. Was ich erhielt, war ein Brief, dessen Lektüre mich niederschmetterte. Die Mutter schämte sich für mich. „Ich bin jetzt 56 Jahre alt“, schrieb sie, „aber ich habe noch nie so etwas Schmutziges gelesen. In Deinem Buch finde ich wenig vom Geist Gottes, aber viel vom Götzen Sex.“ Mit feierlichem Pathos erwähnte sie Jesu Barmherzigkeit gegenüber allen Sündern, „aber ...“ Dann spielte sie auf Matthäus 18,6 an: „Wer einem von diesen Kleinen, die an mich glauben, Ärgernis gibt, für den wäre es besser, dass ihm ein Mühlstein an den Hals gehängt und er in die Tiefe des Meeres versenkt würde.“ Und sie schloss: „Dein Buch ist ein Ärgernis.“[11]

Wenn ich an Hesse denke, drängen sich mir der psychologische Komplex der Polarität und das literarische Motiv des Doppelgängers auf, die ihn ja wiederholt beschäftigt haben. Man denke nur an die dualistischen Paare Sinclair und Demian, Siddhartha und Govinda, Narziß und Goldmund. Oft fühle ich mich Hesse verwandt und nahe. Es ist, als ob sich die Wurzeln unserer Persönlichkeiten berührten. Georg Büchner kommt mir

---

[9] Hermann Hesse: *Kindheit und Jugend vor Neunzehnhundert. Hermann Hesse in Briefen und Lebenszeugnissen 1895–1900*, Hrsg. Von Ninon Hesse, fortgesetzt und erweitert von Gerhard Kirchhoff. Suhrkamp, Frankfurt/M. 1978, S. 357–358.

[10] Peter Fahr: *Ego und Gomorrha. Texte wider die Suizidgesellschaft*, Nemesis, Bern 1993.

[11] Theres Farine: Brief vom 9./10. Oktober 1985 an Peter Fahr, Spiegel bei Bern, Archiv Peter Fahr.

in den Sinn, der in seinem Fragment gebliebenen Drama *Woyzeck* das Unglück eines geschundenen und getriebenen Menschen darstellte:

> Hauptmann: He, Woyzeck, was hetzt er sich so an uns vorbei. Bleib Er doch, Woyzeck! Er läuft ja wie ein offnes Rasiermesser durch die Welt, man schneid't sich an Ihm.[12]

Der einfache Soldat Woyzeck wird auf Spaziergängen in die Natur von Vorahnungen und Halluzinationen heimgesucht. Auf einem Feld vor der Stadt sagt er zu seinem einzigen Freund:

> Still, hörst du's, Andres, hörst du's? Es geht was! [...] Es geht hinter mir, unter mir – (stampft auf den Boden.) Hohl, hörst du? Alles hohl da unten (Ebd., S. 6).

Es ist, als ob sich der Doppelgänger im Erdreich unten mit Woyzeck fortbewegte, als ob sich beider Füße im Gleichschritt berührten. Ähnlich ergeht es mir mit Hesse. Manchmal frage ich mich, ob er ein guter Dämon sei, der mich wirkungsvoll begleitet. Ich habe – aus anderem Anlass – ein Gedicht geschrieben, das unsere Beziehung beschwört:

bruder dämon

fremd
tritt dein gesicht
aus meiner fremde
ins licht

und ich weiß:
dein schattenschritt
ging mit dem meinen
seit anbeginn mit

gezeugt
vom gleichen geschlecht
werde ich meinem blut
endlich gerecht

wir sehen uns an
wir fassen uns an
und lassen uns dann[13]

---

[12] Georg Büchner: *Woyzeck*. Philipp Reclam Junior, Stuttgart 1975, Universal Bibliothek Nr. 7733, S. 15.

[13] Peter Fahr: *Über uns hinaus. Gedichte*. Offizin, Zürich 2015, S. 117.

Die zeitlich weit auseinanderliegenden Erlebnisse und Erfahrungen an drei gemeinsamen Wohn- und Arbeitsorten – Bern, Basel und Tessin –, mögen die verschiedensten Aspekte unserer unausweichlichen, vielleicht schicksalhaften Beziehung veranschaulichen.

Bern

Hermann Hesse im Vorwort zu *Demian*:

> Das Leben jedes Menschen ist ein Weg zu sich selber hin, der Versuch eines Weges, die Andeutung eines Pfades. Kein Mensch ist jemals ganz und gar er selbst gewesen; jeder strebt dennoch, es zu werden, einer dumpf, einer lichter, jeder wie er kann. Jeder trägt Reste von seiner Geburt, Schleim und Eischalen einer Urwelt, bis zum Ende mit sich hin. [...] Uns allen sind die Herkünfte gemeinsam, die Mütter, wir alle kommen aus demselben Schlunde; aber jeder strebt, ein Versuch und Wurf aus den Tiefen, seinem eigenen Ziele zu. Wir können einander verstehen; aber deuten kann jeder nur sich selbst (SW3, S. 236).

Mein Geburtsort heißt Spiegel und ist ein Außenquartier der Stadt Bern. Hier verbrachte ich meine Kindheit und Jugend, unterbrochen durch vier Jahre in fribourgischen Internaten und einem sechsmonatigen Aufenthalt in Basel. Heute wohne ich im Quartier Schosshalde, in dem auch Hesse von 1912 bis 1919 gewohnt hat. Der Titel seines Romans *Roßhalde* spielt auf den Quartiernamen an.

In Bern lebe ich, in Bern schreibe ich.

Als ich sechs war, schickten mich meine Eltern zu den Großeltern väterlicherseits für drei Wochen in die Ferien. Der Großvater war Westschweizer, die Großmutter italienischer Abstammung, und beide sprachen kein einziges Wort Deutsch. Ich hatte Mühe, mich zu verständigen. Das kleine Haus, das die alten Leute bewohnten, stand in einem weitläufigen Garten. Ich werde nie vergessen, wie der Großvater mir eines Tages zeigte, wie man gefahrlos Bienen fängt, ihnen ein Streichholz in den Hinterleib bohrt und sie wieder fliegen lässt. Dieser Greis, der so brutal sein konnte, aß schon mal ein Glas, wenn er sich nicht mehr anders zu helfen wusste. Die Großmutter, eine schöne Frau mit gepflegtem Haar und modischer Kleidung, war gütig und verständnisvoll. Schon bald fehlten mir die Geschwister. Tagsüber wich die Einsamkeit nicht von meiner Seite, nachts kroch sie unter meine Bettdecke. Ich fürchtete mich im Dunkeln und schlafwandelte.

Es gibt mit Zeichnungen illustrierte Briefe, die sich erhalten haben. Von Lausanne aus beschwor ich die Eltern, mich heim nach Bern zu holen.

Den Vater sprach ich mit Vornamen an, die Mutter nannte ich zärtlich Mami. Nichts half, die Eltern ließen sich nicht erweichen.

In der Primarschule waren die Zeugnisse ganz passabel. Was meinen Lehrerinnen Kopfzerbrechen bereitete, waren nicht die schulischen Leistungen, sondern mein ungehöriges Betragen. Ein Blick in den Schulbericht der 2. Klasse spricht Bände:

> Peter ist ein aufgeweckter, intelligenter Schüler. Dem Unterricht folgt er ohne Schwierigkeiten. Leider aber macht er disziplinarisch umso mehr Mühe. In den letzten Wochen hat er ungefähr alles geleistet, was es zu leisten gab. Er kommt oft zu spät zur Schule, schwatzt, ist unruhig, treibt während den Stunden Allotria. Er ist ungehorsam, kümmert sich selten darum, was gesagt wird, neckt seine Mitschüler und bedrängt die Erstklässler. Auch an die Pausenordnung wollte er sich gar nicht halten. Peter macht einfach gerade, was ihm durch den Kopf geht, ohne zu überlegen. Er muss sich unbedingt mehr zusammennehmen. Es wäre schade um ihn, denn er wäre im Grunde genommen ein netter Junge.[14]

Mit neun machte ich monatelang keine Hausaufgaben, die Lehrerin informierte meine Eltern, und ich musste wochenlang bis spät in die Nacht hinein nacharbeiten. Ich entsinne mich eines dicken Geschichtsordners, der zur Gänze abgeschrieben und abgemalt werden musste. Erstaunlicherweise fand ich Gefallen an der Strafarbeit. Ich trug jetzt immer ein Heft mit mir herum, in das ich die Hausaufgaben eintragen musste. Ich stand unter ständiger Beobachtung.

Mit elf lernte ich den ersten Schriftsteller persönlich kennen. Der 81-jährige Volksbildner und Publizist Fritz Wartenweiler[15] hielt in der Aula meiner Sekundarschule einen Vortrag. Er sprach mit Ernst und Schalk und unterstrich seine Rede mit weit ausholenden Gesten. Er sprach so lebendig, dass ich verstand. Bücher wurzelten im Leben. Abenteuer und Geist schlossen sich nicht aus. Schreiben war die natürlichste Sache der Welt. Jeder konnte ein Schriftsteller sein.

Kurz darauf schrieb ich mein erstes Gedicht. Es war titel- und reimlos. Ich schrieb es mit Tusche auf ein pergamentartiges Papier und schenkte es den Eltern:

---

[14] Gemeinde Köniz: Schulbericht der 2. Primarklasse1966, hier zitiert nach: Peter Fahr: *Alles ist nicht alles. Dialoge*. Offizin, Zürich 2015, S. 29–30.

[15] Fritz Wartenweiler (1889–1985), Schweizer Schriftsteller, Pädagoge, Volkserzieher und Förderer der „Education permanente", „Missionar der humanen Vernunft", Internationalist und Pazifist. Er gilt als Begründer der Erwachsenenbildung in der Schweiz.

Volle Schaufenster.
Staunende Kinderaugen,
verarbeitete Mütter
ziehen weinende Kinder an
der Hand. Viele Lichter
brennen, keine Sonne scheint.[16]

Mit zwölf sollte und wollte ich Priester werden. In meiner knapp bemessenen Freizeit im Internat verfasste ich Dankgebete und Lobgesänge in lyrischer Form. Mit gereimten Versen, die kaum den Gesetzen der Metrik gehorchten.

Mit einundzwanzig schrieb ich das erste Gedicht, zu dem ich heute noch stehe.

Hermann Hesse zog 1912 mit seiner Frau Maria Bernoulli, genannt Mia, und den drei Kindern Bruno, Heiner und Martin von Gaienhofen am Bodensee an den Stadtrand von Bern. Die Familie bewohnte ein altes Landhaus am Melchenbühlweg in der Hinteren Schosshalde. Die Entfernung von da bis zu der Laubeggstrasse, in der ich heute wohne, beträgt weniger als einen Kilometer. Bei Kriegsbeginn 1914 meldete sich Hesse freiwillig, wurde aber als dienstuntauglich zurückgestellt und im Jahr darauf der Deutschen Gesandtschaft zugeteilt, wo er von nun an im Dienst der „Deutschen Gefangenenfürsorge“ Internierte mit Lektüre versorgte, Gefangenenzeitschriften herausgab und 1917 einen eigenen Verlag für Kriegsgefangene aufbaute. Der Große Krieg, wie der 1. Weltkrieg genannt wurde, entwickelte sich zu einem Massaker, einer blindwütigen und sinnlosen Schlächterei. Hesse, der sich stets für die Völkerverständigung eingesetzt hatte, veröffentlichte im November 1914 seinen Aufruf *O Freunde, nicht diese Töne*, in dem er sich vor allem gegen kriegsverherrlichende Schriftsteller wandte:

> Alle diese Äußerungen, vom frech erfundenen ‚Gerücht' bis zum Hetzartikel, vom Boykott ‚feindlicher' Kunst bis zum Schmähwort ganzer Völker, beruhen auf einem Mangel des Denkens, auf einer geistigen Bequemlichkeit [...]. Uns andern, die es mit der Heimat gut meinen und an der Zukunft nicht verzweifeln wollen, uns ist die Aufgabe geworden, ein Stück Frieden zu erhalten, Brücken zu schlagen, Wege zu suchen, aber nicht mit dreinzuhauen (mit der Feder!) und die Fundamente für die Zukunft Europas noch mehr zu erschüttern. [...] Daß das Leben wert sei, gelebt zu werden, ist der letzte Inhalt und Trost jeder Kunst, obgleich alle Lobpreiser des Lebens noch haben sterben müssen. Daß Liebe höher sei als Hass, Verständnis höher als Zorn, Friede edler als Krieg, das muss

[16] Peter Fahr: Titelloses Gedicht von 1969, Archiv Peter Fahr.

> ja eben dieser unselige Weltkrieg uns tiefer einbrennen, als wir es je gefühlt. Wo wäre sonst sein Nutzen?[17]

Kaum war der Artikel erschienen, wurde Hesse in der deutschen Presse heftig angegriffen und als „vaterlandsloser Gesell"[18] beschimpft. Die Verkäufe seiner Bücher gingen zurück, was ihn verstörte. Seinem Freund, dem Maler Hans Sturzenegger, schrieb er:

> Ich weiß heute aus Erfahrung: ein Gedicht machen und ein Lied singen, ist nicht nur hübscher, sondern auch unendlich viel gescheiter und wertvoller, als eine Schlacht gewinnen oder als eine Million fürs Rote Kreuz zu geben. Es ist nichts mit dieser ‚organisierten' Welt der Politiker und Generäle, und von unsern Künstlerträumen ist der verrückteste immer noch mehr wert.[19]

Hesses konsequenter Pazifismus inspirierte mich. Er überzeugte mich, der Gewalt mit Höflichkeit, Gelassenheit, Freundlichkeit und Güte zu begegnen. Als junger Mann las ich, von Hesse darauf verwiesen, das Buch *Taoteking* von Laotse und erhielt Antworten auf brennende Fragen:

> Wenn der Mensch geboren wird, / Ist er weich und schwach; / Wenn er stirbt, / Ist er fest und stark. / Wenn die zehntausend Wesen, / Wenn Gräser und Bäume wachsen, / Dann sind sie weich und saftig; / Doch wenn sie absterben, / Dann sind sie dürr und trocken. // Wahrlich: / Das Feste, Starke ist des Todes Begleiter; / Das Weiche, Schwache des Lebens Begleiter. // Deshalb: / Sind die Waffen stark, dann siegen sie nicht. / Sind die Bäume stark, dann werden sie gefällt. / Das Starke, Große liegt darnieder; / Das Weiche, Schwache ist hochgestellt.[20]

Solche Gedanken führten mich zum zivilen Ungehorsam. Ich war wegen Migräne bei körperlicher Anstrengung vom Wehrdienst befreit und zum Zivilschützer ausgebildet worden. Als man mich zum Schutzraumleiter machen wollte, verweigerte ich den Zivilschutzdienst und verzichtete auf meinen Schutzraumplatz in Kriegszeiten. Die dadurch eingesparten Geldmittel sollten für den Aufbau eines Schweizerischen Friedensinstituts eingesetzt werden. Meine Verweigerung brachte mir dreißig Tage im hiesigen Bezirksgefängnis ein.

---

[17] Hermann Hesse: *Politik des Gewissens. Die politischen Schriften*. Suhrkamp, Frankfurt/M. 1981, Erster Bd.: 1914–1932, suhrkamp taschenbuch 656, S. 43, 45–46.

[18] Gunnar Decker: *Hesse. Der Wanderer und sein Schatten*. Hanser, München 2012, S. 294.

[19] Hermann Hesse: *Ausgewählte Briefe*, zusammengestellt von Hermann Hesse und Ninon Hesse. Suhrkamp, Frankfurt/M. 1974, suhrkamp taschenbuch 211, S. 10.

[20] Lao-tse: *Tao-Tê-King. Das heilige Buch vom Weg und von der Tugend*. Philipp Reclam Junior, Stuttgart 1978, Universal Bibliothek Nr. 6798 [2], S. 107.

Das folgende Gedicht bringt meine pazifistische Überzeugung auf den Punkt:

wir haben zeit

ihr unterwerft
was ihr verkennt
ihr seid der stein

ihr strebt nach dem
was wissen schafft
ihr habt den staat
den markt die macht

wir haben die geduld

ihr habt soldaten
waffen hass
ihr habt den gott
der euch verzeiht

wir haben die geduld
wir haben zeit
die welle teilt den stein[21]

In den Berner Jahren nahmen die Eheprobleme und psychischen Krisen Hesses und seiner Frau Mia an Intensität zu, bis die Familie schließlich auseinanderbrach. In dieser Zeit entstand der Roman *Roßhalde*, der die Geschichte einer sich auflösenden Künstlerehe schildert. Der Maler Johann Veraguth versagt als Ehemann und Vater, um als Künstler zu reifen:

> Was ihm blieb, das war seine Kunst, der er sich nie so sicher gefühlt hatte wie eben jetzt. Ihm blieb der Trost der Draußenstehenden, denen es nicht gegeben ist, das Leben selber an sich zu reißen und auszutrinken; ihm blieb die seltsame, kühle, dennoch unbändige Leidenschaft des Sehens, des Beobachtens und heimlich-stolzen Mitschaffens. Das war der Rest und der Wert seines mißglückten Lebens, diese unbeirrbare Einsamkeit und kalte Lust des Darstellens, und diesem Stern ohne Abwege zu folgen, war nun sein Schicksal (SW3, S. 142).

Mitte 1916 bezog die „Bücherzentrale für deutsche Kriegsgefangene“ mit Büro, Lager und Personal das Haus an der Thunstraße 23 in Bern.[22] Hesse

[21] Peter Fahr: *Dekadenzen. Gedichte zur Zeit.* Münster, Basel 2017, S. 80.

[22] Hermann Hesse: *„Eine Bresche ins Dunkel der Zeit!“. Die Briefe 1916–1923*, Hrsg. v. Volker Michels. Suhrkamp, Berlin 2015, Bd. 3, S. 78.

ging in dem dreistöckigen Gebäude ein und aus. Mehr als fünf Jahrzehnte später sollte eine junge Tänzerin die Einzimmerwohnung im obersten Stock bewohnen. Sie wurde meine Freundin und ich übernachtete bei ihr. Ich fotografierte sie nackt in der kleinen Wohnung, im Treppenhaus und in der besonders schönen Eingangshalle – nichts ahnend von Hesses früherem Aufenthalt in den Räumen. Die Liebe zu der Tänzerin wurde enttäuscht und fand Eingang in mein zweites Buch, den Geschichtenband *TagTraumLiebe*. Die Erzählung *Eindruck* handelt von einem jungen Mann, der sich seine Individualität bewahrt und gerade deshalb mit Lydia, seiner Geliebten, in Konflikt gerät. Er ist ein Dichter. Als Künstler beansprucht er für sich das Recht, egozentrisch und egoistisch zu sein; als Liebender will er das Ich bezwingen. Lydia mit ihrer Bulimie und dem beinahe krankhaften Drang, mystisch zu leben, bildet den Gegenpol zum asketischen und vergeistigten jungen Dichter. Sie ist das Unerklärliche, Unmögliche, Launische, dem der Liebende nicht gewachsen ist. All seine Deutungen müssen fehlschlagen, das wird ihm nach der Trennung bewusst:

> Indem ich der Wirklichkeit als Mensch auf den Sprung komme, erkenne ich als Künstler, dass Kunst nicht Wirklichkeit ist. Kunst ist ein Entwurf von Leben, nicht das Leben selbst; Kunst ist Schöpfung, erfundene Wirklichkeit, die besonnene Verzweiflungstat Unzufriedener. Glück, was ist das? Ist das Glück der eigentliche Sinn des Daseins? Oder gibt es Wichtigeres als Glück? Aufgabe vielleicht, Hingabe, [...] Pflicht? Menschwerdung im Geist? Sinnlichkeit? Eines steht jedenfalls fest: Glück entsteht nur im Leben; und da Kunst nicht Leben ist, gibt es in ihr kein Glück; verliert der Künstler den Bezug zum Leben, wird er unfähig zum Glück.[23]

Jedes Buch entwirft immer auch ein Selbstbildnis des Autors. Ich hatte in den Spiegel gesehen und, indem ich die Geschichte meiner Liebe erzählte, die Reflexion des Spiegels durchdrungen und einen Blick auf das dahinter stehende Du getan. Dass eine solche Erfahrung den Dichter bereichert, leuchtet ein. Bewegt sie aber auch den Menschen? Müsste dem Blick durch den Spiegel nicht der Gang durch denselben folgen, wollte ich mich auch als Mensch aus meiner Einsamkeit befreien und den Zugang zum anderen finden? Ich würde die Frage gern bejahen, denn das Sinnbild des in sich selbst verliebten Narziß, der sein Spiegelbild bezwingt, indem er es durchschreitet, ist bestechend. Es ist ein tröstliches Sinnbild, das aber leider so nicht stimmt.

Der Blick durch den Spiegel setzt den Blick in den Spiegel voraus, in dem eine Grunderfahrung der Mystik anklingt, die im Satz „tat tvam asi"

---

[23] Peter Fahr: *TagTraumLiebe. Geschichten*. Brennessel, Wädenswil 1985, S. 93.

aus den Veden ausgedrückt ist: „Das bist du!“[24] Ohne Selbsterkenntnis keine Erkenntnis des anderen – und umgekehrt. Der Blick durch den Spiegel entmachtet das Ego und öffnet das Ich für das Du, das heißt für die Liebe. Der Gang durch den Spiegel hingegen zerstört das Ich, weil er den Blick in den Spiegel für immer verunmöglicht. Er verwirklicht sich, absolut gesehen, in drei Varianten: in der Unio mystica (der geheimnisvollen Vereinigung der Seele mit Gott), im Wahnsinn oder im Selbstmord. Da nun auch Wahnsinn und Selbstmord die Seele letztlich mit Gott vereinigen, führt der Gang durch den Spiegel zwangsläufig zu Gott, das heißt zum eigenen „Tod“, der jeder zwischenmenschlichen Kommunikation, also auch der Liebe, ein Ende setzt. Als Dichter und mehr noch als Mensch lehne ich den Gang durch den Spiegel ab. Dass zwischen den Menschen trennende Spiegel stehen, ist eine existentielle Gegebenheit, die ich akzeptiere im Bewusstsein, dass die Reflexion des Spiegels und der Blick durch ihn hindurch uns zu dem macht, was wir sind: Individuen. Wir sind einzigartig und darum einsam. Für diese Einsamkeit werden wir jedoch entschädigt, denn gerade die Einzigartigkeit des Einzelnen ermöglicht den Dialog von Mensch zu Mensch. Und der Dialog ermöglicht die Liebe. Wer aber den Spiegel durchschreitet, verliert seine Einzigartigkeit und damit die Möglichkeit zur Liebe.

Von meiner frühen Schulzeit habe ich bereits berichtet. Ich ging nie gern zur Schule, obwohl ich gern lerne. Aber ich mochte die Lehrer nicht – von wenigen Ausnahmen abgesehen. Sie sind zu Programmierern verkommen. Ihr Unterricht ist eine Tretmühle der seelischen Verkrüppelung. Was zählt, ist Gehorsam. Was zählt, ist Leistung. Was zählt, ist der Verstand. Vorstellungskraft, Gefühle, Intuition, seelische Qualitäten und, ja, die Vernunft werden meist unterdrückt und verkümmern. Originalton Hesse:

> Und wie ein Urwald gelichtet und gereinigt und gewaltsam eingeschränkt werden muß, so muß die Schule den natürlichen Menschen zerbrechen, besiegen und gewaltsam einschränken; ihre Aufgabe ist es, ihn nach obrigkeitlicherseits gebilligten Grundsätzen zu einem nützlichen Gliede der Gesellschaft zu machen und die Eigenschaften in ihm zu wecken, deren völlige Ausbildung alsdann die sorgfältige Zucht der Kaserne krönend beendigt (*Unterm Rad*, SW2, S. 173).

Wenn die staatliche Schule der Ort ist, wo der Schüler zum Mikrochip gemacht wird, dann ist die Universität der Ort, wo der Chip program-

---

[24] de.wikipedia.org: „Tat TvamAsi (Sanskrit: Das bist du) ist eine der Mahavakyas (Große Verkündigungen) im Vedantischen Hinduismus. Sie taucht ursprünglich in der *Chandogya Upanishad* 6.8.7 auf.“ Abgerufen am 10. März 2021.

miert wird. Nach Studienabschluss kann der Akademiker problemlos in den gesellschaftlichen Computer eingebaut werden. Mein vorzeitig beendetes Studium der Germanistik und Kunstgeschichte an der Berner Uni war von Anfang an ein Fiasko. Wie hasste ich die Verleugnung der Gegenwart, die in pseudoreligiöser Verehrung der Vergangenheit gipfelte! Ordinarien und Dozenten glichen Priestern, die das Tote achten und das Lebendige ächten. Die Assistenten schienen Messdiener zu sein, die bewundernd zu den Priestern aufschauten und alles taten, um ihnen zu gefallen. Und die Studenten saßen da wie Gläubige und notierten beflissen und widerspruchslos die Kathederweisheiten. Das akademische Theater erinnerte mich stark an den Alltag im Internat. Ich schwänzte die meisten Vorlesungen. In den ersten und letzten Vorlesungen eines Semesters holte ich mir die nötigen Unterschriften der Professoren und Assistenten fürs Testatheft. Hin und wieder ließ ich mich in einer Vorlesung blicken, damit der Student regelmäßig in den heiligen Hallen der Hochschule gesichtet wurde. Wo meine Abwesenheit gewiss aufgefallen wäre, zum Beispiel in den Proseminaren, war ich natürlich anwesend. Das Einzige, was mir an der Uni wirklich gefiel, waren die Tagträumereien im vollbesetzten Hörsaal. Ich saß in der hintersten Bankreihe direkt unter den hohen Fenstern, damit ich den Saal überblicken und unauffällig nach draußen schauen konnte. Von hier aus schrumpfte der Referent auf die Größe eines Gnoms, dessen Gesten an die hilflosen Bewegungen einer Marionette erinnerten. Er war so weit von mir entfernt, dass sein monotones Stimmlein mich kaum mehr erreichte. Die Köpfe der Studenten vor mir verschmolzen zu einem wogenden Meer, das sich in meiner Fantasie bis ins Unendliche erstreckte. Auf den grauen Wellen dieses Meeres hüpften meine Gedanken wie bunte Korken. Und wenn die Sonne darauf schien, tauchten aus den Tiefen der Flut Göttinnen auf, deren Schönheit mich betörte. Hypnotisiert saß ich da und bestaunte eine schlanke Hand mit rotlackierten Fingernägeln, die vollendete Form einer Ohrmuschel oder den goldenen Flaum eines Nackens …

Nur ein einziges Mal unternahm ich den Versuch, eine Proseminar-Arbeit zu schreiben. Stellen Sie sich das Zimmer eines Privatdozenten mittleren Alters vor. Ein kleines Zimmer mit einem altmodischen Schreibtisch, zwei Stühlen, einem Wandschrank und Büchergestellen, die bis zur Decke reichen. Privatdozent Holl[25], ein Kenner und Bewunderer des Schweizer Heimatdichters Jeremias Gotthelf, war ein stämmiger Mann in Pullover und Manchesterhose und saß Pfeife rauchend am

---

[25] Hanns Peter Holl (1940-2010), deutscher Literaturprofessor und Publizist mit Spezialgebiet Jeremias Gotthelf.

Schreibtisch. Ich betrat das Zimmer, grüßte und setzte mich. Holl sah mich lächelnd an:
„Nun, wie heißt das Thema Ihrer Arbeit?“
„Der begabte Schüler als Opfer der autoritären Schule.“
„Ein unerschöpfliches Thema. Wie gedenken Sie es anzugehen?“
„Ich will einen Textvergleich anstellen.“
„An welche Texte haben Sie denn gedacht?“
„An *Die Verwirrungen des Zöglings* Törless von Robert Musil, *Unterm Rad* von Hermann Hesse und *Internat* von Peter Fahr.“
„Ach, Sie schreiben über einen eigenen Text?“
„Jawohl.“
„Sehen Sie sich in dieser Tradition?“
„Jawohl.“
„Unsere Universität ist eine anarchische Bildungsanstalt. Es steht Ihnen frei, auch über einen Text zu schreiben, den Sie selbst verfasst haben. Nur dies Eine noch: Ihre Arbeit sollte mindestens sechzehn und höchstens zwanzig Seiten umfassen. Alles Gute und guten Tag!“

In den folgenden Wochen las ich Hesses und Musils Texte und meinen eigenen gründlich durch und versah sie mit kritischen Randbemerkungen. Ich schrieb die Einleitung des Aufsatzes, ich schrieb den Anfang des ersten von vier geplanten Kapiteln und war bereits auf Seite zwanzig angelangt. So blieb mir nichts anderes übrig, als die Übung abzubrechen.

Basel

Hermann Hesse in *Der Steppenwolf*:

> Der Mensch ist ja keine feste und dauernde Gestaltung (dies war, trotz entgegengesetzter Ahnungen ihrer Weisen, das Ideal der Antike), er ist vielmehr ein Versuch und Übergang, er ist nichts andres als die schmale, gefährliche Brücke zwischen Natur und Geist. Nach dem Geiste hin, zu Gott hin treibt ihn die innerste Bestimmung – nach der Natur, zur Mutter zurück zieht ihn die innigste Sehnsucht: zwischen beiden Mächten schwankt angstvoll bebend sein Leben (SW4, S. 63).

Ein paar Jahre vor meiner Berner Studienzeit – ich war damals zweiundzwanzig – lebte ich sechs Monate in Basel, wo ich an der Kunstgewerbeschule die Ausbildung zum Zeichenlehrer begann. Die Stadt am Rheinknie nahe der französischen und deutschen Grenze gefiel mir gut. Hier schrieb ich meine erste Erzählung *Internat*. Tagsüber saß ich in den Räumen der Kunstgewerbeschule, in der Altstadt, im Botanischen Garten oder sonstwo und widmete mich dem Studium von Holzwürfeln, Früchteschalen, Blumen, Masken, Wendeltreppen, Kirchenschiffen, Häuserfluchten, Landschaften, Menschen und Tieren. Abends fuhr ich mit dem Bus an die Feierabendstraße 50, wo ich zur Miete ein Zimmer mit Wintergarten bewohnte, das dunkel und sehr hoch war und dessen Fenster auf einen wild bewachsenen Hof gingen, der von einer Backsteinmauer eingefasst war. Im Schein der Tischlampe beschwor ich die Gespenster der Erinnerung und schrieb sie mir von der Seele. Ich hatte ursprünglich Maler werden wollen, in Basel wurde ich zum Dichter. In einer Mietwohnung an der Feierabendstraße 37[26], nur ein paar Häuser weiter, hatte Hesse fast achtzig Jahre zuvor seinen ersten Roman *Peter Camenzind* (SW2) verfasst, doch davon hatte ich keine Ahnung. Das Zeichenlehrerseminar überzeugte mich nicht und so kehrte ich nach nur einem Semester nach Bern zurück.

Hermann Hesse hat Basel geliebt. Schon als Kind und dann als junger Mann und angehender Dichter hatte er in der Stadt gewohnt und gearbeitet und hier seine erste Frau Mia kennen gelernt. Basel inspirierte ihn zu einer Vielzahl von Werken. Die Wintermonate 1923/24 verbrachte Hesse erneut in der Stadt. Anfangs wohnte er mit seiner zweiten Frau Ruth Wenger im Hotel Krafft, später jedoch lebte er allein in der Lothringer Straße 7 in einer Mansardenwohnung und schrieb da die erste Hälfte des Romans *Der Steppenwolf*. Über die Umstände, die ihn 1925 für einige Monate aus dem Tessin in die Stadt zurückbrachten, berichtete er in einem Brief:

> Also ich habe, nah beim St. Johannstor, eine nette, stille Mansardenstube für diesen Winter, den ich auf Befehl der gnädigen Frau wieder in Basel zuzubringen habe. Ich wohne in meiner Klause, Ruth in ihrer, das heißt im Hotel Krafft, und den Tag über gehen wir unsern ernsthaften Geschäften nach, ich namentlich in der Universitätsbibliothek, wo ich fast täglich sitze und arbeite, trotz ganz verfluchter Augenschmerzen. Und am Abend erscheine ich dann im Appartement der Frau Hesse, finde irgend etwas zum Abendessen bereit, und dann bringen wir den Abend miteinander zu, in Gesellschaft der Katze, des Hundes und des Papageis Koko, der mein Freund ist und mich sehr ans Haus fesselt. Dann gehe ich im Nachtnebel wieder den Rhein entlang in mein Quartier .[27]

---

[26] Volker Michels: *Wege zu Hermann Hesse. Im Widerstand gegen den Zeitgeist*. Edition Faust, Frankfurt/M. 2021, S. 136. In einer Mail vom 25. Februar 2021 schrieb Volker Michels an Peter Fahr: „Dass auch Du in der Feierabendstraße begonnen hast, ist ja ein denkwürdiger Zufall, wiewohl wir ja wissen, dass es Zufälle eigentlich nicht gibt und meist eine geheimnisvolle Regie da mitwirkt. Hesse wohnte damals im Haus Nr. 37."

[27] *Materialien zu Hermann Hesses ‚Der Steppenwolf'*. Hrsg. Von Volker Michels, Suhrkamp, Frankfurt/M. 1972, suhrkamp taschenbuch 53, S. 42.

Der Steppenwolf beschreibt eine Selbstwerdung, die sich in der visionären Erfahrung von Tod und Wiedergeburt vollendet. Harry Haller, ein gelehrter Mann von fast fünfzig Jahren, leidet am Zwiespalt zwischen rebellischer innerer und bürgerlicher äußerer Welt. In ihm streiten sich zwei Naturen, eine menschliche und eine wölfische, was ihn daran hindert, mit sich und seinem Schicksal ins Reine zu kommen. So tröstet er sich mit dem Gedanken an den Tod. Da begegnet Harry der geheimnisvollen Hermine, seiner Anima, und erfährt die Kraft der Liebe. Hermine macht ihn mit ihren sorglosen Freunden Maria und Pablo bekannt. Er besucht einen Maskenball und experimentiert mit Drogen. Berauscht erfährt er die unendlichen seelischen und geistigen Aspekte seiner Person. In einer halluzinierten Begegnung mit den „Unsterblichen“ lernt er schließlich die befreiende Kunst, über sich selbst zu lachen.

Bevor ich Hesses Roman las, sah ich Fred Haines‘ Verfilmung von 1974. Max von Sydow verkörperte den Steppenwolf Harry, Dominique Sanda die schöne Hermine. Obwohl Harry mehr als doppelt so alt war als ich, identifizierte ich mich mühelos mit ihm. Harry war wie ich – Harry war ich. Erschüttert blieb ich im Kinosaal sitzen, bis der Nachspann abgelaufen und das Licht angegangen war. Draußen hatte es gestürmt und geregnet und ich beeilte mich, nach Hause zu kommen. Auf einem Zebrastreifen wurde ich beinahe von einem heranpreschenden Auto überfahren …

Auch auf dem Gebiet der Ökologie hat Hesse in dem 1927 erschienenen Roman Denk- und Pionierarbeit geleistet. Darin hat er eines der wichtigsten Anliegen von „Fridays for Future“[28] und „Extinction Rebellion“[29] vorweggenommen und sogar weitergedacht. Wortgewaltig schildert er, wie Harry einen der unzähligen Räume des „magischen Theaters“ betritt, dessen Tür die Inschrift trägt „Auf zum fröhlichen Jagen! Hochjagd auf Automobile“:

> Da riß es mich in eine laute und aufgeregte Welt. Auf den Straßen jagten Automobile, zum Teil gepanzerte, und machten Jagd auf die Fußgänger, überfuhren sie zu Brei, drückten sie an den Mauern der Häuser zuschanden. Ich begriff sofort: es war der Kampf zwischen

---

[28] de.wikipedia.org: „Fridays for Future (deutsch: Freitage für die Zukunft) ist eine globale soziale Bewegung ausgehend von Schülern und Studierenden, welche sich für möglichst umfassende, schnelle und effiziente Klimaschutz-Maßnahmen einsetzen, um das auf der Weltklimakonferenz in Paris 2015 (COP 21) im Weltklimaabkommen beschlossene 1,5-Grad-Ziel der Vereinten Nationen noch einhalten zu können.“ Abgerufen am 10. März 2021.

[29] de.wikipedia.org: „Die Extinction Rebellion (XR; deutsch: Rebellion gegen das Aussterben) ist eine Umweltschutzbewegung mit dem erklärten Ziel, durch Mittel des zivilen Ungehorsams Maßnahmen von Regierungen gegen das Massenaussterben von Tieren, Pflanzen und Lebensräumen sowie das mögliche Aussterben der Menschheit als Folge der Klimakrise zu erzwingen.“ Abgerufen am 10. März 2021.

> Menschen und Maschinen, lang vorbereitet, lang erwartet, lang gefürchtet, nun endlich zum Ausbruch gekommen. Überall lagen Tote und Zerfetzte herum, überall auch zerschmissene, verbogene, halbverbrannte Automobile, über dem wüsten Durcheinander kreisten Flugzeuge, und auch auf sie wurde von vielen Dächern und Fenstern aus mit Büchsen und mit Maschinengewehren geschossen. Wilde, prachtvoll aufreizende Plakate an allen Wänden forderten in Riesenbuchstaben, die wie Fackeln brannten, die Nation auf, endlich sich einzusetzen für die Menschen gegen die Maschinen, endlich die fetten, schöngekleideten, duftenden Reichen, die mit Hilfe der Maschinen das Fett aus den andern pressten, samt ihren großen, hustenden, böse knurrenden, teuflisch schnurrenden Automobilen totzuschlagen, endlich die Fabriken anzuzünden und die geschändete Erde ein wenig auszuräumen und zu entvölkern, damit wieder Gras wachsen, wieder aus der verstaubten Zementwelt etwas wie Wald, Wiese, Heide, Bach und Moor werden könne. [...] Freudig schloß ich mich dem Kampfe an (SW4, S. 169–170).

Was mir beim Wiederlesen von Hesses Vision eines bewaffneten Aufstandes von Autogegnern auffiel, waren die „prachtvoll aufreizenden Plakate“. Haben sie mich womöglich zu meinen drei Plakat-Aktionen *Aphorismen* (1982), *Autotod* (1983) und *Dialog mit der schweigenden Mehrheit* (1988) inspiriert? Die durch Crowdfunding finanzierten 1400 Weltformat-Plakate mit kritischen Texten hingen an öffentlichen Werbeflächen in Bern, Basel und Zürich und erregten Aufsehen. Die zweite Aktion befasste sich mit dem Auto, auf dem Plakat stand mit Pinsel geschrieben: „Das Auto bringt uns: Asphalt, Lärm, Gift, Krebs, Tod ... und ein bisschen Fortschritt. Verkaufen wir unser Auto!“[30] Am letzten Satz schieden sich die Geister. Der einfache Gedanke, dass man sein Auto der Umwelt zuliebe verkaufen könnte (heute eine Selbstverständlichkeit, weil eine Notwendigkeit), war zu jener Zeit – die Klimakatastrophe war noch nicht ins Bewusstsein der Leute gedrungen – schlicht eine Provokation. Obwohl oder vielleicht gerade weil ich in einem Kästchen im unteren Drittel des Plakats über Verkehrstote, getötete Tiere, Schadstoffausstoß, Lärmwerte, asphaltiertes Kulturland und Krebserkrankungen entlang von stark befahrenen Straßen informierte, ärgerten sich viele Passanten über die Unverschämtheit eines solchen Aufrufs.

Der Begriff Auto ist griechischen Ursprungs und bedeutet Selbst oder Ich. Wer sich im Auto fortbewegt, bewegt sich kaum, denn er ist eingesperrt in sich selbst. Automobilisten sind im Grunde Autisten: Eingeschlossen in der eigenen Bewegung, haben sie den wesentlichen Kontakt zum Du, zur Natur, zur Umwelt verloren. Indem wir heute unsere auto-

[30] Die Plakat-Aktion *Autotod* von Peter Fahr fand 1983 in Bern statt.

mobile Freiheit in unverzeihlicher Weise missbrauchen, zerstören wir unsere Lebensgrundlagen von morgen. Hier offenbart sich die Schizophrenie menschlichen Handelns. Diese Gespaltenheit ist ein Ausdruck faschistischen Verhaltens, denn ich verstehe – wie ich bereits 1993 in meinem Essayband *Ego und Gomorrha – Texte wider die Suizidgesellschaft* detailliert dargelegt habe – die Umweltzerstörung als eine Variante des Faschismus. Wir sollten den Faschismusbegriff nicht nur auf die historisch-politischen Bewegungen der Vergangenheit – die italienische Ära Benito Mussolinis, der deutsche Nationalsozialismus unter Adolf Hitler u.a. – anwenden. Wir sollten den Mut aufbringen, die gegenwärtigen faschistischen Variationen aufzuspüren. Der Umweltfaschismus ist das Ergebnis einer geschichtlichen Entwicklung. Erich Fromm schrieb in *Haben oder Sein*:

> Es ist die Frage zu lösen, wie die industrielle Produktionsweise beibehalten werden kann, ohne in totalitärer Zentralisierung zu enden, das heißt im Faschismus früherer Prägung oder wahrscheinlicher – im technokratischen Faschismus mit einem lächelnden Gesicht.[31]

Wenn wir heute nicht fähig sind, wirkungsvolle Maßnahmen gegen die Vernichtung der Natur und die Klimakatastrophe zu ergreifen, kann es morgen dafür zu spät sein. Zu spät für eine friedliche Lösung. Ich befürchte eine verhängnisvolle Eskalation der geschichtlichen Entwicklung: Aufklärung, industrieller und technologischer Fortschritt, Überbevölkerung, digitale und virtuelle Entfremdung der Empfindung, emotionaler Verlust der Wirklichkeit, Umweltfaschismus, Aufheizung des Klimas, Zerstörung des Lebensraumes, Suizidgesellschaft, Weltwirtschaftskrise, soziale Unruhen, ökologischer Weltbürgerkrieg.

Tessin

Hermann Hesse in *Narziß und Goldmund*:

> Die Naturen von deiner Art, die mit den starken und zarten Sinnen, die Beseelten, die Träumer, Dichter, Liebenden, sind uns anderen, uns Geistmenschen, beinahe immer überlegen. Eure Herkunft ist eine mütterliche. Ihr lebet im Vollen, euch ist die Kraft der Liebe und des Erlebenkönnens gegeben. Wir Geistigen, obwohl wir auch andere häufig zu leiten und zu regieren scheinen, leben nicht im Vollen, wir leben in der Dürre. […] Du bist Künstler, ich bin Denker. Du schläfst an der Brust der Mutter, ich wache in der Wüste. Mir scheint die Sonne, dir scheinen Mond und Sterne. (SW4, S. 305f.)

---

[31] Erich Fromm: *Haben oder Sein. Die seelischen Grundlagen einer neuen Gesellschaft.* Buchclub Ex Libris, Zürich 1979, S. 172.

Als ich elf war, bauten meine Eltern ein Ferienhaus in Aldesago, einem verschlafenen Dorf auf halber Höhe des Monte Brè, wo unsere Familie fortan die Sommerferien verbrachte. Das rotverputzte Haus hatte viele Zimmer, einen großen Balkon, der die Sicht auf Lugano und den glitzernden See freigab, und einen verwilderten Garten. Tagsüber sonnten wir uns, badeten in einem jährlich neu montierten, blechernen Schwimmbecken, lasen oder faulenzten. Als Erwachsener nutzte ich das Haus für Schreibaufenthalte, hier verfasste ich große Teile von *Nächte, licht wie Tage*, *Frühe Liebe*[32] und *Ego und Gomorrha*. In Aldesago war ich glücklich, ich mochte das südliche Klima, die Schönheit der Landschaft und die dunklen, geheimnisvollen Kastanienwälder.

Hermann Hesse lebte ab 1919 im Tessiner Dorf Montagnola auf der Collina d'Oro oberhalb von Lugano. Hier begann er ernsthaft zu malen. Aquarellierend erholte er sich vom Schreiben und war dennoch künstlerisch tätig, ohne dabei seine oft schmerzenden Augen zu sehr beanspruchen zu müssen. 1931 verließ er die Mietwohnung in der Casa Camuzzi im Dorfzentrum und zog mit seiner dritten Frau Ninon in ein größeres Haus am Dorfrand, die „Casa Rossa", so genannt wegen des rötlichen Außenanstrichs. Das Gebäude war nach seinen Wünschen erbaut worden, finanziert von dem Freund und Mäzen Hans Conrad Bodmer, und stand ihm und Ninon auf Lebenszeit zur Verfügung. In der Anfangszeit in Montagnola schrieb Hesse viele seiner Hauptwerke, darunter *Siddhartha – Eine indische Dichtung*. In der 1922 publizierten Erzählung begibt sich Siddhartha, Sohn eines Brahmanen, auf die Suche nach Erkenntnis. Dabei erfährt und überwindet er die Polaritäten der menschlichen Existenz. Nichts ist ein für allemal festgeschrieben, alles kann sich wandeln, in jedem ist potentiell auch das Gegenteil vorhanden. Siddharthas Läuterungsweg spiegelt die Auseinandersetzung des Dichters mit indischer Philosophie und den fernöstlichen Religionen wider. Hesse verbindet christliche, buddhistische und taoistische Erfahrungen und vereint sie zu einem universellen Bekenntnis der Menschenliebe:

> Die Welt, Freund Govinda, ist nicht unvollkommen oder auf einem langsamen Weg zur Vollkommenheit begriffen: nein, sie ist in jedem Augenblick vollkommen, alle Sünde trägt schon die Gnade in sich, alle kleinen Kinder haben schon den Greis in sich, alle Säuglinge den Tod, alle Sterbenden das ewige Leben. Es ist keinem Menschen möglich, vom anderen zu sehen, wie weit er auf seinem Wege sei, im Räuber und Würfelspieler wartet Buddha, im Brahmanen wartet der Räuber. Es gibt in der tiefen Meditation die Möglichkeit, die Zeit aufzuheben, alles gewesene, seiende und sein

[32] Peter Fahr: *Frühe Liebe. Ein Totentanz*. Offizin, Zürich 2013.

> werdende Leben als gleichzeitig zu sehen, und da ist alles gut, alles vollkommen (SW3, S. 466).

Ich las *Siddhartha* im Sommer 1983. Damals machte ich die Bekanntschaft einer hinreißenden jungen Frau, die mich schon beim zweiten Date mit einem Entweder–Oder konfrontierte. In Panik brach ich den Kontakt ab. Ich hatte die Rechnung aber ohne den Wirt gemacht, der nun diskret in mein Schicksal eingriff, indem er sich des Mediums Hesse bediente. Die Beschäftigung mit dessen Werk hatte es mir in den Jahren des Erwachsenwerdens erleichtert, mich mit dem Steppenwolf in mir zu versöhnen, mein kompliziertes Wesen anzunehmen und das Individuelle gegen die feindliche Außenwelt zu verteidigen. Der rebellische Dichter hatte mich den Mut zum Eigensinn gelehrt. Jetzt las ich seine indische Dichtung und begegnete dem Mystiker Hesse. Ich las:

> „Wenn jemand sucht“, sagte Siddhartha, „dann geschieht es leicht, daß sein Auge nur noch das Ding sieht, das er sucht, daß er nichts zu finden, nichts in sich einzulassen vermag, weil er nur immer an das Gesuchte denkt, weil er ein Ziel hat, weil er vom Ziel besessen ist. Suchen heißt: ein Ziel haben. Finden aber heißt: frei sein, offen stehen, kein Ziel haben. Du, Ehrwürdiger, bist vielleicht in der Tat ein Sucher, denn, deinem Ziel nachstrebend, siehst du manches nicht, was nah vor deinen Augen steht“ (Ebd., S. 463).

Ja, dachte ich, so ist es! Ich war wie vom Donner gerührt. Ich lief zum Telefon und wählte die Nummer der jungen Frau, sie meldete sich und ich sagte, dass es für mich kein Entweder–Oder gebe, und wir redeten und acht Tage später suchte sie mich auf und las mir aus ihrem Tagebuch vor und wir wurden ein Liebespaar. Seit achtunddreißig Jahren sind wir nun zusammen und seit vierunddreißig Jahren verheiratet.

Da ich die Kunst als Selbstzweck entschieden ablehne, vermögen mich Dichter wie Hesse nachhaltig zu beeindrucken und zu prägen, Dichter, deren Lebenshaltung gleichermaßen überzeugt wie ihr Werk. Ich kann den Künstler nicht vom Menschen trennen. Wie gern hätte ich Hesse persönlich kennengelernt! Als er starb, war ich vier. Doch über drei Jahrzehnte später sollte es mir vergönnt sein, die Bekanntschaft seines zweiten Sohnes Heiner zu machen. Der hatte meine Plakat-Aktionen und die Publikation meiner Bücher finanziell unterstützt. Er lebte im Tessiner Dorf Arcegno. Meine Frau und ich besuchten ihn von Aldesago aus, wo wir die Frühlingsferien verbrachten. Es war ein milder Tag mit einem kobaltblauen Himmel. Heiner Hesse bewohnte eine ehemalige Mühle im Wald, sott'al Brumo. Als sich die Tür öffnete und er uns begrüßte, waren wir verblüfft, denn er sah aus wie sein Vater: Hagere Gestalt, markante Gesichtszüge, gütige Augen, schmaler Mund. Über eine Wendeltreppe folgten wir ihm ins Arbeitszimmer im ersten Stock und nahmen auf abgenutzten Korbstühlen Platz. Der Raum reichte bis zum Dach, die Gestelle an den weiß getünchten Wänden waren vollgestopft mit Büchern. Überall stapelten sich weitere Bücher, Dokumente und Zeitungsausschnitte. Auf einer selbst gezimmerten Galerie stand ein Bett. Alles strahlte Wärme und Behaglichkeit aus. Das Gespräch mit dem 86-Jährigen, der ohne Radio und Fernsehen auskam, drehte sich – wie konnte es anders sein – um seinen Vater. Bereitwillig erzählte er uns von der eigenen Jugend, von der schwierigen Ehe der Eltern, von der seelischen Erkrankung der Mutter, die sich über zehn Jahre hinzog, vom Selbstmord des jüngeren Bruders Martin und von vielem mehr. Wir erfuhren, dass der Vater die drei Söhne geliebt und ohne repressive Methoden erzogen hatte. Nach zwei Stunden, in denen ich auch von mir und meiner Arbeit berichtete, fasste ich mir ein Herz und bat Heiner Hesse um einen Bleistiftstummel, einen Notizzettel, ein Buch oder irgendetwas anderes aus dem Besitz seines Vaters. Heiner Hesse überlegte, ging zu einem Schrank und entnahm ihm eine Mappe mit Aquarellen, frühen Versuchen des Dichters, sich malend auszudrücken. Er breitete die Bilder auf dem Schreibtisch aus und meinte, ich könne mir eines aussuchen. Mir stockte der Atem – ein Aquarell von Hermann Hesse! Meine Frau und ich einigten uns auf eine signierte Ansicht von Muzzano, gemalt im Jahr 1919. Tief berührt bedankten wir uns für das große Geschenk. Jedes Mal, wenn ich das Aquarell über meinem Nachttisch anschaue, verbinde ich mich mit der seelischen Eigenart seines Schöpfers.

schicksal

du unbekanntes selbst,
bereite mich behutsam
doch schonungslos
auf jene fehden vor,
die uns von lange her
bestimmt sind.

lehr mich
die liebe und das scheitern,
dass mir vertraut die fremde
und innen außen werde
und ich erkenne,
was uns eint.[33]

Als junger Mann ließ ich eigene Texte auf Plakaten aushängen. Ein Passant schmierte auf ein Plakat: „Fahr zur Hölle!" Ein unmöglicher Rat. Die Hölle war kein Ort, wohin ich fahren konnte. Ich war ja schon da. – Ich

[33] Peter Fahr: *Über uns hinaus. Gedichte*. Offizin, Zürich 2015, S. 95.

schreibe trotzdem. Das Inferno ist gegenwärtig. „Hölle ist nichts als ein Wesen“[34], sagt Meister Eckhart. Diese Zeit ist infernalisch, diese Zeit ist wesentlich. Schon Goethes Faust hat vorgeführt, dass der Mensch den Tod mehr fürchtet als den Teufel. Seine Seele zu verlieren, ist schlimmer, als sie zu verkaufen. Das Böse schreckt weniger als das Nichts.

Mit Hermann Hesse frage ich: „Wo ist der Punkt, von welchem aus diese ganze Hölle von Krieg, Korruption, Entseelung zu überblicken und zu überwinden ist? Wo kann man anknüpfen, um auf Erden wieder etwas wie Geist, etwas wie Würde, etwas wie Sinn und Schönheit zu ermöglichen?“[35] Für den Dichter mag die Antwort im Hinsehen, Erkennen und Benennen liegen. Der Blick sieht die Wirklichkeit und zeigt Gegenwärtiges, die Vision sieht die Möglichkeit und offenbart Künftiges. Der Blick ist notwendig, die Vision Not wendend. Wo Lügen zu Wahrheiten verkommen, wiegt ein aufrichtiges Wort mehr als eine Handvoll Phrasen. Diese Zeit braucht Dichter, die radikal menschlich sind. Die Menschlichkeit befreit das Wort und das Wort verwandelt die Welt.

werden will ich, was ich ahne.
ahnen will ich, was ich bin.
finden will ich, was ich bahne,
meinen weg, den eigensinn.[36]

Vortrag gehalten im Rahmen der 21. Silser Hesse-Tage 2021.

[34] www.aphorismen.de: Zitat von Meister Eckhart (1260–1328).

[35] Hermann Hesse: *Vorwort* in: Emmy Ball Hennings: *Hugo Ball. Sein Leben in Briefen und Gedichten*. Fischer, Berlin 1929, S. 18f.

[36] Peter Fahr: *Eigensinn*, unveröffentlichtes Gedicht.

II Hermann Hesse-Preis der IHHG

Karl-Josef Kuschel

Begrüßung durch den Präsidenten der Internationalen Hermann Hesse Gesellschaft bei der Verleihung des Preises der IHHG 2021 an Bärbel Reetz, Calw 20.11.2021

Herr Oberbürgermeister Kling, liebe Gäste aus Nah und Fern,
insbesondere herzlich Willkommen Bürgermeister Andrea Bernadazzi, von Collina d'Oro, dem Schweizer Hesse-Land mit Montagnola im Zentrum,
meine sehr verehrten Damen und Herren,
und vor allem: liebe Preisträgerin, liebe Frau Reetz

Als Präsident der Internationalen Hermann Hesse Gesellschaft begrüße ich Sie sehr herzlich zu dieser Festveranstaltung. Zum dritten Mal in ihrer Geschichte kann die Gesellschaft ihren Preis verleihen, und seit 2017 kann sie das alle zwei Jahre tun. Der erste Preisträger war der Schweizer Schriftsteller Adolf Muschg. Der zweite der Theologe, Psychotherapeut und Schriftsteller Eugen Drewermann. Die dritte Preisträgerin, die wir heute ehren, ist die Schriftstellerin Bärbel Reetz. Ich begrüße Sie, liebe Frau Reetz, im Namen der Internationalen Hermann Hesse Gesellschaft hier in Calw sehr herzlich. Und zugleich Ihre Laudatorin, Frau Regina Bucher, langjährige Direktorin des Hesse-Museums in Montagnola. Danke, dass auch Sie bei uns sind und diese Aufgabe übernommen haben.

Die Gesellschaft verdankt die Stiftung des Preises den Nachkommen und Erben der Hesse-Familie, unter denen ich heute besonders Herrn Silver Hesse begrüße. Die Gesellschaft ist dankbar für die Einrichtung dieses Preises, der uns – über alle sonstigen Aktivitäten hinaus – noch einmal besondere Möglichkeiten verschafft, öffentlich für das Werk und das geistige Vermächtnis Hermann Hesses einzutreten.

Mittlerweile hat sich herumgesprochen, dass der Preis der Internationalen Hermann Hesse Gesellschaft sich deutlich von den anderen beiden Preisen unterscheidet, die im Namen von Hermann Hesse verliehen werden und je ein eigenes wichtiges Anliegen vertreten. Laut Präambel unserer Satzung verleiht die Gesellschaft ihren Preis zur Bewahrung und Förderung des Werkes und des geistigen Vermächtnisses von Hermann Hesse und zur Verstärkung der Wirkung der Arbeit der Gesellschaft in der Öffentlichkeit, getragen von den Hesse Orten Calw, Gaienhofen und Montagnola.

Der Preis wird verliehen an Personen, die sich – ob wissenschaftlich, journalistisch oder publizistisch – direkt um das Werk von Hermann Hesse verdient gemacht haben, die im Geiste Hermann Hesses schriftstellerisch tätig sind und die sich im Geiste Hermann Hesses auf nationaler oder internationaler Ebene für den interkulturellen und interreligiösen Dialog eingesetzt haben.

Die Errichtung eines neuen sowie die Notwendigkeit eines eigenen Preises der Internationalen Hermann Hesse Gesellschaft begründet sich aus der bisherigen Geschichte und dem noch entwicklungsbedürftigen Profil der Gesellschaft. Im Vergleich zu anderen literarischen Gesellschaften in Deutschland oder der Schweiz ist die Hermann-Hesse-Gesellschaft noch relativ jung. Erst 2002 wurde sie hier in Calw aus Anlass des 125. Geburtstages des Dichters gegründet. Und in den letzten 20 Jahren konnte Wichtiges für das Werk von Hermann Hesse geleistet werden – dank des Einsatzes von Forscherinnen und Forschern, Interpretinnen und Interpreten, Leserinnen und Lesern, die sich unermüdlich für Werk und Wirkung eingesetzt haben. Nichts davon ist selbstverständlich.

Im engeren Sinn gehört dazu *erstens:* Die Präsenz von Hesse-Werken und Schriften auf dem Buchmarkt ist ungebrochen, was bei auch bei einem „Klassiker der Moderne" nicht selbstverständlich ist. In erster Linie ist das 20bändige Gesamtwerk im Suhrkamp Verlag zu nennen, eine gewaltige editorische Leistung, die Dr. Volker Michels zu verdanken ist. Dazu gehören aber auch zahlreiche Teilausgaben von Hesse-Texten zu einem ganzen Spektrum von Themen und Topoi sowie die auf 10 Bände berechnete Briefausgabe, von der bisher sieben Bände unter der Betreuung von Volker Michels erschienen sind.

Dazu gehört *zweitens* die außerordentlich verdienstvolle und hilfreiche jährlich erstellte Bibliographie, welche die nationale und internationale Rezeption des Werkes minutiös dokumentiert, betreut durch Michael Limberg.

Dazu gehört *drittens* das seit 2009 erscheinende Hermann-Hesse-Jahrbuch, herausgegeben von Michael Limberg, das alle Mitglieder der Gesellschaft für ihren Jahresbeitrag zugesandt bekommen und wichtige Beiträge zur fortlaufenden Rezeption des Werkes enthält.

Und dazu gehört nicht zuletzt das Standard-Werk über die Schauplätze von Hesses Leben im Insel Verlag, erstellt von Herbert Schnierle-Lutz, das jetzt in einer Neuausgabe vorliegt. Alles Forscher und Forschungen, die mit der Hesse-Gesellschaft eng verbunden sind und die ihrer Arbeit zugute kommen.

Viel bleibt noch zu tun, vor allem noch Mitglieder für die Gesellschaft zu gewinnen. Zwar konnte die Zahl der Mitglieder in den letzten vier Jahren auf ca. 240 weit mehr als verdoppelt werden, dennoch ist sie noch unbefriedigend. Sie entspricht in keiner Weise der Weltgeltung, die das Werk von Hermann Hesse erlangt hat. Er gehört nun einmal neben Franz Kafka und Thomas Mann zu den am meisten übersetzten Autoren deutscher Sprache im 20. Jahrhundert. Seine internationale Wirkung weit über Europa hinaus bis nach Indien, China, Korea und Japan ist kaum zu ermessen, und das alles muss uns, die wir jetzt Verantwortung für die Gesellschaft tragen, Ansporn sein, mehr Mitglieder für die Gesellschaft zu gewinnen. Uns ist bewusst, dass das nicht von allein kommt, sondern voraussetzt, dass wir als Gesellschaft für die Öffentlichkeit wahrnehmbarer werden. Und eine Mitgliedschaft ist kein Selbstzweck, sondern dient ausschließlich dazu, die Kenntnis des Werks und die Entwicklung der Hesse-Forschung und -Rezeption zu fördern. Dafür sind wir da, das ist unser einziger Daseinszweck: der Dienst an Werk und Wirkung. Dafür möchten wir mehr Mitglieder einladen. Flyer liegen aus, die über die Gesellschaft informieren.

Der heute verliehene Preis geht an die Schriftstellerin Bärbel Reetz. Wir zeichnen damit eine Frau und Forscherin aus, die mehr als andere für die biographische Erforschung des Lebens von Hermann Hesse getan hat: Zum einen durch ihr Buch über *Hesses Frauen*, Mia Bernoulli, Ruth Wenger und Ninon Dolbin, erschienen 2012, mittlerweile ein unverzichtbares Standardwerk der biographischen Erschließung und zum anderen durch ihre Arbeiten zu Hugo Ball und Emmy Ball-Hennings, ein Ehepaar mit ganz eigenem literarischen Profil, das mit Hesse in dessen Zeit in Montagnola engstens verbunden war. Der Briefwechsel Hesses mit den Balls, den Frau Reetz ediert und kommentiert hat, bezeugt das eindrucksvoll.

Das alles wird Ihnen die Laudatorin Regina Bucher im Detail transparent machen. Als Direktorin des Hesse Museums und Mitglied der Schweizer Hesse-Stiftung ist sie zugleich auch Mitglied im Kuratorium der Udo-Lindenberg-Stiftung und Vizepräsidentin der Internationalen Hermann Hesse Gesellschaft.

Dass diese Preisverleihung in diesem Rahmen stattfinden kann, verdanken wir der Stadt Calw mit Herrn OB Kling an der Spitze und dem großen organisatorischen und logistischen Einsatz der Geschäftsführerin der Internationalen Hermann Hesse Gesellschaft: Frau Isabel Götz und ihren Mitarbeiterinnen und Mitarbeitern. Ich grüße Sie, liebe Frau Götz, und sage Ihnen und Ihrem Team Danke für Ihren Dienst im Interesse der Hesse-Gesellschaft.

Regina Bucher

Laudatio auf Bärbel Reetz

Sehr verehrte Damen und Herren, liebe Gäste, liebe Bärbel Reetz!

Der Internationale Hermann Hesse-Preis zeichnet Personen aus, die sich um Hermann Hesse verdient gemacht haben – und das ist bei Bärbel Reetz zweifelsohne der Fall.

2003 erscheint der von ihr herausgegebene Briefwechsel zwischen Hermann Hesse und dem Künstler-Ehepaar Hugo Ball und Emmy Ball-Hennings. Auf über 600 Seiten kann man die transkribierte Korrespondenz lesen, aufwändig und kenntnisreich recherchiert, kommentiert und erklärt, mit Querverweisen und detailreichen Erläuterungen zu Orten und Personen versehen, nicht zu vergessen das ausführliche Vorwort mit einer Einordnung in die Werk- und Lebensgeschichte Hesses und die aufschlussreiche Zeittafel am Ende des Buches. Eine Fundgrube und Forschungsgrundlage für jeden, der sich wissenschaftlich mit Hesse befasst und ein spannendes Zeugnis der Zeitgeschichte für viele andere Leser. So ging in Erfüllung, was Hermann Hesse Emmy prophezeite, als er ihr in einem offenen Brief schrieb, veröffentlicht in der Kölnischen Zeitung am 28. Dezember 1928, ihre Briefe würde man „nach Jahrzehnten einmal finden, man wird sie ausgraben wie Pompeji, sie werden wie Schmetterlinge aus der Puppe fliegen, ein herausgebender Professor und ein Verleger werden durch diese Briefe, für die Sie kaum das Porto aufbrachten, berühmt und wohlhabend werden und man wird sich rasch darüber einigen, dass seit der Bettina Brentano solche Briefe nicht mehr geschrieben worden sind.“[1]

Obwohl Bärbel Reetz weder Professorin ist noch besonders reich mit dieser Ausgabe wurde – vermute ich zumindest – diese von ihr herausgegebene Edition hätte Hesse gefallen, auch weil seine außerordentliche Freundschaft zu Ball darin erstmals gründlich erforscht und dargestellt wird, in all ihren Facetten. Man erfährt von dem tiefen Verständnis, welches Ball für Hesse und Hesse für Ball hatte.

Und dann das Buch *Hesses Frauen*, erschienen 2012 im Insel Verlag. Wie mutig, dieses „heiße Eisen“ anzufassen, wohl wissend, dass zu dem

[1] *„ich bin so vielfach…“-Emmy Ball Hennings. Texte. Bilder. Dokumente*. Hg. von Bernhard Echte. Ausstellungskatalog Strauhof Zürich, 25.3.–31.5. 1999. S. 218.

Thema so viele Darstellungen und Meinungen existieren, wie es Hesse-Forscher und -Familienangehörige gibt.

Doch Bärbel Reetz ließ sich nicht entmutigen; ist überall dorthin gegangen, wo sie Zugang zu Quellen über Mia Bernoulli, Ruth Wenger und Ninon Dolbin-Ausländer bekam, in die Literaturarchive und in die Archive der Nachkommen. Unbeirrt hat sie Briefe und Sekundärliteratur studiert, um dann ihre Ergebnisse aufzuschreiben, die einen neuen Blick erlauben auf diese drei Persönlichkeiten, und natürlich auf Hermann Hesse. Dabei gelingt es ihr, wissenschaftlich korrekt und höchst sensibel, auch delikate Themen anzusprechen, ohne indiskret zu sein, ohne den Leserinnen und Lesern das Gefühl zu geben, hier würde eine Abrechnung mit dem Ehemann Hermann Hesse stattfinden.

Alle Aussagen kann sie belegen, auch wenn sie selbst weiß, Thomas Bernhard zitierend: „das Beschriebene ist etwas anderes als die Wahrheit.“[2]

Sie vermeidet Schuldzuweisungen, wird allen Beteiligten mit ihrer jeweiligen Perspektive gerecht. Eine sehr schwierige Gratwanderung, die ihr meisterlich gelingt, auch weil sie neben den Protagonisten Zeitzeugen und Freunde Hermann Hesses und seiner Frauen zu Wort kommen lässt.

Und Bärbel Reetz kann nicht nur zu Hesse forschen und über ihn schreiben.

Sie besitzt dazu ein herausragendes Talent, ihre Themen in Form von Vorträgen und Lesungen, oft kombiniert mit Musik, einem breiteren Publikum nahe zu bringen, wie ich aus eigener Erfahrung bezeugen kann. Zwischen 2004 und 2020 war Bärbel Reetz fünfmal im Tessin zu Gast, entweder im Museum in Montagnola oder im Garten des Wohnhauses von Emmy Ball-Hennings und Hugo Ball in Agnuzzo, um ein Hesse-Thema zu inszenieren – jedes Mal hielt sie das Publikum in Atem, jedes Mal beeindruckte sie zutiefst.

Weshalb sie das so gut kann, erfahren Sie gleich, verehrte Damen und Herren.

Aber zuerst möchte ich kurz auf die vielen anderen Veröffentlichungen eingehen, die wir Bärbel Reetz zu verdanken haben.

Bereits 1992 erscheint ihr erstes Buch, eine Gedichtsammlung unter dem Titel *zugvogelfrau*, das aber kaum Aufsehen erregt, im Gegensatz zur ersten Prosaveröffentlichung *Virginia oder die Gleichzeitigkeit*, die 1994 in der Zeitschrift *Brigitte* veröffentlicht und mit dem Bettina-von-Arnim Preis ausgezeichnet wird; die Laudatio hält die bekannte Literaturkritikerin Sigrid Löffler, an die man sich nicht nur als ‚Sparringpartnerin‘ von Reich-Ranicki im Literarischen Quartett erinnert.

[2] Bärbel Reetz, *Hesses Frauen*, Insel, Berlin 2012, S. 9.

Diese Geschichte über Virginia Woolf, in der Bärbel Reetz ihre Spurensuche in Sussex beschreibt, wo Woolf sich das Leben nahm, berührt durch ihre eindringliche Sprache und die unglaubliche Intensität – die Autorin verschmilzt mit der Protagonistin, es kommt zu einer fiktiven Begegnung zwischen der Ich-Erzählerin und der zurückgekehrten Woolf.

Zehn Jahre später wird dieser Text zusammen mit anderen Kurzgeschichten bei Suhrkamp unter dem Titel *Abgetaucht* veröffentlicht. Geschichten, die unter die Haut gehen, sensibel, spannend und sprachgewandt erzählt. Mit Frauen und Männer als Protagonisten, die man so schnell nicht vergisst, große und kleine schicksalhafte Begebenheiten, an verschiedenen Orten der Welt angesiedelt. Ich erinnere mich besonders gut an *Die Strandläuferin*, deren Liebesschmerz mich tief berührte.

Schon 2002 war die Erzählung *Zeitsprung* ebenfalls bei Suhrkamp publiziert worden, auch hier eine Frau im Mittelpunkt, eine Chirurgin, die sich auf einem Kongress in Prag in der Begegnung mit zwei Männern, die sich seit der Kindheit kennen, mit der eigenen Vergangenheit und auch mit der Geschichte der Freunde konfrontiert sieht – Zeitsprünge und Begegnungen zwischen Ost und West, zwischen NS-Regime, DDR-Alltag und der Gegenwart nach dem Mauerfall.

Eine Persönlichkeit lässt die Autorin nicht mehr los: Emmy Ball-Hennings, die exzentrische, selbstbewusste, vielseitig begabte, rastlose Frau, deren Biografie Reetz bereits 2001 unter dem Titel *Leben im Vielleicht* bei Suhrkamp veröffentlichte.

2015 erscheint bei Insel *Das Paradies war für uns*, eine Biografie über Emmy Hennings und Hugo Ball. In beiden Büchern eröffnet die Autorin eine Welt, in die man eintaucht, in der man meint, die Protagonisten persönlich zu kennen, in der man nachspürt, mitfiebert, mithofft und mitleidet. Und alles ist wie immer hervorragend recherchiert und belegt.

Während der Recherchen zur DADA-Zeit stößt Bärbel Reetz auf Frauen, oft vergessen, selten gewürdigt: die Russinnen in der Schweiz, meist Studentinnen an der Zürcher Universität im frühen 20. Jahrhundert. Ihr Roman *Die russische Patientin*, erschienen 2006, erzählt die Geschichte von Sabina Spielrein, Tochter einer jüdischen Familie in Russland, die ihr unruhiges Leben C.G. Jung und Sigmund Freud, der Heimat im Osten und der Wahlheimat im Westen, der Psychoanalyse und dem Sozialismus widmet – und alles zu verbinden sucht.

Bärbel Reetz geht mit Neugier, historischem Wissen und umfassendem Quellenstudium auch an dieses Thema. Man spürt, sie will die Protagonistin wirklich verstehen, ergründen, was im „großen" C.G. Jung vorgeht, sie will begreifen was zwischen Jung und Spielrein passiert, welcher zwischenmenschliche Prozess stattfindet. Sie reist an die Orte des Geschehens, Zürich, Berlin, Wien, Moskau und Rostow am Don, sie will alles ganz genau wissen. Bärbel Reetz nimmt die Herausforderung an, in die komplizierten Gedankengebäude von Freud und Jung einzutauchen, und sie scheut sich nicht, ihre eigene Ratlosigkeit und manchmal auch ihr Unverständnis angesichts der Verhaltensschemata dieser berühmten Männer zum Ausdruck zu bringen. Behutsam und sensibel dringt sie zur Persönlichkeit von Sabina Spielrein vor, weicht der eigenen Betroffenheit nicht aus und traut sich, den eigenen Schreibprozess und ihre Verwirrung angesichts widersprüchlicher Quellen mit einfließen zu lassen.

Gleiches gilt für *Lenins Schwestern* aus dem Jahr 2008, ein Buch, das kämpferische und intelligente russische Frauen würdigt, die vom ausgehenden 19. Jahrhundert bis zu Beginn des 20. Jahrhunderts die Utopie einer neuen Gesellschaft entwickelten und bereit waren, dafür ein anstrengendes und gefährliches Leben voller Entbehrungen zu führen.

Das letzte Buch *Marienstrasse 23,* erschienen 2021 bei rüffer & rub in Zürich, ist anders, formal neu und eigenwillig – und nicht minder spannend. Erzählt wird die Geschichte des Hauses in Berlin-Mitte, in dem sie selbst wohnt, von 1828, als es von einem Arzt und Chemiker erbaut wurde, bis heute. Sie lässt die Menschen, die hier gelebt, geliebt und gelitten haben, zu Worte kommen und gleichzeitig, wieder mit ungeheurem Geschichtswissen, das Berlin der vergangenen zwei Jahrhunderte aufleben. Ein lesenswertes, spannendes Werk, nicht nur für Berlin-Kenner.

Es fällt auf, dass bei Bärbel Reetz häufig sehr starke, mutige, unangepasste Frauen im Mittelpunkt des Interesses stehen. Dies ist sicherlich in Zusammenhang mit der Frauenbewegung zu sehen, die ab Mitte der 1970er Jahre ihre Stimme fand, zum Beispiel bei Alice Schwarzer und deren Zeitschrift *Emma*, bei Autorinnen wie Simone de Beauvoir, Anja Meulenbelt (wer erinnert sich als Frau nicht an *Die Scham ist vorbei*) und Verena Stefan mit ihrem Buch *Häutungen*. Die Themenwahl hat aber auch damit zu tun, dass Bärbel Reetz sich nach eigener Aussage in ihren Protagonistinnen wiederfindet.

*

Da wird man neugierig auf die Person Bärbel Reetz, auf ihre Geschichte. Geboren im Juli 1942 in Hameln, im Zeichen des Löwen, wächst sie dort auf. Für diejenigen, welche in Geografie in der Schule nicht immer aufgepasst haben, so wie ich: Hameln liegt ungefähr in der Mitte des Dreiecks Hannover, Bielefeld und Göttingen.

Die Eltern wohnten vorher in Leipzig, der Heimat des Vaters, doch im Krieg zog die Mutter nach Hameln zu ihrer eigenen Mutter; dort war die Gefahr durch Bomben getroffen zu werden, geringer und die Versorgungslage besser. Als der Vater aus dem Krieg heimkehrt, ist sein Elternhaus in Leipzig zerstört, so dass Hameln für die ganze Familie zur neuen Heimat wird.

So wächst Bärbel im großen, gutbürgerlichen Haus ihrer Großmutter auf. Nach dem Krieg, bis ca. Mitte der 1950er Jahre, wohnen hier auch einquartierte Flüchtlingsfamilien. Bärbel ist ein phantasiebegabtes Kind, das die vielen unterschiedlichen Menschen, ihre Freuden, Leiden und Konflikte, mit großem Interesse beobachtet.

Hier lebt sie mit ihren Eltern, der Großmutter und einer unverheirateten Tante, zunächst als Einzelkind, denn ihr Bruder kommt erst zur Welt, als sie schon zwölf ist. Das Haus besitzt ein großes Grundstück, und das Kind hat das Glück, einen eigenen kleinen Garten bewirtschaften zu dürfen, wo es sät, pflanzt, erntet und Hühner und Kaninchen hält.

Diese Idylle hat ein jähes Ende, als 1950 Kinderlähmung bei ihr diagnostiziert wird, eine der letzten Epidemien, denn schon bald darauf wird die Polio-Schluckimpfung eingesetzt. Diese schlimme Krankheit prägt das Kind nachhaltig.

Bärbel muss ein Jahr lang das Bett hüten. Die erste Zeit im Krankenhaus mit hohem Fieber und einer rechtsseitigen Lähmung ist gekennzeichnet durch eine unbeschreibliche Einsamkeit, denn wegen der Ansteckungsgefahr liegt sie auf der Isolierstation.

Die Familienangehörigen, die selten zu Besuch kommen dürfen, müssen draußen hinter einer Glasscheibe bleiben. Das Krankenhaus-Personal stammt noch aus der Nazizeit, ist alles andere als feinfühlig, man verzichtet auch mal auf eine Narkose. „Mädchen, stell dich nicht so an!“ ist das Credo. Von einem lebhaften Alltag in einem kleinen Paradies findet sich das Kind in einer Situation der Angst und Hilflosigkeit wieder, allein mit seinen Gedanken, auf sich selbst zurückgeworfen.

Bärbels großes Glück: sie kann schon lesen. Die Eltern bringen Kinderbücher, so macht sie den ersten Schritt in die Welt der Wörter. Es ist ihre Rettung: Sie kann die Umgebung ausblenden, in die Geschichten eintauchen. Auch als sie wieder zu Hause ist, verbringt sie die Zeit mit Lesen, denn sie muss weiterhin das Bett hüten und mühsam das Laufen neu erlernen. Es existiert zwar eine reichhaltige Bibliothek, sie liest *Grimms Märchen*, *Andersens Märchen* und *Nils Holgersson*, aber man kann sich gut vorstellen, dass der Lesestoff für eine 8 bis 9-Jährige bald aufgebraucht ist, so dass man ihr schon in dem Alter Theodor Storm zu lesen gibt, und andere nicht altersgemäße Literatur, darunter die *Schwarze Spinne* von Jeremias Gotthelf, Albtraumstoff für ein Kind.

Das Eintauchen in die Welt der Wörter hört von nun an nie mehr auf. Die Krankheit war, nach Bärbel Reetz‘ eigenen Worten, die Initialzündung für ihre lebenslange Beschäftigung mit Büchern.

Irgendwann darf das Mädchen an die Volksschule zurück, besteht die Aufnahmeprüfung für das Mädchen-Gymnasium. Im Jungengymnasium ein paar Straßen weiter, geht Ingo Reetz zur Schule, der später ihr Ehemann werden soll, aber das weiß Bärbel zu dieser Zeit natürlich nicht. Deutsch, Geschichte und Englisch, auch Französisch, sind ihre Lieblingsfächer. Immer wieder verbringt man die Urlaubswochen bei Verwandten in den USA, Los Angeles, Santa Barbara – grandios, einzigartig. Als Fünfzehnjährige schickt der Vater sie für ein halbes Jahr in Brighton zur Schule, damit sie ihr Englisch perfektioniert. Wenn man in die „Ostzone", sprich DDR, zu Verwandten fährt, geht sie auf Anraten des Vaters in den Uni-Buchladen, um das zwangsumgetauschte Geld auszugeben. Dort empfiehlt man ihr Autoren, die man im Westen weniger liest: Heinrich Mann, Arnold Zweig, Anna Seghers.

Jeden Sonntag begleitet sie ihre fromme Großmutter in die Kirche, genießt das Singen der Kirchenlieder.

An der anderen Großmutter aus Leipzig fasziniert sie das Verruchte, denn diese war schon dreimal verheiratet, legt Patiencen, trinkt abends Likörchen, geht ins Kino. Von ihr lernt sie das Lügen, denn heimlich gehen die beiden in Kinovorstellungen, für die das Kind noch zu jung ist – aber sie halten dicht, erzählen niemandem davon.

Wichtig für ihre spätere Entwicklung ist die Tatsache, dass 1953 die Weserbergland-Festhalle eröffnet wird und die Gymnasiastin Bärbel ein Abonnement für die Theater- und Musikaufführungen ihr Eigen nennt.

Dort lernt sie den Chefredakteur der Deister- und Weserzeitung, kurz *DEWEZET*, kennen, überredet ihn, einmal eine Rezension schreiben zu dürfen.

Schon bald rezensiert sie nicht nur musikalische Abende, sondern auch Operetten. Stolz stellt sie sich vor „Ich komme von der *DEWEZET*".

Noch am Abend der Aufführung setzt sie sich an die Reise-Schreibmaschine im Haus ihrer Großmutter, schreibt ihre Rezension, und morgens vor Schulbeginn steckt sie den Artikel in den Briefkasten der Redaktion. Übrigens besteht die Familie darauf, den eigenen Namen nicht in der Zeitung zu sehen, Bärbel darf nur mit ihren Initialen, kleines „b", kleines „s" (für den Nachnamen Scheffler) unterschreiben.

Das Abitur legt sie 1963 im neusprachlichen Zweig ab, fest entschlossen, Schauspielerin zu werden. Entsetzen bei der Großmutter, denn so etwas ist anrüchig. „Die kommen auf dem Friedhof an die Mauer zu den Selbstmördern!" sagt sie.

So wird es ein Germanistik- und Anglistik-Studium, auf Wunsch der Mutter nicht so weit weg, also in Göttingen, und mit Staatsexamen, damit man als Lehrerin arbeiten kann, wenn es nötig ist.

Silvester 1964 treffen sich Bärbel und Ingo, die sich in der Kindheit nur flüchtig kannten, wieder, werden ein Paar. 1967 macht sie ihr erstes Staatsexamen – schwanger mit dem ersten Sohn. Ihre Familie ist nicht begeistert, das junge Paar erhält kaum Unterstützung. Als Referendarin tritt Bärbel Reetz 1968 mit kleinem Kind in Hameln den Schuldienst an, ihr Mann beginnt in Hannover an seiner Promotion zu arbeiten. Schließlich finden sie eine Wohnung in Laatzen bei Hannover und Bärbel Reetz kann dort an einem interessanten Schulversuch in einem sozialen Brennpunkt teilhaben, man will die Aufnahmeprüfungen fürs Gymnasium durch eine Orientierungsstufe ablösen.

1973 kommt der zweite Sohn zur Welt, die Familie zieht nach Hannover um, die junge Mutter arbeitet auch dort in der Orientierungsstufe und findet einen Kollegen, mit dem sie den niemals aufgegebenen Traum verwirklichen kann: Theater! Man schreibt und realisiert historische Stücke, z.B. zum Thema Hermann der Cherusker; Bärbel Reetz rezensiert außerdem Bücher und Theateraufführungen, für die *DEWEZET* und später auch für die *Hannoversche Allgemeine*.

Das Leben mit zwei Kindern, Schuldienst, Schreiben und Theater fordert sie bis zum Letzten, der Ehemann kann sie nur beschränkt entlasten, denn er schreibt inzwischen an seiner Habilitation.

1978 lässt Bärbel Reetz sich vom Schuldienst beurlauben und beginnt, als Englischdozentin an der Volkshochschule zu arbeiten. Sie schreibt weiter für Zeitungen. Ihre Reise nach Brasilien, wo ihr Mann ein Projekt betreut, und in andere südamerikanische Länder bezeichnet sie selbst als prägend.

1990 bekommt Ingo Reetz den Ruf an die Kieler Universität. Seine Frau ist überhaupt nicht begeistert, mein Gott Kiel, so weit im Norden!

Ihr Schreibtisch im neuen Haus hat allerdings den Blick aufs Meer, und sie hätte nun endlich Ruhe zum Schreiben! Doch damit wird es nichts, Schreibblockade, nichts zu machen.

Über einen Nachbarn bekommt sie Kontakt zum Gut Seekamp in Kiel-Schilksee, hier stellt der Künstler Hans Kock seine Werke aus, es sollen aber auch andere Projekte aus dem Gebiet der Musik und Literatur realisiert werden.

„Ich kann so etwas, ich kann Musik und Wort in Verbindung bringen", sagt Bärbel Reetz. Und so realisiert sie einmal im Jahr ein aufwändiges Projekt aus Lesung, Musik und Dramaturgie, z.B. zu Detlev von Liliencron, dem Dichter und Lyriker aus dem Norden, oder zu Johannes Brahms oder zu Friedrich Nietzsche.

Dann beschließen sie und der bekannte Germanistik-Professor Heinrich Detering, Wind in die Szene von Kiel bringen, und es gelingt 1995, eine Poetik-Dozentur an der Universität Kiel einzurichten.

Während der Arbeit auf Gut Seekamp fragt Bärbel Reetz sich wiederholt: Welche Frauen haben hier eigentlich gelebt? Haben die sich auch nur gelangweilt? Oder haben die etwas gemacht? Und was? So kommt sie auf Emmy Hennings, geboren in Flensburg, und auf Franziska zu Reventlow, die aus Husum stammte und in Lübeck aufwuchs. Über Franziska zu Reventlow realisiert Bärbel Reetz dann mit zwei anderen Frauen ein Theater-Projekt, das mit Erfolg aufgeführt wird.

Die weitere Recherche zu Emmy Ball-Hennings führt sie nach Zürich, es bleibt keine Zeit mehr für die Arbeit auf Gut Seekamp. Aber darüber wird Ihnen Bärbel Reetz selbst berichten.

Heute lebt sie in Berlin, schreibt an ihrem nächsten Buch, ist immer noch voller Energie und leidenschaftlichem Engagement, auch wenn der plötzliche Tod des geliebten Ehemannes Ingo im Juli 2019 ihr einen schweren Schlag versetzt hat.

Die hier geschilderten Lebensstationen zeigen einen Menschen, der unbeirrt und mit viel Kraft seinen Weg gegangen ist, der sich selbst gefordert und auch angesichts von Widerständen nicht aufgegeben hat. Die Protagonistinnen ihrer Bücher und sie selbst haben also Vieles gemeinsam. Bärbel Reetz recherchiert gewissenhaft und schreibt dennoch unterhaltsam, sie ist betroffen, ohne kitschig zu werden, sie ist schonungslos, wenn es um die Wahrheit geht – und zeigt dennoch eine große Einfühlsamkeit.

Ja, Bärbel Reetz hat diesen Preis wahrhaftig verdient, nicht nur wegen ihres Beitrags zur Hesse-Forschung, sondern, wie wir gesehen haben, auch als Repräsentantin der Werte, die Hesse so geschätzt und in seinen Schriften vertreten hat.

Bärbel Reetz

Dankesrede anlässlich der Verleihung des Preises der IHHG in Calw am 20.11.2021

Sehr geehrte Mitglieder der Jury, sehr geehrter Herr Oberbürgermeister Kling, meine Damen und Herren,

als mich die Nachricht von der Zuerkennung des Preises erreichte, war ich so überrascht und erstaunt, dass ich erneut lesen musste, um zu glauben, was mir da mitgeteilt wurde, denn mein Weg zu Hermann Hesse war, wie es bereits in Deiner Laudatio deutlich wurde, liebe Regina, kein gerader, sondern einer mit Umwegen – und dann reise ich zur Verleihung auch noch aus Berlin in Hesses Geburtsort, Berlin, der Stadt, der Hesse so ablehnend gegenüberstand, dass er sie nur einmal besuchte, obwohl dort seine Bücher vom geschätzten Samuel Fischer verlegt wurden.

Das ist keine kleine Bürde, um angemessen für den Preis zu danken und Ihnen zu sagen, wie sehr mich diese Auszeichnung freut. Versuchen will ich es, indem ich von meinem Weg und Umweg zu Hermann Hesse erzähle und wie aus lesender Annäherung auch eine in der Realität wurde.

Zunächst also die Schülerin, deren Hesse-Lektüre in den Ausgaben des Elternhauses durch eine Fülle von Bleistiftanmerkungen gekennzeichnet ist: Unterstreichungen, zahllose Frage- und Ausrufezeichen, emotionaler Ausdruck eines Leserausches, den ich Jahrzehnte später kaum mehr erinnere. Was, so fragte ich mich beim erneuten Lesen, hatte mich so ergriffen? Warum waren gerade junge Männer wie Demian und Siddhartha Begleiter meiner Sinnsuche geworden? Warum las ich nicht *Unterm Rad*, sondern den *Steppenwolf*? Aber auch Harry Haller, dieser Steppenwolf in der Lebenskrise des 50-jährigen Hesse muss mich, die 18-Jährige, tief beeindruckt haben, denn nachdem ich Pablo und Hermine mit dem Bleistift traktiert hatte, griff ich abermals zu einer Männer-Krisengeschichte: *Klingsors letzter Sommer*:

„In diesen rasend gespannten Tagen lebte Klingsor wie ein Ekstatiker. [...] Er war irrsinnig, wie jeder Schöpfer irrsinnig ist. Aber er tat im Irrsinn des Schaffens unfehlbar klug und wie ein Nachtwandler alles, was sein Werk förderte."[1] Und ich liebte und litt mit ihm, doch als er nach dem leiden-

[1] Hermann Hesse: *Sämtliche Werke*. Hrsg. v. Volker Michels. Suhrkamp, Frankfurt/M. 2001–2007. Band 8, S. S. 330, 332f. – Im Weiteren zitiert als SW mit Bandangabe und Seitenzahl.

schaftlich-heißen Sommer sein Selbstbildnis vollendet hatte, es „am Ende dieser gepeitschten Tage, in die unbenützte leere Küche stellte" (S. 333) und die Tür abschloss, als der Rausch vorüber war, endete auch mein Lese-Fieber, ich legte die Hesse-Bände beiseite und wandte mich, damals dachte ich endgültig, anderer Lektüre zu.

Erst als ich 1997 den Entschluss fasste, die Biografie von Emmy Ball-Hennings zu schreiben, ihren Nachlass und den ihres Gefährten und Ehemannes, Hugo Ball einsehen konnte, begegnete ich Hermann Hesse erneut. Damals lagen die beiden Nachlässe, die heute im Schweizerischen Literaturarchiv in Bern verwahrt werden, noch im Robert-Walser-Archiv in Zürich. Und dort fand ich eine Fülle von Briefen, Karten, Nachrichten, Widmungsblätter mit abgetippten Gedichten für „den lieben Herrn Hesse" und stellte fest, dass die beiden Dada-Revolutionäre eine enge Freundschaft mit dem Dichter im Tessiner Montagnola verband.

Ich hätte das wissen können, hatte doch Hugo Ball 1927 eine erste Biografie zum 50. Geburtstag von Freund Hesse vorgelegt. Aber mein Interesse galt 1997 den frühen Gedichten und Romanen von Emmy Hennings, dieser intensiven Auseinandersetzung mit ihren Erlebnissen im Tingeltangel und Kabarett, ihrem Leben in der künstlerischen Avantgarde vor und während des 1. Weltkriegs, den damaligen Gefährten. Doch im Zürcher Archiv, zwischen den Kästen voller Aufzeichnungen und Briefen, wurde mir bewusst, dass, wenn ich über Emmy Hennings – und damit auch über Hugo Ball – schreiben wollte, kein Weg an Hermann Hesse vorbei führte. Wollte ich diese Freundschaft verstehen, ihren Austausch, ihr Miteinander musste ich mich, wie die Balls 1920, intensiv Hesses Leben und Werk zuwenden. Und so begann ich mit den frühen Schriften und endete beim *Glasperlenspiel*, um wieder neu mit der Lektüre zu beginnen, um, statt im jugendlichen Fieber, klaren Kopfes tiefer in Hesses Gedankenwelt einzudringen.

Als die langen und aufwendigen Recherchen im teuren Zürich an meinen finanziellen Möglich- bzw. Unmöglichkeiten zu scheitern drohten und ich ein Stipendium bei der Stiftung Pro Helvetia beantragte, wurde Hesse unerwartet mein indirekter Mäzen – für die Balls war er immer wieder ein direkter. Die Stiftung verlangte die Zusicherung eines Verlages, dass das geplante Buch, das die Recherchen notwendig machte, in diesem (und mit Hinweis auf die Förderung) erscheinen sollte. Ich hatte jedoch, als ich Siegfried Unseld beklommen das Projekt vorstellte, keineswegs die Sicherheit, dass es gelingen würde. Dennoch war Unseld sofort bereit die Zusage zur Veröffentlichung im Suhrkamp Verlag zu unterschreiben – nicht meinetwegen – sondern weil Hesse, den er verehrte und mit dessen Werk er lebte, Emmy Hennings und Hugo Ball in Freundschaft verbunden gewesen ist. Damals beschloss ich dankbar, den „lieben Freund Hesse“ auch zu einem Teil meines Lebens werden zu lassen.

Dazu gehörten neben der intensiven Auseinandersetzung mit seinem Werk und Recherchen in den Archiven von Zürich, Marbach, Pirmasens und anderen, auch das Aufsuchen der Lebensorte. Von einer dieser Reisen zu Hesse und dem Freundespaar, die sich im Dezember 1920 bei Joseph Englert in Lugano begegnet waren, möchte ich Ihnen jetzt erzählen.

Bei Hermann Hesse hatte ich gelesen: „Ein leidenschaftlicher und raschlebiger Sommer war angebrochen“, den der Maler Klingsor, „in jenen südlichen Gegenden [verbringt], die er schon in früheren Jahren geliebt und oft besucht hatte“ (SW8, S. 284).

Anders war es bei uns beiden Reisenden aus dem Norden Deutschlands, die nicht im Sommer 1919, sondern im gerade beginnenden Frühling 1998 in die südlichen Gegenden aufbrachen, die sie nie zuvor bereist hatten. Neugierige Erwartung statt Liebe zur Landschaft. Obwohl als Fußreise geplant, fuhren wir, anstatt übers Gebirge zu wandern, im Zug durch den Gotthardtunnel: Zürich – Lugano. Ohne Auto, nur mit Ortskarten und Wanderschuhen wollten wir die Plätze aufsuchen, zu denen der Dichter des Klingsor und seine Freunde, Emmy Ball-Hennings und Hugo Ball, gezogen waren: Montagnola, Agnuzzo und Carona, das Dorf Kareno, in dem Klingsor der Königin der Gebirge begegnet. Davon hatte ich im Archiv in Briefen und Aufzeichnungen gelesen und hatte den Mann an meiner Seite überzeugt, mich auf diesen Wegen zu begleiten, mit denen ich die Literatur verlassen und die Realität erkunden wollte.

Doch statt der „Sonnenstube“ der Schweiz erblickten wir das Tessin im strömenden Regen. Der rann von Bellinzona bis Lugano über die Abteilfenster. Nass-grauer Empfang, nicht anders als der Norden, den wir sonnensüchtig verlassen hatten. Auch Paradiso, wo wir ein Zimmer reservierten, erschien uns wenig paradiesisch. Dennoch machten wir uns am nächsten Morgen – mit Schirm! – auf den Weg nach Montagnola. Bergauf. Straße. Autos, die uns mit Pfützenwasser bespritzten. An der Abzweigung nach Sorengo, erklärte ich, dass Hesse hier kurz Halt machte bevor er in die Casa Camuzzi in Montagnola zog. Und dass Emmy Ball-Hennings im August 1948 in Sorengo gestorben war. Vor 50 Jahren.

In Gentilino standen wir an ihrem Grab, in dem sie neben ihrem Gefährten beigesetzt ist. „Heut morgen“, ging mir Hesses Brief an Alice Leuthold vom 16. September 1927 durch den Kopf, „haben wir in St. Abbondio beim strömenden Regen unsern Freund Hugo Ball begleitet und zur Erde gebracht.“[2] Jetzt, unter dem Schirm, machten wir nicht nur den

[2] *„Ich bin ein Mensch des Werdens und der Wandlungen“ Hermann Hesse. Die Briefe, Band 4, 1924–1932*, hrsg. v. Volker Michels. Suhrkamp, Berlin 2016, S. 245.

Balls, sondern auch Hermann Hesse unsere Aufwartung bevor wir die Straße überquerten, um in der Kirche von Sant'Abbondio Kerzen zu entzünden, auch für Ball, dessen letzten Weg, so Hesse lauter Ketzer begleiteten: „ich trug bei Sturm und Regen eine lange Kerze hinter dem Sarg her zur Kirche in St. Abbondio hinüber."[3] Düster-kalt an diesem Märztag der hohe Kirchenraum. Unsere klammen Finger hatten Mühe mit dem Streichholz. Andächtiges Innehalten fiel schwer. Also schnell zurück auf die Straße und die wenigen Kilometer bergauf nach Montagnola. Wenigstens das so oft erwähnte Hotel Bellavista gab es noch. Wärme, ein Imbiss, ein Espresso, dann drängte ich zum Aufbruch. Mein Tagesprogramm sollte weiterlaufen, obwohl die Bushaltestelle vorm Hotel mit einem Fahrplan nach Lugano lockte. Auf unsere Frage nach der Casa Camuzzi wies der Kellner über die Straße und erklärte, wir seien nur wenige Schritte, ein paar Meter entfernt.

Als wir vor Klingsors Schlösschen ankamen, war der strömende Regen in ein beständiges Nieseln übergegangen. Da also stand es: Grau-verwischt; wie auf alten Fotos. Hesses leuchtend-farbige Aquarelle im Regen ertrunken. Und keine Möglichkeit, die exotische Casa zu betreten, in der der Dichter von 1919 bis zum Bau eines Hauses 1931 gelebt hatte.

Ich entschied, den Weg zu gehen, den, so vermutete ich, einst die Freunde bei ihren gegenseitigen Besuchen gegangen waren: Von der Casa Camuzzi zur Casa Andreoli in Agnuzzo. Die Karte verzeichnete das Dorf oberhalb des Sees, aber unterhalb von Montagnola. Es war weiter als gedacht, denn die kurzen Wege über Land sind längst den kantonalen Bebauungsplänen geopfert.

Es regnete stärker, als wir Agnuzzo erreichten, das Dorf, in das Emmy und Hugo Ball im Herbst 1920 gezogen waren. Auf der Suche nach dem Haus, beim Durchstreifen der engen Gassen, begegneten wir keinem Menschen, den wir hätten fragen können. Türen und Fenster geschlossen. Nirgends ein Laden. Kein Cafe. Unsere Stimmung auf dem Tiefpunkt. Ich dachte an die Berichte von Hesses Besuchen, wenn er mit seinem Malzeug bei Balls einkehrte, hatte Fotos gesehen, sommerlich-heiter: Der Dichter aquarellierend oder mit Emmy und Hugo, der Tochter Annemarie und Freunden auf der Treppe zum Garten. Mit Blick auf den See.

Schweigend stapften wir nebeneinander her bis sich die Gasse zu einer kleinen Piazza vor der Kirche öffnete und wir uns gegenüber des gesuchten Hauses fanden: Schmalbrüstig, grau-steinern, das Wappen der Andreoli über der schweren Eingangstür. Aber eng an eng standen die Nachbarge-

[3] Hermann Hesse: *Ausgewählte Briefe*. Erw. Ausgabe. Zusammengestellt von Hermann Hesse und Ninon Hesse. Suhrkamp, Frankfurt/M. 1974, S. 118.

bäude und ließen keinen Durchblick zum Garten auf der Rückseite zu, in den die Treppe, umrankt von Glyzinien führt.

„Wenn wir weiter abwärts gehen, zum See, dorthin wo Coray seine Pension und die Badeanstalt betrieb", begann ich in der Hoffnung, von dort den ersehnten Gartenblick zu haben. Aber mein Gefährte erklärte kategorisch, dass es ihm reiche und er jetzt zur nächsten Station der Ponte-Tresa-Bahn gehen werde, die ich für unseren Rückweg nach Lugano vorgeschlagen hatte: „Cappella". Von dieser Haltestelle waren oft auch die Balls aufgebrochen, nach München, Zürich oder nach Italien, verabschiedet von Hesse, der von Montagnola herunter gekommen war, ihnen „Auf Wiedersehen" zu sagen.

Nachts lag ich wach und fragte mich, ob diese Fußreise eine gute oder sehr schlechte Idee war. Die drei Freunde, über die ich schreiben wollte, die mir lesend und recherchierend nah gewesen waren, zeigten sich im Regen so abwesend, als hätten sie nicht in Montagnola und Agnuzzo gelebt, sondern schon immer unter den Grabsteinen von Gentilino gelegen.

Nach dem erschöpft-schweigsamen Marsch vom Luganer Bahnhof nach Paradiso – noch immer im Regen – besserte sich unsere Stimmung erst – nach heißer Dusche und trockener Kleidung – in der kleinen Osteria um die Ecke: Osso bucco mit Polenta und Rotwein. Wir versprachen unser Wiederkommen am nächsten Abend, für den er eine Tombola angekündigte. Uns erschien es bereits ein Gewinn, dass wir trockenen Fußes unser Hotel erreichten.

Am nächsten Morgen schien die Sonne. „Carona", beschloß ich begeistert, „heute gehen wir nach Carona". „Kareno?" erkundigte sich mein Mann, der zur Reisevorbereitung *Klingsors letzter Sommer* gelesen hatte. Kareno, bestätigte ich, „uralt, eng, finster sarazenisch" (SW8, S. 301), in dem Hesses Leben wieder einmal eine neue Wendung nahm.

„Zusammen mit den Freunden aus Barengo und mit Agosto und Ersilia unternahm Klingsor die Fußreise nach Kareno" (Ebd., S. 296), beginnt das Kapitel, das von jenem Ausflug erzählt, bei dem Klingsor und seinen Freunden die Königin der Gebirge im Papageienhaus begegnet.

Sie sind in Montagnola losgezogen, vermutete ich und wir beschlossen, es den Wanderern von 1919 gleichzutun und nahmen den Postbus bergauf. Was gestern in grauer Nässe verborgen war, glänzte an diesem Morgen farbig unter blauem Himmel. Von Sant'Abbondio erklangen zehn Glockenschläge. Mein Mann studierte die Karte. Ein wunderbarer Wandertag lag vor uns.

Ich erklärte, dass sich Sorengo hinter Barengo verbarg und dass bei dieser ersten Wanderung die Balls nicht dabei waren, die Hesse erst Anfang Dezember 1920 begegneten. Da war die Erzählung von Klingsor bereits in der Welt und sein Autor in die Beziehung zu der 20 Jahre jüngeren Ruth

Wenger verstrickt: „schlanke elastische Blüte, straff und federnd, ganz in Rot, brennende Flamme, Bildnis der Jugend“ (Ebd., S. 303).

Euphorisch gestimmt begannen wir die Wanderung über sonnige Rebhänge, durch noch unbelaubte Kastanienwälder, bergab und wieder bergauf. Wegmarken fehlten. Kein Hinweis. Auf der Höhe ein paar Häuser. Dann wieder ins Tal. Erneut bergauf. Das hätten wir wissen müssen: Angegebene Entfernungen sind in der Ebene schneller durchmessen, als in den Bergen.

Es wurde Mittag und ich erinnerte, dass die Gruppe im Klingsor um diese Zeit bereits das gastliche Papageienhaus erreicht hatte. Die Sonne stand hoch. Wir schwitzten. Schnauften. Zwei Wanderer, die in nichts jenen glichen, die „in der Morgenstunde, zwischen den stark duftenden Spiräen und umzittert von den noch betauten Spinnweben der Waldränder, durch den steilen warmen Wald“ hinab sanken; „die Männer weiß und gelb in Leinen und Seide, die Frauen weiß und rosa“. Vervollständigt wird das Bild von dem „herrliche(n) veronesergrüne(n) Sonnenschirm“ der Malerin Ersilia. (Ebd., S. 296)

Wir hatten weder einen Sonnenschirm, noch einen anderen Sonnenschutz, als wir mit glühend-roten Gesichtern und knurrendem Magen in die blaue Schattenschlucht der Gassen einwanderten. Ein Gasthaus, forderte mein Mann. Das Papageienhaus, hoffte ich. Und mein Wunsch erfüllte sich: ein kleiner greller Platz mit zwei gelben Palästen lag still und blendend im verzauberten Mittag, schmale steinerne Balkone, geschlossene Läden und an einem der Palazzi ein gemalter Papagei im Giebel.

Auch wenn es längst Nachmittag geworden war und wir weder von Hundegebell, dem Krächzen eines Papageis und dem Anschlagen des immer gleichen Klaviertons empfangen wurden, nahm uns die Szene gefangen. Auf Steinstufen sitzend ließen wir den Blick über die menschenleere Piazza schweifen, von der enge Gassen abzweigen. Immer wieder schauten wir zum Haus, in dem Hesse an jenem Julitag 1919 dem Mädchen Ruth begegnete, das seine gerade gefundene Arbeitsruhe empfindlich stören, aber ihn dennoch zu einer der farbig-brennendsten Erzählungen inspirieren würde.

Das Haus gehört noch immer der Familie Wenger, erfuhren wir im Garten des Lokals, wo wir, am Steintisch im noch sonnigen Winkel sitzend, eine Brotzeit bestellten. Als Hunger und Durst gestillt waren, fehlte jedoch die Entschlossenheit aufzubrechen. Vielleicht war es der Wein. Oder der Gedanke an einen Weg, den wir uns nun nach Paradiso suchen mussten.

Ich hatte bei der Ankunft meine Wanderschuhe ausgezogen und angelte unter dem Tisch danach, so dass die Wirtin fragte, ob ihr Mann, der in Geschäften nach Lugano fahren wollte, uns mitnehmen könne. „Nach

Paradiso!" Wir sagten es gleichzeitig und fühlten uns, wie die Gewinner des großen Loses, das am Abend bei der Tombola angekündigt war.

Oft bin ich seitdem in Carona gewesen, mit meinem Mann, mit Freunden und mit Karl, der einen Film drehte. Ich lernte die Geschichte des Dorfes kennen, die Namen seiner Bewohner und die der Emigranten, die Station auf dem Weg ins Exil machten oder, wie Lisa Tetzner und Kurt Kläber, blieben. Nie wieder jedoch wanderte ich über Berghänge und durch Täler wie beim ersten Mal. Nie wieder unternahm ich jene Fußmärsche, von denen ich bei Hesse und den Balls gelesen hatte und denen wir im März folgten: Montagnola und Muzzano, Agra und Agnuzzo, Cassina und Castagnola – und zu all den Orten, deren Namen sich in den Aufzeichnungen und Briefen der Freunde finden. Bei Sonne, Nebel und strömendem Regen war damals von Tag zu Tag, von Kilometer zu Kilometer unsere Hochachtung vor den Wanderern gewachsen, die sich so selbstverständlich aufmachten, um einander zu besuchen oder sich in einem der Grotti zum Wein zu treffen.

Zurück im Norden fanden die beglückenden wie bedrückenden Eindrücke unserer Fußreise Eingang in Bücher und Herausgaben, wurde jede Rückkehr ins Tessin zum freudigen Wiedersehen.

2019 kam ich allein, so vieles hatte sich verändert. Nur die Geschichte vom Dichter, der hundert Jahre zuvor im Sommer von Montagnola nach Carona aufbrach, war unverändert: Ein farbig-glühender Tag, der Beginn einer Liebe, die keine Erfüllung finden sollte: „Nein, [...] du bist zu jung für den alten Zauberer Klingsor! [...] Für dich, Steinnelke, ist er zu alt. Für dich genügt die Liebe nicht, die Klingsor zwischen einem Tag voll Arbeit und einem Abend voll Rotwein zu verschenken hat." (Ebd., S. 303f.)

Davon wollte ich am Abend in Montagnola lesen. Lorenza würde, am Flügel von Davide begleitet, die Lieder singen, die Ruth einst für Hesse gesungen hatte, auch das Teresinalied, das die beiden Verliebten übermütig im Grotto anstimmten.

An diesem Vormittag war ich vor dem Museo Hesse in Montagnola mit Silver und Magi verabredet. Zum Thema des Abends passend schlug Silver vor, nach Carona zu fahren. Es war fast Mittag als wir aufbrachen. Die Septembersonne tauchte das Land in blendendes Licht: Klingsor-Leuchten.

Während Silver den Wagen durch die zahlreichen Kurven bergauf steuerte, sprachen wir über jenen Sommer, den der Großvater nach der Trennung von seiner Familie im Tessin verlebte. Erinnerten die erste Wanderung Hesses, um gemeinsam mit Freunden Lisa und Theo Wenger zu besuchen, die in Carona die Casa Costanza als Feriendomizil erworben hatten. Noch war der wohlhabende Fabrikant mit seiner Familie nicht angereist; aber beim nächsten Mal öffnete Ruth, die jüngere der beiden Wenger-Töchter, den Wanderern die Tür. Und Hesse ahnte nicht, dass auf die absichtslose Einkehr, dem Besuch von Dorf zu Dorf, nicht nur eine flüchtige Sommerliebe, sondern ein Kampf um Heirat, um eine lebenslange Bindung folgen sollte.

Denn während der noch verheiratete Dichter seine mühsam errungene Arbeitsfreiheit erhalten wollte, bemühte Theo Wenger die Konventionen der Zeit, um seiner verliebten Tochter ihren Wunsch zu erfüllen, mit Hesse zu leben. Und so wandelten sich die sonnig-unbeschwerten Tage zu herbstlichen Rückzügen und quälenden Auseinandersetzungen bis Hesse 1923 einwilligte, sich scheiden ließ und Ruth im Januar 1924 heiratete. Eine unglückliche Entscheidung für beide, auch für Ruth, die zu spät merkte, dass ihr Beharren auf diese Verbindung ein Fehler war und 1927 um die Scheidung bat.

Carona empfing uns mit dem üblichen Mangel an Parkplätzen und als wir das Auto endlich abgestellt hatten, mit einer Überraschung: Hesses Sarazenendorf eine Open-Air-Galerie. Die Hausfassaden in den engen Gassen verwandelt von Foto-Reproduktionen, aufgenommen aus der Luft. Graphische Strukturen, Linien und Muster, in denen wir beim näheren Hinschauen Landschaften erkannten: Berge, Felder, Wälder, Flussläufe. Vertrautes, das aus der Höhe betrachtet fremd und geheimnisvoll anmutete.

Auf der Piazza setzten wir uns, das Papageienhaus im Blick, auf die Steinstufen am Brunnen, den Meret Oppenheim ihrem Dorf geschenkt hat. Auch hier großformatige Fotos an einigen Hauswänden. Die hätten Hesse gefallen, dachte ich, dem Dichter, der sich so gerne durch die Luft chauffieren ließ, um die Erde von oben, aus der Perspektive der Vögel zu betrachten; ein Vogel unter Vögeln: „Er war nicht Habicht noch Huhn [...] es gab nirgends seinesgleichen, es gab ihn nur dieses eine Mal, und man wußte von ihm seit Urzeiten und Menschengedenken“[4]. Vielleicht, so heißt es, war dieser geheimnisvolle Vogel einst ein Magier gewesen. Ich jedoch weiß, dass er ein Wort-Zauberer war, der mich mit seinen Freunden, dem Buchstabenkönig Ball und Emmy, der Maskenspielerin in die Dörfer des Tessin und auf diese Piazza gelockt hatte.

Und mit dessen Namen der Preis verbunden ist, den ich heute in seinem Geburtsort mit Freude entgegen nehmen darf. Ich danke Ihnen.

---

[4] Hermann Hesse: *Vogel*. SW9, S. 199.

III Besprechungen

Hermann Hesse, *„Das Unerträgliche muß zu Wort kommen“. Die Briefe 1947–1950.*[1] Hrsg. von Volker Michels. Suhrkamp Verlag, Berlin 2021, 615 S.

Insgesamt 439 Schreiben aus den Jahren 1947 bis 1950 vereint der mittlerweile siebente Band der seit 2012 im Entstehen begriffenen Briefedition. Über den Herausgeber Volker Michels muss man hier wohl nichts weiter sagen. Seiner unermüdlichen Arbeit ist es zu verdanken, dass Hesses Werk in seiner ganzen Vielfalt und Breite präsent ist.

Worum ging es in der Korrespondenz der Nachkriegszeit? Hesse hatte sich über Jahre hinweg aufgerieben. Er hatte aus Deutschland Geflüchteten geholfen und in Tausenden von Briefen Menschen Mut zugesprochen. Er kümmerte sich um den Versand von Lebensmittelpaketen und Büchersendungen an seine Freunde, Kollegen und Leser. All dies war ihm wichtiger als seine schriftstellerische Arbeit. Zugleich musste er sich aber auch wiederholt gegen Anfeindungen zur Wehr setzen, Hass- und Schmähbriefe erreichten ihn. Vor allem das nach dem Krieg weit verbreitete „Sichweigern, eine Mitschuld an der Zerstörung unserer Welt zu haben“, empörte ihn.[2] Sich politisch zu äußern, kam für ihn dennoch nicht in Frage. Gegenüber dem ehemaligen Biberacher NS-Kulturwart Erhard Bruder erklärte er: „An der Diskussion über deutsche Fragen nehme ich in keiner Form mehr teil, bin seit Jahrzehnten international, mit der Schweizer Etikette. Ich bin des Ganzen zu müde, um mehr sagen zu können.“ (76)

Er wollte dem allen entfliehen. Um wieder zur Ruhe zu kommen, zog er sich Ende Oktober 1946 für gut drei Monate in ein Sanatorium in der Westschweiz zurück. In Marin, einem kleinen Dorf am Neuenburgersee, wurde er in der Nervenheilanstaltalt von Préfargier von dessen mit ihm befreundeten Leiter Dr. Otto Riggenbach betreut. Hier, so hoffte er, „sollten die unsinnigen Überanstrengungen dieser Jahre ein wenig durch Einsamkeit, Ruhe und Langeweile kompensiert werden“[3]. Doch die Ruhe war schnell dahin. „Stattdessen kam 14 Tage später der Nobelpreis, und ich habe in den Wochen seither das Vielfache von dem an Überbürdung gehabt wie vorher.“ (22) Will heißen: Nicht nur Glückwunschschreiben

---

[1] Noch kurz vor der Drucklegung wurde der ursprüngliche, die Briefe bis 1951 einschließende Titel geändert, vgl. *Suhrkamp Vorschau 2. Halbjahr 2021* (Redaktionsschluss 16. April 2021), S. 27.

[2] Hermann Hesse an seine Cousine Fanny Schiler, [Juli 1945]. In: *„‚Große Zeiten‘ hinterlassen große Schutthaufen“. Hermann Hesse: Die Briefe, Band 6: 1940–1946*, hrsg. v. Volker Michels, Suhrkamp Verlag, Berlin 2020, S. 337.

[3] Hermann Hesse an Alfred Kubin, 31. Oktober 1946. Ebd., S. 569.

erreichten ihn, auch die Zahl der zu beantwortenden Bittbriefe nahm wieder zu. In einer eigens gefertigten Drucksache, die er seinen Antworten beilegte, war zu lesen:

> Meine Freunde wissen, daß ich das mir Mögliche tue und seit Kriegsende den weitaus größten Teil meiner Arbeit und meiner Mittel der deutschen Not gewidmet habe. Sie wissen auch, daß die winzig kleine Schweiz beständig dem großen hungernden Deutschland in erstaunlichem Umfang hilft und schenkt, obwohl noch andre uns befreundete Länder in nicht besserer Lage sind und obwohl aus begreiflichen Gründen noch immer sehr viele Schweizer Deutschland keineswegs wohlgesinnt sind. Daß auf jeden Fall, in dem wir helfen können, hunderte von unerfüllbaren Bitten kommen, ist traurig. Wir können es nicht ändern. (10)

Um sich doch noch ein wenig erholen zu können beabsichtigte er, wie er Peter Suhrkamp Mitte Januar 1947 mitteilte, „etwa im Lauf des Februar die bisher versäumte Kur in Baden nach[zu]holen und vielleicht im Lauf des März wieder nach Montagnola [zu] gehen". (ebd.)

Zurück in Montagnola warf bereits das nächste „lästige Ereignis" seine Schatten voraus: Hesses 70. Geburtstag. Bei der Germanistin Anni Carlsson hatte er sich bereits zu Beginn des Jahres beklagt: „Ich habe nun hintereinander den Ansturm zum Goethe- und Nobelpreis aushalten müssen, Monate um Monate mit täglich so vielen Stunden nutzloser Briefarbeit, als die Augen nur eben erlauben, und nun wird es bald wieder von vorn beginnen." (20) Auch Festschriften kündigten sich an, wie die von Richard Matzig,[4] dem er auf seine Anfrage hin antwortete: „Ich bin ein kranker alter Mann, und die Welt hat sich in den Kopf gesetzt, mich mit Preisen, Gratulationen, Dissertationen und Briefen vollends zu Tode zu steinigen. Dagegen ist nichts zu machen, aber die, die es tun, sollten vom Opfer nicht auch noch Dankbarkeit erwarten." (16) – An dieser Stelle ist anzumerken, dass Hesses wiederholte Klagen über sein Alter[5] und die damit einhergehenden gesundheitlichen Beschwerden, wie es Volker

---

[4] Richard B. Matzig: *Hermann Hesse in Montagnola. Studien zu Werk und Innenwelt des Dichters*. Amerbach-Verlag, Basel 1947.

[5] Im Oktober 1947 schrieb er an den polnisch-jiddischen Lyriker Lajser Ajchenrand: „Aber das Alter hilft einem über manches hinweg, und wenn ein alter Mann den Kopf schüttelt oder ein paar Worte murmelt, dann sehen die einen darin abgeklärte Weisheit, die andern einfach Verkalkung; und ob sein Verhalten zur Welt nun im Grunde ein Ergebnis von Erfahrung und Weisheit oder nur die Folge von Kreislaufstörungen sei, das bleibt ununtersucht, auch vom Alten selbst." (128)

Michels in seinem Nachwort ausdrückt, „nichts anderes als indirekte Aufforderungen zur Rücksichtnahme [waren] und Appelle, ihn nicht in regelmäßige Korrespondenzen zu verwickeln". (578)

Wenige Tage vor seinem Geburtstag ließ er in einem Brief an Hedwig Fischer sein Leben im Ton abgeklärter Altersweisheit Revue passieren:

> Ja, nun bin ich wirklich siebzig Jahre alt, etwas wacklig und ziemlich schwach auf den Füßen, aber doch also noch vorhanden. Ein wunderliches Leben war es, sehr schön und reich und doch voll Widerspruch. Was ich am meisten geschätzt und erstrebt habe, das ist mir immer nur für kurze Zeit erfüllt worden und hatte nie Bestand, dafür wurde mir vieles andre, woran ich nie gedacht hätte, zuteil. Man muß es lassen wie es ist, man hat das wenigste dran selber gemacht, und dankbar bin ich vor allem dafür, daß ich den weitaus größten Teil meines Lebens meine eigene frei gewählte Arbeit tun und unabhängig leben durfte. (78)

Ganz besonders freuten ihn die Glückwünsche von Oskar Blessing, von 1946 bis 1948 Bürgermeister seiner Geburtsstadt Calw, deren Gemeinderat Hesse das Ehrenbürgerrecht verliehen hatte. In seinem Dankesbrief betonte er einmal mehr die Bedeutung seiner württembergischen Wurzeln, so schrieb er unter anderem: „Das schöne alte Calw ist für mich nach wie vor die Heimat geblieben, obwohl ich sowohl durch meine Art von Weltbürgertum wie durch meine Einbürgerung in der Schweiz ihr scheinbar fern gerückt bin. Heimat ist für mich nie ein politischer Begriff gewesen, sondern ein rein menschlicher. Wo wir Kinder gewesen sind und die ersten Bilder von Welt und Leben empfangen haben, wo wir sehen, sprechen und denken gelernt haben, da ist unsre Heimat, und ich habe die meine stets in Dankbarkeit geliebt." (80)[6]

Im Jahr 1947 wurde er zudem mit einer ganz anderen Frage konfrontiert, die ihn die nächsten Jahre immer wieder beschäftigen sollte: es handelte sich um die zunehmende Zahl von Raubdrucken seiner Werke. Da war zum Beispiel der Fall des Hamburger Verlegers Hans Dulk, der 1940 mit Hesses Einverständnis eine Sonderausgabe von dessen Gedicht „Orgelspiel" veröffentlicht hatte. „Als es dann keinen Goebbels mehr gab",

---

[6] Umso mehr betrübten ihn Maßnahmen, die die Stadt 1948 einleitete. In einem Brief an Hans Conrad Bodmer hieß es dazu: „In meinem Heimatstädtchen Calw ist man, zum Dank dafür, daß die Stadt im Krieg verschont blieb, seit einem Jahr damit beschäftigt, durch eine Korrektion des Flusses eine Menge unwiederbringlich schöner Bilder zu zerstören. Für die jetzigen und kommenden Geschlechter besteht das Bedürfnis nach Schönheit und nach Pietät für das schöne Alte nicht mehr, sie sind mit einer aus Eisenbeton zusammengeklebten Scheinwelt zufrieden." (342)

beschwerte sich Hesse bei Suhrkamp im März 1947, „hat er seelenruhig und ohne mich zu fragen Neuauflagen des Orgelspiels gedruckt, weder Belege noch Abrechnungen gesandt, auf keine Anfrage reagiert etc. [...] Jede Zeitung, jeder Rundfunk stiehlt, was ihm paßt, ein Recht des geistigen Eigentums existiert nicht mehr, und Herr Dulk verkauft das, was ich gearbeitet habe und wofür ich nie einen Pfennig bekomme." (44)

Erwin Ackerknecht, der Leiter des Marbacher Schiller-Nationalmuseums, machte Hesse auf einen angekündigten Nachdruck des erstmals 1930 erschienenen Bändchens *Zum Gedächtnis des Vaters* aufmerksam. (63) In seinem an Hermann Leins, Verleger des Rainer Wunderlich Verlags, gerichteten Brief schrieb Hesse dazu: „Ich bin in der deutschen Korruption an allerlei gewöhnt, aber ich finde das nun doch ein starkes Stück [...]. Es gab eine Zeit, da Sie mir in sehr kühlem Ton (Hitler war am Horizont erschienen) mitteilten, das Büchlein werde nicht mehr gekauft und Sie müßten aus Raummangel die Restvorräte makulieren. Und nun, viele Jahre später, wo die Konjunktur umgekehrt ist, machen Sie eine Neuausgabe, hinter unsrem Rücken." (75)

Aus der Korrespondenz mit Friedrich Michael, seit dem Tod von Anton Kippenberg Leiter des in Wiesbaden ansässigen westdeutschen Teils des Leipziger Insel Verlages, erfuhr er „so nebenbei, daß auch der Insel Verlag, wie fast alle deutschen Verlage, uns armen Ausländern gegenüber die heutigen deutschen Methoden befolgt". Man sollte doch davon ausgehen, meinte Hesse,

> daß ein Autor am Schicksal und der Erscheinungsform seines Werkes ein Mitspracherecht habe – daß also z.B., wenn eine Gedichtauswahl [es handelte sich um den Band *Vom Baum des Lebens* von 1934] nach langen Jahren wieder aufgelegt werden soll, der Autor erst gefragt werde, ob er damit einverstanden sei, ob er nicht etwa Änderungen wünsche, ob er nicht in all den Jahren sich über eine spätere Neuausgabe Gedanken und Notizen gemacht habe. Nun das alles sind Gesichtspunkte, die man in Deutschland nicht kennt, und so begnüge ich mich denn mit der Feststellung, daß ich von der Neuauflage meines Bändchens Kenntnis genommen habe. (98)

Auch Schriftstellerkollegen scheuten nicht vor der entgeltlosen „Nachnutzung" von Hesse-Texten zurück. So wurde im Februar 1947 auf Veranlassung von Luise Rinser in der Münchner Zeitschrift *Der Regenbogen* das Gedicht „Leb wohl, Frau Welt" abgedruckt. Ende März reagierte Hesse darauf mit den Worten: „Und jeden Tag bringen deutsche Zeitungen, Zeitschriften, Rundfunke etc. irgend welche gestohlenen Texte von mir, ohne vorher zu fragen. Daß auch Sie nun beides tun, stärkt meine Achtung vor eurem Deutschland nicht, und ist, wenn ich das sagen darf, in Ihrem Fall weit weniger harmlos als bei fast allen andern, die es tun. Denn

Sie wissen genau, wie es mit mir steht und wie ich, nah am Verrecken, jeden Tag bis zur Erschöpfung der letzten Kräfte ausgenutzt werde.“ (47)[7]

Neben den Raubdrucken gab es auch mehrere nicht autorisierte Übersetzungen, wie aus einem Brief Hesses an den Schweizer Verlag Fretz & Wasmuth hervorgeht: „Mich beunruhigt es z.B.“, heißt es darin, „daß Mondadori in Mailand den italienischen ‚Steppenwolf‘ schon seit einem Jahr verkauft, ohne mich auch nur einer Mitteilung oder einiger Belegexemplare zu würdigen. Auch den ‚Goldmund‘ soll er wieder neu aufgelegt haben. Es scheint überhaupt eine Geltung des geistigen Eigentumsrechtes nicht mehr zu geben. Daß es gerade Mondadori ist, dieser Mussolini-Fahnenträger, der mich um meine Werke bestiehlt, ist mir besonders widerlich.“ (123)

Schließlich kam es mit Peter Suhrkamp immer wieder zu urheberrechtlichen bzw. Lizenz-Streitigkeiten.[8] In ihrem Schriftverkehr aus dem Jahre 1947 gibt es Aussagen wie diese: „Inzwischen wissen Sie ja nun, daß ich dankbar bin für jeden Abdruck meiner Texte, der unterbleibt.“ (120) Oder auch die Bitte „so sparsam wie irgend möglich im Erlauben von Abdrucken zu sein, da ich so wenig als nur möglich in deutschen Blättern vertreten sein möchte. Unter den Nazis ist mir das prachtvoll gelungen, heute scheint es nicht mehr möglich: die Blätter stehlen haufenweise, und Sie, mein Verleger, schützen mich nicht.“ (138)

Zitieren wir abschließend und Hesses Standpunkt zusammenfassend noch aus einem Brief an Marianne Schneider, Nichte des Schriftstellers Ludwig Finckh, vom Juli 1948:

> Jene Leute, die in einer westdeutschen Zeitung etwas Gestohlenes von mir abdruckten und sich dann nachher so enttäuscht und großschnäuzig gaben, als ich damit nicht einverstanden war, haben von Hitler die Parole übernommen: Recht ist, was dem Vaterlande nützt. Hat einer nur das Herz auf dem rechten Fleck und genügend Frechheit, so erlaubt ihm seine angebliche Liebe zu mir, erstens mich beliebig zu bestehlen. Zweitens kann auf diese Weise jede politische Richtung, auch die mir konträrste, bei ihren Lesern den Anschein erwecken, ich sei mit ihr einverstanden, da ich ja an ihrem Blatt mitarbeite. Das Pack, das heute dort Zeitungen macht, ist um nichts besser als die Leute von Goebbels und Rosenberg. Na, die Sache ist keines Ausspuckens wert. Sie zeigt mir nur, wie das

[7] Zu Rinsers Reaktion: *Luise Rinser und Hermann Hesse – Briefwechsel 1935–1951*. Aufgang Verlag, Augsburg 2015, spez. S. 115ff.

[8] Weiterführend dazu: *Hermann Hesse – Peter Suhrkamp, Briefwechsel 1945–1959*, hrsg. v. Siegfried Unseld, Suhrkamp, Frankfurt a.M. 1969 sowie *„Im Dienste der gemeinsamen Sache“ – Hermann Hesse und der Suhrkamp Verlag*, hrsg. v. Regina Bucher, Montagnola, Fondazione Hermann Hesse 2005 (erweiterte Ausg. Suhrkamp Verlag, Frankfurt a.M. 2006).

> mit der sogenannten Liebe der treudeutschen und jugendbewegten Leute ist, und wie diese Liebe sich äußert, sobald sie sich erproben soll. (226)

Seit Mitte Februar 1948 beherbergten Hesse und seine Frau deren jüngere Schwester Lilly mit ihrem Mann. Am 10. Februar hatte Ninon dem Ehepaar Wassmer mitgeteilt: „Ich bin *glücklich* – das ist so etwas Seltenes und Herrliches, das *muß* man seinen Freunden berichten! Meine Schwester und mein Schwager sind gestern in Zürich angekommen!"[9] Und am 15. des Monats wurde Hans Carossa von Hesse unterrichtet: „[S]eit drei Tagen, sind die Rumänen da, die Schwester Ninons mit ihrem Mann, einem Juristen, die nun ohne jeden Pfennig und ohne andre Papiere als der kurzfristigen Einreiseerlaubnis als meine Gäste in die Schweiz, aber wenigstens lebendig entkommen sind und jetzt irgendwo in der Welt ein Visum, eine Arbeitsbewilligung und womöglich wieder ihr Brot und eine Scheinheimat suchen müssen." (174) Lilly und ihr Mann, der Czernowitzer Rechtsanwalt Heinz Kehlmann, hatten sich nach der 1944 erfolgten Okkupation Rumäniens durch die Sowjets jahrelang versteckt, ehe ihnen die Flucht gelang.

Wie sehr Hesse das Schicksal seiner Verwandtschaft beschäftigte, zeigte sich in den Briefen der kommenden Monate. Er absolvierte, so seine Worte, einen regelrechten „kleinen Kurs in Weltgeschichte". (181) „Was ein Jude in der Bukovina seit dem Rumänischwerden und mehrmaliger ‚Befreiung' durch die Russen erlebt hat, ist lehrreich, und großartig und beschämend ist, wie diese Leute die Wirklichkeit angenommen und sich jedes Klagen und jede Sentimentalität abgewöhnt haben." (181f.) An anderer Stelle hieß es: „Was dort seit dem Untergang des alten Österreich gelitten worden ist, speziell von der Bukovina und speziell von den Juden, mit beständigem Wechsel der Systeme, Sprachen, Regierungsformen, und ewigem Gleichbleiben des wilden, stiernackigen, mordbereiten Antisemitismus, das geht auf keine Kuhhaut." (191)

Am 23. Februar 1949 verließen die Kehlmanns Montagnola und reisten als „Landarbeiter nebst Ehefrau" nach Frankreich.[10] – Als Nummer 248 wurde ein vom März 1949 stammendes, in Französisch abgefasstes und an den Pariser Verlag Calmann-Lévy gerichtetes Empfehlungsschreiben von Hesse in den Band aufgenommen, das seiner Schwägerin bei der Arbeitssuche helfen sollte. Eine Übersetzung oder ein weitergehender Kommentar dazu fehlen leider.

---

[9] Zitiert nach Gisela Kleine: *Zwischen Welt und Zaubergarten – Ninon und Hermann Hesse: Ein Leben im Dialog*. Suhrkamp Verlag, Frankfurt a.M. 1998, S. 384.

[10] Vgl. ebd., S. 386.

Hesse hat sich ein Leben lang gegen die Mitgliedschaft in Organisationen jeglicher Couleur gewehrt. So beispielsweise als es im Oktober 1948 um die Aufnahme in die sich konstituierende Bayerische Akademie der Schönen Künste ging.[11] Seine Antwort war unmissverständlich:

> Würde ich als ordentliches Mitglied eintreten, so würde das der in Deutschland vorhandenen Neigung, mich auch politisch, nicht nur sprachlich, als Deutschen in Anspruch zu nehmen, Vorschub leisten. Das will und muß ich unter allen Umständen vermeiden. Auch die Schweiz würde nicht gut darauf reagieren, wenn ein Schweizer Bürger von Deutschland aus als Deutscher betrachtet und behandelt würde. Man hat hier die Zeit, in der die Schweiz, zumindest die deutschsprechende, von Deutschland aus als ein ihm zugehörender Gau reklamiert wurde, nicht vergessen. Wir müssen darauf Rücksicht nehmen, und darum muß ich Sie, sehr zu meinem Bedauern, im Stich lassen. (243)

Ein Jahr darauf trafen sich in Worms ehemalige Mitglieder der Preußischen Akademie der Wissenschaften mit dem Ziel, eine Nachfolgeeinrichtung ins Leben zu rufen. Alfred Döblin, der zu dieser Zeit in Baden-Baden als französischer Kulturoffizier wirkte, engagierte sich vor allem für eine Neubelebung der ehemaligen Sektion für Dichtkunst. Als Vertreter der im Ergebnis der Wormser Beratungen am 9. Juli 1949 gegründeten Mainzer Akademie der Wissenschaften und der Literatur wandte er sich an Hesse und betonte, dass es „ein Vergnügen und eine Auszeichnung sein [würde], Sie unter uns zu wissen". (550) Doch auch in diesem Fall reagierte Hesse ablehnend: „Ich lebe seit mehr als 35 Jahren in der Schweiz, bin nach dem ersten Krieg in die Schweizer Staatsangehörigkeit zurückgekehrt, die ich schon als Kind besessen hatte, und habe mich in all den vielen Jahren sorgfältig von allen offiziellen deutschen Organisationen zurückgehalten." (310)

Eine weitere Absage erteilte Hesse im Februar 1950 einem im Band nicht näher bezeichneten „Vertreter einer deutschen Kulturgesellschaft". In seiner Antwort verwies er dabei vor allem auf seine Schweizer Staatsbürgerschaft. Eingangs hieß es: „Ein einziges Mal habe ich eine Ausnahme gemacht und nach anfänglichem Sträuben und Neinsagen mich überreden lassen, die Wahl in eine reichsdeutsche Körperschaft, in die Berliner Akademie, anzunehmen.[12] Ich tat es unter ausdrücklichem Hinweis auf meine

[11] Weiterführend Edith Raim: *Ein Bericht über eine Akademie – Die Bayerische Akademie der Schönen Künste von 1948 bis 1968*. Bayerische Akademie der Schönen Künste, München 2018.

[12] Im Oktober 1926 wurde Hesse zum auswärtigen Mitglied der Preußischen Akademie der Künste gewählt, „aber leider nicht", wie er beklagte, „in der Abteilung Malerei, sondern in der Abteilung für Dichtkunst" (Hermann Hesse an seinen Sohn Bruno,

politische Zugehörigkeit zur Schweiz und meine Ablehnung aller großdeutschen und alldeutschen Ansprüche." Und er beendete seinen Brief mit den Worten: „Seither ist mir das Ablehnen ähnlicher Einladungen um so leichter geworden, als Alter und Resignation mich ohnehin gegen das, was durch Gesellschaften, Akademien, Organisationen zu erreichen ist, immer skeptischer gemacht haben. Ich habe im Sinn, als schwieriger und belächelter Individualist zu sterben." (386f.)

In seinem Nachwort fasst Volker Michels die hier mit wenigen Beispielen dokumentierte Haltung Hesses wie folgt zusammen: „Aber anders als viele seiner Kollegen war er weder eitel noch naiv genug, die plötzlichen Umarmungsversuche aus Ost und West der eigenen Unwiderstehlichkeit zuzuschreiben, sondern durchschaute die angetragenen Ehrungen und Einladungen zu repräsentativen Mitgliedschaften als Lockmittel, womit er für deren politische Zwecke eingespannt werden sollte." (575)

Abschließend sei noch aus zwei Briefen zitiert, die Hesse in den letzten Monaten des Jahres 1950 schrieb. Sie verbreiten zwar im ersten Moment so etwas wie eine Abschiedsstimmung, zeigen aber zugleich einen Autor, der mit sich, mit seinem Leben und dem, was er hinterlassen wird, im Einklang ist. Die Anfrage eines amerikanischen Germanisten beantwortend erklärte er diesem: „Ich habe längst keinen Ehrgeiz mehr und tue grundsätzlich keinen Schritt zur Verbreitung meiner Schriften. Wenn fünfzig Jahre nach meinem Tode noch irgendwo in der Welt ein Interesse daran besteht, so kann jedes Land sich aus meinem Werk das ihm Passende herauspflücken und sich aneignen. Wenn meine Schriften aber in fünfzig Jahren vergessen sein werden, so waren sie überhaupt entbehrlich." (489) Und Ende 1950, damit schließt der Band, schrieb er seinem Maler-Freund Ernst Morgenthaler:

> Wir sind müde alte Leute geworden, und die Welt, die wir einst geliebt haben und die unsre Heimat war, ist nicht mehr da, sie ist verwandelt und, wie es uns scheint verdorben, und vom Schönen ist für uns wenig übrig geblieben. Immerhin: die Sonne jeden Tag, die Berge in ihrem Licht, die Jahreszeiten, die Winter- und Früh-

5. November 1926. In: *„Mit dem Vertrauen, daß wir einander nicht verloren gehen können". Briefwechsel mit seinen Söhnen Bruno und Heiner*, hrsg. v. Michael Limberg in Zusammenarbeit mit Silver und Simon Hesse. Suhrkamp Verlag, Berlin 2019, S. 77). Und in einem Brief an Hans Morgenthaler schrieb er am 31. November 1926: „Meine Wahl in die Berliner Akademie, und das Herausreißen eines meiner letzten Backenzähne, das dieser Tage stattfand, sind Alterserscheinungen, die man eben hinnehmen muß." (in: *„Ich bin ein Mensch des Werdens und der Wandlungen". Hermann Hesse: Die Briefe, Band 4: 1924–1932*, hrsg. v. Volker Michels, Suhrkamp Verlag, Berlin 2016, S. 170) – Zu Hesses Wahl und seiner Akademie-Mitgliedschaft, die er bereits im November 1930 beendte, siehe Archiv der Akademie der Künste, Sign. PrAdK Pers. DI 22.

> lingshimmel und manches andre ist doch noch da, und die Musik und Dichtung. (512)

Man darf gespannt sein auf die noch folgenden Bände, vor allem auf den letzten. Denn dieser soll, so Volker Michels, „das Gehaltvollste dessen, was uns in den Jahren seit Beginn unserer Recherchen und der Editionsarbeit noch zusätzlich erreicht hat", präsentieren. (587)

Mathias Iven (Potsdam)

André Uzulis, *Hermann Hesse – Biografie.* Steffen Verlag, Berlin 2021, 304 S.

Erst unlängst ist er mit einer bemerkenswerten Biografie zu Rudolf Ditzen alias Hans Fallada hervorgetreten.[1] Im Vorfeld des 60. Todestages hat sich der Journalist und Historiker André Uzulis nun mit dem Leben und Werk von Hermann Hesse befasst. Kann und muss es nach den großen Biografien der letzten Jahre, denken wir vor allem an Gunnar Deckers Darstellung,[2] wirklich noch ein weiteres Buch zu dem Thema geben?

Der Verlag wirbt für die Publikation unter anderem mit der Empfehlung, dass „Hesses Leben für die Generation von heute neu erzählt und gedeutet“ wird.[3] Das sei, so der Verfasser, notwendiger denn je, da „sich die Epoche, in der jede nachwachsende Generation Hesse liest und sich von ihm auf ihrem Weg zu emotionaler Unabhängigkeit und intellektueller Mündigkeit begleiten lässt, ihrem Ende entgegen zu neigen“ scheint. (7) Uzulis setzt dagegen: „Es ist nicht ausgemacht, ob die Zeit wirklich über ihn hinweggeht. Im Gegenteil, die Chancen für eine Hesse-Renaissance stehen gut.“ (ebd.)

Beginnend mit Hesses Herkunft, Kindheit und Jugend (11–53) betrachtet Uzulis die wichtigsten Wegmarken von dessen Lebensgang. Sein Blick ist dabei vor allem auf die Entwicklung von Hesses Persönlichkeit gerichtet, die bekanntermaßen zum einen durch den „christlich und nahezu völlig unnationalistische[n] Geist“[4] des Elternhauses und zum anderen durch das in verschiedenen Internaten und Heilanstalten Erlebte geprägt wurde. Schon im August 1881 – Hesse war gerade einmal vier Jahre alt – schreckte seine Mutter vor dem Gedanken zurück, „was bei falscher oder schwacher Erziehung aus diesem passionierten Menschen werden könnte“[5]. Von Calw, dem schönsten Ort „[z]wischen Bremen und Neapel, zwi-

---

Ich danke Michael Limberg für die anregenden Hinweise, die er bei seiner Lektüre gewonnen hat und die ich gern aufgegriffen habe.

[1] André Uzulis: *Hans Fallada – Biografie.* Steffen Verlag, Berlin 2017.

[2] Gunnar Decker: *Hermann Hesse – Der Wanderer und sein Schatten. Biographie.* Hanser Verlag, München 2013.

[3] Vgl. Vorschau des Steffen Verlages, Herbst 2021 (Stand April 2021), S. 2.

[4] Vgl. Hermann Hesse: *Geleitwort zur Neuausgabe von „Krieg und Frieden“.* In: Hermann Hesse: *Sämtliche Werke*, hrsg. v. Volker Michels, Suhrkamp Verlag, Berlin 2001–2007, hier Bd. 15, S. 650 – nachfolg. zitiert als *SW* mit Bandangabe und Seitenzahl.

[5] Marie Hesse an Johannes Hesse, 2. August 1881. In: *Marie Hesse. Die Mutter von Hermann Hesse – Ein Lebensbild in Briefen und Tagebüchern von Adele Gundert.* Insel Verlag, Frankfurt am Main 1977, S. 174.

schen Wien und Singapore",[6] ging es zur weiteren Ausbildung über Göppingen nach Maulbronn, da war Hesse 14. Als er sich im März 1892 als „Ausdruck des Aufbegehrens" (44) zur Flucht aus dem Kloster entschließt, trifft er (um mit Hugo Ball zu sprechen) „die eigentliche Entscheidung seines Lebens". (ebd.)[7] Ganz in diesem Sinn stellt Uzulis fest: „Diese zwei Welten seiner Kindheit, Nestwärme hier, Entfremdung dort, sollten ihn ein Leben lang prägen." (29)

Einen ähnlichen Stellenwert wie Maulbronn misst Uzulis auch Basel, der Stadt von Jacob Burkhardt zu, dem Hesse „je mit Vertrauen, Ehrfurcht und dankbarer Jüngerschaft zugetan war". (65)[8] Basel beeindruckte Hesse vor allem durch das mittelalterliche Stadtbild und die zahlreichen Museen, er wurde dort „zu einem geradezu innigen Liebhaber von Malerei und Architektur – eine Leidenschaft, die ihn sein ganzes künftiges Leben begleiten sollte". (69)

Belassen wir es bei diesen wenigen inhaltlichen Ausführungen und kommen wir zu der eingangs erwähnten „neuen Deutung" oder besser gesagt zur Frage der Interpretation von Hesses Werk. Uzulis verengt den Blick seiner Betrachtung dabei auf das Persönliche. Er schreibt: „Wie seinen Vorfahren war auch Hesse das Bedürfnis eigen, Erlebtes aufzuzeichnen und sich selbst Rechenschaft abzugeben." (268) Und so wird, wie es im Klappentext heißt, mit teils sehr umfangreichen, in den laufenden Text integrierten Inhaltsangaben zu den großen Romanen und Erzählungen versucht, „ausdrücklich die autobiografische Note auf[zuzeigen], die jedes einzelne Werk Hesses auszeichnet".

Uzulis geht auf die traumatischen Schulerfahrungen ein, die in *Unterm Rad* als „Modellfall eines krank machenden Leistungsdrucks" aufgearbeitet wurden. (99) Er charakterisiert *Gertrud* als „eine einfühlsame Dichtung um die Themen Entsagung und Einsamkeit, die einmal mehr Hesses eigene Existenz befragt". (112) Die „radikale Innenschau" des *Demian* versteht er aus der Sicht Hesses als einen „Akt der Ablösung von seiner eigenen Jugend und seiner problematischen Mutter-Fixierung". (145ff.) *Siddhartha* sei Hesses „Rückbesinnung auf das Eigentliche seines Lebens" (171) und der Versuch, „das Allgemeingültige, den Weltgedanken zu formulieren: das alle Religionen Verbindende". (173) Handelt *Die Morgenlandfahrt* – ein „Kabinettstück in Hesses Gesamtwerk" – „vom Wert einer Gemeinschaft" (210), so haben wir mit dem *Glasperlenspiel* „ein programmatisches Manifest des Geistes gegen den Anspruch der Macht" vor uns. (232) Neu sind solcherart Zusammenfassungen nicht.

---

[6] Hermann Hesse: *Heimat*. In: Hermann Hesse: *SW*, Bd. 12, S. 76.

[7] Vgl. Hugo Ball: *Hermann Hesse – Sein Leben und sein Werk*, hrsg. v. Volker Michels (= *Sämtliche Werke und Briefe*, Bd. 8), Wallstein Verlag, Göttingen 2006, S. 47.

[8] Vgl. Hermann Hesse: *Geleitwort* ..., wie Anm. 4.

Stilistisch ist an dieser Stelle anzumerken, dass Uzulis neben dem (Auto-)Biografischen großen Wert auf weitergehende Informationen zu einzelnen Schauplätzen legt, so wenn es um Kloster Maulbronn (39 ff.) oder den Monte Verità (105ff.) geht. Diese Ausführungen kommen allerdings im Vergleich zu dem ansonsten sehr angenehm flüssig geschriebenen Text etwas „hölzern“ und eher für ein Sachbuch geeignet daher. Ansonsten stützt sich Uzulis neben eigenen umfangreichen Recherchen im Marbacher Hesse-Nachlass auf eine Vielzahl einschlägiger Veröffentlichungen, so auf die zahlreichen Materialien-Bände. Findet sich doch nur dort (im Buch wird das leider nicht weiter belegt) der Hinweis darauf, dass Hesse Tanzstunden mit Karoline Lang, der kurz „Karli“-genannten Tochter seines Psychoanalytikers genommen hat. (178)[9] – Dass es bei der Menge des zu Sichtenden auch zu Fortschreibungen unkorrekter Angaben kommen kann (wer überprüft schon jedes Zitat eines anderen Autors), schmälert den Wert des Vorliegenden nicht.[10]

Das abschließende Kapitel des Buches geht auf die „Wirkung und Bedeutung“ von Hesses Werk ein. (263–269) Uzulis befasst sich darin eingangs ausführlich mit der Mitte der 1960er-Jahre einsetzenden Hesse-Rezeption in den USA und deren ein Jahrzehnt später beginnenden Rückwirkung auf die Leser in Europa und insbesondere in Deutschland. Mit Blick auf die damalige Situation schreibt er: Hermann Hesse „verleugnete seine Herkunft nicht, fasste das deutsche Leben jedoch mit spitzen Fingern an. Das kam beim (jungen) deutschen Leser an und wird es angesichts der gesellschaftlichen Entwicklung in Deutschland künftig vielleicht verstärkt wieder tun.“ (267) Denn der bleibende Erfolg Hesses, so das Resümee von Uzulis, „besteht darin, dass er als Nonkonformist ebenso attraktiv für den individuellen Menschen der Postmoderne ist wie als Pionier der Selbstfindung und als Mittler zwischen Ost und West. Sensibilität zeichnet ihn aus, Ermutigung zum Eigensinn und Individualismus – Eigenschaften, die dem aufgeklärten Leser des 21. Jahrhunderts behagen [...]. Individualität ist daher der Schlüsselbegriff zum Verständnis für Hesses Erfolg“. (269)

---

[9] Vgl. *Materialien zu Hermann Hesses „Der Steppenwolf“*, hrsg. v. Volker Michels, Suhrkamp Verlag, Frankfurt am Main 1972, S. 62.

[10] Gemeint ist das dem aufmerksamen Leser ins Auge springende „Verwirrspiel“ zu Eugenie Kolb: Richtig ist, dass sie 1856 geboren wurde, rechnerisch falsch, dass sie damit nur sieben Jahre älter als Hesse gewesen sein soll. (45) Neben den Biografien von Ralph Freedman und Joseph Mileck sei in diesem Zusammenhang spez. verwiesen auf die Artikel von Iris Frey, *Hermann Hesses erste Liebe – Er traf sie in seiner Cannstatter Zeit 1892 bis 1893: die 20 Jahre ältere Eugenie Kolb*. In: *Cannstatter Zeitung / Untertürkheimer Zeitung*, 27. Februar 2002, S. 9 bzw. von Thomas Feitknecht, *Sehnsucht nach Frln. Kolb – Ein Fund aus dem Schweizerischen Literaturarchiv Bern*. In: *Neue Zürcher Zeitung am Sonntag*, 28. April 2002, S. 83.

Als „Ratgeber und Therapeut", der Dichtung und Lebenshilfe in seinem Werk vereint und mit seinen zeitlosen Fragen Menschen jeder Epoche anspricht, wird Hermann Hesse sicherlich eine feste Größe im literarischen Kanon bleiben. Zumal die Forschung zu dessen Leben und Werk noch lange nicht am Ende ist. André Uzulis jedenfalls hat seinen Beitrag dazu geleistet.

Mathias Iven (Potsdam)

Neale Cunningham: *Hermann Hesse and Japan. A Study in Reciprocal Transcultural Reception.* Transnational Cultures Series, Band 6. Oxford: Peter Lang 2021. X, 340 S. € 72,95. ISBN 978-1-78997-368-6.

Hermann Hesses Enthusiasmus für den asiatischen Kulturbereich lässt sich sowohl an seinem persönlichen Lebensweg als auch an einer Vielzahl seiner Werke erkennen. Die Ost-Indien-Fahrt im Jahr 1911 vermittelte entscheidende Impulse zu *Roßhalde*, *Siddhartha* und dem „Indischen Lebenslauf" im *Glasperlenspiel*. In einem Brief an Ruth Wenger vom Sommer 1920 bezeichnet Hesse „Indische Götter" neben Blumen als „schöne Dinge, an die man zuweilen denken kann und muss." Dennoch reicht Hesses Interesse weit über den indischen Subkontinent, den er mit Ausnahme von Sri Lanka nie betrat, hinaus. Im Roman *Roßhalde* ist der Ferne Osten zunächst nichts weiter als eine irrlichternde Schablone, die dem ausgebrannten Künstler Johann Veraguth von seinem verführerischen Gegenspieler Burkhardt vorgegaukelt wird, ob zum Guten oder Bösen, erfahren wir nicht. Bei *Siddhartha* stellt Indien nur einen Bruchteil eines weitläufigen Geflechts östlicher Weisheit dar; in einem Brief vom Februar 1922 bekennt der Autor, dass Brahman und Buddha zwar die Ansatzpunkte seien, das Buch aber im Tao enden würde. Das mag den Forscher Adrian Hsia veranlasst haben, das Vermächtnis Chinas in Hesses Œuvre auszuloten. Die gegenwärtige Untersuchung zeigt, dass Hesse auch aus dem japanischen Kulturbereich entscheidende Anregungen erhielt und dass dieser Einflussbereich von der Forschung allzu oft vernachlässigt, wenn nicht gänzlich ignoriert wurde.

Neale Cunninghams Ansatz unterscheidet sich dahingehend von dem Adrian Hsias, dass für ihn der dialogische Aspekt von Bedeutung ist. Es geht hier nicht nur um die bis jetzt unterschätzte Anregung, die der Dichter von Japan bezog, sondern in erster Linie um eine eigentümliche Wesensverwandtschaft, die das japanische Lesepublikum für Hesses Dichtungen besonders empfänglich machte. Daher die Frage, wieso die Aufnahme Hesses in jenem Land anhaltender und tiefer gewesen sein soll als anderswo: „Why is it that Hesse's reception in Japan has been lengthier and deeper than it has been even in countries that neighbour Germany and Switzerland?" (S. 8) Neben interkulturellen Einsichten erhofft er sich ein besseres Verständnis der Spätwerke Hesses, vor allem der Zen-Gedichte aus seinen letzten Lebensjahren.

Dass der Dichter einen beträchtlichen Anhang im Land der aufgehenden Sonne hat, ist seit 1979 aus dem zweiten Band von Martin Pfeifers *Hermann Hesses weltweite Wirkung* bekannt. Für Cunningham ist der rein literarische Aspekt aber nur ein Bruchteil der Hesse-Rezeption in jenem Land; er kann daneben auch auf erfolgreiche Ausstellungen seiner Aquarelle verweisen, z.B. in vielen Lokalitäten zwischen Hiroshima und Hokkaido 1998–1999, sowie auf Asao Okadas und Kousuke Niibes intermediale Schmetterlingsausstellung „Hermann Hesse's Butterflies", die auf Volker Michels Anthologie *Hermann Hesse: Schmetterlinge* basiert und zwischen 2009 und 2014 nicht nur in Japan, sondern anschließend auch in Deutschland und der Schweiz zu sehen war.

Zuschriften zu Hesse von Seiten japanischer Leser bilden einen wesentlichen Teil dieser Untersuchung. Hesse selbst soll, nach Felix Lützkendorf, geäußert haben, Japaner hätten ihn von allen Völkern am besten verstanden (Amerikaner dagegen am wenigsten!). Was er selbst über das Land zu sagen hatte, wird aus vereinzelten Randbemerkungen und Glossen zusammengetragen, etwa aus dem Nachwort zu einer von ihm betreuten Ausgabe japanischer Erzählungen, *Geschichten aus Japan*, die 1922 bei Insel in Berlin erschien. Wichtigster Vermittler war zweifellos Wilhelm Gundert, ein intimer Kenner des Fernen Osten, Vetter und enger Vertrauter Hesses seit seinem neunten Lebensjahr, der auf Anraten des deutschen Botschafters zum Leiter des Japanisch-Deutschen Kulturinstituts in Tokyo ernannt wurde. Von ihm hat Hesse erwiesenermaßen eine tiefe Einsicht in die Philosophie des Zen erhalten; er wiederum versorgte seien Vetter mit Übersetzungen lokaler Rezensionen seiner Werke, die er aus der japanischen Presse exzerpierte.

Zunächst die Frage: Was verbindet Hesse mit Japan? Für Cunningham sind es neben dem Hang zu stiller Besinnung und Meditation vor allem die Beziehung zur Natur, zu den Schmetterlingen, zur sorgfältigen Gartenpflege. Auch im ziellosen Wandern findet man eine Analogie zur Figur des Vagabunden, die in der japanischen Kunst einen hohen Stellenwert hat, etwa in Utagawa Hiroshiges Farbholzschnitten, die Hesse bereits 1931 in Gegenwart seines japanischen Übersetzers lobend erwähnte.

Fallstudien in Form von Leserbriefen bilden den zentralen Abschnitt der Untersuchung. Hier geht es Cunningham nicht nur darum, die Seelenverwandtschaft zwischen Autor und Publikum zu belegen, sondern zugleich ein Plädoyer aufzustellen für die oft angezweifelte Bereitschaft der Japaner, sich für ausländische Kulturgüter empfänglich zu zeigen:

> These letter exchanges demonstrate markedly that Japanese culture is not impervious to accepting and assimilating foreign culture in new ways, which calls into question the theories of rigid binary exchanges and a singular impervious culture we often find in traditional ethnographic studies of Japan. (S. 41)

Der Wunsch vieler Leser nach einem Dialog mit dem Schriftsteller beschränkt sich keineswegs auf Japaner, das bezeugen Abertausende Briefe aus deutschsprachigen und anderen europäischen Ländern. Dennoch beteuert Cunningham, dass es Hesse gerade in Japan gelungen sei, „emotionelles Vertrauen“ und „geistiges Kapital“ bei seinen Lesern hervorzurufen, bis zu dem Punkt, wo Korrespondenten in einigen Fällen selber zu Künstlern oder wenigstens zu „writers“ avancieren. (S. 42 f.) Bunte Zeichnungen begleiten viele dieser Briefe.

Die drei Zen-Gedichte aus dem Jahr 1961 bilden den Abschluss der Untersuchung. Hier wird argumentiert, dass Hesse keineswegs, wie weithin angenommen, sich in den letzten zwanzig Lebensjahren von kreativer Arbeit zurückhielt, um sich der Verwaltung seines Nachlasses zu widmen. Cunningham zufolge markieren sie ein Neu-Beginnen für den Künstler und unterscheiden sich grundsätzlich von der früheren Lyrik, etwa aus der Zeit des *Glasperlenspiels*. Sie sind als eine Würdigung Wilhelm Gunderts zu verstehen, des Meisters, dem Hesse am Ende seines Lebens in Gestalt eines Schülers oder Novizen somit ein Denkmal setzt.

Tatsächlich ist Gunderts Einfluss auf Hesse weitgehend verkannt worden; so beklagt Cunningham die minimale Aufmerksamkeit, die renommierte Biografen, von Freedman bis Decker, dieser Figur zu widmen imstande waren. Die Beziehung der beiden Vetter blieb eng; eine reger Briefwechsel hielt an während der langen Jahre, die Gundert in Japan verbrachte (1909–1920 und 1922–1936). Neben dem Interesse an der japanischen Variante des Buddhismus soll Gundert auch den entscheidenden Anstoß gegeben haben, der es Hesse ermöglichte, seinen Roman *Siddhartha* mit einer neuen Wendung in Richtung Zen abzuschließen. Daher die Widmung an ihn, zusammen mit Romain Rolland.

Es mag befremden, dass ebendieser Vermittler des meditativen Zen-Buddhismus sich mit dem aufkommenden Nazi-Regime in Deutschland anfreundete, 1934 in die Partei eintrat und sogar bis zum Kriegsende lobende Worte für Goebbels fand, dessen Vertrauen in das Schicksal seines Landes er noch im Frühjahr 1945 teilte. (S. 73) Nie hat er sich kritisch zu den Gräueltaten seiner Heimat noch zu denen seiner Wahlheimat geäußert. Umso bemerkenswerter ist es, dass Hesse, der sich von ehemaligen NS-Mitgliedern wie dem früheren Freund Ludwig Finckh entschieden distanzierte, bei Gundert, allein schon aufgrund der Blutsverwandtschaft, aber auch wegen vieler gemeinsamer Interessen, eine Ausnahme zu machen bereit war. Ein weiterer Faktor mag sein Verständnis für dessen kindlichen Hoheitsglauben gewesen sein. Fazit: „Hesse was willing to forgive Gundert for his childlike innocence in submitting to the policies of the totalitarian Nazi state“. (S. 81) Auch Hesses Frau Ninon, die jüdischer Abstammung war, scheint ihm seine Verblendung nicht nachgetragen zu haben.

Interessant wäre es zu erfragen, inwiefern eine kulturelle Wesensverwandtschaft Deutschlands und Japans mit ihrer politischen Zielsetzung einherging. Stellenweise wird deutlich, dass Hesses Übersetzer und Leser für nationalistische Bestrebungen nicht unempfänglich waren. Schließlich fand Japans erster Kontakt zu Deutschland in der Zeit Bismarcks statt, und sein Bildungssystem hatte sich bis 1947 an wilhelminischer Praxis orientiert. Kenji Takahashi, ab 1981 Präsident des Japanischen P.E.N. International, übersetzte nicht nur Goethe und Hesse sondern auch Propagandawerke nationalsozialistischer Autoren, lobte *Mein Kampf* als „Jahrhundertwerk", und stellte Hesse seinen Lesern gar als Nazi-Sympathisant dar. Merkwürdigerweise begründete er diese Verirrung nachträglich mit seiner überaus emotionalen Einstellung zu dem von ihm verehrten Dichter. Auch war er keineswegs der einzige Professor, der Hesse als Freund der Nazis kennzeichnete. Noch 2002 konnte Kenichi Takeoka von der Universität Kagoshima gleich vier Argumente als Beweismittel dafür anführen, dass Hesse dem Nazi-Regime freundlich gesinnt war (Näheres bei Cunningham S. 135). Takahashi und Takeoka interessieren sich allerdings nur wenig für Hesses Biografie. Takahashis Erklärung seiner Verblendung durch exzessive Emotionen ist nur einer von vielen Bezeugungen einer bedingungslosen Hingabe an den Dichter, die in diesem Buch dokumentiert sind.

Ebendiese auf Emotionen beruhende Identifizierungen der Leser mit dem Text bzw. seinem Protagonisten lassen sich als die starke und zugleich auch die schwache Seite der japanischen Leser-Rezeption registrieren. Allzu oft sind es intimste Mitgefühle, die hier ausschlaggebend sind. Hans Giebenraths Werdegang erinnert Übersetzerin Miho Matsunaga an die eigene Schulzeit, das schwäbische Landexamen ruft ihr ehemaliges Pauken und die Angst vor Prüfungen ins Gedächtnis, denn, wie schon angedeutet, bestehen augenfällige Analogien zwischen den fernöstlichen pädagogischen Strategien und denen der deutschen Kaiserzeit. Die Empathie ist sicher auch ein Grund für die vielen Übersetzungen: allein in Korea entstanden laut dieser Studie bisher 30 Versionen des *Demian*, 19 des *Narziß und Goldmund*.

Im Zentrum dieser Untersuchung steht die Auswertung der 149 Leserbriefe aus Japan, die im Deutschen Literaturarchiv Marbach verwahrt sind. Zu Hesses Korrespondenten aus westlichen Ländern gibt es bereits eingehende Studien, namentlich Gabriele Lücks *An Hermann Hesse: Der Leser als Produzent* (Frankfurt 2009); Cunningham liefert jetzt das fernöstliche Pendant dazu. Unter den hier betrachteten Schriftstücken befinden sich Briefe, Karten, Zeichnungen, Gedichte und Musik. In ihnen wird von Hesses Veröffentlichungen *Peter Camenzind* am häufigsten erwähnt, und zwar in 29% der Briefe, *Unterm Rad* kommt bei 23% auf Platz 2.

Kein einziger Brief bezieht sich auf den in der westlichen Hemisphäre besonders geschätzten, wenngleich kontroversen *Steppenwolf*.

Die Auswertung des Materials wird durch verschiede Gegebenheiten erschwert. Um die Besonderheit dieser Kommentare augenfällig zu machen, müsste der Wissenschaftler Vergleiche zu deutschen und anderen Korrespondenten anstellen. Cunningham zitiert fast durchwegs auf Englisch, ohne anzudeuten, in welcher Sprache der Ursprungstext geschrieben war. Weitere Komplikationen entstehen dadurch, dass sich die meisten Leser auf Englisch über die japanische Übersetzung eines deutschen Romans zu äußern bemühen; kein Wunder, dass etliche sich schon bei den Buchtiteln verschreiben. Selten erfahren wir, wie Hesse auf Zuschriften aus Japan reagiert hat. Klar ist allerdings, dass Ninon eine Vorzensur vornahm und Wichtiges unterstrich, wohl um ihren Gatten auf die Kernpunkte aufmerksam zu machen und ihm somit die mühselige Büroarbeit zu erleichtern.

Die angeführten Zitate belegen Reaktionen, die von Empathie zu Schwärmerei reichen. Es gibt viele Gemeinsamkeiten. Oft bilden Klagen über das eigene Missgeschick, unter ihnen auch Krankheitsgeschichten, die Einleitung. Einsame Menschen sehnen sich nach Kontakt mit der Außenwelt; eine Art Fernweh schwingt dabei mit, und es fehlt nicht an unterwürfigen Entschuldigungsformeln:

> In my poor German I don't want to be annoying, but today, on my birthday, full of awe I want to inform you that, now in my dark and pathless life, I am solely supported by my respect and yearning for you; please excuse my obstinate opinion! (S. 244)

Eine Studentin ergeht sich über das Thema „Wolken", ein aus dem Krieg in Korea zurückkehrender Soldat bringt nur ein einziges Buch mit sich nach Hause, *Peter Carmenzind* [sic]. Eine junge Frau weint beim Lesen von *Unterm Rad*, eine andere gesteht ihre Liebe zu Sternen, Lyrik und Choux à la cream [sic]. Eine Professorin fühlte sich als Kind verlassen, weinte Tag und Nacht bis sie auf *Unterm Rad* stieß, da erkannte sie die Größe der Blume, „how a flower is big". (S. 215f., 262) Andere erzählen Märchen, verschicken Zeichnungen, beschreiben Volksfeste, legen Bilder, eigene musikalische Kompositionen, auch Holzpuppen und sogar traditionelle Medikamente gegen Rheumatismus bei, unter ihnen sogar wertvolle Erbstücke. Einladungen folgen: „How nice it would be if you could come here once and see the Japanese scenery with your own eyes!" (S. 231) Ein Herr bittet den Dichter, auch an seine kleine Schwester zu denken:

> She is my only sister, who I love so much and who carries my hopes. It would make me very happy if from now you would remember her. (S. 245)

Wer dazu qualifiziert ist, darf anhand dieser Briefauswahl Schlüsse auf die japanische Psyche ziehen; Cunningham stellt seine Auswahl als Evidenz transkultureller Verständigung dar, ungeachtet ihrer oft monologisch strukturierten Ichbezogenheit. Bei manchen scheint es, dass die ausgetauschten Geschenke ein bedeutenderer Teil der Beziehung darstellen als die verbalen Mitteilungen.

Diese Studie ist in zweifacher Hinsicht defensiv angelegt. Zum einen ist der Verfasser bemüht, Hesse gegen die oft gehörte Bezichtigung der Irrelevanz in Schutz zu nehmen. Dass Japan ihn auf seine Weise, und zwar früher und ganz anders als Amerika, aufgenommen und liebgewonnen hat, darf als erwiesen gelten. Weniger klar ist, ob es überhaupt zu einem sinnvollen Meinungsaustausch zwischen Ost und West kommt. Zwar wird Hesse hin und wieder um Rat in persönlichen Angelegenheiten wie Berufswahl gebeten, es fehlen aber durchwegs spezifische Fragen oder Bemerkungen zu seinem Werk, die zu einem echten Dialog kulturellen Inhalts hätten führen können. Stattdessen wird Hesses Präsenz ausgiebig gelobt:

> Your wonderful and sincere presence is for us infinite consolation [...] You are essence and the ultimate support for our souls, our home, and also our future.“ (S. 264)

Wenn um Antwort angesucht wird, dann zumeist in recht bescheidenen Tönen: „If you give me letter I am very glad.“ (S. 195) Eine Bereitwilligkeit zu interaktiver Diskussion lässt sich kaum feststellen.

Zum andern positioniert sich Cunningham gegen das Vorurteil, Japan sei abgekapselt und habe wenig Verständnis für ausländische Kunst, ein Riesenthema für sich, das die Grenzen dieser Monographie sprengen würde. Eine Reihe von Missdeutungen, nicht nur bei dem Laienpublikum, sondern selbst bei Akademikern (Hesse als Mitläufer des Faschismus; Hesse als Heiliger), könnte in diesem Zusammenhang kritischer verfolgt werden. Dass gerade *Steppenwolf* kein einziges Mal in 149 Briefen auch nur beiläufig Erwähnung findet, wird mit Bezug auf den fehlenden „reliable conversation partner“ in diesem Schlüsseltext der Moderne erklärt. (S. 204) Hier ist die Sehnsucht nach tröstender Annäherung an Hesses „holy, peaceful soul“ (S. 195) im Spiel, die bei vielen Lesern mit einer Abneigung gegen die experimentelle Erzählperspektive einherzugehen scheint.

Cunninghams Arbeit wird in Japan auf Interesse stoßen; man darf annehmen, dass eine Übersetzung für dortige Leser in Aussicht ist. Die enge Beziehung zu Vetter Wilhelm und die Anregungen, die von Großvater Hermann Gundert ausgingen, sind für die Forschung teilweise Neuland. Die Verstrickung Hesses in dem kulturellen Milieu der Weimarer Zeit, seine bemerkenswerte Nähe zu Bertolt Brecht und anderen Zeitgenossen, die sich wie Alfred Döblin kreativ mit buddhistischem Kultur- und Gedankengut beschäftigten, bleibt weitgehend ausgeklammert. Auf die aktuelle Debatte über interkulturelle Begegnungen, etwa bei Edward Said (*Orientalism*, 1978), wird nicht eingegangen. Die neuere Forschung, z.B. Karl-Josef Kuschels *Im Fluss der Dinge: Hermann Hesse und Bertolt Brecht im Dialog mit Buddha, Laotse und Zen* (Patmos 2018) wird flüchtig zur Kenntnis genommen als „step in the right direction". (S. 92) Im Blickfeld bleiben die maßgebliche Rolle beider Gunderts und die gefühlvollen Bekenntnisse derjenigen Japaner, die zur Feder zu greifen bereit waren. Hierin liegt der bleibende Wert dieser originellen Untersuchung zum globalen Phänomen Hermann Hesse.

Osman Durrani

IV Mitteilungen

Isabel Götz
Geschäftsführerin der
Internationalen Hermann Hesse Gesellschaft

Mitteilungen aus der Gesellschaft

Im zweiten Pandemiejahr 2021 gab es erneut viele Ausfälle zu verzeichnen, aber dennoch auch einige Möglichkeiten zur Begegnung. Das Internationale Hesse-Kolloquium, das in Montagnola das Thema Hermann Hesse und Stefan Zweig behandeln sollte, wurde ebenso wie der Gerbersauer Lesesommer in Calw ins kommende Jahr verschoben.

Das Jahrbuch war naturgemäß nicht Corona-beeinträchtigt und konnte planmäßig, mit hochkarätigen Beiträgen versehen, im Frühjahr erscheinen und wurde zeitnah an die Mitglieder verschickt.

Zu den wenigen durchgeführten Veranstaltungen gehörten die Hermann-Hesse-Tage vom 15. bis 17.10.2021 in Gaienhofen, die bei interessanten Vorträgen auf eine rege Nachfrage stießen. Von der IHHG waren Volker Michels und Gunilla Eschenbach als Referenten vertreten.

In Calw konnten vom 10. bis 12. September 2021 planmäßig die „Glasperlenspiele – Festival für Liedkunst" stattfinden, bei denen in jeder Veranstaltung Vertonungen von Hesse-Gedichten vorgetragen wurden, vor allem Vertonungen von Othmar Schoeck.

Am 24.10.2021 wurde Volker Michels für seine Verdienste um Hermann Hesse, die Stadt Calw und das Hermann-Hesse-Museum in Calw in einem würdigen Festakt geehrt. In Anwesenheit von Vertretern des Gemeinderats und langjährigen Weggefährten sprach der Oberbürgermeister von Calw, Florian Kling, Herrn Michels seine Anerkennung und seinen Dank aus.

Die Mitgliederversammlung konnte am 20.11.2021 wie geplant stattfinden. Aufgrund einer kurzfristigen Erkrankung konnte der Präsident, Herr Professor Kuschel, nicht teilnehmen und übertrug der Geschäftsführerin, Frau Götz, die Durchführung. Dies tat dem regen Austausch und den hoffnungsvollen Planungen für das kommende Jahr keinen Abbruch.

Der Höhepunkt der diesjährigen Tagung war zweifellos die Verleihung des Preises der IHHG an die Schriftstellerin Bärbel Reetz, die sich durch ihre Arbeit über *Hesses Frauen*, aber auch über das Künstlerpaar Hugo Ball und Emmy Ball-Hennings sowie dem von ihr herausgegebenen Briefwechsel zwischen Hermann Hesse und Hugo Ball und Emmy Ball-

Hennings um die Hesse-Forschung verdient gemacht hat. In ihrer einfühlsamen und tiefgründigen Laudatio brachte Regina Bucher, Direktorin des Museums und der Fondazione Hermann Hesse in Montagnola, den Zuhörern die Preisträgerin näher. In ihrer Dankesrede schilderte Bärbel Reetz nicht nur, wie sie den Schriftsteller Hermann Hesse für sich entdeckte, sondern auch, wie sie sich ihm im Tessin bei Wanderungen auf seinen Spuren annäherte.

Ein weiterer Höhepunkt war Bärbel Reetz' szenische Lesung „Die dritte Frau – Hermann Hesse und Ninon Dolbin Ausländer", die sie gemeinsam mit dem Schauspieler Ernst Süss vortrug. Das Georgenäum war so gut gefüllt, wie es unter Corona-Bedingungen überhaupt möglich war. Die Zuschauer wurden in das Mit- und Nebeneinander des Paares hineingezogen.

Die nächste Mitgliederversammlung der IHHG findet am 24.09.2022 in Calw statt und wartet voraussichtlich mit einem hochkarätigen Vortrag auf, über den wir rechtzeitig informieren werden.

Die Gesellschaft zählt derzeit 239 Mitglieder und ist damit seit dem Vorjahr leicht angewachsen. Die persönlichen Kontakte bei Veranstaltungen und Begegnungen, die im nächsten Jahr hoffentlich wieder zahlreicher werden, sind vermutlich die besten Gelegenheiten, Interesse an einer Mitgliedschaft zu wecken. Dabei hilft der neugestaltete und optisch ansprechende Flyer, der von der Geschäftsstelle auf Wunsch gerne zugesandt wird.

Die Internationale Hermann Hesse Gesellschaft dankt allen, die sie im vergangenen Jahr unterstützt haben, damit sie ihrem Auftrag, die Kenntnis des Werks und die Entwicklung der Hesse-Forschung und -Rezeption zu fördern, nachkommen kann. Daher gilt der Dank allen Mitgliedern, die unermüdlich daran arbeiten, den „einzigen Daseinszweck" der Gesellschaft zu erfüllen, wie Karl-Josef Kuschel in seiner Rede zur Preisverleihung ausgedrückt hat: „dem Dienst an Werk und Wirkung".

Daher gilt ein besonderer Dank auch in diesem Jahr der Sparkasse Pforzheim Calw, die das Werk Hermann Hesses in vielfacher Weise fördert und auch diese Ausgabe des Jahrbuchs finanziell unterstützt. Weiterhin ist der Stadt Calw zu danken, die mit dem Unterhalt der Geschäftsstelle, aber auch bei der Durchführung der Jahrestagung eine wichtige Unterstützung für die Gesellschaft leistet.

Auch in diesem Jahr gilt ein großer Dank Herrn Michael Limberg, dem wir die Herausgabe dieses Jahrbuchs verdanken.

Die Autorinnen und Autoren dieses Bandes

Regina Bucher, Museum Hermann Hesse, Ra Cürta 2, 6926 Montagnola / Schweiz.
E-Mail: regina@hessemontagnola.ch

Dr. Gerd Depenbrock, Oswinsteig 31a, 13467 Berlin.
E-Mail: gerd.depenbrock@t-online.de

Dr. Michael Dürr lebt in Düsseldorf.
E-Mail: michaelduerr@gmx.net

Prof. Dr. Osman Durrani, 24 Ethelbert Road, Canterbury CT1 3NE. Großbritannien.
E-Mail: o.durrani@kent.ac.uk

Dr. Helga Esselborn-Krumbiegel, An der Ronne 84, 50859 Köln.
E-Mail: esselborn@schreibzentrum-koeln.de

Peter Fahr, Laubeggstrasse 41, CH-3006 Bern.
E-Mail: peterfahr@gmx.net

Isabell Götz, Salzgasse 13, 75365 Calw.
E-Mail: igoetz@calw.de

Katerina Grohmann, Dozentin für musikalische Prozessgestaltung und Musikpädagogik, Fachschule für Sozialpädagogik GALB Berlin, Holzhauser Str. 180, 13509 Berlin.
E-Mail: katerina.grohmann@galb-berlin.de

Dr. Sabine Gruber, Universität Tübingen, Deutsches Seminar, Lehrstuhl Braungart, Wilhelmstr. 50, 72074 Tübingen.
E-Mail: sabine.gruber@uni-tuebingen.de

Prof. Dr. Alexander Honold, Deutsches Seminar der Universität Basel, Nadelberg 4. CH 4051 Basel.
E-Mail: alexander.honold@unibas.ch

Dr. phil. Mathias Iven, Lindenstr. 14, 14467 Potsdam.
E-Mail: mathias.iven@t-online.de

Prof. Dr. Karl-Josef Kuschel, Sandäckerstr. 2, 72070 Tübingen,
E-Mail: karljosef.kuschel@uni-tuebingen.de

Dr. Volker Michels, Friedrichstr. 16, 65016 Offenbach.
E-Mail: uvmichels@gmx.de

Dr. Béatrice Poulain, 8 route de Fontaines, 69 140 Rillieux-La-Pape, Frankreich, E-Mail: beatricepoulain@yahoo.fr

Bärbel Reetz, c/o Suhrkamp Verlag, Torstraße 44, 10119 Berlin

Dr. Joachim Schnürle, Ahornstr. 29,91710 Gunzenhausen.
E-Mail: joachim.schnuerle@hensoltshoehe.de

Prof. Dr. Andreas Solbach, Deutsches Institut, FB 05, Johannes Gutenberg-Universität Mainz, 55099 Mainz
E-Mail: solbach@uni-mainz.de

Michael Limberg, Dechenweg1, 40591 Düsseldorf.
E-Mail: m-limberg@gmx.de